대지Ⅲ(분열된 일가)
펄 벅

일신서적출판사

□ 주요 등장 인물

왕　옌(王元) : 왕후 장군의 둘째 부인에게서 난 외아들. 남방의 혁명군에 가담하여 아버지의 기대를 저버린다. 시(詩)를 좋아하는 내성적인 성격. 미국에 6년간 유학하여 서양 문명의 장단점을 배우고 돌아온 뒤, 조국애와 민족의식에 눈을 뜨고 번민한다.

노부인 : 왕 후 장군의 첫째 부인. 교양있는 총명한 여인으로 외딸 아이란의 교육과 고아원 경영에 반생을 바친다. 왕 옌과 메이링의 정신적 힘이 되어 준다.

아이란(愛蘭) : 왕 후 장군과 노부인 사이의 딸. 아름다운 미모를 지녔으며 자유분방한 삶을 즐긴다.

셍(盛) : 왕 이의 넷째 아들. 옌의 사촌형으로서 옌과 함께 미국 유학을 떠나 서양 문명에 심취한다.

맹(孟) : 왕 이의 다섯째 아들. 신정부 수립에 참가하는 혁명군의 장교.

윌슨 교수 : 왕 옌의 유학 시절에 그를 가르치던 대학 교수. 지혜롭고 온화한 인품의 소유자.

메리 윌슨 : 윌슨 교수의 딸. 옌에게 호의를 갖는다.

메이링(美齡) : 고아로서, 노부인의 양딸이 되어 의학 공부에 전념하는 지혜로운 여성. 후에 옌과 사랑한다.

우(佑) : 소설가. 후에 아이란과 결혼한다.

1

 이리하여 왕 후 장군의 아들 왕 옌(王元)은 태어나서 처음으로 왕 룽의 흙벽집에 들어갔다.
 왕 옌이 남방에서 돌아와 아버지와 다툰 것은 열 아홉 살 때였다. 그것은 어느 겨울밤의 일이었으며, 왕 후 장군이 혼자 앉아 있는 넓은 방의 격자창에는 북풍에 날린 눈이 끊임없이 휘몰아치고 있었다. 왕 후 장군은 숯불이 벌겋게 타고 있는 화로를 껴안듯이 하고 골똘히 생각에 잠겨 있었다. 그는 이렇게 몽상에 잠겨 있는 것을 좋아했다. 언젠가는 아들이 돌아온다, 아비의 군대를 이끌고, 아비가 뜻을 세웠다가 그 뜻을 이루기 전에 늙어 버려 끝내 초지를 관철하지 못한 그 승리를 차지할 만한 훌륭한 남자로 성장하여 돌아온다고 늘 꿈꾸고 있었다. 그러한 밤, 아무도 예기하지 않았을 때 아들 옌이 불쑥 돌아온 것이다.
 그는 아버지 앞에 섰다. 장군이 보니 아들은 낯선 군복을 입고 있었다. 그것은 왕 후 장군 같은 군벌의 적인 혁명군의 군복이었다. 그 뜻이 뚜렷해지자 장군은 몽상에서 깨어난 늙은 몸을 일으켜 세우고 자기 아들을 쏘아 보며, 늘 몸에서 떼어 놓지 않는 가늘고 날카로운 장검을 끌어당겨 적을 죽이듯 아들을 죽이려 했다. 왕 후 장군의 아들은 마음속에 간직하고는 있었으나 여태까지 한 번도 아버지 앞에서 보이려 하지 않았던 노기를 생전 처음으로 폭발시켰다. 그는 쪽빛 윗도리를 헤치고, 햇볕에 그을었으나 맨질맨질하고 탄력 있는 가슴을 드러내며 젊은 목소리로 커다랗게 소리쳤다.「아버님이 저를 죽이려 하실 줄 알고 있었습니다. 그것이 아버님의 유일한 구식 해결책이니까요. 자, 죽여 주십시오!」
 그러나 이렇게 소리치면서도 그는 아버지가 자기를 죽이지 못한다는 것을 알고 있었다. 쳐든 아버지의 팔이 서서히 내려와서 칼이 천천히 허공을 가르고 떨어지는 것이 보였다. 아버지의 입술이 울음을 터뜨릴 듯 떨리고, 그 떨림을 감추려고 손으로 입술을 덮는 것을 아들은 눈도 떼지 않고 지켜 보고 있었다.

아버지와 아들이 이렇게 대결하고 있을 때, 젊을 때부터 장군에게 봉사해 온 충실한 언청이 노인이 언제나 잠들기 전에 주인의 기분을 가라앉히는 데 도움이 되는, 데운 술을 들고 들어왔다. 이 노인에게는 청년 쪽은 거의 눈에 들어오지 않았다. 보이는 것은 노주인의 모습뿐이었으며, 떨고 있는 얼굴과 힘없는 노여움의 빛이 갑자기 사그라지는 것을 보자 그는 소리를 지르며 달려와 얼른 술을 따랐다. 그러자 왕 후 장군은 아들의 일도 잊고 칼을 내던진 채 떨리는 두 손으로 큰 잔을 잡아 입으로 가져가서 몇 잔이나 들이켰다. 충실한 노복은 들고 있는 놋술병으로 연거푸 따라주었다. 왕 후 장군은 끊임없이 「더 부어라, 더 부어……」 하고 중얼거리며 우는 것을 잊었다.

청년은 우뚝 선 채 두 사람을 지켜 보고 있었다. 그가 이 두 늙은 이를 지켜 보고 있으니, 한 사람은 상처 입은 기분을 어린애처럼 오로지 술에서 풀려 하고 있었으며, 또 한 사람은 보기 흉한 언청이 얼굴을, 주인을 생각하는 애정으로 일그러뜨린 채 몸을 굽히고 열심히 술을 따르고 있었다. 그들은 이런 때에도 술과 술에 의한 위안밖에 염두에 없는 두 늙은이에 지나지 않았다.

청년은 자기가 잊혀지고 있다는 것을 느꼈다. 그때까지 심하게, 뜨겁게 고동치고 있던 심장이 가슴속에서 식고, 목에 엉겨 있던 덩어리가 녹아 갑자기 눈물이 나올 듯했다. 그러나 눈물을 흘리지는 않았다. 군관 학교에서 배운 엄한 단련이 지금 그에게 도움을 주고 있는 것이다. 그는 몸을 굽혀 아까 버린 대검을 집어들고 단정하게 자세를 고친 뒤, 말없이 그 방을 빠져나와 어릴 때 늘 젊은 군사 교관과 공부하던 방으로 들어갔다. 그 군사 교관은 그 후 군관 학교에서 그의 대장이 되었다. 어두운 방안에서 그는 책상 옆에 있는 의자를 더듬어 걸터앉았다. 가슴도 부서져 버린 듯한 기분이었으므로 그는 늘어지듯 몸을 폈다.
 이제 생각해 보니 아버지 일을 걱정하여 — 아니, 아버지를 사랑한 나머지였지만, 그렇더라도 이 노인 때문에 동지와 대의를 버릴 만큼 흥분할 필요는 없었다는 느낌이 들었다. 옌은 방금 보고 온 아버지, 지금 방에서 술을 마시고 있는 아버지를 몇 번이나 되풀이해서 생각했다. 그는 아버지를 새로운 눈으로 보았다. 그에게는 그것이 아버지인 왕 후 장군이라고는 거의 믿어지지 않을 정도였다. 왜냐하면 옌은 아버지를 두려워하고, 그러면서도 본의 아니게 마음속에서는 몰래 반발을 느끼면서도 그를 사랑해 왔기 때문이다. 왕 후 장군의 당돌한 노여움이며 그 노성, 늘 신변에서 떼어 놓지 않는 번쩍이는 가느다란 장검으로 찔러 대는 몸짓 따위가 그에게는 늘 무서웠다. 늘 쓸쓸해하던 어린 아이 시절에 옌은 무언가 하찮은 일을 저질러 아버지를 노하게 하는 꿈을 꾸고 땀에 흠뻑 젖어 자주 밤중에 눈을 뜨곤 했다. 사실 아버지는 아들에게는 노한 모습을 보인 적이 별로 없었으나, 그는 아버지가 남에게 화를 내거나 노한 듯한 모습을 하고 있는 것을 흔히 보아 왔다. 왜냐하면 장군은 부하를 통솔하는 무기로서 그 노여움을 이용하고 있었기 때문이다. 어릴 때 옌은, 아버지가 노했을 때의 불을 뿜는 듯한 그 부릅뜬 눈초리며, 거친 검은 수염을 떨 때의 모습 등을 생각하고는, 어둠 속에서 이불을 덮어쓰고 두려움에 떨곤 했었다. 부하들 사이에는 이런 농담이 소곤소곤 오고갔다.
 「호랑이의 수염은 건드리지 않는 것이 좋아!」
 그토록 화를 잘 내는 왕 후 장군이었지만 아들만은 귀여워했다. 옌도 그것을 알고 있었다. 알고 있으면서도 그것이 무서웠다. 그 까닭은, 그 애정이라는 것이 터뜨린 울화와 마찬가지로 거세고 꽤 까다로워서 어린 옌에게 무거운 중압감을 주었기 때문이다. 그것은 왕 후 장군의 주변에 그의 가슴속의 타는 불꽃을 꺼 줄 여자가 없었기 때문이기도 했다. 다른 군벌의 장군들은 전쟁에서 돌아와 휴양하고 있을 때나 노경에 접어들면 위안으로 여자를 끌어들이는데, 왕 후 장군은 아예 여자를 접근시키지 않았다. 그리고 둘이나 있는 아내조차 만나러 가지 않았다. 그 중의 한 사람은 어느 의사의 외동딸이었는데, 친정 아버지가 죽었을 때 유산을 물려받은 그녀는, 이미 몇 해 전부터 해안 지방에 있는 대도시로 옮겨가서, 왕 후 장군과의 사이에서 태어난 딸 하나를 그곳 외국식 학교에 넣어 공부시키고 있었다. 이런 식이어서 옌에게는 아버지가 애정과 공포의 모든 것이었으며, 이 뒤섞인 애정과 공포는 그에게 덮쳐오는 눈에 보이지 않는 손이었다. 그는 몸을 움직이지 못하고 마음도 영혼도 아버지에 대한 이 공포와, 아버지의 사랑이 오로지 자신에게만 집중되어 있음을 인식하면서 이따금 요지 부동이 되어 버리는 것이었다.

왕 후 장군은, 자기는 깨닫지 못했으나 옌이 전례 없는 곤경에 섰을 때도 그를 꽉 움켜잡고 있었다. 그것은 남방의 군관 학교에서 전우들이 대장 앞에 서서, 조국의 정권을 탈취하여 그 위에 눌러앉은 무력한 대총통을 타도하고, 지금 군벌과 해외에서 들어온 외국 군대의 가혹한 손에 의해 도탄의 고통을 받고 있는 선량한 민중을 위해서 싸우며, 그리하여 다시 위대한 국가의 재건이라는 새로운 대의 명분을 맹세했을 때의 일이었다. 젊은이들이 잇따라 신명을 바치겠다고 서약했을 때, 옌은 지금 타도를 부르짖고 있는 바로 그 군벌이 틀림없이 아버지일 거라는 공포와 애정에 묶여 혼자 외톨박이가 되었던 것이다. 심정에 있어서는 그도 동료들과 마찬가지였다. 고통에 허덕이는 민중의 소름끼치는 기억들이 그의 뇌리에도 남아 있었다. 잘 익은 작물을 아버지의 부하들이 말굽으로 짓밟았을 때의 민중들의 표정을 그는 회상할 수 있었다. 어느 마을에서 왕 후 장군이, 비록 말투는 부드러웠으나 부하를 위해 식량과 돈과 세금을 요구했을 때, 한 노인의 얼굴에 떠오른 체념과 증오와 공포의 표정을, 길바닥에 쓰러진, 아버지나 그의 부하들이 거들떠보지도 않은 숱한 시체들을 회상할 수 있었다. 또 홍수나 기근에 관한 것, 어느땐가 아버지와 함께 말을 타고 둑 위를 지나갔을 때의 일도 기억하고 있었다. 주변은 온통 물이었으며 둑은 굶주려서 피골이 상접한 남녀들로 새까맣게 덮여 있었다. 그들이 왕 후 장군의 소중한 아들에게 덤벼들지 않도록 병사들은 피도 눈물도 없는 잔인한 짓을 하지 않으면 안 될 정도였다. 확실히 옌은 이러한 정경과 그 밖에도 많은 것을 기억하고 있었고, 또 자기가 이러한 것을 목격할 때마다 결심이 흔들려서 자기가 군벌 장군의 아들이라는 것을 증오한 일도 기억하고 있었다. 전우들과 섞여 있을 때도, 아버지 때문에 신명을 바쳐도 아깝지 않은 대의로부터 슬며시 몸을 뺐을 때도 그는 자기 자신을 증오했다.

옛날 어릴 때 쓰던 방의 어둠 속에 혼자 앉아 옌은 아버지를 위해서 바친 그 희생, 더욱이 지금 와서는 완전히 헛된 것이 되고 만 희생을 생각했다. 아버지는 자기의 희생을 이해할 수도 없고 또 그 가치를 인정하지도 않는다. 그런 짓을 하지 않았어도 좋았을 것을 하고 그는 생각했다. 이 늙은 아버지를 위해 옌은 같은 시대의 청년들 및 그들과의 동지적 결합도 버린 것인데, 과연 왕 후 장군은 얼마만큼이나 그것에 대해 감격해 할 것인가? 옌은 지금까지의 생애를 통해서 자기가 그릇된 방향으로 이용되고 그릇된 방향으로 이해되어 온 것을 느끼고, 갑자기 어릴 때 자기가 좋아하는 책을 읽고 있을 때 그만두겠다는데도 부하들의 전쟁 연습을 보여 준다면서 억지로 끌고 나갔던 일이며, 먹을 것을 얻으러 온 사람들을 총살한 일 등, 아버지가 자기에게 준 마음의 상처를 사소한 것까지 하나하나 생각했다. 그리하여 그런 불쾌한 많은 것을 회상하면서 옌은 악문 이빨 사이로 중얼거렸다. 『아버지는 지금까지 날 사랑한 일이 없다! 자기는 사랑하고 있는 줄 알지만, 나를 유일한 보배처럼 생각하고는 있지만, 내가 진실로 무엇을 바라고 있는지 한 번도 물어 본 적이 없고, 설혹 묻는다 하더라도 내가 하는 말이 자기의 뜻과 다를 때는 거절할 뿐이었으므로, 나는 아버지가 바라는 대로 말하기 위해 언제나 미리 생각해 보고 입을 열지 않으면 안 되었다. 내게는 자유라는 것이 없었다!』

그리고 옌은 전우를 생각하고 그들이 자기를 경멸하고 있을 것이 틀림없다고 생각했다. 그리고 이제 이렇게 된 이상 그들과 더불어 위대한 조국 재건에 참가할 수도 없다고 생각하고 반항하듯 중얼거렸다. 『나는 처음부터 그 따위 군관 학교에는 가고 싶지 않았다. 그런데도 아버지가 강요했기 때문에 할수없이 갔던 거야!』

옌의 마음속에는 이런 슬픔과 외로움이 점점 더해 갔다. 그는 침을 꿀꺽 삼키고 어둠 속에서 눈을 번쩍이며 기분이 상한 어린애처럼 홧김에 중얼거렸다. 『아버지가 어떤 것을 알고 있든, 개의하든, 이해하든, 나는 혁명군에 투신했어야 옳았다! 대장이 말하는 대로 따라가야 했었다. 내겐 아무도 없지 않은가, 아무도…….』

이렇게 옌은 이 세상에 자기만큼 고독한 자는 없다고 생각하고 매우 우울한 기분으로 혼자 앉아 있었으나 아무도 찾아오지 않았다. 언제까지 있어도 하인 한 사람 상황을 보러 오는 자가 없었다. 부자가 다투고 있는 동안 격자창에는 은밀한 눈과 귀가 있었으므로 주인 왕 후 장군이 아들에 대해서 화를 내고 있다는 것을 모르는 자는 한 사람도 없었으므로, 아들을 달래어 왕 후 장군의 노여움을 혼자 가로맡겠다는 자는 한 사람도 없었던 것이다. 옌을 아무도 돌보지 않는 것은 이것이 처음이었다. 그러기에 그는 더욱더 외로웠다.

그는 언제까지나 그대로 앉아 있었다. 초를 켜려 하지도 않았고 하인을 부르려고도 하지 않았다. 책상 위에 두 팔을 포개고 그 위에 머리를 얹은 채 우울의 파도가 밀어닥치는 대로 몸을 맡겼다. 그러나 마침내 잠들고 말았다. 지칠 대로 지쳐 있었고 젊었기 때문이다.

눈을 떴을 때는 뿌옇게 날이 밝아 오고 있었다. 그는 갑자기 얼굴을 들고 사방을 둘러보았다. 그 순간 아버지와 다툰 것을 생각하고 마음에 아직 아픔이 남아 있음을 느꼈다. 그는 일어서서 안마당으로 나 있는 문으로 다가갔다. 밖을 내다보았다. 안마당에는 사람의 그림자 하나 없이 한적했으며, 어둑한 빛 속에 회색으로 보였다. 바람은 자고 밤중에 내린 눈은 내리는 족족 꺼져 가고 있었다. 문 곁에는 문지기가 따뜻한 자리를 찾아 벽 귀퉁이에서 몸을 웅크리고 잠들어 있었다. 도적을 위협하여 쫓아 버리기 위한 대막대와 몽둥이가 기와를 깐 바닥 위에 뒹굴고 있었다. 옌은 그의 잠든 얼굴을 바라보았다. 턱을 축 늘어뜨린 채 입을 벌리고 제멋대로 박힌 이빨을 드러내고 있는 그 너절한 모습을 보며 어쩌면 이렇게 비참할까 하고 우울한 기분에 젖었다. 그는 무척 마음씨 좋은 사나이로, 옌은 어릴 때,

아니 극히 최근까지 축제일이나 무슨 날이면 곧잘 과자며 장난감을 사러 보내곤 했었다. 그러나 지금의 옌에게는 이 문지기도 젊은 도련님의 고뇌 따위는 하등 마음에 없는, 늙고 보기 흉한 사나이에 지나지 않는 듯이 느껴졌다. 그렇다, 여기서의 자기의 온 생애가 거의 공허했다고 생각하니 갑자기 그 생활에 대한 반항으로 미칠 듯한 기분이 되었다. 그것은 지금 새삼스레 시작된 반항은 아니었다. 옛날부터 그와 아버지 사이에 있었던 감추어진 싸움의 전단(戰端)이 지금 열린 것이다. 그것은 그가 깨닫지 못하는 동안에 싹튼 싸움이었다.

옌이 아직 어렸을 때, 군사 교관으로서 그를 교육하고 훈련시키며 밤낮 혁명과 국가 개조에 관한 이야기를 해준 사람은 서양 교육을 받고 돌아온 젊은 군인이었다. 어린 옌의 마음은 그런 위대하고 용감하고 아름다운 이야기에 완전히 타올랐다. 그러면서도 군사 교관이 소리를 죽이고 열심히,「훗날 당신 것이 되면 이 군대를 사용하지 않으면 안 됩니다. 조국을 위해서 사용하지 않으면 안 되는 것입니다. 왜냐하면, 지금과 같은 군벌의 존재를 허용해 둘 수 없기 때문입니다.」라고 하는 말을 들으면 언제나 그 타오르던 불꽃이 꺼지는 것을 느꼈다.

이와 같이 왕 후 장군이 모르는 동안에 이 군사 교관은 은밀하게 아들이 아버지에게 반항하도록 교육했던 것이다. 그리하여 옌은 젊은 군사 교관의 반짝이는 눈을 비참한 기분으로 바라보며, 그 불을 토하는 듯한 말에 가만히 귀를 기울이면서 마음속까지 감동했던 것이다. 그러면서도 마음속에는 지울 수 없는, 분명하면서 입 밖으로 낼 수 없는『하지만 우리 아버지는 군벌의 장군이다.』하는 말 때문에 꼼짝도 하지 못했다. 이처럼 어린 시절을 통해 옌은 수많은 번민을 했으나 그것을 아는 사람은 아무도 없었다. 그 때문에 그는 나이에 비해 진지하고 과묵했으며 언제나 우울해 보였다. 아버지를 사랑하면서도 아버지를 자랑스럽게 생각할 수 없었던 것이다. 그러므로 지금 먼동이 트는 연한 빛 속에 서서 옌은 오랜 세월에 걸친 마음의 전쟁에 지쳐 이미 기진맥진해 있었다. 거기서 달아나고 싶은 심정이었다. 모든 전쟁으로부터, 그 어떤 대의 명분으로부터도 달아나고 싶었다. 그러나 어디로 가야 하는가? 남의 눈을 속일 수도 없고, 아버지의 애정에 의해 이 벽 속에 갇혀 있었으니 그에게는 친구도 갈 곳도 없었다.

문득 옌은 전투와 전투 얘기 속에서 자라 온 여태까지의 생애 중에서 그토록 평화로운 곳은 없다고 기억하고 있는 장소가 생각났다. 그것은 조그마한 옛 흙벽집으로, 일개 농부에 지나지 않았던 조부 왕 룽이 부자가 되어 집안을 일으킨 뒤 성안으로 옮겨가 왕대인이라고 일컬어지게 되기 전까지 살고 있었던 집이었다. 그 집은 지금도 동구밖에 있었으며 삼면이 조용한 밭으로 둘러싸였고, 옌이 기억하는 바로는 집에서 가까운 높직한 언덕 위에는 왕 룽의 무덤을 비롯하여 다른 가족들과 조상의 무덤이 있었다. 어릴 때 아버지가 그 흙벽집과 가까운 도시에 살고 있는 두 형, 지주 왕 이와 상인 왕 얼을 찾았을 때 함께 따라가서 한두 번 혹은 더 자주 간 적이 있으므로 잘 알고 있었다.

그 조그마한 옛집으로 가면 평화롭게 혼자 있을 수 있다고 옌은 생각했다. 왜냐하면 옌도 잘 기억하고 있는 그 조용하고 침착한 얼굴을 한 여자가 여승이 된 후로는, 아버지가 나이 먹은 소작인에게 들어가 살게 하고 있을 뿐 다른 사람은 살고 있지 않았기 때문이다. 옌도 그 여자를 한 번 본 적이 있다. 기묘한 두 사람과 함께 살고 있었는데, 한 사람은 머리카락이 흰 백치였으나 이미 죽어버렸고, 또 한 사람은 백부의 셋째 아들로 곱사등이였는데 중이 되었다. 그때 만났을 때 벌써 그 가라앉은 표정의 여자가 여승처럼 느껴진 것을 옌은 기억하고 있다. 삭발은 하지 않았으나 남자를 보면 외면하고 상대편의 얼굴을 보려 하지 않았으며, 회색 옷을 가슴 위까지 여미어 입고 있었기 때문이다. 얼굴은 진짜 여승의 얼굴이었으며, 지기 시작한 달처럼 창백했고, 살갗은 결이 곱고 가냘픈 골격을 꼭 싸고 있어서, 가까이 다가가 머리칼 같은 잔주름을 볼 때까지는 무척 젊어 보였다.

그러나 그 여자도 이제는 없다. 집에는 늙은 소작인 내외가 있을 뿐이므로 거기라면 괜찮다.

이와 같이 갈 곳도 정해지고 벌써부터 이곳을 떠나고 싶었으므로 한시 바삐 나가고 싶은 심정으로 옌은 다시 한번 방안을 둘러보았다. 그러나 무엇보다 먼저 이 지긋지긋한 군복부터 벗어야 했다. 그래서 돼지 가죽을 덮은 궤짝을 열어 평소에 입는 옷과 양피 윗도리와 베신과 흰 속옷을 꺼내어 살며시 갈아 입었다. 그리고는 말을 끌어내기 위해 밝아지기 시작한 안마당을 소리없이 가로질러 총을 베고 잠들어 있는 문지기 곁을 빠져나가, 문을 열어 둔 채 밖으로 나가자마자 가볍게 말을 올라 앉았다.

한참 말을 몰아 큰길에서 벗어나자 골목을 들어섰다. 그 골목을 지나니 밭이 나왔다. 그러자 저 멀리 야산 너머에서 태양이 타는 듯한 빛을 앞세우고 얼굴을 내미는 기척을 보였다. 그리고 늦겨울 아침의 차가운 대기 속에서 고귀하리만큼 붉고 뚜렷하게 갑자기 해가 솟아올랐다. 너무나 아름다운 정경이어서 저도 모르게 옌은 슬픔을 잊고 그 순간 갑자기 시장기를 느꼈다. 그래서 길가에 있는 음식점 앞에 말을 세웠다. 흙벽집의 나직한 문에서 따뜻한 김이 흘러 나와 식욕을 돋구었다. 그는 뜨끈뜨끈한 쌀죽과 소금에 절인 생선과 깨를 뿌린 찐빵, 그리고 고동색 항아리에 들어 있는 차를 한 잔 주문했다. 다 먹고 나서 차를 마신 다음, 하품을 하고 있는 음식점 주인에게 돈을 치렀다. 주인은 그 동안에 머리를 빗고 세수를 해서 아까보다는 좀 깨끗한 얼굴이 되어 있었다. 돈을 치른 옌은 다시 말에 올라탔다. 그때는 이미 높이 떠오른 태양이 서리에 덮인 어린 말이며 마을의 서리 앉은 지붕에서 빛나고 있었다.

아무튼 아직 젊고 또 이런 아침 풍경을 보자 옌은 갑자기 인생이라는 것이, 자기 인생도 그렇게 나쁘기만 하겠느냐는 기분이 들었다. 마음이 들떠서 넓은 땅을 바라보며 말을 몰아 나가는 동안에 나무와 밭이 있고 가까운 곳에 시냇물이 보이며 물결 소리가 들리는 그런 곳에 살고 싶다고 자기가 늘 말해 온 것을 상기하고, 그는 속으로 생각했다.『우선 이만한 행동은 해도 괜찮을 것 같다. 아무도 개의하지 않는 것을 보니 내가 하고 싶은 대로 해도 괜찮은 거야.』

그리하여 이런 새로운 희망이 솟아오르자 저도 모르게 마음속에서 저절로 시심이 생겨나고 시라도 읊고 싶은 심정이었으므로 그는 고민을 잊고 말았다.

청년이 된 뒤로 옌은 시를 짓는 취미를 자기 속에서 발견하고 있었다. 그는 짤막하고 우아한 시를 곧잘 지어 그러한 시들을 부채나 자기 방의 흰 벽 등 도처에 붓으로 써갈겼다. 군사 교관은 그런 시를 보고 늘 웃었다. 왜냐하면 왕 옌의 시는 가을 물 위에 떨어지는 나뭇잎이라든가, 연못에 비치는 새싹이 튼 수양버들이라든가, 뿌연 봄 안개 속에서 빨갛게 피어난 복숭아꽃이라든가, 갓 갈아 엎은 검고 기름진 밭고랑이라든가, 그런 섬세하고 아름다운 것뿐이었기 때문이다. 그는 군벌 장군의 아들다운 전쟁이나 승리의 시를 읊지는 않았다. 전우들이 억지로 권하는 바람에 혁명시를 짓기는 했으나, 그것은 승리보다 죽음을 읊은 것이어서 전우들이 구하는 것과는 달리 연한 가락이 되어 모두 기뻐해주지 않아 옌은 낙담하곤 했다. 그는 「운을 맞추려면 이렇게 되어 버리는 거야.」 하고 중얼거리듯이 말하고는 두번 다시 그런 시는 지으려 하지 않았다. 그는 얼른 보기에 얌전하고 유순해 보였지만 마음속은 완고함과 남모르는 고집을 갖고 있었으며, 그런 일이 있고나서부터는 지은 시를 아무에게도 보여 주지 않았다.

지금 옌은 생전 처음으로 누구의 명령도 받지 않고 자기 혼자가 되었다. 그것은 그에게는 아주 근사한 일이었으며, 지금까지 동경하던 토지로 혼자 말을 타고 가는 것이므로 그 근사함은 더했다. 어느 사이엔가 우울함도 누그러졌다. 청춘의 피가 끓어오르고 육체가 싱싱하게 굳세어지는 것을 느끼며, 차갑고 맑은 대기가 그의 몸속으로 흘러들어와 순식간에 마음에 떠오르는 시의 신비 이외는 깡그리 잊었다. 그는 조급하게 시를 지으려 하지는 않았다. 넓은 모래 땅이 높아져서 구름 한 점 없는 푸른 하늘을 배경으로 뚜렷이 모습을 드러내고 있는 벌거숭이 산들을 바라보며 그 산처럼 맑은 심경에서 구름의 그림자도 없는 하늘을 향해 벌거벗은 산처럼 완전한 형태로 시가 떠오르기를 기다렸다.

이렇게 하여 감미로운 고독의 하루가 지나가고 그와 더불어 마음이 가라앉아 갔으므로 그는 사랑도 공포도 전우도 전쟁도 모두 잊을 수 있었다. 밤이 되자 시골 주막에서 묵었다. 주인은 자식이 없는 노인이었으며 거동이 조용한 후취 마누라는 그리 젊지는 않았으나 늙은 남편과 살고 있어도 따분하게 생각지 않는 모양이었다. 그날 밤의 손님은 옌뿐이었으며 주인 내외는 그를 기분 좋게 대접해 주었다. 마누라는 향기로운 향미를 넣어서 잘게 썬 돼지 고기를 채운 조그마한 만두를 대접해 주었다. 옌은 식사를 마치고 차를 마신 다음 마련된 침실로 가서 흐뭇한 피로 때문에 늘어지듯 침대에 누웠다. 잠들기 전에 아버지며 아버지와의 말다툼 같은 것이 한두 번 꿰찌르듯 생각났으나 그것도 곧 잊을 수 있었다. 왜냐하면 그날 저녁 해가 지기 전에 꿈꾸던 대로 뚜렷이 시가 떠올라 왔기 때문이다. 그것은 한 마디 한 마디가 수정처럼 맑은 완전한 사행시(四行詩)로 그가 바라는 대로 되어 있었다. 그래서 그는 그만 기분이 좋아져서 잠들어 버렸다.

이와 같은 자유의 날이, 날마다 즐겁게, 유리 가루처럼 마른 겨울 햇빛이 산과 골짜기에 내리쬐는 사흘이 지났다. 왕 옌은 마음의 상처도 낫고 무언지 모르는 희망에 차서 조상이 살던 마을에 닿았다. 해가 높이 떠오른 아침, 그는 그 조그마한 부락에 들어서자 모두 합해서 이십 호 남짓한 초가 흙벽집을 바라보면서 열심히 주위를 둘러보았다. 거리에는 농민들과 아낙네들, 혹은 아이들이 문간에 서거나 입구에 쪼그리고 앉아 떡과 죽으로 식사를 하고 있었으며, 옌의 눈에는 그들이 모두 좋은 사람들로 보였다. 모두 자기 친구들처럼 여겨지고 친밀감을 느꼈다. 대장이 민중을 위한 대의 명분을 몇 번이나 소리치는 것을 들었는데, 이것이 바로 그 민중인 것이다.

그런데 옌을 바라보는 그들의 눈에는 강한 의구심과 공포에 찬 불신의 빛이 서리어 있었다. 왜냐하면, 사실 그는 전쟁이나 전쟁 방식 등을 미워하고는 있었으나 자기도 깨닫지 못하는 가운데 지금껏 군인의 모습을 하고 있었기 때문이다. 마음속은 어떻든 아버지가 엔의 체구를 강하고 억세게 단련해 놓았으므로 말 위에 앉은 모습도 장군처럼 늠름하고 허술한 데가 없었으며, 어느 모로 보나 농민 같지는 않았다.

그러므로 마을 사람들은 옌을 수상쩍은 눈으로 보았다. 그의 정체를 몰랐으므로 낯선 사람이나 그런 사람이 하는 행동을 마을 사람들은 늘 무서워했다. 아이들이 떡조각을 손에 들고 그가 어디로 가나 보기 위해 우르르 그를 따라왔다. 그리고는 그가 흙벽집에 이르자 그를 빙 둘러싸고 말없이 그를 쳐다보며 떡을 갉아먹기도 하고 서로 밀치기도 하며 코를 벌름거리기도 했다. 아이들은 이윽고 그렇게 서서 지켜 보는 것에 싫증이 나자 부모들에게, 그 거무스레하고 키큰 젊은 사람이 왕가네 집 앞에서 크고 붉은 말을 내려, 수양버들에 말을 매고는 집안으로 들어갔는데, 키가 큰 데다가 집 입구가 낮아서 들어갈 때 등을 굽히지 않으면 안 되었다는, 이런 이야기를 일러바치기 위해 한 사람 한 사람 달려가 버렸다. 그리하여 길거리에서 그런 말을 지껄이고 있는 아이들의 수선스런 소리가 옌의 귀에 들려 왔으나 그는 아이들이 지껄이는 말에 조금도 개의치 않았다. 그러나 아이들한테서 이런 말을 들은 부모들은 더한층 옌에 대한 의심이 짙어져서, 어디의 누군지도 모르는, 그 얼굴 빛이 검고 키큰 젊은이한테 무슨 봉변을 당해서는 안 된다는 생각에 모두 왕가네 흙집 가까이로는 접근하지도 않았다.

이렇게 하여 옌은 대지 위에서 살던 이 조상의 집에 낯선 손님으로서 걸어 들어갔다. 그는 가운뎃방으로 들어가서 걸음을 멈추고 사방을 둘러보았다. 늙은 소작인 내외는 그가 들어오는 소리를 듣고 부엌에서 나왔으나, 그의 모습을 보고도 누군지 알지 못했으며 그들 역시 겁에 질려 있었다. 그들이 겁에 질려 있는 것을 보고 옌은 잠깐 웃으면서 말했다.

「나를 무서워할 건 없어. 나는 왕 후 장군의 아들이야. 왕 후 장군은 옛날 여기서 살던 우리 할아버지의 셋째 아드님이시잖아.」

노부부를 안심시키고 자기는 이 집에 들어올 권리가 있다는 것을 나타내기 위해 이렇게 말했으나, 그들은 역시 안심하는 기미를 보이지 않았다. 아까보다 더 겁을 집어먹고 서로 얼굴을 바라보았으며 입안에 넣고 삼키려던 떡이 바싹 말라 돌처럼 목구멍에 메였다. 이윽고 노파는 들고 있던 떡 조각을 식탁 위에 놓고 손등으로 입을 닦았다. 노인은 턱을 움직이다 말고 앞으로 나서며 헝클어진 백발 머리를 한 번 꾸벅 숙이고는 떨면서 목에 걸린 떡을 삼키려고 애쓰면서 말했다.
「도련님, 무슨 볼일이신지요? 그리고, 저희들을 어떻게 하실 생각이신지요?」
옌은 의자에 앉아 다시 약간 웃어 보이고 말했다. 그는 어색하지 않게 웃을 수 있었다. 그것은 여태까지 이런 하층 사람들로부터 찬양하는 말만 들어 왔으므로 두려워할 필요는 없다고 생각했기 때문이다. 「나는 아무것도 필요 없어. 다만 조상 대대로 내려오는 이 집에 잠시 숨어 있고 싶을 뿐이야. 어쩌면 여기서 살게 될는지도 몰라. 내가 알고 있는 것은, 밭이라든지, 나무라든지, 어디 시냇물이라든지 하는 것에 오래 전부터 묘한 동경심을 품고 있었다는 것뿐이야. 하기야 흙의 생활이라는 것이 어떤 것인지 알진 못하지만……. 어쨌든 어떤 일로 인해 우선은 당분간 피신을 하지 않으면 안 되기 때문에 여기 숨어 있어 볼까 하고 생각하고 있어.」
이것도 늙은 내외를 안심시키기 위해서 한 말이었으나 이번에도 두 사람은 마음을 놓지 않았다. 두 사람은 서로 얼굴을 마주보고 있더니 이윽고 노인도 떡 조각을 내려놓고 주름살투성이인 얼굴에 불안한 빛을 띠운 채, 조금 남아 있는 흰 수염을 턱 위에서 떨면서 기를 쓰고 말했다. 「도련님, 몸을 숨기시려면 여기는 정말 좋지 않은 곳입니다요. 도련님의 집안이 사시던 곳이어서 도련님의 이름은 이 근방에선 모르는 사람이 없습니다요. 게다가 나는 도련님 같은 지체 높은 분 앞에서는 말도 제대로 못하는 천한 인간이라서요. 용서해 주십시오. 도련님의 아버님이 군벌이라고 해서 미워들 하고 있고, 백부님들도 역시 좋아하는 사람들이 없으니까요.」
노인은 여기서 말을 끊고 사방을 둘러보더니 이번에는 옌의 귀에 입을 갖다대고 조그마한 소리로 말했다. 「이 지방 사람들이 하도 미워해서 큰 백부님도 마님들도 무서워서 외국 군대가 지켜 주는 해안 도시에 가서 사실려고 아기들을 데리고 가 버리셨고, 작은 백부님도 소작료를 거두실 때는 도시에서 고용한 병사들을 데리고 오셔야 할 형편입니다요! 세월이 하도 어수선하고 이 지방 사람들은 전쟁이다 세금이다 하는 데 그만 지쳐서 이제는 될 대로 되라는 생각들입니다요. 도련님, 저희들은 벌써 세금을 십 년치나 미리 바쳤지요. 그러니까, 여기는 도련님이 피신할 만한 곳이 못 됩니다요.」

그러자 노파도 금이 주욱주욱 나 있는 거친 두 손을, 누덕누덕 기운 푸른 무명 앞치마로 싸고 울상을 지으면서 말했다. 「정말 몸을 감추시기에는 좋은 곳이 못 되지요.」

이와 같이 늙은 내외는 불안한 듯, 그리고 열심히 그가 이 집에서 떠나 주기를 바라며 서 있었다.

그러나 옌은 두 사람의 말을 믿지 않았다. 그는 자유의 몸이 된 것이 기뻐서 눈에 들어오는 모든 것이 마음에 들었고 밝게 빛나는 햇빛에 마음이 들떠서 무슨 일이 있더라도 여기서 살아야지 하고 생각하면서 기쁨을 얼굴에 드러내며 미소를 짓고 응석받이 어린 아이처럼 소리쳤다. 「그래도 좋아. 나는 여기에 머무를 테야! 뭐 당신들이 걱정할 필요는 없어. 당신들이 먹는 것을 먹여 주기만 하면 돼. 당분간 여기서 살 테야.」

그는 아무런 장식도 없는 방에 앉아 벽에 세워 놓은 괭이며 쟁기, 역시 실에 꿰어 벽에 걸어 놓은 빨간 고추, 한두 마리의 닭과 함께 묶어 놓은 양파 같은 것을 둘러보고, 모든 것이 마음에 들었다. 죄다 그에게는 신기했던 것이다.

갑자기 그는 시장기를 느끼고 노부부가 먹고 있던 마늘을 싸 넣은 떡이 무척 맛있어 보였다. 「아, 시장하다. 뭐 먹을 것 좀 안 주겠어, 할머니?」

이 말을 듣고 노파가 소리쳤다. 「하지만, 도련님 같은 분의 입에 맞을 만한 것은 아무것도 없는걸요. 닭이 네 마리 있으니까 우선 그걸 한 마리 잡겠습니다만 이런 맛없는 떡밖에 없습니다요. 그것도 밀가루로 만든 것이 아니랍니다.」

「그게 먹고 싶어. 굉장히 좋아하는걸!」옌은 진심으로 말했다.
「여기 있는 건 난 뭐든지 좋아.」
 그래서 노파는 겨우, 그것도 반신 반의의 표정으로 마늘줄기를 얇은 떡으로 싼 것을 들고 나왔다. 그러나 그것으로는 마음이 내키지 않아 가을에 소금에 절여 두었던 생선을 꺼내어 대접할 양으로 거기에 곁들였다. 그는 그것을 깨끗이 먹어 치웠다. 그에게는 제 일급 식사였다. 여태까지 먹은 어떤 음식보다 맛있었다. 왜냐하면 그는 아무 거리낌없이 먹을 수 있었기 때문이다.
 다 먹고 나자 갑자기 그때까지 깨닫지 못했던 피로가 몰려 왔다. 그는 일어서서 물었다. 「침대는 어디 있지? 잠시 자고 싶은데.」
 노인이 대답했다. 「평소에 쓰던 방이 하나 있습지요. 조부님께서 옛날에 거처하시던 방인데, 그 뒤 세 번째 부인이신 이화 님께서 쓰셨지요. 이화 님은 우리 모두가 좋아한 부인입네다. 아주 깨끗하고 아름다운 분인데 그만 여승이 되셨습지요. 그 방에 침대가 있으니 거기서 주무십시오.」
 이렇게 말하고 노인은 옆의 벽에 있는 나무 문을 밀었다. 그것은 좁고 어두운, 창이라곤 하지만 조그맣고 네모난 구멍이 뚫렸으며 그 구멍에 흰 종이를 바른, 조용하고 텅 빈 방이었다. 그 방에 들어가서 문을 닫으니, 지금까지는 언제나 누군가에게 감시를 받고 있는 생활이었으나 이제 비로소 진실로 혼자서 잘 수 있다는 기분이 들었다. 그리고 고독이란 그에게는 고마운 것이었다.
 더욱이 이 어둠침침한, 사방이 흙벽으로 둘러싸인 방안에 섰을 때, 한순간 아직도 이 안에는 그 어떤 억센 생활이 계속되고 있는 듯한, 기묘하고 느닷없는 느낌에 사로잡혔다. 그는 이상한 듯이 주위를 살펴보았다. 삼베 휘장을 두른 침대, 흰 나무 테이블과 걸상, 오랜 세월을 두고 밟아서 단단하게 움푹 들어가 버린 흙바닥 등, 그것은 여태까지 본 적이 없는 검소한 방이었다. 자기 이외는 아무도 없는데도 그는 가까이에서 자기로서는 이해하기 어려운, 대지에 뿌리박은 억센 영혼을 느꼈다……고 생각하는 순간 그것은 사라져 버렸다. 갑자기 그는 다른 생명을 느끼지 않게 되고 다시 혼자가 되었다.

그는 미소를 짓고, 매우 기분 좋게 피로해 있으니 자야겠다고 생각했다. 눈꺼풀이 저절로 감겼다. 그는 폭이 넓은 큼직한 시골 침대로 다가가서 휘장을 열고 몸을 내던지고는 안쪽 벽에 붙어서, 개어 놓은 파란 꽃무늬의 헌 이불을 몸에 덮었다. 그리고는 눕자마자 곧 잠들어 버렸다. 이리하여 옛 그대로의 집의 깊은 정적 속에서 지친 몸과 마음을 쉬었던 것이다.

겨우 눈을 떴을 때는 이미 밤이 깊어 있었다. 그는 어둠 속에서 몸을 일으켜 휘장을 젖히고 방안을 둘러 보았다. 벽을 네모로 도려낸 구멍에서 비쳐드는 가냘픈 빛도 없었고 어디를 보나 부드럽고 소리 하나 없는 암흑뿐이었다. 눈을 떠 보니 자기 혼자였으므로 여태까지 느껴 보지 못한 편안한 기분으로 그는 다시 드러누웠다. 그가 눈을 뜨기를 기다리는 하인이 가까이에 없는 것조차 그에게는 기분 좋은 일이었다. 지금은 구석구석에 스며 있는 이 정적 이외에 아무것도 생각하고 싶지 않았다. 무슨 소리 하나 들리지 않았다. 잠든 채 몸을 뒤척이는 무지한 위병의 잠꼬대도, 돌을 깐 안마당에 울리는 말굽소리도, 느닷없이 칼자루에서 뽑는 긴 칼의 쇳소리도 들리지 않았다. 다만 이루 말할 수 없이 달콤한 정적이 있을 뿐이었다.

그런데 갑자기 무슨 소리가 들려 왔다. 고요를 깨뜨리고 가운뎃방에서 사람이 걸어다니는 소리와 말소리가 들려 온 것이다. 옌은 몸을 일으켜 휘장 틈으로 서툴게 짠 장식 없는 문 쪽으로 눈길을 돌렸다. 문이 조금씩 소리없이 열렸다. 촛불 빛이, 그리고 그 빛 속에서 사람의 머리가 보였다. 그리고 그 머리가 물러나더니 이번에는 다른 사람이 들여다보고, 그 밑으로는 더 많은 머리가 보였다. 그때 옌이 몸을 움직이는 바람에 침대가 소리를 냈다. 그러자 재빨리 문은 조용히 닫히고 방은 다시 캄캄해졌다.

옌은 이제 잠이 오지 않았다. 눈을 뜬 채 드러누워, 벌써 아버지가 자기의 숨은 곳을 알고 데려오기 위해 사람을 보낸 것일까 하고 생각했다. 이 생각을 하자 절대로 침대에서 일어나지 말아야지 하고 결심했다. 그러면서도 방금 있었던 일이 몹시 마음에 걸려 도무지 가만히 누워 있을 수가 없었다. 그때 문득 말 생각이 났다. 말을 탈곡장 수양버들에 묶어 둔 채, 먹이를 주거나 돌봐 주도록 일러 놓지 않았으니 아직도 그대로 있겠구나 생각하고 그는 일어났다. 왜냐하면 그는 보통 사람들보다도 그런 데에 특별한 애정을 갖고 있었기 때문이다. 방안은 몹시 공기가 찼으므로 양피 윗도리를 꼭 여며 입고 구두를 찾아 신고는 벽을 따라 손을 더듬어 고리를 찾아 열고 나갔다.

등불을 켜 놓은 가운뎃방에는 젊은이 늙은이 합쳐서 약 이십 여 명의 농부들이 모여 있었다. 그들은 그의 모습을 보자 한 사람 두 사람 일어서더니 모두 일어나서 그를 바라보았다. 그는 놀라며 그들을 돌아보았으나 그 늙은 소작인 이외에는 아는 얼굴이 하나도 없었다. 이윽고 그들 중에서 가장 나이 많고 가장 온화한 얼굴을 한, 푸른 옷을 입은 농부가 앞으로 나왔다. 예나 다름없는 시골풍으로 아직도 백발을 변발(辮髮)로 땋아 내리고 있었다. 그는 절을 하고 옌에게 이렇게 말했다.「이 마을 늙은이들이 도련님께 인사를 드리러 왔습니다.」

옌은 가볍게 인사하고 그들에게 자리에 앉도록 이르고는 자기도 그를 위해 비워 놓은 흰 나무 테이블의 제일 윗자리에 가서 앉았다. 조금 있으니까 이윽고 아까 그 노인이 입을 열었다.「아버님은 언제 오십니까?」

옌은 간단히 대답했다.「아버지는 안 오셔. 나는 당분간 혼자 있고 싶어서 여기 온 거야.」

이 말을 듣자 그들은 파랗게 질린 얼굴로 서로 쳐다보았다. 그 노인이 다시 헛기침을 하고 입을 열었다. 이 노인이 그들의 대표라는 것을 옌은 알았다.

「이 마을 사람들은 모두 가난뱅이뿐이고 또 벌써 빼앗길 만큼 빼앗겼습니다. 도련님의 큰 백부님께서도 먼 해안 도시에서 살게 되시고부터는 그전보다도 씀씀이가 심해져서 저희들에게 힘에 넘치는 소작료를 어거지로 긁어 가고 계십니다. 군벌에게도 세금을 바쳐야 하고, 비적을 피하기 위해서도 돈을 내야 하고, 저희들은 먹을 것조차 없는 형편입니다. 그래도 금액을 말씀해 주시면 어떻게든 마련해서 드릴 테니 제발, 제발, 어디 다른 데로 가셔서 이 이상 더 저희들을 괴롭히지 말아 주십시오.」

옌은 은근히 놀라면서 주위를 돌아보고 날카로운 소리로 말했다. 「할아버지 집에 와서 그런 말밖에 듣지 못하다니 참으로 뜻밖이군. 나는 당신들한테서 돈을 받을 생각은 조금도 없다.」 그리고 잠시 사이를 두고 농민들의 정직해 보이는, 그러나 영문을 몰라하는 얼굴들을 바라보면서 말을 계속했다. 「당신들을 믿고 사실을 얘기하는 것이 차라리 좋겠군. 지금 남방에는 혁명이 일어나고 있는데 그것은 북방의 군벌에 반항해서 일어난 거야. 그러나 아버지의 아들인 나로서는 아버지에게 대항해서 무기를 잡을 수가 없어. 설혹 전우들과 함께 한다고 하더라도 그런 짓을 할 수는 없는 일이야. 그래서 밤낮을 가리지 않고 탈출해서 호위병과 함께 집에 돌아오고 말았지. 그러자 아버지는 내 군복을 보고 화를 내시더군. 그래서 마침내 나는 아버지와 싸우고 말았지. 게다가 혁명군의 대장도 나에 관해선 무척 화를 내고 있으니까 필경 찾아내서 몰래 죽여 버릴지도 몰라. 그래서 나는 잠시 몸을 숨기는 것이 좋을 것 같아서 이리 온 거야.」

여기까지 말하고 옌은 입을 다물었다가 주위의 진지한 표정들을 휘둘러보고 다시 입을 열어 매우 열심히 지껄이기 시작했다. 왜냐하면 그는 그들을 납득시키려고 열심이었으며 또 그들의 지나친 의심에 좀 화가 났기 때문이었다.

「그러나 나는 다만 피신만을 위해서 여기 온 건 아니야. 이 대지의 고요함에 큰 동경을 품고 있었기 때문에 온 거야. 아버지는 나를 군인으로 키우셨지만, 나는 피라든가, 살인이라든가, 화약 냄새라든가, 군대의 소란이라든가 그런 것이 싫단 말이야. 옛날 어릴 때 아버지를 따라 이 집에 와서 한 여인과 기묘한 두 사람을 만난 적이 있는데, 그때도 그 사람들이 부러워서, 군관 학교에 가서 전우들과 사는 동안에도 여기 생각을 하고는 언젠가 꼭 가봐야지 하고 생각했었지. 저마다 이 마을에 가정을 갖고 있는 당신네들이 나는 부러워.」

이 말을 듣고 그들은 다시 서로 얼굴을 쳐다보았다. 자기들과 같은 생활을 부러워할 자가 있으리라고는 이해도 할 수 없었고 믿을 수도 없는 일이었다. 그들에게 있어서 생활은 그토록 고통스러운 것이었다. 열심히, 끈질기게, 솔직한 태도로 이야기하고 있는 이 청년에 대한 그들의 의혹은 점점 더 강해질 뿐이었다. 이 청년이 흙벽집이 좋으니 어쩌니 지껄이고 있기 때문이다. 그가 여태까지 얼마나 호화로운 생활을 해왔는지, 그것은 상상하기 어렵지 않다. 왜냐하면 그의 사촌들, 백부들이 어떤 생활을 하고 있는지 그들은 잘 알고 있기 때문이다. 백부 한 사람은 먼 도시에서 왕족 같은 생활을 하고 있고, 지금 그들의 지주가 되어 있는 상인 왕 얼은 고리 대금을 하여 엄청난 부호가 되어 있다. 이 두 사람을 그들은 부러워하면서도 모두 미워했다. 그러므로 마음속에서 이 젊은이도 거짓말을 하고 있는 것이라고 생각하고 증오와 공포의 눈으로 바라보고 있었다. 그것은, 이 넓은 세상에서 커다란 저택에서 살 수 있는 신분이면서 흙벽집에 살고 싶다는 인간이 있으리라고는 도저히 믿을 수가 없었기 때문이다.

그들은 자리에서 일어났다. 옌도 일어섰으나 이런 경우 그가 자리에서 일어나는 것은 소수의 손위 어른에 대한 예의라고 할 수 있었다. 그는 누덕누덕 기운, 색이 바랜 헐렁한 무명 옷을 입은 이런 농부들에게 어떻게 예의를 차려야 좋을지 알 수가 없었다. 그러나 어떻게든 그들의 호감을 사 두고 싶었으므로 그는 자리에서 일어나 일일이 절을 하며 한두 마디의 의례적인 말을 건넸다. 그들은 그 단순한 얼굴에 여전히 불신의 빛을 띄운 채 그의 인사에 답례하고 돌아갔다.

뒤에 남은 것은 소작인 노부부뿐이었다. 두 사람은 불안한 듯 옌을 바라보고 있더니 이윽고 늙은이가 호소하듯 말했다.

「도련님이 여기 오신 까닭을 솔직하게 말씀해 주십시오. 그러면 어떤 화가 미칠지, 저희들은 미리 알 수가 있으니까요. 사정을 살피기 위해서 도련님을 보내신 걸 보면, 아버님은 대체 어떤 전쟁을 시작하실 생각이신지 가르쳐 주십시오. 저희들 가난한 사람들을 살려 주십시오. 저희들은 하느님이나 군벌이나 부자나 관리나 그런 힘센 악당들이 하라는 대로 할 수밖에 없습니다요.」

옌은 그들의 공포를 알았으므로 대답했다. 「난 사정을 염탐하러 온 게 아냐. 아버지의 명령으로 온 게 아니란 말이야. 모두 얘기했잖아, 그건 거짓말이 아냐.」

그래도 늙은 부부는 그의 말을 믿을 수가 없었다. 노인은 한숨을 쉬고 얼굴을 돌렸으며 노파는 금방 울음을 터뜨릴 듯한 표정으로 잠자코 서 있었다. 옌은 두 사람에게 어떻게 해명해야 좋을지 몰라 조바심이 났고 울화가 치밀어 오르려 했을 때 마침 다시 말 생각이 났다.

「내 말은 어떻게 됐지? 잊어버리고 있었는데……」

「부엌에 넣어 두었습니다.」 하고 노인이 대답했다. 「짚과 말린 콩을 먹이고 연못 물을 먹여 놓았지요.」 그리고 옌이 고맙다고 인사하자 그는 말했다. 「그까짓 것 아무것도 아닙니다요. 도련님은 우리 옛 주인마님의 손자님이 아니십니까.」 이 말을 하고 나더니 그는 느닷없이 옌 앞에 무릎을 꿇고 큰 소리로 신음하듯 말했다.

「옛날에는 도련님 할아버지도 이 땅에서 우리들과 똑같은 농부였습지요. 우리들과 다름없는 보통 인간이었지요. 이 마을에서 우리와 똑같이 살고 있었습니다요. 하지만 언제나 가난해서 먹을 것도 먹는 둥 마는 둥하는 우리보단 운이 좋아서…… 그러니, 옛날엔 우리와 같은 농부였던 할아버님을 생각해서서라도 도련님이 여기 오신 까닭을 솔직하게 말씀해 주시지 않겠습니까요?」

옌은 노인의 손을 잡아 일으켰다. 그러나 그것은 그다지 다정스럽다고는 할 수 없었다. 왜냐하면 그는 이렇듯 뿌리 깊은 의심에 진저리가 나기 시작하고 있었으며, 또 높은 사람의 아들로서 여태까지는 자기 말이 언제나 그대로 신뢰를 받아 왔기 때문이다. 그래서 그는 호통치듯 말했다.

「아까 말한 대로다. 몇 번이나 같은 말을 되풀이하기는 싫어! 나 때문에 재난이 일어날지 어떨지는 곧 뚜렷이 알게 될 거야!」 그리고 노파를 향해서 말했다. 「배가 고프니 먹을 것과 좋은 술이 있으면 갖다 줘.」

노부부는 묵묵히 시중을 들고 그는 먹었다. 그러나 아침에 먹을 때 만큼 맛있다고 느끼지는 않았다. 곧 배가 찼으므로 그 이상 아무 말도 하지 않고 일어나 다시 침실로 들어가서 자려고 드러누웠다. 한참 동안 잠이 오지 않았다. 그 단순한 농민들에 대해 화가 났던 것이다. 그는 마음속으로 소리쳤다.『바보들 같으니! 정직할지는 모르지만 바보란 말이야! 이런 좁은 땅에 살고 있어서 아무것도 모른단 말이야! 완전히 세상 돌아가는 걸 몰라!』그는 이따위 인간들을 위해서 전쟁을 할 만한 가치가 있을까 하고 의심했다. 그리고 그들에게 비하면 자기는 매우 영리한 것 같은 기분이 들었다. 자기가 더 영리하다고 생각하니 기분이 좋아져서 어둠과 고요 속에서 그는 다시 깊은 잠에 빠져들어갔다.

아버지에게 발견되기까지의 육 일 동안 왕 옌은 이 흙벽집에서 살았다. 그리고 그 기간은 그의 전 생애를 통해서 가장 즐거운 것이었다. 쓸데없는 일을 물어 보러 오는 자도 없었고, 노부부는 묵묵히 시중을 들어 주었으며, 그는 자기에 대한 두 사람의 의혹도 잊어버리고, 과거도 미래도 생각함이 없이 오직 그날그날의 일만 생각하고 살았다. 어느 도시에도 가지 않았으며 큰 저택에 살고 있는 백부조차 찾아보지 않았다. 밤마다 어두워지면 자고 아침마다 일찍 맑은 겨울의 햇빛 속에서 일어나, 식사하기 전에 문 밖에 서서 겨울 보리로 연한 초록빛을 띤 밭을 바라보았다. 눈앞에는 대지가 아득히 먼 저편으로 탄탄하게 펼쳐져 나갔고 그 탄탄함 속에 쪽빛 얼룩 같은 것이 점점이 보였다. 그것은 곧 닥쳐올 봄을 위해서 밭농사의 준비를 하고 있는 농부들과, 밭두렁길로 다른 마을이나 도시를 왕래하는 사람들의 모습이었다. 그리고 매일 아침 그는 시를 생각했다. 그리하여 사암(砂岩)을 조각하듯이 구름 한 점 없는 푸른 하늘을 배경으로 우뚝 솟아 있는 먼 산의 아름다움을 하나하나 마음에 새겨 처음으로 조국의 아름다움을 이해했다.

어린 시절을 통해 옌은 군사 교관이 〈우리 나라〉, 〈우리들의 국토〉라는 두 말을 사용하는 것을 들어 왔다. 때로는 옌에게 무척 열심히 〈당신의 나라〉라고 말한 적도 있다. 그러나 그러한 말들을 들어도 옌은 가슴이 뛰는 듯한 느낌을 가진 적은 없었다. 그 까닭은 옌이 장군 공관에서 아버지와 함께 매우 좁고 격리된 생활을 하고 있었기 때문이다. 병사들이 떠들고 먹고 자고 하는 병영에도 거의 가본 적이 없었고, 왕 후 장군이 출정할 때조차 옌은 중년의 얌전한 특별 호위병들에게 에워싸여 살고 있었던 것이다. 그 호위병들은 젊은 도련님 가까이에서는 정숙하게 해야 한다, 부질없는 상소리 따위를 해서는 안 된다는 엄명을 받고 있었다. 이와 같이 옌과 외부와의 사이에는 항상 호위병들이 측근에서 가로막고 있었던 것이다.

지금의 그는 날마다 보고 싶은 것을 볼 수 있었다. 그리고 그가 보고 싶으면 볼 수 있는 주변 것들과의 사이에는 아무런 방해도 없었다. 그는 하늘과 땅이 맞닿은 곳까지 가로막힌 것 없이 바라볼 수 있었다. 멀리 서쪽으로 청자빛 하늘을 향해 톱니 꼴로 꺼멓게 치솟은 도시의 성벽을 볼 수도 있었고, 대지 위에 멀리 가까이 울창하게 둘러싼 숲의 부락을 볼 수도 있었다. 이렇게 날마다 실컷 풍경을 자유로이 바라보기도 하고, 대지를 걷기도 하고, 말을 달리기도 하면서 그는 이제 비로소 〈나라〉라는 것이 어떤 것인가를 알 듯했다. 저 밭, 이 대지, 이 하늘 그 자체와, 저 담청색의 아름다운 벌거숭이 산들, 이런 것들이 자기의 나라인 것이다.

그런데 기묘한 일이 일어났다. 옌은 말을 타는 것조차 그만둔 것이다. 왜냐하면 그것이 자기를 대지로부터 떼어 놓게 하는 듯한 느낌이 들었기 때문이다. 그는 원래 말을 잘 탔다. 지금까지 늘 말을 타고 있었고, 그에게 있어서 말을 탄다는 것은 자기의 두 다리를 쓰는 것과 마찬가지였기 때문이다. 그런데 지금은 어디를 가나 농부들이 자기를 바라보았다. 그리고 그를 모르는 사람이면 반드시 서로 수군거렸다.「저건 틀림없는 군마야. 보통 짐을 끄는 말이 아니야.」그리고 이삼 일이 지나자 자기에 관한 소문이 퍼져서 농민들이 하는 말이 귀에 들려 왔다.「왕 후 장군의 아들이 와서 아무데나 큰 말을 타고 다니며, 그 일족답게 뻐기고 있군. 뭣 땜에 왔나, 도대체? 필경 영감쟁이 대신에 토지를 돌아보고 작물을 조사해서 전쟁 비용을 만들려고 우리들에게 또 새로운 세금을 짜낼 궁심으로 온 게 틀림없지.」 옌이 옆을 지나면 그들은 꼭 씁쓸한 표정으로 그를 바라보다가 얼굴을 돌리고는 땅에다 퉤 하고 침을 뱉았다.

처음 한동안은 이런 경멸에 찬 침을 뱉는 꼴을 보고 옌은 화도 나고 놀라기도 했다. 아버지 이외는 무서운 것이 없었고, 또 자기 명령에 한시라도 빨리 복종하려고 애를 쓰는 하인들만 보아온 그에게는 이런 취급을 받는 것은 처음이었기 때문이다. 그러나 얼마가 지나자, 왜 이렇게 되었으며 이 농민들이 그동안 얼마나 압박을 받아 왔는가를 생각하게 됐다. 그것은 군관 학교에서 이미 배운 바가 있어 짐작은 했지만, 이유를 확실히 알고 나니 마음도 너그러워지고 농민들에게 실컷 침을 뱉게 놔 두기로 했다.

그래서 그는 말을 매어 둔 채 걸어다녔다. 처음에는 자기 다리를 사용하는 것이 좀 힘이 들었지만 하루이틀 지나자 걷는 데도 익숙해졌다. 일상 신던 가죽 구두를 벗어 던지고 농부들이 신는 짚신을 신었는데, 발바닥으로 몇 달이나 계속되는 겨울의 가뭄에 바싹 마른 밭두렁길이며 도로의 딱딱한 대지를 느끼는 것은 기분 좋았다. 사람들과 스쳐 지나갈 때, 미움과 공포의 대상인 군벌 장군의 아들로서가 아니라 낯선 타향 사람으로서 자기를 보아 주는 것도 기뻤다.

지난 며칠 동안에 옌은 과거 어느 때보다 조국을 사랑하게 되었다. 그리고 매우 자유롭고 고독했으므로, 언제나 아름다운 시상이 스스로 마음속에 떠올라왔다. 언어를 찾을 필요는 거의 없었고 다만 마음속에 있는 것을 그대로 쓰면 되었다. 흙벽집에는 공책도 종이도 없고 다만 낡은 붓 한 자루가 있을 뿐이었다. 아마 옛날 조부가 토지 매매의 증서에 이름을 적던 붓인 모양이다. 그래도 그 붓은 아직 쓸 수 있었으므로 이것과 찾아낸 먹 조각으로 옌은 가운뎃방 흰 벽에다 자작시를 적어 나갔다. 소작인 노부부는 읽을 수 없는 내용이었지만, 반 찬탄, 반 공포의 눈으로 바라보았다. 옌은 지금 조용한 연못 위를 쓰다듬는 수양버들이라든가, 하늘에 떠다니는 구름이라든가, 은빛 같은 빗줄기라든가, 지는 꽃이라든가 하는 이런 소재뿐 아니라 새로운 시를 지었다. 그것은 그의 내부 깊숙한 곳에서 솟아나는 것으로서, 자기의 국토와 인정에 대해 자연히 우러나는 새로운 애정을 읊은 것이었다. 그러므로 그리 쉽게 지을 수는 없었다. 전에 그가 지은 시는 마음의 표면에 뜨는 아름다운 거품처럼 곱기는 했으나 공허한 형태뿐이었다. 그러나 새로운 시는 그렇게 곱지는 않았으나 그가 싸워 온 것, 잘은 모르지만 격조도 거칠고 평측(平仄)도 맞지 않는 채, 마음에 떠오르는 어떤 내용을 담고 있었다.

　이렇게 해서 나날을 지냈으며, 옌은 넘치는 큰 사상을 품고 혼자 생활했다. 장래는 어떻게 될지 그도 알 수 없었다. 장래를 뚜렷하게 보장할 만한 아무것도 그의 마음속에 분명하게 결정지어져 있지 않았다. 지금 그는 빛 그 자체가 파랗게 보이고 감청의 하늘에서 쏟아지는 구름의 그림자도 없는 햇빛 속에 빛나고 있는, 이 북국의 엄하고 밝은 아름다움 속에서 호흡하는 데 만족하고 있었다.

　그는 조그마한 마을의 길거리에서 사람들이 서로 얘기하는 말에 귀를 기울였다. 길가 반점에 모인 사람들 사이에 끼어 자기는 거의 한 마디도 하지 않고, 잘 알아듣지는 못해도 귀와 마음에 기분 좋게 들리는 그 말들에 귀를 기울였다. 거기에는 전쟁 얘기 따위는 없었다. 어떤 아들이 태어났다든가, 어느 땅이 팔렸다든가, 값은 얼마였다든가, 아무개가 장가를 가고 아무개가 시집을 갔다든가, 어떤 씨를 뿌리면 된다든가 하는 그저 이런 평범하고 흔해 빠진 이야기를 주고받는, 마을의 한갓 작은 소문밖에 없는 그 평온 속에서 마음에 평안함을 얻었다.

　이러한 일의 즐거움은 나날이 더해 가고 그것이 아주 선명해지면 한 편의 시가 떠올랐다. 그러나 붓을 들어 쓰고 나면 한참 동안은 마음이 편안하지 않았다. 여기에 이상한 점이 있었다. 그것은 자기도 기묘하게 생각되었지만, 나날을 즐겁게 느끼고 있는데도 떠오르는 시는 언제나 밝은 시가 아니고 마치 그의 속에 숨은 것이 슬픔의 샘이기라도 하듯이 짙은 우수의 그림자를 띠고 있었는데, 그 이유를 그도 알 수 없었다.

　그러나 왕 후 장군의 외아들쯤 되는 자가 어떻게 이런 생활을 언제까지나 계속할 수 있을 것인가. 도처에서 시골 농민들은 말하고 있었다. 「처음 보는, 키가 크고 얼굴이 거무스름한 젊은이가 마치

숙맥처럼 여기저기 돌아다니고 있어. 왕 후 장군의 아들이고 왕 상인의 조카라나. 헌데, 그렇게 높은 사람의 아들이 혼자서 저렇게 돌아다닐 수가 있나. 왕 릉의 낡은 흙벽집에 살고 있다는데, 아마 머리가 돈 모양이지.」

이 소문은 성 안에 살고 있는 왕 상인의 귀에도 들어갔다. 그는 이 얘기를 가게의 늙은 점원한테서 듣고 날카롭게 말했다. 「나를 보러 오지도 않고 소식도 전하지 않는 것을 보면, 그건 물론 아우의 아들이 아닐 게다. 그리고 내 아우가 소중한 아들의 그런 방종한 짓을 내버려 둘 까닭이 없어. 내일 하인을 보내서 소작인 집에 살고 있는 자가 대체 어떤 놈인가 조사를 시켜 봐야겠다. 그 집에 살아도 괜찮다는 허락을 나는 아무한테도 해 준 적이 없단 말야.」 그리고 그는 그자가 가짜요, 비적의 첩자인지도 모른다면서 속으로 무서워했다.

그런데 그 내일이라는 날은 끝내 오지 않았다. 왜냐하면 그보다 앞서 왕 장군의 병영에도 그 소문이 퍼져 있었기 때문이다. 그날 엔은 언제나와 마찬가지로 식사를 하고 차를 마시며 아득히 먼 곳을 바라보고 공상에 잠겨 있었는데, 멀리 몇 사람이 메고 오는 가마가 하나, 다시 또 한 가마가 그 뒤를 따르고 그 둘레를 일단의 병사들이 둘러서서 오고 있는 것이 눈에 띄었다. 그리고 그 병사들이 아버지의 군대라는 것을 군복을 보고 알았다. 그래서 그는 갑자기 음식과 차를 먹다 말고 집안으로 들어가 음식물을 테이블 위에 놓고는 가까이 오는 가마를 기다리며, 마음속으로 불안스러운 기분으로 생각했다. 『아마 저건 아버지일 게다 — 서로 무어라고 입을 열면 좋을까?』 언젠가 한 번은 반드시 아버지와 얼굴을 맞대지 않으면 안 된다는 것과, 그리고 언제까지나 끝내 달아날 수 없다는 것을 모른다면, 그는 밭을 지나 어린 아이처럼 달아나고 싶은 심정이었다. 그는 매우 흐트러진 심정으로 아버지를 기다렸다. 옛 어린 시절의 공포를 억지로 뿌리치며 기다리는 동안 아무것도 먹을 기분은 나지 않았다.

그런데 가까이 온 가마 안에서 내린 것은 아버지가 아니었다. 남자가 아니고 두 사람의 여자였다. 한 사람은 어머니, 또 한 사람은 하녀였다.
　좀처럼 어머니와 만난 적이 없었고 또 여태까지 어머니가 집을 나온 기억이 없었으므로 옌은 깜짝 놀라고 말았다. 대체 어찌 된 일일까 하고 궁금해 하면서 인사를 하기 위해 천천히 걸어 나갔다.
　어머니는 하녀의 팔에 의지하여 아들 쪽으로 걸어왔다. 머리는 희고 고상한 검은 옷을 입고 있었으며 이가 다 빠져서 두 볼이 우묵하게 꺼져 있었다. 그러나 보기에는 아직도 아름다운 혈색이었다. 표정은 단순했으며 얼마간 천진해 보였으나 아직도 정다움이 넘쳐 흘렀다. 아들의 얼굴을 보자 어머니는 시골풍으로 꾸밈없이 말을 건넸다. 어머니는 젊을 때 시골에서 자란 처녀였다.「옌, 아버님이 편찮으셔서, 돌아가실 날도 멀지 않다고 너에게 전하라시면서 나를 보내셨다. 돌아가시기 전에 곧 돌아와 주기만 하면 네가 하고 싶은 대로 하도록 해 주시겠다고 그러시더라. 노여워하고는 있지 않으니까 돌아와 주기만 하면 좋겠다고, 그렇게 말씀하셨단다.」
　그녀는 이 말을 큰 소리로 누구나 다 들을 수 있도록 말했다. 사실 그때는 마을 사람들이 새로운 일이라도 생기는가 보려고 몰려들었다. 그러나 옌의 눈에는 그들의 모습이 보이지 않았다. 지금 들은 내용으로 그의 머릿속은 혼란스러웠다. 지난 몇 달 동안의 생활로 그는 이 집을 떠나지 않겠다고 굳게 결심하고 있었는데, 아버지가 정말로 돌아가실 지경이라면 그 청을 거절할 수 있겠는가. 그러나 사실일까. 문득 술로 마음의 위안을 얻으려고 손을 내밀었을 때 그 손이 떨리고 있었던 것이 생각나서, 어쩌면 사실인지 모른다는 기분이 들었으며, 그렇다면 아들의 몸으로 무슨 일이 있든 아버지의 말씀을 거역할 수는 없다고 생각했다.
　거기에다가 하녀는 옌이 의심쩍어하는 것을 보자 주인을 돕는 것이 자기의 의무라 생각하고 또 마을 사람들에게 자기의 위치가 얼마나 높은가를 과시하기 위해서 사방을 돌아보며 커다란 소리로 말했다.「오오, 도련님, 정말입니다. 저희들도 의사 선생님도 모두 미칠 지경이 되어 있습니다. 노장군님의 수명도 이제는 길지 않으시니까, 만일 살아 계실 때 만나고 싶으시거든 지금 곧 돌아가시지 않으면 늦습니다. 맹세코 말씀드리지만, 노장군님의 수명은 얼마 남지 않으셨어요. 만일 그게 거짓말이라면 저를 죽여도 좋습니다!」
 마을 사람들은 모두 이 말을 열심히 듣고 있다가 왕 후 장군이 머지않아 죽는다는 말에 서로 뜻깊은 눈길을 나누었다.
 그래도 역시 옌은 두 여자의 말을 의심했다. 어떻게든 그를 데려가 겠다는 열의가, 드러나지 않게 밑바닥에 감추어져 있는 것을 느끼고 더한층 의심이 짙어진 것이다. 하녀는 그가 아직도 의심을 풀지 않으려 하는 것을 보자 그 앞에 몸을 내던지고 탈곡장의 딱딱한 흙바닥에 머리를 부딪치면서 짐짓 울음 소리를 높여 큰 소리로 말했다.
 「어머님을 보세요, 장군 도련님. 천한 몸이기는 합니다만 저를 보세요. 저희들이 얼마나 진심으로 원하고 있는지…….」
 이런 행동을 한두 번 하고 나더니 그녀는 일어서서 회색 무명 옷에 붙은 먼지를 털고, 입을 멍하니 벌린 채 바라보고 있는 마을 사람들 쪽으로 업신여기는 듯한 시선을 던졌다. 그리고는 이것으로 의무를 다했으니 자랑스러운 명문 집안의 긍지 높은 하녀와 이런 데 사는 촌놈들과는 격이 다르다고 뻐기는 태도로 옆에 가 섰다.
 그러나 옌은 시녀를 거들떠보지도 않았다. 그는 어머니를 바라보고 아무리 싫더라도 자식으로서의 의무만은 다해야 한다고 깨닫고 어머니에게 안으로 들어가서 앉으시라고 권했다. 어머니는 권하는 대로 안으로 들어갔다. 마을 사람들도 뒤를 따라왔다. 또 어떤 일이 일어날까 궁금해서였다. 그러나 지체 높은 사람을 보고 싶어하는 평민들을 오래 보아 왔으므로 어머니는 조금도 개의치 않았다.
 그녀는 가운뎃방을 신기한 듯이 둘러보며 말했다.
 「이 집에 온 것은 나는 처음이야. 할아버지께서 부자가 되셨다는 얘기며 찻집 여자를 집에 불러들였다는 얘기, 한참 동안 그 여자에게 쥐어 사셨다는 얘기를 어릴 때에 곧잘 들었었지. 그 여자가 어떤 얼굴을 하고 있다느니, 무엇을 먹고 무엇을 입느니 하는 얘기가 이 근처에서는 사람들의 입에서 입으로 큰 소문이 되어 전해졌었지. 하기야 내가 아직 어렸을 때 할아버지께서는 벌써 노인이었으니까 그때도 이런 건 다 옛 얘기였지만. 지금도 기억하고 있지만 할아버님은 그 여자에게 루비를 사주기 위해서 땅을 팔았다는 소문조차 났었단다. 하지만 나중에 다시 사들였다는 얘기더군. 그 여자는 내 결혼식 때 꼭 한 번 만났을 뿐이야. 그리고 죽기 전엔 너무나 살이 쪄서 두 눈 뜨고 못 볼 정도였대! 후후훗……」

그녀는 이 빠진 입으로 웃으며 상냥하게 주위를 돌아보았다. 어머니가 아무런 어색함이 없이 솔직하게 얘기하고 있는 것을 보니, 사실 여부를 따지고 물어 볼 용기가 났다. 「어머니, 정말 아버님은 편찮으십니까?」

이 말을 듣고 어머니는 불현듯 자기의 목적이 생각난 듯 이가 빠져 바람 소리가 나는 목소리로 말했다. 말을 할 때는 반드시 이런 소리가 나곤 했다. 「아버님은 정말 편찮으신지는 모르지만, 침상에서 주무시려고도 하지 않고 거실에서 의자에 앉아 술만 자신단다. 아무것도 안 자셔서 참외처럼 누렇게 되셨다. 그렇게 누런 얼굴은 처음 봤다. 게다가 큰 소리로 호통만 치시니 누구 하나 옆에 가서 말도 건네지 못하는 형편이야. 그 호통이 전에도 무시무시했지만 지금은 그보다 더하단다. 저렇게 아무것도 안 자신대서야 암만 봐도 오래 사실 것 같지 않다.」

「네, 네, 정말입니다요. 아무것도 안 잡수시니까 오래 사시지는 못하세요.」 하고 하녀도 거들었다. 그녀는 부인이 앉은 의자 옆에 서서 고개를 흔들며 자기의 말을 대견스러워하고 있었다. 그리고 두 여자는 함께 한숨을 쉬고 제법 근심스러운 표정으로 살며시 그의 기색을 살폈다.

옌은 조마조마하면서 생각하다가 입을 열었다. 왜냐하면 아직도 의심이 남아 있고, 게다가 여자라는 것은 모두 바보라고 한 아버지의 말이 기억나서 의심스럽기는 했으나, 아버지의 병이 그토록 위독하다는 것이 사실이라면 결국은 가지 않으면 안 되겠구나 하고 생각했기 때문이다.

「그렇다면 돌아가겠습니다. 하지만 어머니, 어머니는 피곤하실 테니까 하루이틀 여기서 쉬어 가시면 어떠십니까?」

그래서 그는 어머니를 휴식시키기 위해 이것저것 주선을 하고는 이제 자기 방처럼 여겨져서 떠나기가 아쉬워진 그 방에 어머니를 안내했다. 그리고 어머니가 식사를 마치자, 즐겁게 아름다웠던 나날의 추억을 마음속에 간직한 채 다시 말에 올라 말머리를 아버지가 있는 북쪽으로 돌렸다. 그러나 다시 두 여자의 말이 수상쩍게 여겨졌다. 왜냐하면 그가 돌아가는 것을 보고 그녀들이 너무나 들떠서 떠들어 댔기 때문이다. 한 집안의 주인이 중병에 걸려 있다고 하면서 너무 쾌활하게 소란을 피우는 것에 이상한 느낌이 든 것이다.

그의 뒤에는 아버지의 병사가 이십 명쯤 따라오고 있었다. 그들이 무언가 음탕한 소리를 지껄이며 함께 와 하고 터뜨리는 웃음 소리를 듣자, 그는 자기 말 바로 뒤에서 따라오는 그들의 말굽 소리를 듣는 것이 불쾌하여 더이상 참을 수 없어, 화난 듯이 고개를 돌려 쏘아보았다. 그리고 왜 따라오느냐고 사나운 어조로 묻자 그들은 끄떡도 않고 대답하는 것이었다. 「이런 기회를 노려서 몸값을 요구하기 위해, 적이 작은 장군님을 사로잡거나 경우에 따라서는 살해할지도 모르므로 그런 일이 없도록 곁을 떠나지 말라는 명령을 받고 있습니다. 이 근방에는 비적도 많고 또 도련님은 노장군에겐 하나밖에 없는 소중한 아드님이시니까요.」

옌은 아무 대답도 하지 않았다. 그는 신음하듯 단호한 태도로 말머리를 북쪽으로 돌렸다. 자유를 생각하다니, 그 얼마나 바보스러웠던가. 자기는 아버지의 외아들이 아닌가. 외아들인 이상 모든 것이 절망이었다.

그가 지나가는 것을 지켜 보고 있던 마을 사람들과 농민들 가운데 그가 떠나는 것을 기뻐하지 않는 자는 한 사람도 없었다. 왜냐하면 그의 행동을 전혀 이해하지도 믿지도 않았기 때문이다. 그가 돌아가지 않으면 안 될 궁지에 빠진 것을 그들이 매우 기뻐하고 있음을 옌도 알았다. 그리하여 이 광경은 지난 며칠 동안의 자유의 나날에 겪은 즐거움 속에 검은 오점으로 남았다.

이렇게 하여 옌은 마음에도 없이 호위병을 거느리고 아버지의 장군 공저 문 앞에 말을 들이댔다. 호위병들은 도중에서 잠시도 그의 곁을 떠나지 않았으며, 그들이 옌의 신변을 보호하는 것은 비적 때문이 아니라 그가 어디로 달아나지 않도록 경계하기 위해서임을 그는 곧 알았다. 「내 걱정은 하지 말아라. 내가 아버지한테서 달아날 줄 아느냐? 나는 내 발로 아버지에게 돌아가는 거다!」하고 그는 몇 번이나 입 밖에 내려다가 말았다.

결국 그는 아무 말도 하지 않았다. 경멸에 찬 눈으로 잠자코 시선을 던질 뿐 입을 열려 하지 않고 되도록 빨리 말을 달리며 자기 말의 걸음이 빠른 데 자랑스러운 기쁨을 느꼈다. 호위병의 보통 말과는 아예 비교도 되지 않았다. 그러므로 그들은 그를 따라가기 위해 자기들의 말을 가엾도록 채찍질하지 않으면 안 되었다. 그러면서도 옌은 아무리 달려 봐야 자기가 사로잡힌 인간이란 것을 알고 뇌었다. 시도 떠오르지 않았고 아름다운 풍경도 눈에 들어오지 않았다.

이러한 강행군 끝에 이틀째 밤에 그는 아버지 집에 닿았다. 말에서 내려 갑자기 마음속 밑바닥까지 피로를 느끼며 그는 아버지가 늘 거처하는 방으로 천천히 걸음을 옮겼다. 병사들과 하인들이 살며시 쳐다보고 있는 것도 본체만체했으며 아는 체도 하지 않았다.

그런데 벌써 해가 졌는데도 아버지는 침실에 있지 않았다. 서성거리는 위병에게 물어 보니, 「장군님은 넓은 방에 계십니다.」하고 대답했다.

이 말을 들으니 옌은 조금 화가 났다. 어차피 아버지의 병은 그리 심하지 않으며 자기를 집에 데려오기 위한 책략에 지나지 않았던 것이라고 속으로 생각했다. 그리고 아버지를 무서워하지 않아도 되도록 그와 같은 책략에 대한 노여움을 일부러 불태웠다. 대지와 친히 사귄 그 즐거웠던 고독의 나날을 생각하면 아버지에 대한 노여움을 새롭게 할 수 있었다. 그러나 방에 들어가서 아버지의 모습을 보자 노여움은 얼마간 누그러졌다. 그것이 책략이 아니었다는 것을 눈으로 볼 수 있었기 때문이다. 아버지는 조각을 한 의자 등에 호랑이 가죽을 걸쳐 놓고 불꽃이 활활 피는 화로를 껴안듯이 하고 앉아 있었다. 털이 북실북실한 양피 옷을 입고 높다란 모피 모자를 썼는데도 아버지는 매우 추위 보였다. 피부는 해묵은 가죽처럼 누렇고, 눈은 열 때문에 말라서 거뭇하게 꺼졌으며, 면도를 하지 않은 두 볼의 수염이 잿빛으로 꺼칠꺼칠했다. 아들이 들어가자 얼굴을 드는 듯하더니 다시 화로 위에 몸을 숙인 채 아무 말도 하지 않았다.

옌은 아버지 앞으로 걸어 나가서 머리를 숙이고 말했다.
「편찮으시다기에 돌아왔습니다.」
그러나 왕 후 장군은 나직한 소리로 말했다.「나는 아프지 않다. 그따위 소리는 여자들이나 하는 말이야.」 그는 아들을 보려고도 하지 않았다.

그래서 옌은 물었다.「편찮으시다면서 저를 부르신 것은, 그럼 아버님이 아니셨군요?」 그러자 왕 후 장군은 다시 중얼거리듯 말했다.「나는 부르러 보내지 않았다. 네 거처를 여자들이 묻길래, 나는 지금 있는 곳에 그냥 있게 내버려두라고 말했을 뿐이야.」 노인은 화롯불을 들여다보면서 솟아오르는 열에 손을 쬐었다.

이런 말을 들으면 누구나 화를 낼 것이다. 부모를 존경하지 않는 요즘의 청년들 같으면 더할 것이다. 옌도 마음을 매정하게 먹고 다시 집을 뛰쳐나가 새로운 욕망에 따라 하고 싶은 일을 다시 할 수도 있겠지만, 송장 손처럼 핏기도 없이 꺼칠꺼칠한 두 손을 펴서 떨며, 어딘가 따뜻함을 구하고 있는 아버지의 모습을 보고서는 노여움의 말을 입 밖에 낼 용기가 나지 않았다. 마음이 약한 아들에게 어느 때고 찾아올 순간이 찾아온 것일까. 지금 옌의 마음의 눈은 고독하게 살아온 아버지가 다시 어린애처럼 변한 것을 보았다. 아무리 듣기 싫은 소리를 하더라도 화내지 말고 어린애 어르듯이 대하지 않으면 안 된다는 생각이 떠올랐다. 아버지의 이 심약함이 옌의 노여움을 뿌리채 뽑고, 여느 때보다 더 눈시울이 뜨거워지는 것을 느꼈다. 그는 두 손으로 아버지를 만지고 싶어졌다. 그러나 타고난 수줍음이 앞서서 그렇게 하지 못했다. 그래서 옆에 있는 의자에 얕게 걸터앉아 넌지시 아버지를 지켜 보면서 잠자코 끈기 있게 다시 그가 입을 열기를 기다렸다.

그러나 이런 순간으로 하여 옌은 자유를 느꼈다. 아버지에 대한 공포가 영구히 사라진 것을 느꼈다. 이 노인의 고함 소리, 불쾌한 표정, 찌푸린 검은 눈썹 등, 왕 후 장군이 겁을 집어먹게 하기 위해 쓰는 술책을 이제 옌은 무섭다고 생각하지 않았다. 왜냐하면 옌은 진실을, 즉 이러한 술책은 아버지가 사용하는 무기에 지나지 않는다는 것을 간파했기 때문이다. 아버지는 스스로 의식하지 못했지만, 방패로서, 혹은 사람들이 칼을 들고 상대편을 벨 생각 없이 휘두르듯이 그런 술책을 휘둘러 왔던 것이다. 이와 같이 하여 이 술책이 실은 군벌의 거두가 될 만한 비정함도 냉혹함도 쾌활함도 없는 왕 후 장군의 마음에 가면을 씌우고 있었던 것이다. 이 순간 그것을 똑똑히 보았으므로 옌은 아버지를 공포의 감정을 지니지 않은 채 사랑할 수 있게 되기 시작했다.

그러나 왕 후 장군은 아들의 마음에 이러한 변화가 일어났다는 것을 알 까닭도 없이 묵묵히, 아들이 그 자리에 있다는 것조차 잊은 듯 깊은 생각에 잠겨 있었다. 그는 오래도록 꼼짝하지 않고 있었으며, 마침내 옌이 아버지의 안색이 나쁜 것과 지난 며칠 동안에 수척하게 여윈, 광대뼈가 툭 튀어나온 그의 얼굴을 보고 정다운 듯이 말했다.

「아버지, 이제 주무시지요.」

아들의 목소리를 듣고 왕 후 장군은 병자처럼 조용히 고개를 들어 순한 눈길을 아들에게 돌려 잠시 바라보고 있더니, 이윽고 쉰 목소리로 한 마디 한 마디 천천히 말했다.

「너를 위해서, 죽여도 괜찮을 놈들을 나는 백 칠십 삼 명이나 살려 준 적이 있다.」 그는 전에 곧잘 하듯이 오른손을 입으로 가져갔으나 그 손은 다시 내려지고 말았다. 그리고는 손을 축 늘어뜨린 채 여전히 아들을 바라보고 말했다. 「그건 사실이다. 너를 위해서 그놈들을 죽이지 않았다.」

「고맙습니다, 아버지.」 하고 옌은 말했다. 그 백 칠십 삼 명이 살았다는 것도 기뻤지만, 그 사람들이 살아난 것보다 자기를 기쁘게 해 주고 싶어하는 어린애 같은 희망을 아버지에게서 발견하고 그것에 훨씬 감동되었다.

「저는 사람이 살해되는 것이 제일 싫어요, 아버지.」

「그래 나도 안다. 너는 옛날부터 얌전한 아이였었거든.」하고 노장군은 힘겹게 말하고 다시 입을 다문 채 화로의 불을 들여다보았다.

다시 옌은 어떻게든 아버지를 주무시도록 해야겠다고 생각했다. 아버지의 얼굴에 나타나 있는, 기분이 언짢은 표정이며, 여위어서 축 처진 입술을 차마 더 바라보고 있을 수가 없었기 때문이었다. 그는 일어서서, 문 옆에서 책상다리를 하고 잠에 곯아 떨어져 있는 심복 부하 언청이에게 다가가서 목소리를 죽이고 말했다. 「아버지를 어떻게든 설득해서 침상으로 모시고 갈 수 없겠나?」

언청이는 옌의 목소리에 잠이 깨어 깜짝 놀라며 일어나 멍하니 서 있더니 이윽고 쉰 목소리로 대답했다.

「저도 무척 권해 보았습니다, 도련님. 그런데 제 말은 도무지 소용이 없어서 밤에도 침실에 들어가시지 않습니다. 누우시는가 하면 한 시간 남짓해선 곧 일어나셔서 다시 의자에 앉고 마십니다. 저도 하는 수 없이 여기 이렇게 앉아 있습니다만, 어찌나 졸리는지 이젠 죽을 지경입니다. 그래도 장군님은 저렇게 언제까지나 일어나 계실 수 있으니 말입니다.」

그래서 옌은 아버지에게 되돌아가 달래듯이 말했다.

「아버님, 저도 피로합니다. 함께 가서 한 침대에서 주무시도록 하시지요. 저도 매우 피로해서요. 저도 아버지 곁에서 자겠습니다. 부르시기만 하면 제가 언제나 거기 있다는 것을 아시게 될 겁니다.」

이 말을 듣자 왕 후 장군은 일어날 듯이 약간 몸을 움직였다. 그러나 그대로 다시 힘없이 의자에 주저앉더니 고개를 저으며 일어나려고 하지 않고 말했다.

「아니, 나는 아직 해야 할 말을 다 하지 못했다. 또 할 말이 있어. 그런데 생각이 나지 않는구나. 꼭 말해야, 꼭 말해야 할 것을 두 가지만 오른손으로 꼽아 놓았었는데. 거기 어디 앉아서 내가 생각 날 때까지 기다려다오.」

왕 후 장군의 말투에는 옛 그대로의 과격함이 깃들어 있었으므로 옌은 어릴 때 이런 말을 들으면 잠자코 가서 의자에 앉던 버릇이 생각났다. 그러나 그의 마음속에는 이미 아버지를 무서워하지 않는 새로운 기질이 싹터 있었으므로, 그의 마음은 어느덧 〈아들의 의무〉란 관념에 반항하여 소리 높이 외치고 있었다.『아버지라고 하지만 따분하고 완고한 일개 늙은이에 지나지 않잖는가. 그런데도 나는 그 기분을 맞추려고 이런 데서 기다리고 있어야 한단 말인가!』옌의 눈이 고집스레 번쩍이고 막 생각을 입 밖에 내려고 하는데 심복 노인이 눈치채고 얼른 다가와 달래듯이 말했다. 「아버님께서 하시고 싶어하시는 대로 해드리십시오, 도련님. 건강이 좋지 않으시니까. 그리고 뭐라고 말씀하시든 참으십시오. 우리들은 모두 그렇게 하는 수밖에 도리가 없으니까요.」그래서 옌은 마음에도 없이, 하기야 여태까지 거절의 소리를 들어 본 적이 없는 아버지가 하필이면 이런 때 거절을 당하면 정말 병이 악화될지 모른다고 생각하고 그대로 의자에 앉았다. 그리하여 전보다 더 조마조마해하면서 앉아 있는데 별안간 왕 후 장군이 말했다.

「음, 이제 생각났다. 첫째, 너를 어딘가 숨겨야 한다. 네가 어제 돌아와서 한 말을 나는 잊어버리지 않았다. 나의 적으로부터 너를 숨겨 놓아야 한단 말이야.」

이 말을 듣고 옌은 저도 모르게 소리쳤다.

「아니 아버님, 그건 어제가 아닙니다.」

그러자 왕 후 장군은 옛날과 다름없이 화가 나는 듯한 시선으로 아들을 쏘아보더니 앙상한 주먹을 휘두르면서 소리쳤다.

「내가 하는 말쯤은 나도 안다. 네가 다시 온 것이 어째서 어제가 아니란 말이냐. 사실 어제 돌아오지 않았느냐.」

여기서 다시 언청이 노인이 왕 후 장군과 아들 사이에 끼어들어 호소하듯 말했다.

「예, 예, 그런 것으로 해두십시오. 바로 어제입니다.」

옌은 시무룩한 얼굴로 입을 다물 수밖에 없었으므로 고개를 숙였다. 그것은, 이상한 일이지만 아버지에게 느꼈던 최초의 연민의 정이 살짝 지나치는 미풍처럼 가슴에서 사라져 버리고, 아버지가 던진 옛날과 같은 노여움의 눈초리가 연민보다 더 깊은 어떤 감정을 옌의 가슴속에다 휘저어 놓았기 때문이었다. 화가 치밀어올라 그는, 다시는 무서워하지 않겠다, 그러나 무서워하지 않으려면 끝까지 자기 고집을 고수해야 한다고 다짐했다.
　한편 아버지도 옛날부터 고집이 셌으므로 좀처럼 입을 열지 않았다. 아버지가 말을 하고 있는데 아들이 건방지게 참견을 하다니, 괘씸한 일이라고 생각하여 필요 이상으로 오래 입을 다물고 있었다. 그러나 사실을 말하면, 왕 후 장군은 하고 싶지 않은 말을 해야 하므로 쉽게 입이 떨어지지 않았던 것이다. 그러는 동안에 아버지에 대한 옌의 분노가 전에 없이 사납게 타올랐다. 그는 이 사나이로부터 다짜고짜로 침묵을 강요당했던 옛날이 생각났다. 무척 싫은데도 무기를 잡고 지낸 모든 일을, 그리고 모처럼 자유의 나날을 보내고 있는데 그것을 중단하지 않으면 안 될 것을 생각하고 갑자기 그는 아버지가 더이상 참을 수 없이 미워졌다. 옌의 육체 그 자체가 이 늙은이 곁에 있기를 거부하고 있었다. 몸도 씻지 않은 데다가 수염도 깎지 않고, 술과 음식 찌꺼기를 옷에 떨어뜨리는 이런 초라한 아버지가 별안간 지긋지긋하게 싫어졌다. 아버지에게서는 사랑할 만한 것이 아무것도 없었다. 적어도 이 순간에는 없었다.
　왕 후 장군은 아들의 가슴속에 이런 혐오가 타고 있는 줄은 꿈에도 모르고 그때까지 가슴에 차 있던 것을 마침내 입 밖에 냈다. 「헌데, 너는 나의 단 하나밖에 없는 소중한 아들이다. 네 몸을 제외하고는 내게는 아무런 희망이 없다. 네 어머니도 꼭 한 번 현명한 말을 한 적이 있지. 나한테 와서 말하더군.『옌이 결혼하지 않는다면 어디서 손자가 태어납니까!』하고 말이다. 그래서 나는 말했지.『어디 가서 훌륭하고 명랑한 규수를 찾아오구려. 몸이 튼튼해서 빨리 애를 낳을 만한 여자라면, 그 밖의 것은 아무래도 좋아. 여자라는 것은 다 비슷비슷해서 누가 어떻다 할 것도 없어. 그저 처녀를 데리고 와서 옌과 결혼시켜 이 전쟁이 끝날 때까지 어디 외국에라도 가서 피신하고 있으면 돼. 그러면 씨는 남을 테니까.』하고 말이다.」
　왕 장군은 이것을 매우 신중하게 말했다. 말도 한 마디 한 마디 미리 생각한 것을 사용하고, 자기 곁에서 떠나 보내기 전에 아버지로서 아들에게 그만한 의무는 다하겠다고 피로한 머리를 쥐어짠 것이다. 이것은 훌륭한 부친이라면 마땅히 해야 하는 일에 지나지 않고, 뉘집 자식이라도 도리로서 승낙하지 않으면 안 되는 일인 것이다. 왜냐하면 자식이라는 것은 양친을 위해서 선택된 아내라면 아무 소리 없이 결혼하여서 아이를 낳는 것이 당연한 일이기 때문이며, 그 후에는 어디서 좋아하는 여자를 만들든지 자유인 것이다. 그러나 옌은 그런 식의 아들이 아니었다. 그는 신시대의 해독을 입고, 자기도 알 수 없는 자유에 대해 남몰래 집요한 동경을 가졌으며, 여자에 대해서는 아버지에게서 물려받은 증오를 품고 있었으므로, 한편으로는 증오, 또 한편으로는 그 집착 때문에 그는 지금 온갖 노여움이 폭발하려 하고 있었다. 이때의 그의 노여움은 막아 둔 홍수와 같았다. 그리하여 최대의 위험한 고비에까지 이르렀다.

처음 그는 아버지가 이런 말을 진정으로 했다고는 믿어지지 않았다. 왜냐하면 이 나이에 이르기까지 왕 장군은 여자를 그저 바보가 아니면 배신자요, 신용할 수 없는 존재라고 말하는 것을 늘 들어 왔기 때문이다. 그러나 지금 똑똑히 그렇게 말하고서 왕 장군은 가만히 의자에 앉은 채 여전히 화롯불을 들여다보고 있는 것이다. 이제 와서 생각하니 옌은 어머니와 시녀가 그를 집에 데려오기 위해 열심히 바라고 있었던 일과, 그가 돌아올 결심을 했을 때 무척 기뻐한 이유가 돌연 뚜렷해졌다. 그런 여자들은 며느리라든가 결혼이라든가 하는 것 이외에는 아무것도 생각지 않는 것이다.

과연 그랬었구나, 하지만 여자들이 생각하는 대로는 되지 않을 테다, 하고 옌은 속으로 중얼거렸다. 그는 벌떡 일어나서 그때까지 아버지를 무서워하고 사랑한 모든 것을 잊고 소리쳤다.

「저는 이 일을 예상하고 있었습니다. 그렇습니다. 군관 학교의 동무들이 억지로 결혼을 강요당했을 때, 그들 중엔 그 사실만으로도 자기 집을 뛰쳐나온 사람도 있어요. 저는 제 자신의 행운이 언제나 믿어지지 않았습니다. 그랬더니 아버님도 세상 사람들과 마찬가지입니다. 낡은 사람들은 우리들을 영구히 묶어 놓으려 하고 있습니다. 우리들을 육체를 통해서 묶어 놓으려 하고 있습니다. 자기들이 고른 여자와 억지로 결혼시키고, 어린 아이에게 묶어 놓으려 합니다. 그러나 저는 묶이기 싫습니다. 내 인생을 아버지의 인생에 결부시키기 위해서, 내 육체를 그런 식으로 사용하고 싶진 않습니다. 아버지가 제일 싫습니다. 저는 옛날부터 아버지를 미워했습니다. 미워하고 있는 것을 제 자신이 똑똑히 알고 있습니다…….」

옌의 온몸에서 분류처럼 증오가 솟아나와 그는 심하게 흐느끼기 시작했다. 이러한 분노에 깜짝 놀란 언청이 노인은 얼른 달려가서 옌의 허리에 팔을 두르고 무슨 말을 하려 했으나 입술이 비틀려서 말이 나오지 않았다. 옌은 지그시 이 사나이를 바라보았다. 옌은 이미 제정신이 아니었다. 느닷없이 손을 쳐들더니 주먹을 불끈 쥐고, 그 보기 흉한 얼굴을 향해 내리쳤다. 노인은 쿵 하고 방바닥에 넘어졌다.

왕 후 장군은 비틀비틀 일어났다. 그러나 아들 쪽으로 가지는 않았다. 마치 아들이 한 말을 이해할 수 없다는 듯이 멍한 눈으로 옌을 건너다보았을 뿐이었다. 그리고는 노복이 쓰러져 있는 것을 보고 안아 일으키려 했다.

이때 옌은 몸을 날려 달아나기 시작했다. 뒤가 어떻게 되었는지 돌아보려고도 하지 않고 안마당을 가로질러 자기 말이 나무에 매어 있는 것을 보고 바깥 대문으로 달려나가, 눈이 둥그래진 병사들을 남겨 놓고 말에 올라타기가 무섭게 이 집에서 정신없이 달려 나가면서 이것으로 영원히 작별이다, 하고 속으로 소리치고 있었다.

옌은 미칠 듯한 노여움 속에서 아버지의 집을 뛰쳐나왔다. 그러나 이 노여움은 곧 그 열이 식지 않을 수 없었다. 그렇지 않았던들 그는 죽어 버렸을 것이다. 노여움은 곧 식어 갔다. 친구와도 아버지와도 인연을 끊은 고독한 청년으로서 자기는 무엇을 할 수 있을 것인가 하고 그는 생각하기 시작했다. 그 하루는 하루 그 자체가 그의 머리를 식히는 데 도움이 되었다. 왜냐하면 그 흙벽집에서 보낸 나날에서는 그토록 끝없이 계속될 듯 여겨지던 겨울날이 지금은 결코 그렇지 않았기 때문이었다. 이윽고 햇빛은 약해지고 동쪽에서 바람이 살을 에일 듯이 차갑게 휘몰아쳐 왔고, 말도 지난 며칠 동안의 여행에 지쳐 있었으므로 힘없이 걸었다. 주변의 풍경은 회색으로 저물어

가고 옌은 그 회색 속에 자기가 삼켜져서 냉각되는 듯한 느낌이었다. 대지 위의 사람들도 같은 회색이 되었다. 그들이 디디고 선 대지의 빛에 따라 그들도 변하는 것이었다. 대지가 잿빛이 되면 그들의 모습도 잿빛이 되고 말소리와 동작도 잿빛에 잠긴 듯 조용해진다. 해가 벌겋게 비치고 있는 곳에서는 그들의 얼굴에도 생기가 돌고 흔히 쾌활해 보일 때도 있으나, 지금은 회색 하늘 아래서 그들의 눈은 빛 없이 흐리고 입술에는 미소도 떠오르지 않으며 입고 있는 것도 우중충해지고 몸의 움직임도 느려졌다. 평소에 햇빛 때문에 싱싱해 보이던 들이나 산의 제법 선명한 색채, 농부의 남빛 옷, 아이들의 빨간 옷, 처녀들의 진분홍빛 바지 등도 지금은 퇴색해 버렸다. 이렇듯 우중충한 다갈색 땅을 말을 타고 지나면서 전에는 어떻게 하여 이런 것을 사랑할 수 있었던가 하고 옌은 이상하게 생각되었다. 그 마을 사람들과 또 그들이 자기를 사랑해 주지 않았던 것을 떠올리지 않았던들, 그리고 오늘 하루 동안 스치고 지나는 사람들이 너무나 무뚝뚝하게 여겨져서 쓸쓸한 기분으로 『이런 인간들을 위해 목숨을 내던져?』 하고 속으로 부르짖지 않았던들, 옌은 어쩌면 옛 대장에게로 돌아가 혁명이라는 대열에 참여했을는지도 모른다.

　실로 이 날은 대지 그 자체마저 그에게는 무뚝뚝해 보였다. 그리고 그것만으로는 모자라기라도 하는 듯이 말이 다리를 절기 시작했으므로 지나치던 조그마한 도시 가까이에서 내려 보니, 말은 돌에 발을 다쳐 절름발이가 되어서 탈 수 없게 되어 있었다.

　옌이 말을 세우고 쭈그리고 앉아 말굽을 살펴보고 있는데 엄청난 굉음이 들려 왔다. 눈을 드니 시커먼 연기를 토하면서 전속력으로 기차가 옆을 스쳐 지나갔다. 그러나 옌은 철로 바로 옆에 있었으므로 아무리 기차가 빨라도 승객의 모습을 볼 수 있었다. 승객이 훈훈하고 편안하게 그리고 쾌속으로 달리고 있는 것을 보고 옌은 부러워져서 자기 말이 어처구니 없게 느린 기분이 들고 더욱이 이제는 소용이 없어졌으므로 속으로 소리쳤다. 『도시에 들어가거든 이 말을 팔아 기차를 타고 멀리 가버리자……. 되도록 먼 곳으로.』 이렇게 생각하니 그것은 꽤 좋은 방법이라는 느낌이 들었다.

그날 밤은 한 여인숙에서 묵었다. 조그마한 도시의 무척 더러운 여인숙이었으며 빈대가 기어나와 잘 수가 없었으므로 옌은 눈을 뜨고 누운 채 앞으로 어떻게 할 것인가를 생각했다. 돈은 조금은 갖고 있었다. 그것은, 어느때 돈이 필요할지 모른다고 아버지가 언제나 돈을 몸에 지니게 하고 있었기 때문이었다. 게다가 말을 팔 수도 있었다. 그러나 어디로 가서 무엇을 하면 좋을지 오래도록 마음이 정해지지 않았다.

그런데 옌은 보통의 무지한 청년은 아니었다. 자기 나라의 고전에도 통달해 있었고 가정 교사가 가르쳐 주어서 서양의 새로운 지식도 갖고 있었다. 또 교사한테 배워서 외국어에도 능통했다. 다른 청년들처럼 무력하지도, 무식하지도 않았다. 그래서 그는 여인숙의 딱딱한 판자 침대 위에서 이리저리 몸을 뒤척이며 현재 갖고 있는 돈과 자기 지식으로 무엇을 시작하면 좋을까 하고 궁리했다. 군관 학교의 대장에게로 되돌아가는 쪽이 낫지 않을까도 몇 번이나 생각했다. 돌아가서「저는 후회했습니다. 다시 복교시켜 주십시오.」하고 말하면 그만이다. 그리고는, 아버지와 인연을 끊었으며 아버지의 심복 부하를 때려눕히고 왔노라고 말하면 그것으로 충분하다. 왜냐하면 이 혁명군 조직에 있어서는 부모에게 반항하는 것이 가입허가증이 되는 것이며, 항상 충성의 증거로서 인정되기 때문이었다. 젊은 사람 중에는 남자도 여자도 자기의 충성을 표시하기 위해 부모를 죽인 자도 있었다.

그러나 옌은 자기가 기꺼이 환영을 받을 것은 알고 있었으나 왠지 그 혁명이라는 대열로 돌아가고 싶지는 않았다. 그 회색의 하루에 관한 기억이 아직도 답답하게 마음속에서 사라지지 않았고, 그 더러운 민중을 생각하니 사랑할 기분이 나지 않았다. 그는 속으로 중얼거렸다.『나는 지금까지 즐거움이란 것을 맛본 적이 없다. 다른 청년들은 조금은 즐거움을 누리고 있는데 나는 알지도 못한다. 지금까지의 나의 생활은 아버지에 대한 의무와 나로서는 따라갈 수 없는 그 주의로 가득 차 있었다.』그러자 옌은 별안간 여태까지 본 적도 없는 생활, 명랑한 웃음 소리에 찬 생활을 하고 싶다고 생각했다. 갑자기 옌은, 지금까지의 자기 생활은 엄하고 함께 놀 상대도 없었으나 어딘가에는 일과 마찬가지로 즐거움도 분명히 있을 것이라는 기분이 들었다.

논다는 것을 생각하자 그의 기억은 훨씬 어릴 때로 거슬러 올라가서, 한때 같이 산 적이 있는 누이동생이 언제나 웃으며 조그마한 다리로 여기저기 뛰어다니던 일이며, 누이와 함께 있으면 자기도 잘 웃던 일이 생각났다. 그렇다, 누이를 찾자. 그녀는 누이다, 피를 나눈 사이다. 그는 아버지의 생활에 너무 오랫동안 묶여 있었으므로 달리 피를 나눈 사람이 있다는 것조차 잊고 있었던 것이다.

갑자기 그러한 사람들의 모습이 머리에 떠올랐다. 그에게는 많은 친척들이 있다. 백부 왕 상인을 찾아가도 된다. 한순간 그 집에 가면 즐겁겠구나 하고 생각하니 기억 속에 명랑하고 쾌활한 얼굴이 떠올랐다. 백모의 얼굴이다. 그는 백모와 사촌들을 생각했다. 그와 동시에, 아니, 아버지로부터 그렇게 가까운 곳에 가서는 안 된다, 백부가 틀림없이 아버지에게 알릴 것이다, 거기는 너무 가깝다 하는 생각도 들었다. 기차를 타고 멀리 가자. 누이는 먼 해안 도시에 있다. 잠시 동안 그 도시에 살면서 누이도 만나고 명랑한 환경 속에서 즐기며 아직 듣기만 하고 본 적이 없는 외국의 사물을 전부 보고 싶어졌다.

그렇게 생각하니 마음이 조급해졌다. 날도 새기 전에 그는 침상에서 뛰어 일어나 뜨거운 세숫물을 가져오게 하려고 큰 소리로 여인숙 하인을 부르고는 옷을 벗고 빈대를 훌훌 털고 나서, 하인이 나타나자 이런 불결한 곳에 재웠다고 호통을 치고는 한시바삐 떠나려고 준비를 했다.

하인은 옌이 성을 내는 것을 보고 부유층 아들이라는 것을 알았다. 왜냐하면 가난한 사람들은 그런 사소한 일로 소리치지 않기 때문이었다. 그래서 줄곧 아첨을 떨어 대며 재빨리 볼일을 봐주었으므로 날이 샐 때까지는 옌은 식사를 다 마치고 팔아 버리기 위해 붉은 말을 끌고 여인숙을 나섰다. 이 가련한 말을 그는 푸줏간에 가서 헐값으로 팔았다. 한순간 옌이 고통을 느낀 것은 사실이다. 자기 말이 사람들의 뱃속에 들어갈 것을 생각하니 좀 기분이 언짢았으나, 곧 그는 이렇게 심약해서야 되겠느냐고 마음을 모질게 먹었다. 이제 말이 필요 없는 것이다. 자기는 이미 장군의 아들이 아닌 것이다. 자기는 혼자서 걸어가야 하는 왕 옌이며, 어디를 가든 무엇을 하든 자유로운 청년인 것이다. 그리하여 그날 그는 해안의 대도시로 자기를 실어다 줄 기차에 올랐다.

왕 후 장군의 학문을 갖춘 쪽의 아내가 그 해안 도시에서 보내온 편지를 아버지에게 읽어 준 적이 있었는데, 그것이 옌에게는 행운이 되었다. 왕 장군은 늙어 감에 따라 무엇을 읽기가 귀찮아지고 젊을 때는 훌륭하게 읽을 수 있었던 것이 노년에 접어드니 잊어버린 글자도 많고 하여 읽기에 힘이 들게 되었다. 일년에 두 번 부인한테서 편지가 오는데 그녀는 매우 달필이어서 읽기가 어려웠다. 그래서 옌이 아버지에게 그 편지를 읽어 주고 설명해 주곤 했었다. 지금 돌이켜 생각해 보니 부인이 그 대도시의 무슨 동네에 살고 있는가도 잘 기억이 났다. 그래서 기차가 강을 건너, 호수를 한두 개 돌아 많은 산을 넘고, 봄보리가 싹트고 있는 기름진 경지를 가로질러, 하루 밤 하루 낮이 지난 뒤 기차에서 내렸을 때, 옌은 어디로 가야 하는가를 알 수 있었다. 정거장에서 그리 가깝지 않았으므로 그는 인력거를 타고 가기로 했다. 이렇게 인력거를 타고 그는 혼자 불빛 밝은 도시의 거리를 지나며 새로운 인생 속으로 나아갔는데, 가는 도중 누구 하나 자기를 아는 사람이 없다고 생각하니 시골 사람처럼 마음이 편해져서 사방을 두리번거렸다.

그는 여태까지 이렇게 큰 도시를 본 적이 없었다. 거리의 양쪽 건물은 너무 높아서, 눈부시도록 등불이 반짝여도 어두운 하늘의 어디론가 사라지는 건물 꼭대기는 보이지 않았다. 그러나 그렇게 치솟은 건물 아래 지금 옌이 있는 거리는 밝아서 사람들이 대낮처럼 걸어다니고 있었다. 이곳에는 온 세계 사람들이 모여 있었다. 온갖 인종, 온갖 피부빛의 사람들이 모여 있었다. 그의 눈에 빛깔이 검은 인도인 남녀가 비쳤다. 여자는 자기의 검은 아름다움을 돋보이게 하기 위해서 금란(金襴)과 순백 모슬린이며 새빨간 긴 겉옷을 입고 있었다. 그리고 발랄한 백인 여자와 그들과 함께 걷고 있는 백인 남자의 모습을 보았는데, 그들은 모두 다 같은 복장을 했고 모두 코가 높아서, 그런 남자들을 바라보는 옌은, 백인 여자는 자기 남편과 다른 남자를 어떻게 구별하는 것일까 하고 이상하게 생각했다. 그토록 그들은 모두 비슷했다. 다만 어떤 자는 배가 툭 튀어나왔고 혹은 머리가 벗어졌으며, 그 밖에 그런 식으로 아름다움이 결핍되어 있는 점이 다를 뿐이었다.

그러나 대부분의 사람들은 자기와 같은 인종이었다. 옌은 도시의 거리에서 온갖 계급의 중국인을 보았다. 그 가운데는 부자도 있었다. 그들은 큼직한 자동차를 환락장 입구까지 갖다 대려고 요란스런 경적을 울리면서 달려오므로 옌이 타고 있는 인력거꾼은 옛날 임금님의 행차 때처럼 그들이 지나갈 때까지 길가에 비켜서서 기다리지 않으면 안 되었다. 부자가 있는 곳에는 가난뱅이가 있기 마련이어서 거지와 병신, 병자들이 자기들의 불운을 늘어놓고 얼마 안 되는 동정금을 얻으려 기를 쓰고 있었다. 그러나 돈을 얻으려면 힘이 들었고 부자의 지갑에서 흘러나오는 돈은 극히 얼마 안 되는 잔돈에 지나지 않았다. 보통 부자라는 사람들은 코를 위로 쳐들고 눈은 엉뚱한 데로 돌린 채 지나가 버리는 것이었다. 옌은 자기도 즐거움을 구하고는 있으나 이렇듯 오만한 부자들에 대해서는 약간 증오를 느끼고, 조금은 거지들에게 동정을 베풀어 주는 것이 마땅하지 않겠느냐고 생각했다.

이런 분주한 군중 속을 옌은 인력거를 타고 전혀 남의 눈에 띄지 않은 채 지나갔다. 이윽고 인력거꾼은 숨을 헐떡이면서 어느 대문 앞에 인력거를 세웠다. 그 대문에는 긴 담이 이어져 있었고 길 양쪽에는 그 밖에도 많은 문이 있었다. 그 집이 옌이 목적하는 집이었다. 그는 인력거에서 내려 약속한 돈을 꺼내어 인력거꾼에게 주었다. 옌은 조금 전 돈 많은 남녀들이 거지의 애걸에도 귀를 기울이지 않고 그들이 내미는 여윈 손을 뿌리치며 지나가는 것을 보고 의분을 느꼈었다. 그러나 지금 이 인력거꾼이 주저주저 떨면서, 달려온 뒤라

땀에 젖은 채 옌의 비단옷과 혈색이 좋은 얼굴을 쳐다보고는,「나리, 조금 더 봐 주십시오.」하고 말했을 때 그는 전연 같은 기분이 될 수 없었다. 옌은 자기 자신을 부자라고 생각하지도 않았고, 이런 자들은 암만 주어도 만족하지 않는다는 말을 듣고 있었기 때문이었다. 그래서 그는 힘있게 말했다.「약속한 삯은 그뿐 아닌가.」그러자 인력거꾼은 한숨을 쉬면서 대답했다.「예, 약속하신 건 이것 뿐입니다…… 하지만 나리의 인정 많은 마음씨에 기대고 싶어서…….」

그러나 옌은 이 사나이를 그다지 개의치 않았다. 문 앞으로 다가가서 초인종을 눌렀다. 인력거꾼은 자기가 무시된 것을 보고 다시 한번 한숨을 쉬고, 목에 둘렀던 더러운 천 조각으로 달아오른 얼굴을 닦고, 땀도 금방 얼어붙을 듯한 찬 밤바람에 떨면서 거리로 되돌아갔다.

문을 열어 나온 하인은 옌을 수상쩍은 듯이 바라보며 한참 동안 문 안에 들여 놓으려 하지 않았다. 이 도시에서는 훌륭한 복장을 한 낯선 사나이가 초인종을 누르고, 자기는 이 집에 살고 있는 사람의 친구라든가 친척이라든가 하면서 들어와서는 외국제 권총을 꺼내어 강도, 살인, 그 밖에 제멋대로 하고 싶은 짓을 자행했으며, 때로는 일당들이 다 들어와서 힘을 합해 아이나 어른들을 납치해 가서는 몸값을 요구하는 일이 있었기 때문이었다. 하인은 얼른 다시 문을 닫았고, 옌은 자기 이름을 밝히고 한참 동안 문 밖에서 기다려야 했다. 이윽고 다시 문이 열리고 이번에는 몸집이 큰 백발의, 자줏빛 옷을 입은 조용하고 엄숙한 표정의 부인이 나타났다. 그녀가 자기를 보고 있는 동안 옌도 그 여자를 바라보았다. 상냥해 보이는 창백한 둥근 얼굴이었으며, 주름은 그다지 없었으나 결코 아름답다고 할 수는 없었다. 입이 너무 크고 코가 너무 높았으며 미간이 편편한 얼굴이었다. 그래도 그 눈은 부드럽고 이해심이 많아 보였으므로 옌은 용기를 내어 수줍은 듯 잠깐 웃어 보이고 말했다.

「이렇게 갑자기 찾아온 것을 용서해 주십시오. 저는 왕 장군의 아들 옌입니다. 아버지한테서 도망쳐 나왔습니다. 달리 부탁드릴 일은 아무것도 없습니다. 다만 그저 외로워져서 어머님과 누이를 만나보고 싶었습니다.」

그가 이렇게 말하고 있는 동안 부인은 지그시 그를 바라보고 있다가 부드럽게 말했다.

「하인이 알려왔을 때는 곧이 들리지 않았어. 만난 것이 하도 오래 전 일이라 기억하고 있을 까닭도 없지만. 아주 아버지를 쏙 뺐군그래. 맞아요, 누구라도 네가 왕 장군의 아드님이라는 것을 몰라볼 까닭이 없어. 자, 들어와서 편히 좀 쉬어요.」

하인은 아직도 미심쩍은 표정을 짓고 있었으나 부인은 옌을 불러 들였다. 그 태도는 부드럽고 태연해서 처음부터 뜻밖으로 생각하지도 않는 것 같았다. 아니, 사실대로 말하면, 이 세상에서 무슨 일이 일어나도 놀라지 않을 그런 태도였다. 부인은 옌을 좁은 현관방에 안내하고 하인에게 침대 있는 방을 치우게 하고는 옌에게 식사는 했느냐고 물어 보고, 객실로 통하는 문을 열고 앉아서 푹 쉬라고 일렀다. 그리고는 그 동안에 하인이 준비한 방에서 옌이 불편을 느끼는 일이 없도록 여러 가지 물건을 가지러 갔다. 부인은 이런한 일들을 모두 어색함이 없이 성의껏 했으므로, 옌은 마음이 기쁘고 훈훈해져서 마침내 자기가 환영을 받고 있는 손님 같은 기분이 되었다. 이것은 아버지와의 사이에 일어난 일 때문에 괴로워하고 있던 옌에게는 참으로 기분 좋은 일이었다.

객실에서 그는 안락의자에 앉아 기다리고 있었다. 지금까지 본 적이 없는 장식이 신기하게 여겨졌으나 언제나와 마찬가지로 엄숙한 표정을 짓고 놀라움이나 흥분의 빛을 보이지는 않았다. 그는 어두운 빛깔의 비단으로 지은 옷을 입고 조용히 앉아 잠깐 방안을 둘러보았다. 그러나 두리번거리는 편도 아니었으므로 누가 들어오더라도 그가 실내의 모양에 놀라고 있다고는 깨닫지 못했을 것이다. 아무리 새로운 장소에서도 못 올 장소에 온 것처럼 보이거나 조급해 하는 듯이 보이기를 싫어하는 그의 성격 탓이었다. 조그마하고 네모진 그 방은 청소가 잘 되어 있었고 바닥에는 꽃무늬의 양탄자가 깔려 있었는데, 거기에도 티 한 점 보이지 않았다. 융단 중앙에는 테이블이 하나 놓여 있는데 붉은 비로드 천이 덮여 있었으며 한가운데는 핑크빛

조화를 꽂은 항아리가 얹혀 있었다. 그 조화는 생화와 똑같았으나 다만 잎이 초록이 아니고 은빛이었다. 그가 앉아 있는 것과 똑같은 의자가 여섯 개, 쿠션은 부드럽고 핑크빛의 공단 커버가 덮여 있었다. 창문에는 아름다운 천의 희고 올이 잔 커튼이 걸려 있고, 벽에는 유리를 끼운 액자에 서양화가 걸려 있었다. 그것은 푸르고 높은 산과 역시 푸른 호수와 산 위에 서 있는, 옌이 처음 보는 외국풍의 집을 그린 그림이었다. 밝고 아름다운 그림이었다.
　별안간 어디선가 벨이 울렸으므로 옌은 입구를 돌아보았다. 총총 달려오는 발자국 소리에 이어 큰 소리로 드높게 웃는 소녀의 목소리가 들려 왔다. 그는 귀를 기울였다. 소녀가 누군가와 말을 하고 있는 것은 알 수 있었으나 상대편의 목소리는 들리지 않았으며, 그녀가 사용하는 말은 외국어를 섞은 파도 소리와 같아서 거의 알아들을 수가 없었다.
　「어머, 당신이에요? 아니, 볼일은 없어요. 으응, 나는 오늘 너무나 피로해서. 간밤에 너무 늦게까지 춤을 춘걸요. 그런 억지 말을 해서는 안 돼요. 그분, 나보다 훨씬 예쁘잖아요? 나를 비웃고 있나봐, 그분, 춤도 나보다 훨씬 잘 춰요. 정말이에요. 난 젊은 미국인과 추었지. 댄스를 참 잘해요! 그 사람이 한 말? 아니, 가르쳐 주기는 싫어. 안 돼, 안 돼요! 그럼 오늘 밤엔 당신과 같이 갈 테야······열 시. 그 전에 만찬회가 있으니까······.」
　아름다운 여울 물결 같은 웃음 소리가 들리는가 싶더니 갑자기 문이 열리고 한 소녀가 나타났다. 그는 자리에서 일어나 상대편을 직접 보지 않도록 예의 바르게 시선을 내리깔고 인사했다. 그런데 그녀는 제비처럼 날렵하게 재빨리 두 손을 내밀며 다가왔다. 「옌 오빠시죠?」 하고 그녀는 귀엽고 상냥한 목소리로 명랑하게 소리쳤다. 높고 공중에 떠도는 듯한 목소리였다. 「오빠가 난데없이 나타나셨다고 엄마가 말씀하셨어요······.」 그녀는 옌의 손을 잡고 웃었다. 「그런 긴 옷을 다 입고, 오빠는 구식이네. 이렇게 악수하는 거예요······. 요새는 누구나 다 악수해요.」
　옌은 누이의 조그마하고 부드러운 손이 자기 손을 잡는 것을 느끼고 너무나 부끄러워 얼른 손을 뽑았다. 그리고 손을 뽑으면서 가만히 누이를 바라보았다. 누이는 다시 웃고 의자의 팔걸이에 걸터앉아 옌 쪽으로 얼굴을 돌렸다. 새끼 고양이 같은 세모난 귀여운 얼굴이었으며, 매끄러운 검은 머리가 토실토실한 볼 위에서 파도치고 있었다. 그러나 그의 마음을 끈 것은 그 눈이었다. 맑고 새까만 눈동자로, 빛과 웃음이 반짝이며 쏟아져 나오고 있었다. 그리고 그 밑에 붉고 조그마한 입이 있었다. 입술은 탐스럽고 붉었으며 그러면서도 작고 섬세했다.

「앉으셔요.」하고 그녀는 조그마한 여왕처럼 말했다.

그는 그녀와 그다지 가깝지 않은 의자 끝에 조심스레 걸터앉았다. 그녀가 다시 웃었다.

「전 아이란(愛蘭)이에요.」하고 그녀는 나비가 가볍게 나는 듯한 목소리로 말했다. 「오빠, 나 기억나세요? 난 잘 기억하고 있어요. 오빤 옛날보다 훨씬 더 미남자가 되셨어. 옛날의 오빠는 보기 흉했는데…… 얼굴이 길어서. 하지만 오빠, 새옷을 맞추어야 해요. 사촌들은 지금 모두 양복을 입고 있어요. 양복을 입으면 오빤 아마 근사할 거야…… 키가 크니까. 오빠, 춤출 줄 아세요? 난 춤을 굉장히 좋아해요. 사촌들의 일 알고 계셔요? 제일 위의 사촌 오빠 부인은 마치 선녀처럼 춤을 추어요. 그리고 큰아버지를 만나 보시겠어요? 춤을 추고 싶지만 연세가 많은 데다가 살이 뚱뚱하게 쪄서 큰엄마가 춤을 못 추시게 해요. 큰아버지가 예쁜 아가씨들을 자꾸 바라본다고 큰엄마가 투덜거리는 광경을 보여 드리고 싶어요!」

또다시 그녀는 잔잔하게 허공을 나는 듯한 소리로 웃었.

옌은 살며시 그녀를 바라보았다. 지금까지 본 여자 중에서 누구보다도 화사하고, 몸집은 어린 아이처럼 작았으며, 초록빛 비단 옷은 꽃에 봉오리가 지듯 몸에 꼭 맞고, 깃은 가느다란 목을 높게 또렷이 싸고 있었으며, 귀에는 금과 진주의 조그마한 귀걸이가 걸려 있었다. 그는 눈을 돌리고 입에 손을 대며 잠깐 기침을 했다.

「나는 어머님과 누이에게 인사하러 왔어.」하고 그는 또렷하게 말했다.

이 말을 듣자 옌의 고지식한 태도를 놀리듯 그녀는 미소를 지었다. 온 얼굴이 환하게 빛나는 미소였다. 그리고 그녀는 일어서서 문간으로 갔다. 그 발걸음이 너무나 빨라 마치 번개 같았다.
「저, 엄마를 찾아오겠습니다, 오라버님.」 하고 그녀는 옌의 흉내를 내어 엄숙하게 말했다. 그리고 다시 웃고는 새끼 고양이 같은 검은 눈동자에 장난꾸러기 같은 시선을 던졌다.
그녀가 사라지자 방안이 조용해졌다. 마치 바쁘게 불고 있던 바람이 갑자기 자는 듯한 기분이었다. 옌은 이 소녀를 이해할 수 없었고 놀라운 마음으로 앉아 있었다. 그녀는 그가 군대 생활을 하는 동안에 본 여자들과는 전혀 달랐다.
옌은 아버지가 자기를 어머니의 곁에서 떼어 오기 전의 누이와 자기의 어렸을 때의 추억을 회상하려 했다. 지금과 마찬가지로 발랄한 동작, 요설, 커다란 검은 눈동자의 시선을 잘 기억하고 있었다. 그리고 누이와 헤어지고부터 처음 한동안은 나날이 얼마나 무미 건조했던가 생각했다. 그러한 회상에 잠겨 있으니 지금도 이 방안이 정적에 잠겨 쓸쓸한 기분이 들어서 누이가 빨리 돌아와 주었으면 하고 생각했다. 그리고 누이의 웃음 소리를 좀더 듣고 싶었으므로 더 같이 있어 주었으면 하고 열심히 바랐다. 문득 그는 또다시 자기의 생애가 웃음 없이 산 것이었다는 것을 깨달았다. 언제나 이것저것 의무뿐이었고, 가난한 아이들과 노상에서 놀거나, 노동자들처럼 잠깐 여가만 있으면 대낮의 햇빛 아래서 쉬며 함께 음식을 먹거나 하는 즐거움을 경험한 일이 없었던 것이다. 그의 심장이 약간 빨라졌다. 이 도시는 자기에게 어떤 것을 줄 것인가, 젊은이라면 누구나 사랑하지 않을 수 없는 웃음, 명랑함, 혹은 빛나는 새로운 생활을 주지는 않을 것인가.
문이 열리는 소리가 났으므로 옌은 열띤 눈을 그쪽으로 돌렸으나 이번에는 아이란이 아니었다. 그것은 노부인이었다. 그녀는 이 집안을 모든 사람들을 위해 언제나 평안과 쾌적에 찬 것으로 만들려고 애쓰는 사람인 듯 조용히 들어왔다. 뒤에는 뜨끈뜨끈한 음식 접시를 쟁반에 든 하인이 따라 들어오고 있었다.

「음식을 여기 놓아라. 자, 옌, 나를 기쁘게 만들어 주고 싶거든 좀 먹어요. 기찻간의 음식물에는 이런 요리가 없으니까. 자, 어서 먹어, 내 아들아. 내게는 달리 아들이 없으니까, 옌, 너는 내 아들이야. 일부러 나를 찾아와 준 것이 나는 얼마나 반가운지 몰라. 그리고 어째서 여기 오게 되었는지 그 까닭을 다 얘기해다오.」

옌은 이 선량한 부인의 정다운 말을 듣고, 그 얼굴의 표정도 마음씨도 진실한 것을 보고, 상쾌하게 울리는 목소리를 듣고, 테이블 옆의 의자를 끌어당겨 주었을 때의 조그마하고 온화한 눈에 넘치는 친절의 빛을 보고 그만 저도 모르게 눈시울이 뜨거워지는 것을 느꼈다. 그는 타는 듯이 격렬하게 생각했다. 어디를 가도 이렇게 성의에 찬 대접은 한 번도 받은 적이 없다. 그렇다, 이렇게 정답게 대해 준 사람은 없었다. 별안간 이 집의 따뜻한 방 색깔의 밝음, 귀에 남아 있는 아이란의 웃음 소리, 노부인의 친밀한 태도, 그런 것이 하나가 되어 그를 감쌌다.

그는 양껏 먹었다. 몹시 시장기를 느끼고 있었고, 요리는 기차에서 사 먹은 것과는 달리 정성껏 조리되어 있었으며 기름과 소스도 듬뿍 곁들여져 있었다. 옌은 전에 시골 음식을 맛있게 먹던 것도 잊어버리고, 이토록 맛있고 자양분 있는 음식은 또 없다고 생각하면서 잔뜩 먹었다.

옌이 먹는 동안 기다리고 있던 부인은 식사가 끝나자 다시 그를 안락의자에 안내했다. 따뜻해지고 배가 불러지자 기분이 느긋해진 옌은 부인에게 이것저것 자기도 잘 모르는 일까지 모두 얘기했다. 노부인의 그 진지하게 들어 주는 큼직한 시선과 마주치니 수줍음도 사라져서 자기의 희망 —— 전쟁이 싫다는 것과, 대지에 뿌리박은 생활을 하고 싶다는 것, 그것은 농민과 같은 무지한 생활이 아니라 시적인 농민, 농민들에게 좀더 훌륭한 생활 방식을 가르쳐 줄 만한 지식을 가진 농민으로서 생활하고 싶다는 얘기 등을 죄다 털어 놓았다. 그리고 아버지 때문에 군관 학교를 몰래 탈출했다는 얘기도 했다. 가만히 자기를 보고 있는 노부인의 슬기로운 눈에 자기에 대한 무언가 새로운 이해의 빛이 빛나는 것을 보고 그는 얼떨떨해하면서 말했다.
「저는 아버지의 적이 되어 싸우는 것이 싫어서 탈출했다고 생각했습니다. 하지만 지금 다시 생각해 보니, 비록 대의 명분은 있더라도 언젠가는 전우들이 하지 않으면 안 될 살인이 싫었다는 이유도 있었음을 깨달았습니다. 저는 사람을 죽이지 못합니다…… 저는 용감하지 못합니다. 그것은 제가 잘 알고 있지요. 사실을 말씀드리자면, 사람을 죽일 만큼 사람을 미워할 수가 없습니다. 살해당하는 사람이 어떤 기분일까 하는 것을 저는 언제나 알 수 있을 듯 했습니다.」
그는 자신의 나약함을 드러내놓은 것을 부끄럽게 여기면서 망설이며 노부인을 바라보았다. 그녀는 조용히 대답했다.
「아무나 사람을 죽일 수 있는 것은 아니야. 정말이야. 그렇지 않다면, 우린 모두 죽어야지.」 그리고 잠시 사이를 두었다가 그녀는 더 상냥스럽게 말했다. 「네가 사람을 죽일 수 없다는 말을 듣고, 옌, 나는 기뻐. 사람의 목숨을 빼앗는 것보다 살리는 편이 좋은 일이니까. 나는 불교 신자는 아니지만 그렇게 생각한다.」
그러자 옌이 망설이며, 좀 수줍은 듯 왕 후 장군이 상대편 여자를 좋아하든 싫어하든 막무가내로 옌에게 결혼을 시키려 했다는 말을 하자 노부인은 몹시 충격을 받은 듯했다. 그때까지 부인은 그의 얘기를 친절하게, 충분한 이해를 가지고 들으며 그가 잠깐 말을 끊었을 때는 가끔 동조의 말을 하기도 했었다. 그는 고개를 숙이고 말했다.
「아버지는 그렇게 할 권리가 있다는 것은 저도 잘 알고 있습니다. 저도 법률이나 습관은 알고 있습니다. 하지만 저는 그런 것을 참을 수가 없습니다. 견딜 수가 없는 것입니다. 견딜 수가 없단 말입니다. 저는 내 몸은 내 것으로서 자유롭고 싶습니다…….」여기까지 말하자 아버지에 대한 미움의 기억에 마음이 흐트러지고 어떻게든 그것을 고백하지 않을 수 없는 기분이 되어 얘기를 계속했다. 모든 것을 깡그리 이야기하고 싶어진 것이었다. 「요즈음은 아버지를 죽이는 사람도 있다지만, 그 사람들의 기분도 알 듯합니다. 저 자신 그렇게 할 수는 없지만, 저보다 손이 빠른 인간들의 기분은 알 수 있습니다.」

그는 이런 말을 해서 좀 지나치지 않았나 하고 노부인을 살폈으나 그런 것 같지는 않았다. 부인은 여태까지보다 훨씬 힘을 주며 분명하게 말했다.

「네가 옳아, 옌, 그럼. 나는 요즘 젊은 사람들의 부모들에게 늘 말하지! 아이란의 친구들의 아버지나 어머니, 네 백부 내외분이나 젊은 세대 사람들에게 항상 불만을 품고 있는 부모들에게 적어도 이 문제에 있어서는 젊은 사람들 쪽이 옳다고 말이야. 그렇고말고. 네가 하는 말이 옳다는 것을 나는 잘 알아. 나는 아이란에게 결혼을 강요할 생각은 없어요. 그리고 이 문제로 필요가 있다면, 아버님에게 대항해서라도 네게 힘을 빌려줄 테야. 그건, 네가 올바르다는 것을 확신하기 때문이지.」

그녀는 슬픈 듯이 이 말을 했는데 거기에는 그녀 인생의 사무친 감정이 은밀히 깃들여 있었다. 옌은 부인의 작고 조용한 눈이 아까와는 달리 빛나고, 침착한 얼굴엔 감동의 빛이 강해지는 것을 보고 이상하게 생각했다. 그러나 그는 아직 젊었으므로 자기 이외의 것을 오래 생각하지 못하고 다시 부인의 말이 주는 위안과 이 고요한 집이 주는 위안이 하나가 되어 그는 동경하듯 말했다.

「앞으로 어떻게 해야 좋을지 알게 될 때까지 잠시 여기 있게 해주셨으면 합니다.」

「암, 있어도 좋고 말고.」 하고 부인은 따뜻하게 대답했다. 「네가 있고 싶을 때까지 언제까지라도 있어. 나는 옛날부터 내 아들을 갖고 싶었는데, 마침 네가 와 주었구나.」

사실은, 부인은 갑자기 이 키가 크고 살빛이 거무스레한 청년이 좋아진 것이었다. 그의 얼굴에 나타난 정직한 표정이 마음에 들었고, 태도가 여유가 있는 것이 또한 마음에 들었다. 보통의 표준에서 말한다면 광대뼈가 너무 튀어나오고 입이 너무 커서 아름답다고는 할 수 없으나, 그래도 키는 보통의 청년보다 크고, 고집이 센 점은 있었으나 자기 능력을 자신이 없는 것처럼 말할 때는 어딘가 수줍은 듯 힘없어 보이는 점도 마음에 들었다. 그러나 이 힘없이 보이는 것은 다만 말투뿐이었으며 목소리는 깊이가 있고 상쾌하면서 사내다

왔다.
　옌은 자기가 부인의 마음에 든 것을 알고, 그것으로 하여 점점 더 마음이 흐뭇해져서 이 집이 마치 자기 집 같은 기분이 들기 시작했다. 잠시 얘기를 더 나누다가 부인은 그의 방이 될 조그마한 방으로 옌을 안내했다. 그곳은 층계를 올라가 다시 조그마한 나선 계단을 통해 올라간 다락방이었는데, 말쑥하게 청소되어 필요한 것은 모두 갖추어져 있었다. 부인이 나가고 홀로 남자 옌은 창가로 가서 밖을 내다보았다. 많은 거리거리에는 등불이 켜지고 도시 전체가 휘황한 불빛 속에 가로놓여 있어서, 높고 어두운 데서 바라보니 마치 새로운 천국이라도 들여다보는 듯한 기분이었다.

　이제 옌은 새로운 생활로 들어갔다. 지금까지 꿈에도 보지 못한 참으로 새로운 생활이었다. 이튿날 아침, 일어나서 세수를 한 다음 옷을 갈아 입고 아래층으로 내려가니 부인이 벌써 기다리고 있다가 오늘 아침도 지난 밤과 마찬가지로 명랑한 얼굴로 그를 새로운 마음의 평화 속으로 인도해 갔다. 부인은 옌을 아침식사가 준비되어 있는 곳으로 안내하고 곧 그를 위해 생각해 둔 계획을 얘기하기 시작했다. 그러나 그의 뜻에 어긋날 듯한 말은 한 마디도 하지 않으려고 줄곧 매우 세심한 주의를 기울이는 듯했다. 부인은 그가 단벌로 왔으므로 우선 먼저 옷을 사줘야겠다고 말했다. 그리고 이 도시의 청년들이 다니는 학교에 입학시킬지 생각중이라고 했다.
　「그렇게 조급히 직업을 찾을 필요는 없어요. 요즘에는 새로운 학문을 완전히 익히는 게 좋아. 그렇게 하지 않으면 장래의 수입이 아주 줄어들거든. 너는 내 아들이야. 나는 아이란이 희망한다면 여러 가지로 그 애를 위해서 계획해 둔 일이 있는데 너한테도 그렇게 해 주고 싶어. 그러니 장래의 목적이 뚜렷해질 때까지 이곳 학교에 다니도록 해요. 그리고 졸업하거든 직업을 구하는 것도 좋고, 잠시 외국에 가는 것도 좋을 거야. 요즘 젊은 사람들이 모두 외국에 가고 싶어하는데 내가 보기에는 그건 좋은 일이야. 네 백부님 같은 분은 외국에 가는 것은 헛일이며 모두 자기 기술이나 능력만 머리에 넣고 돌아오므로 먹고 살아 갈 힘도 없어진다고 비난하고 있지만, 그래도 나는 그 사람들이 외국에 가서 되도록 많은 것을 배우고 돌아와 그것을 나라를 위해 사용한다는 것은 좋은 일인 줄 안다. 다만 나는 아이란이…….」 여기서 부인은 말을 끊고 얼굴빛을 흐리면서 마음속의 근심 때문에 방금 한 말을 잊은 듯이 보였다. 그러나 곧 부인이 다시 환한 얼굴로 돌아와 분명하게 말했다. 「나는 아이란의 일생을 억지로 어떤 형식에 맞출 생각은 없어. 그애가 싫다면 그렇게 하지 않아도 되는 거야. 그리고 너도 내가 생각하는 대로 하지 않아도 물론 좋아. 다만 네가 어떻게 하고 싶다고 생각하는 일이 있다면 — 어떻게 하겠다고 분명히 말해 준다면 — 그때는 내가 그 방법을 생각해 주겠어.」

옌은 이와 같은 새로운 계획에 완전히 현혹되어 모든 것을 납득할 수는 없었으나 기뻐서 더듬거리며 말할 뿐이었다. 「저는 그저 감사할 따름입니다. 그리고 말씀이 기뻐서 못견디겠습니다.」 이렇게 말하고 그는 식탁에 앉아 젊은이다운 새로운 식욕과 평안을 얻은 마음과 자기 가정이 되는 장소를 얻은 기쁨으로 아침 식사를 했다. 부인은 웃으며 흡족해져서 말했다. 「정말, 네가 먹고 있는 것을 보기만 해도 네가 와준 것이 기쁘구나. 아이란은 조금이라도 살이 쪄서는 안 된다면서 도무지 먹으려 하질 않거든. 그저 조금 새끼 고양이가 먹는 정도, 그리곤 음식을 보면 먹고 싶어진다며 아침엔 아예 일어나지도 않지. 그애는 무엇보다도 아름다워지는 데만 마음을 쓰고 있어. 내 딸이 말이야. 하지만 나는 젊은 사람들이 먹는 것을 보는 것이 즐겁거든.」

이렇게 말하면서 부인은 자기 젓가락으로 생선이며 닭고기며 음식들 중에서 제일 맛있어 보이는 것을 옌에게 집어 주고, 자기가 먹는 것보다 그의 건강한 식욕에 훨씬 커다란 즐거움을 느끼는 듯했다.

이리하여 옌의 새로운 생활이 시작되었다. 우선 먼저 부인은 외국에서 수입한 비단이며 모직물을 파는 커다란 가게에 갔으며 이어 재봉사를 집으로 불렀다. 재봉사는 천을 재단하고 재고하여 도회식으로 옌의 옷을 만들었다. 부인은 재봉사를 재촉했다. 왜냐하면 옌은 아직 단벌 옷을 입고 있었으며 그것은 헐렁헐렁하고 촌스러워서 그런 옷을 입고 있는 동안에는 백부나 사촌 집을 방문시키고 싶지 않았기 때문이었다. 그런데 아마 아이란이 얘기해 버렸는지, 백부와 사촌들은 옌이 와 있다는 것을 알고 꼭 환영연에 참석하라고 알려 왔다. 그러나 부인은 그의 외출복이 될 때까지 그들을 하루 더 기다리게 했다. 그것은 공작빛의 파란 공단에 같은 빛깔의 꽃무늬를 새긴 두루마기와 소매가 달린 흑공단의 짧은 윗도리였다. 옌은 부인의 배려에 감사했다. 새로 지은 옷을 입고, 마을 이발사를 불러 머리를 깎게 하고, 얼굴의 보드라운 수염을 밀게 한 다음 부인이 사다 준 새 가죽 구두를 신고, 검은 비단의 짧은 윗도리를 걸치고, 청년이면 누구나 쓰고 다니는 외국식 중절 모자를 쓰고 자기 방 벽에 걸려 있는 거울을 들여다본 옌은 자기가 참으로 훌륭한 청년으로 보였으며 이 도시의 청년들과 조금도 다름이 없다는 것을 인정하지 않을 수 없었다. 이러한 일들을 기쁘게 생각한다는 것은 극히 당연한 일이었다.

그러면서도 그렇게 의식하니 얼굴이 화끈거려서 부인이 기다리고 있는 방에 매우 수줍은 듯이 들어갔다. 그 방안에 아이란도 있다가 그의 모습을 보자 손뼉을 치며 소리쳤다.

「어머, 굉장한 미남이 되셨네요, 네!」 이렇게 말하고 그녀가 놀리듯이 웃으므로 옌은 얼굴로 일시에 피가 올라왔다. 얼굴에서 목덜미까지 새빨개졌으며 아이란은 그것을 보고 다시 웃었다. 그러나 부인은 딸을 조용히 나무라고 옌을 이리저리 돌려 보면서 마음에 안 드는 데는 없나 살펴보고는 조금도 흠이 없었으므로 아주 만족해 했다. 그의 몸은 늘씬하고 늠름해서 자기의 노력의 결실로 이토록 훌륭한 풍채가 된 것을 보니까 힘들인 보람이 있었다는 생각이 들었다.

그리고 이틀째 되는 날 환영연이 베풀어져서 옌은 누이와 이제는 어머니라고 부르는 부인 —— 어머니라는 말이 어찌 된 일인지 친어머니를 부를 때보다 더 자연스럽게 입에서 나왔다 —— 과 함께 백부 집으로 갔다. 세 사람은 차를 타고 갔는데 그것은 말이 끄는 수레가 아니라 내부에 장치한 기관에 의해 움직이며 운전수가 조종하는 차로서, 옌은 이런 것은 여태까지 타본 적이 없었으나 마치 얼음 위를 가는 듯이 매끄럽게 달리므로 한층 마음에 들었다. 백부 집에 도착하기 전에 옌은 백부와 백모와 사촌들에 관해서 많은 것을 알게 되었다. 아이란이 웃기도 하고, 한 마디 한 마디의 뜻을 강조하기 위해 장난꾸러기 같은 눈짓을 하기도 하고, 조그마하고 동그란 붉은 입술을 삐죽거려 보이거나 하면서, 백부댁에 관해 이것저것 얘기해 준 것이었다. 그리고, 그녀의 얘기에 따라 옌은 그들의 모습이 눈앞에 선하게 떠오르는 듯한 기분이 들었다. 누이의 얘기가 기지에 차고 장난기가 있어서 언제나 예의바르게 하고 있던 그도 웃음을 터뜨리지 않을 수 없었다. 아이란이 백부를,「꼭 인간의 산 같애. 커다란 배가 불룩 튀어나와서 그 배를 받들고 나가려면 암만해도 다리가 또 하나 있어야 할 거야. 그리고 얼굴 살이 어깨까지 축 처지고 머리는 꼭 중처럼 맨질맨질하게 벗어졌어! 하지만 그 벗어진 모양이 중은 저리 가라야. 큰아버진 또 살이 찐 것에 몹시 신경이 쓰이나 봐. 게다가 그 이유가 아들처럼 춤을 출 수 없기 때문이라나. 젊은 여자를 옆에 끌어당겨 안고 싶지만 그게 안 되기 때문이래요.」그것을 생각하고 아이란은 큰 소리로 웃음을 터뜨렸다. 그러자 부인이 나직하게, 그러나 눈을 빛내며 말했다.

「아이란, 말조심 해, 네 큰아버님이셔.」

「그래요, 그러니까 생각한 대로 말하는 거 아니예요.」하고 그녀는 건방지게 말했다.「그리고 큰어머니 얘긴데, 이분은 큰아버지의 제일 부인이야. 큰어머니는 이 도시가 싫어서 시골로 돌아가고 싶어하고 있어. 그러면서도 큰아버지가 혼자 있으면 돈을 노리고 어느 젊은 여자가 큰아버지를 차지하지 않을까, 젊은 여자는 현대식이니까 첩 같은 것은 되지도 않고 본처가 되어서 자기를 쫓아내지나 않을까, 그게 걱정이시래. 큰어머니 두 분은 적어도 이 점만은, 다시 말해서 제삼 부인을 갖게 하지 않겠다는 점에 대해서만은 의견 일치야. 요즘 흔히 말하는 일종의 부인 연맹이지. 그리고 사촌 오빠들은, 제일 위는 오빠도 알 듯이 결혼했어. 그런데 그 부인이 집안에서는 주인격이라 남편을 마구 다룬다나봐. 그래서 가엾은 오빤 부인 몰래 살며시 즐기지 않으면 안 되는 형편이야. 하지만 부인이 어떻게 약은지, 남편 몸에 스민 향수를 맡는다, 윗도리에 조금 붙어 있는 분을 발견한다, 호주머니에서 편지를 찾아낸다 해서, 그 오빠는 큰아버지의 전철을 밟고 있는 셈이야. 둘째 오빠 솅(盛)은 시인이야. 자랑할 만한 시인이지. 잡지에 시를 쓰고 사랑을 위해서 죽는 소설 같은 것도 쓰는 일종의 반항아야. 상냥하고 귀엽게 웃는 얼굴을 가진 반항아. 언제나 새로운 연애를 하고 있어. 그런데 제일 끝의 사촌은 진짜 반역아야. 응, 혁명가거든. 난 다 알고 있어.」

이 말을 듣고 부인은 정색을 하고 말했다.

「아이란, 말조심 해라! 그애는 친척이야. 요즘 이 도시에서 그런 말을 하는 것은 위험해요.」

「자기 입으로 나한테 그랬는걸.」 하고 아이란은 말했으나 목소리를 낮추고 차를 운전하고 있는 사나이의 등으로 흘끗 시선을 던졌다.

그런 것까지, 그리고 더 많은 것을 누이가 얘기해 주었으므로 옌은 백부의 집에 들어갈 때는 그 가정에 대해서 웬만한 것은 다 알고 있었다.

백부의 집은 왕 룽이 북방의 시골 도시에다 사서 아들들에게 남겨 준 커다란 집과는 또 다른 집이었다. 옛집은 옛스럽게 크며 방은 그저 넓기만 하여 깊고 어둡거나 좁고 어둡거나 했으며, 안마당을 둘러싸고 세워져서 이층이 없는 대신 옆으로 방이 몇 개나 이어 나갔고, 공간은 많고 지붕은 있으며 대들보는 굵고 창은 격자창으로, 남방에서 가져온 조개의 일종으로 장식되어 있었다.

그런데 이 새로운 외국풍 도시의 이 새로운 집은 비슷비슷한 집이 꽉 들어차 있는 거리에 서 있었다. 그 집들은 양풍으로 높고 좁고 안마당도 정원도 없으며, 방은 가득 차서 작고, 창살 없는 많은 유리창이 있어서 매우 밝았다. 방에는 햇빛이 강렬하게 비쳐들어와서, 벽이며 꽃무늬의 공단 커버를 덮은 의자며 테이블이며 부인복의 밝은 비단이며 빨갛게 칠한 입술 등등, 모든 색채를 비추어 냈으므로, 옌은 친척들이 모여 있는 방에 들어갔을 때 미(美)라고 하기에는 너무나 강렬한 화려함을 느꼈다.
 일행이 모두 방에 들어가자 백부가 커다란 배를 무릎에서 두 손으로 떠받들듯이 하며 일어났다. 그 배에는 비단 두루마기가 커튼처럼 늘어져 있었다. 백부는 숨을 헐떡이며 손님들에게 인사했다
「에, 여러분, 잘 와주었어. 이제 보니, 옌도 키가 크고 살색이 거무스레한 게 아버지를 많이 닮았군. 아니 닮지 않은 것 같아. 아버지보다는 좀 얌전해 보이는구나.」
 백부는 큰 북 같은 배를 흔들거리면서 헐떡이듯 웃고 다시 간신히 자기 의자에 가서 앉았다. 이어 백모가 일어섰는데, 균형이 잡힌 회색 얼굴에 검은 공단 윗도리와 스커트를 입은 매우 검소하고 고상한 부인으로, 두 손을 소매에 넣어 앞으로 모아 쥐었는데, 조그마한 전족을 한 발이라 서 있는 것도 불안해 보였다. 그녀는 모두에게 인사하고 말했다.
「집안에 별일들이 없어서 다행입니다. 그리고 옌도 반갑고. 아이란은 여위었구나. 너무 몸이 가늘어진 것 같아요. 요즘 젊은 아가씨들은 여위기 위해서 먹을 것도 제대로 먹지 않고, 남자들같이 대담하게 몸에 꼭 붙는 옷을 입게 되었지. 자, 그럼 모두들 앉으세요.」
 백모 옆엔 옌이 모르는 여자가 서 있었다. 잘 다듬은 장미빛 볼, 비누로 씻어서 반짝이는 살결, 시골식으로 이마에서 곧장 내려 처진 머리칼, 매우 맑지만 그렇게 지혜스러워 보이지 않는 눈을 가진 여자였다. 아무도 그 여자의 이름을 가르쳐 주지 않으므로 하녀인지 누구인지 옌은 짐작할 수가 없었다. 이윽고 어머니가 그 여자에게 공손히 인사를 했으므로 백부의 제이 부인이라는 것을 알았다. 그래서 옌이 잠깐 고개를 숙이니 여자는 얼굴을 붉히고 시골 여자가 하듯 두 손을 소매에 넣고 인사했으나 입은 열지 않았다.
 인사가 다 끝나자 사촌들은 별실에서 차를 마시자고 옌에게 권했다. 그와 아이란은 손위 어른들한테서 해방되는 것을 기뻐하며 초대에 응했다. 옌은 잠자코 그들이 지껄이는 말을 듣고 있었다. 그들끼리는 서로 잘 알았지만 옌은 사촌이라고는 해도 거의 남과 다름없는 존재였다.

옌은 그들을 한 사람 한 사람 잘 관찰했다. 제일 위 사촌은 벌써 젊다는 나이도 아니고 여위지도 않았으며 아버지처럼 배가 쑥 나오기 시작하였다. 짙고 어두운 빛깔의 모직 양복을 입고 있어서 서양 사람처럼 보였으며, 흰 얼굴은 아직도 아름답고 부드러운 손은 살이 올라서 포동포동했으며 사촌 누이 아이란 쪽을 침착하지 못한 눈으로 너무 오래 보고 있었으므로, 그의 아름다운 처는 날카로운 소리로 잠깐 비꼬아 주고는 곧 다른 화제로 말을 돌렸다. 그리고 둘째 사촌, 시인 셍이 있었다. 길게 기른 머리가 얼굴을 뒤덮었고 손가락은 가늘고 희고 화사했으며, 얼굴에는 명상적인 미소가 떠 있었다. 셋째 사촌은 용모도 동작도 부드러운 점이 없었다. 열 여섯 살 쯤 되어 보이는 소년으로 흔히 보는 회색 교복을 입고 목까지 꼭 단추를 채웠는데, 얼굴은 인사 치레로도 아름답다고 할 순 없었다. 울퉁불퉁하게 생긴 얼굴에 여드름이 잔뜩 났고 억센 두 손이 소매에서 길게 축 처져 있었다. 다른 사람들은 즐겁게 말하고 있는데 그만은 입을 열지 않고 가까운 쟁반에 담긴 피넛을 아주 굶주린 듯이 먹고 있으면서도 표정은 우울하고 전혀 먹을 의사도 없이 먹고 있다는 그런 태도였다.

 방안과 여러 사람들의 다리 사이를 어린 아이들이 뛰어다녔다. 열 살과 여덟 살 먹은 사내 아이가 둘, 여자 아이가 둘, 그리고 하녀가 쥔 끈에 묶여 있는, 칭얼거리며 우는 두 살짜리 아이, 유모에 안겨 젖을 먹고 있는 젖먹이 등이었다. 백부의 제이 부인의 아이와 사촌의 아이였는데 옌은 아이를 다루는 것이 서툴러 그대로 내버려 두었다.

 처음 한동안은 애기가 그들 사이에서만 꽃이 폈으므로 옌은 잠자코 앉아 있었다. 조그만 테이블 위의 쟁반에 담은 여러 가지 과자를 마음대로 먹으라고 권하고 사촌 형수가 하녀에게 차를 따르도록 시켰을 뿐 그들은 옌의 존재를 잊은 듯이 보였으며, 옌이 배운 예의 범절 따위에는 아예 마음을 쓰려고 하지도 않았다. 그래서 그는 소리 없이 호두를 까고 차를 마시며 그들의 애기에 귀를 기울였으며 이따금 수줍은 듯이 어린 아이에게 호두 알맹이를 주었다. 그러면 아이는 버릇없이 걸신들린 것처럼 먹고는 인사도 하지 않았다.

그러나 곧 사촌들의 잡담도 사그러졌다. 제일 큰 사촌 형은 옌에게 어느 학교에 갈 생각이냐고 물었다. 그리고 옌이 외국에 유학할지도 모른다고 대답하자 부러운 듯이 말했다.

「나도 외국에 갈 수 있었으면 하고 생각했었지만, 아버지가 나 때문에 돈 쓰기를 매우 싫어해서 말이야.」 이렇게 말하고 그는 하품을 하고는 콧구멍에 손가락을 넣고 시무룩하게 생각에 잠겨 있더니, 이윽고 제일 어린 사내 아이를 무릎에 올려 과자를 주고 잠깐 놀리다가, 애가 화를 내는 것을 보고 웃고, 아이가 조그마한 주먹을 쥐고 대들자 더 재미있다는 듯이 웃어 댔다. 아이란은 사촌의 아내와 소곤소곤 얘기를 주고받고 있었다. 사촌의 아내는 시어머니가 요즈음 여자라면 도저히 견딜 수 없는 일까지 요구한다고 화난 듯한 어조로 소리를 죽여 말하고 있는 것이 옌에게도 들렸다.

「그만큼 많은 하인들이 있는데도 시어머님은 꼭 나더러 차를 따르라고 그런단 말이야. 그리고…… 지난 달보다 조금이라도 쌀을 더 많이 먹으면, 내 책임이라며 나무라잖아. 이젠 나도 더 참을 수가 없어. 요새는 시부모와 동거하는 여자가 그다지 없거든. 나도 이제 지긋지긋해졌어.」

그리고 그런 식의 얘기들이 한참 계속되어 갔다.

이 좌석에서 옌이 가장 큰 호기심을 가지고 바라본 것은, 아이란이 시인이라고 한 둘째 사촌 셍이었다. 그 이유 중 하나는 옌 자신이 시를 좋아하기 때문이고, 또 하나는 이 청년을 감싸고 있는 우아함이 맘에 들었기 때문이었다. 그것은 화사한 우아함이었으며, 어두운 빛깔의 산뜻한 양복을 입고 있어서 더한층 돋보였다. 그는 아름다웠다. 그리고 옌은 아름다운 것을 매우 좋아했다. 그래서 셍의 갸름한 얼굴이며 젊은 처녀의 눈 같은, 살구 모양의 부드럽고 검고 꿈꾸는 듯한 눈에서 시선을 뗄 수가 없었다. 이 사촌에게는, 어떤 감정이, 마음 깊숙이 도사린 이해심이 있어 보여서 그것이 옌의 마음을 끌었다. 옌은 셍과 얘기해 보고 싶었다. 그러나 셍도, 셋째 사촌 맹(孟)도 이야기를 하려 하지 않았고, 이윽고 셍은 책을 읽기 시작했으며 맹은 피넛이 다 없어지자 어디론지 가버렸다.
　이렇게 사람들이 가득 있는 방에서 이야기를 한다는 것은 그리 쉬운 일이 아니었다. 아이들은 걸핏하면 울음을 터뜨리고, 차와 음식을 나르는 하인들이 끊임없이 드나들어 문은 쉴새없이 소리를 내고, 사촌 형수는 소곤소곤 이야기를 하고 있는가 하면 아이란은 그 이야기에 흥미를 느끼는 체하면서 큰 소리로 웃어 대곤 하는 것이었다.
　이렇게 하여 긴 하룻밤이 지났다. 호화로운 만찬회가 열리고 백부와 장남은 못 믿을 만큼 많이 먹었다. 그리고 어떤 요리가 생각한 것만큼 나오지 않을 때는 둘이 함께 투덜거렸으며, 고기와 과자 요리의 솜씨를 비교하여 어떤 요리가 잘 되어 있으면 큰 소리로 칭찬하고 자기들의 평을 들려 준답시고 요리사를 불러냈다. 요리사는 부엌에서 일하던 그대로의 지저분한 검은 앞치마를 두르고 나타나서 주인이 하는 말을 걱정스럽게 듣고 있다가 칭찬을 받으면 개기름이 번지르르한 얼굴에 웃음을 띄우고, 비난을 들으면 앞으로 조심하겠다며 사과하고 고개를 숙였다.
　백부의 제일 부인은 요리에 고기가 들어 있지나 않나, 돼지 기름을 쓰지나 않았나, 달걀을 쓰지 않았나 하고 그것에만 정신을 쏟았다. 그녀는 나이를 먹자 모든 육류를 끊고 불교도의 맹세를 했는데 그래서 특별히 요리사를 따로 두고 있었다. 그 요리사는 어떤 고기의 모양도 야채로 교묘하게 만들 줄 알아서, 수프에 비둘기 알이 들어 있는 줄 알았는데 비둘기 알이 아니고, 눈도 비늘도 꼭 진짜 생선처럼 교묘하게 만든 것이 나오므로 잘라 보고 살도 뼈도 없는 것을 알 때까지는 아무도 생선이라고 여기지 않는 사람이 없었다. 제일 부인은 남편의 첩에게 완전히 이 일을 맡겨 놓고, 그리고 들으라는 듯이 말하는 것이었다.
　「이것은 며느리가 해야 할 일이야. 하지만 요즘은 며느리라고 하지만 며느리가 아니야. 내게는 며느리가 없어요. 아니 없는 거나 마찬가지야.」
　그 며느리는 단정하게 그리고 딱딱하게 앉아 있었다. 매우 아름다우나 표정에 차가움이 있었으며 그런 말은 못 들은 체하고 있었다. 그러나 퍽 사근사근한 성격이라 언제나 조정역을 맡곤 하는 제이 부인은 상냥하게 대답했다.
「나는 아무렇지도 않아요. 바쁜 것을 좋아하니까.」
이렇게 그녀는 여러 가지 자질구레한 일을 분주하게 가로맡아 사람들의 사이를 조종했다. 혈색이 좋고 건강해 보이며 언제나 생글생글 웃는 못생긴 여자였지만 그녀의 최대의 행복은 잠깐 여가가 있으면 수를 놓는 것이었다. 그래서 언제나 가까이에 공단 천이며 꽃, 새, 잎 따위의 깨끗하게 도려 낸 종이 본을 놓아 두었고, 목에는 언제라도 쓸 수 있도록 많은 비단 색실을 걸어 놓고 있었으며, 가운데 손가락에는 언제나 청동 골무를 끼고 있었다. 언제나 줄곧 골무를 끼고 있어서 밤에도 잊어버리고 그냥 자는 일도 흔했고, 또 골무가 없어졌다고 여기저기 뒤지다가 자기 손가락에 그냥 끼어 있는 것을 발견하고는, 얼빠진 자기 자신에 마치 어린 아이처럼 명랑하게 웃어 젖히는 바람에 나중에는 다른 사람들까지 모두 함께 웃음을 터뜨리곤 하는 것이었다.
아이들의 웃음 소리며 식사하는 어수선한 소리 등, 이런 가정적인 잡담과 소음 속에서 교양 있는 왕 장군의 제일 부인은, 조용한 품위를 간직하여 누가 말을 건네면 대답하고, 정숙하게 먹으면서도 자기가 먹는 것에 지나치게 주의를 기울이지도 않고, 아이들도 예의 바르게 다루었다. 그녀의 온화하고 침착한 눈은 또 무척 명상적인 무게로 하여, 금방 구르기 시작할 듯한 아이란 혀와 무엇이든 웃음의 씨를 발견하는 약삭빠른 눈을 눌렀으며, 자비롭고 부드러운 그녀의 존재는 좌석에서 왠지 무게를 지니고 있어 그 때문에 다른 사람들도 모두 마음이 상냥해지고 예의 바르게 되는 것이었다. 옌은 그것을 보고 더욱더 존경의 마음이 일었으며 그녀를 어머니라고 부르는 데 자랑스러움을 느꼈다.
한참 동안 옌은 이런 생활이 있을 줄은 꿈에도 생각하지 못할 만큼 한가한 생활을 보냈다. 그는 노부인에게 모든 신뢰를 걸고 부인의 말을 어린 아이처럼 따랐다. 그것도 그냥 맹종하는 것이 아니라

기꺼이 진심으로 따랐다. 부인은 덮어놓고 명령하는 것이 아니고, 언제나 자기는 이렇게 생각하는데 너는 그래도 괜찮겠느냐고 물었으며, 더욱이 상냥하게 그 말을 꺼내므로, 언제나 옌은 자기가 먼저 생각했더라면 필경 그런 생각을 택했으리라 여겨지는 것이었다. 부인 집에 와서 아직 얼마 되지 않은 어느 날 아침 —— 아이란은 일어나 본 적이 없으므로 —— 단 둘이서 아침 식탁에 앉았을 때 부인이 말을 했다.

「네 거처를 아버님에게 알리지 않고 그냥 있는 것은 좋지 않아. 너만 좋다면, 내가 아버님께 편지를 해서, 네가 무사히 나한테 와 있다는 것과 그리고 이 해안 도시에 있으면 외국의 지배를 받고 있으므로 전쟁에 휘말려 들어갈 걱정도 없고 너도 아버님의 적으로부터 안전하다는 것을 알려 드리기로 해야겠다. 그리고 결혼 문제도, 요즘 젊은이들처럼 장차 자기가 배우자를 고르도록 해주십사고 부탁드려 보자. 그리고 네가 이곳 학교에 다니게 되어 있다는 것과 무사히 있다는 것, 내 아들이니까 내가 돌보겠다는 말씀을 드릴까 한다.」

옌은 여태까지도 아버지의 일로는 편안한 기분이 된 적이 없었다. 낮에 구경하러 나가서 여기저기 거리를 돌아다닐 때라든가, 낯선 도시 사람들 사이에서 시달리고 있을 때라든가, 혹은 이 청결하고 조용한 집에서 새로운 학교에 가기 위해 산 책들을 읽고 있을 때, 자기가 끝내 의지를 관철한 것을 생각하고 지금과 같은 자유로운 생활을 보낼 권리가 자기에게는 있으며, 아무리 아버지라도 억지로 자기를 데려갈 수는 없는 일이라고 속으로 부르짖곤 했다. 그러나 밤이나 아침 일찍 거리에서 일어나는 소음에 익숙해지지 않아 어두울 때 눈을 떴을 때는, 자유란 도대체가 얻을 수 없는 것이라는 기분이 들고 지난 어린 시절의 공포가 되살아나서 그는 마음속으로 소리치는 것이었다. 『여기서 계속 살아갈 수 있을지 없을지 알 수 없는 일이다. 아버지가 병사들을 데리고 다시 나를 데리러 온다면 어떻게 될까?』

그럴 때에는 아버지의 온화함과 애정을 잊고, 아버지가 노령이라는 것과 병들어 있다는 것을 잊었으며, 아버지가 곧잘 화를 낸 일이며 자기의 의사를 강요하는 데 열심이었다는 것만이 생각나서, 어릴 때의 살을 에는 듯한 슬픈 공포가 다시 엄습해 오는 것을 느꼈다. 여태까지도 몇 번이나 뭐라고 아버지에게 편지를 쓸 것인가, 만일 아버지가 온다면 어떻게 다시 몸을 숨길 것인가, 그런 것을 줄곧 생각해 왔던 것이다.

그래서 지금 노부인이 말하는 것을 들으니 그것이 무척 편하고 확실한 방법인 것 같아서 그는 감사한 마음으로 말했다.

「그것은 좋은 방법입니다, 어머니. 저한테도 큰 도움이 되겠습니다.」 그리고 식사를 계속하면서 한참 생각하고 있으니 어깨의 짐이 가벼워진 것 같아서 조금 응석을 부리고 싶은 기분이 났다. 「다만, 편질 쓰실 때 아버지는 옛날처럼 눈이 잘 보이지 않으시니까 알기 쉽도록 쓰세요. 그리고 저는 억지로 결혼해야 한다면 돌아가지 않겠다는 것도 분명하게 써 주세요. 그런 노예 같은 처지에 떨어질 위험이 있다면 저는 절대로 아버지를 뵈러 가지도 않겠습니다.」

노부인은 옌의 외곬으로 토라진 듯한 태도를 보고 부드럽게 미소지으면서 조용히 말했다. 「그래라, 분명하게 그렇게 쓸게. 하지만, 좀더 정중한 말투로 말이야.」 부인은 매우 침착하고 확신에 차 있는 듯이 보였으며, 옌은 마지막 공포도 사라지고 노부인의 피를 나눈 친자식이나 되는 것처럼 부인에게 완전히 의지하게 되었다. 그는 이제 무서워하지 않았다. 그리고 여기 있는 한 자기 생활은 안전하며 확실하다고 생각하고 이곳 생활의 모든 면에만 오로지 관심을 기울였다.

그때까지의 생활은 참으로 단순했다. 아버지의 장군 공저에서 그가 할 수 있는 일들과 그가 하고 있었던 일은 별로 없었고, 아버지 곁을 떠나 생활한 유일한 장소인 군관 학교에서도 역시 단순한 일뿐이었다. 독서와, 전쟁 연구와, 놀기 위해 주어진 얼마 안 되는 시간에 사귄 청년들과의 논쟁이나 사귐뿐이었다. 왜냐하면 군관 학교에서는 일반 사람들과 멋대로 교제하는 것을 허락하지 않았으며, 그들의 대의를 위해서, 그리고 그것으로 인해 일어날 전쟁을 위해서 참으로 엄격하게 훈련되고 있었기 때문이었다.
 그런데 이 소란하고 분주한 대도시에 와보니 옌은 자기의 생활이, 한꺼번에 모두 읽어 보지 않으면 안 되는 책과 같이, 동시에 수십 종류나 되는 생활을 경험하고 있음을 알게 되었다. 그리고 그는 매우 욕망이 강해서 '불타듯이 끓어오르는 정열을 품고 있었으므로 어떠한 사물 하나라도 자기 곁을 헛되이 통과해 버리는 것을 절대 용납하지 않았다.
 이 집의 가장 가까운 부분에도 그가 동경하고 있던 명랑한 생활이 있었다. 여태까지 다른 아이들과 웃고 떠들고, 자기의 의무를 잊어버릴 만큼 유쾌하게 놀아 본 적이 없는 옌은 지금 누이 아이란과 함께 살게 됨으로써 지나간 어린 시절을 다시 발견했다. 두 사람은 화를 내지 않고 말다툼을 할 수도 있었고, 두 사람만의 무슨 놀이를 했으며, 옌은 자기가 웃고 있다는 것 이외는 모두 잊어버릴 만큼 서로 웃을 수도 있었다. 처음 한동안은 누이 앞에 나가면 겸연쩍어서 소리를 내어 웃지도 못하고 다만 미소지을 뿐이었으며, 마음이 무언가에 막혀 말도 자유로이 할 수가 없었다. 그는 어릴 때부터, 냉정하라, 품위를 잃지 않도록 천천히 행동하라, 얼굴은 엄숙하게 정면을 향하라, 잘 생각한 후에 대답하라는 등 이런 식의 교육을 받아 왔으므로, 이 놀리기 좋아하는 누이를 어떻게 상대해야 좋을지 몰랐다. 아이란은 그를 놀리며 그의 고지식한 표정을 그 조그맣고 명랑한 얼굴로 흉내내 보이곤 했는데, 그것이 그의 긴 얼굴과 너무나 흡사해서 노부인도 무심코 미소를 짓고 옌도 웃음을 터뜨리지 않을 수 없었다. 여태까지 그런 일을 당한 적이 없었으므로 처음에는 자기가 그와 같이 놀림을 받는 것이 좋은 것인지 어떤지 알 수가 없었다. 그러나 아이란은 그에게 언제까지나 엄숙한 얼굴을 갖게 하지 않았다. 그가 자기의 익살에 응수할 수 있게 되기까지 손을 늦추려 하지 않았으며, 또 그가 기지 있는 대답을 하면 그것을 칭찬해 줄 만한 공평함도 갖고 있었다.
 어느 날 그녀가 큰 소리로 말했다.
 「어머, 우리 집의 늙은 성자(聖者)님도 꽤 젊어지셨네. 우리가 이제 청년으로 만들어 드려야지. 방법은 알고 있어. 양복을 지어 드리고, 내가 댄스를 가르쳐서, 이따금 댄스 파티에 모시고 나가는 거야.」

그러나 옌이 새로 발견한 생활을 즐거워했다고는 해도 꼭 그러하다고만은 할 수 없었다. 아이란이 댄스라고 부르는 외국 오락 때문에 자주 나가는 것을 옌도 알고 있었고, 밖에 이따금 화려한 전등불이 번쩍이는 집 앞을 지나 보기도 했는데, 그때마다 그는 시선을 돌리곤 했다. 자기 아내도 아닌 여자를 남자가 꼭 껴안는다는 것은 너무 부도덕한 행위로 보였고, 비록 자기 아내라 하더라도 사람들 앞에서 너무 지나치다고 생각되었기 때문이다. 그가 갑자기 엄숙해진 얼굴을 하자 아이란은 매우 집요하게 자기 생각을 고집했으며, 그가 수줍어서 그 자리를 피하기 위해, 「나는 할 수 없어. 다리가 너무 긴걸.」 하고 말하자 그녀는 대답했다. 「서양에는 오빠보다 다리가 긴 사람이 얼마든지 있어요. 그래도 아무 탈 없이 댄스를 하는걸. 지난번에도 난 루이스 링 집에서 백인과 춤을 추었는데, 내 머리카락이 자꾸만 그 사람의 조끼 단추에 걸렸어요. 그래도 그 사람, 바람에 흔들거리는 후리후리한 나무처럼 춤만 잘 추던데 뭐. 안 돼요, 다른 핑계를 생각해요, 오빠!」

그가 부끄러워서 진짜 이유를 말하지 못하고 있으니 그녀는 웃으면서 조그마한 엄지손가락을 그의 눈 앞에서 흔들어 보이면서 말했다.

「난 이유를 다 알고 있어요. 오빠는 여자 애들이 다 오빠에게 반할까봐 그러지? 그리고 사랑을 하는 것이 무섭지?」

이 말을 듣고 있던 노부인이 부드럽게 말했다. 「아이란, 좀 얌전해져 봐요.」 그래서 옌은 약간 불안한 듯이 웃고 그 자리는 그것으로 끝났다.

그러나 아이란은 그대로 그치려 하지 않고 날마다 그를 붙잡고 말했다. 「그만두지 않을 테야, 오빠에게 무슨 일이 있더라도 댄스를 가르쳐 놓고 말 테니까!」

그녀의 생활은 거의 노는 데 소비되고 있었기 때문에 학교에서 날듯이 돌아오면 책을 집어던지고 화려한 옷으로 갈아입고는, 연극이라든가, 실물과 똑같이 움직이고 지껄이고 하는 활동 사진을 보러 갔다. 더욱이 요즘은 잠시라도 옌과 얼굴을 맞대기만 하면 댄스 연습을 시작하겠다고 그를 놀리므로, 그는 사랑이라는 것을 생각하고 긴장하지 않을 수 없었다.
 이 문제가 앞으로 어떻게 전개될 것인지 옌은 알 수 없었다. 왜냐하면 아이란과 함께 드나드는 아름답고 잘 재잘거리는 처녀들이 그는 아직 무서웠으며, 또 아이란이 그녀들의 이름을 말하고 그녀들에게 「우리 옌 오빠야.」라고 하면서 그를 소개하는데, 옌의 눈에는 모두 똑같아 보이고 똑같이 아름다워서 아직 누가 누군지 분간할 수 없었기 때문이었다. 게다가, 이렇게 아름다운 아가씨들보다도 옌에게는 자기의 마음속 깊숙이 도사리고 있는, 다시 말해서 그녀들의 작고 가벼운 손길이 그의 속에서 휘저어 놓을지도 모를 어떤 은밀한 힘이 무서웠던 것이다.
 그런데 어느 날, 아이란의 본격적인 장난이 시작될 조그만 일이 일어났다. 그날 밤 옌이 저녁 식사를 하러 자기 방에서 나오니 노부인이 혼자 식탁에 앉아 기다리고 있었다. 아이란이 없었으므로 식탁은 매우 조용했다. 이런 일은 옌에게는 새삼스럽지 않았다. 아이란이 동무들과 놀러 가 버리고 없을 때면 두 사람만이 식사를 하는 일이 자주 있었기 때문이었다. 그가 식탁에 앉자마자 부인이 조용히 입을 열었다.
 「옌, 벌써부터 너에게 부탁할 일이 있었는데, 네가 열심히 공부하고 아침에 일찍 일어나므로 수면을 많이 가져야 되겠다고 생각해서 여태까지 말을 꺼내지 않았었지. 하지만 솔직히 말하면, 어떤 문제를 가지고 나는 지금 매우 골머리를 앓고 있어. 누군가의 힘을 빌려야겠는데, 난 너를 내 친아들처럼 생각하고 있으니까 다른 사람에게는 부탁 못할 일도 너한테는 부탁할 수 있을 거야.」
 이 말을 듣고 옌은 은근히 놀랐다. 부인은 언제나 확신에 차고 침착해서, 사고 방식이라든가 이해력에 있어서 정말 원숙했으므로 남의 도움이 필요하리라고는 생각지 않았던 것이다. 그는 그릇을 든 채 부인을 쳐다보고 궁금한 듯이 물었다.

「무슨 일이든지 하지요. 어머닌 제가 여기 온 후로 친어머니도 못다할 만큼 알뜰하게 해주신걸요. 일일이 헤아릴 수 없을 만큼 친절을 베풀어 주시지 않았습니까.」

그의 목소리나 얼굴에 넘쳐 흐르는 솔직한 선량함은 부인의 마음을 흡족하게 했다. 부인은 입술을 떨면서 말했다.

「얘기는 네 누이에 관한 거야. 난 그애를 위해서 일생을 바쳐 왔어. 그애가 남자가 아닌 것이 우선 나의 첫 고민이었지. 네 어머님과 나는 거의 같은 무렵에 임신을 했는데, 드디어 아버님이 전쟁에 나가셨다가 돌아오셨을 때는 두 사람 다 애기를 낳은 후였지. 나는 네가 내 아들이었더라면 좋았을걸 하고 얼마나 생각했는지 모른다. 옌, 그건 도저히 말로 설명할 수가 없는 거야. 아버님은 ─ 두번 다시 나를 거들떠보시지도 않더구나. 나는 아버님의 마음속에 무언가 강한 감정이 흐르고 있다는 것을 알고 있었지 ─ 이상한, 속 깊은 마음을 갖고 계셨는데, 아무도 그 마음을 차지하지 못했지. 너 혼자를 제외하곤 말이야. 아버님이 여자를 어째서 그토록 싫어하시는지 나는 몰라. 하지만 사내아이를 갖고 싶어하신 것은 전부터 알고 있어서, 전쟁에 나가신 후에도 내가 사내아이를 낳았으면 하고 그 일만 생각하고 있었지. 나는 세상 여자들처럼 그렇게 우둔하지는 않아. 친정 아버님께서 알고 계시는 모든 학문을 가르쳐 주셨거든. 나는 언제나 생각하고 있었지. 어떻게든 아버님이 나를 보아 주시기만 한다면, 내 기분을 알아만 주신다면, 부족한 대로 갖고 있는 지혜로써 위안을 드릴 수도 있을 텐데 하고 말이야. 하지만, 아버지에겐 나는 자식을 낳기 위한 단순한 여자에 지나지 않았어. 더욱이 나는 사내아이를 낳지 못하고 아이란만 낳았단 말이야. 개선하고 돌아오셨을 때 아버님은 네 어머님 품에 안겨 있는 너만을 보셨어. 나는 아이란에게 사내아이들이 입는 빨강과 은빛의 용감한 옷을 입혀 놓았었지. 그리고 아이란은 무척 예쁜 아이였어. 그런데도 아버님은 거들떠보시지도 않으시잖겠니. 몇 번이나 이런저런 구실을 만들어서 아이란을 아버지에게 보내기도 하고 내가 데리고 가곤 했었지. 그애는 영리해서 나이에 비해 지능의 발달이 빨랐으므로 얼마나 훌륭한 아인가 아버님도 틀림없이 아시게 되겠지 하고 생각했던 거야. 그런데 아버님은 여자라는 것에 대해서 매우 기묘한 고집을 갖고 계시거든. 그래서 저애도 보통 여자로밖에 보이지 않은 거야. 마침내 나는 쓸쓸함을 견디지 못해서 아버지한테서 떠나갈 생각을 했지 — 공공연하게 하지는 못하고 딸을 교육한다는 구실로 말이야. 그리고 아이란에게는 남자아이에게 줄 수 있는 것은 모두 주고, 여자로서 태어난 불리함을 없애는 데 전력을 다하자고 결심한 거야. 아버님은 돈에 관해서는 관대하셨어. 옌, 어김없이 돈을 부쳐주셨거든. 아무런 부족함도 없었다. 다만, 내가 살든지 죽든지, 딸이야 어떻게 되든지 전혀 신경을 써 주지 않은 것을 제외하곤 말이야……. 내가 너에게 친절하게 한 것은 아버지를 위해서가 아니라 너를 위해서야.」

부인은 여기까지 말하고 헤아릴 수 없이 깊은 눈길을 그에게 돌렸다. 옌은 그 눈길과 마주치자 이렇게도 뚜렷하게 부인의 생활과 마음속을 들여다보게 된 데 얼떨떨해져서, 이런 것까지 알게 된 것이 무섭게 느껴지고 어떻게 위로해야 좋을지도 알 수 없었다. 부인은 얘기를 계속했다.

「나는 아이란을 위해서 일생을 바쳐 왔어. 그애는 귀엽고 명랑한 아이야. 그애는 언젠가는 훌륭한, 글쎄, 훌륭한 화가나 시인, 혹은 요새는 여의사도 있으니까, 내 친정 아버님처럼 의사가 제일 바람직하지만, 적어도 우리 나라 신시대의 여성 지도자가 될 것이 틀림없다고 나는 늘 생각하고 있었지. 내가 낳은 오직 하나밖에 없는 자식은 내가 되고 싶어했던 — 학식있고 총명하고 위대한 여성이 될 것이 틀림없다는 기분이 들었었어. 나는 외국 교육을 받고 싶어했지만 내 혼자 힘으로는 할 수가 없더구나. 그애가 내던져둔 교과서를 읽고 모르는 데가 아주 많다는 것을 알고 슬퍼지더구나……. 하지만 이제 와서는 그애가 그렇게 훌륭한 사람이 되진 못하겠구나 하는 것을 차차 알게 됐어. 그애의 재능이라고는 웃는 것과 놀리는 것과 그리고 예쁘다는 것, 그리고 사람의 마음을 휘어잡는 것 뿐이야. 무엇을 하거나 노력을 하려 하지 않아. 자기의 즐거움 이외는 아무것도 좋아하지 않는단 말야. 얌전하기는 하지만 그 얌전에는 깊이가 없어요.

친절하게 하는 편이 불친절한 것보다 나아 보이니까 친절하게 하는 거야. 나도 이젠 그애의 바닥을 알게 됐어. 옌…… 내가 만들려고 생각하고 있던 것의 재료를 알게 된 거야. 나는 속지 않아요. 나의 꿈은 사라졌어. 이제는 그애가 현명한 결혼을 하는 것밖에 바라지 않아. 왜냐하면, 그애는 결혼하는 것 이외엔 길이 없거든. 옌, 그애는 남자의 보호를 받지 않으면 안 될 여자야. 하지만 내가 고른 사람한테는 시집을 안 갈 것이고, 또 제멋대로니까 불량 청년이나 나이 차이가 많은 어리석은 남자에게 값싸게 몸을 맡겨버리지나 않을까 큰 걱정이다. 그애한테는 어딘가 좀 비뚤어진 데가 있어서, 그 때문에 한참 동안 백인과 친해진 적도 있었고, 그 사람과 같이 있는 것을 누가 보면 우쭐거리곤 했었지. 하지만 지금은 그런 걱정은 없어. 다시 바람의 방향이 바뀌었으니까. 지금 내가 걱정하고 있는 것은 오히려 요즘 늘 같이 다니는 남자야. 내가 늘 그애 뒤를 따라다닐 수도 없고, 사촌들도 그 댁들도 믿을 수가 있어야지. 옌, 나를 안심시켜 주기 위해서라도 이따금 그애와 함께 밤에 나가서 실수가 없도록 좀 돌봐주지 않겠니?」

부인은 이 긴 이야기를 막 마쳤을 때 아이란이 놀러 갈 준비를 하고 방에 들어왔다. 은빛으로 가장자리를 두른 진한 장미빛의 날씬한 옷을 입고 서양식으로 뒤꿈치가 높은 은빛 구두를 신었으며, 깃은 최신 유행형으로 깊숙이 패어 있어서, 어린 아이같이 가늘고 매끄럽고 부드러운 목을 완전히 드러내 보였으며, 소매도 어깨 바로 밑에서 잘려 있어 가늘면서도 근육 하나 보이지 않는 부드럽고 통통한 살에 덮인 아름다운 팔이 그대로 드러나 있었다. 어린 아이처럼 가늘지만 처녀답게 볼록한 손목에는 조각을 한 은팔찌를 끼었고, 두 손의 가운데 손가락에는 은빛 비취 반지를 끼었으며, 흑옥처럼 반드르르한 검은 머리는 아름답게 화장한 얼굴의 가장자리를 두르듯 말려 있었다. 어깨엔 부드러운 눈처럼 흰 외투를 걸치고 있었는데 들어오자 그것을 확 벗어던지고, 자기가 아름답다는 것을 인식하고 자기의 아름다움에 짐짓 긍지를 느끼면서 처음에는 옌 쪽을, 이어 어머니 쪽을 명랑하게 웃으면서 바라보았다.

부인도 옌도 아이란에게서 시선을 뗄 수가 없었다. 아이란도 그것을 보고 진심으로 기쁜 듯, 승리를 자랑하는 듯한 웃음 소리를 냈다. 이 웃음 소리로 부인은 간신히 딸에게서 눈을 떼고 조용히 물었다.

「오늘 밤엔 누구와 같이 가니?」

「셍의 친구하고 가요.」하고 아이란은 명랑하게 대답했다.「작가예요, 엄마. 유명한 소설가 우 리양(伍麗陽)이라고 있잖아요.」

그것은 옌도 어쩌다가 귀에 들은 적이 있는 이름이었다. 그는 서양식 소설가로서 유명한 인물이며, 그 소설은 자유분방하게 남녀간의 연애를 취급하는데, 대부분의 경우 주인공의 죽음으로 끝맺어져 있었다. 그런 소설이므로 옌은 몰래 숨어서 살며시 읽었으며, 읽은 것을 부끄럽게 생각하면서도 그 소설가에게 적지 않은 호기심을 갖고 있었다.

「때로는 옌 오빠도 데려다 주렴.」하고 어머니는 부드럽게 말했다.「너무 공부만 한다고 내가 늘 말하고 있지. 가끔 누이나 사촌들과 조금은 기분 전환을 하는 것도 나쁘지 않을 거야.」

「그래요. 옌 오빠, 그건 내가 벌써부터 기다리던 거야.」하고 아이란은 넘칠 듯한 웃는 얼굴을 보이면서 커다란 검은 눈으로 그를 바라보고 말했다.「하지만, 양복부터 맞춰야지. 엄마, 오빠에게 양복과 구두를 맞춰 주세요. 이 구식 옷보다 양복 쪽이 다리가 자유로워서 춤추기 쉬워요. 나는 남자들이 양복 입은 모습이 제일 좋더라. 내일 나가서 오빠 것을 모두 사도록 해요. 조금도 우스울 건 없어. 오빠가 양복을 입으면 누구한테도 지지 않을 만큼 훌륭해질 거야. 그리고 내가 댄스를 가르쳐 줄께. 내일부터 당장 시작하도록 해요.」

옌은 얼굴을 붉히고 고개를 숙였으나 처음 결심 만큼 굳지는 못했다. 부인의 얘기를 생각하고, 부인이 얼마나 자기에게 친절하게 해주었는가를 생각하지 않을 수 없었으며, 이거야말로 은혜에 보답하는 길이라고 여겨졌기 때문이었다. 그때 아이란이 말했다.

「댄스를 할 줄 몰라서야 어떻게 해요. 혼자서 가만히 테이블에 앉아 있기만 할 수도 없잖아요. 우리 젊은 사람들은 모두 출 줄 아는

걸.」
　「그런 게 요즘 세상이야, 옌.」 하고 부인은 한숨을 섞어서 말했다. 「서양에서 들어온 기묘하고 야릇한 유행이야. 나는 싫어해서 현명한 일이라고도 좋은 일이라고도 생각지 않지만 사실은 그런 거야.」
　「엄마는 너무 구식이셔. 하지만 난 엄마가 좋아.」 하고 아이란은 웃으면서 말했다.
　옌은 입을 열기 전에 문이 열리더니 흰 조끼에 검은 양복을 입은 셍이 들어왔다. 또 한 사람의 남자가 같이 들어왔는데 그것이 바로 그 소설가라는 것을 옌은 금방 알 수 있었다. 그리고 여자도 한 사람 있었다. 아이란과 똑같은, 다만 초록과 금빛만이 다른 옷을 입고 있었다. 그러나 옌에게는 요즘의 젊은 처녀 모두 같아 보였다. 모두 아름답고, 모두 어린애처럼 가냘팠으며, 모두 화장을 했고, 모두 구슬 같은 목소리를 갖고 있었고, 끊임없이 즐거움이나 슬픔의 소리를 냈다. 옌은 여자 쪽을 보지 않고 그 고명한 청년 쪽을 보았다. 그는 키가 크고 태도가 부드러운 사나이였으며, 크고 희멀건한 얼굴에 얇고 붉은 입술, 검고 가느다란 눈, 한일자로 그어진 가늘고 검은 눈썹이 매우 아름다웠다. 그러나 가장 눈에 띄는 것은 얘기를 하고 있는 동안에도 끊임없이 움직이고 있는 그의 손이었다. 큰 손이었으나 여자 손 같은, 손가락 끝이 가늘고 뿌리 쪽은 굵고 부드러웠으며, 피부는 윤기 있는 올리브 빛으로, 향유를 바른 듯 좋은 냄새가 나는 퍽 육감적인 손이었다. 옌은 인사를 하기 위해 그 손을 잡았을 때, 그 손이 자기 손 안에서 녹아 흘러서 뜨뜻해지는 듯한 느낌이 들어 갑자기 만지는 것이 꺼림칙해졌다.
　아이란과 그 사나이는 친밀하게 눈인사를 교환했으며 그의 눈은 그녀의 아름다움을 자기가 어떻게 생각하고 있나 하는 것을 대담하게 이야기하고 있었다. 그것을 보자 어머니의 얼굴에 곤혹의 빛이 떠올랐다.
　그들 네 사람은 꽃을 운반하는 바람처럼 몰려 나가 버렸다. 그리고 조용해진 방에는 다시 옌과 부인만이 남았다. 노부인은 옌을 가만히 처다보고 말했다.
「옌, 내가 그런 말을 부탁한 까닭을 이젠 알겠지?」 하고 부인은 조용하게 말했다. 「저 사람은 이미 결혼했어. 나는 다 알고 있지. 셍에게 들었는데, 처음에는 말하려고 하지 않더니 마침내 결혼한 것을 실토하고 요즘엔 만일 아내가 구식이고 부모가 골라 준 여자라면 남자는 다른 여자와 교제해도 무방하다고 생각한다고 가볍게 말하더라. 하지만 나는 내 딸을 그렇게는 내버려두고 싶지 않아, 옌.」
「제가 같이 다니겠습니다.」 하고 옌은 말했다. 그리고 전에는 나쁜 일이라고 생각하던 것조차도 잊어버렸다. 왜냐하면 그것은 이 부인을 위해서 하는 일이기 때문이었다.

이렇게 하여 옌은 양복을 짓기 위해서 아이란과 어머니와 함께 외국인 가게에 갔다. 그 가게에서는 재단사가 그의 사이즈를 재고 그의 몸집을 체크했다. 그리고 예복용으로서는 검은 천이, 일상복으로서는 암갈색의 좀 꺼칠꺼칠한 천이 선택되었다. 그리고 가죽 구두며 모자며 장갑, 그 밖에 외국인들이 쓰는 자질구레한 것들을 모두 샀다. 물건을 사고 있는 동안 줄곧 아이란은 지껄이며 웃고, 귀여운 손을 내밀어 이것저것 물건을 꺼내고 뒤집어 보고 했으며, 고개를 갸웃거리면서 옌에게 어떤 것이 더 잘 어울리나 보기도 하고 했으므로 옌은 좀 어색했으나, 부끄러우면서도 참지 못해 웃음을 터뜨리고 일찍이 없었던 명랑한 기분이 되었다. 아이란이 너무나 분방하고 아름다우므로 점원들까지 그녀의 말을 듣고 웃었으며, 살며시 그녀의 얼굴을 건너다보곤 했다. 다만 어머니만은 미소는 띠고 있었으나 한숨을 짓곤 했다. 아이란은 그 언행이 가벼워져, 사람들 웃기는 것만 생각하여 저도 모르는 사이에 사람들의 눈에 자기가 어떻게 비치는가 살피면서, 남자가 자기를 아름답다고 생각한다 ― 남자는 모두 그렇게 생각한다 ― 고 생각하면 한층 더 그녀는 쾌활해지는 것이었다.

이렇게 하여 옌은 마침내 양복을 입게 되었는데, 지금까지 헐렁한 두루마기를 입고 있던 다리 언저리가 왠지 그냥 노출된 듯한 기분에 익숙해지니 양복은 매우 입기가 편했다. 걷기도 자유로웠고 주머니가 많아서 평소에 쓰는 자질구레한 것들을 넣는 데도 편리했다. 또 새로 맞춘 양복을 처음 입던 날 아이란이 손뼉을 치면서 「오빠, 근사해! 엄마, 보셔요, 잘 어울리지 않아요? 이 빨간 넥타이 —— 오빠의 거무스레한 얼굴에는 잘 맞겠다고 생각했는데, 역시 그대로야.」하고 말했을 때는 솔직히 말해서 그도 유쾌했다. 그리고 아이란은 말했다. 「옌 오빠, 난 오빠를 어디나 으시대면서 데리고 다닐 테야. 미스 진, 우리 오빠 옌이야, 두 분이 친구가 되어 줘. 미스 리, 우리 오빠야!」

이렇게 아이란은 일단의 아름다운 아가씨들에게 옌을 소개하는 흉내를 냈다. 옌은 겸연쩍어서 어떻게 할지 몰라 두 볼을 새로 산 넥타이처럼 빨갛게 물들이고 쓴웃음을 지었다. 그러나 왠지 기분은 좋아서, 아이란이 축음기의 뚜껑을 열고 온 방을 음악으로 가득 채운 뒤 그를 끌어안고 팔을 걸게 하여 손을 잡고 조용히 춤을 추기 시작했을 때도, 반은 얼떨떨해하면서도 그녀가 하자는 대로 맡겨 놓고 있었다. 그는 자연의 리듬을 자기 속에 느끼고 얼마 안 가서 발이 저절로 음악에 맞추어 움직임을 알았다. 아이란은 그가 어렵지 않게 음악에 맞추는 것을 익혔으므로 기뻐했다.

이렇게 하여 옌의 새로운 즐거움은 시작되었다. 그것이 즐거움이라는 것을 옌도 알게 되었다. 댄스할 때 그의 피를 끓게 하는 욕정을 부끄럽게 생각할 때도 있었다. 그리고 이 욕정이 솟으면 자기를 억제하지 않으면 안 되었다. 왜냐하면, 안고 있는 여자를, 어떤 여자이든 힘껏 끌어안고 자기도 상대도 그 욕정 속으로 몸을 던지고 싶어지기 때문이었다. 여태까지 젊은 여자의 손을 만진 적이 없고, 누이나 사촌 이외에는 젊은 여자에게 말을 건넨 적도 없는 옌에게는 훈훈한 밝은 방에서 야릇하게 얽히는 외국 음악의 리듬을 타고 팔에 젊은 여자를 안은 채 움직인다는 것은 그리 쉬운 일이 아니었다.

최초의 밤, 처음 한동안은 발이 말을 듣지 않고 스텝을 틀리지나 않을까 하는 데만 신경이 쓰여 정확하게 발을 움직이는 것 이외는 아무것도 생각할 수가 없었다. 그러나 곧 발이 저절로, 그리고 다른 사람들과 마찬가지로 자연스레 움직이게 되고 음악이 이끄는 대로 엔도 발에 신경을 쓰지 않게 되었다. 이 대도시의 댄스 홀에 모인 온갖 인종과 국적을 가진 사람들 사이에 섞이니 엔도 그 중의 한 사람에 지나지 않게 되어 아무도 자신을 모른다는 부담감 없는 심리 상태에 빠져 버렸다. 그는 혼자였다. 그리고 아무하고도 관계 없는 자기가 젊은 여자와 몸을 맞대고 여자의 손을 쥐고 있다는 것을 발견했다. 처음 그는 상대편 여자를 고르지 않았다. 모두 아름답고 모두 아이란의 친구였으며 모두 다른 남자와 마찬가지로 자기에게도 친절했다. 그리고 그가 구하는 것은, 젊은 여자를 껴안고 천천히 감미롭게 타고 있는 불처럼, 자기로서는 몸을 던질 용기가 없는 그 불로 마음을 태우는 것뿐이었다.

나중에 대낮의 햇빛이나 교실의 엄숙함에 냉정해졌을 때, 이 일이 부끄럽게 생각됐다 하더라도, 위험한 일이니 피해야 한다고 자기에게 타이를 필요는 없었다. 왜냐하면 부인에 대한 의무이며 자기는 부인에게 힘을 빌려 주고 있다는 변명이 있었기 때문이다.

그가 누이를 감시하고 있었던 것만은 사실이다. 매일 밤 댄스가 끝나면 아이란이 귀가 준비를 하는 것을 기다리고 있었으며, 다른 처녀에게 함께 가자고 권하는 일은 없었다. 왜냐하면 그렇게 하면 그 처녀를 배웅해 주어야 하고 아이란은 그대로 남겨 두어야 하기 때문이었다. 자기가 이렇게 시간을 낭비하고 있는 것을 정당화하지 않으면 안 되었으므로 특히 그는 주의 깊게 마음을 놓지 않고 감시했다. 우라는 사나이가 자주 아이란과 만나는 것은 사실이라 더욱 눈을 뗄 수가 없었다. 이런 까닭에, 음악 소리에 마음이 움직여 안고 있는 여자가 찰싹 몸을 붙여 올 때 이따금 스며드는 감미로운 애절함도 잊을 수 있었으며, 아이란이 우와 함께 다른 방으로 모습을 감추거나 차가운 공기를 마시러 발코니로 나가거나 하면 더욱 그러했다. 그럴 때는 댄스가 한 곡 끝나고 그녀를 찾아내어 그 옆에 붙어 설 때까지 마음이 놓이지 않았다.

그러나 아이란도 그런 것을 언제까지나 참고 있었던 것은 아니다. 마침내 그녀는 뾰로통한 얼굴을 보이게 되고 때로는 화를 내며 소리칠 때도 있었다.

「내 옆에만 있지 말아요, 오빠. 오빠도 이제는 혼자서 다른 아가씨를 찾아도 좋을 때야. 이젠 내가 없어도 되잖아, 댄스도 제대로 하게 됐고. 날 좀 내버려둬요.」

이에 대해 옌은 아무 말도 하지 않았으며 물론 아이란도 아무리 화가 났을 때라도 그렇게 노골적으로 자기의 뜻을 우기려 하지는 않았다. 옌이 듣고 싶지 않은 말을 할까봐 두려워하는 눈치가 보였으나, 화를 내고 있지 않을 때는 다 잊어버리고 여전히 그의 유쾌한 친구가 되어 주었다.

그러는 동안에 그녀도 약아져서 그에게 화를 내지 않게 되었으며, 오히려 웃으면서 그를 늘 자기 옆에 끌어당겨 놓고 싶다는 듯이 멋대로 따라다니게 했다. 그 대신 아이란이 가는 곳에는 언제나 그 소설가가 있었다. 집에는 결코 오지 않게 된 것을 보면 아이란의 어머니가 자기를 싫어한다는 것을 그도 아는 듯했다. 그러나 공개 석상이든 친구의 집이든, 아이란이 나타나는 것을 알고 있기라도 하는 듯이 언제나 그녀 옆에는 그가 있었다. 옌은 그 남자와 춤추고 있을 때의 아이란을 주의해 보기 시작했는데 그럴 때의 그녀는 예쁜 얼굴에 진지한 표정을 짓고 있었다. 그 진지한 표정이 너무나 그녀에게는 어울리지 않기 때문에 옌은 때때로 얼떨떨해져서 한두 번 부인에게 그 얘기를 할까 하는 생각까지 했다. 그러면서도 아이란은 여러 남자들과 춤추기 때문에 특히 그만을 꼬집어서 말할 수도 없었다. 어느 날 밤 옌은 함께 돌아오면서 아이란을 보고 그 남자와 출 때는 왜 그렇게 진지한 얼굴을 하느냐고 물었다. 그러자 그녀는 웃으면서 아무렇지도 않은 듯이 말했다. 「아마, 그 사람과 추는 것이 싫어서 그럴 거야.」 그리고는 입을 오므리고 놀리듯이 빨갛게 칠한 입술을 옌 쪽으로 내밀어 보였다. 「그럼 왜 추니?」 하고 옌이 체면 없이 물으면, 그녀는 눈에 장난기 있는 빛을 띠면서 한참 웃고 있다가 말했다. 「그렇다고 실례되는 일을 할 순 없잖아, 오빠.」 결국 납득은 되지 않았지만 그 일을 마음속에서 몰아내려고 마음먹었고 그것은 그의 즐거움에 일말의 검은 그림자를 남겼다.

이 밖에 또 한 가지 그의 즐거움을 손상시키는 일이 있었다. 아무렇지도 않은 흔한 일이기는 하나 그것이 그에게는 언제나 마음에 걸렸다. 꽃으로 장식되고, 싫증이 나도록 술과 요리가 흩어지고 엎질러져 있는 훈훈하고 밝은 심야의 방에서 나올 적마다 옌은 잊어버리고 싶은 또 하나의·세계에 발을 내디디는 기분이 들었다. 그것은 밤의 어둠 속이나 새벽녘 흐린 빛 속에, 거지나 허기진 빈민들이 문밖에 매일 몰려 있는 것이었다. 잠을 자려고 그러는 자도 있었으나 개중에는 손님이 사라진 후의 환락장에 들개처럼 잠입해서 테이블 밑을 뒤지며, 흐트러진 음식과 쓰레기를 훔치려고 하는 자도 있었다. 그 시간의 여유는 잠깐 동안이었다. 왜냐하면 종업원들이 고함을 지르며 발길질을 하고 발을 잡아 끌어내고는 문을 닫아 버리기 때문이었다. 아이란과 그녀의 친구들에겐 이런 가엾은 사람들이 보이지 않았다. 또 보이더라도 본척 만척, 마치 들개라도 보듯이 익숙해져서 저마다 차에서 웃어대고 까불어대고 하다가 즐거운 자기 집 잠자리로 돌아가는 것이었다.
　그러나 옌의 눈에는 그들의 모습이 비쳤다. 보지 않으려고 해도 보였다. 그리고 깊은 밤 환락 중에도, 음악과 댄스중에도, 희미한 거리에 나가면 빈민들의 무기력한 모습과 늑대 같은 얼굴을 보지 않으면 안 될 순간이 심한 공포증이 되어 머리에 떠오르곤 했다. 어떤 때는 거지 하나가 떠들썩한 부자들의 무관심을 참다 못해 손을 뻗어 부인의 공단 옷자락에 매달리는 때도 있었다.
　그럴 때는 남자의 소리가 위협하듯이 뒤따라왔다.「손 놔라! 그 더러운 손으로 부인의 공단 옷을 만져서 더럽히다니, 무슨 짓이야!」
　그러자 거기 서 있던 경관이 뛰어와서 손톱이 기다란 더러운 손을 곤봉으로 탁 쳐 버리는 것이었다.
　그러나 옌은 그것을 볼 용기가 없어 고개를 숙이고 그냥 나가 버렸다. 그는 곤봉으로 맞는 것이 자기 살이며, 뼈가 부러져 휘청거리고 축 늘어지는 손이 자기의 굶주린 손이라고 느껴지는 것이었다. 그 무렵의 옌은 쾌락을 좋아하고 가난한 사람들을 보고 싶어하지 않았지만, 보고 싶지 않다고 생각하고 있을 때에도 그들의 모습이 눈에 떠오르는 그런 인정을 갖고 있었다.

그러나 옌의 생활은 그러한 밤 뿐만은 아니었다. 다른 학우들과 어울려 학교에서 공부하는 엄격한 생활이 있었고, 지금은 아이란이 시인과 반역자라고 부르는 사촌 셍과 맹도 더 잘 알게 되어 있었다. 학교에서 그들은 참된 자기를 솔직히 드러냈으며, 교실이나 운동장에서 공던지기 같은 걸 할 때도 세 사촌들은 자기들 대로의 개성이 있었다. 모두가 단정하게 책상에 앉아 강의를 듣거나, 뛰놀거나, 친구들에게 큰 소리로 외치거나, 누가 경기에 실수라도 하면 한바탕 웃어 주거나 하며, 옌은 가정에선 몰랐던 사촌들의 성격을 알게 되었던 것이다.

왜냐하면 가정에서 손위 사람과 함께 있을 때의 청년은 결코 그들의 원래의 모습이 아니며, 사촌들도 그러했다. 셍은 언제나 말이 없고 누구에게도 원만했으나 시에 대해서는 남에게 말하지 않았다. 맹은 언제나 우울한 얼굴을 하고, 자질구레한 것이랑 밥공기들이 잔뜩 얹혀져 있는 테이블에 잘 부딪쳐서 자주 어머니에게 꾸중을 들었다.

「이런 물소 같은 애는 처음 보겠구나. 셍처럼 점잖게 조용히 걷지 못하겠니?」

그런데 셍이 놀러가서 늦게 들어와 이튿날 늦잠을 자고 지각을 하거나 하게 되면 어머니는 셍에게 말하는 것이었다.

「늘 하는 소리지만 나만큼 줄곧 고생만 하는 에미도 없을 게다. 자식이라야 별수 없는 것들뿐이니. 맹처럼 집에 좀 붙어 있으면 어떠냐! 그애가 양놈 같은 옷을 입고 밤에 슬쩍 빠져나가서, 어떤 나쁜 곳인지 알 수 없는 곳에 가는 걸 본 적은 없어. 너를 그런 나쁜 곳에 끌어 넣은 것은 형이고, 형을 그렇게 만든 것은 아버지야. 아버지가 나쁘지. 나는 언제나 그렇게 생각하고 있어.」

실은 셍은 형이 가는 오락장에는 결코 가지 않았다. 왜냐하면 셍은 형보다 취미가 좋은 쾌락을 구하고 있었기 때문이며 아이란이 가는 장소에서 옌은 흔히 그의 모습을 보았다. 옌이나 아이란과 함께 가는 적도 있었지만, 대개는 사랑하는 여자와 단둘이 가서 밤새 둘이서 말없이, 그리고 아주 즐겁게 춤을 추었다.
　이렇게 형제들은 저마다 자기의 마음에 맞는 대로 행동하며 그 거대하고 잡다한 도시의 비밀 생활에 몰두하고 있었다. 이 두 사람과 큰형과의 사이에는 젊어서 목매어 죽은 형과 중이 된 꼽추 형이 있어서 큰형과는 꽤 나이 차가 있었다. 솅과 맹은 아주 성질이 달라서 쉽사리 싸울 것 같았으나 두 사람은 거의 싸우는 일이 없었다. 그 이유의 하나는 솅이 싸움 같은 것을 부질없는 것이라고 생각하는 마음씨 곱고 온화한 인품의 청년으로 맹에게 간섭을 하지 않았기 때문이며, 또 하나는 서로서로의 비밀을 알고 있었기 때문이었다. 솅이 어느 좋지 못한 장소에 드나드는 것을 맹이 알고 있는가 하면, 솅은 맹이 비밀 혁명 단원이며 목적은 다르지만 솅이 드나드는 장소보다 더 위험한 비밀 회합 장소를 드나들고 있다는 것을 알고 있었던 것이다. 그러므로 두 사람 다 서로에 관해서는 입을 다물고 있었으며 어머니 앞에서도 상대를 희생하여 자기를 변호하는 짓은 하지 않았다.
　시간이 갈수록 둘은 다 옌을 알게 되고 점점 더 옌을 좋아하게 되었다. 그것은, 한쪽에서 옌에게만 얘기한 것을 옌은 결코 다른 쪽에 옮기는 법이 없었기 때문이다.

　그리하여 지금은 학교가 옌의 생활에서 큰 즐거움이 되기 시작했다. 그는 참으로 학문을 좋아했다. 새 책을 산더미처럼 사서 두 겨드랑이에 끼고 돌아왔고, 연필도 샀으며, 다른 학생들이 다 갖고 있는 외국제 펜을 사서 자랑스레 호주머니에 꽂고는 전부터 쓰던 붓은 한 달에 한 번 아버지에게 편지를 쓸 때 이외에는 전혀 쓰지 않게 되었다.
　옌에게 있어서 책이란 깨끗한 마법이었다. 그는 아직 읽어 보지 않은 페이지를 열심히 넘기고, 한 마디 한 마디를 머리에 새기려고 했으며, 오로지 학문을 사랑하기 때문에 공부했다. 눈만 뜨면 아직 어두울 때 일어나서 책을 읽었다. 그리고 모르는 것이 있으면 암기했다. 이렇게 읽은 것을 기억해 나갔다. 그리고 이른 조반을 끝내면 —— 그가 학교에 가는 날은 아이란도 어머니도 그렇게 빨리 일어나지는 않으므로 혼자서 식사를 했다 —— 그는 집을 뛰쳐나가 아직 오가는 사람도 적은 거리를 걸어 언제나 제일 먼저 학교에 갔다. 그리고 교사가 조금이라도 빨리 오면 그 기회를 이용해서 수줍고 소심함을 무릅쓰고 모르는 것을 질문했다. 때로는 휴강을 할 때도 있었는데, 그럴 때 다른 학생들은 한 시간의 여유를 좋아했지만 옌은 좋아하지 않았다. 오히려 손해를 보았다고 생각하고 그 시간에 교사가 강의할 곳을 자습하며 보냈다.

이런 식이었기 때문에 학문하는 것은 옌에게는 가장 큰 즐거움이었다. 온 세계 각국의 역사, 외국의 소설과 시, 생리학 등등, 아무리 공부해도 싫증이 나지 않았다. 그 중에서도 식물의 잎, 씨, 뿌리의 내부 구조를 연구한다든가, 비와 태양이 흙에 미치는 영향을 배운다든가, 작물은 언제 심으며, 어떻게 그 씨를 선택하며, 어떻게 수확을 늘리는가 하는 것을 배우는 것을 좋아했다. 이런 것들과 더 많은 것을 옌은 배웠다. 그는 식사와 수면 시간을 아꼈으나 그의 큰 젊은 육체가 언제나 시장해서 음식과 수면을 요구하기 때문에 그것은 어쩔 수가 없었다.

노부인은 이러한 것들을 주의깊게 지켜 보고 있었다. 아무 말도 하지 않았으나 그가 눈치채지 못하게 부인은 잘 주의하고 있다가 그가 즐겨하는 요리를 될 수 있는 대로 많이 밥상에 올려놓으려고 신경을 썼다.

그는 사촌들과도 자주 만났으며 그들은 날로 옌의 생활의 일부가 되어 갔다. 셍은 옌과 동급이었으며, 곧잘 자작시와 작문을 낭독하여 칭찬을 받았다. 그럴 때 옌은 겸허하고 부러운 마음으로 그를 바라보고 자기도 그만큼 부드러운 운을 밟은 시를 지어 보고 싶다고 생각했다. 셍은 우쭐거리지도 않고 눈을 내리깔고 칭찬을 받아도 아무렇지 않은 체했다. 그러나 곧 셍은 아름다운 입가에 자랑스런 미소를 떠올려 저도 모르는 사이에 기쁨을 내색하고 마는 것이었다. 옌은 그 무렵 별로 시를 짓지 않았다. 너무 바쁜 생활을 하고 있어서 시상이 떠오르지 않았고, 가령 작시를 하더라도 조잡한 말밖에 떠오르지 않았으며, 그 말도 그전같이 마무리가 잘 되지 않았다. 그는 자기 사상이 너무 크기 때문에 형태가 잡히지 않고 분명하게 잡아서 언어의 틀에 박기가 어렵다는 기분이 들었다. 많이 추고하여 여러 번 다시 썼을 경우에도 늙은 선생은 이렇게 말하는 것이었다.

「재미있군, 꽤 잘 됐어. 허나, 자네가 말하고 싶은 뜻을 난 모르겠단 말야.」

어느 날 옌이 종자(種子)를 주제로 해서 작시를 했을 때도 노선생은 같은 말을 했는데, 옌도 자기가 말하고자 하는 뜻을 확실히 말할 수가 없어서 더듬거리며 말했다.

「제가 말하고자 하는 것은…… 종자 속에는, 종자라는, 즉 궁극적인 원자 속에는, 그것이 대지에 뿌려졌을 때 그 종자는 이미 물질이 아닌 것이 되어, 영혼 같은 에네르기랄까, 일종의 생명이랄까, 정신과 물질의 매체 같은 것이 되는 그런 순간이 있어서, 종자가 성장하기 시작하는 그 변형의 순간을 잡아서 만약 그 변화를 이해할 수만 있다면…….」

「음, 글쎄.」 하고 선생님은 납득이 안 가는 얼굴로 말했다. 친절한 노인으로 언제나 안경을 코 밑에 걸고 있었으며, 지금도 그 안경 너머로 옌을 바라보았다. 오랫동안 학생을 가르쳐 왔기 때문에 자기가 구하고 있는 것이 뚜렷하게 고정되어 있어서, 어떤 것이 좋다는 표준이 확립되어 있었다. 선생은 옌의 시를 내려놓고 안경을 치켜올리고는 다음 종이를 집어들면서 곰곰이 생각하며 말했다. 「자네 자신도 잘 모르는 것 같군……. 자, 여기 더 잘된 시가 있다. 〈하일 만보(夏日漫步)〉라는 제목이지. 꽤 잘 됐더군. 읽어 줄까?」 그것은 셍이 지은 시였다. 옌은 말없이 자기 사상을 마음속에 간직하고 선생이 읽고 있는 시를 들었다. 그는 셍의 아름답고 흐르는 듯한 사상과 청신한 리듬을 부러워했다.

그러나 그것은 몸을 조이는 듯한 부러움이 아니고, 아주 겸허한 찬탄의 마음이 깃든 선망이었으며, 그의 미모, 자기보다 훨씬 아름다운 셍의 용모를 남몰래 사랑하고 있는 것과 같은 기분이었다.
 그러면서도 옌은 셍의 참다운 모습을 알지 못했다. 셍은 언제나 생글생글 웃고 공손하고 솔직해 보이지만 아무도 그를 잘 아는 사람이 없었다. 그는 걸핏하면 칭찬하고 호의에 넘치는 부드러운 말로 지껄이고 곧잘 부담없이 얘길 하지만, 그의 말은 그의 본심을 말하는 것이 아니었다. 그는 옌에게 와서「오늘 학교가 파하면 영화 보러 가지 않겠나.〈대세계좌〉에서 굉장히 좋은 외국 영화를 하고 있는데 말이야.」이런 말을 할 때가 있었다. 그래서 같이 영화관으로 가서 세 시간이나 함께 있다가 돌아온 뒤에 옌은 셍과 함께여서 즐거웠다는 생각은 들지만, 잘 생각해 보면 셍이 무슨 말을 했는지는 전혀 기억에 없는 것이었다. 기억나는 것은 다만 어두컴컴한 영화관 속에서의 셍의 미소 띤 얼굴과 빛나는 듯한 묘한 계란형의 두 눈 뿐이었다. 단 한 번 셍은 맹과 맹이 믿고 있는 주의에 대해서 얘기한 적이 있었다.
「나는 그런 무리들과는 다르단 말야. 나는 혁명 당원 같은 것은 되고 싶지 않아. 내 생활을 너무나 사랑하고 있고, 게다가 나는 아름다움밖에 사랑하지 않거든. 내가 마음이 움직이는 것은 미(美)뿐이야. 어떤 주의든, 그 때문에 죽고 싶지는 않아. 언젠가는 외국에 가게 되겠지만, 외국이 더 아름다우면 돌아오지 않을지도 몰라, 확실한 것은 알 수 없지만. 나는 대중을 위해 고생하고 싶은 생각은 없어. 놈들은 더럽고 마늘 냄새가 난단 말야. 멋대로 죽으라지. 그까짓 것들 없더라도 곤란할 것은 없어.」
 그는 이러한 것을 참으로 조용히 유쾌하게 말하는 것이었다. 그때 두 사람은 화려한 극장 안에 있었으며, 잘 차려 입은 남녀들이 과자나 호두를 먹으며 외국 담배를 피우는 것을 보고 있었는데, 그의 말은 그러한 사람들의 말을 대표한 것인지도 모른다. 옌은 이 사촌에게 남다른 호의를 품고 있었으나〈멋대로 죽으라지〉라는 말을 예사로 지껄이는 그에게서 냉혹함을 느끼지 않을 수 없었다. 옌은 지금도 죽음을 극히 싫어했으며, 이때의 생활은 가난한 사람들과는 교섭이 없었으나, 그래도 그들이 죽는 편이 낫다고 생각한 적은 없었기 때문이다.
 그러나 셍이 그날 한 말로 하여 옌은 그 후 셍을 만나서 맹에 대해서 좀더 물어 볼 수가 있었다. 맹과 옌은 그다지 얘기를 나눈 적은 없었으나 축구를 함께 할 때가 있었으므로, 옌은 맹의 돌격하는 기세며 도약의 격렬함에 호감을 느끼고 있었다. 맹은 누구보다도 굳건한 육체를 가지고 있었다. 학생들은 대개 창백한 얼굴을 하고 있었으며 무기력해 보이고, 많은 옷을 껴입고 있으면서도 그것을 벗으려 하지 않았으며, 달음박질하는 것도 어린 아이 같았고, 공을 잡는 것도 무척 서툴렀으며, 던지는 꼴도 마치 계집아이처럼 옆으로 던지는가 하면, 차는 것도 번번히 힘이 없어서 공이 슬슬 굴러가서 금방 서 버리곤 했다. 그런데 맹은 마치 적이라도 만난 것처럼 공에 덤벼들어 단단한 구둣발로 힘껏 차는 것이었다. 공은 높이 솟아올랐으며 떨어지면 크게 바운드하여 다시 튀어올랐다. 맹의 체구는 축구로 단련되어 있어서 옌은 셍의 아름다움을 사랑하듯 맹의 굳셈을 사랑했다.
 그는 어느 날 셍에게, 「맹이 혁명 당원이라는 것을 형은 어떻게 알지?」하고 물었다. 그러자 셍은 대답했다. 「맹이 제 입으로 말하더군. 언제나 나한테는 제가 하고 있는 일을 털어놓고 말해 주지. 말하는 것은 나뿐인 줄 알고 있지만. 때로는 걱정스러울 때가 있어. 아버지나 엄마, 형한테도 맹이 하는 일을 말하지 않기로 했지. 말하면 부모들은 맹에게 잔소리를 하게 될 것이고, 맹은 금방 후끈 달아오르는 성질이니까 집을 뛰쳐나갈지도 모르거든. 지금은 나를 믿고 이런 얘길 해주니까 그녀석이 뭘 하고 있는지 알지만, 털어놓고 말하지 않는 비밀이 있다는 것도 난 알아. 왜냐하면, 뭔가 좀 광기 어린 구국의 맹약을 하고 있어서 손가락을 칼로 베어 피를 흘려서는 그 피로 가맹문(加盟文)을 쓴 모양이거든.」
 「그래, 우리 학교에도 혁명 당원이 많이 있어?」하고 옌은 좀 걱정이 되어서 물었다. 그때까지는 이곳만은 안전하다고 생각했는데 암만해도 그리 안전하지 않은 듯한 느낌이 들기 시작했다. 군관 학교 동창생들도 하고 있으며, 더욱이 자기가 그 사이에 끼지 않으려고 한 일을 여기서 맹이 하고 있었기 때문이다.

「많아.」 하고 셍은 간단히 대답했다. 「그리고 개중에는 여학생도 있지.」

옌은 눈이 둥그래지며 놀랐다. 그 학교에는 여학생도 있었다. 남자 학교의 대부분은 법률로서 여학생의 입학을 허가하고 있었으므로, 이 진보적인 해안 도시에서는 그것이 관례가 되어 있었던 것이다. 학문을 하고자 하는 여학생은 그다지 많지는 않았으나 그의 학교에만도 삼사십 명은 있어서 교실에도 드문드문 그 모습을 볼 수 있었는데, 그녀들은 대체로 아름답지 못하고 또 언제나 공부만 하고 있으므로 옌은 그들에게 주의를 기울이지도 않았고 학교 생활의 일부라고도 생각하지 않았다.

그런데 이날 오후 셍의 말이 마음에 걸려서 옌은 여학생들을 전보다 호기심을 갖고 보게 되었으며, 책을 옆에 끼고 눈을 내리깐 여학생 곁을 지날 때마다 이렇게 시치미를 떼고 있는 여자가 그런 비밀 음모에 가담한다는 것이 과연 있을 수 있는 일일까 하고 생각했다. 특히 그의 주의를 끈 여학생이 한 사람 있었다. 옌과 셍의 학급에서는 그녀가 오직 한 사람의 여학생이었다. 여위고 굶주린 참새처럼 앙상했으며 얼굴은 섬세하고 뾰죽한 데다가 광대뼈가 높고 코가 오똑하고 그 밑의 엷은 입술은 빛깔이 좋지 않았다. 교실에서는 거의 말을 하지 않았고 쓰는 문장은 좋지도 나쁘지도 않아 선생에게 비평을 받는 일도 없었으므로 그녀가 어떤 것을 생각하고 있는지 아무도 알지 못했다. 그러나 그녀는 언제나 강의에 나와서 선생이 하는 말에 가만히 귀를 기울이고 있었으며, 이따금 그 가느다란 음울한 눈에 흥미의 빛이 반짝이는 듯이 보일 뿐이었다.

옌은 호기심에서 곧잘 그 여학생 쪽을 바라보았다. 그러다가 어느 날 마침내 그녀는 그의 시선을 느끼고 그의 쪽으로 시선을 돌렸다. 그후 옌이 그녀 쪽을 보면 언제나 그녀도 살며시 자기를 보고 있는 것을 발견했으므로 그녀를 보지 않기로 했다. 옌은 셍에게 아무와도 교제하고 있지 않은 것 같은 그녀의 신분을 물어 보았다. 셍은 웃으면서 대답했다.

「쟤? 바로 그 패거리들의 하나야. 맹의 친구지. 둘이서 언제나 비밀 의논이며 계획을 짜고 있어. 저 차가운 얼굴을 좀 봐. 차가운 인간이라야 든든한 혁명 당원이 된다나. 맹은 지나치게 뜨거워서, 오늘 열중해 있는가 하면 내일은 절망에 빠져 있단 말야. 그런데 저 여자는 언제 보아도 얼음처럼 차갑고 얼음처럼 변하지 않으며 얼음처럼 단단하거든. 나는 언제나 변함 없이 차가운 여자는 싫더라. 그러나 저 여자는 맹이 흥분해서 조급히 계획을 발표하려 하거나 할 때는 냉정하게 식혀 주고, 실망해 있을 때는 언제나 변함 없는 태도로 기운을 내게 해준단 말야. 저 여자는 이미 혁명이 일어나고 있는, 깊숙한 내륙 출신이야.」

「저 사람들은 대체 무슨 계획을 짜고 있지?」 하고 옌은 목소리를 낮추어 호기심에 못이기면서 물었다.

「혁명군이 오면 가슴을 펴고 떳떳이 맞이할 계획을 짜고 있는거야.」 하고 셍은 말하고 어깨를 움츠려 보이더니 남이 듣지 않도록 슬슬 걸어가기 시작했다. 「저 친구들이 가장 힘을 들여 공작을 하고 있는 것은, 아무리 매일 벌어도 조그마한 임금밖에 받을 수 없는 공장 노동자들이야. 그리고 인력거꾼들을 향해서, 그들이 얼마나 짓밟히고 있으며 외국 경찰이 얼마나 잔인하게 그들을 압박하고 있는가 하는 이야기를 떠들어 대고, 드디어 승리의 날이 오면 그러한 하층계급이 봉기해서 언제까지나 권리를 획득할 수 있도록 공작하고 있는 거야. 아무튼 두고 봐, 옌. 놈들이 너를 설득하러 올 테니까. 머지않아 맹이 올 거야. 전번에도 맹이 나한테 묻더군. 옌은 어떤 인간일까, 마음속으로는 혁명에 찬성하고 있을까 하고 말이야.」

마침내 어느 날 맹은 옌을 찾아와서 한 손을 어깨에 얹고 한 손은 옷소매를 잡은 채, 여느 때와 마찬가지로 마치 기분이라도 나쁜 듯이 무뚝뚝한 어조로 말했다.

「형과 나는 사촌간인데도 둘이서만 만난 일도 별로 없고, 이래서야 마치 남이나 다름없잖아. 교문 옆에 있는 찻집에 가서 함께 뭐라도 마실까?」

마지막 수업이 끝나고 모두 자유롭게 된 뒤였으므로 옌은 거절할 수도 없고 해서 맹과 함께 나갔다. 두 사람은 한참 동안 찻집에 있었으나 맹은 특별히 무슨 할 말이 있는 것은 아닌 모양이었다. 다만 거리를 바라보며 지나가는 사람을 우두커니 보고 있을 뿐이었으며 어쩌다가 입을 열더라도 그것은 눈에 띄는 것을 신랄히 비난하기 위해서였다.

「저 자동차를 타고 가는 뚱뚱하게 살찌고 거만해 보이는 놈 좀 봐! 이젠 먹는 데도 지쳐서 제 몸 주체도 옳게 못한단 말이야. 착취 계급이지. 고리대금업자나 은행가나 아니면 공장주일 거야. 보면 알아. 분화구 위에 앉아 있다는 것을 저놈은 깨닫지 못한단 말이야!」

사촌이 하는 말의 뜻은 알았으나 옌은 잠자코 있었다. 정직하게 말하면 그 사람보다 맹의 아버지 쪽이 더 살이 쪘다고 속으로 생각하면서.

또 맹은 이런 말도 했다.

「저 인력거를 끌고 가는 사람 좀 봐. 먹을 것도 옳게 먹지 못했어. 저것 봐, 교통 위반을 했다. 시골서 갓 나온 친구라, 순경이 손을 들고 있을 때는 길을 가로질러가면 안 된다는 것을 모른다 말이야. 저것 봐. 내 말이 맞잖아. 저것 좀 봐, 순경이 때린다. 인력거를 뒤집어 엎고! 저것으로 저 사람은 인력거도 오늘의 벌이도 다 날려 버리고 만 거야. 그러나 오늘 밤에도 역시 인력거를 빌린 주인에게 삯을 지불하지 않으면 안 된단 말이야.」

이 사건을 보고, 인력거꾼이 절망에 고개를 푹 숙인 채 사라지는 모습을 보고 있는 동안에 맹의 목소리가 떨리기 시작했다. 옌이 돌아 보니 놀랍게도 이 기묘한 청년은 자기의 분노에 못이겨 울고 있었으며 눈물을 흘리지 않으려고 어색하게 애쓰고 있었다. 옌이 동정의 눈초리로 자기를 보고 있는 것을 깨닫고 맹은 목멘 소리로 말했다.

「얘기를 할 수 있는 데로 가. 나는 말하지 않을 수 없어. 놈들의 압박을 저토록 끈기 있게 참고 있는 우매한 인간들을 보면 난 죽이고 싶어진단 말야.」

옌은 맹을 달래기 위해 자기 방으로 데리고 가 문을 닫고 흥분이 가라앉을 때까지 얘기를 시켰다.

이렇게 맹과 얘기한 동기가 되어 옌이 속으로 잊고 싶다고 생각하고 있던 양심 같은 것에 눈뜨게 되었다. 옌은 요즈음의 안일한 생활을, 쾌락과 자극을, 의무로부터의 해방을, 자기가 하고 싶은 일만 하고 있으면 그만인 생활을 사랑하고 있었다. 함께 살고 있는 노부인과 아이란이 칭찬과 애정을 아낌없이 주므로 그는 따뜻하게 할 옷도 없고, 배를 채울 밥도 없는 사람들이 있다는 것을 자칫하면 잊기 쉬웠다. 자기가 너무나 행복했으므로 슬픈 것을 생각하려 하지 않았고, 때로는 새벽녘의 뿌옇게 트는 먼동 속에서 아버지가 아직도 자기 위에 권력을 휘두를 수 있을지 모른다고 생각되는 적이 있어도 노부인의 수완과 친절에 의지하여 그런 걱정을 쫓아 버렸다. 그런데 지금 맹이 말한, 가난한 사람들의 일이 또다시 그에게 그전처럼 어두운 그림자를 던졌으며 그는 그 그림자와 정면으로 맞설 수가 없었다.

그렇기는 했지만 이러한 얘기로 하여 옌은 여태까지 모르던 면에서 조국이라는 것을 보는 방법을 배웠다. 흙벽집에 살고 있을 때 그는 조국을 광활하고 아름다운 대지로서 보았다. 그는 조국의 아름다움, 말하자면 육체를 본 것이다. 그때도 그는 민중이라는 것을 깊이 느끼지 않았다. 그런데 이 도시의 거리에서 조국의 영혼을 보는 방법을 맹은 가르쳐 준 것이다. 하층 계급이나 노동자에게 가해지는 아무리 사소한 모욕에도 맹은 분노로써 주의를 기울이는데, 옌은 자기보다 나이 어린 청년에 의해서 그러한 것에 주의하는 방법을 배운 것이다.

매우 부유한 사람들이 있는 곳에는 반드시 매우 가난한 사람이 있는 법이다. 거리를 걷고 있으면 그와 같이 가난한 사람들이 눈에 많이 띄었다 — 왜냐하면 대부분의 사람들이 가난했기 때문이었다. 가장 비참한 것은 눈이 멀고 병이 들고 더러울 대로 더러워진, 태어난 후 한 번도 목욕을 한 적이 없는 굶주린 어린 아이들이었다. 양쪽에 온갖 상품을 늘어놓은 커다란 상점이 있고, 지붕에는 비단 깃발이 나부끼고, 발코니에서는 악단이 음악을 연주하면서 많은 고객을 끌고 있는 화려하고 밝은 거리마다, 너절한 거지들이 구슬픈 소리로 구걸을 하고 있었으며 보이는 얼굴마다 여위어서 흙빛을 띠고 있었고, 아직 해도 지지 않았는데 색에 굶주린 탕아들을 찾기 위해 매춘부들이 우글거리고 있었다.

옌은 그러한 모든 것을 보았다. 그리고 마침내 맹의 마음보다 그의 마음 쪽이 훨씬 더 깊은 상처를 입었다. 맹은 의에 죽는 인간, 모든 것을 주의를 위해서 효과적으로 이용하지 않고는 못 견디는 인간이었다. 굶주린 사람들이라든가, 외국에 달걀을 수출하는 공장 밖에 내던져진 썩은 달걀을 줍기 위해 몰려드는 빈민들이라든가, 일 전짜리 죽을 사서 먹고 있는 빈민들이라든가, 소나 말에게도 무거운 짐을 힘겹게 지고 가는 짐꾼들이라든가, 혹은 빈민들이 구걸을 하고 있는데도 못 본 척 시시덕거리고 있는 게으르고 빈둥거리는 부자들이라든가, 비단을 걸치고 화장을 한 여자들을 볼 때마다 맹의 분노는 폭발하고, 그가 느끼는 모든 것에 대한 해결책으로서 그는 언제나 이렇게 절규하는 것이었다.

「우리들의 주의가 성취될 때까지 이 상태는 절대로 개선되지 않는다. 절대로 혁명이 필요하다. 우리들은 부르주아를 때려눕히고, 우리들을 탄압하는 외국인들을 축출하고, 가난한 사람들의 생활을 향상시켜 주지 않으면 안 된다. 그러기 위해서는 오직 혁명이 있을 뿐이다. 옌 형, 형은 언제 이 사상을 인정하고 우리들의 주의에 참가해 줄 참이야? 우리는 형이 필요해. 조국은 우리들 모두를 필요로 하고 있는 거야!」

맹은 노기에 찬 타는 듯한 눈초리를 옌에게 돌렸다. 그것은 옌이 약속할 때까지 떨어지지 않을 기세였다.

그러나 옌은 약속할 수가 없었다. 그는 그 주의가 무서웠다. 결국 그것은 그가 탈출해 온 바로 그 주의와 같은 것이 아닌가.

게다가 옌은 병폐를 해결하는 주의라는 것을 왠지 신용할 수 없었으며, 맹처럼 부르주아를 당연한 것처럼 격렬하게 미워할 수도 없었다. 뚱뚱하게 살찐 부자들의 몸뚱이, 손가락에 낀 반지, 외투에 안을 댄 모피, 부인들의 귀에 건 보석, 입술 연지, 분, 그러한 것들이 모두 맹을 그 주의로 몰아 세우는 것들이었다. 그런데 설혹 그것이 부자의 얼굴이라도 다정한 표정을 짓고 있으면 옌은 저도 모르게 끌리지 않을 수 없었으며, 비록 공단 옷을 입고 있더라도 거지에게 돈을 주는 어떤 여자의 눈에서 연민의 빛을 읽을 수도 있었으며, 부자의 입에서 나오든 가난한 사람의 입에서 나오든 그는 웃음 소리를 좋아했다. 설령 나쁜 사람으로 알고 있더라도 웃는 사람은 좋았다. 맹은 피부빛의 흑백에 의해 사람을 사랑하기도 미워하기도 하지만, 사실을 말하자면 옌은 암만해도 『이 사람은 부자니까 악인이다, 이 사람은 가난하니까 선인이다.』하고 생각할 수는 없었으며, 따라서 그것이 아무리 위대한 주의라 해도 전적으로 그걸 믿을 수는 없었다.

옌은 이 도시의 군중 속에서 생활하고 있는 외국인들을 맹처럼 미워할 수는 없었다. 이 도시는 세계 각지와의 무역이 성했으므로 온갖 피부빛과 온갖 나라 말을 지껄이는 외국인들이 많이 와 있었으며, 어디를 가나 그들의 모습이 눈에 띄었다. 점잖은 사람도 있었고, 소란스럽고 성질이 고약한 주정뱅이가 있는가 하면, 가난한 자도 부자도 있었다. 맹은 무엇보다도 부자를 미워했는데 특히 미워한 것은 돈 많은 외국인이었다. 술취한 외국 선원이 인력거꾼을 걷어차고 있다든가, 백인 여자가 장사치에게 무엇을 사고 달라는 값을 다 주려하지 않는다든가, 이렇듯 많은 국적의 인간들이 모여서 함께 생활하고 있는 항구 도시에서는 흔히 볼 수 있는 광경을 보고도, 맹은 그것이 견딜 수 없는 잔인한 일로 여겨지는 것이었다.

맹은 외국인 생활 풍습 그 자체에조차도 분노를 느끼고 있었다. 외국인을 만나면 한 걸음도 길을 양보하려 하지 않았다. 그는 청년다운 얼굴을 한층 더 우악스럽게 하고 어깨를 쫙 편 뒤, 설혹 상대가 여자라도 외국인에게 길을 비켜가게 하면 유쾌해 하며 증오에 찬 어조로 중얼거렸다.

「저런 놈들은 우리 나라에 오지 않아도 되는 거야. 놈들은 우리한테서 훔치고 강탈하기 위해 와 있는 거야. 놈들은 종교로 우리들의 영혼을 빼앗고, 무역으로 물건과 돈을 빼앗고 있단 말이야.」

어느 날 맹과 옌이 학교에서 돌아오는 길에 함께 거리를 걷고 있다가, 백인처럼 피부 빛깔이 희고 코는 높으나 눈과 머리는 검고 백인 같지 않은 훤칠한 사나이를 만났다. 그러자 맹은 분노에 찬 시선을 던지더니 옌을 돌아보고 말했다.

「이 도시에서 무엇보다 싫은 것은 저런 인간이야. 이것도 아니고 저것도 아닌, 피가 섞여서 믿을 수도 없으며, 마음이 둘로 나뉘어져 있거든. 중국인이면서, 남자든 여자든 외국인의 피와 자기 피를 섞을 만큼 자기를 잊다니, 나는 이해할 수 없어. 나는 그런 놈들, 방금 만난 그런 놈들을 매국노로서 죽이고 싶단 말이야.」

그러나 옌은 그 사람의 얌전한 표정이나, 희지만 인내심이 강해보이는 그 얼굴을 생각해 보지 않을 수 없었다.

「얌전해 보이는 사람이잖아. 피부빛이 희고 혼혈이라는 이유만으로 난 저 사람을 악인이라고 생각할 수는 없다. 양친이 한 일에 대해 그에게는 책임이 없어.」

그러나 맹은 소리쳤다.

「형은 그를 미워해야 해, 옌 형! 백인들이 우리 나라에 어떤 짓을 했는지, 또 가혹하고 부당한 조약으로 우리들을 죄수처럼 묶어 놓고 있는지 형은 몰라? 우리들은 자연의 법률마저 가질 수가 없단 말야. 백인이 우리 국민을 죽여도 거의 문책도 받지 않아. 우리 나라의 법정에조차 나오지 않는단 말야.」

맹이 격분해서 이런 말을 지껄이고 있는 동안 옌은 사과하는 듯한 미소를 띠운 채 듣고 있었다. 상대편이 아무리 격분해 있어도 그는 냉정했으며, 국가를 미워하는 것이 옳을는지 모른다고 생각하면서도 그는 미워할 기분이 나지 않았다.

대개 이런 식으로 옌은 아직 맹의 주의에 참가하지 못하고 있었다. 맹이 권하면 내성적인 미소를 띠울 뿐 아무 소리도 하지 않았다. 싫다고 말할 수는 없어서 바쁘다는 핑계로 —— 그런 위대한 주의를 위해서조차 그는 여자가 없었던 것이다 —— 그때그때 적당히 얼버무리고 있었으므로 마침내 맹도 단념하고 그와는 말도 하지 않게 되었으며, 만나도 무뚝뚝하게 약간 고개를 숙일 뿐이었다. 축제일이라든가, 구국 기념일이라든가, 깃발을 흔들고 노래를 부르며 행진하지 않으면 안 될 때는 옌도 매국노라는 비난을 받지 않기 위해 다른 사람들과 함께 행진에 참가했다. 그러나 비밀 회합이라든가 음모에는 가담하지 않았다. 이따금 이런 음모단의 얘기를 들을 때가 있었다. 어느 권력자를 암살하기 위해 몰래 방에 감추어 두었던 폭탄이 발각되었다는 그런 얘기였다. 그리고 한번은 외국인과 친밀하게 교제하고 있다는 이유로 미움을 받는 교수를 음모자의 일단이 집단 폭행을 한 적이 있었다. 그러나 옌은 이런 얘기를 들으면 더더욱 열심히 학문에 마음을 쓰고 흥미를 다른 데로 돌리지 않으려고 애썼다.

사실 요즘의 옌의 생활은 해야 할 일이 너무 많아서 자기 주변에 어떤 것이 있는지 생각할 겨를도 없었다. 빈부라는 것을 똑똑하게 마지막까지 생각하기 전에, 혹은 맹이 받들고 있는 주의의 뜻을 이해하기 전에, 또는 환락의 기쁨을 충분히 맛보기 전에 벌써 다른 일이 머리 속에 뒤숭숭하게 떠오르는 것이었다. 학교에서는 모든 지식을 얻었다. 여태까지 모르던 학과며 실험실에서 눈 앞에 전개되는 과학의 마술 따위 등, 많은 것을 배우고 많은 일을 했다. 화학 실험 때 그는 코를 찌르는 심한 악취는 싫었으나 자기가 만든 화학 실험 때 그는 아름다움에는 넋을 잃었다. 두 가지의 아무것도 아닌 액체를 섞어서 하나로 만들면, 갑자기 부글부글 거품이 일어나며 새로운 생명, 새로운 빛깔, 새로운 냄새를 낳고, 그리하여 제3의 물질이 생기는 것을 그는 경이의 눈으로 바라보았다. 그 무렵의 그의 마음속엔 온 세계가 하나로 모여 있는 이 대도시의 모든 사상이나 지식이 스며들어와 있어서, 낮에도 밤에도 그 하나하나가 무엇을 뜻하는지 이해할 겨를 조차 없었다. 너무나 수가 많아서 그는 한 가지 일에 몰두할 수가 없었으며, 속으로 사촌들이나 누이가 매우 부러워질 때도 있었다. 셍은 꿈과 낭만 속에 살고 있었으며, 여러 가지 속에서 지리 멸렬하게 살고 있는 옌의 눈에는 그것이 극히 안락한 생활인 것처럼 느껴졌다.

이 대도시에 있어서도 빈민이란 그리 보기 좋은 존재가 아니었다. 그러므로 옌은 그들에게 반드시 연민의 정만을 느낄 수도 없었다. 그는 그들을 측은하게 생각하고 음식물이나 옷을 주고 싶었으며, 돈을 갖고 있을 때는 거지가 팔을 잡거나 하면 거의 빠짐없이 돈을 베풀어 주었다. 그러나 돈을 베풀어 주는 것은 연민의 정에서만이 아니라 달라붙은 그들의 더러운 손이나, 차 옆에 붙어서서「적선합쇼, 젊은 도련님. 자비를 베푸십쇼, 저희 아이들이 굶어 죽습니다.」하고 울부짓는 소리로부터 해방되고 싶기 때문이기도 했다. 이 도시에는 거지보다 한층 더 소름이 끼치는 존재가 하나 있었다. 그것은 거지들의 아이들이었다. 조그만 얼굴에는 여위고 가련한 표정이 이미 새겨져 있고, 징징거리며 우는 극빈자의 아이들을 옌은 차마 똑바로 쳐다볼 수가 없었다. 더 심한 것은 벌거벗은 어머니의 뼈와 가죽만 남은 가슴에 안겨 젖을 빠는 어린애의 모습이었다. 옌은 그런 사람들로부터 몸부림을 치면서 시선을 돌렸다. 그는 돈을 던져 주고 눈을 다른 데로 돌리며 얼른 지나갔다. 그리고 혼자 속으로 생각했다. 『저 가난한 사람들이 이토록 추악하지만 않다면 나도 맹의 주의에 참가할지 모르겠다만!』

그러나 이와 같은 자기 나라의 동포들로부터 그를 완전히 분리시키는 것을 가로막는 것은 따로 있었다. 그것은 대지와 밭과 나무에 대한, 그가 옛부터 지니고 있던 애정이었다. 도시에 살고 있으면 겨울 동안은 그 애정이 희미해져서 옌은 아주 잊어버릴 때도 있었다. 그러나 봄이 가까워지면 마음이 들뜨기 시작했다. 따뜻해지면 도시의 조그마한 공원 나무에도 새싹이 트고, 거리에는 막대의 양쪽 끝에 바구니를 달고 한창 꽃이 핀 홍매화 화분이며, 제비꽃, 봄 백합 따위를 큼직하게 묶은 꽃다발을 담아 짊어지고 오는 꽃장수의 모습이 나타났다. 온화한 봄바람을 쐬니 옌은 조바심이 났다. 그리고 봄바람은 그에게 그 흙벽집이 서 있는 조그마한 마을이 생각나게 하고, 발로 이 도시의 보도가 아닌 어느 대지를 밟아 보고 싶다는 충동을 느끼게 했다. 그래서 옌은 본 신학기부터 토지의 경작을 가르쳐 주는 과목을 수강하기로 했다. 그리고 그는 다른 학생들과 함께 교외의 조그마한 실습지를 할당받았다. 그것은 교과서에서 배운 것을 이 실습지에서 실습하기 위해서였으며, 이 조그마한 땅에 씨를 뿌리고 잡초를 뽑고 하는 노동을 하는 것이 옌이 할 일의 일부였다.

옌에게 할당된 토지는 우연히 제일 가장자리에 있었으며 어느 농부의 밭과 이웃하고 있었다. 처음 그 실습지를 보러 갔을 때 옌은 혼자 갔었는데, 그때 그 농부는 빙글빙글 웃으면서 이쪽을 보고 있다가 이윽고 큰 소리로 말을 건네 왔다.

「당신네 학생들은 여기서 대체 무엇을 하는 거요? 학생이라는 것은 책으로 공부만 하는 줄 알았는데…….」

「요새는 수확을 하는 것도, 씨를 뿌리는 것도 모두 책으로 배웁니다. 그리고 씨를 뿌리기 위해서 땅을 가는 방법도 배우지요. 저는 오늘 그것을 해볼 생각으로 왔습니다.」

이 말을 듣자 농부는 껄걸거리고 웃으면서 몹시 멸시하는 어조로 말했다.

「나는 이 나이가 될 때까지 그런 학문은 들은 적이 없는걸. 농사라는 것은 부모가 자식에게 가르치고, 그리고 그 자식이 또 그 자식에게 가르치는 거야. 옆에서 하고 있는 것을 보고 옆에서 하는 대로 하면 그것으로 그만이지.」

「그러나 옆에서 하는 방법이 틀렸을 때는 어떻게 하지요?」하고 옌은 싱글싱글 웃으면서 말했다.

「그런 때는 다른 잘하는 사람 것을 보면 되지 뭐.」하고 농부는 말하고 몇 번이나 웃고는 다시 자기 밭을 갈기 시작했다. 그는 무언가 혼자 중얼거리기도 하고 일손을 멈추고 머리를 긁적긁적하기도 하고, 몸을 자주 흔들면서 다시 웃기도 하더니, 이윽고 커다란 소리로 말했다. 「음, 나는 여태까지 그런 말은 들은 적이 없는데, 내 아들은 학교 같은 데 보내지 않기를 잘했지. 헛돈 쓰고 농사일을 배우다니! 학교에서 배우는 것보다 내가 더 많이 가르쳐 줄 수 있을걸.」

그런데 옌은 여태까지 괭이라는 것을 쥐어 본 일이 없으므로 지금 자루가 길고 다루기 힘드는 그 물건을 손에 쥐니 무겁고 잘 사용할 수가 없었다. 아무리 높이 쳐들어도 흙덩어리를 깰 수 있도록 내려칠 수가 없었으며, 언제나 옆으로 빗나가 버리는 것이었다. 땀에 흠뻑 젖을 때까지 했으나 되지 않았다. 그날은 봄날치고는 추워서 살을 에는 바람이 불고 있었는데, 그는 마치 한여름처럼 땀이 흘렀다.

마침내 그는 단념하고 그 농부가 어떻게 하고 있는가 하고 슬쩍 그쪽을 살폈다. 농부의 괭이는 규칙적으로 오르내렸으며 괭이 끝이 떨어질 때마다 조금도 겨냥이 틀리지 않았다. 옌에게도 얼마간의 긍지는 있었으므로 자기가 보고 있다는 것을 농부가 눈치채지 말아 주었으면 하고 생각했다. 그러나 농부는 그가 지금 자기 쪽을 보고 있다는 것을 알고 있을 뿐 아니라 여태까지 쭉 그를 보고 있었으며, 옌이 마구 괭이를 휘두르는 것을 보고 속으로 웃고 있었다는 것을 알 수 있었다. 옌의 시선을 느끼자 그는 다시 큰 소리로 웃고 성큼성큼 걸어와서 말했다.

「책에서 다 배웠으니까, 설마 옆에 있는 농부가 어떻게 하나 넘겨다보지야 않았겠지!」 이렇게 말하더니 다시 땅파기를 계속했다. 「당신네들 책에는 괭이 쥐는 방법도 씌어 있지 않던가?」

옌은 공연히 화가 치밀고 약간 불쾌해졌다. 이상하게도 이 농부의 비웃음 소리를 참고 들어 넘기기가 어려웠고, 또 한편 이런 보잘것없는 땅마저 갈지 못해서야 씨도 뿌릴 수 없다는 것을, 슬프지만 그 자신도 분명히 알 수 있었기 때문이었다. 그러나 이성의 힘이 간신히 그의 수치를 눌렀다. 그는 괭이를 내려놓고 자기도 웃어 주고는 농부의 비웃음을 참고 땀투성이 얼굴을 닦으며 온순하게 말했다.

「당신이 말하는 대롭니다. 그런 건 책에 씌어 있지 않아요. 가르쳐 주시면 당신을 선생님으로 모실 텐데.」

이 꾸밈 없는 말에 농부는 매우 기뻐하며 옌이 마음에 들었는지 빈정대는 것을 그만두었다. 자기와 같은 무식한 농부라도 이런 청년에게 — 말씨라든가 풍채라든가 어디로 보아도 학문이 있어 보이는 청년에게 — 가르쳐 줄 수 있는 것을 갖고 있다는 것이 속으로 자랑스러웠던 것이다. 그래서 농부는 우쭐대며 의젓한 태도로 옌을 보고 제법 엄숙한 표정으로 말했다.

「우선, 나와 당신과 어느 쪽이 땀을 흘리지 않고 쉽고 자유롭게 괭이를 쓸 수 있는가 생각해 보면 어떻겠소?」

옌이 보니 농부는 햇빛에 타고 허리까지 벌거숭이가 되어 있으며, 다리는 무릎까지 걷어올렸고 짚신을 신은 데다가 햇빛과 바람에 단련된 얼굴은 물감을 들인 듯했으며, 어느 모로 보나 일하기 좋은 차림을 하고 있었다. 옌은 아무 말도 하지 않고 빙그레 웃고는 위에 입고 있는 외투를 벗고 다시 그 속의 윗도리를 벗은 다음 셔츠의 소매를 팔꿈치까지 걷어 올리고 완전한 준비를 갖추었다. 농부는 그것을 가만히 보고 있더니 별안간 소리쳤다.

「마치 여자 같은 살결이군. 내 팔을 좀 보게나.」 그는 자기 팔을 옌의 팔 옆에 나란히 하여 손가락을 벌렸다. 「당신도 손가락을 펴 보구려. 그 봐요, 그 손바닥이 물집투성이잖아! 그건 괭이를 느슨하게 쥐었기 때문인데, 그렇게 하면 내 손이라도 물집이 생겨요.」

그리고 농부는 괭이를 들고 어떻게 쥐어야 하는가를 보여 주었다. 한쪽 손으로는 자루를 꽉 쥐고 한쪽 손으로는 내려치는 방향을 정하는 것이다. 옌은 배우는 것을 부끄럽게 생각하지 않고 몇 번이나 연습을 해서 마침내 괭이의 쇠날이 똑바로 힘차게 떨어져서 떨어질 때마다 흙덩어리가 깨지게 되었다. 농부가 그를 칭찬해 주었다. 옌은 그것이 선생님이 시를 칭찬해 주던 것보다 더 기뻤다. 그리고 그 농부가 평범한 사나이라는 것을 깨닫고 자기가 기뻤던 것이 이상한 기분이 들기도 했다.

날마다 옌은 자기에게 할당된 밭으로 갔다. 그는 다른 학생이 아무도 없을 때 가는 것을 좋아했다. 여러 사람들이 있으면 그 농부는 전혀 가까이 오지 않고 자기 밭 저쪽에서 일만 하고 있었다. 그러나 옌이 혼자 있는 것을 보면 가까이 와서 말을 건네기도 하고, 씨는 어떻게 뿌리며 싹이 트면 어떻게 솎으며, 싹이 트면 갉아먹으려고 기다리는 나쁜 벌레는 어떻게 예방하는가 하는 것 등을 가르쳐 주었다.

그러는 동안에 이번에는 옌이 가르쳐 줄 차례가 되었다. 그것은, 그러한 해충이 나타났을 때 그것을 죽이는 외국제 약품에 관해 책에서 읽고 알고 있는 대로 그 약품을 썼을 때의 일이었다. 그가 처음 약을 사용했을 때 농부는 웃으면서 말했다.

「내가 하는 것을 보고 배운 것을 잊지 않도록 해요. 당신네 책에는 엉터리만 씌어 있어서, 콩은 어느 만큼 깊게 심으며 언제쯤 제초를 하는가 가르쳐 주지도 않았잖아.」

그러나 콩의 새싹 위에서 해충이 몸을 비틀고 죽는 것을 보자 농부는 정색을 하고 목소리를 낮추어 물었다.

「정말 그게 사실인 줄은 몰랐군. 그리고 보면 이 해충은 하느님의 뜻이 아니란 말이지? 인간의 힘으로 쫓아 버릴 수 있는 거란 말이지. 아무튼 책에도 더러는 쓸 만한 것이 씌어 있기는 한 모양이군. 음, 이건 대단하군. 심고 씨를 뿌리고 해도 벌레에게 먹혀서야 아무 것도 안 되거든.」

이렇게 말하고 농부가 자기 밭에 사용할 살충제를 달라고 부탁했으므로 옌은 기꺼이 나눠 주었다. 이러한 일로 두 사람은 어느 의미에서는 친구가 되었다. 옌의 밭은 누구의 것보다도 잘 되었고, 이에 대해 그는 농부에게 감사했으며, 농부 쪽에서도 그의 콩이 잘 자라서 다른 사람들 밭처럼 벌레가 먹지 않은 것에 대해 옌에게 감사했다.

이러한 친구가 있고, 얼마 안 되지만 일할 땅을 가진 것은 옌에게는 좋은 일이었다. 그해 봄 동안 대지 위에서 열심히 일하고 있으면서 그는 그때까지 몰랐던 어떤 만족감이 솟아나는 것을 느꼈다. 옌은 농부가 입는 보통 옷으로 갈아 입고 신도 짚신으로 바꾸는 것을 배웠다. 그리고 농부는 시집가지 않은 딸도 없고 마누라는 벌써 나이를 먹어 보기 흉했으므로 옌을 자유로이 자기 집에 출입시켰다. 그래서 옌은 들에서 입는 일옷을 농부 집에 맡겨 놓았다. 그리하여 옌은 날마다 여기 오면 금방 농부로 변했다. 옌은 자기가 생각한 이상으로 토지에 애착을 느꼈다. 씨가 싹트는 것을 보고 있으면 참으로 기분이 좋았으며, 거기에는 시가 있었다. 그것은 전에 그가 표현하려고 생각했고 지어 보기도 했으나 끝내 시로써 표현할 수 없었던 것들이었다. 그는 밭일 그 자체를 사랑했으며, 자기 일이 끝나면 자주 그 농부의 밭일을 거들었다. 그리고 농부가 초청하는 대로 날씨도 따뜻해졌으므로 그의 아내가 상을 차린 탈곡장에서 함께 식사를 하는 일도 있었다. 그의 피부는 차츰 억세고 굳건하게 햇빛에 타기 시작했다. 어느 날 그를 본 아이란이 마침내 말했다.

「옌 오빠, 어떻게 된 거예요? 나날이 검어지잖아. 꼭 농부 같아.」

옌은 빙그레 웃으면서 대답했다.
「난 농부야, 아이란. 이런 말 너는 곧이듣지 않겠지.」
 독서를 하고 있을 때라든가 한창 밤에 환락을 즐기고 있는 동안에도, 그 조촐한 밭에서 멀리 떨어져 있으면 갑자기 밭 생각이 나서, 책을 읽으면서 혹은 놀면서도, 이번에 뿌릴 새로운 종자를 계획하기도 하고, 지금 심은 채소는 여름 전에 뽑을 수 있을까 하고 생각하기도 하고, 어떤 잎의 끝이 누렇게 마르기 시작하고 있던 것을 생각하여 걱정하기도 했다.
 이따금 옌은 생각할 때가 있었다.『가난한 사람이 모두 그 농부만 같다면, 나도 기꺼이 맹의 주의를 받들고 운동에 참가하겠는데…….』

 옌이 할당받은 이 조촐한 땅에서 견실하고 은밀한 만족을 느낀 것은 기뻐해야 할 일이었다. 그것을 은밀하다고 한 것은, 설혹 자기가 자진해서 말하지는 않더라도 누가 물으면 자기가 밭에서 일하는 것을 좋아하는 까닭을 얘기해도 상관 없는 일이지만, 이런 도시 청년들 사이에서는 시골 사람들을 〈촌놈〉이라든가 〈시골 백성〉이라든가 하는 식의 이름으로 경멸하듯 부르는 것이 습관이 되어 있었으므로 그의 나이로서는 그런 것이 조금은 부끄러웠기 때문이었다. 그리고 옌은 친구들이 하는 말도 마음에 걸렸다. 그래서 그는 솅에게조차 이 말을 하지 않고 있었다. 솅과는 문득 눈에 띈 색깔이라든가 형태의 아름다움 같은 여러 가지 일을 서로 얘기할 수 있었지만, 아이란에게는 자기가 한 뙈기의 땅에 이상한, 깊고 견실한 즐거움을 느끼고 있다는 따위의 얘기를 할 기분이 도저히 나지 않았다. 어머니라고 부르는 노부인에게는 시간이 있으면 얘기해도 좋다고 생각했다. 두 사람 다 내면적인 것은 그다지 서로 얘기하지 않았으나 두 사람만 있을 때의 식탁에서 부인은 흔히 묵직하게 자기가 하고 싶은 것을 얘기하곤 했기 때문이었다.
 부인은 검소하지만 훌륭한 일을 많이 하고 있었으며 이 도시의 부인네들처럼 노름을 한다든가 공연히 법석댄다든가 경마나 경견(競犬)에 열중한다든가 하는 일이 없었다. 그러한 일들은 부인에게는 즐거움이 아니었다. 아이란이 가고 싶다고 말하면 같이 가는 일은 있었으나, 그런 때 그것은 하나의 의무였으며, 그것이 뭐 재미가 있어서 보는 것이 아니라는 듯이 혼자 단정하게 보고 오는 것이었다. 부인의 참된 즐거움은 그녀가 아이들을 위해서 하고 있는 자선 사업이었다. 그것은 가난한 부모가 귀찮아서 버린 갓난 여자 아이들을 보살피는 일이었다. 부인은 이러한 아이를 발견하면 자기가 경영하고 있는 육아원에 수용하는데, 거기에는 여자를 둘 채용해서 보모를 시키고 자기도 매일 가서 아이들을 가르치거나 병에 걸려 쇠약해진 아이들을 돌보기도 했으며, 그런 아이들을 이십 명 가까이나 수용하고 있었다. 이 자선 사업에 대해서는 부인도 몇 번인가 옌에게 얘기한 적이 있었다. 그 여자 아이들에게도 무언가 훌륭하고 쓸만한 일을 가르쳐서 농부든 상인이든 직공이든, 훌륭하게 일할 줄 아는 아내를 맞이하고 싶어하는 정직한 사람과 결혼시키고 싶다는 얘기를 하곤 했다.

　옌도 부인과 함께 이 고아원에 가본 적이 있는데, 언제나 조용하고 침착한 부인에게 나타난 변화에 그는 놀랐다. 고아원의 시설은 가난하고 소박했다. 부인은 이와 같은 사업을 하면서도 아이란에게 지출되는 비용이 많아서인지 여기에는 그다지 많은 돈을 쏟아 넣을 수가 없는 것 같았다. 그러나 한 걸음 문 안으로 들어서니 아이들이 와 하고 부인 앞에 몰려들어 그녀를 엄마라고 부르면서 옷자락을 당기기도 하고 손을 흔들어 보이기도 하며 애정을 표시하려 했다. 그러자 부인은 크게 웃음을 터뜨리고는 좀 부끄러운 듯 옌 쪽을 돌아보는 것이었다. 옌은 그때까지 부인이 크게 웃는 것을 본 적이 없었으므로 눈이 둥그래져서 서 있었다.

　「아이란은 이 아이들의 일을 알고 있습니까?」 하고 그는 물었다.
　이 말을 듣자 부인은 갑자기 다시 평소의 그 점잖은 태도로 되돌아가서 고개를 끄덕이며 이렇게 말할 뿐이었다. 「그애는 지금 자기 생활로 워낙 들떠 있어서.」

　부인은 간소한 고아원 안을 여기저기 옌에게 구경시켜 주었다. 안마당에서 부엌까지 모두 가난하긴 했으나 청결했다. 그리고 부인은 말했다.「이 아이들을 위해서는 그다지 돈이 들지 않아. 모두 일하는 사람의 아내가 될 것이니까.」그리고 덧붙였다.「이 가운데서 한 사람, 단 한 사람이라도 좋으니, 내가 아이란에게 걸었던 기대를 걸 그런 사람이 될 수 있는 아이가 있었으면…… 나는 그 아이를 내 집에 데리고 가서 그 아이를 위해 일생을 바칠 생각이야. 그런 아이가 하나 있기는 있는 것 같애…… 아직 뭐가 될지는 모르지만 말야…….」

부인이 부르니 다른 방에서 한 여자 아이가 들어왔다. 다른 아이들보다 나이가 많으며 열 둘이나 열 세 살쯤 되었을까, 침착한 얼굴을 한 아이였다. 그 아이는 두려워하는 빛도 없이 가까이 와서 부인의 손을 잡고 얼굴을 들고 맑은 목소리로 말했다.「무슨 일이세요, 어머니?」

「이 아이는,」하고 부인은 자기를 쳐다보는 그녀의 얼굴을 내려다보면서 열기 띤 어조로 말했다.「무언가, 어떤 정신이 살아 있어. 하지만 그것이 어떤 것인지 아직은 알 수 없단 말야. 갓 낳았을 때 이 집 문 앞에 버려둔 것을 내가 발견하고 수용했지. 이 아이는 제일 나이가 많고 내가 발견한 최초의 아이야. 글씨도 곧 익히고, 무엇을 가르쳐도 열심이며, 매우 의지가 굳센 아이라서 이대로 가면 한두 해 동안에 집으로 데려갈 수 있을 것 같애……. 그럼, 메이링(美齡), 가도 좋아.」

그 아이는 부인에게 밝고 명랑한 미소를 보이고 나서 옌에게 무게 있는 시선을 던졌다. 그녀는 아직 어린 아이에 지나지 않았으나 옌은 그 시선을 잊을 수가 없었다. 그것은 매우 맑고, 무언가 묻고 싶은 듯한, 특히 그에게만 던졌다고는 생각되지 않았으나 마음을 꿰뚫는 시선이었다. 그리고 그녀는 방에서 나갔다.

이러한 부인에겐 얘기해도 괜찮을 것이라는 생각이었으나 결국 그 얘기를 할 수가 없었다. 옌은 밭에서 보내는 몇 시간이 즐겁다고 스스로 만족해 할 따름이었다. 그 몇 시간은 그로 하여금 마음속에 있는 어떤 뿌리와 연결시켜 주었다. 그러므로 그는 다른 많은 사람들처럼 이 도시 생활의 표면을 부평초처럼 떠돌고 있지만은 않았던 것이다.

　불안을 느꼈을 때, 여러 가지 의문이 일어났을 때, 옌은 몇 번이나 자기 밭에 가서, 맑게 갠 날도 차갑게 비가 내리는 날도 땀을 흘리며 묵묵히, 혹은 옆의 농부와 일상 생활 이야기를 조용히 나누면서 일했다. 그러한 노동, 그러한 얘기를 하고 있는 그때는 아무런 소용도 없고 그다지 뜻도 없는 듯이 생각되었으나, 밤이 되어 집으로 돌아와 보면 마음의 초조가 깨끗이 가시고 거기서 해방되어 있는 것이었다. 대지에서 배운 침착성을 마음에 담고 있었으므로 어지러움을 느끼지 않고 조용히 책을 읽고 명상할 수도 있었고, 아이란이나 친구들과 함께 외출하여 소음과 빛과 댄스 속에서 몇 시간을 보낼 수도 있었다.

　그리고 대지가 주는 이 침착성, 견실성, 그런 것이 마음에 내려 주는 뿌리가 옌에게는 매우 필요했다. 이해 봄 그의 생활은 여태까지 꿈에도 생각지 않던 방향으로 기울어져 갔기 때문에 더욱 그랬다.

　한 가지 일에 있어서만은 옌은 셍보다도 아이란보다도 매우 뒤져 있었다. 맹과 비교해도 뒤져 있었다. 이 세 사람은 옌보다 따뜻한 공기 속에 살고 있었다. 그들은 이 대도시에서 청춘을 보내고, 대도시의 자극이 그들의 핏속에 뒤섞여 있었다. 여기에는 청년들을 유혹하는 무수한 자극이 있었다. 연애하는 모습과 미인의 그림, 외국 남녀들이 출연하는 연애 영화가 상영되는 영화관, 얼마 안 되는 돈으로 하룻밤 여자를 살 수 있는 댄스 홀, 이런 것들이 생생한 자극 요소였다.

　이 밖에 연애를 취급한 이야기나 소설이나 시가 조그마한 서점에서도 판매되고 있었는데, 옛날에는 이런 것들을 모두 음란한 것으로 보고 젊은 남녀의 마음에 불을 지르는 흥분제라고 하여 아무도 공공연히 읽지 않았다. 그런데 오늘날에는 외국의 미묘한 사상이 침입해 와서, 예술이라든가 천재라든가 여러 가지 미명 아래 젊은 사람들이 도처에서 이런 작품들을 읽고 연구하고 있는 것이다. 그러나 아무리 이름은 아름다워도 여전히 흥분제는 흥분제였으며, 예나 다름없이 욕망의 불을 붙여 놓는 것이었다.

젊은 사람들은 남녀를 가리지 않고 대담해지고 지난날의 얌전함을 잃어 갔다. 남녀가 손을 잡아도 그전처럼 음란한 행위로는 보지 않았고, 남자가 직접 여자에게 청혼해도 여자의 부친이 남자를 법원에 호소하는 일도 없어졌다 — 옛날에는, 그리고 지금도 외국풍의 자유스러운 습관에 물들지 않은 깊숙한 도시에서는 여전히 그러한 일이 행해지고 있는 것이다 — 그리고 두 사람이 공공연히 약혼하고 나면 마치 야만인처럼 거리낌없이 왕래했다. 그리고 흔히 있는 일이지만 젊은 피가 너무 왕성해서 결혼 시기가 채 되기 전에 살과 살이 맞닿는 일이 있어도, 양친이 젊었을 때처럼 불의의 밀통이라고 살해당하는 일도 이젠 없었다. 오히려 결혼 날짜가 빨라질 뿐이었으며 이와 같이 하여 아이가 태어나도 젊은 부부는 장한 일이나 한 듯 태연했다. 그리고 양친은 속으로 씁쓸하게 생각하면서 뒤에서 못마땅한 얼굴로 서로 마주 볼 뿐, 가만히 참는 도리밖에 없었다. 이것이 새시대라는 것이기 때문이다. 그런데 많은 부친들은 아들 때문에, 그리고 모친들은 며느리 때문에 새시대를 저주하고 있었다. 그러나 뭐니뭐니 해도 이것이 새시대였으며, 옛날로 되돌아갈 도리는 없었다.

이와 같은 새로운 시대를 옌은 살고 있었다. 동생 맹도 아이란도 그러했다. 그들은 새시대의 일부였으며 다른 시대를 몰랐다. 그러나 옌은 그렇지 않았다. 왕 장군은 그를 모든 옛 전통 속에서 길렀고 모든 여성에 대한 자기의 증오까지 거기에 덧붙였다. 그래서 옌은 여자를 생각해 본 적이 없었다. 만일 기분이 해이해져서 잠자는 동안에 여자의 꿈이라도 꾸게 되면, 눈을 뜬 다음 무척 부끄러운 생각이 들어서 침상에서 뛰어나와 맹렬히 공부를 하거나, 한참 거리를 거닐거나 하여 그런 행동으로 마음속의 음탕한 생각을 쫓았다. 언젠가는 다른 남자와 마찬가지로 자기도 결혼하여 버젓이 아내를 갖지 않으면 안 된다는 것을 알고 있었으나, 그런 것은 공부에 정진하고 있는 지금과 같은 때에 생각할 일이 아니었다. 지금의 그는 외곬으로 학문만을 동경하고 있었다. 그것은 아버지에게도 똑똑히 써 보냈고, 지금도 그 마음은 변하지 않았다.

그런데 이해 봄에는 밤마다 줄곧 꿈 때문에 괴로워했다. 낮에 연애라든가 여자에 대해서 생각한 일이 없는데도 이상한 일이었다. 더욱이 잠자고 있는 그의 마음은 그런 음란한 생각으로 가득찼다. 잠에서 깨면 부끄러움으로 식은땀이 흘렀다. 그런 날에는 그는 그 조촐한 밭으로 가서 필사적으로 일을 했다. 그러면 마음이 깨끗이 씻겨지는 기분을 느꼈다. 오랜 시간 일한 날은 밤에도 꿈을 꾸는 일이 적었으며, 푹 기분 좋게 잘 수 있었다. 그래서 그는 여태까지보다 한층 더 열심히 밭에서 일하게 되었다.

자기는 모르고 있었으나 옌의 피는 모든 젊은이들과 마찬가지로 타고 있었던 것이다. 무수히 아름다운 생각에 마음을 발산시키고 있는 셩보다도 훨씬 강하게 타고 있었으며, 열중할 수 있는 주의를 가진 맹보다도 더 격렬하게 타고 있었던 것이다. 더욱이 옌은 어린 시절의 그 차가운 장군 공저에서 자극이 심한 이 도시로 나온 것이다. 여태까지 여자의 손목을 만져 본 적조차 없는 그는 여자의 가느다란 허리에 팔을 두르고 그 손을 잡고 있으면 무슨 나쁜 짓이라도 하고 있는 듯한 기분이 들고, 여자의 숨결을 볼에 느끼면서 음악에 맞추어 마음대로 여자를 리드하고 있으면 기분이 좋으나 무섭기도 한 듯한, 감미로우면서도 불안스러움을 감출 수가 없었다. 아이란이 사정없이 놀려 댈 만큼 그는 예의가 바르고, 여자의 손을 잡는다고 하더라도 겨우 닿을까말까 정도였다. 모든 남자들은 여자의 몸을 꼭 끌어당기고 싶어했으며 또 그것을 아무도 비난하지 않았으나, 옌은 그렇게 하지 않았다. 그런데 아이란의 놀림을 자꾸 받으면서 그의 기분도 이제까지의 자기 생각이 옳지 않은 것일까 하며 그 자신도 바라지 않았던 방향으로 움직여 가는 것이었다.

아이란은 이따금 귀여운 입을 쫑긋거리며 말할 때가 있었다.「옌 오빠는 너무 구식이야. 상대를 그렇게 멀리 밀쳐 놓고 어떻게 출 수 있을까. 여자를 안을 때는 이렇게 하는 거예요.」

그리고는 아이란이 어쩌다 집에 있는 밤에는 부인과 모두들이 있는 방에다 축음기를 걸어 놓고, 자기 몸을 옌의 팔에 착 갖다붙이며 다리를 휘감듯이 하여 춤을 추었다. 그리고 다른 처녀들이 구경하고 있으면 더욱 재미있어 하는 것이었다.「애, 옌 오빠와 춤출 때는 꼭 안아야 해. 우리 오빠 상대를 벽에 밀쳐 놓고 혼자 추길 좋아하니까.」 그리고 또 이런 말도 했다. 「옌 오빠는 정말 호남아야. 하지만 여자들이 누구나 반해 버릴까봐 걱정할 필요는 없어. 우리들 중엔 벌써 좋아하는 사람을 정해 놓은 사람도 많은걸.」

아이란은 친구들 앞에서 이런 농담을 하여 사람들을 웃기므로, 원래 대담한 처녀들은 더더욱 대담해져서 옌과 출 때는 부끄럼도 없이 몸을 밀어 댔다. 그는 그녀들의 대담함을 제지시키고 싶었지만 아이란이 더 신이 나서 놀릴 것 같아 기를 쓰고 참았다. 그러자 얌전한 소녀들까지도 그와 출 때는 방긋이 웃고 가장 대담한 사나이와 출 때보다 더 대담해져서 추파를 던지기도 하고, 웃어 보이기도 하고, 힘을 주어 손을 쥐고는 허벅지를 비비대거나 하면서 여자가 자연히 알고 있는 온갖 기교를 부리는 것이었다.

마침내 옌은 꿈과, 아이란에게 소개받아 알게 된 처녀들의 분방함이 괴로워서 두번 다시 아이란과는 함께 나가지 말아야지 하고 생각했으나, 노부인이 지금도, 「옌, 네가 아이란과 함께 가는 것을 알고 있으니까 나도 안심이야. 그애가 다른 남자와 갔을 때라도 네가 그 자리에 있겠거니 하고 생각하면 마음이 놓여요.」 하고 자주 말하므로 그럴 수도 없었다.

그리고 아이란도 옌과 함께 가는 것을 좋아했다. 왜냐하면 옌은 키가 크고 풍채도 나쁘지 않았으며 친구들 가운데는 그를 데려다 주면 기뻐하는 처녀도 있었으므로, 그녀는 그를 과시하며 우쭐한 기분이 들었던 것이다. 이렇게 옌 속에는 마음에도 없는 정열의 불이 언제라도 타오르게끔 되어 있었으며, 다만 그는 거기에 불을 지를 계기를 갖지 않았을 뿐이었다.

그러나 마침내 그 불이 점화되는 사건이 일어났다. 그것은 그도 예상할 수 없었고 아무도 예상할 수 없었던 일이었다.

그 일이 일어난 경위는 이러했다. 어느 날 옌은 선생이 숙제로 흑판에 써 놓은 영시(英詩)를 베끼려고 교실에 남아 있었다. 그리고 늦어졌으므로 다른 학생은 다 돌아가고 없겠거니 생각하고 있었다.

마침 그 과목은 그도 셍도 그리고 혁명당원이라는 그 얼굴이 노란 여학생도 출석하는 강의였다. 옌이 베끼고 난 뒤 노트를 닫고 펜을 포켓에 넣으며 막 일어서려 하는데 그의 이름을 부르며 말을 건넨 사람이 있었다.

「옌 씨, 마침 잘됐습니다. 이 시의 뜻을 좀 설명해 주지 않으시겠어요? 저보다 더 잘하시니까 가르쳐 주시면 고맙겠어요.」

그것은 매우 기분 좋은 목소리였다. 젊은 여자의 소리였는데 아이란이나 그녀의 친구들 같은 요염한 목소리가 아니었다. 젊은 여자로서는 어딘가 깊이가 있고 몸에 깊이 스미는 듯한 어조였으므로 아무렇지도 않은 말을 해도 단순한 말 이상의 뜻을 가지는 듯이 여겨지는 목소리였다. 옌이 얼른 고개를 들어 보니 놀랍게도 옆엔 그 혁명당원이라는 여학생이 있었다. 그 얼굴은 여느 때보다도 창백했으나 옆에 서 있는 것을 보니 그 검고 가느다란 눈은 조금도 차가운 데가 없고 풍부한 감정을 담고 있어서, 그것이 얼어붙을 듯한 차가운 표정 밑에서 불타고 있었다. 그녀는 지그시 그를 바라보다가 조용히 그 옆에 앉아 그의 대답을 기다렸다. 마치 평소에 아무에게나 말을 건네는 듯한 냉정한 태도였다.

그는 더듬거리면서 겨우 대답했다.「네, 좋습니다. 다만, 저도 잘 모릅니다. 이, 이런 뜻이 아닌가 싶습니다만…… 어쩐지 외국 시는 알기 어려워서…… 이것은 송시(頌詩)로…… 즉, 말하자면…….」 이와 같이 그는 여전히 더듬거리면서 간신히 설명을 했으나, 그 동안에도 때로는 자기 얼굴에, 때로는 시의 어귀에 지그시 던지고 있는 그녀의 깊은 시선을 의식했다. 그가 설명을 끝내자 그녀는 일어서서 인사를 했는데, 이번에도 또한 단순한 말이면서 그 목소리 탓일까, 매우 고마운 기분이 스며 있는 듯해서 옌은 어떤 노력도 그만한 감사를 받을 만한 값어치는 없는 것처럼 느꼈을 정도였다. 그리고 두 사람은 어느 쪽에서 권한 것도 아닌데 함께 교실에서 나가 이미 학생들이 모두 돌아가고 없는 조용한 복도를 지나 교문 쪽으로 걸어갔는데, 여자가 도무지 입을 열지 않으므로 옌은 예의상 한두 가지 간단한 것을 물어 보는 척했다.

「성함은 뭐라고 하십니까?」하고 그는 배운 그대로 옛날처럼 정중한 태도로 물었다. 그녀는 명료하게 대답했으나 말투는 무뚝뚝한 느낌이어서, 옌의 정중함에 호응하려 하지도 않았고, 그저 목소리만이 그녀가 말하는 모든 말에 뜻을 부여하고 있었다.

이윽고 교문까지 왔으므로 옌은 나직이 고개를 숙였다. 그녀는 약간 고개를 숙였을 뿐 총총히 사라져 가버렸다. 확실하고 재빠른 걸음걸이로 군중들 사이를 빠져나가 마침내 보이지 않게 될 때까지 바라보고 있던 옌은, 그녀가 보통 여자보다 약간 키가 큰 것을 알았다. 그리고 옌은 도깨비에 홀린 것 같은 기분으로 인력거를 타고 집으로 돌아왔는데, 그녀가 어떤 여자일까를 생각하며 그 눈과 목소리가 표정과 말과는 다른 것을 얘기하고 있었던 것을 회상하고 이상하게 생각되었다.

이 조그만 일을 계기로 해서 우정이 생겼다. 옌은 지금까지 여자 친구를 가진 적이 없고 또 사실상 친구라는 것이 그다지 없었다. 다른 학생들은 조그마한 특별 그룹을 만들어 그 속에서 자연히 자기의 친구를 만들었는데 옌에게는 그런 그룹도 없었기 때문이다. 사촌들은 친구를 갖고 있었다. 셩은 새시대의 시인, 소설가, 화가로 자처하는 그 우라는 지도자에게 넋을 잃고 추종하는, 자기와 마찬가지 청년들의 그룹에 속해 있었다. 맹에게는 혁명 당원의 비밀 그룹이 있었다. 그러나 옌은 그런 그룹에 속해 있지 않았으며 만나면 수인사를 할 정도의 청년이 이십 명쯤 있고 잠깐 서서 얘기를 나눌 만한 아이란의 친구가 몇 사람은 있으나 친구라고 할 만한 정도는 아니었다. 그러다가 저도 모르는 동안에 이 여학생이 그의 친구가 되고 만 것이다.

그 경위는 이러하다. 처음 교제를 청해 온 것은 그녀 쪽이었으며 기교의 하나라도 쓸 만한 여자라면 누구나 하는 방법이지만, 무슨 일이 있을 때마다 그에게 설명이나 조언을 청해 오곤 했다. 그리고 모든 남자들의 예와 마찬가지로, 이런 단순한 수단에도 옌은 넘어가고 만 것이다. 그것은 결국 그도 남자이고 젊었으므로 여자에게 조언을 해준다는 것은 기분좋은 일이었으며, 그녀의 논문 같은 것도 도와

주게 되었다. 그리하여 마침내 이런 구실 저런 핑계를 만들어서 공공연하지는 않았으나 매일 만나게 되었다. 누군가가 옌에게 그 여자를 어떻게 생각하느냐고 묻는다면 다만 우정뿐이며, 그 이상의 것은 느끼지 않는다고 대답했을 것이다.

　사실 이 여자는 그가 아름답다고 생각한 — 조금이라도 아름답다고 생각한 — 어느 여자와도 매우 달랐다. 그는 여태까지 진정으로 생각해 본 여자가 한 사람도 없었다. 만일 여자라는 것을 염두에 둔 일이 있었다고 한다면 그것은 아이란처럼 아름다운 꽃 같은 처녀였다. 아이란은 조그마하고 고운 손과 귀여운 용모와 우아한 몸가짐을 하고 있었는데 이런 매력을 아이란의 친구들은 모두 갖추고 있었다. 그러면서 옌은 그녀들 중에서 누구에게도 애정을 느끼지 않았다. 다만 마음속으로, 만일 자기가 사랑을 한다면 상대편 여자는 장미꽃처럼 아름답거나 혹은 갓 피기 시작한 오얏꽃처럼 가련하고 실제적이 아닌 여자가 아니면 안 된다고 생각하고 있을 뿐이었다. 그래서 이따금 그와 같은 여성에게 바치는 시를 남몰래 지은 적도 있으나, 한 줄이나 두 줄뿐이었으며 언제나 끝까지 완성하지 못했다. 왜냐하면 그 기분이 아직 흐릿하고 막연해서 모든 여성 중에 시로 읊을 만큼 두드러지게 자기 앞에 나타난 여자가 한 사람도 없었기 때문이다. 그의 사랑에 대한 생각은 해뜨기 전의 연한 빛과 같이 희미한 것이었다.

　그가 연애의 상대로서 생각하고 있었던 것은 이 여자처럼 검소하고 고지식하고, 언제나 쪽빛 또는 잿빛 옷을 단정하게 입고, 가죽 구두를 신고, 항상 책이나 주의에 몰두하고 있는 그런 여자가 아닌 것만은 확실했다. 따라서 그는 이 여자를 사랑하고 있지 않았다.

　그런데 여자 쪽은 그를 사랑하고 있었다. 이것을 언제 발견했는지 옌도 잘 모른다. 그러면서도 그는 그것을 알고 있었다. 어느 날 두 사람은 멀리 나가서 운하를 따라 고요한 길을 거닌 적이 있었다. 그것은 해질 무렵이었으므로 발길을 돌리려고 하다가 문득 그는 그녀가 자기를 바라보고 있는 것을 느꼈다. 그녀의 눈을 보니 여느 때와 달리 검고 매달리는 듯한 그리고 타는 듯한 눈이었다. 그리고 그녀의 것으로 여겨지지 않는 아름다운 목소리가 들렸다.「옌, 나는 무엇보다도 보고 싶은 것이 하나 있어요.」
 자기는 그녀를 사랑하고 있다고 생각하지 않는데도 갑자기 심장이 두근거리는 것을 느끼면서 그것이 무엇이냐고 물었다. 그녀는 말을 이었다.「옌이 우리 운동에 가담해 주시는 것을 보고 싶어요. 옌, 난 옌을 친오빠처럼 생각하고 있지만……동지라고도 부르고 싶어요. 우리는 옌이 필요해요. 옌의 훌륭한 마음과 힘이 말이에요. 옌은 맹 같은 사람보다 두 배나 훌륭한 분이에요.」
 갑자기 옌은 그녀가 교제를 요구해 온 이유를 알 듯하고, 그녀와 맹이 공모한 일이라고 생각하니 갑자기 울화가 치밀어 흥분했던 기분이 식어지고 말았다.
 그러나 계속 그녀는 말했다. 그 목소리는 부드럽게, 황혼 속에 넓게 퍼졌다.「옌, 그 밖에도 이유가 있어요.」
 이번에는 옌으로서도 그 이유를 물어 볼 용기가 없었다. 그는 그만 머리가 아찔해지고, 가슴이 답답하고,·온몸이 떨리는 것을 느꼈다. 그는 뒤돌아보고 속삭이듯 말했다.「난 가야 해. 아이란과 약속이 있어서.」
 그리고는 아무 말도 없이 두 사람은 되돌아오기 시작했다. 그런데 막 헤어지게 되었을 때 그들은 여태까지 일찍이 하지 않았던 일을 했다. 그럴 생각도 없었고 물론 전부터 생각한 일도 아니었다. 두 사람은 서로의 손을 잡은 것이다. 손을 잡자 옌의 마음에는 어떤 변화가 일어나, 두 사람은 이제 단순한 친구가 아니라 뭔지는 모르나 벌써 친구는 아니라는 느낌이 들었다.
 그날 밤 아이란과 함께 나가서, 이 처녀와 이야기를 하고 저 아가씨와 춤을 추고 하는 동안, 그는 지금까지와는 다른 눈으로 그녀들을 바라다보며 세상 여자들이란 어쩌면 이렇게도 여러 가지로 다를까 하고 생각했으며, 그날 밤 자리에 누워서도 오래도록 이것을 생각했다. 그가 여자라는 것을 생각한 것은 이것이 처음이었다. 그는 그 여자의 일을 오래오래 생각했다. 그가 여자라는 것을 생각한 것은 이것이 처음이었다. 그는 그 여자의 일을 오래오래 생각했다. 그리고는 그 눈을 생각하고, 전에는 그 눈이 창백한 얼굴에 윤기 없는 얼룩 마노(瑪瑙)처럼 차가웠던 것을 회상했다. 그런데 지금은 그가 말을 건네면 그것이 그 눈 자체가 갖는 따뜻한 아름다움에 밝게 빛나는 것을 보았던 것이다. 그리고 또 그는 그녀의 목소리가 언제나 곱다는 것과 그 풍부함이 그녀의 조용한 태도나 표면상의 차가움과는 어울리지 않는다는 생각이 났다. 아무튼 그것은 그녀의 목소리였다. 그런 것을 생각하고 있는 동안에 그는 그녀의 또 하나의 이유라는 것을 들어 봤으면 좋았을 것을 하고 생각했다. 그 이유라는 것이 그가 상상하는 바로 그것이라면 그녀의 목소리로 그 말을 듣고 싶었던 것이다.

그러나 아직도 그는 그녀를 사랑하고 있지는 않았다. 사랑하고 있지 않다는 것을 잘 알고 있었다.

그리고 마지막으로 그의 손 안에 꼬옥 눌려진 그녀의 손의 감촉을 생각했다. 그렇게 손바닥과 손바닥을 맞댄 채 두 사람은 가로등도 없는 거리의 어둠 속에 한순간 서 있었는데, 두 사람이 다 화석처럼 꼼짝도 하지 않았으므로 인력거가 비켜서 지나갔다. 인력거꾼이 큰 소리로 외칠 때까지 두 사람 다 깨닫지 못했으며 소리를 쳐도 개의하지 않았다. 너무 어두워서 그녀의 눈은 보이지 않았다. 그녀도 입을 열지 않았고 그도 말을 하지 않았다. 다만 알 수 있는 것은 서로 꼭 쥔 손의 감촉뿐이었다. 그것을 생각했을때 그는 몸에 불이 붙는 것 같았다. 지금도 자기가 그녀를 사랑하고 있지 않다는 것을 알고 있었으나, 그 정체가 무엇인지도 알 수 없는 것이 그의 몸 속에서 활활 타올랐던 것이다.

이 여자의 손에 닿은 것이 셈이었더라면 잊어버리고 싶으면 미소만을 짓고도 잊을 수 있을 것이다. 셈에게는 그러한 일이 아무렇지도 않게 여겨질 수가 있기 때문이었다. 혹은 또 그 여자가 자기를 사랑하고 있다는 것을 알아도 얼마든지 셈은 실컷 흥미를 느끼지 않게 될 때까지 그 손을 쥐어 보고 그러다가 소설 한두 편이나 시라도 한 편 쓰면 마음의 부담 같은 것도 느끼지 않고 잊어버리고 말 것이다. 또 맹도 오래 두고 그런 것을 생각하지는 않을 것이다. 왜냐하면 그들의 운동 속에는 여자가 많이 끼어 있어서 젊은 남자도 여자도 대담하게 자유로이 행동하는 것을 목적으로 삼고, 서로를 동지라고 부르며 남녀가 항시 동등하게 서로 사랑하는 것도 자유라는 것을 맹은 늘 듣고 있고 또 남에게도 말하고 있었기 때문이었다.

 이러한 자유를 가지고 있으면서 그들의 운동 속에서는 과도한 자유란 실제로는 없었다. 왜냐하면 이러한 젊은 남녀들은 맹과 마찬가지로 애정 이상의 주의에 불타고 그 주의가 그들을 정화시켜 주고 있었기 때문이다. 그 중에서도 가장 깨끗하고 맑은 것은 맹이었다. 아버지의 치정이나 형의 침착하지 못한 눈을 보고 애욕에 대한 혐오 속에서 성장해 왔으므로, 여자와 더불어 보내는 즐거움 따위는 주의를 위해서 소비해야 할 정신이나 육체의 낭비처럼 생각되어 그는 일체 경멸하고 있었다. 지금까지 맹은 여자와 접촉한 적이 없었다. 다른 사람과 마찬가지로 결혼의 규칙에 따르지 않는 자유 연애라든가 연애의 권리라든가 하는 것을 지껄이기는 하지만 실행한 적은 없었다.

 그러나 옌에게는 그런, 불처럼 모든 것을 정화시켜 주는 주의는 없었다. 게다가 셍처럼 안일하게 가벼운 마음으로 여자와 사귀는 안전한 방법도 몰랐으므로, 생전 처음으로 그 여자에게 손을 쥐이니 그것이 잊혀지지 않았다. 게다가 또 놀라운 사실이 하나 있었다. 그것은 다시 생각해 보니 그의 손을 잡은 그 여자의 손바닥이 따뜻하고 촉촉했었다는 것이었다. 그녀의 손이 따뜻하리라고는 생각지도 못했다. 그녀의 창백한 얼굴과, 이야기를 할 때에도 거의 움직이지 않는 차갑고 퇴색한 입술 등을 생각할 때, 만일 그것을 생각해 본다면 그녀의 손은 여위고 차갑고 손가락에도 힘이 없을 것이라고 생각했던 것이다. 그러나 사실은 그렇지 않았다. 그녀의 손은 착 붙어 뜨겁고, 매달리듯 그의 손을 잡은 것이다. 손, 목소리, 눈 —— 이것들이 그녀의 타는 마음을 고백하고 있었다. 그리고 이 여자의 마음은 —— 대담하고 침착하고 게다가 내성적인 —— 옌은 자기의 성격이 내성적이라 잘 알 수 있었다 —— 이 이상한 여자가 어떤 심정을 갖고 있는 것일까 하고 생각하기 시작하니, 옌은 잠이 오지 않아 침대에서 뒤척이며 그녀의 손을 다시 한번 만져 보고 싶어졌다.

그러다가 잠이 들고, 서늘한 봄날의 아침에 잠이 깼을 때, 옌은 자기가 그녀를 사랑하고 있지 않다는 것을 알았다. 차가운 아침에도 그녀의 손이 얼마나 뜨거웠나 회상할 수는 있었으나, 설혹 그렇더라도 자기는 사랑하고 있지 않다고 스스로 말할 수 있었다. 그리고 그날 학교에서는 되도록 그녀를 보지 않도록 하고, 오후가 되자 우물쭈물하지 않고 재빨리 실습지로 가서 미친 듯이 일했다. 그리고 생각했다. 『손에 느끼는 대지의 느낌은 어느 여자의 손에서 느끼는 감촉보다도 기분이 좋다.』 그리고 간밤에 침상에서 고민하며 생각한 것을 회상하고 마음에 부끄럽게 여기며 이것이 아버지에게 알려지지 않아 다행이라고 생각했다.

한참 있으니 그 농부가 와서 옌이 무밭의 잡초를 뽑고 있는 것을 보고, 이제는 참 잘한다고 칭찬하며 웃고 말했다. 「여보게, 처음 밭을 갈았을 때 일을 기억하고 있는가? 그게 오늘이었다면 무도 잡초도 한꺼번에 마구 뽑았을 거야.」 그는 크게 웃고 위로하듯 말했다. 「헌데, 이미 학생은 농부가 될 가망이 있어. 팔의 살이며 등의 피부를 보면 알지. 다른 학생들은 — 그런 시들어 빠진 풀같이 쓸모 없는 친구들은 본 적이 없지만 — 안경을 끼고, 가느다란 팔을 축 늘어뜨리고, 금니를 해 박고는 막대기 같은 다리에 외국 바지를 끼고 말이야. 내 몸집이 그랬더라면 긴 옷이나 입고 어떻게든 감출 연구를 할 텐데.」 그리고 또 농부는 웃으며 말했다. 「어때, 우리 집에 가서 한 대 피우면?」

옌은 권하는 대로 농부의 집으로 쉬러 갔다. 농부가 큰 소리로 도시인을 경멸하고, 특히 젊은 사람들과 혁명 당원을 욕하는 것을 미소를 지으며 들었다. 옌이 혁명 당원을 위해서 부드럽게 옹호하듯 말하자 농부는 한 마디로 호통을 치고 말했다. 「그렇다면, 그 인간들이 대체 우리를 위해서 얼마 만큼 도움이 되는 일을 해주었나? 나는 얼마 안되지만 땅과 집과 암소를 갖고 있어. 이제 이 이상 땅도 필요 없고 먹고 살 만큼은 식량도 있어. 나라에서 세금만 마구 매기지 않으면 지금대로라도 좋은데, 우리 같은 사람은 언제까지나 세금으로

분열된 일가   113

뺏긴단 말야. 그 인간들이 찾아와서 나나 우리 가족들을 편안하게 해주겠다고 그러는데, 왜 그럴 필요가 있을까? 생전 처음 보는 사람 덕분에 편해졌다는 얘기는 들은 적도 없네. 집안 사람이 아닌데 누가 친절하게 해줄까? 무엇인지 자기들이 차지하고 싶은 것이 있다는 걸 난 다 알고 있어. 내 암소나 아니면 땅일 테지.」

그리고 한참 동안 그는 욕설을 계속했다. 그런 아들을 낳은 어머니를 욕하고, 자기와 같은 생각을 갖고 있지 않은 사람들을 깎아내리고는 유쾌해져서, 엔이 밭에서 일을 잘한다고 칭찬하고는 웃었다. 엔도 함께 의좋게 웃었다.

대지의 건강함과 견실함으로부터 그는 집으로 돌아가자 곧 자리에 누웠다. 그날 밤은 아무런 쾌락도 구하고 싶지 않았다. 그리고 여자 따위를 갖고 싶지도 않았고 만지고 싶지도 않았으며, 다만 일하는 것과 공부하는 것에만 열중하고 싶었다. 그런 결심을 굳히며 그날 밤은 푹 잤다. 이와 같이 대지는 잠시 동안 그의 정욕을 억제해 주었다.

그러면서도 그의 마음속에는 이미 정열에 불이 붙어 있었다. 하루 이틀 지나자 그의 기분은 다시 변해서 침착성이 없어졌다. 그래서 어느 날 그 여자가 교실에 있나 생각하며 살며시 뒤돌아보았다. 그녀는 바로 제자리에 앉아 있었으며 다른 학생들의 머리 너머로 두 사람의 눈길이 만났다. 그는 곧 시선을 돌렸으나 여자의 눈은 집요하게 따라왔다. 그는 그녀를 잊을 수가 없었다. 다시 하루 이틀 지난 뒤 그는 입구에서, 전부터 생각하고 있지도 않은 것을 무심코 입으로 말하고 말았다. 「오늘 산책하러 가지 않겠습니까?」 그녀는 그 깊이 있는 눈길을 내리깔고 고개를 끄덕였다.

그날 그녀는 손을 쥐지도 않고 보통 때보다 떨어져서 걷는 듯한 기분이 들었다. 잠자코 있을 때가 많았고 이야기에 신도 나지 않았다. 그러나 놀라운 일은 옌의 마음에 반대의 기분이 일어난 것이었다. 그때까지는 그녀가 손을 만지는 것도 싫었고 가까이 오는 것도 싫다고 분명히 생각하고 있었다. 그런데 잠시 걸어가는 동안 손을 잡아 주었으면 하는 기분이 들기 시작한 것이다. 헤어질 때조차도 자기 쪽에서는 손을 내밀지 않으면서, 그녀 쪽에서 손을 내밀어 줄 만도 한데, 그러면 이쪽에서도 내밀지 않을 수 없게 되잖아, 하고 생각했다. 그러나 그녀는 손을 내밀지 않았다. 그는 왠지 속은 듯한 기분으로 집에 돌아가서 그런 기분이 됐던 것이 화가 나고 부끄러워서, 이젠 절대로 그녀와 산책하지 않겠다, 내겐 할 일이 있다, 하고 속으로 맹세했다. 그 다음 날, 사나이란 모름지기 고독하게 살고 학문에 정진하며 여자를 멀리해야 한다고 통렬한 문장을 써서 온화한 노선생을 놀라게 했으며, 그날 밤에는 그 여자를 사랑하지 않아서 잘 됐다고 몇 번이나 자신에게 타일렀다. 그리고 한참 동안 날마다 농원에 틀어박혀 여자의 손을 잡고 싶어지는 것을 잊으려고 애썼다.

사흘쯤 지난 어느 날, 가느다란 해서체(楷書體)로 쓴 낯선 필적의 편지를 받았다. 옌에게는 그다지 편지가 오지 않았으며, 어쩌다가 오는 편지라고는 군관 학교 시절의 친구로 지금도 사이가 좋은 친구들한테서 오는 것이 고작이었다. 그런데 지금 받은 편지는 친구들의 글씨처럼 휘갈긴 것이 아니었다. 겉봉을 뜯어 보니 속에는 그가 사랑하고 있지 않은 여자의 편지가 들어 있었다 ── 매우 짧은, 한 장밖에 안 되는 편지였으며, 이런 사연이 똑똑하게 씌어 있었다. 〈제가 무언가 신경을 건드리는 짓을 했을까요? 저는 혁명 당원이며 현대적인 여성입니다. 다른 여자들처럼 자기를 감출 필요를 느끼지 않습니다. 저는 당신을 사랑하고 있습니다. 당신은 저를 사랑하실 수 있습니까? 결혼 따위는 요구하지도 않고 개의치 않습니다. 결혼은 낡은 속박입니다. 하지만, 만일 저의 사랑이 필요하시다면 언제라도 드리겠습니다.〉 그리고 마지막으로 그녀의 이름이 잘 알아볼 수 없는 수수께끼처럼 적혀 있었다. 이리하여 처음으로 옌은 사랑의 고백을 받은 것이다. 이 편지를 손에 들고 자기 방에 혼자 남은 그는 싫더라도 연애에 대해서, 연애가 뜻하는 모든 것에 대해서 생각하지 않을 수 없었다. 자기만 그럴 생각이라면 언제라도 그의 손에 몸을 맡기겠다고 하는 여자가 있다. 그의 피는 몇 번이나 그녀를 안으라고 절규했다. 그는 이 몇 시간 동안에 소년의 모습을 벗어났다. 고동치는 가슴과 타는 듯한 피 속에서 성숙한 하나의 남자로 성장했다. 그의 육체는 이미 소년의 육체가 아니었다.
　며칠 동안에 마음속의 감정은 그를 성숙시키고, 정욕에 있어서도 그는 완전히 한 사람 몫의 남자가 되었다. 그러나 그래도 아직 편지를 쓰지 않았으며 학교에서도 그녀를 보지 않도록 노력했다. 이틀 밤을 그는 책상에 앉아 회답을 쓰려고 했으며 두 번 그의 펜 끝에서는 〈나는 당신을 사랑하고 있지 않다.〉라는 말이 써지려고 했다. 그런데도 그는 그 말을 쓸 기분이 나지 않았다. 그의 호기심에 타는 육체가 그 구하는 것을 들어 달라고 그에게 강요하기 때문이었다. 이리하여 피와 마음의 암흑과 혼란 속에서 그는 회답을 쓰지 않고 자기 마음의 추이를 기다렸다.
　그러나 불면의 밤이 계속되어 자주 화를 내게 되고 신경질을 부렸으므로 어머니인 노부인은 걱정스러운 듯이 그를 지켜 보았으며, 그도 부인이 궁금해 한다는 것을 느끼고 있었다. 그러나 고백할 수 없었다. 자기는 사랑하고 있지 않은 여자의 사랑을 받아들일 수 없기에 화를 내고 있다, 여자가 주려고 하는 것을 갖고 싶어하면서도 그 여자를 사랑할 수 없어 화를 내고 있다고는 도저히 말할 용기가 없었다. 그래서 그는 이 마음의 갈등을 있는 그대로 내버려 두었다. 그는 전쟁이 시작되기 전의 아버지처럼 음울한 기분이 되어 있었다.

　모든 일에 조금씩 마음을 빼앗기고 그러면서도 아무 일에도 철저하게 나아가지 못하는 이런 엉거주춤한 옌의 생활에 돌연 뚜렷한 해결을 재촉해 온 사람이 있었다. 그것은 바로 옌의 요즈음 사정을 전혀 모르는 아버지 왕 장군이었다. 처음 노부인이 편지를 낸 이래 몇 달이 지나도 왕 장군은 회신을 보내지 않았다. 장군은 공저의 넓은 방에서 쓰디쓴 얼굴로 한 마디도 대답을 하지 않으려 했던 것이다. 부인은 옌에게는 알리지 않고 두 번 세 번 편지를 냈다. 그리고 이따금 옌이 아버지한테서는 왜 편지가 오지 않을까 하고 궁금해하면 부인은 달래듯이 대답하곤 했다. 「그냥 기다려 보자. 아무 말도 없는 이상, 나쁜 일도 없을 테니까.」 그리고 사실 옌도 아무 회신이 없는 편이 마음이 편했다. 날마다 그의 마음은 생활에 쫓겨 마침내 아버지에 대한 무서움과 아버지의 권력에서 피해 나온 것을 거의 다 잊고 있었다. 그리고 이 도시에 있어서의 생활이 온통 그의 정신을 점령하고 있었던 것이다.

그러자 봄도 다 갈 무렵의 어느 날 왕 장군이 다시 아들에게 그 권력을 미쳐 왔다. 침묵을 깨뜨리고 부인에게가 아니라 직접 아들에게 편지를 보내 온 것이다. 그것은 비서에게 쓰게 한 편지도 아니었다. 오래도록 쓰지 않던 자기 붓으로 왕 장군은 아들에게 몇 마디를 손수 적어 보낸 것이었다. 글씨는 날카롭고 거칠게 씌어졌으나 그 뜻은 매우 명료했다.

〈나의 뜻은 변하지 않는다. 돌아와서 결혼해라. 날짜는 이달 삼십일로 정했다.〉

옌은 놀러갔다가 돌아와서 방에 이 편지가 놓여 있는 것을 보았다. 그가 환락에 취하고 흥분하여, 음악에 맞추어 몸을 움직이면서 그 여자가 주려 하고 있는 애정을 받아들이자고 거의 그렇게 결심하고 돌아온 날이었다. 이튿날, 아니면 그 다음 날쯤, 그녀가 요구하는 곳으로 가서 그녀가 요구하는 대로 하겠다고 마음먹자, 그는 흥분으로 가득차서 그렇게 집으로 돌아왔던 것이다. 그런데 그의 시선은 책상 위에 멎고 거기에 한 통의 편지가 놓여 있는 것이 눈에 띄었다. 겉봉의 필적이 눈에 익어 어디서 온 편지인지 금방 알 수 있었다. 그는 편지를 집어 구식 봉투의 질긴 종이를 찢어 속을 꺼냈고, 거기에는 그런 사연이 왕 장군의 호통 소리처럼 똑똑하게 씌어 있었다. 확실히 그 말은 옌에게 호통을 치는 것 같았다. 편지를 읽고 났을 때 방안이 마치 큰 소리가 울린 뒤처럼 조용해지는 것을 느꼈다. 그는 편지를 접어 다시 봉투에 넣고 정적 속에 숨을 죽이고 앉아 있었다.

어떻게 하면 좋을까? 아버지가 내린 이 명령에 어떻게 대답하면 좋을까? 삼십 일? 그렇다면 앞으로 이십 일도 안 남았잖은가? 그러자 지난 어린 시절의 공포가 되살아났다. 마음속에 절망이 기어들어 왔다. 아무튼 아버지에게 반항한다는 것은 불가능한 일이 아닐까?

지금까지 끝내 반항해 본 적이 있었던가? 언제나 결국은 공포와 애정으로, 그 밖에 다른 힘으로, 아버지는 어떻게든 자기의 뜻을 관철시키고 말았던 것이다. 젊은 사람이란 연장자의 손아귀를 벗어날 수는 절대로 없다. 일단 돌아가서 이것만은 아버지의 명령대로 하는 편이 좋지 않을까 하고 옌은 소심하게 생각하기 시작했다. 돌아가서 그 처녀와 결혼하고 하룻밤이나 이틀 밤쯤 신랑의 의무만을 이행한 다음 다시 돌아와서 두번 다시 가지 않으면 되지 않는가. 그렇게 하면 그 뒤는 무슨 짓을 하든 법에 저촉되는 일도 없고, 그로 보아서는 죄라고도 할 수 없게 된다. 아버지의 명령에 따른 뒤라면 좋아하는 여자와도 자유로이 결혼할 수 있다. 그런 것을 자문 자답하면서 겨우 자리에 누웠으나 그래도 잠을 이루지 못했다. 환락의 뜨거운 흥분도 완전히 식어 버렸다. 아버지가 골라서 대기시켜 놓은 여자에게 자기 육체를 줄 것을 생각하니, 씨를 받기 위해 가축을 빌리는 것과 같은 기분이 들어서 마음이 차갑게 얼어붙는 느낌이었다.

한 잠도 자지 못한 그는 이런 위축된 기분으로 아침 일찍 자리에서 일어나 침실의 문을 두드려서 부인을 깨웠다. 그리고 부인이 문을 열자 잠자코 아버지의 편지를 내주고는 읽고 있는 동안 기다렸다. 사연을 읽는 부인의 안색이 변했다. 그녀는 조용히 말했다. 「몹시 고단해 보이는구나. 아침 식사를 해요. 억지로라도 먹어야 한다. 먹으면 힘이 날 거야. 지금은 아무것도 목구멍으로 넘어가지 않겠지만, 먹어야 해요. 나도 곧 갈께.」

옌은 얌전하게 하라는 대로 했다. 식탁에 앉자 하녀가 뜨끈뜨끈한 쌀죽과 부인이 좋아하는 외국 빵을 들여왔다. 그는 먹고 싶지 않았으나 억지로 먹었다. 따뜻한 음식 덕분에 몸이 더워지고 아까보다 힘이 나서, 절망 때문에 피로해진 몸에 원기가 돌아왔다. 부인이 나왔을 때 그는 노부인에게 이런 말을 했다. 「돌아가지 않겠다는 대답을 해야겠다는 생각이 들었습니다.」

부인은 식탁에 앉아 빵을 집어 생각하듯 천천히 먹고 있더니 이윽고 말했다. 「그렇다면, 그렇게 대답하면 돼. 옌, 나는 찬성이야. 네 결단을 강요하는 일은 하지 않아. 그것은 네 자신의 생애의 문제이

고, 상대는 네 아버님이시니까. 아버님에 대한 옛부터의 의무감이
네 자신에 대한 의무감보다 오히려 강하거든 아버지에게로 돌아가거
라. 너를 책망하지는 않을 테다. 하지만, 돌아가고 싶지 않거든 여기
있어. 무슨 일이 있더라도 힘이 되어 줄께. 나는 무섭다고는 생각지
않으니까.」

　이 말을 들으니 옌은 용기가 솟아나는 것을 느꼈다. 아버지에게
반항해서 싸울 수 있는 용기였다. 그리고 이 용기에 마지막 손질을
하는 데는 아이란의 저돌적인 격려가 필요했다. 아이란은 강아지와
객실에서 놀고 있었다. 조그마한, 털이 복슬복슬하고 코가 검은 애완
용 개로서 그녀가 매우 귀여워하고 있는 강아지였다. 옌이 들어가자
그녀는 얼굴을 들고 말했다. 「옌 오빠, 오늘 엄마한테 들었어. 엄마는
나도 젊으니까 젊은 사람끼리 잘 얘기해 보랬어. 요즘의 젊은 처녀가
어떤 의견을 가지고 있나 오빠도 알아 두는 편이 좋을 거라고 엄마
는 생각하고 계신 거야. 오빠, 그런 노인의 말에 귀를 기울이다니,
바보야. 우리 아버지라고 해서 그게 어쨌다는 거야. 어떻게 할 도리
가 없잖아. 오빠, 나도 내 친구들도, 만난 적도 없는 사람과 결혼한다
는 그런 어처구니없는 일은 생각도 할 수 없어요. 돌아가지 않겠다고
대답해 버려요. 아버지가 어떻게 하실라구. 군대를 끌고 와서 오빠를
잡아갈 수도 없잖아. 이 도시에 있으면 안전해요 ── 오빠도 이젠
어린애가 아닌걸 ── 오빠의 인생은 오빠 것이야. 언젠가는 오빠가
바라는 결혼을 떳떳이 해야 해. 자기 이름도 쓸 줄 모르는 무식한
아내라니, 오빠가 너무 비참해. 거기다가 전족까지 하고 있는지도
모르잖아. 그리고 우리들 새시대의 여성들은 절대로 첩은 되지 않아
요. 이걸 잊지 마, 오빠. 그런 짓을 어떻게 해. 아버지가 고르신다고
해서 그런 여자와 결혼해도 역시 결혼은 결혼이야. 그 여자가 오빠의
부인이 되는 거야. 나는 둘째 부인이라는 것이 가장 싫더라. 만일
기혼 남자가 좋아진다면, 나는 그 부인을 이혼시켜 동거를 그만두게
하고, 나만이 아내가 되는 것이 아니라면 동의하지 못해. 나는 그렇
게 결정하고 있어. 우리들 신 여성은 동맹을 결성해서, 첩으로 결혼
할 경우라면 차라리 결혼하지 않겠다고 맹세하고 있어요. 그러니까

아버지의 그런 말 따위는 듣지 않는 것이 좋아. 지금 결혼해 버리면 나중에 가서 후회할 일이 일어날 거야.」 이런 아이란의 말은 옌이 자기 혼자서는 할 수 없는 일을 단행하는 힘을 주었다. 여느 때의 상냥한 고집쟁이답지 않게 열의에 찬 그녀의 말을 듣고 이 도시의 많은 아이란과 같은 여성을 생각하니, 그녀의 화려하고 고집스러운 아름다움의 마법에 걸린 듯이 그는 생각하기 시작했다.『나는 아버지 시대의 인간이 아니다. 이제는 아버지라고 해서 그런 권리까지는 없다. 그것은 사실이다. 그렇다.』

이 새로운 힘을 얻자 그는 곧 자기 방으로 돌아가서 용기가 꺾이기 전에 부랴부랴 편지를 썼다. 〈그런 일을 위해서 저는 돌아갈 수 없습니다. 제 인생의 권리는 제게 있습니다. 이것이 새시대라는 것입니다.〉 다 쓰고 나서 옌은 잠시 생각하고 말이 너무 무례하지 않은가 생각하면서, 좀더 부드러운 말투를 덧붙이면 나아질 것 같아 조금 더 써내려갔다. 〈그리고 지금은 학기의 마지막이라 돌아가기에는 매우 형편이 좋지 않은 시기입니다. 지금 돌아가면 시험을 칠 수도 없고 몇 달 동안이나 한 공부가 수포로 돌아가고 맙니다. 그러니 용서해 주십시오. 그리고 사실을 말씀드리자면 저는 결혼하고 싶지 않습니다.〉 그리고 편지의 앞과 끝에는 형식대로 정중하게 인사말을 썼다. 비록 부드러운 말을 덧붙이기는 했으나 옌은 할 말을 분명하게 썼다. 그는 이 편지를 하인에게 부탁하지 않고 자신의 손으로 우표를 붙이고 햇빛이 비치는 거리를 걸어가 불안한 마음으로 우체통에 넣었다.

편지가 우체통 안으로 들어가자 그는 힘이 나고 기분이 가벼워졌다. 편지에 쓴 내용을 다시 생각해 보려고도 하지 않았다. 집으로 돌아가는 길도 즐겁고, 거리를 걷고 있는 현대 남녀들 사이에 섞여 있으니 전보다 더 힘이 솟고 기분이 가라앉았다. 지금 아버지가 그에게 요구하는 것 같은 일은 참으로 어처구니없는 일이었다. 지금 이 거리를 걷고 있는 이 사람들에게 그런 말을 한다면, 그건 낡은, 이젠 통용되지 않는 일이라고 일소에 붙여질 것이고, 그런 것을 겁내는 그를 바보라고 할 것이다. 이렇게 그런 사람들 속에 섞여 있으니 옌은 갑자기 마음이 강해졌다. 이것이야말로 나의 세계다 —— 이 새로운 세계, 자유로운 남녀의 세계, 각자가 저마다 제 마음대로 살고 있는 세계······. 어두운 하늘이 갠 듯한 기분이라 옌은 돌아가서 공부할 생각이 나지 않았다. 잠시 어디 가서 즐기고 싶어졌다. 바로 옆에 화려한 극장이 있고, 간판에는「금일 상영, 금년도 최고의 영화,〈사랑의 길〉」이라는 말이 씌어 있었다. 옌은 극장의 활짝 열린 입구로 들어가고 있는 사람들의 줄에 끼어섰다.

그러나 왕 장군은 그렇게 간단히 물러설 위인이 아니었다. 일 주일도 안 되어 그는 다시 편지를 보내 왔다. 이번에는 세 통이 왔는데, 한 통은 옌 앞으로 보낸 것이고, 한 통은 부인 앞으로 되어 있었으며, 또 한 통은 옌의 백부에게 보낸 편지였다. 쓰는 방식은 모두 달랐으나 뜻은 같았으며 자신이 직접 쓴 편지가 아니라 말투는 부드러웠다. 그러나 그 부드러움 때문에 오히려 말이 차갑고 노해 있는 듯이 느껴졌다. 편지의 뜻은 이런 것이었다.

〈아들 옌은 이달 삼십 일에 결혼시키기로 했다. 궁합 보는 이가 이날을 길일이라고 말했기 때문이다. 학교의 시험 때문에 옌이 그날 돌아오지 못한다고 하니 대리인을 세워서 결혼시키기로 하겠다. 대리인은 옌의 사촌인, 둘째 형님의 장남으로 하겠는데, 이 사람이라면 대리인으로서 가장 적당하다고 생각한다. 이러한 사정이니 옌은 자신이 돌아와서 결혼한 것과 마찬가지로 그날부터 정식으로 결혼한 사실이 성립된다.〉

이러한 사연을 옌은 아버지의 편지에서 읽었다. 왕 장군은 끝내 자기 뜻을 관철시키려 하고 있는 것이다. 그리고 노여움에 못이겨서 한 짓이 아니라면 아버지가 이토록 잔인한 짓을 할 까닭이 없다고 생각하고, 옌은 아버지의 노여움이 다시 무서워졌다.

사태는 실로 옌의 손으로는 어떻게 할 수 없는 지경에 이르고 말았다. 왜냐하면 옛 법률에 의해서 왕 장군은 당연한 권리를 행사하여 다른 부친들이 항상 행하고 있는 일을 하고 있는 데 지나지 않기 때문이다. 옌은 이것을 잘 알고 있었다. 이 편지가 도착한 날 옌이 집으로 돌아오니 하인이 문간에서 편지를 주길래 좁은 현관 앞에서 혼자 그것을 읽었는데 그땐 모든 용기가 쑥 빠져나가는 듯한 기분이었다. 오랜 세월을 두고 내려온 힘에 대항하려는 자신은 대체 얼마만한 힘을 갖고 있는 것일까? 단순한 일개 청년에 지나지 않잖는가. 그는 느릿느릿 몸을 움직여 객실로 들어갔다. 아이란의 애견이 방에 있다가 코를 벌름거리면서 몸을 비벼대 왔으나 옌이 거들떠보지도 않았으므로 요란한 소리로 한두 번 짖어 댈 뿐이었다. 여느 때 같으면 이 성깔이 센 강아지에게 웃으면서 상대를 해주었겠지만, 오늘은 거들떠볼 마음이 나지 않았다. 그래서 의자에 앉아 두 손으로 머리를 감싸고 제멋대로 짖게 내버려 두었다.

개가 짖는 소리를 듣고 부인이 무슨 일이 일어났는지, 누구 낯선 사람이라도 찾아왔나 하여 살펴보러 왔다. 그리고 옌의 모습을 보자 무슨 일이 일어났는지 금방 깨달았다. 부인은 왕 장군한테서 온 편지를 이미 읽고 있었으므로, 위로하듯이 말했다. 「아직 단념해서는 안돼. 이제 이렇게 되면 너 혼자서 처리할 수 있는 문제가 아냐. 큰아버님과 큰어머님, 그리고 제일 위의 사촌 형까지 여기 불러서, 어떻게 하면 좋을지 의논하기로 하자. 왕가의 일족은 아버님 혼자도 아니고, 또 아버님이 제일 연장자도 아니시니까. 큰아버님이 분별 있게만 해주신다면, 아버님의 뜻을 바꾸시도록 설득시킬 수도 있다고 생각한다.」

그러나, 나이 먹고 살찐, 쾌락만 추구하는 백부를 생각하고 옌은 다만 외치듯이 말할 뿐이었다. 「큰아버님이 언제 분별 있게 행동하신 일이 있습니까. 이 나라에서 강한 사람이라면 군대와 총을 가진 자들 뿐입니다. 그들은 다른 사람들을 모두 자기 뜻대로 복종시킵니다. 그리고 그것은 제가 가장 잘 알고 있습니다. 아버지가 죽인다고 협박하여 뜻을 관철시키는 것을 저는 몇 백 번이나, 아니 몇 만 번이나 보아 왔습니다. 아버지가 칼과 총을 갖고 있으므로 모두 무서워합니다. 이렇게 되니, 아버지의 말씀이 옳다는 것을 알게 되었습니다. 결국 마지막에 지배하는 것은 그와 같은 힘이라는 것을 말입니다.」

그리고 옌은 어쩔 줄 모르며 흐느껴 울기 시작했다. 달아나온 것도, 자기 의지대로 살려던 것도 이젠 모두가 수포로 돌아가게 되고

만 것이다.

그러나 부인의 격려와 위로를 받고 간신히 진정했다. 그날 밤 부인은 조촐한 연회를 베풀어 백부네 가족들을 초청했다. 식사가 끝나자 모두 모인 좌석에서 부인은 이 문제를 꺼냈다. 모두의 의견을 들어보기 위해서였다.

셍도 맹도 아이란도 이 자리에 참석했다. 그러나 친족 회의와 같은 것이므로 부인은 구습에 따라 좌석 순서를 정해서 젊은이들은 끝에 앉혔다. 젊은 사람들은 예의에 따라 잠자코 앉아 있었다. 아이란까지 마음속으로는 이 거창해 보이는 광경을 비웃으면서 나중에 놀려주자고 생각하는 듯이 눈을 반짝이고는 있었으나, 역시 잠자코 있었다. 셍은 무언가 다른 즐거운 일을 생각하고 있는 모양이었다. 가장 묵묵히 그리고 조용히 앉아 있는 것은 맹이었다. 그의 얼굴은 굳어 있었고 몹시 붉어서 화를 내고 있는 것 같았다. 그는 이 문제만 생각하고 있었으며, 그렇다고 입 밖에 낼 수도 없어 더더욱 화가 나 있었던 것이다…….

제일 먼저 입을 여는 것은 가장 연장자인 왕 이의 의무였으나 그는 될 수 있는 대로 그런 의무를 피하고 싶어하는 것이 그의 태도에 뚜렷이 나타났다. 그것을 보고 옌은 무언가 자기에게 도움이 될 말을 해주겠지 하고 가냘프나마 백부에게 걸고 있던 희망조차 단념해 버렸다. 최연장자인 왕 이가 그런 태도를 보인 것은 두 가지 일을 겁내고 있었기 때문이다. 첫째는, 아우 왕 후 장군이 무서웠다. 아우가 젊을 때 얼마나 과격한 성질이었나를 생각하고, 또 왕 얼의 장남이 깊숙이 들어간 대도시에서 호화로운 생활을 하고 있으며 왕 후 장군의 이름 아래 거의 현지사와 같은 지위를 차지하고 있는 것을 알고 있었다. 이 아들은 아버지에게 돈의 필요가 생기면 언제나 당장 보내 주었다. 게다가 돈의 씀씀이가 얼마든지 있는 이 외국풍 도시에서 돈이 필요 없는 때란 거의 없다고 해도 과언이 아니었다. 그래서 최연장자인 왕 이는 왕 장군의 기분을 상하게 하고 싶지 않았던 것이다. 왕 장군에 못지않게 그가 겁을 내는 건 자기의 아내, 즉 아들들의 어머니였다. 그녀는 그가 해야 할 말을 이미 똑똑하게 일러 두었던 것이다. 그가 집을 나오기 전에 그녀는 남편을 자기 방으로 불러 말했다.「당신은 결코 옌 편을 들어서는 안 됩니다. 첫째, 우리들 나이 먹은 사람들은 힘을 합하지않으면 안 되고, 둘째, 만일 지금의 혁명 얘기가 사실로 된다면 언제 서방님의 힘을 빌리지 않으면 안 될지 모르니까요. 우리는 아직 북부에 땅을 가지고 있으니까 그것도 생각해야 합니다. 그리고 우리 형편을 잊어서는 안 돼요. 게다가 법으로 말하더라도 부친 쪽이 옳으니까 아들은 그것을 따르는 것이 당연해요.」

이런 말을 아내한테서 강경하게 듣고 왔으므로, 지금 이 노인은 가만히 자기를 바라보고 있는 아내의 시선과 마주치자 땀을 흘리며, 입을 열기 전에 먼저 면도한 머리를 닦고 한 모금 차를 마신 다음 기침을 하고는 한두 번 침을 삼키면서 어떻게든 질질 끌려고 할 수 있는 일을 다 했으나, 모두 그의 발언을 기다리고 있는 눈치이므로 가쁜 숨을 쉬며 횡설수설 의견을 말했다. 너무 비대해서 지방이 내장을 압박하므로 요즘에는 늘 목이 쉬어 있었다.「아우한테서 편지가 왔다. 옌에게 결혼을 시킨다는 얘기야. 듣자니, 옌은 결혼하고 싶지 않다고 말했다는구나. 그래서 내가 생각하기로는…… 내가 생각하기로는 말이다…….」여기까지 말하자 그는 말문이 막히고 말았다. 부인의 눈길을 피하면서 다시 땀을 뻘뻘 흘리며 재차 머리를 닦았다. 그 순간 옌은 이 백부가 진심으로 몹시 미워졌다. 이런 사나이에게 나의 일생을 맡길 수는 없다고 분연히 생각했다. 그때 별안간 찌르는 듯한 시선을 느껴 고개를 돌리니, 맹의 두 눈이 차갑게 모멸이라도 하듯 지그시 자기를 바라보고 있었다. 그 눈은 말하고 있었다.『늙은이들에게 희망을 걸어서는 안 돼. 전부터 그토록 내가 말했잖아.』

다시 왕 노인은 부인의 차가운 시선에 몰려 재빨리 말했다.「내 의견을 말하자면, 내가 생각하기로는…… 자식은 부모를 따라야 해. 성현의 말씀에도 있지…… 그래서, 아무튼…….」여기서 왕 노인은 겨우 자기 의견이 생각나기라도 한듯이 별안간 빙그레 웃었다.「아무튼 말이다, 옌, 여자라는 것은 다 비슷해서 말이다, 처음에는 마음에 안 들겠지만, 그것도 불과 한동안뿐이야. 내가 네 학교의 교장에게 편지를 써서, 시험을 면제받도록 해주마. 아버지를 기쁘게 해드려라. 워낙 과격한 성품이고, 아무튼 우리 가문의 힘이 되어 주지 않으면 안될 때가 올지도 모르니까.」

여기서 다시 부인 쪽을 보았으나 부인의 눈이 엄하게, 쓸데없는 소리는 하지 말라고 하고 있었으므로 그는 갑자기 힘없이 말을 맺었다. 「나는 그렇게 생각한다.」 그리고는 장남 쪽을 돌아보며 안도의 숨을 내쉬듯이 말했다. 「이번에는 네 차례야. 의견을 말해 보아라.」

그래서 장남이 입을 열었는데 그의 말은 아버지의 의견보다는 이치가 뚜렷했다. 그러나 그는 아무에게도 불쾌감을 주지 않을 생각이었으므로 이것도저것도 아닌 의견이 되고 말았다. 그래도 그는 부드럽게 말했다. 「옌이 자유를 바라는 기분은 나도 잘 알겠습니다. 젊을 때 나도 자유를 구했었지요. 내 결혼 때도 큰 소동을 일으켜서, 좋아하는 여자와 결혼하고 싶다고 우기곤 했습니다.」 그는 잠깐 뻔뻔스럽게 웃고 나서 고집이 센 아름다운 처가 이 자리에 있다면 생각할 수도 없을 만큼 대담하게 말했다. 그의 아내는 참석하지 않았다. 해산날이 가까웠기 때문이었는데, 이미 아이가 넷이나 있는데도 또 아가를 낳아야 되므로 요즘은 매우 기분이 좋지 않아, 더이상 임신하지 않아도 되는 외국의 피임법을 어떻게 하면 배울 수 있느냐고 밤낮으로 말하고 있었다. 그래서 아내가 없으므로 그는 아버지 쪽을 돌아보며 잠깐 웃고 말했다. 「사실을 말씀드리자면, 그 당시 왜 그렇게 소란을 피웠는가 하고 이상하게 생각될 때가 자주 있습니다. 왜냐하면 결국 아버님이 말씀하신 대로였으며, 여자라는 것은 모두 같은 것, 결과도 같은 것, 그리고 반드시 그렇게 되는 것이거든요. 같이 살다 보면 정이 드는 것이니까, 부모님 말씀대로 결혼을 하는 편이 낫더군요. 게다가 사랑이라는 것은 젊은이들이 생각하듯이 그리 오래 계속되는 것이 아니거든요.」

그것으로 끝이었다. 다른 사람들은 아무 발언도 하지 않았다. 아이란의 어머니도 입을 열지 않았다. 이와 같은 사나이들을 앞에 놓고 무슨 말을 해봐야 소용이 없다는 것을 알았기 때문이었다. 하고 싶은 말은 옌에게 말할 작정이었다. 젊은 사람들도 잠자코 있었다. 왜냐하면 그들에게 있어서도 이 따위 의견을 주고받는 것은 시간 낭비에 지나지 않았기 때문이다. 젊은 사람들은 되도록 빨리 한 사람씩 자리를 떠나 다른 방에 모여 거기서 각자의 의견을 옌에게 말했다. 셍은 사건 그 자체가 우스꽝스럽다고 생각하고 있었으므로 그대로 옌에게 말했다. 그는 곱고 하얀 손으로 머리를 쓸어내리면서 말했다.「내가 너라면 이런 소환장에는 편지도 안 낸다. 너한테 동정한다. 그리고 내 부모님이 이런 짓을 하지 않는 것을 고맙게 생각한다. 아무리 새로운 방식을 욕한다 하더라도, 지금 이 도시 생활에 익숙해져서 아버지도 어머니도 진정으로 나한테 강요할 수는 없게 되어 있거든. 그래서 푸념만 늘어놓으면서 정력을 소모하고 있는 거야. 내버려둬. 네 자신의 생활이나 하는 거야. 화를 낼 편지 따윈 쓰지 말고, 자기가 하고 싶은 일을 하는 거야. 돌아갈 필요는 없다.」

그러자 아이란이 격한 기세로 말했다.「셍 오빠가 말하는 대로야, 옌 오빠. 이 따위 일은 이젠 두번 다시 생각할 필요도 없어요. 언제까지나 여기서 우리와 함께 살면 되잖아. 우리는 모두 새로운 세계의 사람들이야. 오빠도 그렇게 하는 동안에 다른 일은 다 잊게 돼. 이 도시에는 우리를 행복하게 만들고 한평생 재미있게 살게 해줄 모든 것이 있어요. 난 다른 곳에 가고 싶다는 생각은 해본 적이 없어.」

그러나 맹은 다른 사람들의 얘기가 끝날 때까지 잠자코 있었다. 그러다가 맨 나중에 매우 심각하게 천천히 말했다.

「모두 어린애 같은 소리를 하고 있군. 법률에 의하면 옌 형은 아버지가 정한 날에 결혼한 걸로 되어 있는 거야. 이 나라의 법률에 의해서 형은 두번 다시 자유롭게 되지는 못해. 형에게는 자유가 없어. 자기가 자유롭다고 말하든 생각하든, 혼자 좋아하든말든 그런 것은 문제가 아냐. 자유가 아니거든……. 옌 형, 이제라도 혁명 운동에 가담하지 않겠어? 왜 우리들이 싸우지 않으면 안 되는가, 이것으로 알게 되었다고 생각하는데.」

옌은 맹을 보았다. 맹의 타는 듯이 격렬한 두 시선과 부딪치고 그의 영혼을 꿰뚫는 무서운 힘을 읽었다. 옌은 잠시 망설이고 있다가 이윽고 절망 속에서 조용히 대답했다.
「나도 가담한다!」
이렇게 하여 왕 후 장군은 자기 아들을 적 쪽으로 몰아넣고 말았던 것이다.

조국을 구하기 위해 지금부터는 이 주의에 심혼을 쏟아 넣을 수 있다고 옌은 생각했다. 여태까지도 〈우리는 조국을 구하지 않으면 안 된다〉는 호소를 들었을 때 그것이 마땅히 해야 할 일이라고 느껴져서 언제나 마음이 움직이기는 했으나, 왜 조국은 구제되지 않으면 안 될 상태에 있는가, 설혹 구한다고 하더라도 무엇에서 구하는가, 또 이 조국이란 말의 뜻은 어떤 것인가 하는 것마저 똑똑히 알 수 없었으므로 옌은 선뜻 마음의 결정을 내리지 못했던 것이다. 아버지 집에 있던 어린 시절, 가정 교사가 그렇게 가르쳐 주었을 때도 그는 이 구국이라는 충동을 느끼면서도, 조국을 위해서 자신도 무엇을 하고 싶다고는 생각했으나 무엇을 해야 좋을지 알 수 없었다. 군관 학교에서는 외적에 의해서 조국에 가해지고 있는 침략에 대해 귀에 못이 박히도록 들었으나, 아버지도 또한 적이라고 하기 때문에 역시 뚜렷하게 이해가 되지 않았다.
이 도시의 학교에서도 마찬가지였다. 그는 맹으로부터 어떻게 하여 이 조국이 구제되지 않으면 안될 상태에 있는가 하는 주장을 이따금 들었다. 왜냐하면 맹은 주의에 관해서 말하지 않을 때는 구국에 관해서만 얘기하고 있었기 때문이다. 그는 요즘 줄곧 비밀 회합에 바빠 거의 학업은 거들떠보지도 않았다. 그리고, 그나 그 동지들은 언제나 학교나 시 당국에 항의서를 들이대고 외적, 불평등 조약, 시 정부나 학교의 단속 규칙 등, 그들의 주의에 맞지 않는 것은 모조리 반대하고 나서서 깃발을 흔들면서 시내를 행진했다. 그들은 많은 사람들에게 비록 자기들의 의사에 어긋나더라도 이 행진에 참가할 것을 강요했다. 맹은 군벌의 두목에 못지않는 무시무시한 얼굴을 하고 참가를 강요했으며, 우물쭈물하고 있는 학생에게는 호통을 쳤다. 「제군은 그래 가지고 애국자라 할 수 있는가? 외국인의 꼭두각시가 아닌가!

우리들의 조국이 외적에 의해서 바야흐로 파멸에 직면하고 있는 이때, 제군은 댄스를 하고 놀아나야 한단말인가!」
　어느 날 옌이 바빠서 그런 행진에 참가할 여가가 없다고 말하자 맹은 옌에게조차 호통을 쳤었다. 전 같으면 맹이 와서 거친 소리를 해봐야 여느 때의 그 유쾌한 듯한 웃음을 웃고 핑계를 댈 수도 있었다. 맹은 젊은 혁명 당원의 지도자이기 전에 그의 동생이었기 때문이다. 그러나 옌은 사촌간에 지나지 않았으므로 이 화를 잘 내는 청년으로부터 되도록 교묘히 빠져나오지 않으면 안 되었다. 그리고 이러한 때에 최선의 피난처는 그 농원이었다. 왜냐하면 맹이나 그 동지들은 꾸준히 밭을 간다는 어리석은 노동을 할 겨를이 없었으므로 여기에 있으면 옌은 그들로부터 피할 수가 있었던 것이다.
　그러나 이제는 옌도 조국이 무엇을 구한다는 것을 알았다. 왕 후 장군이 왜 적인가 하는 것도 알았다. 왜냐하면 지금 조국을 구한다는 것은 자기 자신을 구하는 것이요, 아버지가 자기의 적이어서 스스로 자기를 구하지 않으면 아무도 구해 주지 않는다는 것을 알았기 때문이다.
　옌은 이 운동에 몸을 던졌다. 그는 맹의 사촌이며 맹이 그를 위해서 서약해 주었으므로 충성을 증명할 필요는 없었다. 또 맹도 주의에 대한 옌의 진실성을 인정할 수가 있었다. 왜냐하면 그는 옌이 분격하고 있는 이유를 알 수 있었기 때문이며, 어느 주의에 대한 충성의 유일한 보증은 언제나 옌이 지금 느끼고 있듯 개인적인 깊은 분노 속에 있다는 것을 알고 있었기 때문이다. 옌은 이제 구시대가 그의 특수한 적이므로 구시대를 증오할 수가 있는 것이다. 그것 이외는 자기를 해방시킬 수가 없으므로 조국을 해방시키기 위해서 싸울 수가 있는 것이다. 이렇게 하여 그는 그날 밤 맹을 따라 꼬불꼬불한 골목 끝에 있는 낡은 집의 한 방에서 열린 비밀 회합에 참석했다.
　그 거리는 가난뱅이 상대의 창부들의 소굴로 알려져 있는 곳이며, 수상한 복장을 한 남자들이 왔다갔다하고 있었다. 그리고 어떤 장소인가 누구나 다 알고 있었으므로 젊은 노동자들이 출입해도 특별히 관심을 기울이는 사람이 없었다. 맹은 앞장서서 이 길로 옌을 데리고 갔다. 손님을 불러들이는 소리며 소음에도 맹은 아랑곳하지 않았다. 워낙 익숙해 있었으므로 여기저기 입구에서 여자들이 손님을 잡으려고 뛰쳐나와도 얼굴조차 보려 하지 않았다. 옷자락을 잡고 끈질기게 놓지 않는 여자라도 있으면 성가신 흉측한 벌레라도 털어내듯 손을 뿌리쳤다. 다만 여자가 옌을 붙잡고 놓지 않으려 할 때만 맹은 소리쳤다. 「그 손 놔, 우리들이 가는 집은 정해져 있으니까.」 그는 그대로 성큼성큼 걸음을 옮겨 놓았다. 뒤따라가던 옌은 여자가 손을 놓았으므로 살았다는 기분이었다. 여자가 너무나 천하고 끔찍스런 얼굴을 하고 있었으며, 젊지도 않은데 추파를 던지고 교태를 부리는 꼴이 소름이 끼칠 것 같았기 때문이다.

이윽고 한 채의 집에 도착하자 여자가 그들을 안으로 들여보내 주었다. 맹은 층계를 올라가서 어느 방으로 들어갔다. 거기에는 오십 명 남짓한 남녀들이 앉아 기다리고 있었다. 지도자인 맹 뒤를 따라 들어온 옌을 보자 웅성거리던 소리가 딱 멎고 한순간 의혹에 찬 침묵이 흘렀다. 그러자 맹이 말했다. 「놀랄 필요는 없소. 이 사람은 내 사촌이오. 전부터 말하고 있었지만 나는 이 사람이 우리 운동에 가맹해 주기를 매우 바라고 있었소. 왜냐하면 그는 우리에게 크게 도움이 될 인물이니까. 그의 아버지는 군대를 갖고 있는데 이것은 후일 우리들의 도움이 될지도 모르겠소. 그런데 그는 가맹하는 것을 지금까지는 동의하지 않았소. 그러나 오늘 그가 주장하는 것은 진실이오. 자기 아버지는 적이며 — 우리들의 아버지가 모두 적인 것과 마찬가지로 — 이런 것을 깨닫게 될 때까지 이 운동의 올바름을 분명히 느끼지 못하고 있었던 것뿐이오. 이제 그는 결심했고, 결심하는 데 충분한 증오를 갖고 있소.」

잠자코 이 말을 듣고 있던 옌은 사람들의 타는 듯한 얼굴을 휘둘러보았다. 아무리 빛깔이 나쁘든, 아름답지 않든, 여기에선 타는 듯한 표정을 띠지 않은 얼굴은 하나도 없고 눈도 모두 불타는 듯했다. 맹의 말을 듣고 이들의 눈을 보니 그의 심장은 잠시 멎었다. 나는 정말로 아버지를 미워하고 있는 것일까. 아버지를 미워할 수는 없다고 그는 생각했다. 미워한다는 말에 그는 심하게 동요되고 망설였다. ……나는 아버지가 하는 일을 증오하고 있다, 아버지가 하는 일을 분명히 증오한다. 그러나…… 그가 동요하고 있는 그 순간, 그늘진 어둠 속에서 일어나 그에게 와서 손을 내민 사람이 있었다. 그 손이 눈에 익었으므로 돌아보니 눈에 들어온 것은 잘 아는 얼굴이었다. 그 여자였다. 그녀는 귀에 익은 묘하게 아름다운 목소리로 말했다.「당신이 언젠가는 가맹해 주실 줄 알고 있었어요. 가맹하시지 않고는 못 견딜 일이 일어날 것이라고 저는 알고 있었어요.」

이 여자의 모습을 보고 그 손을 만지며 그 목소리를 들으니 옌은 마음이 훈훈해지고 진심으로 환영을 받고 있다는 것을 느꼈다. 그리고 새삼 아버지가 한 일이 생각났다. 그렇다, 만일 아버지가 본 일도 없는 여자와 결혼시키려는 증오할 만한 짓을 한다면 나도 아버지를 미워할 수밖에 없다. 그는 여자의 손을 잡았다. 그녀가 자기를 사랑하고 있음을 깨닫고 가슴속까지 훈훈해지는 감미로운 기분이었다. 그녀가 이 자리에서 자기 손을 잡아 주었으므로 그는 갑자기 그들의 동지가 된 기분이 되었다. 그는 얼른 방안을 둘러보았다. 여기 있는 사람들은 모두 자유롭다, 자유롭고 젊다!

맹이 아직도 지껄이고 있었고, 두 사람이, 남녀가 손을 잡고 서 있는 것을 아무도 이상하게 보지 않았다. 여기서는 모두 자유이기 때문이다. 맹이 말을 맺었다.「그에 대해서는 내가 보증하겠소. 만일 그가 배신한다면 나도 죽겠소. 나는 그를 위해서 맹세하겠소.」

그가 말을 마치자 여자가 옌의 손을 잡은 채 함께 두세 걸음 앞으로 나가 서서 말했다.「저도…… 이분을 위해서 맹세합니다!」

이렇게 하여 그녀는 그를 자기와 그리고 동지에게 결합시켰다. 그래서 한 마디도 반대하지 않고 옌은 맹세했다. 모든 사람이 보는 앞에서, 그리고 모든 사람들의 침묵 속에서 맹이 칼로 옌의 손가락 끝을 잘라 새빨간 피를 받았다. 이 피에 맹이 붓을 담뿍 적셔 옌에게 주었으며, 옌은 그 붓으로 서약서에 서명했다. 그것이 끝나자 일동은 기립하여 그를 당원으로서 받아들이고 함께 서약서를 낭독한 다음 동지라는 것을 증명하는 휘장을 옌에게 주었다. 이리하여 마침내 그는 그들의 동지가 된 것이다.

당원이 된 옌은 지금까지 모르고 있던 많은 것을 알았다. 이 결사는 도처에 있는 다른 무수한 결사와 그물의 눈처럼 연결되어 있었으며, 그 그물의 눈은 전국 각 성(省)의 많은 도시, 특히 남방으로 뻗어 나가고, 전국의 중심은 그 군관 학교가 있는 화남(華南)의 대도시에 있었다. 이 중앙 본부로부터 비밀 통신에 의해 지령이 나오는 것이었다. 맹은 이 비밀 통신의 수신법과 해독법을 알고 있어서 지령에 따라 즉각 전국의 동지를 소집하고 스트라이크를 일으키라든가, 성명서를 내라든가 하는 지시를 전달했다. 그리고 이와 똑같은 일이 많은 도시에서 동시에 행해지고 있었다. 왜냐하면 그와 같이 많은 청년 남녀들이 전국적으로 결합되어 있었기 때문이다.

이와 같은 결사의 회합의 하나하나가 장래의 대계획을 실현하는 첫걸음을 내딛고 있었다. 그리고 이 대 계획이라는 것은, 사실 옌에게는 그다지 새로운 것이 아니었다. 왜냐하면 철이 들고 나서부터 줄곧 그는 그런 것을 들어왔기 때문이다. 그가 어릴 때부터 아버지는 늘 말했다. 「나는 정권을 획득해서 대국가를 만들 참이다. 새 왕조를 창시하는 것이다.」 왕 장군은 청년 시대부터 이런 대망을 품고 있었던 것이다. 그리고 옌의 가정 교사도 남몰래 그에게 말하곤 했었다. 「언젠가 우리는 정권을 차지하여 새로운 국가를 만들지 않으면 안 됩니다…….」 그리고 군관 학교에서도 같은 말을 들었고 지금도 같은 말을 들은 것이다. 그러나 그것은 많은 사람들에게 새로운 부르짖음이었다. 상인의 아들, 교사의 아들, 조용하게 살고 있는 일반 사람들의 아들, 따분하고 평범한 생활을 보내고 있는 이런 사람들의 아들들에게 있어서는 이토록 큰 부르짖음은 여태까지 없었다. 새 국가의 창조를 말하고, 국가의 새로운 흥륭을 보고, 외국인에 대한 투쟁을 선언한다는 것은 모든 평범한 청년들에게 큰 꿈을 주었고, 그리고 지배자, 정치가, 장군으로서의 자기들의 미래를 꿈꿨다.

그러나 옌에게는 그 부르짖음이 그리 신기하지도 않았으므로 다른 사람들과 소리를 합하여 높이 부르짖을 수가 없었다. 그래서 그는, 「어떤 방법으로 실행합니까?」라든가, 「학교에 가지 않고 시위 행진에만 시간을 허비하고서야 어떻게 나라가 구해집니까?」 하고 물음으로

써 이따금 그들을 난처하게 만들었다.

 그러나 얼마 안 가서 그는 침묵을 지키는 것을 배웠다. 다른 사람들은 그런 얘기를 무척 싫어했기 때문이다. 또 그가 다른 동지들과 같은 행동을 하지 않으면 맹이나 그 여자의 입장이 곤란해지기 때문이다. 맹은 단 둘이 있을 때 말한 적이 있었다. 「상부로부터 오는 지령에 의문을 품을 권리는 형에겐 없어. 우리는 복종하지 않으면 안돼. 그렇게 함으로써만이 다가올 위대한 날을 위한 준비가 이루어지는 것이니까 말이야. 다른 동지들에게도 허용하지 않으니까, 형한테도 의문을 허용할 수는 없어. 사촌이니까 봐준다고 말할 테니까.」 그런 식으로 자기가 이해하지 못하는 일도 복종하지 않으면 안 된다면 어디에 자유가 있느냐고 묻고 싶은 의문이 일어났지만, 옌은 그 의문을 누르지 않으면 안 되었다. 그는 자기에게 타일렀다. 장차 자유를 얻을 거야, 틀림없이라고. 또 이렇게도 생각했다. 아버지를 따르면 자유를 잃는 것은 틀림없는 일이야. 이미 동지들과 더불어 운명의 주사위를 던진 이상 달리 나갈 길은 없는 거다.

 그래서 요즘은 지령받은 대로 자기의 의무를 완수했다. 행진하는 날에는 깃발을 준비했다. 그의 글씨는 또렷하고 다른 사람보다 뛰어났으므로 무언가 학교에 요구할 일이 있을 때는 그가 항의문을 썼다. 그리하여 학교 당국이 요구를 받아들이지 않는다고 하여 동맹 휴학을 할 경우에는 그도 학교를 쉬었다. 그러나 학과에 뒤지지 않도록 혼자서 공부했다. 그는 또 노동자들의 집을 찾아다니면서 소책자를 나누어 주었다. 거기에는, 그들이 얼마나 혹사당하고 있는가, 임금이 얼마나 적은가, 그들 덕분에 경영자들이 얼마나 살이 찌고 있는가 하는 것들, 이미 다 아는 것들이 씌어 있었다. 노동자들은 대개 글자를 읽을 줄 모르므로 옌이 읽어 주곤 했는데, 그들은 기꺼이 귀를 기울이면서 자기들이 생각하고 있던 것보다 더 혹사당하고 있다는 것을 알고 깜짝 놀란 눈을 서로 마주보며 저마다 소리치는 것이었다. 「그래, 정말이야, 우리는 배불리 먹어 본 일이 없다.」 「음, 우리는 밤낮 일을 하고 있으면서도 새끼들을 제대로 먹이지도 못한단 말이야.」 「우리 같은 인간들에게 무슨 낙이 있나, 오늘도 내일도 언제까지 변함없지. 날마다 버는 대로 먹어 버리니까 말이야.」 그리고 그들은 자기들이 얼마나 혹사당하고 있는가를 발견하고 피에 주린 듯한 절망적인 눈들을 서로 들여다보는 것이었다. 그들의 모습을 보고 그들의 말을 들으면 늘 혹사당하고, 아이들은 영양 부족으로 안색이 나쁘며, 방직 공장이나 외국인이 경영하는 기계 공장에서 매일 장시간 일하고, 이따금 공장 안에서 죽기도 하지만 아무도 거들떠보지 않았다. 양친조차 그다지 마음을 쓰지 않았다. 아이란 자꾸만 태어나니까 가난한 집에는 언제나 필요 없을 만큼 아이들이 많기 때문이다.

그러나 이토록 가엾게 생각하면서도 실인즉 옌은 그들 집에서 나오면 안도의 한숨이 쉬어지는 것이었다. 그것은 가난한 사람들 집에는 늘 악취가 떠돌았고, 그의 후각은 매우 민감했기 때문이다. 집에 돌아와서 몸을 씻고 그들과 멀리 떨어져 있는데도 여전히 주변에 그 냄새가 떠도는 듯한 기분이 들었다. 자기의 조용한 방에서 혼자 책을 읽고 있다가 얼굴을 들면 그 악취가 엄습해 왔다. 옷을 갈아 입어도, 환락의 장소에 있을 때도 여전히 그러했다. 그것은 댄스를 하고 있을 때 팔에 안은 여자의 향기조차 압도했으며, 훌륭하게 조리된 요리의 향그러운 냄새도 압도하여, 그는 언제나 가난한 사람들의 악취를 맡고 있어야 했다. 그것은 도처에 스며 있어서 옌을 불쾌하게 만들었다. 전부터 옌에게는 이와 같이 마음 약한 결벽성이 있었으며 지금도 그 때문에 무엇을 해도 온 영혼을 다 쏟아 넣을 수가 없었다. 그런 사소한 것에 신경이 쓰여서 큰일을 그르치는 자기의 인물됨이 작은 것을 부끄러워하면서도, 그는 가난한 사람들의 악취로부터 자기의 육체가 뒷걸음질치는 것을 보고 주의에 대해서 자기가 약간 냉담함을 깨달았다.

그런데 지금은 그도 그 일원이 되어 있는 결사의 교우 관계에 있어서 또 하나 곤란한 일이 생겼다. 그것은 자주 운동의 장애가 되고 다른 동지들과의 사이에 어두운 그림자를 던졌다. 원인은 그 여자였다. 옌이 이 운동에 가담하고부터 그녀는 옌이 자신에게 소유되었다고 생각하는지 놓아 주려 하지 않았다. 이런 젊은 사람들 사이에는 대담하게 동거하고 있는 남녀도 있었으며, 그것은 부도덕한 것으로 간주되지도 않았고 그것을 탓하는 사람도 없었다. 그들은 동지라고 불리워지며 두 사람의 관계는 두 사람이 서로 희망하는 동안만 지속되는 것이다. 그 여자는 옌이 자기와 동거해 주기를 희망하고 있었다.

그런데 여기에 우스운 일이 생겼다. 만일 옌이 운동에 가담하지 않고 그전처럼 즐거운 꿈 같은 생활을 계속하면서, 여자와도 자주 만나지 않고 다만 교실에서 얼굴을 맞댄다든가 이따금 두 사람이 산책을 한다든가 하는 정도였더라면, 그녀의 대담성이나 아름다운 목소리나 솔직한 눈초리, 그리고 정열에 타는 손이, 그가 교제하고 있는 아이란의 친구들과는 매우 색다르다는 점에서 그를 매혹했을지도 모르는 일이었다. 옌은 여자에 대해서 무척 소극적이었으므로 오히려 대담한 것이 그에게는 매력적인 것으로 여겨졌을지도 모른다.

그런데 그는 지금 이 여자와 매일 도처에서 얼굴을 맞대고 있으며, 그녀는 옌을 자신의 사람이라 결정해 놓고 매일 학교가 끝나면 기다리고 있다가 함께 돌아갔다. 그러니 다른 학생들이 눈치채지 않을 까닭이 없었다. 모두들 옌을 놀리며 말을 건네었다. 「그 여자가 기다린다, 기다리고 있어……도저히 달아날 수 없겠는걸.」 이런 불유쾌한 농담이 늘 그의 귀에 들려 오게 되었다.

처음 한동안 옌은 그런 말을 못 들은 체했다. 부득이 듣지 않으면 안 될 경우에는 마음 약한 듯이 미소지었고, 그러는 동안에 그는 어색해져서 수업이 끝나도 되도록 교실에 남아 있거나, 사람들이 눈치채지 못하는 출구로 빠져나가거나 하게 되었다. 그러면서도 그녀에게 솔직하게 「당신이 늘 그렇게 기다리는 바람에 진절머리가 난다.」라고는 말하지 못했다. 오히려 그녀가 기다려 주는 것을 기뻐하는 듯이 대하고 있었다. 비밀 회합에 나가면 그녀도 출석하고 있어서 언제나 자기 옆에 그의 자리를 잡아 놓았다. 사람들은 이것을 두 사람이 모든 점에서 결합된 증거로 보았다.

그런데 아직 두 사람은 결합되어 있지 않았다. 옌이 이 여자를 도저히 사랑할 수 없었기 때문이다. 만나면 만날수록, 그녀가 그의 손을 잡으면 잡을수록 — 이제 그녀는 자주 그의 손을 잡고 오래도록 쥐고 있었으며 욕정을 감추려고 하지 않았다 — 점점 더 옌은 사랑할 수 없게 되는 것이었다. 그래도 그녀의 존재는 인정하지 않을 수 없었다. 왜냐하면 그녀가 매우 충실하며 진실로 자기를 사랑하고 있다는 것을 알고 있었으며, 그는 내심 부끄러워하면서도 이따금 그녀의 이 충실함을 이용하는 일이 있었기 때문이다. 그가 그다지 마음이 내키지 않는 일을 명령받거나 하면 그녀는 그가 싫어하는 것을 금방 알아차리고 그녀가 할 수 있는 일이라면, 그것은 자기가 하고 싶었던 일이라면서 교대해 주었으므로 옌은 자기가 좋아하는 일, 이를테면 글을 쓰거나, 악취가 나는 빈민굴에 들어가는 대신 농촌으로 나가서 농민들과 얘기하는 일 같은 것을 맡을 수가 있었다. 그런 식이었으므로 옌은 그녀의 호의를 고맙게 생각하고 섭섭하게 만들고 싶지 않았으나, 그도 역시 남자였으므로 그녀의 호의를 받으면서도 사랑하지 못하는 것을 부끄럽게 여기지 않을 수 없었다.

오랫동안 말로는 표현하지 못했지만 옌은 그녀의 사랑을 거절하고 있었다. 옌이 그녀의 사랑을 거부하면 거부할수록 그녀의 애정은 격렬해져서 어느 날 마침내 그녀는 사랑을 고백하기에 이르렀다. 이런 일이란 결국 그렇게 되지 않고는 끝장이 나지 않는 법이다. 마침 그날 옌은 농촌으로 파견나가게 되었으므로 그는 혼자서 돌아오는 길에 자기 농원에 들러 밭을 보고 올 생각이었다. 당의 운동이라는 과외 일이 생겨서 바빴으므로 요즘은 밭에도 마음대로 갈 수 없었던 것이다. 늦봄의 화창한 날이었으므로 그는 그 마을까지 걸어가서 농민들과 잠시 얘기를 나누고 살며시 소책자를 나누어 준 다음, 동쪽으로 돌아와서 자기 밭에 들를 작정이었다. 그는 농민들과 얘기하기를 좋아해서 자주 대화를 나누었다. 그는 언제나 억지로 설득시키려 하지 않고 보통 사람들을 상대하듯 말했다. 또 그들이, 「하지만 말이야, 토지를 부자들한테서 빼앗아 가지고 우리들한테 나누어 준다니, 그런 일은 들은 적도 없는걸. 될 일이 아니야. 게다가 그렇게는 안 되는 편이 좋아요, 나중에 무슨 벌이라도 받게 된다면 큰일이니까. 지금 그대로가 좋아. 그저 그것이 우리들의 운명이거니 하고 고생을 낙으로 삼는 편이 좋아. 옛날부터 있었던 고생이지, 우린 다 알아.」 하는 등의 말도 잘 들어 주었다. 그들 중에서 새시대의 도래(到來)를 환영하는 사람은 땅을 전연 갖고 있지 않은 사람들뿐이었다.

옌이 그런 고독하고 즐거운 시간을 가슴에 그리며 떠나려고 하는데, 갑자기 그녀가 나타나서 그 확신에 찬 어조로 말했다. 「당신과 함께 가서, 나는 여자들과 얘기하겠어요.」

옌은 그녀와 함께 가고 싶지 않았다. 이유는 여러 가지 있었다. 그녀가 앞에 있으면 주의를 설명하는 데 격렬한 말을 사용하지 않으면 안 되는데 그는 그러한 격렬함을 좋아하지 않았다. 또 단 둘이 되면 손을 잡히는 것이 싫었다. 게다가 그 사람 좋은 농부가 있으므로 실습지에도 들를 수가 없었다. 그가 운동에 가맹하고 있다는 것을 그 농부에게는 말하지 않았고 또 그러한 것은 알리고 싶지도 않았기 때문에 이 여자를 동반할 수가 없었다. 그보다도 그가 스스로 씨를 뿌리고 농작물을 가꾸고 있다는 것을 이 여자에게 보이고 싶지가 않았다. 그녀가 놀랄 것을 생각하니 그러한 것에 그가 품고 있는 묘한, 낡고 강한 애착을 이 여자에게 보이고 싶지 않았던 것이다. 그녀가 웃을 것을 걱정하지는 않았다. 왜냐하면 그녀는 무엇을 보고도 웃어 버릴 여자는 아니기 때문이다. 그래도 그녀가 놀랄 것과 이해해 주지 못할 것이 걱정되었다. 그녀는 자기가 이해하지 못하는 것을 곧잘 경멸하는 버릇이 있다는 것을 그는 알고 있었으므로 그것이 또한 무서웠다.

그러나 그는 그녀를 쫓아 버릴 수는 없었다. 그녀는 맹을 움직여서 옌과 동행할 수 있도록 지령을 받아 놓았기 때문이다. 그래서 두 사람은 함께 출발했는데, 옌은 말도 하지 않고 길 한쪽을 걸어갔으며 그녀가 가까이 오면 곧 걸어가기 쉬우니 어쩌니 하는 구실을 만들어서 반대쪽으로 건너가서 걸어갔다. 시내의 도로가 좁은 길로 바뀌고 이것이 다시 오솔길로 바뀌어 두 사람이 앞뒤로 서서 걸어가지 않으면 안 되게 되자, 옌은 속으로 마음을 놓으며 그녀의 모습을 보지 않아도 되고 주위를 돌아볼 수도 있도록 앞장서서 걸어갔다.
 그러나 그녀도 진작부터 그의 기분을 눈치채고 있었다. 처음에는 그에게 조용히 말을 건네고 그의 무뚝뚝한 대답을 개의하지 않는 체하고 있었으나, 이윽고 그녀도 입을 다물고 마침내 두 사람은 말없이 묵묵히 걸어갔다. 그 동안에도 옌은 그녀의 감정이 점차로 고조되어 오는 것을 느끼고 두려운 생각도 들었으나, 그래도 모른 체하고 걸음을 옮겨 놓는 수밖에 없었다. 그러다가 길 모퉁이까지 왔다. 거기엔 옛날에 심어 놓은 오래 된 수양버들이 몇 그루 있어서, 해마다 가지를 꺾으므로 매년 돋아나는 새 가지가 마침 붓처럼 한데 얼려 오솔길 위에서 엉겨 짙은 그늘을 만들고 있었다. 이 적적하고 조용한 장소를 지나가려 했을 때, 옌은 뒤에서 어깨에 손이 닿는 것을 느꼈다. 그녀는 그가 뒤돌아보자 순간 그의 가슴에 몸을 던지더니 갑자기 흐느껴 울기 시작하면서 말했다. 「당신이 왜 나를 사랑해 주지 않는지 나는 알아요. 당신이 밤이 되면 어디에 가시는지도 알고요. 지난번 밤, 당신이 누이와 함께 가시는 것을 나는 뒤따라 가본걸요. 당신은 커다란 호텔로 들어갔지요. 거기에는 여자들이 많이 있었어요. 당신은 나보다 그런 여자가 더 좋으신 거예요. 당신이 함께 춤을 춘 여자를 보았어요. 분홍빛 야회복을 입고 있던 여자 말이에요. 부끄러움도 없이 당신에게 매달리고……」
 그녀의 말대로 지금도 이따금 옌은 아이란과 함께 외출하고 있었다. 왜냐하면 누이에게도 노부인에게도 운동에 가맹하고 있다는 것을 밝히지 않았으며, 바빠서 그렇게 자주 아이란처럼 놀러만 다닐 수 없다는 정도로 구실을 붙일 때도 있지만 이따금 가주지 않으면 아이란이 수상해 할 것이고, 노부인은 지금도 그가 딸과 함께 외출해서 자기를 안심시켜 주기를 바라고 있었기 때문이다. 지금 그녀가 울면서 하는 말을 들으니 옌도 생각이 났는데, 이삼 일 전 밤에 커다란 외국식 호텔에서 아이란의 친한 친구의 생일을 축하하기 위해서 베풀어진 파티에 아이란과 함께 참석한 일이 있었다. 그리하여 그 친구와 함께 춤을 추었는데 호텔에는 도로 쪽으로 커다란 유리창이나 있었다. 이 여자의 빈틈 없는 눈이 다른 손님들 속에서 그의 모습을 찾아냈던 모양이다.

그는 몸을 도사리며 화를 내면서 말했다.「나는 누이와 함께 간 거야. 초대받았단 말이야. 그리고……」

그녀는 뜨거운 손으로 쥐고 있던 그의 손이 차가워지는 것을 느끼고 홱 몸을 빼고는 옌보다 더 화난 목소리로 소리쳤다.「나는 보았어요. 당신은 그 여자를 껴안고 예사로 손을 쥐고 있었어요. 그러면서도 왜 나한테서는 마치 뱀한테서 달아나듯이 자꾸만 달아나려고 해요? 우리들이 미워하고 타도하려고 하는 사람들과 당신이 놀고 있다는 것을 다른 동지들에게 이야기하면 당신은 어떻게 되는지 알아요? 당신 목숨은 내 손 안에 있는 것과 다름없어요.」

그것은 사실이었으며, 옌도 잘 알고 있었다. 그러나 조용히 경멸하듯 그는 말했다.「그런 말을 한다고 내가 당신을 사랑하게 되진 않아.」

그러자 그녀는 다시 그에게 쓰러지면서 매달린 채 조용히 울었으며, 그가 두 팔을 잡자 몸을 안아 주기를 바라듯이 그의 몸에 안겨 그렇게 두 람은 서 있었다. 옌은 흐느껴 우는 그녀를 보자 마음이 움직여 가엾은 생각이 들었다. 조금 후에 그녀가 「나는 당신한테서 떨어질 수 없게 되었어요. 우리 두 사람이 결합되는 것을 당신이 바라고 있지 않듯이 나도 바라지 않았었어요. 나는 어떤 남자에게도 마음을 빼앗기고 싶지 않았거든요. 그런데, 이제 나는 당신한테서 떨어지느니 차라리 혁명당을 버리겠어요. 나는 형편없는 약한 여자가 되어 버렸어요.」하고 말했을 때는 갑자기 연민의 정이 솟아 마음에도 없이 그녀가 안기는 대로 팔을 그 몸에 두른 채로 서 있었다.

한참 후에 그녀도 침착을 되찾아 그에게서 떨어져서 눈물을 닦고, 두 사람은 다시 걸어가기 시작했다. 그녀는 슬픈 듯이 입을 다물고 있었다. 마을에서 두 사람은 지시받은 일을 마쳤으며, 그날은 그 이상 아무 말도 나누지 않았다.

그러나 옌도 그녀도 두 사람의 관계가 어떤 것인가를 알고 있었다. 옌에게는 묘하게 고집스러운 데가 있어서 여태까지 아이란의 친구에게조차 마음이 끌린 적이 없었다. 게다가 그러한 부잣집 처녀들은 까다롭고 경망스러우며 쾌활한 목소리, 명랑한 웃음 소리, 화려하고 아름다운 의상, 귀에 건 보석 귀걸이, 매끄러운 살결, 물들인 손톱 등이 모두 똑같은 모양을 하고 있어서 모두 똑같아 보였다. 그는 다만 음악의 리듬을 사랑하고 음악에 정취를 보태는 처녀들을 사랑한 것이며 지금은 그전처럼 여자들로 하여 마음 괴로워하는 일도 없었다.

그런데 그 여자의 질투심이 기묘하게 그를 내몰아 그녀가 질시하고 있는 여자들 쪽으로 그를 쫓아 버리고 말았다. 그리하여 그녀가 명랑하지 않기 때문에 그 처녀들의 명랑함이 그의 관심을 끌고, 그녀들이 화려함과 즐기는 것 이외에는 아무런 주의도 갖고 있지 않은 것 속에서 어떤 유쾌함을 발견한 것이었다. 그 중에서 두세 사람 특히 좋아하는 여자가 생기기 시작했다. 한 사람은 청조(清朝)가 붕괴한 이래 이 도시로 망명한 늙은 황족의 왕녀로, 그렇게 귀엽고 고운 여자를 옌은 본 적이 없었다. 그 아름다움은 어디 한 곳 나무랄 데가 없었으며 옌은 그녀의 모습을 보는 것이 즐거웠다. 또 한 사람은 좀더 나이가 많은 여자로 옌의 젊음과 용모에 호의를 품고 있었으며, 이 도시에서 양장점을 경영하며, 한평생 결혼하지 않겠다, 사업만을 하겠다고 입으로는 말하고 있으면서도 옌이 좋다고 가끔 농담을 하곤 하였다. 그녀는 옌을 좋아했다. 옌도 그것을 알고 있었다. 그리고 그녀의 긴 칼처럼 날씬한 몸매며 짧게 깎은 검은 머리를 매끈하게 빗어 내린 날카로운 아름다움을 매우 애절하고 기분 좋게 느끼고 있었다.

이 두 여자와 그 밖에 두세 명의 여자를 문득 머리 속에서 회상하곤 하면서 그녀에게 성난 목소리로 비난을 받게 되면 그는 좀 마음이 켕겼다. 그녀는 정열적으로 열기를 띠고 호소하는가 하면 어떤 때는 차갑고 증오에 찬 듯한 태도를 보였다. 옌은 이 여자와 묘하게 동지로서 결합되어 있었으므로 아무리 해도 떨어질 수 없다는 각오를 하고는 있었으나 그래도 사랑할 수는 없었다.

아버지가 멀리 떨어진 도시에서 그를 결혼시키기로 결정한 날의 며칠 전 어느 날 옌은 자기 방 창가에 혼자 우울하게 서서 거리를 내다보고 있었다. 그리고 오늘 그 여자와 만날 것을 생각하고 불쾌해졌다. 『아버지가 속박하기 때문에 나는 반항한 것이다. 그런데 그 여자에게 속박을 받다니, 나는 어쩌면 이렇게 바보일까!』 이런 일은 여태까지 생각도 하지 못했었고 엉뚱한 이유로 자유를 잃은 데 놀라며, 어떻게 빠져 나갈 길은 없을까, 이 새로운 속박으로부터 어떻게 든 자유로이 해방되는 방법은 없을까 하고 여러 모로 궁리해 보았다. 이 새로운 속박은 비밀인 데다가 일을 하는 데 있어서 밀접한 관계를 갖고 있었으므로, 그런 의미에서는 아버지의 속박에 못지않는 무거운 짐이었다.
　그러다가 뜻밖에 그는 해방되었다. 그 동안에도 혁명 운동은 화남 지방에서 점점 더 세력이 커져 이제는 그 시기가 왔다는 듯이 혁명군은 화남의 도시에서 벌판의 불길처럼 이 나라의 중심부로 번져 들어왔다. 남해안에서 일어나 연안 지방을 휩쓸고 지나가는 태풍과 같이, 차츰 이 군대는 살과 피의 진리를 몸에 지닌 거의 초인간적인 힘을 가지고 증강되어 갔다. 온 나라 도처의 도시에서 사방 팔방으로, 이 군대가 진군해 오기 전과 그리고 진군해 온 뒤로 그 위력과 파죽지세 같은 승리의 소문은 퍼져 나갔다. 이 군대의 병사들은 모두 젊은 사람들이었으며, 여자들도 끼어서 신비로운 힘을 발휘했으므로, 그 싸우는 모습은 다만 급료를 받기 위해 전투에 참가하는 병사들과는 전연 달랐다. 그들은 자기들의 생명인 주의를 위해서 싸우고 있었으므로 무적이었으며, 군벌의 고용병들은 추풍에 휘날리는 낙엽처럼 패주했다. 그들이 나아가는 앞에는 그들의 무력과 대담 무쌍한 데 대한 공포, 그리고 죽음을 무서워하지 않기 때문에 그들에게는 죽음도 접근하지 않는다는 따위의 소문이 마치 전초병(前哨兵)처럼 마구 떠돌았다.
　그래서 이 도시의 지배자들도 공포에 질려 이 도시에 사는 혁명 당원을 뿌리뽑으려고 그들을 사살했다. 시중에 있는 음모단이 내습하는 혁명군과 합류하는 것을 두려워했기 때문이었다. 맹이나 옌이나 그 여자와 같은 당원이 다른 학교에도 무척 많았다. 지배자들은 학생들이 살고 있는 집에 닥치는 대로 난폭한 병사들을 보내어 책이라든 가 종이 쪽지라든가 깃발, 그밖에 혁명 운동과 관계 있는 것이 나타 나기만 하면 당장에 사살했다. 그것이 여자라도 결과는 마찬가지였 다. 이 사흘 동안에 이 도시에서 사살된 젊은 남녀는 수백 명에 이르 렀으며, 일당으로 취급되어 목숨을 잃을까봐 거기에 대해 항의하는 자도 없었다. 또 살해된 사람들 가운데는 아무 관계도 없는 자도 많았다. 그것은 누구에게 원한을 품은 나쁜 자들이 그 사람의 이름을 밀고하여 그 사람이 혁명 당원이라는 가짜 증거를 제시하면, 그것만 으로 많은 사람들을 살해하였기 때문이다. 시내에 있는 혁명 당원들 이 외부에서 공격해 오는 혁명군에 내응하지 않을까 하는 지배자들 의 공포는 그토록 큰 것이었다.

그런 어느 날 아무런 예고도 없이 한 사건이 일어났다. 그날 아침 옌은 교실에 나가서 여느 때처럼 그녀가 자기를 보고 있음을 알았으 므로, 절대로 뒤돌아보지 않겠다고 생각하면서도 왠지 그렇게 하지 않으면 안될 듯한 기분이 들어서 막 뒤돌아보려고 하는 찰나에 병사 들이 우르르 교실 안으로 들어왔다. 대장이 「전원 기립하라. 지금부 터 소지품 검사를 한다.」고 소리쳤다. 학생들은 무슨 영문인지도 모르고 겁에 질린 채 일어섰다. 병사들은 학생들의 몸을 수색하고 책을 조사했다. 한 병사가 학생들의 주소 성명을 노트에 기록했다. 그것은 완전한 침묵 속에서 진행되어졌으며, 선생도 하는 수 없이 잠자코 서 있었다. 들리는 소리라고는 병사들의 군복에 부딪치는 칼소리와 판자를 깐 마루를 밟는 그들의 무거운 구두 소리뿐이었 다.

겁에 질려 조용해진 교실에서 무엇인가 갖고 있던 물건이 발견된 듯 세 사람의 학생이 끌려나왔다. 두 사람은 남자였으며 한 사람은 그 여자였다. 주머니에 증거가 되는 서류를 갖고 있었던 것이다. 병사들은 세 사람을 앞세우고 칼을 꽂은 총으로 그들을 재촉하면서 끌고 나갔다. 옌은 그녀가 끌려가는 것을 어쩔 도리 없이 멍하니 서서 보고 있었다. 문간까지 갔을 때 그녀가 그를 돌아보았다. 끈질 긴, 호소하는 듯한 무언의 눈초리였다. 곧 한 병사가 총 끝으로 그녀를 밀어냈다. 그녀의 모습은 사라지고, 옌은 영원히 그녀의 모습을 볼 수 없게 되리라고 생각했다.

그가 제일 먼저 생각한 것은 『그녀로부터 이제 해방되었다.』는 것뿐이었다. 그러나 자기가 그토록 기뻐한 것을 이내 부끄럽게 생각했다. 더욱이 그녀가 끌려 나가면서 그에게 던진 그 슬퍼 보이던 눈을 생각하지 않을 수 없었다. 그녀는 진심으로 자기를 사랑해 주었는데 자신은 사랑할 수 없었기 때문에 그 눈을 생각하며 그는 왠지 모를 죄책감에 휩싸였다. 『어떻게 할 도리가 없잖았는가……. 사랑하지 않으면서 달리 어떻게 할 수가 있었단 말인가.』하고 자기 합리화를 시켰으나 또 한편으로는 『그녀가 이렇게 곧 죽을 줄 알았더라면 조금은 위로해 주어도 좋지 않았을까.』하는 또 다른 소리가 조그맣게 힘없이 소곤거리는 것이었다.

그러나 그런 것을 오래 생각하고 있을 여유는 없었다. 그날은 도저히 수업을 할 형편이 못 되어 선생이 강의를 그만두기로 했으므로 학생들은 모두 교실에서 급히 나가려고 서두르기 시작했다. 부랴부랴 돌아가려 하고 있는데 누군가가 옌의 팔을 잡았다. 돌아보니 솅이었다. 솅은 아무도 없는 곳으로 그를 살며시 데리고 가서 목소리를 낮추어 말했다. 평소의 그 아름다운 얼굴이 오늘만은 공포에 질려 있었다.「맹이 어디 있는지 모르니? 그녀석은 오늘의 검거 사태를 모르고 있어. 만일 몸수색이라도 당하는 날이면……. 맹이 살해되는 날이면, 아버지는 죽어 버릴 거야.」

「나도 몰라.」하고 옌이 솅을 바라보고 말했다.「지난 이틀 동안 맹을 만나지 못했어.」

솅은 그대로 가버렸다. 각 교실에서 나오는, 저마다 겁에 질려 입을 다문 채 걷는 학생들의 무리 속을 그의 재빠른 몸이 헤치고 나가는 것이 보였다.

옌은 사람의 통행이 적은 뒷골목을 골라서 집으로 돌아와 부인에게 오늘 일어난 일을 자세히 이야기하고, 마지막으로 안심시키기 위해서 덧붙였다.「물론, 제 걱정은 안 하셔도 돼요.」

그러나 부인은 옌보다 훨씬 더 깊이 생각하더니 서둘러 이렇게 말했다.「생각해 봐. 네가 맹과 함께 있는 것을 사람들이 보았어. 사촌간이고…… 게다가 맹은 이 집에 온 적이 있으니까, 네 방에 책이나 서류나 그 밖에 뭐 간단한 것이라도 두고 가지는 않았을까? 여기도 수색하러 올 게다. 아, 옌, 얼른 방에 가서 조사해 봐. 그 동안에 나는 너를 어떻게 하면 좋을까 생각해 볼 테니까. 만일 너한테 무슨 일이라도 일어나는 날이면 그건 모두 내 탓이야. 아버님이 돌아오라고 그러셨을 때 돌려 보내지 않은 것은 나거든.」그리고 부인은 옌이 지금까지 본 적이 없는 깊은 우려를 나타냈다.

그리고 부인은 그와 함께 그의 방으로 가서 그의 소지품을 모두 조사했다. 부인이 책꽂이라든가 서랍 속이라든가 선반 위를 모조리 뒤지고 있는 동안, 옌은 그 여자가 전에 보낸 편지를 찢지 않고 둔 것이 생각났다. 소중히 보관해 두려는 생각에서가 아니라, 아무튼 그것이 사랑을 얘기하고 있는 편지였으므로 — 처음 한동안 그것은 그에게 귀중한 것, 생전 처음으로 받은 사랑의 말이요, 따라서 한참 동안 그것은 마법 같은 힘을 갖고 있었다 — 시집 속에 넣어 두었었는데 어느 사이엔가 잊어버리고 있었던 것이다. 그는 부인이 다른 쪽을 보고 있는 틈을 타서 그것을 꺼내서 손바닥으로 구겨 뭉쳐 들고는, 핑계를 만들어 방을 나온 뒤에 다른 방으로 들어가 성냥불을 켜댔다. 손가락 사이에서 편지가 타고 있을 때, 그는 가련한 여자를, 그리고 자기에게 던져진 그 마지막 시선을 생각했다. 그것은 토끼가 사나운 개의 습격을 받고 물려 죽기 직전의 눈이었다. 옌은 그녀를 생각하며 슬픔에 잠겼다. 지금도, 아니 전보다 지금 쪽이 훨씬 강하게 자기가 그녀를 사랑하고 있지 않다는 것과 아무리 해도 사랑할 수 없다는 것이 꺼림칙했으며, 그녀의 죽음을 섭섭하게 생각하지 않고 있다는 것을 알기 때문에 그 슬픔은 기묘하게 깊었다. 이리하여 그녀의 편지는 그의 손가락 사이에서 재가 되어 버려졌다.

설혹 옌이 슬퍼할 만한 애정을 갖고 있었다고 하더라도 슬퍼하고 있을 겨를이 없었다. 편지가 다 탈까말까했을 때 문이 열리고 백부와 백모와 제일 위 사촌 형과 솅이 들이닥치며 모두 맹을 보지 못했느냐고 소리쳤기 때문이었다. 모두 겁에 질린 채 여러 가지 얘기를 했다. 백부는 뚱뚱한 몸집을 공포에 떨면서 울먹이며 말했다. 「내가 이 도시로 온 것은 잔인하고 난폭한 야만인들뿐인 소작인들로부터 피하기 위해서였다. 여기는 외국 군대가 보호해 주니까 안전하다고 생각했기 때문이야. 이런 일이 일어나고 있는데도 잠자코 보고 있다니, 외국 군대는 대체 무엇을 하고 있나? 게다가 맹의 모습이 보이지 않는 것이 셍의 말을 들어 보면, 맹은 혁명 당원이라고 하지 않나? 나는 아무것도 몰랐어. 어째서 나한테 말하지 않았을까? 알고 있었더라면 어떻게 잘 처리해 주었을 텐데!」

「하지만 아버지!」 하고 셍이 나직한 목소리로 걱정스러운 듯이 말했다. 「아버지한테 얘기했다가는 소란만 더 커지겠다고 생각한 거지요.」

「그렇고말고. 아버지가 하시는 일이란 기껏해야 그 정도지.」 하고 셍의 모친이 비난하듯이 말했다. 「만일 비밀이 있다면 우리 집에서 비밀을 지킬 수 있는 것은 나뿐이야. 그런 나한테도 털어 놓고 말해 주지 않은 게 유감이야. 맹은 내가 제일 귀여워한 아들인데!」

얼굴이 잿빛처럼 변한 셍의 형은 근심에 차서 말했다. 「그 한 놈의 바보 녀석 때문에 우리 집안 식구들 모두가 위험에 직면하게 되었단 말이야. 우리 집에도 군인들이 와서 심문을 하고 혐의를 걸고 할 것이 틀림없어.」

이어 옌이 어머니라고 부르는 노부인이 조용히 말했다. 「이렇게 위험한 때를 맞았으니, 어떻게 하면 좋을지 모두 생각해 보기로 합시다. 옌은 내가 맡고 있는 사람이니까 내가 생각해 주지 않으면 안 됩니다. 나는 이렇게 생각해요. 옌은 장차 외국의 학교에 유학시킬 생각이었으니까 곧 출발시키도록 하겠어요. 되도록 빨리 서류가 갖춰지는 대로 출발시키겠습니다. 외국에 있으면 안전할 거예요.」

「그럼, 우리도 다 가지.」 백부가 열을 올려 말했다. 「외국에 있으면 모두 안전하니까.」

「아버지, 그건 안 됩니다.」 하고 셍이 참을성 있게 말했다. 「외국에서는 공부를 하러 왔다든가 무슨 특별한 이유가 없으면 상륙을 허락해 주지 않습니다.」

이 말을 듣자 노인은 가슴을 펴면서 조그마한 눈을 크게 뜨고 말했다.「그런 말을 하지만, 그쪽 사람들은 우리 나라에 멋대로 상륙하고 있지 않니.」

노부인이 사람들을 달래면서 말했다.「우리들 일은 지금 의논할 필요가 없습니다. 우리들 늙은이들은 괜찮아요. 설마하니 우리들처럼 나이를 먹고 성실하게 살고 있는 사람들을 혁명 당원이라고 죽이기야 하겠어요. 큰 조카는 처자도 있고 이젠 그리 젊지도 않으니까 걱정 없을 거예요. 하지만, 맹이 당원이라는 것이 알려져 있고 맹과의 관계로 셍도 옌도 위험합니다. 어떻게든 외국으로 도망시키지 않으면 안됩니다.」

그래서 그들은 그 방법을 의논했다. 노부인은 아이란의 외국인 친구가 생각나서, 그 사람에게 부탁하면 해외 도항에 필요한 서류나 수속이 빨리 갖춰질지 모르겠다고 말했다. 그래서 부인이 일어서서 하녀를 불러 친구한테 가 있는 아이란을 부르러 보내려고 — 아이란은 요즘 세상이 소란하고 그 때문에 침울해져서, 침울한 것을 못참는 그녀라 학교에 갈 기분도 나지 않는다고 오늘은 아침부터 놀러 가 있었던 것이다 — 문을 열려고 할 때였다.

노부인이 문에 손을 대는 순간, 아랫방에서 커다란 소리가 들렸다. 그것은 매우 거칠고 기세 있게 소리치는 목소리였다.「왕 옌이라는 자가 살고 있는 집이 여기냐?」

이 소리를 듣자 안에 있던 사람들은 깜짝 놀랐다. 백부는 쇠고기의 기름기처럼 새파래져서 어디 숨을 곳은 없나 하고 두리번거렸다. 그러나 노부인이 제일 먼저 생각한 것은 옌이었으며, 그 다음은 셍이었다.

「두 사람 다, 」하고 부인은 헐떡였다.「빨리, 이 지붕 위의 다락방에 숨어.」

그러나 그 방으로 통하는 계단도 없었으며 입구라고는 지금 그들이 모여 있는 방의 천장에 뚫어 놓은 네모난 구멍뿐이었다. 부인은 이렇게 말하면서 그 구멍 아래로 테이블을 밀어다 놓고 의자를 끌고 갔다. 그리하여 언제나 옌보다 재빠른 셍이 먼저 뛰어 일어나고 옌도 그 뒤를 따랐다.
 그러나 두 사람 다 이미 늦었다. 재빨리 서둘렀지만 문이 태풍에 날린 듯이 사납게 열려지고, 입구엔 군인들이 열 사람쯤 서 있었다. 대장이 먼저 솅을 보고 소리쳤다. 솅은 안색이 새파랗게 변했다. 그는 대답하기 전에 무어라고 말해야 좋을까를 생각하듯이 잠깐 망설이고 있더니 이윽고 나직한 소리로 대답했다. 「아닙니다.」
 그러자 대장이 짖어대듯이 말했다. 「그럼 이쪽이 왕 옌이구나. 그 여자가 말한 것을 기억하고 있지. 키가 크고, 살색이 거무스레하고, 눈썹이 짙으며…… 입매는 부드럽고 붉고, 그래, 틀림없이 저놈이다.」
 한 마디의 해명도 하지 않고 옌은 뒤로 손을 묶였다. 아무도 이것을 방해할 수는 없었다. 백부는 울며 떨고 있고, 노부인이 걸어나와 무겁고 침착한 어조로, 「여러분들은 과오를 범하고 있습니다. 옌은 혁명 당원이 아닙니다. 제가 맹세하겠습니다. 옌은 공부만 좋아하는 조심스러운 아이예요. 내 아들이에요. 그런 운동에는 가담한 적도 없습니다.」 하고 호소해도 소용 없었다.
 군인들은 야비하게 웃었을 뿐이었다. 그리고 얼굴이 크고 둥글둥글한 병사 하나가 말했다. 「아주머니, 모친이란 아들 일을 잘 모릅니다. 남자에 관해서 알려면 젊은 여자에게 물어보는 게 제일이지요. 모친 가지고는 안 됩니다. 그 여자는 왕 옌이란 이름도, 이 집 번지도 정확하게 가르쳐 주던데요. 그 여자는 이 사람의 인상을 잘 알고 있었어요. 인상과 풍채 구석구석을 알고 있는 모양이던데요. 그리고 이 사람이 제일 지도자라고 합디다. 처음엔 그 여자도 끈질기게 입을 열지 않고 있었지만, 한참 잠자코 있더니 자기 입으로 이자의 이름을 댔단 말입니다!」
 노부인은 이 말을 듣더니 영문을 모르겠다는 듯이 망연히 서 있었다. 옌은 아무 말도 할 수 없었다. 잠자코 있으면서 마음속에 희미하게, 아니 확실히 짚이는 것이 있었다. 『그렇다면, 그녀의 사랑이 미움으로 변했단 말인가! 사랑으로는 나를 묶지 못했다, 그래서 미움으로 나를 꽉 묶어 버린 것이다.』 이리하여 그는 연행되어 갔다.

끌려가는 순간 옌은 사형을 면할 수 없다고 각오했다. 지난 며칠 동안 혁명 운동에 가담하고 있었다는 것이 판명된 자는 모두 사형되었고, 그것은 공공연하게 알려지지는 않았으나 그도 이미 알고 있었으며, 그 여자가 그의 이름을 댔다면 그의 죄상에 대해 이보다 확실한 증거는 없기 때문이다. 이렇게 각오는 하고 있었으나 죽음이라는 말이 그에게는 실감되어지지 않았다. 그와 비슷한 청년들이 콩나물시루처럼 갇혀 있는 감방에 떠밀려 들어갔을 때도, 캄캄한 입구에서 발이 걸려 넘어지자 간수가 「네 발로 일어나라, 내일은 다른 사람이 일으켜 주겠지만.」하고 소리쳤을 때도 그는 죽음이라는 말의 뜻을 이해할 수 없었다. 간수의 말은 내일 그를 기다리고 있을 총알처럼 그의 심장을 꿰뚫었으나 옌은 흐릿한 어둠 속에서 꽉 들어찬 감방 안을 둘러볼 만한 여유가 있었다. 그 속에는 남자뿐이며 여자가 없는 것을 보고 그는 안심했다. 『여기에 그 여자가 있어서 내가 죽는 것을 그녀에게 보이고 내가 결국 그녀의 것이 되었다는 것을 알리기보다는, 알리지 않고 죽는 편이 얼마나 좋은지 모른다.』하고 그는 생각했다. 그러자 그는 마음이 편해졌다.

모든 일이 너무나 돌발적으로 일어난 것이었으므로 옌은 왠지 여기서 구출될 듯한 기분이 자꾸만 들었다. 처음에는 지금 당장이라도 구출되겠거니 하고 생각했다. 그는 어머니라고 부르는 노부인을 매우 신뢰하고 있었으므로, 생각하면 생각할수록 부인이 구출 방법을 생각해 줄 것이 틀림없다는 확신이 강해졌다. 처음 몇 시간 동안 그는 굳게 그렇게 믿고 있었다. 그리고 같은 방에 있는 사람들을 둘러보고 있으니 그들보다 자기가 훨씬 낫다는 느낌이 들고, 그들이 가난한 사람 같은 모습을 하고 있는 데다가 자기보다 덜 총명하며, 돈도 세력도 없는 집안 출신들 같아서 그 확신은 점점 더 강해갔다.

잠시 후 해가 져서 캄캄해졌다. 암흑의 침묵 속에서 그들은 흙바닥 위에 앉아 있기도 하고 드러누워 있기도 했다. 모두 자기 입에서 자기를 유죄로 만들 만한 언질이 잡히지 않도록 하기 위한 조심에서 아무도 입을 열지 않았으며, 저마다 남을 무서워하고 있었으므로,

어렴풋이나마 얼굴을 분간할 수 있는 동안에 위치를 바꾸기 위해 몸을 움직이는 소리라든가 그런 말없는 소리 이외에는 아무것도 들리지 않았다. 이윽고 밤의 장막이 내리고 아무도 남의 얼굴을 못 보게 되자, 암흑으로 말미암아 각자 저 혼자만 남게 된 듯한 기분이 되어 최초의 목소리가 나직이 들려 왔다. 「어머니…… 어머니……」 그리고 그것은 그대로 세상 모르게 흐느끼는 소리로 변했다.

이 울음 소리는 모두 자기의 울음 소리 같은 기분이 들어서 도저히 듣고 있을 수가 없었다. 누군가가 더 큰 소리로 기분이 상한 듯이 소리쳤다. 「조용히 해! 어머니를 부르며 울다니, 어린애구나. 나는 충실한 당원이다. 나는 어머니를 죽이고, 동생은 아버지를 죽였다. 우리는 주의 이외에 아버지도 어머니도 없어. 그렇지 않니, 아우야?」

그러자 어둠 속에서 금방 말한 소리를 많이 닮은 목소리가 대답했다. 「그럼, 나는 아버지를 죽였다.」 그러자 먼저의 소리가 말했다. 「너는 후회하느냐?」 그러자 나중 소리가 비웃는 듯한 어조로 다시 대답했다. 「설혹 아버지가 이십 명 있더라도 나는 기꺼이 모두 죽일 거야.」 그러자 누군가가 대담해져서 소리쳤다. 「맞았어, 그런 늙은이나 할망구들은, 나이를 먹은 뒤 언제나 뜨뜻하게 입혀 주고 먹여 줄 하녀라도 삼을 심정으로 우리를 기른 거야.」 그러나 제일 먼저 들렸던 나직한 소리는 마치 이런 말들이 귀에 들어오지 않는 듯이 「어머니…… 어머니……」 하고 여전히 신음하고 있었다.

그러나 밤이 깊어짐에 따라 마침내 울음 소리도 멎었다. 다른 사람들이 지껄이고 있는 동안 옌은 한 번도 입을 열지 않았으나, 모두 조용해지고 밤이 그 깊은, 소모할 대로 소모한 정적으로 언제까지나 계속되자, 마침내 그도 더이상 참을 수 없게 되었다. 모든 희망이 사라지기 시작했다. 지금이라도 곧 문이 열리며「왕 옌, 나와라. 석방이다.」 하는 소리가 틀림없이 들릴 것이라고 목이 타게 고대하고 있었으나 그런 소리는 영영 들리지 않았다.

옌은 마침내 이 정적을 도저히 견딜 수가 없게 되었다. 무슨 소리든지 들려 오기를 바랐다. 생각하는 데 지치고 만 것이다. 자기의 생애며, 그것이 얼마나 짧았는가 하는 것을 생각하고,『아버지가 하라는 대로 했더라면 지금쯤 이런 데 갇혀 있지는 않았을 것이다.』 하고 생각하고, 그러면서도 진심으로 그렇게 생각할 수는 없었다. 오히려 그것을 생각할 때 그의 속에 있는 또 다른 자신이,『그래도 아버지가 그런 요구를 한 것은 잘못이라고 믿는다.』하고 정직하게 말하는 것이었다. 그리고 또 이런 생각도 들었다.『조금 참고 그 여자의 말을 들었더라면?』그러자 다시 불쾌감이 솟아올라와서,『그래도 그런 짓을 하고 싶지는 않았다.』하고 정직하게 말했다. 그리하여 과거는 이미 지나간 것이며 돌이킬 수 없는 것이라고 생각하니 장래의 일을 생각할 수밖에 없어져서, 그는 죽음을 생각하지 않을 수 없었다.

뭐든지 좋으니 이 암흑 속에서 무슨 소리가 들렸으면 좋겠다, 아까 그 소년이 어머니를 부르는 소리라도 들렸으면 좋겠다, 하고 옌은 생각했다. 그런데 감방 안은 마치 한 사람도 없는 듯이 조용했다. 그러나 그 암흑은 잠들어 있는 것이 아니었다. 그것은 공포와 정적이 충만된 살아 있는 암흑, 기다림의 암흑, 눈뜨고 있는 암흑이었다. 처음에 그는 공포를 느끼지는 않았다. 그러나 밤이 깊어지자 무서워졌다. 여태까지 현실감이 없었던 죽음이라는 것이 이제는 현실로서 눈앞에 나타났다. 칼로 목을 칠까, 아니면 총살을 할까 하고 별안간 숨막히는 듯한 기분으로 생각했다. 신문에 보면 요즈음 외딴 곳의 도시 성문에는 혁명 운동에 가담하고 있던 젊은 남녀의 목이 효수되어 있다고 한다. 혁명군의 진출이 예정보다 늦었기 때문에 각지의 혁명 당원들이 봉기하기 전에 지방 관헌에게 붙잡힌 것이다. 그는 자기의 목을 보는 듯한 기분이 들었다. 그러다가 곧,『여기는 외국풍의 도시니까 아마 틀림없이 총살할 거야.』하고 생각하고 위안 비슷한 것을 느꼈으며, 다시 죽은 후 곧 자기 목이 몸뚱이에 붙어 있을까 어떨까 하는 것을 문제삼을 수 있는 자신을 생각하는 냉소적인 쾌감을 느꼈다.

등을 두 벽 사이의 모퉁이에 밀어넣고 두 무릎을 세운 채 쭈그리고 앉아서 오래도록 이 고문 같은 어둠 속에 웅크리고 있는데, 별안간 문이 열리고 이른 새벽의 회색 빛이 감방에 비쳐들면서 벌레가

엉기듯 뒤섞여 딩굴고 있는 수감자들의 모습이 드러났다. 밝아지는 바람에 모두 눈을 떴을 때 채 일어나기도 전인 수감자들에게 크게 외치는 소리가 들렸다.「모두 나와라!」

그리고 군인들이 감방 안으로 들어와 총으로 밀고 쿡쿡 찌르고 해서 모두 일으켜 세웠다. 잠이 깬 소년은 「어머니…… 어머니……」하고 다시 울기 시작했으며 군인들이 총 개머리판으로 머리를 힘껏 후려쳐도 그치려 하지 않았다. 그는 호흡이라도 하듯, 그리고 도저히 그만둘 수 없으며 그렇게라도 생명을 빨아들이지 않으면 안되기라도 하는 듯이 그 말을 신음처럼 되풀이하고 있었다.

이 소년을 제외하고 다른 사람들은 말없이 비틀비틀 걸어 나갔다. 각기 자기 운명을 알고는 있으나 멍청했다. 그러자 한 군인이 손에 든 회중 전등을 들어 한 사람 한 사람 얼굴을 비쳤다. 옌은 제일 마지막으로 나갔는데 나갈 때 빛이 그의 얼굴을 드러냈다. 오랜 시간 어둠 속에 있었으므로 갑자기 비치는 불빛에 눈이 부시었다. 그리하여 눈앞이 캄캄해지는 순간 그는 다시 방안으로 떠밀려 들어갔으며, 너무 억세게 밀리는 바람에 짓밟아서 다져진 흙바닥에 딩굴고 말았다. 다음 순간 문에 쇠가 채워지는 소리가 나고 그는 그 자리에 혼자, 그리고 아직 산 채로 남았다.

이런 일이 세 번 일어났다. 그날 중으로 감방은 다시 잡혀 온 청년들로 가득 채워지고, 그날 밤도, 그 다음 날 밤도 옌은, 어떤 때는 침묵하고, 어떤 때는 저주하고, 어떤 때는 울부짖고, 어떤 때는 광인처럼 외치고 있는 그들의 소리를 듣지 않으면 안 되었다. 세 번째 날이 새고 세 번 옌은 감방 안으로 혼자 떠밀려 들어가고 문에 쇠가 채워졌다. 음식물도 주지 않았고, 이야기를 하거나 질문을 하거나 하는 시간도 주어지지 않았다.

첫날은 희망을 품지 않을 수 없었다. 이틀째도 얼마간 희망을 갖고 있었다. 그러나 사흘째가 되자 먹지도 마시지도 않았으므로 완전히 쇠약해져서, 살든 죽든 이젠 아무렇게 되어도 좋다는 기분이 들었다. 사흘째 새벽에는 일어설 기력도 없고 혀는 바싹 말라 부어올랐다. 그래도 군인은 소리를 지르고 윽박지르며 일으켜세웠다. 그리하여 옌이 두 손으로 문에 기대어 간신히 일어나자 다시 회중 전등이 얼굴을 비추었다. 그런데 이번에는 방 안으로 다시 밀려 들어가지 않았다. 다른 수감자들이 확정된 운명의 길을 걸어가서 마침내 그 발자국 소리의 메아리마저 들리지 않게 되었을 때 그 군인은 그를 부축하여 다른 좁은 복도로 해서 빗장이 걸려 있는 문께로 데리고 갔다. 그리고 빗장을 끄르더니 한 마디 말도 없이 문 밖으로 옌을 떠밀어 버렸다.

옌은 자기가 좁은 길에 서 있음을 깨달았다. 어느 도시의 뒷골목에나 있는, 사람들이 모르는 구획의 꼬불꼬불 굽은 길이었다. 골목은 새벽의 연한 빛 속에 아직 어둑어둑했으며 사람의 그림자도 보이지 않았다. 아직 머리 속은 몽롱했으나 옌은 한 가지만은 똑똑히 알 수 있었다. 그것은 자기가 자유로운 몸이 되었다는 것 — 어찌 된 일인지는 모르나 석방되었다는 사실이었다.

좌우를 두리번거리며 어느 쪽으로 달아나면 좋을까 하고 생각하고 있는데 흐릿한 어둠 속에서 사람의 그림자가 둘 달려왔다. 옌은 문간 쪽으로 뒷걸음질쳤다. 그런데 그 중의 하나가, 키는 크지만 아직 어린 사람이 달려오더니 가만히 옌을 들여다보았다. 옌은 그 큼직하고 검고 진지한 두 눈을 보았고, 나지막하고 열띤 목소리를 들었다.
「옌 오빠야. 여기 있어……」

그러자 나머지 한 사람도 가까이 다가왔다. 그가 어머니라고 부르는 노부인이었다. 그러나 접니다, 하고 말하려고 해도 입이 제대로 열리지 않았으며, 몸이 부들부들 떨리며 녹아드는 듯한 기분이 되고 눈앞이 캄캄해지더니 소녀의 검은 눈이 갑자기 크고 검어져서 그대로 사라져 버렸다. 어딘가 먼 곳에서 「아이고, 딱해라.」 하는 소리가 흐릿하게 들려 왔다. 다음 순간 그는 축 늘어져서 아무것도 들리지 않고 아무것도 보이지 않게 되었다.

눈을 떠 보니 옌은 무언가 움직이며 흔들거리고 있는 것 위에 자기가 있는 듯한 기분이었다. 침대에 누워 있는데 그 침대가 올라갔다 내려갔다 하고 있었으며, 정신을 차려 가만히 살펴보니 여태까지 본 적이 없는 조그마한 방이었다. 벽에 장치한 등불 밑에서 누군가가 자기를 지켜 보고 앉아 있었다. 옌이 기를 쓰고 살펴보니 그것은 사촌 형 셍이었다. 옌을 지켜 보고 있던 셍도 옌이 자기를 보고 있다는 것을 발견하고 의자에서 일어나 얼굴에 활짝 웃음을 띠었다. 그것은 여느 때의 웃는 얼굴이었으나 옌에게는 이토록 상냥하고 기분 좋은 웃는 얼굴은 본 적이 없는 것처럼 느껴졌다. 셍은 조그마한 테이블 위에 있던 뜨끈뜨끈한 수프 쟁반을 들고 와서 옌을 흥분시키지 않으려고 애쓰며 말했다. 「작은 어머니한테서 말이야, 네가 눈을 뜨면 곧 이것을 먹이라는 부탁을 받았다. 난 벌써 두 시간 동안이나 식지 않도록 알콜 램프에 올려놓고 데우고 있었단 말야.」

그는 어린 아이에게라도 먹이듯이 수프를 옌에게 먹였다. 옌도 어린 아이처럼 잠자코 그것을 받아 먹었다. 너무나 피로하고 머리가 흐릿했다. 어떻게 하여 여기에 있으며 여기가 어딘지 생각할 기력도 없이 어린 아이처럼 있는 그대로를 받아들여 수프를 먹었다. 바짝 말라서 부어 있던 헛바닥에 뜨끈뜨끈한 액체가 들어가니, 기분이 좋아지고 원기가 붙는 듯한 느낌이 들었을 뿐이었다. 그는 애써서 먹었다. 셍은 스푼으로 수프를 뜨면서 조용히 말했다. 「여기가 어디며 어째서 이런 데 와 있는가 이상하게 생각될 거야. 우린 지금 조그마한 배 안에 있어. 상업가인 작은 아버지가 근해의 섬에 상품을 운반하는 배야. 작은 아버지 주선으로 타게 됐지. 우리는 가까운 항구까지 이 배로 가서 외국에 가는 데 필요한 서류를 기다리게 돼 있어. 넌 자유가 된 거야. 넌 자유가 됐단 말이야, 옌. 그러나 그렇게 하는 데는 엄청난 돈이 들었다. 작은 어머니도 우리 아버지도 형도 긁어 모을 수 있는 돈은 깡그리 긁어 모았고, 둘째 작은 아버지한테서 많은 돈을 빌었다. 끝의 작은 아버지는 마치 미친 듯이 돼서, 자기도 여자에게 배신을 당한 적이 있다, 자기도 아들도 이제는 영원히 여자와는 인연을 끊는다고 말씀하신단다. 그리고 네 결혼도 단념하시고 결혼 비용이며 갖고 계시던 돈을 모두 부쳐 오셨으므로 그 돈을 모두 모아서 네 자유를 사고 이 배로 탈출할 수 있게 된 거야. 위에서 아래까지 돈을 뿌리고 말이야.」
 셍이 이런 말을 하고 있는 동안 옌은 듣고는 있었으나 너무 지쳐서 그 뜻이 잘 납득되지 않았다. 다만 배가 상하로 흔들거리고 있는 것과 굶주린 몸에 스며들어가는 수프의 기분 좋은 따사로움을 느낄 뿐이었다. 이윽고 셍이 갑자기 웃는 얼굴이 되면서 말했다. 「하지만 맹이 무사하다는 것을 몰랐더라면 이런 경우 나는 이토록 기쁜 마음으로 고국을 떠날 수 있었을지 모르겠어. 그애는 정말 빈틈 없는 녀석이야! 나는 그애 일을 무척 걱정했어. 너는 감옥에 끌려가서 사형이 결정된 것을 알았고, 맹은 소식도 없으니 무사한지 이미 살해되었는지 알 수가 없어서, 아버지와 어머니는 너와 맹의 일 때문에 정신이 없었다. 그런데 어제 네 집과 우리 집 사이에 있는 거리를 걷고 있으려니 누가 살며시 종이쪽지 하나를 전해 주고 가지 않겠니. 보니 맹의 필적으로 이렇게 씌어 있었어. 〈나를 찾거나 걱정하지 말아 주십시오. 아버님도 어머님도 제 일은 신경을 쓰지 말아 주십시오. 나는 무사하며 자유로운 곳에 있습니다.〉
 셍은 웃고 나서 빈 쟁반을 놓더니 성냥을 그어 담배에 불을 붙이고는 하던 말을 계속했다. 「나는 지난 사흘 동안 제대로 담배도 피지 못했어. 그러나 이젠 안심해도 좋아. 그녀석이 안전하다는 것을 알았으니까 말야. 그 얘기를 아버지한테 했더니 아버지는 화를 버럭 내면서, 앞으로는 맹 같은 놈은 자식으로 여기지 않겠다느니 어떠니 하고 있었지만, 아마 지금쯤은 가슴을 쓰다듬으면서 오늘밤엔 어디 축배를 들러 가 계실 것이 분명해. 형님은 극장에라도 가 있을 거야. 요즘 유행의 여우극(女優劇)이라는 것이 상영되고 있는데, 남자가 여자로 나오지 않고 정말 여자가 나오는 연극이야. 형님은 본래 그런 기묘한 연극을 좋아하거든. 그리고 어머니는 한참 동안 아버지에게 화를 내고 있었는데, 맹도 무사하고 너와 나는 이렇게 탈출을 했으니 이제는 만사가 다 잘 된 거야.」 셍은 잠시 담배를 피우고 있더니 이번에는 여느 때보다 진지한 어조로 말했다. 「하지만 말이야, 옌. 이런 형편으로 가더라도 나는 외국에 간다고 생각하니 기뻐 죽겠어. 입 밖에 내진 않았지만 혁명 운동에도 가담하지 않고, 되도록 즐겁게 살려고 했었는데, 나는 대체 이 나라와 전쟁이 싫단 말야. 너희들은 모두 나를 시만 생각하고 늘 명랑한 사람으로 알겠지만, 실은 나도 슬퍼하고 절망할 때가 자주 있다. 다른 나라에 가서 그 나라 사람들이 어떤 식으로 생활하고 있는가를 보는 것이 즐거운 기대야. 이 나라를 떠난다고 생각하니 가슴이 다 두근거린다.」

그러나 셍이 얘기하고 있는 것을 옌은 이제 듣고 있을 수가 없다. 수프를 먹어 기분은 좋았고, 흔들리는 좁은 침대는 부드러웠으며, 자기가 자유로운 몸이 되었다는 것도 알았고 그래서 그는 흡족한 기분에 싸였다. 간신히 조금 웃음을 띠었을 뿐 눈꺼풀이 내려붙는 것 같았다. 셍은 그것을 보고 상냥하게 말했다.「좀 자거라. 자고 싶은 대로 실컷 재워 두라고 작은 어머니도 말씀하시더군. 천천히 자도 돼. 너는 이제 자유니까.」

이 말을 듣고 다시 한번 눈을 떴다. 자유! 그렇다, 마침내 모든 것에서 해방된 것이다······. 이윽고 셍이 생각하고 있는 것의 결론인 것처럼 다시 말했다.

「너도 나와 같은 기분이라면 이 나라에는 이제 아무런 미련도 없을 거다.」

옌은 잠에 떨어지기 시작하면서 그의 말을 생각했다. 고국에 남겨 두는 것이 아까울 만한 것은 아무것도 없다. 잠이 들려는 순간 그의 눈앞에는 그 콩나물 시루 같은 감방, 그 몸부림치며 허둥대던 사람들의 모습 — 그 몇날 밤, 그리고 죽음으로 나아가기 전에 고개를 돌려 자기를 바라보던 그 여자의 모습이 떠올랐다. 그는 어느새 잠이 들었다. 그리고 다음 순간 어느새 그는 매우 평화로운 기분이 되어 그 농원에 있는 꿈을 꾸었다. 거기에는 자기가 경작한 한 뙈기의 땅이 있었다. 그 풍경이 그림처럼 뚜렷하게 보였다. 완두콩은 깍지 속에서 익었고 초록빛 수염의 보리는 자랄 대로 자랐으며, 그 다정한 농부는 바로 옆의 밭에서 일하고 있었다. 그런데 거기에는 그녀가 있었다. 그 손은 차가웠다. 몹시 차가웠다. 너무 차가워서 그는 잠깐 눈을 떴다. 그리고 자기는 자유가 되었다고 다시 생각했다. 셍이 말한 것 같은 것은 그에게는 문제가 되지 않았다. 다만 그의 오직 하나밖에 없는 미련은 그 한 뙈기의 땅뿐이었던 것이다.

옌은 드디어 깊이 잠들기 전에 다음과 같은 위안을 느꼈다. 『하지만 그 땅은 내가 돌아왔을 때, 그것만은 역시 본디대로 남아 있겠지. 대지는 언제나 그곳에 있는 거니까……』

2

왕 옌이 고국을 떠난 것은 스무 살 때였는데 여러 가지 점에서 그는 아직 어린 아이였다. 갖가지 꿈과 혼란이 가슴속에서 소용돌이치고 있을 뿐 겨우 손을 댄 계획도 모두 어떻게 하면 완성할 수 있는 것인지 — 아니, 그것보다도 정말로 자기가 완수할 생각이 있는지조차 분명치 않은 상태였다. 태어나서 오늘에 이르기까지 줄곧 누군가에게 감독을 받고, 감시를 받고, 뒷바라지를 받아 왔으므로, 그러한 보호를 받는 것밖에 몰랐던 그는, 그 감방에 수감되어 있던 삼 일간의 경험 이후에도 슬픔이라는 것의 참된 맛을 알기에 이르지는 못했다. 외국에 그는 육 년 동안 있었다.

스물 여섯 번째의 생일이 얼마 남지 않은 여름날에 그는 고국으로 돌아갈 준비를 갖추었다. 웬만한 일에 관해서는 이미 훌륭한 어른이 되어 있었으나, 한 사람의 어른이 되기 위한 마지막 손질로서의 슬픔은 아직 겪은 적이 없어서 그러한 것이 필요하다는 것을 그는 모르고 있었다. 아마 누가 물으면 그는 자신 만만하게 이렇게 대답했을 것이다. 「저는 어른입니다. 자각을 갖고 있습니다. 내 목적을 똑똑히 알고 있습니다. 지난날의 꿈은 이제 실현될 수 있는 계획이 되어 있습니다. 학업도 마쳤습니다. 고국으로 돌아가서의 생활 준비도 완전히 되어 있습니다.」

정말 옌에게 있어서는 지난 육 년의 외국 생활은 그가 여태까지 살아 온 생활의 절반을 차지하는 듯이 여겨졌다. 오히려 그전의 십구 년간의 인생 체험보다도 외국에서의 육 년간이 더 크고 더 귀중한 체험이었다. 왜냐하면 이 육 년이야말로 자기를 일정한 진로로 이끌고 그 방향으로 확고히 자기를 세워 준 시기였기 때문이다. 자기는 미처 깨닫지 못했으나 그가 자각하지 못한 동안에도 이러한 그가 가야 할 길은 이미 결정되어 있었던 것이다.

만일 누가 앞으로의 인생을 살아 갈 준비가 어떻게 되어 있느냐고 묻는다면, 그는 진심으로 이렇게 대답했을 것이다. 「저는 훌륭한 서양의 대학을 졸업했습니다. 더욱이 그 나라 사람들보다 더 훌륭한 성적으로 말입니다.」 제법 자랑스럽게 이렇게 말했겠지만, 그 외국인 대학생들 중에는 다음과 같이 그에 관해서 나쁘게 말하는 사람들도 있었다는 추억에 대해서는 아마 아무 말도 하지 못할 것이다 ― 「그야 누구라도 죽자사자 공부만 하고 다른 것은 아무것도 생각지 않는다면야 우수한 성적을 딸 수도 있지. 그러나 대학이라는 것은 그것만이 아니야. 학교에는 학교 생활이 있어. 그런데, 저자는 책만 들여다볼 줄 알았지 다른 건 아무것도 하지 않았단 말야. 학생 활동에는 일체 관계를 안 가졌단 말야. 대체 모두가 저런 식이라면, 대학의 풋볼이나 보트 레이스는 어떻게 되겠나?」

옌은 그러한, 늘 학우들과 활동하는 것을 좋아하는 명랑한 그 나라 청년들이 그렇게 말하고 있는 것을 모르는 것은 아니었다. 그들 쪽에서도 뒤에서 소곤소곤하거나 하지 않고 강당 같은 데서 공공연하게 지껄이고 있었던 것이다. 그러나 옌은 태연히 가슴을 펴고 다녔다. 교수들의 찬사라든가 몇 번이나 있었던 수상식 때 들은 말로 인하여 그는 비굴함을 느끼지 않아도 되었다. 수상식 때마다 그의 이름이 제일 먼저 불린 적도 드물지 않았으며, 그때마다 상을 주는 사람에게서 「언어가 다른 나라에서 공부하고 있는데도 다른 사람들을 물리치고 좋은 성적을 올렸다.」라는 말을 자주 들었다. 그러므로 그러한 방식을 학우들이 싫어하는 것을 알면서도 옌은 긍지를 잃지 않고 공부를 계속해 왔던 것이다. 그는 자기가 속하는 민족의 능력을 발휘할 수 있음을 기뻐했으며, 그것으로 인하여 자기가 스포츠 따위를 아이들의 놀이와 별다를 바 없는 것으로 생각하고 있다는 것을 사람들에게 보여 줄 수 있었음을 기뻐했다.

거기에다 누군가가 다시, 「남자로서 인생을 살아가는 데 어떤 마음의 준비가 되어 있는가?」하고 묻는다면 그는 대답했을 것이다.「나는 수없이 많은 책을 읽었습니다. 그리고 이 나라에서 배울 수 있는 모든 것을 배웠습니다.」

그리고 이것은 거짓이 아니었다. 지난 육 년 동안 옌은 새장 속의 새 같은 고독한 생활을 계속해 왔다. 아침엔 일찍 일어나 책을 읽고, 하숙집 벨이 울리면 아래층으로 내려가서 식탁에 앉아 대개는 말도 하지 않고 아침 식사를 했다. 같은 하숙집에 든 사람들과도, 그리고 안주인과도 그다지 말을 하지 않았다. 그들과의 잡담으로 시간을 허비할 필요가 없다고 생각했기 때문이다.

정오에는 대학 구내의 큰 식당에서 학생들과 섞여서 점심을 먹었다. 그리고 오후에는, 실습도 교실의 수업도 없을 때는 그가 가장 좋아하는 일을 하면서 보냈다. 도서관의 넓은 홀에 들어가서 수많은 서적 속에 앉아 있기도 하고, 기록을 하기도 하고, 여러 가지 문제에 관해서 명상에 잠기기도 했다. 그러는 동안에 그는 이른바 서양인이라는 것이, 외국인이라면 무조건 싫어한 맹이 일찍이 통렬하게 욕설을 퍼부은 것처럼 그렇게 야만 민족은 아니고 모든 학문이 진보되어 있음을 인정하지 않을 수 없었다. 흔히 옌은 이 나라에 사는 자기 동포들이, 백인은 물질의 지식과 이용에 있어서는 능하지만 인간 정신의 양식이 되는 학문에 있어서는 뒤떨어지고 있다고 말하는 것을 들었다. 그러나 지금 그는 이 도서관의 각 전문 도서실이 철학이나 시나 미술에 관한 서적만으로 가득 차 있는 것을 보고, 이 이국 땅에 있는 한 결코 입 밖에 내고 싶지 않았으나, 과연 자기 조국도 이토록 위대할까 하는 의문에 부딪치는 것이었다. 그는 자기 나라의 고금에 이르는 성현들의 책이 서구의 말로 번역되어 있거나, 동양 예술에 관해서 쓰여진 책들도 있다는 것을 발견하고, 그 학문의 영역이 넓은 데 아연해지고 말았다. 그리고 이와 같은 학식을 가진 국민을 반은 부러워하고 반은 미워했다. 자기 나라의 국민들 가운데는 한 권의 책조차 읽지 못하는 자가 많으며, 여성은 더 심하다는 것을 생각하고 그는 불쾌해졌다.

이 나라에 온 뒤부터 옌의 마음에는 항상 두 가지 다른 감정이 작용했다. 그는 배 안에서 원기를 되찾고 그 죽음의 삼일간의 타격에서 재생한 것을 느꼈을 때 살아 있어서 다행이라고 생각했다. 그리고 사는 즐거움을 느낌에 따라 이번 여행과 눈앞에 전개되는 진기한 풍경과 이 낯선 나라의 넓이를 진심으로 즐기고 있는 셍의 기분이 그에게로 옮겨왔다. 그래서 옌은 마치 구경거리를 보러 가는 어린 아이처럼 가슴을 두근거리며, 무엇을 보더라도 유쾌해질 듯한 기분으로 새로운 이국 땅을 밟은 것이었다.

사실 무엇을 보나 유쾌해질 수 있었다. 처음으로 이 새로운 나라의 서해안에 있는 큰 항구 도시에 상륙했을 때, 그는 모든 것이 듣던 것 이상이라고 느꼈다. 건물은 듣던 것보다 더 높이 치솟았고, 거리는 마치 옥내의 바닥처럼 포장되어 있어서, 그냥 앉아도 드러누워도 먼지가 묻지 않을 만큼 깨끗했다. 사람들의 흰 피부라든가 깨끗한 복장은 바라보기만 해도 정말 기분이 좋았으며 모두 부유하고 영양이 풍족해 보였다. 옌은 아무튼 이 땅에서는 가난한 사람들이 부자들 속에 섞여 있지 않은 것만도 즐겁다고 생각했다. 아 나라에서는 아무런 성가신 일 없이 자유로이 거리에 나가서 걸어다닐 수 있는 것이다. 거지에게 소매를 붙잡히고, 큰 소리로 자비를 베풀라는 요구를 받거나 푼돈을 빼앗기는 일도 없다. 아무도 불편함이 없이 생활을 즐길 수 있었다. 모두들 넉넉하게 살고 있으므로, 마음 놓고 식사를 할 수도 있는 것이다. 그런 나라였다.

이렇게 하여 첫 며칠 동안 옌과 셍은 그저 눈에 띄는 것마다 모두 화려하고 훌륭해서 감탄의 소리를 지를 뿐이었다. 이 나라 사람들은 모두 궁전에 살고 있다 — 그 집들은 처음 보는 두 청년에게는 그렇게 보였다. 이 도시에서는 도심지를 벗어나면 넓은 도로에 큰 가로수가 그림자를 드리우고, 집집마다 높은 담을 쌓을 필요가 없었으며, 어느 집이고 잔디가 옆집 뜰과 바로 이어져 있었다. 도둑맞을 것이 겁이 나서 담을 쌓고 살 필요가 없을 만큼 너나없이 모두 이웃을 믿는 것일까? 옌과 셍에게는 그것이 하나의 경이로움이었다.

이렇게 처음에는 이 도시의 모든 것이 완전 무결한 것으로 여겨졌다. 커다란 사각 건물이 높고 뚜렷하게 금속을 발라 놓은 듯한 푸른 하늘을 구획짓고 있는 것이 그들에게는 마치 신이 살지 않는 장엄한 신전처럼 보였다. 그리고 그 건물들 사이로 도시의 부유한 신사 숙녀들을 태운 몇천 만인지 알 수 없는 자동차가 놀라운 속력으로 달리고 있었다. 걸어다니는 사람들도 있으나 그것도 즐기기 위해서 걷는 것이지 자동차를 탈 수 없기 때문에 그러는 것이 아닌 듯했다. 처음엔은 솅에게 말했었다. 「이렇게 많은 사람들이 몹시 바쁘게 걸어가고 있는데, 무슨 일이 일어난 게 아닐까?」 그런데 한참 보고 있으려니, 사람들이 모두 명랑한 얼굴로 담소하고 있었으며, 귀에 들리는 말소리들도 우울하지 않고 명랑한 것을 깨달았다. 아무데서도 아무런 사고도 일어나지 않은 것이다. 그들은 속도를 사랑하기 때문에 빨리 달리고 있는 것이다. 그들의 기질이었다.

그리고 여기서는 공기나 일광마저 묘한 힘을 갖고 있었다. 그의 모국에서는 공기마저 졸음기를 가져다주기 일쑤여서, 여름에는 자는 시간이 길어지며 겨울에는 밀폐된 방에 처박혀 잠과 따뜻함을 만끽하지 않을 수 없는데, 이 신흥의 나라에서는 바람에도 햇빛에도 맹렬하게 전진하는 힘이 가득 차 있었다. 그러므로 옌도 솅도 자연 평소보다 빨리 걷게 되었다. 해맑은 빛 속에서 사람들은 햇빛 속에 휘날리는 먼지처럼 바쁘게 돌아다니고 있었다.

그러나 모든 것이 신기하고 모든 것이 즐겁기만 했던 첫 이틀 동안에 벌써 옌은 그 즐거움이 생각지 않았던 순간에 줄어드는 것을 느꼈다. 육 년이 지난 오늘날에도, 그것은 극히 사소한 사건이었으나, 그는 그 순간의 일을 완전히 잊지는 못했다. 상륙한 지 이틀째 되는 날, 그와 솅은 많은 사람들이 식사를 하고 있는 한 식당에 들어갔다. 손님들은 그렇게 부자들 같지는 않으나 자기가 먹고 싶은 것을 먹을 수 있을 만한 정도의 사람들인 듯했다. 두 사람이 입구의 문을 들어섰을 때 옌은 그들 백인 남녀들이 자기와 솅을 수상쩍은 듯이 바라보는 것을 느꼈으며, 또 자기와 솅을 피하는 것이 아닌가 하는 생각이 들었다. 하기야 백인에게서는 그들이 즐겨 먹는 치즈 같은 악취라고까지는 할 수 없으나 약간 색다른 냄새가 나므로 옌에게는 사실 그편이 고맙기는 했다. 아무튼 식당 안으로 들어가니 카운

터에 있는 여자가, 이곳 습관인 듯 두 사람의 모자를 받아 다른 많은 모자와 함께 맡아 두었다. 그리고 돌아갈 때 두 사람이 모자를 요구하자 이 여자는 한꺼번에 여러 개의 모자를 내놓았다. 그때 어떤 사나이가 옌이 말을 건넬 겨를도 없이 자기 것인 줄 알고, 갈색의 옌의 모자를 집어 머리에 얹고 성큼성큼 문 밖으로 나가 버렸다. 옌은 바뀐 것을 알고 얼른 뒤쫓아가서 공손히 말을 걸었다. 「여보세요, 선생님 모자는 이겁니다. 제 싸구려 모자와 바뀌었군요. 제가 손을 내미는 것이 늦었나 봅니다. 미안하게 됐습니다.」 그리고 옌은 고개를 숙이고 그 사나이의 모자를 내밀었다.

그러나 별로 젊지 않은 중년의 그 사나이는 여윈 얼굴에 불안하고 교활한 듯한 표정을 띤 채 옌의 말을 조심스럽게 듣고 있더니, 다 듣고 나자 자기 모자를 낚아채듯이 받아쥐고 매우 불쾌한 태도로 자기가 쓰고 있던 옌의 모자를 벗었다. 그리고는 무슨 말인지 한마디를 뱉듯이 뇌까리고 사라져 버리는 것이었다.

옌은 자기 모자를 손에 들고 뒤에 남았다. 그 사나이의 반들반들 빛나는 대머리가 싫었으므로, 아니 그보다 그가 뱉은 더러운 말이 무엇보다도 불쾌했으므로 그 모자를 다시 써야 하는 것이 싫어질 정도였다. 솅이 옆에 와서 물었다.

「어째서 머리라도 한 대 얻어맞은 듯이 멍청하게 서 있나?」

「저자한테 한 대 먹었어. 뜻은 모르지만 그게 나쁜 말이라는 것만은 나도 알아.」

솅은 그 말을 듣고 웃었으나 그 웃음에는 날카로운 노여움이 얼마간 섞여 있었다. 「아마, 이 〈동양의 촌놈아〉라고 했겠지 뭐.」

「나쁜 말이었어, 분명히.」 옌은 그것이 마음에 걸려 시무룩한 표정이 되었다.

「우리는 외국인이야, 여기선.」 하고 솅은 말했다. 그리고 말없이 어깨를 으쓱해 보이더니 다시 말했다. 「어느 나라나 오십 보 백 보야.」

옌은 아무 대답도 하지 않았다. 이 사소한 일로 말미암아 그는 지금까지처럼 유쾌해질 수 없었으며, 무엇을 보아도 진심으로 즐길 수 없게 되었다. 그리하여 완고하고 반항적인 자아를 더욱더 단단히 굳혀 나갔다.
 『왕 후 장군의 아들, 왕 룽의 손자쯤 되는 자가, 비록 몇 백만의 백인 속에 섞여 있더라도 자기를 잃을 수가 있는가. 나는 영원히 나일 뿐이다.』
 그날 받은 마음의 상처를 그는 잊을 수가 없었다. 마침내 셍이 그것을 눈치채고 웃었다. 좀 짓궂은 미소를 띄우면서 셍은 말했다. 「고국이었더라면, 맹이 아까 그런 자에게, 이 양키야! 하고 소리쳤을 거야. 그것을 잊어서는 안 돼. 그러면 감정이 상하는 편은 저쪽이니까 말야.」 그리고 그때부터는 셍이 눈에 띄는 것마다 일일이 가리키면서 쉬지 않고 얘기를 늘어놓았으므로 옌도 간신히 기분을 돌릴 수가 있었다.
 그후부터의 나날…… 그리고 흘러간 세월, 볼 만한 것, 놀라운 일이 참으로 많았으므로 그 조그마한 사건 따위는 잊어버렸다고 말하고 싶지만 사실은 잊을 수 없었다. 마치 오늘 일어난 일처럼 똑똑하게 문득 그 일이 머리에 떠오르면, 그 사나이의 화를 낸 듯한 얼굴이 보이고, 부당하다고밖에 생각할 수 없는 마음의 상처가 육 년 전과 똑같이 아파오는 것이었다.
 그러나 잊지 않았다고는 하지만, 그 기억은 마음의 밑바닥에 묻혀 있을 때가 많았다. 옌도 셍도 유학의 초기에는 수없이 많은 아름다운 경치에 잇달아 접했기 때문이다. 두 사람을 태운 기차가 넘어간 대산악 지대의 기슭의 언덕에서는 온천이 솟고 있는데, 봉우리는 눈이 쌓인 채 높은 창공에 솟아 있었다. 산과 산 사이에는 검은 골짜기 깊숙이 격류가 바위를 훑으며, 물보라를 날리며 흐르고 있었다. 이처럼 처절하게 아름다운 광경에 압도되어 옌은, 이것이 꿈속일까, 화가의 격렬한 정열로 붓 가는 대로 기괴하고 분방한 색채를 그려낸 서양화가 열차 밑에 깔려 있는 것은 아닐까? 아무튼 자기의 고국은 이와 같은 땅과 바위와 물로서 이루어져 있지는 않다고 생각했다.
 산악 지대를 지나고 나니 그 다음에는 여전히 화려한 색채의 낯선 평야와, 몇 개의 나라를 합친 듯한 넓이를 가진 전원이 펼쳐지고,

그 풍요한 대지에서 막대한 작물을 생산해 내기 위해 거대한 짐승 같은 기계가 맹수같이 움직이고 있었다. 그 모양을 옌은 아주 똑똑하게 눈여겨 보았는데 이것은 그에게 있어 풍경 이상의 놀라움이었다. 그는 그 큰 기계를 유심히 바라보면서 고향의 늙은 농부가 그에게 괭이 쥐는 방법과 어김없이 제자리에 떨어지는 괭이의 사용법을 가르쳐 준 일을 생각했다. 그 농부는 지금도 그와 같이 땅을 갈고 있다. 다른 농부들도 모두 마찬가지다. 그리고 옌은 농민들의 조그마한 밭이 저마다 서로 균형을 이루어 정확하게 경작되어 있는 것과, 인분을 모아 두었다가 때를 맞춰 작물의 얼마 안 되는 경작지에 뿌려 푸르고 풍요하게 무르익게 하고, 묘목 하나하나가 결실맺을 수 있는 최대의 수확 방법을 연구하여 한 포기의 보리도 한 자의 땅도 그 가치를 극도로 발휘시키고 있는 것을 생각했다. 그러나 이 나라에서는 한 포기의 보리나 한 자의 땅에 신경을 쓰는 사람은 아무도 없었다. 아마 여기서는 밭은 마일을 단위로 측량하고, 작물의 포기 수 따위는 아무도 세어 보지 않는 모양이다.

이렇게 하여 식당에서의 단 한 사람의 한 마디 말을 제외하면 옌에게는 모든 것이 좋게 생각되고 모든 일이 자기 나라의 것보다 훌륭한 듯이 여겨졌다. 마을은 다 깨끗하고 생활은 풍족했으며, 밭에서 일하는 사람과 도시에 사는 사람과는 서로 다른 옷을 입고 있는 것은 알 수 있었으나 농촌 사람들도 누더기를 걸치지는 않았으며, 이 나라의 가옥에는 흙이나 짚으로 만든 것이 하나도 없었고, 닭이나 돼지가 제멋대로 돌아다니고 있는 곳도 없었다. 이것은 모두 감탄할 만한 일이다 — 적어도 옌은 그렇게 생각했다.

그래도 그 무렵부터 이미 옌은 이 나라의 대지가 자기 나라의 그것과 같지 않고 무언가 이상했으며 야성을 띠고 있음을 깨달았다. 시간이 흐름에 따라 시골길을 걷거나 대학 농장에서 고향 학교에서 한 것처럼 자기 손으로 경작을 하거나 함으로써 그 대지가 어떤 것인가 알게 되자 그 차이가 점점 더 뚜렷해졌다. 이 나라의 백인들을 기르고 있는 땅도 옌의 민족을 기르고 있는 땅과 같은 대지이기는 하나 그것을 상대로 일해 보니 그의 조상이 뼈를 묻은 그 대지가 아니라는 것을 옌은 알았다. 이 토지는 아직 새로워서 인간의 손때가 충분히 묻어 있지 않았다. 그러므로 아직 순화(馴化)되어 있지 않은 것이다. 옌의 고국 땅이 그 위에 사는 인간의 골육이 스며 있는 데 반해 이 나라의 새로운 민족은 아직 흙에까지 스며들도록 많은 사람들이 죽지 않았다. 그렇기 때문에 이 대지는 아직은 그것을 내것으로 만들려고 노력하는 인간보다 강력하고, 그 야성에 감화되어 인간 또한 야성적이고, 예의와 학식이 있으면서도 흔히 그 정신이나 외모에 야만적인 면이 나타나는 것이다.

여기서는 대지가 정복되어 있지 않았다. 삼림에 덮인 산과 산, 일찍이 사람 손이 닿은 적이 없는 거목과 자연 그대로 말라 죽은 나무며 낙엽이 저절로 썩을 대로 썩어 방치되어 있었다. 광막한 평야에는 잡초가 무성하고 짐승들이 마음대로 그 풀을 뜯고 있었다. 또 넓은 도로가 제멋대로 여기저기 뻗쳐 있었다. 이런 것들은 모두 대지가 정복되어 있지 않다는 것을 나타내는 것이다. 사람들은 필요한 것만을 사용하고 있었다. 팔지도 못할 만큼 막대한 수확을 올리고, 수목은 자꾸 베어냈으며, 제일 좋은 밭만 갈고 나머지는 황폐해지는 대로 방치하고 있었다. 그래도 대지는 사용하지 못할 만큼 많았으며 인간보다 아직 더 큰 힘을 갖고 있었다.

옌의 고국에서는, 대지는 정복되고 인간이 그 주인이었다. 산의 수목은 벌써 오래 전에 발가숭이가 되어 버렸고, 지금은 들풀마저 인간의 연료로 깨끗이 베어지고 있었다. 인간은 얼마 안 되는 땅에서 얻을 수 있는 데까지 작물을 짜내고, 대지는 모든 힘으로 인간을 위해 일하지 않으면 안 되는 데다가 그것도 모자라서 거꾸로 인간은 자기 땀과 분비물과 시체를 흙 속에 쏟아넣어 대지의 순수성은 완전히 상실되고 말았다. 인간은 그들 자신들이 토양을 만들고 있는 것이다. 인간이 없었더라면 대지는 벌써 오랜 옛날에 다 소모되어 석녀(石女)처럼 아무것도 낳지 못하게 되어 있었을 것이 틀림없다.

이 새로운 국토와 그 비밀을 생각할 때 옌이 느낀 것은 이런 것이었다. 자기에게 할당된 땅을 갈 때 그가 제일 먼저 생각한 것은, 무엇을 이 땅에 베풀면 수확을 기대할 수 있을까 하는 것이었다.

그런데 이 이국의 대지는 아직 사용된 적이 없어 자력만으로 충분히 기름져 있었다. 얼마 안 되는 것을 투입하는 것만으로 그것은 너무 강한 생명력을 발휘하여 매우 많은 것을 생산해냈다.
 옌의 이 경탄과 부러움에 증오가 섞이게 된 것은 언제부터일까? 육 년째 접어들어 과거를 돌이켜 보니, 그에게 미움의 제 일보를 내디디게 한 것은 모자를 바꿔 쓰고 나간 그 사나이였고 두 번째의 불쾌한 사건은 다음과 같은 일이었다.
 옌과 셍은 일찌감치 헤어졌다. 그 첫 기차 여행이 끝났을 때, 셍은 동포들이 많이 살고 있는 대도시가 무척 좋아져서, 자기처럼 시와 음악과 철학 공부를 좋아하는 사람들에게는 이 도시의 대학이 제일 적당하겠다는 생각을 했다. 게다가 그는 옌처럼 흙에 대한 애착을 조금도 갖고 있지 않았다. 옌은 이 나라에 와서 무엇을 할 것인가 똑똑하게 마음속으로 정해 둔 것이 있었다. 그것은, 그가 전부터 희망하고 있던 것, 농작물을 기르고 땅을 가는 농학의 연구였는데, 이 나라의 부강도 땅에서 나는 수확에 의한 부에 덕입은 바 크다는 것을 상륙 후 곧 믿게 되었으므로 이 결심은 더 확고한 것이 되었다. 그래서 옌은 그 대도시에 셍을 남겨 놓고 자기의 희망을 충족시켜 줄 다른 도시의 대학으로 갔다.
 우선 먼저 옌은 자기가 식사를 하고 잠자는 장소, 이 타향에서 자기 집이라 부를 수 있는 방을 찾지 않으면 안 되었다. 대학에 가니 한 백발 노인이 친절하게 그를 맞이하여 그가 기숙하고 식사할 수 있는 장소를 몇 군데 가르쳐 주었으므로 옌은 그 중에서 가장 좋을 듯한 집을 찾아 나섰다. 그가 벨을 누른 첫 집의 문이 열리자 꽤 나이가 많은, 끔찍스럽게 몸집이 큰 여자가 아무렇게나 노출된 굵고 뻘건 팔을 앞치마로 닦으면서 그 문 앞에 나타났다.
 옌은 이처럼 큰 몸집을 가진 여자를 본 적이 없었으며 첫눈에 도저히 못 견디겠다는 생각이 들었으나, 그래도 정중하게 물었다. 「바깥 주인 계십니까?」
 그러자 여자는 두 손을 허벅지로 내린 채 느릿느릿하게 커다란 소리로 대답했다. 「여기는 내 집이에요. 남자 주인은 없습니다.」 이 말을 듣고 옌은 다른 데로 가기로 했다. 아무리 이국 땅이라도 이런 무서운 여자와 같은 집에서 살 수는 없다는 생각이 들고 게다가 남자 주인이 있는 집에 사는 편이 낫다고 생각했기 때문이다. 정말 믿어지지 않을 만큼 큰 여자였다. 허리도 가슴도 엄청나게 굵었으며, 짧은 머리의 빛깔에 이르러서는 이 여자 이외의 인간의 피부에서도 이런 머리가 나는 일이 있을까 의심이 될 정도였다. 그것은 부엌의 기름이나 그을음으로 약간 색이 바래기는 했으나 화려하고 붉은 빛을 띤 황색이었다. 이 기괴한 머리 밑에 동글동글하게 살찐 얼굴이 역시 붉은 빛이지만 머리 빛과는 다른 자줏빛을 띠고, 날카로운 두 눈이 새로 구워진 도기(陶器)에서 이따금 볼 수 있는 파란 빛을 내고 있었다. 도저히 바라볼 수 없어서 눈을 내리까니, 거기에는 여자의 모양 없게 생긴 두 다리가 버티고 있었다. 이것 또한 참을 수 없어서 그는 대강대강 인사를 하고 나와 다른 데를 찾아가기로 했다.

그러나 뜻밖에도 그후에 찾아간 한두 집에서는 〈방 있음〉이라는 광고가 붙어 있는데도 그는 거절당했다. 처음에는 그 까닭을 알 수 없었다. 어떤 여자는「다 찼어요.」하고 말했지만, 〈빈 방 있음〉이라는 푯말이 걸려 있었으니 거짓말을 하고 있는 것이 분명했다. 그 다음도, 또 그 다음도 마찬가지였다. 마지막으로 겨우 진짜 이유를 알았다. 한 사나이가 무례하게 말한 것이다.「유색 인종에게는 방을 빌려 주지 않기로 하고 있어서 말이야.」처음 옌은 그 뜻을 납득할 수 없었다. 옅은 황색의 자기 피부가 보통 사람의 살빛과 다르다는 것이라든가, 자기의 검은 눈이나 머리칼이 인간의 머리칼과 눈으로 일반화되지 않는 일도 있다는 것을 생각한 적이 없었기 때문이다. 그러나 곧 그는 그 뜻을 이해했다. 그것은, 이 나라의 여기저기서 흑인들을 보았는데, 그들이 백인들로부터 인간 대우를 못 받고 있다는 인상을 받았기 때문이다.

심장의 피가 머리로 확 치솟았다. 그의 얼굴이 거무스레 타는 듯이 되어 가는 것을 보고 사나이는 약간 변명하듯 말했다.「세상이 불경기라서 마누라가 하숙을 쳐서 생활을 도와 주고 있는데, 그럭저럭 하숙인들도 정착을 하고 있는 판에 외국 사람을 넣으면 모두 나가

버린단 말야. 하지만, 외국 사람에게 방을 빌려 주는 집도 있기는 있어요.」 그리고 그가 가르쳐 준 거리와 번지는 옌이 그 무서운 여자를 만난 그 집의 주소였다.

이것이 그에게 증오를 갖게 한 두 번째 사고의 전말이었다. 그는 마음속 깊이 자존심을 감추고 깍듯이 사나이에게 인사하고는, 최초의 집으로 돌아가서 여자의 끔찍스러운 몸집을 외면한 채 방을 보여 달라고 청했다. 조그마한 다락방이었으나 청결했으며 다른 것과 분리되어 있어서 그의 마음에 들었다. 안주인을 안 볼 수만 있다면 이 방으로 충분하다고 생각했다. 여기 같으면 혼자서 조용히 공부를 할 수도 있을 것 같았다. 게다가 천장이 기울어져 있는 것도 재미있었다. 이렇게 하여 그는 이 집에 하숙하기로 결정했으며, 이 방이 육 년 동안 그의 거처가 된 셈이다.

그리고, 사실상 안주인은 겉보기 만큼 나쁜 여자가 아니었으므로 그는 대학에 다니는 동안 줄곧 여기서 살았다. 세월과 더불어 여자는 그에게 친절해졌으며 그도 그 무서운 외모나 천한 태도에 감추어진 그녀의 친절을 이해하게 되었다. 옌은 승려처럼 간소하고 단정하게 살았으며, 몇 가지 안 되는 소지품도 언제나 제자리에 놓여 있었다. 여자는 차츰 그에게 호의를 갖게 되어 이따금 바람 소리 같은 한숨을 쉬면서 말할 때가 있었다. 「왕 씨, 내 아들들이 모두 당신 만큼 똑똑해 주었더라면 나는 이런 여자가 되지 않았을 거야.」

그럭저럭 며칠이 지나자 그는 이 커다란 여자가 거칠기는 하지만 매우 친절한 사람임을 알았다. 그녀의 큰 소리에는 진저리가 쳐졌고, 살갗이 두꺼운 벌건 팔이 어깨까지 드러나 있는 것을·보면 소름이 끼쳤지만, 자기 방에 말없이 사과를 갖다 놓는다든가 할 때면 역시 진심으로 그녀가 고마웠다. 또 식탁 너머로 「왕 씨, 당신을 위해서 쌀밥을 지었지요! 당신들이 평소에 먹는 음식을 먹고 싶을 것 같아서 말야.」 하고 큰 소리로 지껄이는 것도 친절에서 우러나는 것임을 잘 알았다. 그러나 계속해서 그녀는 체면 없이 웃으며 떠들어대는 것이었다. 「하지만, 내가 할 수 있는 것은 기껏해야 쌀밥 정도야. 달팽이라든가, 쥐라든가, 개라든가, 당신들이 잘 먹는 그런 것은 여기선 도저히 장만할 수 없다니까!」
 그런 것은 자기 고국에서도 결코 먹지 않는다고 아무리 항의해도 여자는 귀를 기울이지 않았다. 그렇게 얼마가 지나자 그는 여자가 그런 농담을 할 때는 말없이 미소를 지으면서, 여자가 도저히 다 못 먹을 만큼 억지로 식사를 권하거나, 그의 방을 따뜻하게 해주고 깨끗이 소제해 주거나, 그가 좋아하는 음식을 일부러 애써서 만들어 주거나 하는 친절을 생각하려 했다. 이윽고 그는 여전히 불쾌하기 짝이 없는 그녀의 얼굴을 절대로 보지 않고 그녀의 친절만을 생각하고 있을 수 있게 되었다. 시간이 흐름에 따라 같은 동네에 사는 몇 사람의 동포들을 만나 형편을 들어 보니 더 나쁜 하숙도 많은 듯했으며, 하숙집 안주인이란 대체로 입이 거칠고 식사는 인색한 데다가 인종이 다른 사람들을 경멸한다는 것을 알게 되어, 더한층 자기 하숙의 안주인을 고맙게 생각하게끔 되었다.
 그런데 옌에게 있어서 무엇보다도 이상하기 짝이 없었던 것은 이 추하고 무뚝뚝한 목소리의 여자가 한 번 결혼한 일이 있었다는 사실이었다. 그의 고국 같으면 새시대가 되기 전에는, 젊은 남녀란 시키는 대로 어떤 상대하고든 결혼하지 않으면 안 되었고, 남자는 아무리 추한 여자가 주어지더라도 아내로 맞이하지 않으면 안 되었으므로 그다지 의외라고 할 수 없을는지 모른다. 그러나 이 나라에서는 남자는 자기가 신부를 골랐다. 그렇다면 일찍이 자기 스스로 이 여자를 택한 사나이가 있었다는 이야기가 된다. 그리고 그 남편에 의해서, 남편이 죽기 전에 그녀는 아이를 — 지금 열 일곱 살쯤 되었으며 역시 그녀와 함께 살고 있는 딸을 — 하나 낳았던 것이다.
 그리고 또 하나 신기한 일은, 그 딸이 아름다웠다는 것이었다. 백인 여자에 참된 미인이 있을 수 있다고 생각한 적이 없는 옌은 이 소녀가 머리도 눈도 밝은 색깔을 하고 있기는 하나 미인이라고 부르지 않을 수 없다는 것을 잘 알고 있었다. 그녀는 그녀가 가진 젊음의 마술로, 매우 부드러운 적동색으로 보이는, 어머니에게 물려받은 타는 듯한 붉은 곱슬머리를 짧게 잘라서 모양이 귀여운 머리가 흰 목덜미를 싸고 있었다. 눈도 어머니를 닮았으나 부드럽고 빛이 짙고 더 컸다. 그리고 그녀는 눈썹과 속눈썹을 갈색으로 물들여 어머니의 옅은 빛과는 느낌이 다르게 해놓았다. 입술도 부드럽고 도톰하고 붉었다. 몸은 어린 나무처럼 가늘었으며 손은 두텁지 않았고 날씬한 데다가 긴 손톱을 빨갛게 칠하고 있었다. 그녀의 옷차림은, 옌도 젊은 사나이라서 잘 알고 있었는데, 아주 얇은 것을 걸치고 있었으므로 가는 허리며 조그마한 유방이며 육체의 선의 움직임이 다 투명하게 들여다보였다. 그래서 젊은 남자들이 —— 따라서 옌도, 거기에 시선이 끌리고 있음을 자기 자신도 환하게 알고 있었다. 옌은 그것을 그녀가 눈치채고 있음을 알았을 때 까닭 모르게 그녀가 무서워지고 혐오조차 느껴졌다. 그래서 되도록 무관심한 태도를 가지고, 그녀가 인사를 하더라도 그저 머리를 숙이는 정도로 그쳐야겠다고 생각했다.

그런 그를 안심시킨 것은 그녀의 목소리가 아름답지 않다는 것이었다. 그는 고운 목소리를 좋아했는데 그녀의 목소리는 낮지도 않고 달콤하지도 않았다. 무엇을 말할 때는 언성이 너무 높았으며 오만한 듯 콧소리를 냈다. 그래서 그녀의 자태가 부드러운 데 마음이 움직였을 때라든가 식탁에서 우연히 그녀 옆에 앉아 흰 목덜미에 시선이 갔을 때도 그녀의 목소리가 아름답지 않아서 마음이 놓였다. 그러는 동안에 그는 이 밖에도 자기가 좋아질 수 없는 점을 발견했다. 그녀는 어머니의 가사를 거들기 싫어했으며, 식사 때 어머니가 무언가 식탁에 놓는 것을 잊고 딸에게 갖다 달라고 하면 언제나 혀를 차면서 일어나 「엄마는 언제나 제대로 식탁 준비를 못한다니까, 꼭 무언가 잊어버리거든.」하고 투덜거리기가 일쑤였다. 또 그녀는 자기 손의 아름다움을 소중히 여겼고, 그 손을 버릴까봐 허드렛일에 손대기를 싫어했다.

이렇게 하여 지난 육 년 동안 옌은 자기가 좋아질 수 없는 점이 그녀에게 있는 것을 기뻐하고 언제나 똑똑히 그것을 머리에 새겨 두고 있었다. 그는 그녀의 귀엽고 경망한 손이 자기 옆에서 꼼지락거리는 것을 보면 저것은 게으름뱅이의 손이다, 그녀 자신 이외의 누구를 위해서도 소용 없는 손이며, 젊은 여자의 손답지 않은 손이라고 속으로 생각할 수 있었다. 그러나 옌도 이성에게 정욕을 느낀 경험이 있으므로 때로는 자기가 그녀 가까이에 있는 것이 마음에 걸리지 않는 것은 아니었다. 그러면 그는 이 이국 땅을 밟고 처음으로 들은 그 한 마디 말을 곧 생각하는 것이었다. 그것을 생각하면 그는 자기와 이 처녀가 피를 달리하고 있다는 것, 서로 인연도 관련도 없다는 것을 생각하고, 어디까지나 초연하게 고고한 길을 가는 데 침착한 여유를 되찾는 것이었다.

그리고 그는 『너는 이제 여자가 지긋지긋하지 않은가, 실컷 배신을 당하지 않았는가.』 하고 자기 자신에게 타일렀다. 만일 이 외국에서까지 배신을 당한다면 누가 너를 도와 주겠는가? 여자는 가까이 하지 않는 편이 낫다, 이렇게 생각하고 그는 되도록 이 여자를 보지 않기로 했다. 그녀의 가슴 언저리를 결코 보지 않는 버릇을 길렀다. 그녀는 대담하게도 이따금 그에게 춤추러 가자고 권유하는 일이 있었으나 그는 끈기 있게 줄곧 거절했다.

그러나 그에게도 잠을 이루지 못하는 밤은 있었다. 그는 침대에 누워 그 죽은 여자의 일을 생각하고, 어째서 어느 나라에서나 남자와 여자 사이에는 심한 정열이 타오르는 것일까, 하고 슬프게 — 그러나 동시에 가슴 두근거리는 호기심을 느끼면서 생각하는 것이었다. 그는 마지막까지 그녀를 잘 알지 못했고, 끝에 가서는 그런 심한 꼴을 당했으므로 그것은 요컨대 쓸데없는 의문이었다. 달밤이면 특히 잠이 오지 않았다. 그러다가 그만 잠이 들었는가 하면 금방 눈이 떠져서, 바깥 나뭇가지가 밝은 달빛에 비쳐 창문의 흰 벽에 비쳐진 그림자가 너울거리고 있는 모습을, 드러누운 채 말없이 지켜 보는 때도 있었다. 그리고는 이윽고 초조한 듯 몸을 뒤척이며 눈을 감고 생각하는 것이었다.

『달빛이 너무 밝다. 그 때문에 나는 무언가를, 내가 끝내 맛보지 못한 가정을 동경하고 있는 것이다.』

뭐니뭐니해도 지난 육 년간은 옌에게 있어서는 깊은 고독의 세월이었다. 날마다 그의 고독은 짙어 갔다. 겉으로는 언제나 예의 바르게 누가 말을 걸어 오면 받아서 대답하곤 했으나, 누구에게도 자기가 먼저 인사를 건네는 일이 없었다. 날이 갈수록 그는 새로운 나라의 좋지 않은 풍습으로부터 벗어나고 있었다. 그의 민족적인 긍지, 서구 세계가 아직 열리기 전부터 계속되어 내려온 민족의 무언의 긍지가 그의 내부에서 확고히 형성되어 갔다. 그는 거리에서 자기에게 돌려지는 어리석은 호기심의 시선을 묵묵히 참고 견디는 것을 배웠다. 일용품을 사려면, 머리를 깎고 수염을 깎으려면 이 조그마한 거리의 어느 가게에 들어가야 하는가를 그는 알았다. 가게에 따라서는 그를 손님으로 취급하기를 싫어하는 데도 있었다. 무뚝뚝하게 거절하는 데도 있었고, 물건값을 두 배로 받는 자도 있었으며, 표면으로는 정중하게, 「이 땅에서 장사를 하려면 인기가 중요해서 외국분과는 거래를 하지 않기로 하고 있습니다.」 하고 변명하는 자도 있었다. 그래서 옌은 난폭하게 거절당하거나 정중하게 거절당하거나 잠자코 그 자리를 떠나는 태도를 배운 것이다.

며칠이고 아무와도 말을 하지 않고 견딜 수 있었으므로 마침내 그는 이 분주한 이국 생활 속에 흘러들어온 단 한 사람의 이질 분자처럼 되었다. 이유의 하나는 단 한 사람도 그의 조국에 관해서 묻는 사람이 없었기 때문이다. 백인 남자도 여자도 모두 자기들만의 세계에 몰두해서 살고 있으므로, 다른 나라 사람들이 무엇을 하든지 결코 개의치 않았다. 나라가 다른 외국인을 대하는 기본적인 태도는 으레 무례하기 때문에 일을 잘 못하는 인간이라도 보듯이 관용스러운 미소를 보일 뿐이었다. 같이 공부하는 대학생도, 이발소의 주인도, 하숙집 안주인도, 이를테면 중국인이 모두 쥐나 뱀을 먹고 아편을 피운다든가, 여자는 모두 전족을 하고 있고 남자는 모두 변발을 늘어뜨리고 있다든가 하는 고정 관념에 사로잡혀 있다는 것을 옌은 알았다.

처음 옌은 열심히 이런 무지에서 오는 착오를 고치려고 애썼다. 자기는 쥐나 뱀을 먹어 본 적이 없다고 단언했다. 그리고 아이란이나 그 동무들도 어느 처녀들 못지않게 경쾌하게 댄스를 할 줄 안다고도 얘기했다. 그러나 아무런 소용도 없었다. 그들은 금방 그 얘기를 잊어버리고 전과 똑같은 것을 기억하기 때문이었다. 이것은 옌에게 다음과 같은 결과를 가져다 주었다. 말하자면, 이런 무지에 대한 분노를 느끼는 일이 너무나 깊고 너무나 잦았으므로, 결국 그는 이 나라 사람들이 하는 말에도 옳은 점 진실한 점이 있다는 것을 잊어 버리고, 자기 나라 전체가 해안의 대도시처럼 문화적이며, 처녀들은 모두 아이란과 같은 아가씨들뿐인 것처럼 믿게 되어 버렸던 것이다.

　옌이 토양학을 공부하는 두 강의에서 언제나 자리를 같이 하는 한 학생이 있었다. 그는 농가 출신으로 시골에서 자랐으며 매우 붙임성이 있고 누구에게나 친절한 청년이었다. 옌은 어느 날 우연히 교실에서 그 옆에 앉았다. 옌 쪽에서 말을 건네지 않았는데 청년이 먼저 말을 걸어 왔으며, 그후 교실에서 나와 함께 걷게 되었고 드디어 양지바른 곳에 앉아 잡담을 나누게 되었으며, 어느 날 마침내 그는 함께 산책을 하자고 옌을 청했다. 그때까지 옌은 그런 친절의 표시를 본 적이 없었으므로 이 산책은 뜻밖에도 즐거웠다. 그만큼 그는 고독했던 것이다.
　얼마 안 가서 옌은 이 새로 생긴 친구에게 자기의 신상을 얘기하게끔 되었다. 함께 길가 나무 그늘에 앉아 얘기하고 있을 때 갑자기 청년이 성급하게 말했다. 「너무 형식적인 것은 그만두자. 이제부터 나를 짐이라고 불러 줘. 자네 이름은 뭐지? 왕이라, 옌 왕이군. 나는 번즈야, 짐 번즈.」
　그래서 옌은 자기 나라에서는 성이 앞에 온다는 것, 지금처럼 자기 이름을 부르면 마치 거꾸로 된 기분이라고 설명했다. 이 말을 듣고 청년은 재미있어 하면서 자기 이름을 거꾸로 불러 보고 크게 웃었다.
　이런 부질없는 이야기며 함께 웃는 일이 많아지면서 두 사람의 우정은 자라 이윽고 더 깊은 얘기를 나누게 되었다. 짐은 자기가 여태까지 줄곧 농가에서 자라 온 이야기를 옌에게 하고, 「우리 아버지의 농장은 이백 에이커쯤 되지.」 하고 말했으므로 옌은, 「그럼 자네 부친은 부자시군.」 하고 말했다. 그러자 짐은 놀라면서 그의 얼굴을 보고, 「여기서는 그까짓 것은 보잘것없는 농장이야. 자네 나라에서는 그만 해도 큰 편이야?」하고 물었다.

여기에는 옌도 솔직하게 대답하지 않았다. 상대편의 경멸을 살 것이 싫어서, 자기 나라의 농가가 얼마나 소규모라는 것을 차마 말하지 못하고 그저 이렇게만 대답했다. 「우리 조부는 그것보다 더 큰 농장을 갖고 있어서 부자라는 소리를 들었소. 하지만, 우리 나라는 땅이 기름져서 더 작은 토지라도 생활에는 곤란하지 않아.」

그런 것으로부터 그는 도시에 있는 큰 저택이며 아버지 왕 후에 관해서 이야기를 옮겨 갔다. 아버지를 군벌의 거두라고 말하지 않고 장군이라 불렀다. 그는 또 해안의 대도시며 노부인, 누이 아이란과 아이란이 즐기고 있는 근대적인 향락 생활에 관한 것 등을 이야기했다. 그리하여 날마다 짐이 열심히 여러 가지 묻는 대로 옌은 자기가 어느새 다변이 되어 있는 것도 깨닫지 못하고 온갖 얘기를 했다.

옌은 이야기하는 것이 유쾌했다. 이국에서의 고독한 생활, 자기의 상상 이상으로 고독한 생활인 데다가, 그에게 가해지는 온갖 모욕도 누가 물으면 그런 것은 아무렇지도 않다고 심상하게 대답했었지만 결코 아무렇지도 않지는 않았기 때문이었다. 그의 긍지는 몇 번이나 상처를 입었는데, 여태까지의 그는 그와 같은 대우에 익숙해 있지 않았다. 그러던 것이 백인 젊은이와 함께 앉아 자기의 민족, 자기의 가문, 자기 나라의 영광을 계속 이야기하고 있으니 그의 마음도 가라앉았다. 짐이 경탄하며 눈이 둥그래지는 것을 보는 것은 그의 마음의 상처를 치료하는 좋은 약이 되었다. 짐은 진심으로 겸손하게 그에게 말하는 것이었다.

「자네 눈으로 보면 우리는 무척 가난뱅이겠군. 장군의 아들로 많은 하인들을 부리고……. 나는 여름 방학에 자네를 집에 초대할 생각이었는데, 자네 고향 얘기를 듣고 보니 말을 꺼내지 못하게 될 것 같은데!」

그래서 옌은 정중하게 인사하고 품위있게 대답했다. 「나는 자네 아버님의 저택이 틀림없이 크고 즐거울 줄 알고 있네.」 그리고 그는 상대편이 감탄해 하는 모습에 속으로 만족을 느꼈다.

그런데, 이러한 대화는 옌의 마음속에 남몰래 하나의 열매를 맺게 했다. 그는 자기도 깨닫지 못한 채 자기의 조국을 자기가 얘기하고 있는 바로 그대로 보게 된 것이다. 그는 자기가 왕 장군의 전쟁과 그 물욕에 좌우되는 군대를 미워한 것을 잊고, 어느새 왕 후 장군을 훌륭한 홀에 의젓하게 앉아 있는 위풍 당당한 장군으로 생각하게 되었다. 또 그는 왕 룽이 살고 있던 조그마한 마을과, 거기서 조부가 먹는 둥 마는 둥하는 극빈으로부터 노동과 두뇌로 간신히 입신한 것을 잊고, 자기가 어릴 때 본, 조부가 도시에 세운 넓은 정원이 딸린 큰 저택만을 마음에 그렸다. 고국의 수없이 많은 낡고 조그마한 흙벽집 —— 진흙 벽, 짚을 이은 지붕의 그러한 집에 가난한 가족들이 살고, 때로는 가축까지 함께 잡거하고 있다는 것을 잊고 해안의 대도시와 그 호사와 환락의 거리만을 똑똑하게 기억했다. 그래서 짐이, 「자네 나라에도 여기와 같이 자동차가 많이 있나?」라든가, 「자네 나라의 집도 우리 나라의 집과 마찬가진가?」 하고 물었을 때 옌은 천연덕스럽게, 「있고말고, 모두 있지.」 하고 대답하는 것이었다.

거짓말을 한 것은 아니다. 어느 정도까지 그는 진실을 말한 것이며, 또 보기에 따라서는 날이 감에 따라 먼 고국이 점점 더 완전한 것으로 보이게 되었다는 의미에서, 그는 전혀 거짓 없는 진실을 말하고 있는 것으로 믿고 있었던 것이다. 그는 아름답지 않은 것, 어디서나 볼 수 있는 빈곤 따위는 완전히 잊고 있었고, 세계에서 다만 한 군데 자기 나라만은 농민들이 모두 정직하고 만족해하고 있으며, 하인들은 모두 충실하고, 주인들은 모두 친절하며, 자식들은 부모에게 효성스럽고, 처녀들은 정숙하고 겸손하기만 하다고 여겼던 것이다.

먼 조국에 대한 이런 믿음이 너무나 강해져서, 그는 마침내 어느 날, 이 신념의 힘에 끌려 공식 석상에서 자기 나라의 변호를 하게 되었다. 그것은 이 도시 사람들이 교회라고 부르는 사원에, 오랫동안 중국에 살고 있던 미국인이 와서 중국의 영화를 보여 주며 그 주민과 풍속에 관해 강연했을 때의 일이다. 종교를 믿지 않는 옌은 아직 한 번도 이 이국의 사원에 들어가 본 적이 없었으나, 그 미국인의 말을 들을 겸 보여 준다는 영화도 보고 싶어 그날 밤 그 사원으로 갔다.
　이윽고 군중 속에 옌도 자리를 잡았다. 처음 보는 순간부터 옌은 그 연사가 마음에 들지 않았다. 그 인물이, 말로는 들었으나 아직 본 일이 없는 선교사라는 종류의 인간이라는 것을 깨달았기 때문이다. 소년 시절 군관 학교에서 배운 바로는 선교사란 종교를 팔고 외국에 가서 민중을 현혹시켜 어떤 비밀 목적으로 자기 종파에 끌어들이는 자들이라고 했다. 그 목적이 무엇인가는 여러 가지로 상상은 되었으나 아무도 확실하게 몰랐다. 아무튼 사람이 아무런 목적도 없이 낯선 타국을 위해 자기 나라를 떠나올 까닭이 없는 것만은 확실하다는 것이었다. 지금 그 키 큰 연사가 무뚝뚝한 표정을 하고 일어났다. 햇빛에 그을린 얼굴에 눈이 푹 꺼져 있었다. 그는 이야기하기 시작했다. 옌의 나라의 빈민에 대해서, 기근에 대해서, 곳에 따라서는 계집애를 나면 죽인다는 것과, 형편없는 판잣집에 살고 있다는 것, 그리고 음산하고 불결한 상태 등에 관해서 그는 얘기했다. 옌은 끝까지 듣고 있었다. 다음에 연사는 영화를 보여 주었다. 그것은 모두 그가 실지로 보고 온 광경이라고 했다. 옌은 거지가 스크린에서 가엾은 소리로 구걸하는 것을 보았다. 얼굴이 문드러진 문둥 병자, 주린 배가 부풀어오른 거지 아이, 좁고 지저분한 거리와 힘에 겹게 무거운 짐을 진 노동자들을 보았다. 온실에서 자란 옌이 본 적도 없는 비참한 정경이 스크린에 잇달아 나타났다. 마지막으로 연사는 무거운 목소리로 말했다. 「보시다시피 이 가엾은 나라에는 그리스도의 복음이 필요합니다. 우리는 여러분의 기도를 바랍니다, 여러분의 성금을 바랍니다.」 이렇게 말하고 자리에 앉았다.
　그러나 옌은 이제 더 참을 수가 없었다. 무지한 외국의 군중들의 응시 앞에 자국의 결함이 폭로되는 것을 보고, 부끄러움과 슬픔이 뒤섞인 분노가 가슴속에 치밀어오르는 것을 느끼면서 여기까지 참아온 것이다. 아니, 결함뿐이 아니다. 그 자신이 연사가 말한 것 같은 것은 본 적이 없었다. 그에게는 이 폭로하기를 좋아하는 선교사가 나쁜 데만 샅샅이 찾아내어 서양인의 차가운 눈 앞에 들추어 내놓았다고밖에 생각할 수 없었다. 이와 같이 잔인하게 폭로해 놓고 마지막으로 이 연사가 희사를 애걸한 것을 옌은 한층 더 심한 모욕으로밖에 생각할 수 없었다.

옌은 노여움 때문에 자기 자신을 잊었다. 그는 자리에서 튀어일어나 앞줄의 걸상을 두 손으로 움켜쥐고 큰 소리로 외쳤다. 눈에는 불꽃이 활활 타고 얼굴은 빨갛게 상기됐으며, 온몸이 부들부들 떨리고 있었다. 「저 사람의 얘기도, 방금 본 그 사진도 모두 거짓입니다! 우리 나라에는 그따위 것은 없습니다! 그런 광경은 내 자신도 본 적이 없습니다. 문둥이 따위는 본 적이 없습니다. 굶주린 어린애도, 그렇게 지저분한 집도 본 적이 없습니다! 우리 고향 집에는 수십 개의 방이 있습니다. 그런 집이 얼마든지 있습니다. 저 사람은, 여러분한테서 돈을 긁어내기 위해 거짓을 날조한 것입니다. 나는, 나는 내 조국을 위해서 말하겠습니다! 우리는 저런 사람을 필요로 하지 않습니다. 여러분의 돈도 원치 않습니다. 여러분한테서 아무런 적선도 받고 싶지 않습니다.」

옌은 이렇게 소리치고 울음이 터져나올 것 같아 입을 다물고 자리에 앉았다. 청중은 이 뜻밖의 사건에 놀라 조용해졌다.

연사는 씁쓸한 웃음을 띠고 그의 말을 듣고 있더니 천천히 일어나서 부드럽게 말했다. 「거기 그 젊은 분은 새시대의 학생인 모양이군요. 젊은 분에게 내가 말하고 싶은 것은, 나는 지금 보여 드린 빈민 속에서 내 생애의 태반을 보냈다는 사실입니다. 당신도 조국에 돌아가시거든 내가 살고 있는 변두리 소도시에 한번 찾아오십시오. 이와 같은 실증을 모두 보여 드릴 테니까……. 그럼, 기도를 드리고 폐회하기로 할까요?」

그는 이 허위에 찬 기도 따위를 듣고 있을 수 없었다. 그는 일어나서 비틀비틀 밖으로 나왔다. 바로 뒤에서 몇 사람씩 짝을 지어 집으로 돌아가는 발자국 소리가 들렸으며, 그날 밤 이국에서 받은 세번째 굴욕이 그를 기다리고 있었다. 두 사람의 남자가 옌인줄 모르고 앞질러 걸어갔는데, 그 중 한 사람이 말했다. 「드문 일이군, 중국인이 일어서서 항변을 하다니. 대체 어느 쪽 주장이 옳을까?」

그러자 다른 한 사람이 대답했다. 「아마 양쪽 다 옳을지 모르지.

하나의 얘기를 끝까지 믿는 것은 위험해. 하지만, 외국인이 어쨌거나 상관없지 않은가. 우리와는 아무 관계도 없는 일이야!」 그리고 그 사나이는 하품을 했으며 그의 친구는 무관심하게 말했다. 「하긴 그래. 내일은 비가 오겠군.」 그대로 그들은 걸어가 버렸다.

 듣고 있던 옌은 두 사나이의 무관심함에 더욱 마음이 상했다. 설혹 선교사의 말이 옳았다 하더라도 그들은 관심을 가져야 했고 그것이 거짓말이니만큼 더더욱 진실을 알고 싶어해야 옳지 않은가 하고 그는 생각했다. 분노를 가슴에 품은 채 그는 침대에 들어가 몇 번이나 몸을 뒤치면서 노여움으로 눈물마저 흘렸다. 그리고 이 나라 사람들에게 자기 나라의 위대함을 가르쳐 주기 위해서 좀더 무언가 해야겠다고 속으로 맹세했다.

 이런 일이 있은 뒤 옌의 마음을 달래 준 것은 새로운 친구 짐이었다. 그는 이 소박한 시골 청년과 만나면 마음이 편해져서 자기 국민에 대한 뜨거운 신뢰를 이 젊은이에게 감추지 않고 얘기했다. 자기 조부의 고귀한 정신을 일러 주었으며, 오늘날까지도 국민의 살아갈 신조를 형성하여, 이 나라에서처럼 음탕과 방자가 없는 훨씬 아름다운 나라로 만들어 준 성현의 가르침에 대해서 얘기했다. 그곳에서는 남자든 여자든 절도를 지키고 선량한 질서를 유지한다. 그 선량 속에서 아름다움이 태어난다. 그들에게는 이 나라에서처럼 법률 따위가 필요 없다. 여기서는 아이들조차 법률로 보호되고 여성도 법의 비호가 없으면 위험하지 않은가. 자기 나라에서는 ─ 하고 옌은 진심으로 확신하며 말했다 ─ 아이들이 피해를 받지 않기 위한 법률이라든가, 아이들을 해친 인간을 벌줄 법률 따위는 필요 없다 ─ 그 순간에는 노부인한테서 들은 아이를 버리는 일 같은 것은 까맣게 잊고 있었다 ─ 또 그는 여자는 가정에 있기만 하면 언제나 안전하며 존경받는다고 말했다. 「그럼, 여자의 발을 묶는다는 건 사실이 아니군?」 이렇게 백인 젊은이가 질문하자 옌은 우쭐대며 대답했다. 「그것은 오래 된 낡은 습관이야. 자네 나라에서도 여자가 허리를 꽉 졸라맨 적이 있잖아. 이제 그건 과거지사야, 어디 가도 볼 수 없네.」

 이렇게 그는 조국의 변호를 위해서 일어섰으며 그것이 그의 큰 목적이 되었다. 그 때문에 그는 이따금 맹을 생각할 때가 있었으며, 이제야 그의 진가를 아는 듯했다. 『맹은 옳았다. 우리 나라는 몹시 모욕을 당하고 천대를 받고 있다. 이제야말로 우리는 힘을 합해서 조국을 받들지 않으면 안된다. 맹, 역시 너는 나보다 올바르게 진실을 보고 있었어. 이 말을 너한테 하고 싶구나.』 맹에게 편지를 써서 이것을 알리고 싶었으나 그의 주소를 알 수 없어 옌은 유감으로 생각했다.

　아버지에게는 편지를 낼 수 있었으므로 그는 가끔 편지를 썼다. 이제 그는 전보다 상냥한 말투로 자상하게 편지를 쓸 수 있었다. 조국에 대한 새로운 사랑이 가족에 대한 애정을 깊게 해준 것이다. 그는 이렇게 썼다.

　　저는 때때로 고향에 가고 싶어 못 견딜 것 같습니다. 내 나라 만큼 좋은 나라는 없다는 생각이 듭니다. 우리 나라의 생활 양식, 우리 나라의 요리는 세계 제일입니다. 귀국하면 저는 당장 기꺼이 집으로 돌아가겠습니다. 제가 이곳에 머물고 있는 것은 다만 배울 것을 배우고 나라를 위해 그것을 유용하게 쓰고 싶은 생각에서일 뿐입니다.

　그리고 이어 아들이 아버지에게 표시하는 의례적인 인사를 덧붙이고 봉하여 우표를 붙이고 한길가의 우체통에 넣으러 갔다. 그것은 주말의 휴일 밤이었으며, 거리에는 불이 밝게 켜져서 젊은 남자들이 큰 소리로 마구 노래를 부르며 떠들어대고 있는가 하면 젊은 여자들도 함께 어울려 웃고 소리치고 있었다. 이런 난잡한 풍경을 잠시 바라보고 옌은 냉소로 입술을 일그러뜨렸으며, 상념은 편지 뒤를 좇아 아버지가 혼자 살고 있는 집의 무거운 정적 속으로 날아갔다. 적어도 아버지는 몇백 명이나 되는 병졸들을 거느리고 있다. 적어도 군벌의 수령으로서 자기가 믿는 규범에 따라 살아가고 있다. 전에 몇 번이나 보았듯이, 왕 후 장군이 호랑이 가죽에 등을 의지하여 숯불이 활활 타고 있는 구리 화로를 앞에 놓고, 호위 병사들을 거느린 채 왕자처럼 당당하게 나무 조각을 한 커다란 의자에 앉아 있는 모습이 생생하게 눈에 떠올랐다. 그때 옌은, 야비한 소란 속에서 —— 요란스런 노래 소리며 댄스 홀에서 흘러나오는 외설스럽고 오직 시끄럽기만 한 음악 속에서, 일찍이 느껴 본 적이 없을 만큼 자기가 속해 있는 민족에 대한 커다란 긍지를 느꼈다. 나는 주위의 인간들보다 우월하다. 역사가 오랜 왕가의 혈통을 이어받고 있다. —— 이렇게 생각하면서 고독한 자기 방으로 돌아가 오로지 독서에 몰두했다. 그가 증오를 가슴속에 간직한 세 번째의 사건이 이것이었다.

네 번째의 사건은 다른, 좀더 가까운 원인에서 얼마 후에 일어났다. 그것은 새로 생긴 그 친구가 도화선이었다. 두 젊은이의 우정은 전보다 열이 식었으며 옌의 화제는 냉정하고 서먹서먹한 것이 되어 공부에 관한 얘기라든가 교수들한테 배운 것에 한하게 되었는데, 그것은 짐이 옌의 하숙에 찾아오는 것이 자기를 만나기 위해서가 아니라 하숙집 딸을 보러 온다는 것을 옌이 알았기 때문이었다.

일의 발단은 아주 사소한 것이었다. 옌은 어느 날 밤 비가 와서 습관이 되어 있는 산책도 할 수 없고 하여 새로운 친구를 자기 방으로 데리고 갔다. 하숙집에 들어가자 앞쪽에 있는 방에서 음악 소리가 들리고 문이 약간 열려 있었다. 축음기를 틀고 있는 것은 하숙집 딸이었으며, 그녀가 문이 열려 있음을 알고 있다는 것은 분명했다. 짐은 안을 들여다보고 처녀를 보았다. 처녀도 짐을 보고 그 매혹적인 시선을 던졌다. 짐은 그것을 깨닫고 옌에게 말했다.「저런 빗치(암캐)가 있는데 어째서 자네는 잠자코 있었나?」

옌은 짐의 천한 눈초리를 보고 참을 수가 없어 냉정하게 대답했다.「자네가 무슨 말을 하고 있는지 나는 모르겠군.」그러나 빗치란 말은 알 수 없었지만 다른 말은 다 알 수 있었으므로 옌은 매우 불쾌했다. 나중에 얼마간 부드러운 기분으로 그 일을 생각하고, 그런 일은 잊어버리자, 그따위 계집애에 관한 일로 우정을 상하게 한다는 것은 좋지 않은 일이다, 이 나라에서는 그같은 일을 아주 가볍게 생각하니까, 하고 자신에게 타일렀다.

그러나 두 번째 그 일이 있었을 때, 아니 있었다고 옌이 생각했을 때, 그는 울고 싶도록 깊은 상처를 입었다. 어느 날 밤 늦게까지 공부할 생각으로 밖에서 야식을 먹고 돌아와 보니 하숙인들이 공동으로 쓰는 응접실에서 짐의 말소리가 들렸다. 그때 옌은 매우 피로해 있었고, 종서(縱書)를 읽는데 익숙한 눈에는 피로하기 쉬운 횡서(橫書)로 된 양서를 장시간 읽어서 눈에 아픔을 느끼고 있던 참이라, 친구의 목소리를 듣자 반가운 생각이 들어서 한 시간쯤 이야기나 할까 하고 생각했다. 그래서 조금 열려 있는 문을 열고 기쁜 듯이, 그로서는 드물게 개방적인 기분으로 소리쳤다. 「여어, 짐, 지금 돌아왔네. 내 방으로 가세.」

보니 방안에는 두 사람뿐이었다. 짐은 마침 얼빠진 듯한 웃음을 얼굴에 띄우고 과자 상자인 듯한 것을 끄르려 하고 있었으며, 그의 앞 깊숙한 의자에는 흐트러진 아름다움을 보이며 하숙집 딸이 앉아 있었다. 옌이 들어오는 것을 보자 여자는 그를 쳐다보고 붉은 곱슬머리를 뒤로 넘기면서 놀리듯이 말했다. 「이 사람은 오늘 나를 만나러 온 거예요, 왕 씨.」 그리고 두 청년의 얼굴을 번갈아 바라보고 있는 동안에 옌의 볼은 핏기가 오르고 차츰 거무스름해졌으며, 아무 스스럼도 보이지 않던 그 얼굴이 순식간에 서먹서먹해지고 어색해졌다. 짐은 뻘개진 얼굴에, 내가 하고 싶은 것을 하는데 무엇이 나쁘냐는 듯이 적의를 띠었다. 여자는 손톱을 빨갛게 물들인 손을 흔들면서 토라진 듯이 소리쳤다.

「하지만, 좋아요, 짐이 가고 싶으면 가도 좋아.」

두 청년 사이에 무거운 침묵이 흘렀다. 여자가 소리내어 웃었다. 이윽고 옌이 조용히 말했다. 「물론, 짐이 하고 싶은 대로 하면 됩니다.」

그는 짐의 얼굴이 보기 싫어져서 이층으로 올라가 조용히 문을 닫고 한참 동안 침대에 걸터앉아, 자기 마음에 솟아오르는 질투의 괴로움과 노여움을 이리 생각하고 저리 생각하고 했다. 무엇보다도 짐의 보기 흉한, 호인다운 얼굴에 떠 있던 바보스러운 표정을 잊을 수가 없었으며, 그 표정에 대한 반감을 누르지 못해 그의 마음은 불쾌해서 견딜 수 없었다.

그후부터 그는 전보다 더 고고한 태도를 취하게 되었다. 백인 남자나 여자는 전에 들어 본 적이 없을 만큼 자제심이 없고 짐승 같은 욕망이 강한 인종이며, 마음속에 생각하는 것이라고는 모두 이성에 대한 음탕한 것뿐이라고 그는 자신에게 말했다. 이렇게 생각할 때 곧 그의 머리에 떠오른 것은 그들이 잘 보는 영화였다. 큰 거리에 화려하게 내어걸린, 무언가 바라는 듯 언제나 거의 발가벗은 여자만 그려 놓은 간판 그림이었다. 밤늦게 돌아올 때 어두운 길모퉁이에서 야비한 광경을 안 본 적이 있었던가, 하고 그는 잔뜩 증오심에 불을 지폈다. 남자가 여자를 껴안고 서로 꼭 포옹한 채 음탕한 모양으로 서로의 손을 만지고 있는 광경으로 온 거리가 차 있는 것이다. 옌은 그러한 광경에 구역질을 느끼고, 이 저속하기 짝이 없는 양상을 보는 것을 자기 뱃속도 참지 못해 한다고 생각했다.

그 일이 있은 후 그는 다시 짐과 가까이하지 않았다. 짐의 목소리가 집안 어디선가 들려 오면 그는 혼자 중얼거리며 계단을 올라가 자기 방에서 독서에 잠겼다. 짐이 따라 들어와도 서먹서먹하게 대했다. 짐이 어쩌면 이렇게 태연스레 자기 방에 들어올 수 있는지 옌은 이해할 수 없는 기묘한 일로 여겨졌다. 짐은 하숙집 딸에 대한 자기의 감정이, 전부터 계속되어 온 옌에 대한 우정에는 아무런 방해가 되지 않는다는 듯이 여전히 명랑하고, 옌이 쌀쌀하게 그다지 말을 하지 않게 된 것도 깨닫지 못하는 듯했다. 하기야 때로는 옌도 여자의 일을 잊고 편안한 기분으로 잡담을 나누며 가볍게 짐을 놀려 주곤 하는 때가 있기는 있었다. 그러나 적어도 이제는 짐이 오기 때문에 응대할 뿐이었다. 전처럼 그를 만나고 싶다는 적극적인 기분은 이제 가질 수 없었다. 옌은 조용히 자기에게 말했다.『짐이 만나고 싶으면 나는 여기 있다. 내 기분이 변한 것은 아니다. 저쪽에서 나를 찾는다면 저쪽에서 여기 오게 하면 된다.』그러나 변하지 않았다고 입으로는 말해도 그는 변했다. 그는 다시 고독해진 것이다.

옌은 기분을 풀기 위해 거리나 대학에 대해서 자기 마음에 들지 않는 일에 주의를 기울이게 되었다. 그리하여 그의 마음에 들지 않는 것은 어떤 사소한 일이라도 그의 빨갛게 껍질이 벗겨진 마음에 칼처럼 날카로운 상처를 입혔다. 그는 거리에서 군중이 지껄이는 말을 듣고, 그 목소리도 여운도 가시가 돋친 듯하여, 자기 나라 말의 흐르는 물처럼 매끄러운 것과는 거리가 멀다고 생각했다. 학생들의 얼빠지고 뻔뻔스러운 표정, 교수 앞에서 우물쭈물하는 말투의 무례를 마음에 새겼다. 그때마다 그는 점점 더 자기 자신에 신경을 쓰게 되었으며, 타국 말이기는 했으나 회화를 더 완전하게 하고, 학업에서도 그들 이상의 훌륭한 성적을 올리며, 그것은 나라를 위하는 것이라고 생각하는 것이었다.

그가 모르는 동안에 백인을 멸시하게 된 것은 그들을 경멸하는 마음이 그의 가슴속에 숨어 있었기 때문인데, 한편으로는 그들의 생활, 부(富), 주택, 커다란 건물, 그들이 이룩한 많은 발명, 공기와 바람과 물과 빛의 과학에 대한 그들의 학문 등, 모든 것에 선망을 느끼지 않을 수 없었기 때문이기도 했다. 그들의 박식과 예지, 이에 대한 그 자신의 감탄마저 오히려 그들을 싫어하게 만드는 원인이 되었다. 어째서 그들은 그토록 우수한 지위를 확보해 놓았으며, 그 우수함을 어쩌면 그토록 확신하며 그들을 이렇게 미워하고 있는 것조차 느끼지 못하게 하는 것일까? 어느 날 그는 도서관에서 한 권의 놀라운 책을 앞에 놓고 생각에 잠겨 있었다. 그 서적은 식물의 몇 대에 걸친 생태를, 종자가 땅에 심어지기 전에 예상할 수 있는 것을 분명히 그에게 지적하고 있었다. 그것은 발육의 법칙이 똑똑히 알려져 있기 때문이었다. 그것은 옌에게는 참으로 놀라운 일이었으며, 인간의 보충 지식과는 너무나 거리가 먼 것이었으므로 저도 모르게 속으로 은밀한 탄성을 소리내어 외칠 뻔했다. 그러나 그때도 그는 냉정한 기분으로 생각했다. 『우리 국민은 세계가 아직 밤이라 생각하고 모두 자고 있는 줄 알고 커튼을 내린 채 긴 단잠을 즐겨 왔다. 그런데 밤은 이미 오래 전에 밝아져서 서양인들은 일어나 일을 하고 있었던 것이다⋯⋯. 우리는 이 긴 세월 동안에 잃어버린 것을 과연 되찾을 수 있을 것인가?』

이리하여 옌은 지난 육 년간 깊은 절망에 빠졌으며, 이 절망이 그의 마음에 아버지 왕 후가 처음으로 가졌던 생각을 불어넣었다.

옌은 지금까지 일찌기 의식하지 못했던, 국가의 발전을 위해 일신을 내던지겠다는 결심을 하게 되었으며, 이 결의는 이윽고 그로 하여금 자기 일신을 잊게까지 했다. 그는 이 나라 사람들 속에 섞여 길을 걸어갈 때나 말을 할 때나 이제 자기를 한 사람의 왕 옌으로 보지 않고 자기가 속하는 그 자체, 이국에서 전민족을 대표하는 자로서 보게 되었다.

옌이 아직 젊어서 이와 같은 사명을 완수하기에 충분하지 못하다는 것을 그로 하여금 느끼게 할 수 있었던 사람은 셍뿐이었다. 셍은 지난 육 년 동안 자기가 좋아서 살아 온 그 대도시를 한 걸음도 떠나려 하지 않았다.「왜 여기서 움직일 필요가 있나?」하고 그는 말했다.「평생을 배워도 다 배우지 못할 것이 여기 있는데. 나는 많은 땅을 조금씩 알기보다 이 도시를 깊이 알고 싶다. 이 도시를 알면 이 나라의 인간을 알게 돼. 왜냐하면, 온 아메리카는 이 도시를 통해서 얘기하고 있기 때문이야.」

그래서 셍은 옌이 사는 곳으로 갈 생각은 없었으나 옌을 만나보고는 싶었다. 옌은 셍의 매력과 해학에 찬 편지의 권유에 못이겨 셍한테서 여름 방학을 보내게 되었다. 그는 셍이 빌려 든 좁은 방에 묵으면서 그곳에 모여드는 사람들의 온갖 얘기를 들었다. 때로는 참견을 할 때도 있었으나 대개는 잠자코 듣기만 했다. 셍은 얼마 안 가서 옌이 좁은 세계에 들어박혀 너무나 외톨이로 살고 있는 것을 알고 옌의 사고 방식을 비난하기 시작했다. 옌에게는 상상 밖이랄 만큼 뜻밖의 날카로운 비판이었다. 그것은 좀더 견문을 넓혀야 한다는 충고였다.

「우리는 고국에 있을 때 서적을 숭배했다. 그런데 그 결과는 지금 네가 보는 그대로다. 이 나라 사람들은 세계의 어느 민족보다도 서적에 관심을 기울이지 않는다. 생활에 도움이 되는 것에만 관심을 갖는다. 그들은 학자를 숭배하지 않고 오히려 얕잡아보지. 그들이 지껄이는 농담의 절반은 교사를 재료로 한 거야. 급료도 소사에게 지불하는 것보다 적을 정도다. 그렇다면, 그러한 늙은 선생들로부터 이 나라 사람들의 비밀을 알 수 있다고는 생각되지 않아. 또 농부의 아들들한테서 배우는 것만으로 충분하다 할 수도 없잖아. 옌, 너는 너무 편협해. 너는 한 가지 일, 한 사람의 인간, 한 군데의 장소에만 달라붙어서 다른 곳은 모두 놓치고 있는 거야. 어느 나라 국민보다도 이 나라 사람들은 서적 안에서는 이해하질 못해. 그들은 자기들 도서관에 온세계의 책을 모아 놓고 마치 밀이나 돈을 모아 놓고 사용하듯 그것을 사용하지 — 책은 그들이 가진 계획을 위한 자료에 지나지 않는 거야. 옌, 너는 만 권의 책을 읽더라도 그들의 번영의 비밀을 알지 못할 거다.」

이러한 것을 셍은 몇 번이나 되풀이해서 옌에게 말했으며 옌은 셍의 침착함과 명석함에 감탄하며 듣고 있다가 마지막에 물었다. 「그렇다면, 형, 더 잘 알기 위해서 난 어떻게 하면 좋지?」 그러자 셍이 대답했다. 「모든 것을 보는 거야. 어디든지 가고 되도록 여러 층의 사람들과 사귀는 거야. 너의 그 조그마한 밭을 잠시 내버려두고, 책에서도 떠나는 거야. 나는 이제 네가 배운 것을 다 들었다. 이번에는 내가 배운 것을 보여 줄 차례구나.」

셍의 태도는 참으로 능숙했다. 화술도, 담배의 재를 떠는 모양도, 날렵한 상아빛 손끝으로 기름을 발라 단정한 검은 머리를 쓸어올리는 모습도 모두 자신 만만해서, 옌은 그만 자기가 마치 호박처럼 흙냄새 나는 인간인 것 같은 느낌이 들었다. 정말 셍은 무슨 일에 있어서나 자기보다 훨씬 잘 알고 있는 모양이다. 훤칠한 키에 꿈 많은, 귀여운 청년이었던 시절에 비하면 셍도 이 얼마만한 변화인가! 불과 이삼 년 동안에 그는 준수하고 활기에 넘치는 사나이가 되어 자기의 능력과 용모에 자신을 가진 한창 때의 인간이 되어 있었다. 그 어떤 열기가 그를 움직인 것이다. 이 새로운 나라의 전류 같은 공기에 닿아 그의 한가하고 느릿한 면이 사라져 버린 듯했다. 이 나라 사람들과 마찬가지로 그는 잘 움직이고 잘 지껄이고 잘 웃었는데, 그 발랄함 속에도 역시 한(漢)민족의 아취와 깊이와 여유가 남아 있었다. 그리고 현재의 셍의 처신을 보면 볼수록 옌은 이만큼 세련됨과 재능을 아울러 갖춘 사나이는 달리 없을 것이라고 생각했다. 그는 진정 공손한 기분으로 물었다.

「형은 지금도 시나 소설을 쓰고 있어?」
 셍은 명랑하게 대답했다.「응, 전보다 더 열심히 쓰고 있지. 시집을 낼 만큼 많이 써 놨어. 시뿐만이 아니라 소설도 썼는데 지금까지 쓴 소설로 한두 가지 상도 탈 것 같애.」셍은 조금도 오만하지 않게, 그러면서도 그가 잘 터득하고 있는 확신에 찬 태도로 말했다. 옌은 잠자코 있었다. 그에 비하면 자기는 아무것도 하지 않은 듯한 기분이 든다. 자기는 이 나라에 처음 왔을 때와 마찬가지로 우둔하다. 친구도 없다. 지난 몇 해 동안에 자기 생활이라고 하여 보여줄 수 있는 것은 산더미 같은 노트와 얼마 안 되는 땅에 심은 식물뿐이 아닌가.
 다시 한번 그는 셍에게 물었다.「고향에 돌아가면 형은 뭘 할 셈이지? 역시 줄곧 도시에서 살 생각이야?」
 옌은 셍도 또한 조국의 결점에 괴로워하고 있는지 어떤지 타진하기 위해 이렇게 물은 것이었다. 그러나 셍은 명랑하고 자신 있게 대답했다.「그럼, 계속 그렇게 할 참이다! 나는 다른 땅에서는 살지 못해. 실은 말이야, 옌, 우리끼리 얘긴데, 다른 사람 앞에서는 못할 말이지만, 우리 나라에서는 그 해안 도시 이외에 우리 같은 인간이 살 만한 곳은 없어. 인텔리가 즐길 만한 오락이라든가 견딜 만한 시설을 다른 어디서 구할 수 있나? 시골은 내가 기억하는 한 도저히 좋아질 것 같지 않아. 사람들은 모두 불결하고, 아이들은 여름엔 발가숭인 데다가, 어디에나 파리가 새까맣게 끓고 말이야. 너도 알잖아. 나는 도시 이외의 장소에서는 살지도 못하고 살 생각도 없다. 뭐니뭐니해도 서구인들은 인생의 위안이라든가 향락이라든가 하는 점에서 우리들이 배울 만한 것을 갖고 있어. 맹은 그러한 것을 싫어하지만, 몇 세기나 외국과 격리되어 있는 동안에 우리는 수도도, 전기도, 영화도, 그리고 그와 비슷한 것들을 무엇 하나 고안해내지 못했단 말야. 난 그걸 잊을 수 없다. 나는 내가 얻을 수 있는 모든 쾌적한 생활을 누리며 살 작정이다.」
「다시 말해서, 이기적으로 살아가겠단 말이지.」옌은 솔직하게 말했다.

「그렇게 말해도 무방해.」솅은 예사로 대답했다.「그러나, 이기적이 아닌 인간이 있니? 우리는 모두가 이기적인 거야. 맹도 이상을 휘두르는 점에서 벌써 이기적이야. 이상이라구? 흥! 그 운동의 지도자들을 좀 봐라, 옌. 그들이 이기적이 아니라고 할 수 있나? 전에 비적이었던 놈도 있다. 늘 입장을 바꾸어서 유리한 쪽으로만 움직이는 놈도 있고, 국가를 위해서라는 구실 아래 긁어 모은 돈으로 먹는 것 이외에 아무것도 하지 않는 자도 있고 말야! 내가 보기에 정직하게 자기를 이기적이라고 말하는 편이 훨씬 사내답다고 생각한다. 나 자신은 분명히 그렇게 말하고 있지. 나는 내 마음에 드는 대로 하는 거야. 그러니까 이기적이라는 소리를 듣더라도 아무 상관 없다. 하지만 나는 탐욕스러운 인간은 아냐. 나는 미를 사랑한다. 가정이나 주위에는 세련된 품위가 필요해. 하지만 가난한 생활은 하고 싶지 않다. 평안과 미와 약간의 즐거움이 주위에 있으면 그것으로 만족한다.」

「그래서, 평안도 즐거움도 없는 국민은 어떻게 되지?」들끓는 가슴을 누르며 옌이 물었다.

「내가 그걸 어떻게 할 수 있단 말야?」솅이 대답했다.「몇 세기나 옛날부터 가난한 자는 태어나고, 기근과 전쟁은 줄곧 일어나지 않니. 내 한평생만으로 그것을 완전히 바꿀 수 있다고 생각할 만큼 나더러 졸렬해지란 말이야? 나는 싸움 속에서 나를 잃어버릴 뿐일 거야. 나를 잃어버림으로써, 이 지고(至高)의 자아, 나 자신을 잃으면서까지 어째서 민중의 숙명에 대해 저항하지 않으면 안 된다는 거지? 내가 바다 속에 뛰어들면 물이 말라 육지라도 된단 말이야?」

이렇듯 명쾌한 주장에 옌은 대답할 말이 없었다. 그날 밤 솅이 침실로 가버린 후 얼마 있다가 자리에 누운 그는, 한순간도 움직임을 멎지 않는 이 대도시의 소음이 그가 누워 있는 방의 벽에 밀려오는 것을 들으면서 그저 누워 있을 뿐이었다.

이렇게 귀를 기울이고 있으니 옌은 무서워졌다. 자기와 외계의 어둡고 괴기한 소음의 세계를 갈라 놓고 있는 조그마한 좁은 벽을 통해서 그의 마음의 눈은 너무나 많은 것을 본 것이다. 그는 자기의 편협함이 견딜 수 없어져서 솅의 양식에 찬 말에 매달리고, 외등으로 밝아진 이 방의 따뜻함에 매달리고, 테이블이라든가 의자라든가 이 인생의 매우 평범한 물건들에 매달리고 싶어졌다. 몇 천 마일에 걸친 변화와 죽음과 미지의 생활 속에서 이 조그마한 장소만이 안전했다. 셍이 안전과 일락을 택한다고 단언하는 것을 듣고 그토록 컸던 자기의 꿈이 이토록 어리석게 느껴지기 시작하다니, 이런 이상한 일도 있을까! 셍의 곁에 있으니 옌은 그때까지의 자기 자신을 잃고, 용기와 백인에 대한 증오마저도 잃고, 어린 아이처럼 무언가 확실한 것에 매달리고 싶어졌다.

그러나 옌은 이와 같이 셍 곁에만 붙어 있을 수는 없었다. 셍은 이 도시에 아는 사람들이 많아서 밤이 되면 젊은 여자와 춤추러 가는 일이 많았다. 옌도 셍과 함께 갔지만 거기서도 그는 고독했다. 처음 그는 화려한 장소의 공기를 방관하면서 셍의 용모와 세련된 태도와 여성에 대한 대담성 등을 경이와 선망의 눈으로 바라보고 있었다. 때로는 그 흉내를 내보려고도 했으나 잠시 후면 반드시 무언가 외면하고 싶은 광경을 보고 말아서, 이제 여자와는 말을 하지 않겠다고 혼자 중얼거리기가 일쑤였다.

그것은 이런 이유에서였다. 셍이 교제하고 있는 여성들은 그의 나라에서는 그다지 볼 수 없는 형들이었다. 그녀들은 백인이거나 아니면 혼혈의, 반은 검고 반은 흰 살결을 지니고 있었다. 옌은 그 어느 쪽과도 아직까지 접촉한 일이 없었다. 무언가 육체적인 이유로 해서 아무리 해도 접촉할 기분이 나지 않았던 것이다. 아이란과 함께 참석한 야회 같은 데서 그는 전에도 이러한 여성을 본 적이 있다. 그 해안의 대도시에서는 온갖 빛깔을 한 인간들이 잡다하게 섞여 있었다. 그러나 그는 이러한 여성과 춤춘 적은 없었다. 그 까닭의 하나는 여자들이 옌의 눈앞에서 수치를 모른다고밖에 생각할 수 없는, 등을 그대로 노출시킨 옷을 입고 있었기 때문이었다. 함께 춤을 추는 남자는 그 벗은 흰 육체에 손을 대지 않으면 안되는데 옌은 그것을 할 수 없었다. 속이 메스꺼워지는 것이다.

그러나 그것을 좋아하지 않는 또 하나의 이유가 지금은 있었다. 댄스하는 장소에서 셍과 옌이 가까이 가면 방긋 웃고 아는 체하는 여자들을 보면, 그것은 대개 천박한 여자들에 한하고, 기품이 있거나 얼마간 염치를 아는 것처럼 보이는 여자들은 셍이 가까이 가면 외면을 해버리고 백인 남자와만 노는 듯이 여겨졌기 때문이다. 자세히 보면 볼수록 그렇게 여겨졌으며, 셍 자신도 그것을 알고 있는 것처럼 생각되었다. 다시 말해서 셍은 확실히 쉽게 웃어 주는 여자들만 상대하는 모양이었다. 옌은 이 사촌을 위해서 정말 울화가 치밀어올랐다 ── 그것은 어느 의미에서는 자기를 위한 것이기도 하고 또 자기 나라를 위한 것이기도 했다.

다만 그가 확실히 알 수 없는 것은 상류 계급의 젊은 여자들이 왜 그러한 태도를 취하는가 하는 것이었다. 셍에게 그런 얘기를 꺼내는 것은 약간 겸연쩍기도 했고, 셍의 마음을 아프게 할까봐 염려가 되어 물을 수도 없는 일이었다. 그는 마음속에서만 중얼거렸다. 『셍이 조금만 더 긍지를 가지고 저런 여자들과 춤을 추지 않으면 좋을 텐데. 상류 계급의 여자들과 춤을 출 자격이 인정되지 않는다면 그녀들 전부를 상대하지 않으면 되는 거야.』

그러나 셍은 그토록 자존심을 갖고 있지도 않았고 이런 장소에서도 유쾌한 것처럼 보였으므로 옌은 못 견디도록 마음이 아팠다. 그런데 이상한 것은 맹이 아무리 외국인에 대해서 분노를 폭발시켜도 옌은 그 때문에 증오심이 일어난 일은 없었는데, 지금 셍이 가까이 가면 얼굴을 돌리는 오만한 여자들을 보고 있으니 옌은 그녀들을 미워할 수 있다는 생각이 들고 또 사실 미워했으며, 이들 소수의 여자들 때문에 그들 백인 전체를 미워하게끔 되어 버렸다. 그럴 때마다 흔히 옌은 밖으로 나가 버렸다. 그 자리에 있으면서 셍이 멸시받는 것을 보고 싶지 않았기 때문이다. 그리고 그는 혼자서 독서를 하거나, 하늘과 거리를 바라보거나, 마음속에 소용돌이치는 의문을 추적하거나 하면서 밤을 보냈다.

이런 식으로 여름 방학 동안 내내 옌은 끈기 있게 셍의 뒤를 따라다니며 이 대도시의 여기저기를 돌아다녔다. 셍은 많은 친구들을 갖고 있었다. 언제나 식사를 하는 음식점에 들어가면 남자고 여자고 아무런 거리낌없이 「헬로, 죠니!」 하고 말을 걸어 왔다. 그들은 셍을 죠니라고 불렀다. 처음 이것을 들었을 때 옌은 그런 이름으로 허물없이 불려지는 데 기분이 언짢았다. 그는 셍에게 조그만 소리로 말했다.「어째서 저런 쓸데없는 이름으로 불러도 예사로 듣고 있는 거야?」그러나 셍은 웃으며 대답했다.「저 친구들이 서로 뭐라고 부르나 들어 보면 알게 돼. 나는 그들이 죠나라는 귀에 거슬리지 않는 이름으로 불러 주기 때문에 큰 도움을 얻고 있어. 그리고 그들이 그렇게 하는 것은 친밀감을 느끼고 있기 때문이다. 옌, 제일 좋아하는 사람을 제일 친숙한 이름으로 부르는 거야.」

정말 셍이 많은 친구를 갖고 있다는 것을 곧 알았다. 밤이 되면 두 사람, 혹은 세 사람씩 셍의 방에 찾아왔다. 더 많은 사람들이 올 때도 있었다. 셍의 침대에도, 방바닥에도, 마치 포개지듯이 앉아 담배를 피우며 지껄이고 있는 이들 청년들은 서로 누가 가장 재치있고, 엉터리 같은 일을 잘하는가, 다른 사람이 방금 한 말을 누가 가장 재빨리 익살로써 되받을 수 있는가 경쟁하고 있었다. 옌은 이렇게 요령도 골자도 없는 담화를 들은 적이 없었다. 때로는 그들 전부가 정부에 반항하는 사람들처럼 여겨져서 남몰래 셍 때문에 걱정한 적도 있었으나, 조금만 있으면 이야기의 방향이 달라져서 여태까지 몇 시간이나 지껄이고 있던 것을 단숨에 흩날려 버리고, 마지막에 가서는 더할 나위 없이 명랑하게 현상태를 만끽하면서 모든 새로운 것을 경멸해 버리고, 각자가 들고 온 담배와 술냄새를 마구 풍기면서 큰 소리로 작별 인사를 나누고, 자기들과 세상에 대해 절대적인 호의를 보이며 기분 좋게 빙글빙글 웃으면서 돌아가는 것이었다. 때로는 노골적으로 여자의 얘기를 하는 때도 있었다. 옌은 자기가 모르는 문제이므로 —— 한 처녀의 손을 잡은 것 외에 그는 아무것도 모른다 —— 잠자코 귀를 기울이고 있었는데 모두 가슴속이 메스꺼워지는 이야기뿐이었다. 그들이 돌아간 다음 그는 정색을 하고 셍에게 말했다.「그 사람들이 말하는 여자에 관한 얘기가 모두 정말일까? 그렇게 심한 일도 있을까? 이 나라 여자들은 모두 그럴까? 순결한 처녀, 정숙한 아내, 범할 수 없는 여성은 한 사람도 없단 말인가?」그러자 셍은 놀리듯이 웃으면서 말했다.「그 사람들은 모두 젊어. 너나 나와 다름없는 학생들이야. 네가 도대체 여자에 대해서 뭘 안다고 그래?」

옌은 순진하게 대답했다. 「하긴 나는 여자에 대해서 아무것도 아는 것이 없지만…….」

그래도 그후로 옌은 길거리에서 얼마든지 볼 수 있는 그런 여자들을 주의하게 되었다. 그녀들도 이 나라 시민의 일부이지만, 그러나 그는 그녀들을 존경할 마음은 나지 않았다. 그녀들은 재빨리 걷고, 화려한 옷차림과, 마찬가지로 화려하게 짙은 화장을 하고 있었다. 그러나 그녀들의 요염하고 대담한 시선이 옌의 얼굴에 던져질 때 그 표정은 공허했다. 아주 잠시 바라보는가 하면 그대로 지나쳐 버리는 것이다. 그녀들로 봐서 그는 남자가 아니었다. 스쳐 지나가는 나그네에 지나지 않았다. 그러므로 남자에게 기울일 만한 주의를 기울일 가치가 없는 것이라고 그 눈은 말하고 있었다. 옌도 그리 똑똑하게 이해하지는 못했으나 그 차가움과 공허함은 느낄 수 있었으므로 속으로 그녀들을 미워했다. 그의 눈으로 보면 그런 여자들의 태도가 너무나 오만하고 차가우며 자기 행동에 자신을 갖고 활보했으므로 무척 무서운 것으로 여겨졌다. 서로 스치고 지나칠 때도 자칫 화라도 내는 날이면 감당할 수 없으므로 행여 몸이라도 스칠까봐 조심했다. 그녀들의 빨갛게 칠한 입술 모양, 번쩍이는 머리를 뒤로 넘긴 그 다부진 태도, 걸어갈 때 몸을 흔들어 대는 모습, 이러한 것들이 모두 그로 하여금 흠칫 뒷걸음질치게 하는 것들이었다. 그러한 것에서 그는 여성적인 매력을 전혀 느낄 수 없었다. 그러면서도 그러한 것들이 이 도시의 발랄한 색채의 마술에 광채를 보태고 있는 것만은 확실했다. 며칠 낮 며칠 밤 그런 경험을 한 후에야 겨우 그는, 이 나라 사람들이 서적 속에 있지 않다고 한 셍의 말을 납득했다. 멀리 솟아 있는 높다란 빌딩의 금빛으로 빛나는 꼭대기를 쳐다보면서 저러한 것을 책에 담을 수는 없다고 옌은 생각했다.

처음 옌은 이 나라 건축의 아름다움을 인정하지 않았다. 그의 눈은 부드럽게 줄지은 낮은 기와 지붕이라든가 완만히 기운 집집의 곡선에 익숙해 있었기 때문이다. 그러나 지금은 그 아름다움을 이해했다. 이질적인 미에는 틀림이 없었으나 역시 미는 미였다. 그리고 이 나라에 와서 처음으로 그는 시가 쓰고 싶어졌다. 어느 날 밤 솅이 잠든 후 침대에 누워 그는 자기의 상념에 형태를 주려고 애썼다. 그러나 여느 때의 온화한 운율(韻律), 일찌기 그가 전원이나 구름을 읊은 운율로는 소용이 없었다. 그는 날카로운 언어, 모가 나는 언어가 필요했다. 자국의 언어는 쓸 수 없었다. 그것은 오랜 전통에 세련된 완곡하고 매끄러운 말뿐이었다. 역시 이 신흥의 외국어 속에서 말을 찾지 않으면 안되었다. 그런데 그것은 마치 새로운 연장과 같이 자기가 사용하기에는 너무나 무거웠다. 뿐만 아니라 형식이나 음조에도 익숙해 있지 않았다. 결국 그는 단념하고 말았다. 시의 형태로 만들 수 없어 사상은 형태를 이루지 못한 채 그의 마음속에 남았으며, 그후 마음의 잔재로 남았다. 왜냐하면 나중에는 그것을 시의 형태로 만들어 마음에서 토해내 버리기만 하면 이 나라 사람들의 의미를 똑똑히 손에 잡듯 알 수 있다는 기분이 들었기 때문이다. 그러나 그것이 되지 않았다. 이 나라 사람들은 그에게서 관심을 돌려 버리고, 그는 다만 그들이 가볍게 움직이며 돌아가고 있는 속에서 우왕좌왕할 뿐이었다.

아무튼 솅과 옌은 매우 다른 영혼의 소유자였다. 솅의 영혼은 유려하게 흘러나오는 시와 매우 흡사했다. 그는 어느 날 그 시를 옌에게 보였다. 금테를 두른 두꺼운 종이에 아름다운 필적으로 써어 있었다. 솅은 일부러 아무렇지도 않은 듯이 말했다. 「물론 형편없는 거야. 내것으로도 잘된 건 아니야. 아직도 시작이거든. 이것은 이 나라에 대한 인상의 단편을 마음에 떠오르는 대로 쓴 데 지나지 않아. 하지만 대학의 교수들은 칭찬해 주더군.」

옌은 한 편씩 소리 없이 경의를 표시하면서 정중하게 읽어 나갔다. 그것들은 그에게는 아름답게 느껴졌다. 한 마디 한 마디가 잘 선택되어 있었으며, 금반지에 꼭 끼어 있는 보석처럼 시어가 빈틈없이 그 자리에 놓여져 있었다. 솅이 사귀는 어느 여성이 작곡한 작품도 있었다. 그 여성에 대한 이야기를 한두 번 언급한 뒤 그는 그 작곡을 듣기 위해서 옌을 그녀의 집에 데리고 갔다. 그리고 거기서 옌은 다시 새로운 형의 여자를 보았고 또 셍의 생활의 새로운 일면을 알았다. 그녀는 어느 홀에서 노래를 부르는 여자였다. 결코 흔해빠진 가수는 아니지만 아직 그녀 자신이 생각하고 있는 것만큼 악단에서 인정받고 있지는 못했다. 그녀는 여러 가정이 한데 모여 살고 있는 아파트에서 혼자 살고 있었다. 그녀가 기거하는 방은 어둡고 조용했다. 옥외에는 밝은 빛이 비치고 있어도 일광은 안에까지 스며들지 않았다. 높다란 청동 촛대에 촛불이 켜져 있었고, 흐린 공기 속에 향수 냄새가 무겁게 감돌고 있었다. 딱딱한 의자나 쿠션 없는 의자는 하나도 없고 안쪽에는 큼직한 소파가 놓여 있었다. 이 긴의자에 여자는 누워 있었다. 옌은 그녀의 나이를 짐작할 수 없었다. 키가 큰 금발의 여자였다. 셍을 보자 그녀는 소리를 지르고 그때까지 담배를 피우고 있던 두 손을 내저으며「셍, 다알링, 정말 오래간만이에요!」하고 말했다. 셍은 전에도 자주 그렇게 한 일이 있는 듯 서슴지 않고 그녀 옆에 가 앉았으며, 그러자 그녀가 또 큰 소리로 말했다. 그 목소리는 굵고 낮아서 조금도 여자답지 않은 이상한 목소리였다.「당신의 그 아름다운〈사원의 종〉의 작곡이 겨우 끝났어요! 지금 마침 당신에게 전화를 걸려던 참이에요.」

「내 사촌 옌입니다.」하고 셍이 말했으나 여자는 옌을 별로 보지도 않았다. 셍이 이 말을 했을 때 그녀는 막 일어서려고 할 때였는데, 긴 다리를 어린애처럼 조심성 없이 움직이며 담배 필터를 입에 문 채 분명치 않은 목소리로「아, 그래요? 안녕, 옌!」하고 말하고는 그를 보지도 않고 피아노 있는 데로 가서 물고 있던 담배를 아래에 놓고는 건반 위에서 천천히 손가락을 움직이기 시작했다 — 옌이 들은 적도 없는 깊고 느릿한 가락이었다. 얼마 후 그녀는 노래를 부르기 시작했다. 그 소리는 약간 떨리고 있었으며 그녀의 손가락이 켜는 가락과 마찬가지로 낮고 깊은 음조가 매우 정열적이었다.

그녀가 노래 부르고 있는 것은 셍이 고향에 있을 때 쓴 짧은 시였는데, 곡은 어딘가 그것과는 정취가 달랐다. 셍이 지은 시구는 사원 벽의 달빛 아래의 대나무 그림자처럼 어렴풋하고 조용했다. 그런데 이 아름다운 싯귀를 노래하는 미국 여자는 그것을 정열적인 느낌으로 바꿔 버려서 그 대 그림자는 짙으며 검고, 달빛은 타는 듯이 뜨거웠다. 시구가 주는 이미지에 비해 곡이 너무 무거운 듯하여 옌은 곤혹을 느꼈다. 이 여자 자신이 정열적인 것이다. 그녀의 동작 전체가 요염한 빛을 띠고 있었으며, 말 한 마디, 표정 하나도 순수하지 못했다.

갑자기 옌은 이 여자가 싫어졌다. 그녀가 살고 있는 이 방도 싫어졌다. 밝은 빛깔의 머리칼에 어울리지 않는 검은 눈도 싫었다. 그녀가 솅을 보는 눈초리도, 줄곧 그를 〈다알링〉이라고 부르는 말투도, 음악이 끝난 다음 이리저리 걸어다니면서 솅의 곁을 지나갈 때는 일부러 몸을 갖다대는 동작도, 악보를 솅에게 주고는 그의 위에서 덮치듯이 하여 그의 머리카락에 볼을 갖다 누르며 매우 호들갑스러운 어조로「다알링, 당신은 머리를 염색하지 않았어요? 언제 보아도 윤이 너무 나서……」하고 말하는 것도 모두 싫었다.

한 마디도 하지 않고 앉아 있던 옌은 이 여자에 대해 어떤 혐오의 감정이 솟아오르는 것을 느꼈다. 그것은 그의 조부가, 또는 그의 아버지가 그에게 준 건강한 혐오, 이 여자가 하는 짓, 하는 말, 보이는 태도 모두가 보기 흉하다는 단순한 의식이었다. 솅이 그녀를 물리칠 것을, 조용하게라도 물리칠 것을 그는 기대했다. 그러나 솅은 물리치지 않았다. 자기 쪽에서 손을 대지도 않았고, 그녀의 말에 같은 말로 응하거나 손을 내밀어 그녀의 손을 마주 잡거나 하지도 않았으나, 그래도 그는 그녀가 하는 일, 하는 말을 잠자코 받아들이고 있었다. 그녀의 손이 한 순간 그의 손에 놓여졌을 때도 그는 그대로 있었으며, 옌이 바라듯이 그의 손을 빼지 않았다. 여자가 지그시 그의 눈을 들여다보았을 때도 반쯤 웃으면서 그녀의 대담함과 교태를 받아들여, 보고 있는 옌이 더 민망해지도록 그도 지그시 바라보고 있었다. 옌은 나무 조각처럼 꼼짝도 하지 않고, 아무것도 못 보고 아무것도 못 들은 체 솅이 일어설 때까지 그대로 있었다. 돌아갈 때가 되었을 때도 여자는 두 손을 솅의 한쪽 팔에 걸고는 그녀가 베푸는 파티에 나와 달라고 솅을 졸랐다.「응, 다알링, 나는 당신을 여러 사람들에게 보이고 싶어서 그래요. 당신의 시에는 무언가 새로운 것이 있어요. 당신 자신이 새로운 거예요. 난 동양을 사랑해요. 그 곡도 제법이잖아요? 세상 사람들에게 들려 주고 싶어요. 그것도, 그다지 많은 사람들이 아니고, 몇 사람의 시인과 러시아 무용가와, 아 참, 다알링, 좋은 수가 있어요. 그 무용가에게 그 곡으로 춤을 추게 하면 어떨까요? 일종의 동양적 무용 말예요. 당신의 시는 무용으로 만들면 아마 근사할 거야. 네? 해봐요.」 여자가 끝까지 졸라대므로 셍은 마침내 자기 손으로 그녀의 두 손을 팔에서 떼어 놓으며 그녀의 희망대로 하겠다고 약속했다. 별로 마음이 내키지 않는다는 태도였으나 옌은 그것이 겉치레뿐이라는 것을 알고 있었다.

간신히 여자 방에서 나왔을 때 옌은 한두 번 커다랗게 심호흡을 하고 밝고 선명한 햇빛 속의 경치를 기쁜 마음으로 바라보았다. 두 사람 다 한참 동안 잠자코 있었다. 옌은 자기 머리 속에 있는 것이 셍의 마음을 상하게 할까봐 잠자코 있었고, 셍은 셍대로 얼굴에 엷게 웃음을 띠고 무언가 자기 혼자만의 생각에 잠겨 있었다. 이윽고 옌은 셍을 좀 난처하게 만들어 주고 싶어져서 입을 열었다.

「나는 여자 입으로 다알링(사랑하는 사람)이라는 말을 들은 것은 오늘이 처음이야. 무슨 소린지 잘 못 알아듣겠더군. 그 여자는, 그렇다면 어지간히 형을 사랑하고 있는 모양이지?」

그러나 셍은 웃으며 대답했다.「그런 말에는 아무런 뜻도 없어. 그 여자는 누구에게나 그런 말을 사용하거든. 저런 인간들의 일종의 버릇이야. 하지만 음악은 나쁘지 않아. 내 기분을 잘 포착하고 있지.」옌은 그때 셍의 얼굴을 보고 셍이 자기도 깨닫지 못한 채 얼굴에 나타낸 표정을 보았다. 셍이 여자가 말한 달콤하고 유혹적인 말을 좋아하고 있다는 것, 자기를 칭찬하고 자기의 시를 작곡함으로써 보여 준 그녀의 교태가 마음에 들었다는 것을 그 얼굴은 명백히 말하고 있었다. 옌은 그래서 아무 말도 하지 않았다. 그러나 마음속에서는, 셍과 나와는 걸어가는 방향이 다르다, 나로서는 내 방식이 제일 좋은 것이다, 하기야 그것이 어떤 방식인지 자신도 잘 알 수 없으나 셍의 그것이 아닌 것만은 확실하다고 생각했다.

그러므로 사촌을 기쁘게 하기 위해서 이 도시에 한참 머물면서 구경도 하고 지하철이라든가 번화가를 돌아다니기는 했으나, 셍이 한 말과는 달리 여기에 모든 생활이 다 있다고 말할 수는 없다는 것을 알았다. 적어도 그 자신의 생활은 여기에는 없었다. 그는 고독을 느꼈다. 그가 알고 있는, 혹은 이해하고 있는 것은 여기에는 하나도 없었다 — 없다고 그는 생각했다.

그러던 어느 매우 더운 날, 더워서 셍이 누워 낮잠을 자고 있을 때 옌은 혼자서 산책을 나섰다. 그리하여 전차를 한두 번 바꾸어 타고 이런 도시에 있으리라고는 상상도 못했던 구역으로 들어갔다. 이 도시의 부유한 모습을 그는 이미 만끽하고 있었다. 그에게는 건물이 모두 궁전이었으며 시민들은 모두 충족한 생활을 즐기고 있다고 생각했다. 그 때문에 괴로워할 필요가 없으므로 아무도 의식주를 걱정하지 않고, 그들이 찾고 있는 것은 그런 당연한 것 이상의 쾌락과 아름다운 옷이며, 목숨을 이어 나가기 위해서가 아니라 미각을 만족시키기 위한 미식이며, 이 도시의 시민들은 모두 그런 사람들뿐이라고 옌은 생각하고 있었다.

그러나 이날 그는 전연 다른 면모를 지닌 이 도시의 다른 일면을 발견한 것이다. 빈민가였다. 아무것도 모르고 그는 그곳에 발을 들여놓은 것인데 문득 깨닫고 보니 주위가 모두 그들이었다. 그들이야말로 빈민들이었다. 얼굴은 창백하고 어떤 사람은 야만인처럼 검은 피부를 하고 있는 그들이 모두 빈민들이라는 것을 알 수 있었다. 그들의 눈초리, 불결한 몸뚱이, 더러워져서 비늘처럼 때가 묻은 손, 여자들의 깐깐한 목소리, 너무 많은 아이들의 울부짖는 소리, 그런 것으로 하여 그는 그들이 빈민이라는 것을 알 수 있었다. 다른 먼 나라의 시가에 사는 빈민의 모습이 아직도 그의 기억에 생생하게 새겨져 있었는데, 그것과 어쩌면 이렇게도 닮았을까! 그것을 깨달았을 때 그는 생각했다.『그렇다면 이 대도시도 역시 빈민가 위에 세워져 있는 것이다! 아이란들이 심야의 거리로 들떠서 나아갈 때 거기서 발견한 남녀들은 바로 이런 사람들이 아니었던가.』

옌은 일종의 승리 비슷한 감정을 느끼면서 생각했다.『이 나라도 역시 빈민들을 사람들이 못 보게 감추고 겉치레를 하고 있는 거다!

이 대도시에서도 이런 구역에는 어느 나라에서나 볼 수 있는 빈민가에 못지않는 불결한 인간들이 남몰래 갇혀 있지 않은가!』
 마침내 여기서 옌은 책에 씌어 있지 않은 것을 발견한 것이다. 그는 막연하게 그런 사람들 속을 걸어갔다. 좁고 지저분한 집안을 들여다보면서, 길거리에 버려진 쓰레기를 밟지 않도록 밟을 자리를 고르면서, 굶주린 아이들이 더위로 반나체가 되어 뛰어다니는 속을 걸어갔다. 머리를 쳐들고 위아래로 첩첩이 쌓여 있는 비참과 빈궁의 모습을 보면서 그는 생각했다. 『그들은 높은 건물에 살고 있다. 그러나 그것은 문제가 아니다. 역시 빈민굴인 것이다. 빈민굴이라는 점에는 변함이 없다.』
 어두워졌으므로 그는 마침내 발길을 돌리고 가로등이 반짝이고 있는 시원한 구역으로 들어갔다. 셍의 방에 들어가니 그는 벌써 일어나서 전과 다름없이 명랑해져 있었다. 지금부터 친구 두어 사람과 화려한 극장가로 놀러갈 참인 그는 옌을 보자 곧 말했다. 「어디 갔다 왔니? 길을 잃었나 하고 걱정했었지.」
 옌은 음울한 어조로 대답했다. 「형이 말하던 책에 씌어 있지 않은 생활의 모습을 보고 왔어……. 이 나라의 부와 힘을 가지고서도 역시 빈민은 없앨 수 없는 모양이지?」 그리고 그는 갔다 온 장소와 거기서 보고 온 것을 조금 얘기했다. 그러자 셍의 친구 한 사람이 재판관처럼 묵직한 어조로 말했다. 「물론, 머지않아 빈곤 문제는 해결됩니다.」 또 한 사람이 말했다. 「그 인간들이 좀더 능력이 있으면 더 편안한 생활을 할 수 있는데……. 다시 말해서 어딘가 결함을 가진 인간들이라는 겁니다. 출세란 하고 싶으면 누구든지 할 수 있는 거예요.」
 옌은 말했다. 「사실은, 당신들은 빈민의 존재를 보이고 싶지 않은 거요. 마치 비밀의 악질병을 부끄러워하듯이 당신들은 그들을 부끄러워하고 있는 거야.」
 그때 셍이 명랑하게 말했다. 「이 사촌 동생에게 이런 문제를 지껄이게 내버려두었다가는 늦어져! 연극 개막 시간은 이제 삼십 분밖에 안 남았단 말야!」

남들만이 살고 있는 세계에서 보낸 이 육 년 동안에 옌은 자기를 친구로서 친밀하게 대해 주는 세 사람의 미국 사람을 만났다. 그 중의 한 사람은 늙은 대학 교수였는데, 매우 온화한 사상과 검소한 생활 태도를 지키고 사는 이 백발 노인의 얼굴을 옌은 진작부터 좋아했다. 이 노인은 옌을 시간이 흐름에 따라 단순한 교수로서가 아니라 흉금을 털어 놓고 대해 주었다. 옌과 단 둘이서 이야기를 하는 시간을 기꺼이 할애해 주었을 뿐 아니라, 옌이 한 권의 저서로 출간할 계획으로 있는 노트도 읽어 주었고, 매우 부드럽게 잘못된 곳을 한두 군데 지적도 해주었다. 옌이 하는 말에는 언제나 귀를 기울여 주었으며, 항상 웃음을 띤 그 푸른 눈에는 언제나 이해심이 깃들어 있어서, 옌도 이윽고 진심으로 이 노인을 신뢰하여 상당히 비밀스러운 이야기까지 하게 되었다.

　옌은 그 대도시에서 빈민가를 보았다는 이야기를 하면서, 그와 같이 호화로운 도시의 한가운데서 빈민들이 비참한 생활을 하고 있다는 것은 있을 수 없는 일로 생각한다고 말했다. 그 이야기가 진전하여 그때의 그 선교사 이야기도 나와서, 그가 옌의 조국의 민중들의 생활을 천한 영화로 더럽히고 욕을 보였다고 했다. 노교수는 묵묵히 평소의 온화한 태도로 끝까지 듣고 있다가 말했다. 「어떤 인간이라도 사물의 전부를 볼 수는 없을 줄 아네. 옛날부터 하는 말이 있듯이, 우리들은 자기가 보고 싶은 것만을 보는 걸세. 굳이나 나는 토지를 보면 종자나 수확물을 생각하지만, 건축가는 같은 토지를 보고 집을 생각하고, 화가는 그 색채에 대해서 생각하게 되지. 목사는 인간을 구제될 필요가 있는 존재로서만 보기 때문에 자연히 구제될 필요가 가장 뚜렷한 사람들을 보게 되는 모양일세.」

　옌은 이 견해를 잠시 생각해 본 후 본의는 아니지만 그렇다고 수긍하고, 공평하게 본다면 그 선교사를 그토록 심하게 미워할 수만도 없다고 생각했다. 그러나 지금도 역시 그는 선교사 쪽이 틀렸다고 생각하고 있으므로, 미워할 수 있다면 미워하고 싶었으며 그런 기분에서 그는 말했다. 「적어도 그 사람은 우리 나라의 극히 좁은 일부밖에 보지 않았던 것입니다.」 이에 대해서 노인은 아주 부드러운 말투로 대답했다. 「그럴지도 모르지, 그렇고말고. 마음이 좁은 사람이었더라면 특히 좁은 부분밖에 보지 않았을걸세.」

다른 학생들이 돌아간 후 실험실이나 교실에서의 이와 같은 대화를 통해서 옌은 이 백발 노인을 사랑하게 되었다. 노인 쪽에서도 옌을 사랑하여 그에 대한 태도는 점점 더 각별해졌다.

어느 날 교수는 조금 말하기 어렵다는 듯이 입을 열었다. 「오늘 밤 우리 집에 같이 가지 않겠는가? 우리 가정은 매우 검소하게 살고 있지. 처와 딸 메리와 나, 세 사람뿐이야. 그러나 군이 집에 와서 식사를 해준다면 모두 좋아할걸세. 내가 군의 얘기를 자주 하니까 아내와 딸도 군을 만나고 싶어하네.」

지난 몇 해 동안 이런 말을 들은 것은 이번이 처음이었으므로 옌은 크게 감동했다. 교수가 학생을 자기 집에 부른다는 것은 여간한 호의가 아니라고 생각했다. 그래서 그는 수줍어하면서 자기 나라의 공손한 예절에 따라 말했다.

「저에게는 그럴 자격이 없습니다.」

그러자 노교수는 놀라며 눈이 둥그래지더니 미소를 지으면서 말했다. 「그런 체면은 우리 집이 얼마나 검소한 생활을 하고 있는지 보고 난 뒤에도 늦지 않네! 처음 내가 군이 와주면 즐겁겠다고 아내에게 말했을 때 아내는 말하더군. 『그분은 틀림없이 우리 같은 검소한 생활에는 익숙하지 않겠지요.』 하고 말일세.」

그래서 옌은 다시 한번 의례적으로 사양하고 나서 그 초대를 받기로 했다. 이리하여 그는 많은 가로를 걸어가서 어느 네모난 앞마당 같은 조그마한 정원으로 들어가서, 나무숲 안쪽에 있는 해묵은 목조 가옥의 현관을 들어서게 되었다. 마중 나온 교수 부인은 그가 어머니라고 부르던 부인을 연상시키는 품위 있는 여성이었다. 두 여성은 서로 일만 마일이나 떨어져 있을 뿐 아니라, 전혀 다른 국어를 사용하고 뼈도 피도 닮지 않았으나 어딘가 공통적인 면을 지니고 있었다. 희고 반드르한 머리카락, 어디로 보나 모친다운 침착성, 허식 없는 거동, 진지해 보이는 눈, 조용한 목소리, 입술이나 이마에 새겨진 지혜와 인내, 이런 것들이 두 사람을 흡사하게 보이게 하는 것이었다. 나중에 넓은 객실에 앉았을 때 옌은 두 사람 사이의 차이를 깨닫지 않을 수 없긴 했지만. 그것은, 이 부인은 진심으로 검소한 생활에 만족하고 있는 태도가 보였으나, 그가 어머니라고 부르던 부인에게서는 이것을 찾아볼 수 없었던 것이었다. 한 사람은 희망을 품고 그 생애를 보내 왔으나, 한 사람은 그렇지 않았다. 그러한 차이일 것이다. 두 길을 걸어와서 두 여성은 다같이 노년에 이르렀는데, 한 사람은 남편과 더불어 행복한 길을 걸었고, 한 사람은 어두운 길을 혼자서 더듬어 온 것이다.

그런데 거실에 들어온 딸은 아이란과는 달랐다. 확실히 메리라는 처녀는 다른 형의 처녀였다. 그녀는 아마 아이란보다 나이가 좀 많은 듯했으며 키도 훨씬 더 크고, 아름다움에 있어서는 아이란만 못했으나 보기에 퍽 얌전하고 목소리도 표정도 조심스러웠다. 그런데, 그녀가 하는 말을 들어 보니 모두 내용이 있고, 진한 흑회색 눈은 평소 때는 별로 두드러지지 않았으나 이야기에 열이 오르고 재치가 번뜩이기 시작하자 그 눈빛은 활발하게 빛나기 시작했다. 양친 앞에서는 얌전하게 행동하였으나 그렇다고 결코 새침데기는 아니었다. 양친도 역시 그녀를 누구와 다름없이 동등하게 대우하고 있다는 것을 옌은 알 수 있었다.

옌은 곧 그녀가 평범한 아가씨가 아니라는 것을 깨달았다. 노교수가 옌이 쓴 논문에 대해 언급하자 메리도 알고 있는 듯 즉각 매우 적절한 질문을 했으므로 옌은 깜짝 놀라 이상하게 생각하며 물었다.「차오 쪼와 같은 고대인에 관해서 질문을 하실 만큼 우리 나라 역사를 잘 알고 계시니, 어찌된 일입니까?」

이 물음에 처녀는 겸손하게, 눈동자를 반짝이며 대답했다.「저는 중국과는 오래 전부터 인연이 있었던 모양이에요. 중국에 관해서는 여러 가지 책을 읽었어요. 차오 쪼에 관해서 조금 말씀드려 봐도 괜찮을까요? 그러면 제 지식이 얼마나 보잘것없는가 아시게 될 거예요. 실은 저는 아무것도 몰라요. 그는 농업에 관해서 썼더군요 — 어느 에세이 속에서 저는 번역된 것을 조금 읽은 기억이 있어요.

그것은 이런 겁니다.〈죄는 가난에서 시작되고, 가난은 식(食)의 부족에서 일어난다. 식의 부족은 땅을 갈기를 게을리하는 데서 일어난다. 갈지 않으면 사람은 흙과 결부되지 않는다. 결부되지 않으면 태어난 토지와 고향을 떠나기 쉬우니 나는 새나 들짐승과 다를 바 없다. 높은 성, 깊은 못, 엄한 법, 심한 벌도 마음속에 있는 호랑이와 승냥이의 성품을 고치지 못한다.〉」

옌도 잘 알고 있는 이러한 말을 이 아가씨는 풍부하고 맑은 목소리로 암송했다. 그녀의 목소리는 그 뜻을 더욱 깊게 하고 있었다. 그녀가 이 한 귀절을 사랑하고 있다는 것은, 그 얼굴에 엄숙함이 나타나고 눈에 신비가 서리어 마치 전에 맛본 아름다움을 다시 맛보고 있는 것처럼 보이는 데서도 느낄 수 있었다. 양친은 조용히, 아주 즐거운 듯이 딸의 말에 귀를 기울이고 있었는데, 아버지인 노교수는 예의상 입 밖에 내지는 않았으나 마음속으론 『군도 내 딸이 슬기롭고 교양이 있다는 것을 알았을 줄 아네. 이런 딸이 달리 또 있을까.』 하고 말하는 듯한 눈으로 옌을 보고 있었다.

옌은 기쁨을 말로써 표현하지 않을 수 없었다. 그리고 그후부터는 그녀의 말에 열심히 귀를 기울이고 그녀에 대해 친밀감을 느끼게 되었다. 그녀가 무슨 말을 하더라도, 그것이 아무리 보잘것없는 것이라도 항상 이치에 맞아서, 그녀 대신 자기가 그 말을 했더라면 좋았을걸 하고 생각하기조차 했다.

옌은 오늘 밤 처음 방문했다고는 생각되지 않을 만큼 이 집에 친근감을 느끼고, 가족들이 자기와는 다른 인종에 속한다는 것마저 잊을 정도였으나, 그래도 이따금 어쩌다가 그의 이해가 미치지 못하는 이상한 것과 미지의 일에 부딪쳤다. 그들이 약간 좁은 방으로 들어가서 식사 준비가 되어 있는 타원형 테이블에 모여 앉았을 때, 옌은 곧 스푼을 들고 식사를 시작하려 했다. 그런데 그는 이 집 사람들이 곧 먹기 시작하지 않는 것을 깨달았다. 노교수는 고개를 숙였다. 옌을 제외한 나머지 두 사람도 그렇게 했다. 무슨 일인지 몰라 옌이 무얼 하려나 하고 보고 있으려니, 교수는 눈에 보이지 않는 무엇을 향해 짤막한 말이지만 진정으로 소리내어 말했다. 무언가 선물을 받은 것을 신에게 감사하고 있는 것 같았다. 그것이 끝나자 더이상 의식 같은 것은 없었고 모두 먹기 시작했다. 옌은 그때는 아무것도 물어 보지 않고 그저 잡담에만 끼어들었다.

그러나 그때까지 본 적이 없는 이 의식이 너무 신기했으므로 식사 후에 베란다에 교수와 단 둘이 앉았을 때 이것에 관해서 물어 보았다. 그럴 때 어떻게 해야 예의에 벗어나지 않는가 알아 두고 싶기도 했기 때문이다. 그러자 노인은 천천히 파이프를 태우면서 어둑어둑해지는 길거리를 즐거운 듯 바라보며 잠시 잠자코 있더니, 손바닥에 다시 파이프를 얹어 놓고 입을 열었다.

「옌, 나는 군에게 우리의 종교에 대해서 어떤 식으로 얘기를 하면 좋을지 몇 번이나 생각했지. 아까 군이 본 것은 우리들의 종교적 의식의 하나로, 주어진 나날의 양식에 대해서 신에게 감사를 드린 것이라네. 그 자체는 별로 대단한 것은 아니지만 그것은 우리들의 생명이 간직하는 최대의 것 — 신의 신앙을 상징하고 있는 셈이네. 군은 언젠가 미국의 번영과 힘에 대해서 나한테 질문한 적이 있는 것을 기억할 줄 아네만, 나는 그것을 종교의 성과라고 믿고 있네. 옌, 군이 어떤 종교를 갖고 있는지 모르지만, 이 나라에 살고, 매일 내 교실에 출입하며, 우리 집에까지 와주었는데도 — 자주 와주었으면 하네만 — 나의 종교에 대해서 얘기하지 않는다면 자신에 대해서나 군에 대해서나 충실을 잃는 일이 되지 않겠는가.」

노교수가 이렇게 말하고 있는 사이에 그 부인도 나와서 옆자리에 앉았다. 부인은 의자에 앉아 바람에 흔들리듯 천천히 앞뒤로 몸을 흔들었다. 그러면서 남편의 말에 귀를 기울이며 어디까지나 자기 뜻과 꼭 같다는 듯이 미소지으며 고개를 끄덕이고 있다가, 남편이 여러 가지 신이라든가 인간의 육체를 만든 신의 신비에 대해서 이야기를 계속한 끝에 잠시 숨을 돌리자 부인은 조용히 열정에 못 이기는 듯이 입을 열었다.「이봐요, 학생. 나는 우리 주인양반한테서 학생이 교실에서 매우 공부를 잘 하신다는 얘기며 아주 훌륭한 논문을 쓰고 계시다는 얘기를 듣고, 당신이 그리스도의 신자가 될 분이라고 생각하고 있었어요. 만일 당신이 신자가 되셔서 가르침의 증거를 가지고 고국으로 돌아가신다면 그것은 중국으로 봐서도 얼마나 훌륭한 일일까요!」

이것은 옌에게는 커다란 놀라움이었다. 그녀의 말이 무엇을 의미하는 것인지 그에게는 전혀 짐작이 가지 않았다. 그러나 무례해지지 않으려고 그는 다만 미소를 지으면서 약간 고개를 숙이고 무언가 대답하려 했다. 그때 메리의 목소리가 그를 가로막았다. 그것은 금속처럼 날카롭고 맑았으며, 옌이 처음 듣는 어조였다. 그녀는 의자에 앉지 않고 계단의 제일 위에 걸터앉아 두 손으로 턱을 괴고 아버지가 얘기하고 있는 동안 그 말에 잠자코 귀를 기울이고 있었다. 그러고 있던 그녀가 갑자기 무엇에 화가 난 듯, 기묘하고 날카로운 목소리가 어둠 속을 가르듯이 울려 온 것이다. 「안으로 들어가세요, 아버지. 저쪽 의자가 더 편해요. 저도 밝은 쪽이 좋아요.」

조금 놀란 듯이 교수가 대답했다. 「그러냐, 메리. 그럼 그렇게 하자꾸나. 나는 또 네가 저녁때는 여기 있기를 좋아하는 줄 알았지. 저녁때마다 우리 모두 잠시 동안 여기 있기로 하고 있었으니까.」

그러나 메리의 대답은 더 침착을 잃은, 고집스럽게 들리기까지 하는 것이었다. 「오늘 밤엔 밝은 데가 더 좋아요.」

「그래, 그럼 그렇게 하자.」 노인은 천천히 일어섰다. 그리고 모두 집안으로 들어갔다.

밝은 방에 들어가자 교수는 다시 종교의 신비에 관해서 이야기하지 않았다. 이번에는 딸이 화제를 꺼내어 옌에게 그의 나라에 대해서 여러 가지 질문을 퍼부었다. 그것은 모두 급소를 찌르는 것이었으며 때로는 너무 심각했으므로, 옌은 정직하게 자기의 무지를 부끄러워하면서 모른다고 실토하지 않을 수 없었다. 그러나 그녀와 이야기를 하고 있으면 즐거웠다. 그녀는 미인은 아니었으나 얼굴이 총명하고 온화해 보였으며, 살결은 곱고 흰 데다가 입술은 얇고 적당히 붉었으며, 머리칼은 곱슬곱슬하지 않고 옌의 머리빛같이 흑색에 가까웠으나 옌의 것보다 훨씬 가늘었다. 눈이 무척 아름다웠다. 열을 내면 까맣게 되지만 웃으면 귀엽게 빛나는 회색으로 변했다. 그리고 그녀는 소리내어 웃는 일은 없었으나 곧잘 미소를 지었다. 또 손의 표정이 풍부했다. 가늘고 날렵하며 쉬지 않고 움직였으며, 작지는 않았으나 너무 여윈 탓인지 아름답다고 할 것까지는 못 되었지만 하여튼 그 모양이나 움직임에 일종의 매력이 있었다.

그러나 옌은 이런 것들뿐만으로 즐거웠던 것은 아니다. 그녀의 경우, 육체는 그 자체의 것이 아니고 그녀의 정신과 영혼을 싸는 것으로만 존재한다는 것을 그는 알고 있었기 때문이다. 이와 같은 여성을 모르던 옌에게 있어서 이것은 새로운 경험이었다. 그녀 속에서 순간적인 아름다움을 보는가 하면, 그것이 당장 사라져서 그녀의 정신이 발하는 한순간의 섬광처럼 그녀의 혀가 지껄이는 기지에 찬 귀절 속에 금방 그것을 읽게 되었다. 육체란 여기서는 정신에 의해서 생명이 주어졌으며, 정신은 육체에 대해 생각하기를 허용하지 않는 것이다. 그러므로 옌은 그녀를 거의 여자로서 보지 않고, 변화에 찬, 빛나고, 열심히 살고, 또 때로는 좀 차가운, 혹은 갑자기 곧잘 입을 다무는 하나의 인격으로서 보았다. 그러나 그녀의 침묵은 공허에서 오는 것이 아니라, 그녀의 마음이 무언가 옌이 말한 것을 포착했을 때라든가, 그것을 분명히 하기 위해 교묘하게 분석하고 있을 때 흔히 시작된다. 이러한 침묵 속에서 그녀는 흔히 자기를 잊고, 옌이 말을 다 하고 난 뒤에까지 자기가 그의 눈을 바라보고 있다는 것을 깨닫지 못할 때가 있었으며, 옌은 이렇게 그녀가 침묵할 때 몇 번이나 그 변화에 찬 검은 눈동자 속을 깊숙이 들여다보고 있는 자신을 깨닫곤 하는 것이었다.

그녀는 종교의 신비에 대해서는 끝내 한번도 말하지 않았으며, 노부부도 그후론 두번 다시 언급하려 하지 않았다. 드디어 옌이 일어서서 인사를 하자 교수는 잠시 그의 손을 잡고 말했다. 「만일 기분이 내키거든 주일에 나와 함께 교회에 가서, 어떤 것인가 한번 보는 것이 좋을 듯하네.」

옌은 이것도 친절한 제의의 하나로 받아들이고 꼭 가보고 싶다고 대답했다. 인종이 다른 자기를 마치 아들처럼 대우해 주는 세 사람과 다시 만나게 되는 것이 기뻤으므로 그는 더욱 기꺼이 그렇게 대답한 것이다.

옌은 자기 방으로 돌아와서 침대에 누워 잠을 청하는 동안 세 사람에 대해서 생각했다. 무엇보다도 그 처녀에 대해서 생각했다. 자기가 여태까지 만난 적이 없는 여성이 나타났다. 그녀는 자기가 아는 어떤 여성과도 격을 달리한다. 그것은 아이란보다 빛나는 소양을 지니고 있었다. 아이란의 명랑함과 고양이 새끼 같은 아름다운 눈과 귀여운 웃음을 모두 합하더라도 메리 쪽이 훨씬 빛났다. 이 백인 여성은 진지해지는 일도 많고 무언가 강한 내면적인 지성을 갖고 있다. 그것은 어머니의 여자답고 얌전한 부드러움에 비하면 약간 딱딱한 데가 있기는 하나 항상 맑고 밝다. 그녀는 그 육체조차 함부로 움직이지 않는다. 그녀에게는 육체만의 무의미한 동작이라는 것이 하나도 없다. 이 하숙집 딸처럼 허벅지나 손목이나 발을 남의 눈에 띄도록 늘 움직이고 있는 맹목적인 동작이라는 것이 전혀 없다. 또 그녀의 말이나 목소리에는 셍의 아름다운 시구를 무겁고 열정적인 음악으로 작곡한 그 여자와 같은 데도 없었다. 메리의 말에는 무언가 복잡한 의미 같은 것은 내포되어 있지 않았다. 그녀는 조용하고 조리 있고 날카롭고 명석하게 말한다. 한 마디 한 마디의 말이 저마다 무게와 뜻을 갖고 있지만 그 이상의 불필요한 점은 없었다. 언어는 그녀의 마음의 유용한 도구이며 모호하게 풍자나 일삼는 역할을 맡고 있지는 않은 것이다.

옌이 그녀를 생각할 때 주로 생각나는 것은 빛깔과 형체 있는 육체에 싸여 있으면서도 결코 육체에 의해서 숨겨지지 않는 그녀의 정신이었다. 그는 그녀가 한 말이나 그가 생각지도 못한 것을 꺼내는 그 머리의 명석함을 골똘히 생각했다. 한번은 애국심이 화제에 올랐을 때 그는 말했었다. 「이상을 갖는 것과 몰두한다는 것은 달라요. 열중한다는 것은 육체적인 것에 지나지 않을 경우가 있는데, 육체의 젊음이나 힘이 정신을 활발하게 하는 그런 경우죠. 하지만, 이상은 육체가 쇠약해지거나 파괴되더라도 언제까지나 살아 있지요. 이상을 갖는다는 것은 영혼의 본질적인 성능이니까요.」 그때 그녀의 얼굴은 민감하고 총명한 표정의 변화를 보여 주었으며, 참으로 애정이 깃든 눈으로 아버지를 보면서 말했다. 「우리 아버지는 정말 이상을 갖고 계시다고 저는 생각해요.」
 그러자 노인이 온화하게 대답했다.「그것을 나는 신앙이라 부른단다, 메리야.」
 옌은 지금, 아버지의 이 말에 그녀가 아무 대답도 하지 않은 것을 생각했다.
 이리하여 그는 이 세 사람을 생각하면서 조국을 떠난 이래 일찍이 느껴 보지 못한 영혼의 만족을 맛보면서 잠이 들었다. 그는 이 사람들이야말로 현실적인 존재이며, 이해할 수 있는 인간이라고 여겼다.
 그래서 노교수가 말하는 종교 의식이 행해지는 날에 다시 교수의 집을 찾았다. 문이 열리고 메리가 서 있는 것을 보자 그는 잠시 마음이 위축되는 것을 느꼈다. 분명히 그녀는 그를 보고 놀라고 있었다. 눈에는 강렬한 빛이 감돌고 조금도 미소짓지 않았다. 그뿐 아니라 그녀는 긴 외투를 입고 같은 빛깔의 조그마한 모자를 썼으며, 옌이 기억하는 그녀보다 키가 더 커 보여서 어딘가 압도당하는 기분이 들었다. 그래서 그는 더듬거리며 간신히 말했다.「아버님께서 오늘 교회에 데려다 주신다고 말씀하셨기에……」
 무언가 난처한 듯한 표정으로 그의 눈을 살피면서 그녀는 웃지 않고 말했다.「네, 알고 있어요. 들어오시지요. 곧 준비가 될 테니까요.」
 그래서 옌은 즐거운 우정의 추억이 남아 있는 방으로 다시 들어갔다. 그러나 아침은 그날 밤 만큼 친밀감이 느껴지지 않았다. 난로에는 그날 밤처럼 불이 타고 있지 않았으며, 가을 아침의 엄하고 차가운 햇빛이 창문에서 비쳐들어 바닥의 깔개며 의자의 덮개 등 해묵은 것들을 훤하게 드러내고 있었다. 낡은 방의 난로나 등불의 불빛 속에서 침침하고 친근하게 느껴졌던 그것들은 환한 광선 때문에 너무나 낡고 신선미가 없어 보였다.
 그러나 노교수와 부인은 교회에 가는 단정한 복장을 하고 들어와서 그날 밤과 다름없이 친절하게 맞이해 주었다. 교수가 말했다. 「잘 와주었네. 군을 강요하는 것처럼 되어서는 안될 것 같아서, 그후 교회 애기는 일체 하지 않았네만.」

그러나 부인은 변함없이 상냥하게 넘치는 호의를 보이면서 말했다. 「하지만, 나는 기도를 했답니다. 하느님의 인도로 당신이 오시게 되도록 기도드렸지요. 학생, 나는 밤마다 당신을 위해서 기도드리고 있어요. 하느님께서 내 기도를 들어 주신다면 얼마나 기쁠지 모르겠어요. 만일 내 정성이 통해서……」

그때 이 고색 짙은 방의 아침 광선처럼 찌르는 듯이 날카롭게 부르는 처녀의 소리가 울렸다. 쾌활하고 호의에 찬, 매우 산뜻하고 해늙 ㅣ조였으나, 옌이 아까 들은 것보다 더 차가웠다. 「자, 가셔요. 시간 다 가겠어요.」

그녀는 앞장서서 밖으로 나가더니 함께 타고 갈 자동차의 운전석에 앉았다. 노부부가 뒷자리에 앉고 옌은 그녀 옆에 앉았다. 그녀는 핸들을 움직이면서 그에게 한 마디도 말을 건네지 않았다. 옌도 따라서 아무 말도 하지 않았으며, 그녀 쪽을 돌아다보려 하지도 않았다. 다만 이따금 신기한 바깥 경치를 좇아 고개를 돌리면서 흘긋 쳐다볼 뿐이었다. 그러나 직접 그녀를 보지는 않더라도 바라보는 경치 앞에 있는 그녀의 옆얼굴을 보고 있었다. 그 얼굴에는 지금 미소의 그림자도 밝음도 없었다. 슬퍼 보이도록 엄숙했으며 쭉 곧은 코, 윤곽이 뚜렷해 보이는 턱, 그리고 회색 눈은 똑바로 전방의 길 위 먼 쪽만을 응시하고 있었다. 이렇게 교묘히 차를 몰면서 곧은 자세를 지탱하고 있는 그녀를 보고 있으니 옌은 좀 무서워졌다. 그토록 흉금을 털어놓고 이야기를 나눈 적이 있는 상대가 아닌 전혀 별개의 사람이란 느낌이 들었다.

이리하여 그들은 많은 남자와 여자와 아이들이 들어가는 커다란 건물 앞에 닿았다. 그들도 마찬가지로 안으로 들어가서 자리에 앉았다. 옌은 교수와 딸 사이에 앉았다. 이런 사원에 들어오는 것은 이것이 두 번째로, 호기심에서 옌은 사방을 돌아보지 않을 수 없었다. 고국의 사원은 그도 여러 번 보았는데 그것은 모두 사회의 무지한 자들이나 혹은 여자들을 위한 것이었으며, 그는 태어나서 아직 어떤 신도 믿어 본 적이 없었다. 몇 번인가 호기심에서 사원에 들어가 많은 우상을 보기도 하고, 큼직한 종이 울리기 시작할 때 그 가라앉은 적적한 음색에 귀를 기울인 경험은 있었으나, 잿빛 법의를 입은 승려들을 그는 경멸의 눈으로 보았었다. 그것은 어릴 때부터, 승려란 민중을 밥으로 삼는 무지한 악당들이라고 가정 교사들에게 들어 왔기 때문이었다. 그래서 옌은 어떤 신도 숭배하지 않았다.

지금 이 이국의 사원에 앉아 그는 그 광경을 지켜 보고 있었다. 그것은 기분 좋은 장소였다. 초가을의 햇빛이 길쭉한 창문으로 큼직한 무늬가 되어 흘러들어와서 제단에 장식한 꽃이며, 부인들의 회색 상의며, 젊은 사람들은 적었으나 갖가지 정취가 다른 사람들의 얼굴을 비추어 내고 있었다. 이윽고 어디선가 음악이 교회 안에 흐르기 시작했다. 처음에는 매우 조용한 가락이었으나 차츰 음량이 불고 마침내 공기가 그 때문에 진동하듯 높아졌다. 옌이 어디서 그 소리가 흘러나오는가 하고 고개를 옆으로 돌리니 옆에 앉은 노교수의 모습이 눈에 들어왔다. 고개를 숙이고 눈을 감은 그 얼굴에는 황홀하고 감미로운 미소가 넘쳐 있었다. 주위를 돌아보니 다른 사람들도 모두 마치 주문에 걸린 듯 고개를 숙이고 있었다. 옌은 이런 경우 어떻게 하면 의식에 맞는지 알 수가 없었다. 그래서 메리를 보니 운전석에 앉아 있을 때와 똑같이 자세를 바르게 세우고 거만하게 턱을 치켜든 채 눈을 크게 뜨고 먼 곳을 응시하고 있었다. 그녀의 그런 모습을 보았으므로 옌도 미지의 신 앞에 머리를 숙이지 않기로 했다.

이 나라는 위대한 종교의 힘에 바탕을 두고 있다고 말한 노교수의 말을 생각하고, 지금 옌은 그 힘이 무엇인가 알려고 지켜 보고 있었다. 그러나 그것은 쉽게 발견할 수 없었다. 장중한 음악이 다시 본래의 부드러움으로 돌아가서 이윽고 어딘지 모를 은밀한 장소로 사라져 버리자 긴 겉옷을 걸친 중 같은 사람이 나타나서 무엇인가를 낭독했다. 사람들은 엄숙하게 듣고 있었으나 방관하고 있는 옌의 눈에는 그 가운데 자기 복장이나 남의 얼굴에만 정신을 팔고 있는 듯한 사람들의 모습도 보였다. 그러나 노교수 부부는 열심히 귀를 기울이고 있었으며, 메리만은 여전히 무슨 말을 들어도 안색을 바꾸지 않고 먼 곳만 바라보고 있었다. 듣고 있는 것인지 어떤지도 알 수 없었다. 음악은 그후에도 몇 번이나 들려 왔다가는 그쳤으며,

옌이 알아들을 수 없는 말이 낭송되었다. 그리고 그 긴 옷을 입은 사람이 아까 읽은 큰 책에 씌어 있는 것에 대해서 회중에게 설교했다.

옌도 그것을 들어 보고 그 유쾌해 보이고 덕 높은 사람들의 설교를 선량하고 무해하다고 생각했다. 가난한 자에 대해서 더 친절하라, 자기를 이기고 절제 있는 생활을 하면서 신에게 봉사하라, 하고 그는 회중에게 설교했다. 어느 승려라도 할 만한 말이라고 그는 생각했다.

설교가 끝나자 그는 회중에게 고개를 숙이게 하고 신에게 기도를 드렸다. 이때도 옌은 어떻게 할까 하고 생각하면서 좌우를 돌아보았다. 이번에도 노부처는 경건한 태도로 고개를 숙이고 있었다. 그리고 옆에 앉은 교수의 딸은 변함없이 고개를 쳐들고 있었으므로 옌도 머리를 숙이지 않았다. 그는 눈을 크게 뜨고 그 중 같은 사람이 무언가 우상의 상징물이라도 꺼내지 않나 하고 지켜 보았다. 회중이 고개를 숙이고 예배의 준비를 하고 있었기 때문이다. 그러나 중 같은 사람은 아무런 우상도 꺼내지 않았으며 신의 모습은 아무데도 보이지 않았다. 그리고 잠시 후 중 같은 사람의 말이 끝나자 사람들은 신이 나타나기를 기다리지 않고 웅성웅성 일어나서 돌아가기 시작했다. 옌도 하숙으로 돌아왔다. 그는 거기서 본 것도 들은 것도 뭐가 뭔지 조금도 알 수 없었다. 그리고 그 중에서 무엇보다도 뚜렷하게 생각나는 것은 끝내 한 번도 숙이지 않고 자랑스레 높이 쳐든 메리의 머리의 윤곽이었다.

그러나 아무튼 이 날이 인연이 되어 새로운 사건이 그의 신상에 일어났다. 어느 날, 마침 겨울 밀의 씨를 뿌려 놓고 어느 종자가 가장 잘 되는가 시험하고 있던 옌이 농장에서 하숙에 돌아와 보니 책상 위에 한 통의 편지가 놓여 있었다. 옌의 고독한 외국 생활에 있어서는 매우 드문 일이었다. 석달에 한 번쯤 아버지한테서 온 편지가 책상 위에 놓여 있는 것이 보통이었다. 그 편지는 모두 거의 같은 문구로, 나는 무사하다, 봄까지는 휴양하고 다시 전쟁에 나간다, 너는 배우고 싶은 것을 열심히 공부해야 한다, 너는 외아들이므로 학업을 마치면 곧 돌아와야 한다는 등의 사연들이 적혀 있었다. 또 어쩌다가 아이란의 어머니한테서 온 편지도 얹혀 있었는데, 그녀의 일상 생활에 관한 자상한 소식이라든가, 아이란을 빨리 출가시키고 싶다든가, 아이란은 벌써 세 번이나 제멋대로 약혼을 했다가 번번이 제 마음대로 파혼을 해버렸다는 사연 등이 적혀 있었다 — 아이란의 고집이 심하다는 대목을 읽고 옌은 저도 모르게 떠오르는 미소를 누르지 못했다. 그리고 부인은 자기 마음을 달래기 위해서인 듯 이런 말을 덧붙였다. 〈하지만 메이링(美齡)이 나의 의지란다. 지금 이 아이를 집에 데리고 와서 교육시키고 있는데, 공부도 잘하고 무엇을 시켜도 틀림없이 하고, 모든 일이 하나도 나무랄 데가 없단다. 이런 딸이야말로 내가 갖고 싶어하던 딸이라는 기분이 든다. 때로는 아이란 이상으로 내 딸 같은 느낌이 들 때도 있단다.〉

옌이 기대할 수 있는 것은 이런 편지들뿐이었다. 아이란도 한두 번 편지를 보내 왔었다. 두 나라 국어를 마구 섞어서 그 응석과 즐겨 하는 농담으로, 돌아올 때는 미국의 보석류를 선물로 사오지 않으면 그냥 두지 않겠다느니, 꼭 미국인 부인을 데려오기 바란다느니 하는 말이 적혀 있었다. 또 셍의 편지도 오기는 왔으나 극히 드물었으며 기다릴 수 없는 것이었다. 셍은 아름다운 자태와 좋은 말재주를 가진 청년인 데다가, 외국인이라는 점이 변덕스럽고 새것을 좋아하는 도시인의 눈에 더한층 매력을 느끼게 하는 듯, 셍의 생활은 온갖 향락에 분망하겠구나 하고 슬픈 기분으로 옌은 상상하는 것이었다.

그런데 오늘 온 편지는 그 중의 어느 것도 아니었다. 그것은 희고 네모난 봉투였으며 그의 이름이 똑똑하게 검은 잉크로 씌어져 테이블 위에 놓여 있었다. 뜯어 보니 메리 윌슨한테서 온 것이었다. 그녀의 이름은 아래쪽에 명료하게 큰 글씨로, 살아 있는 듯한, 생기가 넘치는 달필로 적혀 있었다. 그것은 월말이면 하숙집 안주인이 들고 오는 계산서의 조잡한 글씨와는 비교도 되지 않았다. 〈용무가 있으니 형편이 좋으실 때 와주셨으면 좋겠어요. 지난번 교회에 함께 간 날부터 마음에 걸리는 일이 있습니다. 말씀드리려고 하면서도 아직 못하고 있는 것이 있는데 그것을 털어놓고 이야기하고 싶습니다.〉 이런 뜻의 사연이 적혀 있었다.
 그래서 옌은 무슨 일일까 하고 궁금해 하면서 흙문은 얼굴을 씻고 저녁 식사를 마친 다음 화려하지 않으나 좋은 옷으로 갈아입고 밖으로 나갔다. 막 하숙을 나오는데 안주인이 말을 건네며, 오늘 어느 여자한테서 온 편지를 테이블 위에 올려놓았는데 금방 만나러 가느냐고 물었다. 한자리에 앉아 있던 사람들이 모두 껄껄대고 웃었으며, 그 중에서도 딸이 제일 큰 소리로 웃어 댔다. 그러나 옌은 아무 말도 하지 않았다. 다만 버릇없는 웃음이 그들 따위는 감히 발 밑에도 미치지 못할 메리 윌슨의 이름을 더럽힌 것만이 화가 났다. 그들에 대한 분노로 옌의 가슴이 끓었다. 그는 그녀의 이름만은 절대로 자기 입으로 아무에게도 말하지 않겠다고 다짐했다. 마침 그녀를 방문하러 나가는 때에 그런 웃음 소리를 듣고 그런 천한 표정을 본 것이 자기 마음속만의 일이기는 하나 편안하지 않았다.
 그 기억은 사라지지 않았다. 다시 그 집 현관에 서서 문이 열리고 그녀가 거기 나타났을 때도 그 기억은 그에게 위축감을 느끼게 했다. 그는 딱딱해지고 주저하게 되었으며 그녀가 호의에 찬 손을 내밀었을 때도 못 본 척하며 그 손을 잡지 않았을 만큼, 하숙집 인간들의 야비함에 대한 반감으로 속이 비틀려져 있었다. 그 새침한 냉정함을 그녀는 감지했다. 그녀의 얼굴에서 밝은 빛이 사라지고, 그를 접대하기 위한 상냥한 미소도 어디론가 꺼져 버렸으며, 「어서 들어오세요.」 하는 목소리도 착 가라앉아 따뜻함이 없었다.
 그러나 안으로 들어서니 방안은 처음 온 날 밤과 같았으며, 따뜻하게 난로에서 타는 불빛은 친밀감이 넘치고 있었다. 고색 짙은 의자도 그를 부르는 듯했고, 텅 빈 듯한 고요가 그를 기분 좋게 받아들여 주었다.
 그러나 그는 너무 그녀 가까이에 자리를 차지하고 싶지 않아 그녀가 앉는 것을 확인할 때까지 서 있었다. 그녀는 그를 보지 않고 대수롭지 않게 난로 앞에 있는 낮은 걸상에 앉더니 가까이 있는 큰 의자를 그에게 권했다. 옌은 거기 앉으면서 그녀의 얼굴이 똑똑히 보이기는 하지만 무심코 자기가 손을 내밀거나 그녀가 내밀었을 때 손이 서로 닿지 않을 만큼 의자를 약간 뒤로 밀어냈다. 그렇게 함으로써 그 야비한 인간들의 웃음이 단순히 천한 웃음에 지나지 않았다는 것을 분명히 해두고 싶었던 것이다.

이렇게 두 사람은 단 둘이서 마주보고 앉았다. 노부부는 어찌 된 일인지 모습도 보이지 않고 목소리도 들리지 않았다. 양친에 관해서는 아무 말도 하지 않고 처녀는 마치 하기 어려운 말이지만 그냥 넘어갈 수 없는 일이기나 한 듯이 약간 당돌하게 곧 이야기를 꺼냈다. 「제가 오늘 밤 와주십사고 부탁을 드려서 이상하게 생각하셨지요? 우리 두 사람은 거의 아무런 연관도 없는 사이거든요. 하지만, 저는 중국에 관해서 무척 많은 책을 읽고 ── 제가 도서관에서 일하고 있는 줄은 알고 계시지요? ── 그래서 중국에 대해서 약간은 알기도 하고 또 매우 존경도 하고 있답니다. 지금부터 여기서 부탁드리는 것은, 그러니까 당신 한 분을 위해서가 아니고 중국인의 한 분으로서의 당신을 위한 거예요. 저는 한 사람의 근대적인 미국인으로서 근대적인 중국인으로서의 당신에게 말씀드리는 거예요.」

여기서 그녀는 말을 끊고 잠시 가만히 불을 들여다보고 있더니 이윽고 난로에 수북이 쌓인 장작 더미에서 잔가지 하나를 집어들어 나른한 태도로 타고 있는 장작 밑의 벌건 석탄을 뒤적거렸다. 옌은 어떤 얘기일까 하고 궁금해하면서, 아직도 얼마간 그녀에 대해 서먹서먹함을 느끼며 다음 말을 기다렸다. 여성과 단 둘이서 이야기를 나누는 데 익숙해 있지 않았기 때문이다.

「실은, 아버지와 어머니 두 분이 당신이 기독교에 흥미를 갖도록 하려고 애를 쓰고 계시는 것을 저는 매우 난처해하고 있어요. 우리 부모님에 대해서는 제가 아는 사람들 가운데서 가장 좋은 분이라는 것 이외는 아무 말도 하지 않겠어요. 당신은 아버지를 잘 알고 계시니까 어떤 분인가는 짐작이 가실 거예요 ── 아마 누구나 다 짐작할 수 있을 겁니다. 저는 이 세상에 태어나서 오늘날까지 아버지가 화를 내시거나 불친절해지시거나 하는 것을 본 적이 없어요. 이 이상 더 좋은 부모를 어느 딸이, 어느 여자가 가졌을까요? 다만 한 가지 곤란한 일이 있다면, 아버지는 그 선량함은 저에게 물려 주시지 않았지만 그 두뇌를 물려 주셨다는 거예요. 그런데 제 시대에 제가 그 두뇌를 사용한 결과는 아버지의 생애를 육성해 온 원동력인 종교에 반대하게 되어 버렸지요. 실은 저 자신은 종교를 믿지 않고 있어요. 아버지 같은 강력하고 예민한 지성을 가진 분이 어째서 자기 종교에 그 지성을 사용하시지 않는지, 저는 아무래도 알 수가 없어요. 종교는 아버지의 감정적 욕구를 만족시켜 드리고 있어요. 그러나 아버지의 지적인 생활은 종교 밖에 있는 거예요. 그리고…… 그 둘 사이에 연락이 없는 거예요. 어머니는 물론 지적(知的)은 아니에요. 단순하시니까 어머니의 입장은 이해할 수 있어요. 만일 아버지가 어머니 같은 분이었더라면 나는 두 분이 당신을 크리스찬으로 만들려고 애쓰는 것을 재미있게 구경하고 있었을 거예요 ─ 성공할 가망이 없다는 것을 알고 있기 때문에 말이에요.」

그녀는 이제 그 정직한 눈을 똑바로 옌에게 돌린 채 조그마한 나무 도막을 쥔 손의 움직임을 그쳤다. 그리고 그를 보는 그녀의 시선은 더 열을 띠어 갔다.「그런데 제가 걱정하는 것은…… 아버지 같으면 당신을 움직일 수 있을지 모른다는 거예요. 당신이 아버지를 존경하고 있다는 것을 알아요. 당신은 아버지의 제자이십니다. 제가 생각하기로 아버지는 일종의 공상을 그리고 계셔서 당신이 위대한 크리스찬의 지도자가 되어 고국으로 돌아가시기를 바라고 계셔요. 아버지는 옛날에 선교사가 되고 싶어하신 적이 있다는 말씀을 하지 않으시던가요? 아버지의 시대에는 선량하고 성실한 소년이나 소녀들은 누구나 해외 전도열 ─ 그러한 이름으로 불렸었지요 ─ 이 전도열에 들떠 있었답니다. 하지만, 아버지는 어머니와 약혼하시고 어머니가 그다지 건강하지 못해서, 그후 두 분은 줄곧 일종의 좌절감이랄까요, 아무튼 실패자라는 기분을 늘 갖고 계신 모양이에요. 정말 세대의 차이라는 것은 이상해요! 우리들은 ─ 부모님이나 저나 ─ 당신에 대해선 같은 기분을 갖고 있는데…….」그녀의 깊고 아름다운 눈이 부끄러움도 미태도 없이 똑바로 그를 바라보고 있었다.「그런데, 어쩌면 이렇게도 다를까요! 당신이 훌륭한 분이기 때문에 어떻게든 자기들의 신앙에 끌어들이고 싶다, 그렇게 되면 얼마나 좋을까 하고 생각하고 계시는 거예요. 저는 당신이 당신 이상의 것이 될 수 있다 — 그것도 종교의 힘으로 — 이렇게 생각한다는 것은 매우 분수에 넘치는 일로 여겨져요. 당신은 당신의 민족과 당신의 시대에 속하는 분입니다. 당신과 아무런 인연도 없는 외국 것의 강요는 아무도 할 수 없는 일이에요!」

이러한 말을 그녀는 자연스레 그러면서도 호소하는 듯한 강한 열정을 갖고 말했다. 옌은 그 열의에 의해 그녀에게 끌려들어갔다. 그것은 그녀가 그를 단순히 한 인간으로서, 하나의 남자로서가 아니라, 그가 속하는 민족을 대표하는 한 사람으로서 보고 있는 것이라고 굳게 믿었기 때문이다. 마치 그를 통해서 몇 억의 중국 민족에게 말하고 있는 듯이 여겨졌다. 그러나 그와 그녀와의 사이에는 품위, 이성(理性), 태어날 때부터 두 사람이 가지고 있는 체면 — 그러한 장벽이 있었다. 그래서 그는 고마움을 느끼면서 말했다. 「말씀 잘 알아들었습니다. 저는 약속하겠습니다. 아버님께서 제가 받아들일 수 없는 신앙을 갖고 계시다는 것을 알더라도 그로 말미암아 결코 선생님에 대한 저의 존경심이 약해지거나 하지는 않을 것입니다.」

그녀의 눈은 다시 난로 쪽으로 옮겨졌다. 불은 다 타서 나무는 숯과 재가 되어 버렸고, 그 빛이 붉게 그녀의 얼굴과 머리카락과 손과 드레스를 비쳐 주고 있었다. 그녀는 생각에 잠기면서 말했다.

「누가 우리 아버지를 존경하지 않을 수 있을까요? 저도 아버지에게 배운 어릴 때부터의 신앙을 버린다는 것은 쓰라린 일이에요. 하지만 아버지에게는 정직했습니다. 정직해질 수 있었어요. 그래서 아버지와 저는 몇 번이나 의견을 나누었지요. 어머니에게는 아무 말도 할 수 없었어요. 언제나 어머니는 울기부터 하시니까 감당하기가 어려워요. 그러나 아버지는 어떤 점에서나 저의 상대가 되어 주셨답니다 — 그래서 얘기할 수 있었지요 — 아버지는 언제나 저의 무신앙을 존중해 주셨어요. 저도 아버지의 신앙을 존중했고, 오히려 전보다 더 존경하게 되었지요. 아버지와 저의 생각은 어느 점에서는 매우 닮았어요. 거기까지 가면 지성은 작용하지 않고, 논리가 아니라 신앙이 시작되는 거예요. 거기서 두 사람은 헤어지지요. 아버지는 거기서 비약해서 그것을 받아들이십니다. 솔직하게 믿으며, 신앙과 희망의 세계로 들어가실 수 있는 거지요. 저는 그것을 할 수 없었던 거예요. 우리 세대의 사람들은 그것을 하지 못해요.」

별안간 그녀는 힘차게 일어서더니 장작 하나를 집어 타고 있는 석탄 위에 던져 넣었다. 불꽃이 굵고 검은 연통 속으로 솟아오르고 다시 불이 피기 시작했으므로 옌은 화력이 좋아진 빛 속에서 빛나고 있는 그녀를 보았다. 그녀는 난로 선반에 기댄 채 그를 내려다보고 서 있었다. 그리고 진지하게 그러나 입가에 미소를 띄운 채 말했다. 「제가 말씀드리고 싶었던 것은 이것뿐이에요 — 이게 전부입니다. 제가 무신앙자라는 것을 잊어버리지 마세요. 아버지나 어머니가 당신을 움직이시더라도 세대가 다르다는 것을 잊지 말아 주세요. 아버지나 어머닌 저와는, 당신이나 저의 세대와는 다른 세대의 사람들이에요.」

옌은 진심으로 고마워하면서 일어섰다. 그리고 뭐라고 말할까 생각하다가 뜻밖의 말이, 미리 준비했던 말과는 전혀 다른 말이 그의 입에서 흘러나왔다.

「저는,」 그녀를 보면서 그는 천천히 말했다. 「내 나라 말로 당신에게 얘기할 수 있으면 얼마나 좋을까 생각하니 유감스럽습니다. 미국말은 아무리해도 완전하고 자연스럽게 말할 수는 없군요. 당신은 우리들이 같은 인종에 속하지 않는다는 것을 잊게 해주셨습니다. 아무튼, 미국에 와서 처음으로 마음의 장벽이 없이 이야기를 들었다는 기분이군요.」

그가 정직하게 단순히 이렇게 말하는 것을 듣고 그녀는 어린 아이처럼 똑바로 그의 얼굴을 보았다. 두 사람의 눈은 수평으로 상대편의 눈을 똑바로 보고 있었다. 그녀는 조용히 그러나 호의가 담겨진 말로 대답했다. 「우린 아마 틀림없이 친구가 될 거예요, 옌.」

그는 머뭇거리면서 어딘가 미지의 새로운 세계로 한 걸음 내디딘 듯한 기분으로 대답했다. 어디로 내디디는지, 거기에 무엇이 있는지는 모르지만, 무슨 일이 있어도 내딛지 않을 수 없는 기분으로 대답했다. 「당신이 원한다면,」 그리고 여전히 그녀에게서 눈을 떼지 않고 부끄러움 때문에 아주 나직한 소리로 덧붙였다. 「메리.」
　그때 그녀는 반짝 빛나는 듯한 재치에 넘치는 약간 장난꾸러기 같은 미소로 그의 말을 흔쾌하게 받아들였다는 것을 나타내 보이면서, 마치 「오늘 밤은 이제 충분히 서로의 기분을 얘기했군요. 이만해 두기로 해요.」 하고 똑똑히 소리내어 말한 것처럼 그를 눌러 버렸다. 그리고 두 사람이 잠시 서적 이야기며 가벼운 세상 이야기를 하고 있는 동안에 이윽고 현관에서 발자국 소리가 들렸다. 그녀는 얼른 말했다. 「돌아오셨어요, 나의 소중한 두 분이. 기도회에 다녀오신 거예요. 수요일 밤에는 꼭 가시지요.」
　그녀는 동작도 가볍게 현관으로 나가서 문을 열고 늙은 양친을 맞았다. 노부처는 으스스 추운 가을의 밤바람에 빨개진 원기 있는 얼굴로 들어왔다. 곧 두 사람은 난로가로 와서 여태까지 이상으로 상냥하게 옌에게 말을 건네며 막 일어선 옌을 다시 의자에 앉혔다. 그 동안에 메리는 과일과 양친이 자기 전에 즐겨 마시는 따끈한 우유를 들고 왔다. 옌은 우유는 좋아하지 않았으나 이 집안과의 친밀감을 더 느끼고 싶었으므로 손에 들고 조금 마셨다. 그제야 메리는 비로소 깨닫고 웃으면서 「어머, 어째서 나는 그걸 깜박 잊었을까.」 라고 말하고는 새로 차를 끓여 와서 그에게 권했다. 한참 재미있게 이야기가 오고갔다.
　그러나 나중에 옌이 제일 생각나는 것은 다음과 같은 순간이었다. 얘기가 잠깐 그쳤을 때 부인이 탄식하면서 말했다. 「메리야, 너도 오늘 밤 출석해 주었으면 좋았을 텐데. 아주 좋은 모임이었어. 존즈 박사의 말씀은 참으로 훌륭하다고 생각해. 그렇잖아요, 헨리? 아무리 큰 시련이라도 뚫고 나갈 수 있을 만한 신앙을 가지라는 말씀이었어.」 그리고 정답게 옌을 돌아보고 말했다. 「당신은 이따금 매우 쓸쓸해질 때가 있을 거예요, 부모님과 이렇게 멀리 떨어져 있으니. 당신도 매우 외로우실 거고, 양친께서도 아드님을 이렇게 멀리 보내 놓으시고 무척 가슴이 아프실 거예요. 만일 당신만 상관없다면, 매주 수요일에는 우리 집에서 저녁 식사를 하고 함께 교회에 나가게 되면 얼마나 좋을까 하고 생각하고 있어요.」

옌은 참으로 친절한 부인이라고 생각하면서 그저 「감사합니다.」라고만 대답하고 그의 눈은 메리에게 가 있었다. 메리는 아직 의자에 앉아 있었으므로 지금 그녀의 눈은 그보다 낮게 그리고 매우 가까이에 있었다. 그녀의 눈 속에서, 그리고 그 얼굴 전체에서 그는 하나의 아름답고 애정에 찬 거의 완전한 표정을 읽었다. 모친에 대한 애정과 함께 옌 자기에게 품고 있는 깊은 이해가 서린 그 표정은 뜻이 맞는 두 사람을 일종의 상호 이해 속에 결합시켜 놓고 있었다. 그래서 그와 메리는 그야말로 두 사람만으로 결합되어 있었던 것이다.

그때부터 옌은 어느 비밀의, 남모르는 풍부한 감정을 누리면서 살았다. 이 나라의 국민이 이제 그에게 있어서는 완전히 인연이 없는 것이 아니고, 그 생활이 전혀 이질적인 것이 아니게 되었으며, 요즘에 와서는 자기가 그들을 증오하고 있었다는 것조차 잊는 수가 많았다. 그리고 그는 자기가 전처럼 그들로부터 줄곧 모욕을 당하고 있지 않다는 생각까지 하게 되었다. 지금 그에게는 그가 들어갈 수 있는 두 개의 문이 있었다. 하나는 외적인, 형태가 있는 문으로, 그가 늘 자유로이 출입할 수 있고 환영받는 노교수의 가정이었다. 그 고풍의 갈색 거실은 이 이역에서 그에게 그의 집이 되었다. 전에는 자기의 고독을 실로 기분 좋은 것이요, 가장 바람직한 것이라 생각하고 있었으나, 이제 그의 생각은 좀더 앞으로 나아가 고독이란 것은 불쾌하고 바람직스럽지 않은 존재를 쫓아 주는 경우에만 인간에게 유쾌한 것이지, 사랑할 만한 존재를 발견했을 경우에는 이미 조금도 유쾌하지 않다는 것을 깨닫게 되었다. 노교수의 집 거실에서 그는 사랑할 만한 많은 존재를 발견한 것이다.

거기에는 몇 권인가 손때 묻은 책이라는 존재도 있었다. 보기에는 조그맣고 말이 없었지만, 이따금 그가 이 방에 혼자 들어와서, 한참 동안 집안에 아무도 없을 때에 혼자 자리에 앉아 문득 한 권의 책을 손에 들라치면 그것이 참으로 웅변으로 그에게 말을 걸어 오는 것을 깨달았다. 서적은 이 방에서는 다른 어떤 장소에서보다 친근히 자기에게 말을 걸어 오는 느낌이 들었다. 그것은 이 방이 학문이 갖는 친밀과 고요로써 그를 감싸 주기 때문이다.

또 여기에서는 늙은 교수를 만나는 일도 즐거웠다. 교실에서나 실습장에서도, 이 방 만큼 노교수의 좋은 점을 옌에게 가르쳐 주지는 않는다. 노교수는 매우 단순하게 어린 아이 같은 생애를 보내 온 사람이었다. 농가에서 태어나 학생이 되고 마침내 교수가 되었으며, 그리고부터 오랜 세월을 한결같이 살아왔다. 그러므로 그는 세상 일은 거의 몰랐다. 마치 이 사회에서 살아온 사람이 아닌 것같이 보였다. 그러나 그는 이성과 정신이라는 두 세계에서 살아 온 사람이었다. 옌은 여러 가지 질문을 하여 이 두 세계를 살폈는데, 노인이 그 지식과 신앙을 말하는 것을 묵묵히 듣고 있으면, 좁고 답답하다는 생각은 조금도 들지 않고, 시간이나 공간에 묶여 있지 않은 한 정신의 광대 무변한 소박함을 느낄 뿐이었다. 이 영혼 속에서는 인간과 신과의 모든 교류가 가능했다. 그것은 현실과 동화의 세계 사이의 경계를 인정하지 않는, 총명한 어린 아이의 마음이 갖는 넓은 정신 세계였다. 더욱이 이 소박함은 놀라울 만한 예지에 차 있었으므로 옌은 존경하지 않을 수 없었다. 그리고, 다만 자기의 이해력의 협소함을 뉘우치고 괴로워했다. 이러한 괴로움 때문에 어느 날 마침 그가 혼자 거실에 있을 때 들어온 메리를 향해서 그는 물었다. 「나는 아버님 말씀을 듣고 있으면, 이제 머지않아 크리스찬이 되어 버릴 것 같습니다!」

그녀는 대답했다. 「누구나 다 그래요. 하지만 당신도 저와 마찬가지로 그 머지않다는 것이 곧 장애가 된다는 것을 틀림없이 아시게 될 거예요. 우리들의 마음은 아버지와 달라요, 옌. 그토록 단순하지도 않고, 그토록 확신도 없으며, 그리고 훨씬 더 탐구적이거든요.」

그녀가 똑똑하고 냉정하게 이렇게 말하므로, 옌도 그것으로 이렇게 그녀와 같은 세대임을 느끼고, 자기의 의사에 반해 어느 아슬아슬한 지경에까지 끌려갔다가 되돌아올 수 있다고 느꼈는데, 그러나 역시 끌려간 것은 자기의 의사이기도 했던 것이다 —— 왜냐하면 그는 노교수를 사랑하고 있었기 때문이다. 그러나 그녀는 그럴 때마다 그를 뒤로 다시 끌어당겨 놓았다.

만일 이 집이 바깥 문이라고 한다면, 그녀는 그 깊숙한 핵심으로 통하는 안쪽 문이었다. 왜냐하면 그는 그녀를 통해서 많은 것을 배웠기 때문이다. 그를 위해 그녀는 자기 국민의 역사를 얘기했다. 거의 이 지구상의 모든 인종과 민족을 망라하는 미국인이 어떻게 하여 지금 그들이 살고 있는 국토에 몰려들었으며, 무력으로, 책략으로, 모든 수단의 전쟁으로, 어떻게 하여 이 토지를 점유하고 있던 사람들을 내쫓고 국토를 빼앗아 자기 것으로 만들었는가를 그녀는 이야기했다. 옌은 어릴 때 〈삼국지〉 이야기를 열심히 들었듯이 황홀한 기분으로 이 얘기에 귀를 기울였다. 그녀는 또 조상들이 얼마나 용감하게 목숨을 걸고 대륙을 동쪽에서 서쪽으로 개척해 나갔는가 이야기했다. 때로는 거실의 난로가에서, 때로는 만추의 낙엽을 밟고 숲속을 거닐면서 그런 이야기를 듣고 있으면, 옌은 이 여성이 표면의 온화함과는 달리 그 핏속에 참으로 강인함을 감추어 갖고 있음을 알 수 있었다. 그녀의 눈은 그때그때 재기 발랄하기도 하고, 대담해지기도 하고, 냉혹해질 수도 있었다. 그녀의 턱은 한일자로 다문 입술 아래서 힘있게 끌어당겨져 있었다. 그리고 그녀는 자기 국민의 역사에 강한 긍지를 느끼고 있다는 것이 말하는 동안에 뜨겁게 전해져 오는 것이었다. 옌은 그녀에게 거의 압도당하는 듯한 기분을 느꼈다.

그런데 매우 이상한 것은, 이런 때일수록 옌은 메리의 속에서 거의 남자로밖에 생각할 수 없는 힘을 느끼고, 거꾸로 자기 자신에게는 남자답지 않은 약한 의뢰심 같은 것이 일어나는 것이었다. 두 사람이 남자와 여자인 것만은 틀림없으나, 그것이 혼합되어 뚜렷이 그가 남자고 그녀가 여자라는 식은 이미 아닌 듯한 느낌이 들었다. 그리고 때로 그녀의 눈은 그에게 마치 강자가 약자에게 대하는 듯한 표정을 보였으므로, 그 표정이 바뀔 때까지는 몸이 움츠러드는 듯한 기분이 들기도 했다. 그래서 그는 이따금 그녀가 아름답게 생각되고 그녀의 육체가 활력에 넘쳐 화살처럼 경쾌하게 느껴지는 한편 그녀의 적극적인 정신에 감동하지 않을 수 없었으나, 그러면서도 그녀를 자기 육체에 대한 육체로서 느끼거나 손을 대어 사랑을 속삭일 여성으로서는 도저히 느낄 수 없었다. 그녀 속에 감춰진 어떤 큰 힘이 그를 위축시키고 있어서 그들을 연애로 성숙하지 못하게 막고 있었다.
 그는 오히려 그것을 기뻐하고 있었다. 왜냐하면 그는 아직도 연애니 여성이니 하는 것을 생각하고 싶지 않았기 때문에 그녀에게 마음이 이끌리는 자기 자신을 그로서도 어쩔 수 없었지만, 한편으로는 그녀에게 손을 대고 싶어하지 않는 자기의 감정을 기쁘게 생각하고 있었다. 지금이라도 만일 누가 묻는다면 그는 대답할 것이다.「인종이 다른 사람들의 결혼은 현명하지도 않고 당사자도 행복하지 않다. 그 쌍방의 민족에 그러한 결합을 좋아하지 않는 외적인 문제점이 있을 뿐만 아니라 당사자 사이의 내면적인 갈등도 있다. 이 상호 반발은 마치 피 자체의 반발처럼 깊은 것이어서 두 개의 서로 상이한 피 사이의 갈등에는 끝이 없는 것이다.」
 그렇기는 하지만 옌이 그녀에 대해서 안전하다는 그의 확신이 흔들리는 일이 전혀 없는 것은 아니었다. 왜냐하면 이따금 그녀가 혈통으로 보더라도 자기와 전혀 이질적이기만 하지도 않다고 여겨질 때가 있었기 때문이다. 그것은 그녀가 미국 사람에 대해 그에게 가르쳐 줄 능력이 있을 뿐 아니라, 그의 국민에 대해서도 그가 여태까지 깨닫지 못한 관점에서 그에게 가르쳐 줄 때가 있었기 때문이다. 엔도 자기 동포에 대해서 모르는 일이 많았다. 그는 자기 국민 속에서 살아왔다고는 하나 그것은 일부분에 지나지 않았다. 그의 아버지의 생활의 일부, 군관 학교와 민족적 이상에 불타고 있는 청년기의 생활의 일부, 그 흙벽집 생활의 일부, 근대적 대도시 생활의 일부 등, 저마다 어느 일부분에 지나지 않았고, 그 부분들 사이에는 그것을 하나의 세계로 통하게 하는 점이 없었다. 만일 누가 그 국민에 대해서 질문했다면, 그가 말하는 지식은 모두 따로따로 떨어져서 서로 연관성이 없으며, 이야기를 하는 동안에도 자기가 말하고 있는 것과 반대의 사실을 상기하는 형편이어서, 결국 언젠가 키 큰 선교사가 한 말을 단순히 자존심 때문에 부정은 했으나 그 밖에는 아무 말도 하지 않은 것과 마찬가지가 되어 버리는 것이었다.
 그런데 그 국민이 생활을 영위하고 있는 국토를 본 일조차 없는 이 서양 여성의 눈을 통해서 그는 자기가 보고 싶어하던 조국의 모습을 본 것이다. 지금 그를 위해서 그녀는 중국 국민에 관해 읽을 수 있는 모든 서적을 읽고 있었다 — 여행자의 저서나 강연, 미국말로 번역된 소설이나 이야기, 그리고 시, 게다가 그녀는 그림이나 사진까지 보았다. 이런 것으로 그녀는 옌의 나라의 양상에 대해서, 하나의 꿈, 하나의 내적인 지식을 자기 마음속에 구축해 놓고 있었다. 그녀에게는 그것이 가장 나무랄 데 없는 아름다운 나라, 남자도 여자도 정의와 평화 속에 살고, 성현의 가르침에 입각하여 건전한 질서가 주어진 사회에 살고 있는 나라로 새겨졌다.

그리고 옌은 그러한 그녀의 말에 황홀하게 귀를 기울였으며, 마찬가지로 그런 나라로서의 중국을 보고 있었다. 그녀는 말했다. 「옌, 내가 보기에 당신의 나라에서는 우리들 인간의 문제를 하나도 남김없이 해결해 버린 것 같아요. 아버지와 아들, 벗과 벗, 남자와 여자의 아름다운 예절, 그 모든 것이 충분히 고려되어 있으며, 단순하고 슬기롭게 표현되어 있어요. 그리고 폭력이나 전쟁에 대해서 품고 있는 중국인의 증오, 그것을 저는 정말 훌륭하다고 생각해요!」

그러면 듣고 있던 옌은 자기의 소년 시절의 일을 잊어버리고, 정말 자기가 폭력과 전쟁을 미워한 일만을 상기하고, 자기가 미워했으니 국민도 모두 미워했을 것이라고 생각하고, 또 마을 농민들이 전쟁을 하지 말아 달라고 자기에게 애원한 일을 회상하고는, 그러기에 그녀의 말은 진실이며 그것만이 진리인 것 같은 기분이 되는 것이었다.

때때로 그녀는 자기가 수집한 사진을 그와 함께 보기 위해 스크랩해두는 일도 있었다. 이를테면, 어느 험한 산정에 높이 치솟은 불탑이라든가, 수양버들 가지가 늘어져 있는 시골 연못에서 흰 거위가 나무 그늘에 떠 있는 그림이라든가 하는 그런 것들을 들여다보며 그녀는 숨을 죽이고 상냥하게 말하는 것이었다. 「어마, 아름다워라! 어쩌면 이렇게 아름다울까요! 이런 그림을 보고 있으면, 저는 제가 전에 살았기 때문에 잘 알고 있는 장소 같은 기분이 자꾸만 들어요. 저에게는 이런 풍경에 대한 이상한 동경이 있는 모양이에요. 당신의 나라는 세상에서 가장 아름다운 나라임에 틀림없어요.」

그리하여 사진을 바라보며 옌은 그것을 그녀의 눈을 통해 바라보고, 그 자신도 그 땅에서 느낀 처음의 며칠 동안에 맛본 아름다운 광경을 회상하면서 그녀의 말을 단순하게 받아들여 조금도 거짓 없이 대답하는 것이었다.「정말입니다, 정말 아름다운 나랍니다.」

그러면 그녀는 미안한 듯 그를 바라보며 말을 이었다.「당신 눈으로 보면 아마 우리 나란 모두 거칠고 세련되지 않은 생활을 하고 있는 것처럼 보이겠지요? 우리 나라는 정말 새롭기는 하나 전통이라곤 없어요.」그러자 옌은 갑자기 그렇다, 그것도 사실이라는 기분이 들기 시작했다. 그는 자기 하숙집의 수다스러운 안주인이 언제나 딸에게 호통을 치며 온 집안을 온통 말다툼으로 소란스럽게 만들어 놓는 것을 생각하고, 또 그 대도시의 빈민굴을 생각했으나, 오직 부드럽게 말할 뿐이었다.「적어도 이 댁에만은 저희 나라와 마찬가지로 평화와 예절이 있습니다.」

그녀가 이런 기분이 되어 있을 때 옌의 감정은 거의 그녀를 사랑하고 있었다. 그는 자랑스레 생각하는 것이었다.『우리 나라를 생각하고 꿈꿀 때 이 여자는 상냥하고 부드러운 여자가 된다. 강한 기질이 없어지고 완전히 여자다워진다. 그토록 우리 나라는 그녀에게 커다란 힘을 미치고 있는 것이다.』그리고 그는 언젠가는 자기 의사에 역행해서 그녀를 사랑하게 되지나 않을까 하고 생각했다. 때로는 정말 그렇게 될 것 같은 기분이 들어 다시 이렇게 생각하는 일도 있었다.『이 여자는 지금도 이미 우리 나라를 자기 나라처럼 생각하고 있으니까 만일 거기 가서 산다면 언제나 이와 같이 온화하고 여성다운 기분이 되어서 중국을 찬미하고, 무슨 일이든 나에게 의지하게 되겠지…….』

그럴 때 옌은, 만일 그렇게 되면 무척 즐겁겠구나 하고 생각했다. 중국 말을 그녀에게 가르친다면 얼마나 즐거울까. 즐겁다는 말이 나왔으니 말이지, 그녀가 만드는 가정, 자기가 진심으로 사랑하게 된 이 집과 같은 가정, 이렇게 마음이 편해지는 가정적인 집에 산다는 것은 얼마나 즐거울까.

그러나 이와 같이 그녀에게 끌리는가 하면 조금 후엔 다시 메리가 완전히 딴 사람처럼 보이는 것을 깨닫게 되었다. 그녀의 강한 기질이

번득이고 남을 지배하는 자아가 표면에 나오는 것이다. 그러면 그녀는 자기 주장을 하고, 공격을 하고, 비판하고, 날카로운 한두 마디로 자기 생각을 서슴지 않고 말해 버렸다. 아버지인 교수에 대해서도 그런 식이었다. 옌에 대해서는 누구에게보다도 온순했으나, 그런 때 옌은 다시 그녀가 무서워지고 도저히 자기로서도 견제할 수 없는 야성이 그녀에게 있음을 느꼈다. 이리하여 그녀는 몇 번이나 그를 끌어당기고 밀어내곤 했다.

 이런 식으로 유학의 오 년째와 육 년째를 통해 옌은 줄곧 이 여성과 떨어지지 않고 보냈으며, 그녀는 늘 그에게 있어, 여성 이상의 존재로서 외경의 대상이 되거나 혹은 여성 이하의 존재로서 욕망의 대상이 되거나 하지도 않았는데, 그렇다고 그녀가 여성임을 완전히 잊어버릴 수도 없었다. 그러나 그의 깊지만 너무 외곬인 성격 때문에 그녀는 결국 그의 유일한 친구가 되었던 것이다.

 이리하여, 조만간에 더 그녀와 가까워지거나 아니면 더 그녀와의 사이가 냉랭해지거나, 어느 쪽이든 되지 않으면 안된다는 마음이 옌의 결단을 재촉하고 있었다. 결국 그는 헤어지는 길을 택하기로 했다. 그리고 그것은 아주 사소한 일이 원인이 되어 일어났다.
 본래 그는 학생들의 들뜬 소란 속에는 결코 끼어들 수 없는 인간이었다. 그 마지막 해에 이 대학교에 들어온 중국인 유학생 형제가 있었다. 중국인이라고는 해도 남방 출신이라 말이 많고 경박하고 번덕스러웠으며, 자주 경망하게 웃었다. 두 사람이 다 애교 있는 청년이었으며 하찮은 일을 재미있어하며 떠들므로 학우들이 좋아해서 무슨 모임이 있을 때마다 꼭 앞으로 불려 다녔다. 그리고 그 중국인 형제는 미국인 못지않을 만큼, 학생들이 좋아하고 그들 사이에 유행되는 노래며 변화 많은 곡조의 새 노래를 멋있게 불렀으며, 무슨 회합의 자리에서나 광대처럼 익살을 부리거나 춤을 추거나 하여 사람들의 박수 갈채를 받기를 좋아했다. 이 두 사람과 옌과의 사이에는 백인과의 사이 이상의 깊은 틈이 있었다. 남부와 북부와는 말이 다르므로 그들이 사용하는 말이 옌이 태어난 고향의 그것이 아니라는 것뿐 아니라 옌은 마음속으로 그들을 부끄럽게 생각하고 있었던 것이다. 이 나라의 백인이라면 몸을 이리저리 뒤흔들며 바보 같은 몸짓을 해도 상관 없으나 자기 조국인이 외국인 앞에서 그런 짓을 한다는 것은 도저히 참을 수 없다고 그는 생각했다. 그리고 폭소와 갈채를 들으면 옌의 얼굴이 차갑게 굳어지는 것은 그 떠들썩한 환성의 밑바닥엔 조소가 깔려 있다는 것을 알기 때문에 — 혹은 안다고 믿었기 때문이었다.

어느 날 밤, 도저히 견딜 수 없는 일이 일어났다. 그날 밤 대학 구내의 홀에서 연예회가 개최되었으므로 옌은 메리 윌슨을 초대해서 함께 참석했다. 이즈음 그녀는 그와 함께 나란히 공식 석상에 나가곤 했다. 그렇게 두 사람이 나란히 앉아 구경하고 있는데 바로 두 사람의 광동인(廣東人)이 출연하는 차례가 되었다. 두 사람은 늙은 농사꾼 부부가 되어 무대에 나왔다. 농부는 긴 변발을 등에 늘어뜨리고 아내는 천한 창부처럼 품위 없고 수다스러웠다. 두 사람이 광대극을 해보이며, 천과 깃털로 만든 닭을 가지고 싸움을 시작하여 서로 욕설을 퍼부으면서 조금씩 그 닭을 뜯어 나가는 흉내를 내는 장면이었는데, 그들은 관중들이 알아듣는 말로 지껄이면서도 어딘가 중국 사투리로 말하고 있는 기분도 들었다. 옌은 그것을 가만히 앉아 보고 있지 않으면 안되었다. 사실 이 짤막한 희극은 매우 우스웠으며, 두 사람 다 참으로 재치 있고 세련되어 모두 웃지 않을 수 없었다. 옌도 사실 속으로는 불쾌하면서도 때때로 웃었다. 메리는 재미있어하면서 계속 웃다가 이윽고 두 연기자가 퇴장하자 그 웃는 얼굴을 옌에게 돌리고 말했다. 「저건 중국의 광경을 보인 거죠, 옌? 재미있는 것을 볼 수 있어서 참 좋았어요.」

그러나 이 말은 그에게서 웃음을 쫓아 버렸다. 매우 무뚝뚝하게 그는 말했다. 「저건 우리 나라와는 전혀 다릅니다. 요즘 세상에 변발 같은 것을 한 농부는 한 사람도 없습니다. 저건 뉴욕의 무대에 나오는 미국 희극 배우들이 하는 단막극과 다름없습니다.」

그녀는 그가 몹시 감정이 상한 것을 깨닫고 얼른 말했다. 「네, 그건 알아요. 저건 단순한 넌센스예요. 하지막 역시 감정은 나타나지 않았어요?」

그러나 옌은 대답하지 않았다. 그는 그날 밤 모임이 끝날 때까지 시무룩한 얼굴을 하고 있었으며, 그녀의 집 현관에서는 고개를 꾸벅했을 뿐 안으로 들어가자고 권해도 들어가지 않았다. 요즘 그는 언제나 기꺼이 안으로 들어가서 따뜻한 거실에 앉아 그녀와 함께 시간을 보내는 것을 당연한 일처럼 여기고 있었으므로 그가 거절하자 그녀는 이상한 듯이 그의 얼굴을 보았다. 무엇이 마음에 들지 않는지 모르지만 무언가 언짢은 일이 있구나 하고 생각했다. 갑자기 그녀는 그 해 좀 답답해지는 것을 느끼고, 이 청년은 역시 외국인이라 감정 표현이 달라서 다루기가 힘이 든다고 생각했다. 그래서 그녀는 「그럼, 또 다음에 봐요.」 하고만 말하고 그대로 헤어졌다. 걷기 시작한 그는 그녀가 만류하지 않자 더 기분이 상해서 어두운 기분으로 중얼거렸다. 『저 여자는 우리 민족이 그토록 바보스럽다고 생각한 거다. 그 광대극이 나를 보잘것없는 인간으로 보게 만든 거다.』

하숙으로 돌아가는 길에 그녀의 냉담함을 아울러 생각하니 점점 부아가 나서 견딜 수 없었으므로 그는 그 두 사람의 광대 같은 학생이 하숙하고 있는 집으로 가 문을 두드리고 안으로 들어갔다. 형제는 막 잘 채비를 하고 옷을 벗으려다가 매우 놀란 얼굴로 서 있었다. 테이블 위에는 변발의 가발이며 가짜 수염, 그 밖에 오늘 저녁의 분장에 사용했던 도구들이 놓여 있었다. 그것을 보자 옌은 자기가 하고 싶은 말에 점점 더 열의를 올리지 않을 수 없었다. 무척 차가운 어조로 그는 말했다. 「자네들이 오늘 밤에 한 짓은 잘못인 줄 안다. 이 말을 하기 위해 여기까지 왔다. 우리들을 조소하고 싶어하는 국민들 앞에서 자기 모습을 웃음거리로 내놓는다는 것은, 진정으로 나라를 사랑하는 행동이 아니라고 나는 생각한다.」

형제는 이 말을 듣고 몹시 당황해하면서 처음에는 서로 얼굴을 마주보며 옌의 얼굴을 응시할 뿐이었으나, 이윽고 한 사람이 웃음을 터뜨리고 이어 나머지 한 사람도 웃었다. 그리고 형이 영어로 말했다. 그들과 옌과는 중국어로는 뜻이 통하지 않았다. 「나라의 위엄을 지키는 일은 자네에게 맡기겠네! 자네의 위신은 백만인의 위신에 필적하니까!』이렇게 말하고 두 사람은 다시 웃음을 터뜨렸다. 옌은 그들의 두꺼운 입술, 조그마하고 경박한 눈, 두리뭉실한 몸짓 따위가 못견디도록 불쾌해졌다. 두 사람이 웃고 있는 동안 가만히 쏘아보고 있다가 한 마디 말도 없이 밖으로 나와 다시 뒤로 문을 닫았다.『그들 남방인들은 우리 참된 중국인과는 아무런 관계도 없다. 천한 놈들 같으니라구.』

그날 밤 침대에 누워 달빛이 비쳐드는 흰 벽에 무늬처럼 그림자를 던지고 있는 앙상한 나무 그림자를 바라보면서 그는 자기가 남방인들과는 전혀 교류가 없었다는 것, 전에 남방의 군관 학교에도 오래 있지 않았다는 것을 다행으로 생각했다. 그리고 이 외국에서도 외국인들은 남방인들을 자기와 마찬가지 인종, 마찬가지 국민으로 생각하고 있으나 그들과 자기와는 거리가 멀다고 느꼈다.『나는 혼자이며 긍지를 품고 살고 있다. 참된 중국인이 어떤 것인가 외국인에게 보여 줄 수 있는 것은 나뿐이다.』하고 그는 생각했다.

이와 같이 옌은 자신을 격려하기 위해 스스로의 자랑을 차례로 손꼽았다. 오늘 따라 그는 매우 약한 마음이 되어 있었다. 그것은 메리의 자기에 대한 평가가 무엇보다도 자기에게는 귀중하다는 것을 알고 있었으므로, 자기 국민을 누가 조금이라도 열등한 면에서 본다는 것을 참을 수 없었던 것이다. 그녀가 자기마저 그렇게 보는 듯한 느낌이 들어 그것이 그에게는 견딜 수 없는 굴욕이었던 것이다. 그는 자부와 쓸쓸함을 번갈아 맛보면서 잠들지 못하고 누워 있었다. 중국인인 그 두 사람조차 자기와 관계가 없다는 느낌이 들어 더더욱 쓸쓸했다. 그녀가 집에 들어가자고 권해 주지 않은 것도 섭섭했다. 그는 괴로워했다.

『그 여자가 나를 보는 태도가 달라져 버렸다. 마치 내가 그 두 바보 중의 하나이기라도 한 듯이 나를 보았다고 해도 과언이 아니잖는가.』

그는 이제 그런 것에 더이상 신경을 쓰지 말자고 결심했다. 그리고 그녀에 대한 기억 속에서 그다지 유쾌하지 않은 일면만을 생각해 보았다 ── 이따금 그녀가 심한 태도를 보이는 것, 목소리가 칼날처럼 날카로워지는 것, 이따금 여성으로서 남자 앞에서 해서는 안될 적극적인 언동을 보이는 것 등등. 그리고 그는 자동차를 몰고 있을 때의 그녀를 생각했다. 마치 가축이라도 몰 듯이 맹렬한 스피드를 내는 그 얼굴은 흡사 돌처럼 근육 하나 움직이지 않는 것이다. 이러한 기억은 모두 그가 좋아하지 않는 그녀의 이면이었다. 마지막으로 자존심이 강한 그는 속으로 이렇게 말하며 결말을 지었다. 『나에게는 할 일이 많으며, 나는 그것을 훌륭하게 해낼 참이다. 할 일을 다한 졸업식 날 발표되는 성적표에 내 이름 위에는 한 사람도 있어서는 안된다. 이렇게 나는 맹세한다. 그렇게 함으로써만이 민족의 명예를 빛낼 수 있을 것이다.』 그리하여 간신히 그는 잠이 들 수 있었다.

그러나, 쓸쓸함에 괴로워하면서도 그는 옛날의 고독에 들어박혀 있을 수는 없었다. 메리가 그렇게 내버려두지 않았기 때문이다. 사흘 후에 그녀한테서 편지가 왔다. 그는 테이블 위에 놓여진 네모난 봉투를 보고 가슴이 세차게 뛰는 것을 느끼지 않을 수 없었다. 그러나 뜯어 보고 그는 약간 실망했다. 편지 사연은 극히 평범해서 여태까지 매일 만난 사람과 사흘이나 만나지 않았을 때 쓰는 편지 같지 않았기 때문이다. 씌어 있는 것은 단 네 줄뿐이었으며, 무슨 꽃이 피기 시작해서 엄마가 옌에게 보여 주고 싶어하고 있으니 내일 아침에 와주실 수 없을까요, 내일 아침에는 완전히 다 필 거예요…… 하는, 다만 그런 내용뿐이었다.

이때의 옌은 여태까지의 메리를 사랑하는 것 같은 기분보다 더욱 깊이 그녀를 사랑하는 것같이 느껴졌다. 그러나 한편으로는 그녀의 냉정함에 대해 화가 나서 옛날 그 어린애 같은 고집이 머리를 쳐들었다. 『흥, 어머니를 만나러 오라고 한다면, 나도 부인만 만나고 말테다!』 어린애 같은 고집대로 내일 아침 가기는 가지만 부인만 상대하고 메리와는 말도 하지 말아야지 하고 생각했다.

그리고 실제로 그는 그렇게 행동했다. 부인과 나란히 꽃 있는 데로 가서 그 순박한 아름다움을 감상하고 있는데, 장갑을 끼면서 메리가 나왔다. 그는 말없이 약간 고개만 숙였다. 그러나 그녀는 그 정도의 냉담은 개의치도 않았다. 어머니에게 무언가 평범한 집안 일을 이야기했을 뿐 곧 그 자리를 떠났다. 그때 옌을 가만히 바라보던 그녀의 표정은 참으로 부드럽고 은근했으며, 그 이외에 아무런 개운찮은 감정도 느낄 수 없었다. 옌은 그 순간 불쾌한 감정을 완전히 잊었으며, 그리고 그녀는 가버렸지만 갑자기 꽃이 아름다워 보이기 시작했다. 그리고 그는 노부인에게도 신선한 흥미를 느끼기 시작했다. 그때까지 그는 부인이 너무 말이 많고, 누구나 한결같이 추켜올리고 친절을 보이는 말을 너무 빨리 입 밖에 낸다고 생각하고 있었다. 그러나 지금 함께 정원에 나와 있으니 부인은 조금도 자기를 속이고 있는 것이 아니라는 것을 알았다. 단순한 여성으로 대단히 동정심이 많고, 언제나 젊은이에게 부드러운 애정을 품고 있었으므로, 흙 속에서 열심히 싹을 틔우는 식물도 어린 아이를 대하듯 부드럽게 정성들여 가꿀 수 있는 것이다. 그래서 장미의 새싹이 잘못하여 꺾어지거나 어쩌다가 누가 풀이라도 밟는 날이면 금방 울상이 되는 것이다 ─ 이렇게 옌은 생각했다. 부인은 흙 속에 손을 넣어 풀뿌리와 씨를 매만지기를 좋아했다.

　오늘의 옌은 그러한 부인과 같은 기분을 느낄 수 있었다. 그래서 얼마 안 있어 그는 이 아침 이슬에 젖은 정원에서 부인을 도와 풀을 뽑기도 하고, 싹튼 것이 마르지 않도록 다른 곳에다 옮겨 잔뿌리가 안심하고 새 흙에 뻗을 수 있게 하는 방법을 부인에게 가르쳐 주기도 했다. 자기 나라에서 두서너 종류의 종자를 가져올 약속까지 하며, 그곳 호배추는 종류에 따라 대단히 풍미가 좋으므로 반드시 마음에 들 것이라는 이야기 등을 했다. 이런 사소한 일로 하여 그는 다시 이 집 가족의 한 사람이 된 듯한 기분이 들었으며, 이 마음씨 따뜻한 모친처럼 느껴지는 노부인을 말이 많으니 어쩌니 하고 생각한 것이 이상하게 여겨질 정도였다.

　그러나 화제라고 해야 그는 부인이 가꾸는 꽃과 채소 얘기 외에는 그리 할 말이 없었다. 그녀는 옌의 나라의 모친들과 마찬가지로 소박한 마음을 가졌으며, 요리에 관한 것이나 이웃 사람들의 소문, 정원을 아름답게 가꾸고 식탁에 내놓을 꽃꽂이의 걱정을 하는 그런 것들 이외는 생각할 줄 모르는 부드럽고 자상한 마음의 소유자였다. 그녀의 사랑은 신에 대한 사랑, 남편과 딸에 대한 사랑이며, 이 사랑 속에서 그녀는 가장 충실하게, 그리고 소박하게 살아온 것이다. 옌이 이따금 당황하게 되는 것은 이 소박함 때문이었다. 왜냐하면 그는 이 부인이 어떤 책이든 읽고 또 그것을 이해할 수 있는데도 마치 자기 본국의 무지한 마을 사람들과 조금도 다름없는 해괴한 믿음을 갖고 있다는 것을 알았기 때문이다. 그녀와 이야기를 해보고 그는 그것을 알았다. 봄의 축제일 이야기가 나왔을 때 그녀는 말했다.

「우리는 그것을 부활절이라 불러요. 옌, 이날에 우리들의 사랑하는 주 예수님이 죽음에서 되살아나 하늘로 승천하셨답니다.」

그러나 옌은 웃을 기분이 나지 않았다. 어느 나라의 민중 사이에도 이런 종류의 전설은 있고, 그 자신 어린 시절에 그와 비슷한 이야기를 읽은 기억이 있으나, 설마 이 부인이 그것을 믿고 있으리라고는 생각할 수도 없는 일이었다. 그러나 그녀의 부드러운 목소리에는 경건한 믿음이 넘쳐흘렀고, 백발 아래의 어린애와 같이 맑고 푸른, 그녀의 선량하고 정직한 눈을 보면 부인이 그 사실을 믿고 있다는 것을 의심할 여지가 없었다.

이리하여 정원에서의 몇 시간은 메리의 은근한 응시에 의해 움직이기 시작한 옌의 좋은 감정에 마지막 손질을 했다. 메리가 돌아왔을 때 옌은 불쾌한 감정을 깡그리 잊고, 그런 사실은 모두 잊었으며, 사흘 동안 떨어져 있었던 일도 마치 없었던 것처럼 그녀를 맞이했다. 단 둘이 되자 그녀는 미소를 지으면서 말했다. 「두 시간이나 어머니 정원에 계셨군요. 한번 어머니 손에 붙잡히기만 하면 좀처럼 놓아 주시지 않으니까 큰일이에요.」

그녀의 미소에 기분이 편해져서 옌도 미소를 보이며 말했다. 「죽은 자가 되살아났다는 말씀을 하셨는데, 어머님은 진심으로 그렇게 믿고 계실까요? 그런 전설은 어디나 있습니다만, 여성이라도 교양 있는 분은 믿지 않는 경우가 많지 않을까요?」

그녀는 대답했다. 「하지만 어머니는 믿고 계셔요. 하지만, 당신이 보기에 그런 신앙이 허위일 것이 틀림없으니까 저는 당신이 그로 말미암아 괴로워하는 일이 없도록 노력할 생각이에요. 동시에 어머니에게는 그 신앙이 진실이기도 하고 필요하기도 하니까 어머니도 그것을 잃지 않도록 노력할 작정이에요. 어머니는 그 신앙에 의해서 오늘날까지 살아오셨고, 또 그 신앙에 의지해서 돌아가셔야 해요. 만일 그것이 없다면 어머니는 절망하실 거예요. 하지만 우리들 — 당신이나 저는 역시 우리들의 신념을 갖고 있지 않으면 안 되지요. 그에 의해서 살기도 하고 죽기도 하는 그런 신념을 말이에요.」

노부인 쪽에서는 그날 아침 옌이 마음에 쏙 들어 버렸으므로, 그날로부터 옌이 중국인이라는 것을 잊을 때가 많아져서 그가 중국에 대해 말을 꺼내곤 하면 야속스러운 듯한 표정을 지으면서 말하는 것이었다.

「옌, 나는 요즘 당신이 미국 청년이 아니라는 사실을 대개 잊고 있어요. 당신이 너무 이쪽 생활에 융합되어 있어서 그런가 봐요.」

그러나 메리가 곧 이에 응답했다. 「옌은 결코 완전히 미국인이 되어 버리지는 않아요, 어머니.」 그리고 한번은 나직한 소리로 덧붙였다. 「그것이 저는 기뻐요. 지금 그대로의 옌을 저는 좋아해요.」

옌은 이것을 기억하고 있었다. 메리가 속에 품고 있던 이러한 말을 한 데 대해 이때만은 부인도 아무 말 하지 않고 걱정스러운 눈초리로 딸을 보았다. 이때만은 부인도 그에게 진심으로 따뜻한 마음을 보이지 않은 듯이 느껴졌다. 그러나 그후에도 두세 번 부인의 정원 손질을 거들어 주는 동안에 그런 일은 아무런 상관도 없게 되었다. 그해 이른 봄쯤, 장미 나무에 해충이 끼었으므로 옌은 열심히 부인을 거들어 손질했다. 이리하여 그에 대한 부인의 조그만 차가움 따위는 어느새 잊어버리고 말았다. 그러나 해충을 구제하는 사소한 일에서조차 옌은 일종의 모순을 느꼈다. 그는 그 잔인한 벌레가 살아 있는 한 꽃봉오리나 잎의 아름다움이 상하므로 심한 증오를 느끼고 한 마리도 남김 없이 죽이고 싶었다. 그러면서도 그의 손가락은 나무에서 벌레를 집어내는 일을 싫어하여 두고두고 메스꺼운 혐오가 사라지지 않아 아무리 손을 씻어도 기분이 좋지 않았다. 그런데 노부인은 그런 눈치가 아니었다. 그녀는 한 마리 집어낼 때마다 기쁜 듯이, 해충을 잡아 간단히 죽이곤 했다.

이리하여 옌은 부인과 친해졌으며 마찬가지로 노교수와도 더욱더 친숙해졌다. 그러나 실은 이 노교수에게는 어느 선 이상으로 더는 가까워질 수 없었다. 그는 깊이와 소박함과 신앙과 지성의 이상한 복합체였다. 옌은 이따금 그의 저서나 그 속의 사상에 대해 이야기하는 것을 허락받고 또 실제로 얘기를 했는데, 과학적 법칙에 대한 학문상의 얘기 속에서도 교수의 사상은 옌이 도저히 따라갈 수 없는 유원한 세계로 헤매어 나가곤 했다. 그럴 때 교수는 명상에 젖은 목소리로 말했다. 「아마 이러한 과학적 법칙은 닫혀 있는 정원의 문을 여는 열쇠일 것이라고 생각되네. 우리는 이 열쇠를 과감히 던져버리고 상상력에 의해 대담하게 그 정원 안으로 들어가지 않으면 안 돼. 그 상상력을 신앙의 힘이라고 불러도 좋아. 그리고 그곳에야말로 지혜와 정의와 선과 진리와 우리들 인간의 가난한 법칙이 지향하는 이상이 살고 있을걸세.」

이와 같은 얘기를 아무리 열심히 듣고 있어도 도무지 이해할 수 없어 옌은 어느 날 마침내 말했다. 「선생님, 저를 그 문간에 놓아두고 가십시오. 저는 그 열쇠를 버릴 수가 없습니다.」

노인은 이 말을 듣고 약간 슬픈 듯 미소를 지으며 대답했다. 「군은 메리와 똑같군. 자네들 젊은 사람들은, 자네들은 막 둥우리를 떠나온 새와 같지. 자기의 날개를 시험하는 것이 두려운 거야. 이미 아는 조그마한 세계를 떠나는 것이 무섭단 말이야. 이성에만 매달리기를 그만두고 꿈과 상상력을 믿게 되기까지는 자네들 속에서 위대한 과학자는 나오지 않을 거야. 위대한 시인도 나오지 않을 테고. 위대한 과학자와 위대한 시인은 언제나 같은 정신 세계, 같은 시대에 탄생되는 것이거든.」

그러나 옌이 이러한 말 속에서 가장 잘 기억하고 있는 것은 다음의 한 마디였다. 「군은 메리와 똑같군.」

확실히 그는 메리와 매우 흡사했다. 일만 마일이나 떨어진 곳에서 태어나 결코 서로 섞여 본 적이 없는 두 혈통에 속해 있는 두 사람 사이에 흡사한 점이 있었던 것이다. 더욱이 그 비슷한 점은 이중성을 지니고 있었다. 하나는 어느 시대의 청년에게나 공통되는 반항성의 공통점이고, 하나는 시대나 피와 관계 없이 한 쌍의 청년과 처녀로서의 공통점이었다.

봄이 깊어 가고 나무는 다시 녹색을 띠게 되어 교수의 집 가까운 숲에서는 겨울의 마른잎 밑에서 싹이 튼 줄기에 조그마한 꽃들이 피기 시작했다. 그러자 옌도 자기 속에서 젊은 피의 새로운 약동을 느꼈다. 확실히 이 가정에서만은 그의 몸을 움츠리게 하는 것은 아무 것도 없었다. 여기서는 자기가 이방인이라는 것을 잊었다. 이 집의 세 가족을 보고 그들과 자기와의 사이를 잊었으며, 노부부의 푸른 눈도 부자유스럽지 않았고, 메리의 눈은 그 표정의 변화가 아름다웠으며 지금은 조금도 이상하게 느껴지지 않았다.

옌에게는 그녀가 점점 더 아름답게 보여졌다. 지금은 그 어떤 온화함이 언제나 그녀에게서 사라지지 않는다. 날카로움이 없어지고, 목소리조차 그전의 면도날처럼 차가운 데가 없어졌다. 두 볼에 핏기가 더해졌으며, 입매도 더 부드러워져서 너무 딱딱하게 다무는 일이 없었고, 동작에도 전에는 없었던 우아함과 겸손함이 자연스럽게 깃들었다.

이따금 옌이 찾아가도 그녀는 바쁜 듯이 드나들어 그다지 한가하게 만나지 못할 때도 많았다. 그러나 봄이 한창 무르익자 그녀의 태도는 변하기 시작했다. 별로 이렇다 할 생각도 없이 두 사람은 아침마다 정원에서 만나게끔 되었다. 정원에서 기다리고 있는 옌 곁으로 봄날 아침처럼 청신한 모습으로 그녀는 다가왔다. 검은 머리가 부드럽게 귀를 덮고 있었다. 옌은 그녀가 쪽빛 옷을 입었을 때가 가장 아름답다고 생각하고 있었으므로, 어느 날 미소를 지으면서 말했다.「우리 나라 농촌에서도 쪽빛 옷을 입지요. 쪽빛 옷은 당신에게 참으로 잘 어울리는군요.」그러자 그녀는 방긋 웃으면서 대답했다.「정말이에요? 그 말 기뻐요.」

이런 일을 옌은 기억하고 있었다. 그날은 아침 식사에 초대받았으므로 일찍이 찾아가 정원에서 그녀를 기다리는 동안 조그마한 삼색 오랑캐꽃의 싹이 트고 있는 화단에 엎드려 열심히 잡초를 뽑고 있었다. 그때 그녀가 옆에 와서 그가 하는 일을 지켜 보았다. 그 얼굴은 드물게 상기된 것처럼 맑았다. 그가 고개를 들자 마침 그의 머리에 묻어 있는 나뭇잎인지 풀잎인지를 털어 주려고 내민 그녀의 손이 무심코 그의 볼에 닿았다. 일부러 댄 것이 아님은 그도 알 수 있었다. 그녀는 이와 같은 접촉을 싫어하여 언제나 조심하고 있었고, 길이 나쁠 때라도 남자가 부축해 주는 것을 싫어하는 듯이 보였었다. 그녀는 헤프게 남자와 닿고 싶어 손을 내미는 보통 처녀들과는 달랐다. 사실 그가 그녀의 손에 닿은 것은 무심코 인사할 때 악수하는 것 말고는 이것이 처음이었다. 그러나 이때 그녀는 변명하지 않았다. 감춤이 없는 그녀의 눈과 갑자기 볼에 비치기 시작한 수줍음으로 그녀가 그 접촉을 의식하고 또 그도 의식하고 있다는 것을 알고 있음이 분명했다. 두 사람은 서로의 얼굴을 처다보고 곧 시선을 다른 데로 돌렸다. 그리고 그녀는 아무 일도 없었던 듯이 「식사하러 가세요.」 하고 말했다.

마찬가지로 그도 태연스레 대답했다. 「손을 씻고 가겠습니다.」 그리고 그뿐이었다.

나중에 그는 이 일을 문득문득 생각했으며 그때마다 그의 마음은 아득한 옛날, 이제는 이 세상에 없는 혁명당의 젊은 여자의 손이 닿았을 때의 옛 추억으로 날아가는 것이었다. 이상하리만큼 그때의 열렬한 접촉에 비하면 이 새롭고 가벼운 접촉은 인상이 희미한 듯이 느껴지고, 옛 추억 쪽이 훨씬 생생하게 느껴졌다. 그는 중얼거렸다. 『필경 메리는 모르고 손을 댄 거야. 나는 바보다. 모두 잊어버리자. 이런 생각에 마음을 쓰지 않도록 좀더 엄하게 마음을 가다듬자.』 사실 그는 그러한 기분이 솟아나는 것을 환영하고 싶지 않았다.

이리하여 이 마지막 해 봄의 몇 개월을 옌은 기묘한 두 가지 기분으로 보냈다. 마음속에 그는 자기만의 장소를 남겨 두고 그곳만은 메리에게도 침해받지 않으려고 애썼다. 새로운 계절의 요염스러움과 새 잎이 트기 시작한 나무 아래 길을 둘이서 거닐며, 때로는 교외에 나가서 사람의 그림자가 드문 오솔길로 들어가곤 했다. 달이 어렴풋

한 밤의 감미로움, 또 봄비가 촉촉하게 끊임없이 유리창을 치는 율동적인 소리를 들으면서 단 둘이 앉아 있는 거실의 고요 —— 이렇게 단 둘이 있는 때조차도 그 세계에만은 발을 들여 놓게 하지 않았다. 이따금 어째서 이렇게 그녀에 대해 마음을 두근거리는가 싶을 만큼 동요하면서도 그것에 지고 싶어하지 않는 자기를 옌은 스스로도 이상하게 생각했다.

확실히 이 백인 여성은 그의 마음을 두근거리게 하면서도 그를 접근시키지 않는 점이 있었다. 그래서 그는 그녀를 사랑하면서도 사랑할 수 없었다. 그는 미를 사랑하였고 미에 대해 무관심할 수 없었으므로 그녀의 아름다움을 인정하고 그녀의 잘 생긴 이마나 목덜미가 검은 빛깔의 머리와 대조를 이루어 하얗게 드러나는 것을 진심으로 아름답다고 생각했다. 그러면서도 그 흰빛은 그가 사랑할 수 있는 흰빛이 아니었다. 그녀의 진한 눈썹 밑의 맑은 잿빛 눈이 반짝이는 것을 보고도, 그 눈을 반짝이게 하고 빛내게 하는 정신을 찬미할 수는 있으나 역시 그 잿빛 눈을 사랑할 수는 없었다. 그녀의 손도 늘 날렵하게 움직이고 표정이 풍부하며 아름다웠고 또 보석같이 모가 나 있었으나 아무튼 그는 그런 손을 사랑할 수 없었다.

그러면서도 그는 그녀가 가진 어떤 힘에 끌려 몇 번이나 그 바쁜 중에도 밭에서 실습을 하다가 혹은 하숙에서 아니면 도서관에서 문득 그녀의 모습을 자주 마음에 그리는 것이었다. 그럴 때 그는 스스로에게 물어 보았다. 『이 나라를 떠날 때 나는 그 여자와 헤어져서 괴로워할까? 나는 그 여성을 통해서 이 나라와 연결되어 있는 것일까?』이 나라에 머물면서 더 연구를 계속할까 하는 생각을 해보는 일도 있었으나 곧 또 뚜렷이 자기에게 힐책하는 것이었다. 『유학을 연기하는 진짜 이유는 무엇인가? 그녀 때문이라고 한다면, 백인 여성과 결혼하고 싶지 않다는 것은 분명하니, 요컨대 쓸데 없는 일이 아닌가!』그러나 그녀와 헤어질 것을 생각하면 고통스러워졌다. 『아냐, 역시 귀국하자!』그리고는 다시 그녀를 생각하고, 귀국하면 두번 다시 이 여자와 만나지 못하게 될 것이다, 다시 이 나라에 올 가능성은 없다, 이렇게 생각하며 역시 귀국을 연기하지 않으면 안될 듯한 기분이 들곤 하는 것이었다.

　이와 같은 자문 자답을 되풀이하는 동안에 자연히 그의 귀국은 연기되어지는 듯이 보였으나, 바다 저편에서 들려오는 소식은 그의 귀국을 재촉하는 조국의 소리처럼 들려 왔다.
　옌은 이 유학 중의 육 년 동안 그의 본국의 정세를 모르고 지냈다. 그는 조그마한 내전(內戰)이 몇 번인가 있었다는 것을 알고는 있었으나, 언제나 과거에도 있었던 일이므로 그러한 소식에는 아무런 관심도 기울이지 않았다. 그 육 년 동안에 왕 후는 그가 참전한 두세 번의 소규모 전쟁에 대해서 옌에게 편지로 알려 왔다. 하나는 새로 대두한 비적의 두목과의 전쟁이었으며, 또 하나는 어느 군벌이 왕후 장군의 세력 범위를 제멋대로 침범하여 군대를 통과시켰기 때문에 일어난 전쟁이었다. 그러나 이런 소식은 곧 옌의 염두에서 사라져 버렸다. 그것은 그가 본래 전쟁을 싫어했기 때문이며, 또 이 평화로운 외국에 살고 있으니 그러한 얘기가 조금도 현실감이 나지 않았기 때문이었다. 그러므로 어쩌다가 동료 학생들이 태평스러운 어조로 「이봐, 중국에서 이번에 일어난 전쟁은 대체 어떻게 된 거야? 신문에서 읽으니 뭐 창이라든가 탕이라든가 왕이라든가……」 하고 말을 걸어 오면 옌은 부끄러워져서 간단히 대답해 버렸다. 「아무것도 아니야. 어디서나 있는 강도 사건 같은 거지.」
　한 계절이 바뀔 때마다 잊지 않고 편지를 보내 주는 아이란의 어머니가 소식을 알려 올 때도 있었다. 〈혁명은 점점 더 커지고 있는 것 같지만 나는 잘 모르겠다. 맹이 종적을 감춘 이래 집안에는 혁명파가 없어졌다. 듣기로는 마침내 남쪽에서 새로운 혁명이 시작됐다는 이야기더라. 하지만 맹은 돌아올 수 없다. 편지를 보내와서 알았는데 맹은 혁명군에 섞여 있는 모양이다. 돌아올 생각이 있지만 너무 위험해서 돌아오지 못하는 거지. 이쪽 관헌들은 혁명을 무서워해서 아직도 엄하게 맹 같은 사람들을 체포하려 하고 있기 때문이다.〉
　그러나 옌도 조국의 일을 전혀 생각 밖으로 접어두고 있었던 것은 아니며, 혁명에 대해 알 수 있는 모든 소식은 알려고 애를 쓰면서,

무슨 변화를 알리는 기사는 아무리 조그마한 것이라도 열심히 빠뜨리지 않으려고 노력했다. 이를테면 신문에는 〈태음력이 폐지되고 구미식의 새로운 달력을 채용하게 되었다〉든가, 〈여자의 전족을 금지〉라든가, 〈새 법률에서는 일부다처를 허용하지 않는다〉라든가 하는 따위의 중국 관계 기사가 그 무렵에는 많이 나왔다. 이러한 변화를 옌은 기뻐하고 또 믿었다. 그러한 변화를 통해서 바야흐로 나라 전체가 크게 변화하고 있음을 그는 알 수 있었다. 그렇게 생각하고 그는 셍에게 보낸 편지에도 그런 내용을 썼다.

〈올 여름 우리가 귀국할 때쯤에는 우리 나라가 전혀 몰라보게 되어 있을 거야. 불과 육 년 동안에 이토록 큰 변화가 이루어지다니, 정말 거짓말 같이 생각돼.〉

이에 대해 셍은 여러 날이 지난 다음에야 답장을 보내 왔다. 〈너는 올 여름에 돌아가니? 나는 아직 그럴 생각이 없다. 아버지가 학비만 보내 준다면 앞으로 일 년 더 여기서 살 생각이다.〉

이 사연을 읽고 옌은, 셍의 짤막한 시에 듣기에도 애절하고 우울한 곡을 붙인 여자가 생각나서 몹시 불쾌해졌다. 다시는 그 여자를 생각하고 싶지 않았다. 그리고 셍이 얼른 귀국해 주었으면 싶었다. 그야 셍이 대학을 졸업하는 기한 이상으로 체재하고 있으면서 아직 학위를 따지 않아 곤란한 것은 알지만, 조국에서 일어나고 있는 새로운 사실에 대해 셍이 한 마디도 언급하지 않은 것이 옌에게는 불만스러웠다. 그러나 곧 다시 생각해 보니, 이 부유하고 평화로운 나라에 있으면서 혁명이라든가 주의를 위한 전쟁을 생각한다는 것은 정말 용이한 일이 아니었다. 옌 자신도 평화로운 날에는 그러한 것을 잊어버리고 있을 때가 많은 것이다. 그래서 셍을 용서해 줄 기분이 들었다.

훗날 그도 알게 된 사실이지만 혁명은 그 당시 최고조에 달하고 있었다. 바로 혁명 초기부터의 전통에 따라 남방에서 일어난 회색 혁명군은, 옌이 책에 몰두하고 있는 동안에, 사랑하면서 사랑할 수 없는 백인 여성에 대해 자문 자답을 되풀이하고 있는 동안에, 맹도 그 일원이 되어 장대한 양자강을 향해 그 나라의 심장부로 북진하고 있었던 것이다. 양자강 근처에서 처절한 전투가 있었는데도 일 만 리 이상이나 떨어져 있는 옌은 아무것도 모르고 편안히 살고 있었던 것이다.

사실, 이와 같은 평화 분위기 속에서 그는 영주하게 되는지도 모를 형편이 되어 가고 있었다. 왜냐하면 갑자기 그와 메리의 애정이 깊어졌기 때문이다. 너무나 오랜 기간을 두 사람은 친구라기에는 약간 깊게, 연인이라기에는 좀 모자라는 상태에서 제자리걸음을 하고 있었으며, 옌은 매일 밤 둘이서 산책을 하고 노부부가 잠든 뒤 이야기를 나누는 것을 당연한 일처럼 받아들이고 있었다. 양친 앞에서는 두 사람 다 아무런 눈치도 보이지 않았다. 그러므로 메리는 만일 누가 묻는다면 정직하게 대답했을 것이다. 「하지만, 아무것도 할 말이 없어요. 우리들 사이에 친구로서의 교제 이외에 뭐가 있는 것일까요?」 사실상 두 사람은 남이 듣고 이상하게 생각할 만한 말은 한 번도 나눈 적이 없었다.

그러나 밤마다 두 사람은 설혹 그날 일에 대한 잡담에 지나지 않더라도 잠시 동안이나마 단 둘이서 함께 보내지 않으면 하루를 다 보내지 않은 듯한 기분이 되어 있었다.

그 봄의 어느 날 밤, 이와 같이 두 사람은 정원의 장미밭 사이를 꼬불꼬불 빠져나가 있는 오솔길을 거닐고 있었다. 그 오솔길 끝에 작은 나무 숲이 있었고, 그 끝에 원형으로 심어진 여섯 그루의 느릅나무가 있었는데, 지금은 굵은 노목이 되어 진한 녹음을 만들고 있었다. 그 그늘에 노교수는 나무 벤치를 하나 마련해 놓고 이따금 와서 명상에 잠겼다. 그날 밤은 달이 밝고 개인 밤이었다. 정원은 그 여섯 그루의 느릅나무 밑만 남겨 놓고 구석구석까지 달빛이 밝게 비치고 있었다. 한번은 두 사람이 그 원형의 그림자 속에서 걸음을 멈추었을 때 메리는 아무 생각 없이 말했다.

「어머, 여기는 무척 어둡네요. 이 속에 들어오니 아무것도 보이지 않아요.」

말없이 서 있던 옌은 달빛이 너무도 밝고 교교하므로 이상하게 불안한 감정을 느끼며 말했다. 「달이 너무 밝아서 나뭇잎의 빛깔까지 알 수 있을 것 같군.」
「어두운 데는 춥고, 달빛이 비치는 데는 따뜻한 기분이 들어요.」 밝은 곳으로 걸어 나가면서 메리가 말했다.
 그리고 여기저기 거닐다가 두 사람은 다시 그 그늘에서 걸음을 멈추었다. 이번에는 '옌이 먼저 걸음을 멈추고 말했다. 「춥지 않아, 메리?」 지금은 그도 그녀의 이름을 친근하게 부르게끔 되어 있다. 그녀는 대답했다. 「아뇨.」 약간 더듬거리는 듯한 목소리였다. 그리고 어떻게 해서 그렇게 되었는지 모르지만, 두 사람은 그늘 속에서 침착성을 잃고 서 있다가 느닷없이 그녀가 그에게 다가서며 그의 손을 잡았고 옌은 자기 품안에 있는 그녀를 몸으로 느꼈다. 그의 팔은 그녀를 안고 있었으며 얼굴은 그녀의 머리칼에 닿아 있었다. 옌은 메리가 떨고 있는 것을 느끼고 자기도 떨고 있는 것을 알았다. 껴안은 채 하나가 되어 벤치에 쓰러지자 그녀는 고개를 쳐들고 그를 보며 두 손으로 볼을 누르듯이 그의 얼굴을 안고 소곤거렸다. 「키스해 줘!」
 영화에서는 이런 장면을 보아 왔으나 스스로 그런 경험이 없는 옌은, 얼굴을 아래로 숙이고 자기 입술에 닿는 뜨거운 입술을 느꼈다. 그리고 다음 순간 그녀에게 껴안겨 억센 입맞춤을 하고 있었다.
 돌연 그는 떨어졌다. 왜 떨어지지 않을 수 없었는지 그는 알 수 없었다. 왜냐하면 그 자신도 언제까지나 힘껏 끌어안고 언제까지나 입을 맞추고 싶은 기분이었기 때문이다. 그러나 그 욕망보다 강한 것은 혐오였다 — 자기와 다른 인종의 육체에 대한 혐오라고밖에 할 수 없는, 그도 모르던 감정이었다. 그는 재빨리 일어났다. 타다가 차갑게 식어서 부끄러움과 혼란이 그의 생각을 뒤흔들었다. 그러나 메리는 은근히 놀라며 그대로 앉아 있었다. 어둠 속에서도 그녀의 흰 얼굴이 그를 쳐다보며 놀란 표정으로 그의 행동을 궁금해하고 있는 것을 알았다. 그러나 죽어도 그는 말할 수 없었다. 절대로 말할 수 없었다. 알고 있는 것은 그가 떨어지지 않으면 안되었다는 것뿐이다. 마침내 그는 거의 들뜬 듯한, 평소의 그와는 다른 목소리로 말했다. 「추워졌군. 집안으로 들어가야겠어. 나는 돌아가겠습니다.」

아직 그녀는 꼼짝하지 않았다. 그리고 잠시 후 간신히 말했다. 「돌아가시고 싶으면 돌아가세요. 저는 좀더 여기 있고 싶어요.」

그래서 자기로서는 달리 방법이 없다고 생각하면서도 무언가 역시 아쉬운 기분으로 그 자리를 모면하기 위해 그는 말했다. 「집안으로 들어가요. 얼겠어.」

그녀는 꼼짝도 하지 않고 침착하게 대답했다. 「벌써 얼어 버린걸요. 절 상관하실 건 없어요.」

그 목소리는 차가웠고, 더 말을 붙여 볼 수 없는 공허가 느껴졌다. 옌은 곧 몸을 돌려 그녀 곁을 떠났다.

그러나 몇 시간이 지나도 잠이 오지 않았다. 그녀만 생각했다. 그 나무 밑 어둠 속에 아직도 혼자 앉아 있을 것을 생각하니 걱정이 되어 견딜 수 없었으나, 나는 하지 않으면 안될 일을 했을 뿐이라고 생각했다. 어린 아이가 하듯이 그는 혼자서 변명하듯 마음속으로 중얼거렸다. 『나는 싫었단 말이야. 정말 싫었던 거야.』

그후 두 사람의 관계가 어떻게 되었을지는 옌 자신도 알 수 없었다. 왜냐하면 마치 그의 신변 사정을 눈치라도 챈 듯이 조국이 다시 그를 불렀기 때문이다.

이튿날 아침 눈을 뜨자, 메리를 만나러 가야 한다고 생각하면서도 그는 우물쭈물하고 있었다. 아침이 되어도 그녀를 실망시킨 것이 마음에 걸렸기 때문이다. 그렇게 할 수밖에 도리가 없었던 것이라고 생각은 하지만, 아무튼 실망시켰다는 사실만은 뚜렷했으므로 아무래도 가기가 어려웠다.

그러나 겨우 결심하고 교수의 집에 가니, 가족 세 사람이 다 신문 기사를 앞에 놓고 매우 침통한, 경악에 찬 표정으로 앉아 있었다. 옌이 들어가자 노교수는 불안한 듯이 물었다.

「이런 일이 사실 있을 수 있을까?」

옌은 세 사람과 함께 신문을 들여다보았다. 커다란 활자로 중국의 어느 도시에서 혁명군이 백인 가족을 습격하여 가옥을 약탈하고, 그 중의 몇 사람 —— 한두 사람의 선교사, 한 사람의 노의사, 그리고 다른 몇 사람을 살해했다는 기사가 나 있었다. 옌은 심장의 고동이 멎어서 큰 소리로 말했다.「이건 뭔가 잘못된 것입니다.」

그러자 노부인이 그의 말을 기다리고 있었다는 듯이 중얼거렸다. 「그래요, 옌. 틀림없이 무언가 잘못된 것이라고 나도 생각하고 있었어요.」

그러나 메리는 아무 말도 하지 않았다. 들어갈 때 옌은 그녀를 보지 않았고 지금도 보고 있지 않았지만, 그는 메리가 거기 앉아서 손으로 두 볼을 감싼 채 자기 쪽을 보고 있다는 것을 알고 있었다. 그러나 아직 정면으로 그녀를 볼 용기가 나지 않았다. 옌은 재빨리 신문 기사를 훑어보았다. 읽으면서 그는 몇 번이나 소리내어 말했다.「사실이 아니에요. 이런 짓을 할 까닭이 없어요. 우리 나라에서는 결코 일어날 수 없는 일입니다. 일어났다면 무언가 무서운 원인이 ……」

그의 눈은 그 원인을 찾으려고 지면 위를 달렸다. 그때 메리가 입을 열었다. 그 말투에서 그녀의 감정을 충분히 감지할 수 있을 만큼 지금의 그는 그녀를 잘 알고 있었다. 그녀의 말은 빠르고 명료했으나 겉보기에는 무관심한 듯했다. 그리고 목소리는 조금 엄했으나 평소와 변함이 없었다.「나도 원인을 찾아보았어요. 하지만 원인이라고 인정할 만한 이유는 아무것도 없어요. 습격당한 사람들은 모두 죄 없는, 민중과 의좋게 지내온 사람들 같아요. 그런데 집안에 있다가 습격당한 거예요, 어린애들까지…….」

이 말을 듣고 옌은 그녀의 얼굴을 보았다. 그녀도 그를 바라보았다. 그 눈은 맑은 잿빛이었으며 얼음처럼 차가웠다. 그 눈은 그를 비난하고 있었다. 그는 속으로 그녀에게 소리쳤다.『나는 그렇게 하는 수밖에 도리가 없었습니다!』그러나 그녀의 눈은 끝내 그를 비난하고 있었다.

옌은 평소의 자기를 되찾으려고 자리에 앉은 채 여느 때보다도 웅변으로 지껄여댔다. 그는 열심히 말했다.「사촌 형 셍에게 장거리 전화를 걸어 보겠습니다. 그 사람은 대도시에 있으니까 아마 진상을 알고 있을 줄 압니다. 저는 우리 국민을 알고 있습니다. 이런 짓을 할 수 있는 국민이 아닙니다. 문화적인 민족입니다. 야만인이 아닙니다. 우리는 평화를 사랑하고 있습니다. 유혈을 미워합니다. 확실히 무언가가 잘못되어 있습니다.」

그러자 노부인도 열심히 말했다.「잘못되었다는 걸 나도 잘 알아요, 옌. 우리 나라의 선량한 선교사들을 위해서 그런 일이 일어나도록 하느님이 용서하실 까닭이 없어요.」

그러나 별안간 옌은 이 단순한 말 때문에 문득 깨달아지는 것이 있어 하마터면 소리를 지를 뻔했다.『그 선교사들이었다면……』 그때 무심코 메리에게 시선이 갔다. 그녀는 여전히 그를 보고 있었으나 거기에는 말없는 깊은 슬픔이 서리어 있었다. 그래서 그는 한 마디도 말을 할 수가 없었다. 그의 심정은 그녀의 용서를 빌고 있었다. 하지만 그 심정조차 자꾸만 뒷걸음질치고 있었다. 용서를 받기 위해서는 그의 몸이 달갑지 않아 하는 것을 양보하지 않으면 안된다고 생각하니 용서를 구하는 것도 달갑지 않았다.

그가 입을 다물고 말자 아무도 말을 하지 않았다. 그것을 보고 노교수가 일어서며 옌에게 말했다.「그럼, 옌, 무슨 소식이 들어오거든 알려 주게.」옌도 부인이 나가서 메리와 단 둘이 남게 되는 것이 싫어 함께 일어섰다. 돌아오는 길에, 방금 그 뉴스가 사실이었다면 하고 생각하니 무서움 때문에 마음이 무거워졌다. 그와 같은 굴욕을 그는 견딜 수 없었다. 메리가 간밤의 그 태도로 미루어 속으로 그를 판단하고 모든 것을 그의 의지가 약한 탓으로 돌릴 것이 틀림없다고 생각하니 더더욱 견딜 수 없었다. 그래서 더한층 그는 자기 나라 국민이 이 사건에 아무 죄가 없음을 밝히고 싶었다.

그 이후 옌과 메리는 끝내 가까워지지 않았다. 날이 갈수록 옌은 조국에 대한 비난을 씻고 싶은 열정에 휘말려 들어갔다. 만일 그것을 할 수만 있다면 자기 자신의 태도도 그것으로 정당화된다는 기분이었기 때문이다. 학년말의 바쁨 속에서 그는 그 때문에 분주했다. 한 걸음 한 걸음, 그는 그것이 자기 나라의 죄가 아닌 것을 증명해 나가야 했다. 그런데 셍한테서 사실이라는 연락이 왔다. 셍의 목소리는 그 기사가 난 날 전선을 타고 부드럽게, 마치 옆에서 말하듯 들려

왔다. 그는 습격 사건이 있었다는 것은 사실이라고 말했다. 옌은 성급하게 소리쳤다.「하지만 왜, 왜?」그러자 셍의 목소리가 천연덕스럽게 들려 왔다. 그가 어깨를 움츠리는 것이 보이는 듯했다.「왠지 그걸 누가 알아. 폭도거나 공산주의자거나,…… 아무튼 뭔가 광신적인 주의 때문이겠지. 아무도 그 진상을 알 수 없어.」

그러나 옌은 고뇌에 빠져들어가고 있었다.「나는 믿지 않아. 무언가 원인이 있을 거야. 그들이 도발했다든가…… 무언가 원인이 있을 거야!」

그러자 셍이 조용히 말했다.「우리들은 결코 진상을 알지 못해.」그리고 그는 화제를 바꾸었다.「이번에는 언제 너를 만날 수 있니? 벌써 오랫동안 너를 못 만났구나. 언제 귀국할래?」

옌은「곧 귀국해!」하고 대답할 수 있을 뿐이었다. 그는 귀국하지 않으면 안된다는 것을 알고 있었다. 만일 조국의 무죄를 밝힐 수 없다면 학교의 일이 끝나는 대로 얼른 귀국하지 않으면 안되는 것이다.

그후 그는 이제 노교수의 집 정원에 들어가지 않았다. 메리와 단둘이서 시간을 보내는 일도 없었다. 겉으로는 친한 듯이 지내고 있었으나 두 사람 사이에는 아무것도 할 말이 없었다. 옌은 그녀와 단둘이 남는 기회를 피했다. 조국의 무죄를 증명할 수 없게 된 것을 알게 된 동시에 그는 유일한 자기편인 교수 가족들마저 피하게 된 것이다.

노부부는 그것을 눈치채고 여전히 언제나 상냥하게 해주었으나 역시 얼마간 서먹서먹해졌다. 결코 그를 비난하는 것이 아니고, 자기들을 피하려는 그의 고뇌를 완전히 이해하지는 못한다 하더라도 딱하게 여기고 되도록 그의 마음의 상처를 건드리지 않도록 배려하고 있었다.

그것을 옌은 노부처가 자기를 비난하고 있다고 느꼈다. 그는 자기의 어깨에 조국의 명예를 전부 걸머지고 있었다. 이 무렵 그는 날마다 신문을 읽고, 고국의 혁명군이 어느 군대나 승리의 기세를 타고 정복지를 진군할 때 흔히 하는 행위를 하고 있는 것을 읽고 혼자 괴로워했다. 이따금, 아버지는 어떻게 하고 계실까 하고 그는 생각했다. 혁명군은 북방의 평원을 향해 도처에서 승리를 거두며 서서히 접근하고 있었기 때문이다. 그러나 아버지의 일이 매우 멀게 느껴졌다. 가까이에, 너무나 가까이에 상냥하고 아늑한 노교수의 가정이 있었다. 그들이 원하므로 이따금 그는 그 집에 가지 않으면 안 되었다. 그들은 신문 기사에 대해서는 한 마디도 언급하지 않았다. 그것을 입 밖에 낸다는 것은 그를 굴욕으로 난도질하는 행위임을 알고 그를 측은하게 생각했던 것이다. 그러나 아무리 잠자코 있어도 그는 거기에 굴욕을 느꼈다. 그들의 침묵 그 자체가 비난이었다. 메리의 무뚝뚝한 차가움도, 노부부의 기도도 비난이었다. 이를테면, 억지로 그를 초대한 식사 전에 노교수는 나직이 근심에 찬 기도를 한 후 다음과 같이 덧붙이는 것이었다. 「하느님이시여, 먼 나라에서 생명의 위험에 직면하고 있는 당신의 종들을 구하소서.」 그러면 노부인은 진심으로 그 뒤에서 조용히 「아멘.」 하고 중얼거리는 것이었다. 옌은 이 기도에도, 아멘에도 견딜 수가 없었다. 메리마저 — 노부부의 신앙에 대해서 그에게 경고한 메리마저 요즘은 기도할 때 머리를 숙이고 있었으므로 옌은 더한층 견딜 수 없었다. 그것은 결코 그녀가 새로 신앙을 가졌기 때문이 아니라는 것은 그도 잘 알고 있었다. 단순히 양친의 정성들인 기도 속에 깃든 의분을 그녀도 느끼고 있는 데 불과한 것이었다. 역시 그녀는 부모와 함께 나를 비난하고 있는 것이다, 하고 그는 생각했다.

또다시 옌은 무섭게 고독해졌다. 고독 속에서 그는 학년말까지 공부를 마치고 다른 학생들과 함께 졸업식에 나갔다. 식장에서도 그는 고독했다. 단 한 사람의 중국인으로서 그는 학위 증서를 받았다. 최우등생으로서 그의 이름이 불리워지는 것도 고독한 이름으로 들렸다. 축하의 말을 해주는 사람도 몇 있었지만 축하를 받든 안 받든 개의할 필요가 없다고 그는 생각했다.

혼자서 그는 책과 의복과 짐을 꾸렸다. 마지막으로 짐작이 간 것은, 교수 부처가 — 물론 그 호의에는 변함이 없지만 — 그의 귀국을 기뻐하고 있다는 점이었다. 옌은 가슴을 펴고 생각했다. 『나를 딸과 결혼시키고 싶지 않아 교수 부처는 불안했던 것이 아니었을까? 그러기에 나의 귀국을 기뻐하고 있는 것이다!』

그는 심술궂게 미소지으면서 분명히 그렇다고 믿었다. 그리고 메리를 그려 보며 다시 생각했다. 『그러나, 나는 메리에게 감사하지 않으면 안 된다. 내가 크리스찬이 안 되도록 구원해 주었거든. 그렇다, 그 사람은 나를 한 번 구해 주었다. 그러나 한 번은 내가 내 자신을 구원했던 것이다!』

3

어린 시절 부친을 사랑하면서 미워한 것처럼 옌은 사랑하면서 증오하며 미국을 떠났다. 아름답고 젊고 건강한 것을 누구나 사랑하지 않을 수 없듯이 그는 미국을 본의 아니게 사랑하지 않을 수 없었다. 그는 미를 사랑하였으므로 미국의 산에서 보는 수목의 아름다움을, 분묘 같은 것이 눈에 띄지 않는 초원의 아름다움을, 살이 쪄서 건강하게 사육되고 있는 목장의 가축들을, 인간의 쓰레기 같은 것이 어른거리지 않는 도시의 아름다움을 사랑하지 않을 수 없었다. 그러나 미국의 이러한 것들이 아름다움이라면, 고국의 민둥산에 아름다움이 있다고는 생각되지 않았고, 산 인간이 사용하는 옥토에 송장이 묻힌, 밭 한가운데에 무덤이 있다는 것을 아름다움이라고 볼 수는 없었으며, 그 밖에 고국의 그런 상태가 기억에 있었으므로, 미국의 아름다운 풍경 그 자체까지 그는 사랑하는 동시에 증오하지 않을 수 없었다. 기차로 지나치며 비옥한 농촌을 보았을 때, 『이것은 우리 나라가 아니다.』 하고 그는 생각했다. 그는 아름다움이든 선이든 자기 것이 아니면 아무리 해도 진심으로 사랑할 수가 없었다. 선량한 사람들도 그 선량함을 자신이 갖고 있지 않을 경우에는 그 사람들을 그다지 좋아할 수 없었다.

배를 타고 다시 고국으로 향했을 때 지난 육 년간의 유학으로 무엇을 얻었을까 하고 그는 생각했다. 지식을 얻은 것은 의심할 여지가 없었다. 그의 머리는 유용한 지식으로 가득 차 있었고, 트렁크에는 노트와 그 밖의 서적이 잔뜩 들어 있었으며, 어느 품종의 밀의 유전에 관한 긴 연구 논문도 있었다. 게다가 밀의 종자를 넣은 조그만 부대도 갖고 있었다. 그것은 그가 실험용으로 재배한 종자 속에서 주의 깊게 고른 것이며, 그 종자를 고국 땅에 뿌려 차례로 불려서 남에게도 나누어 주고, 그리하여 전국의 밀수확을 증진시키려는 계획을 그는 가지고 있었다. 그것은 그가 미국 유학에서 얻은 확실한 수확이었다.

　그뿐만이 아니다. 그는 어떤 신념을 얻었다. 결혼 상대는 같은 피가 흐르는 같은 인종이 아니면 안 된다는 신념이었다. 그는 셍과는 다르다. 하얀 살결, 푸른 눈, 곱슬머리는 이미 그에게는 매력이 없었다. 상대는 어떠한 여자든 자기처럼 까만 눈, 곱슬거리지 않는 검은 머리, 자기와 같은 빛깔의 피부를 가진 여자가 아니면 안 된다. 자기와 같은 종족이 아니면 안 되는 것이다.

　그것은 느릅나무 그늘의 그날 밤 이래 어느 의미에서는 대단히 잘 이해하고 있다고 생각했던 그 백인 여자가 지금 그에게는 전혀 이해할 수 없는 타인이 되고 말았기 때문이었다. 그녀가 변했던 것은 아니다. 그후에도 여전히 그녀는 착실하고 예의 바르고 그가 말하는 것과 느끼는 것을 곧 이해해 주었다. 그러면서도 타인인 것이다. 두 사람의 영혼은 서로 이해할 수 있을는지 모르지만 그 영혼은 두 가지 이질적인 육체에 살고 있는 것이었다. 그후, 실로 한순간, 그녀가 그에게 가까이하려고 한 적이 있었다. 그가 귀국할 때 그녀는 노교수 부처와 함께 정거장까지 전송하러 나왔다. 그가 작별 인사로 손을 내밀자 그녀는 그의 손을 한동안 꼭 쥐고 잿빛 눈이 열을 띠어 흐려지면서 나지막한 소리로 말했다. 「편지 주시겠어요?」

　어떤 이유가 있더라도 남의 감정을 상하게 하지 못하는 옌은 그녀의 흐려진 눈에 비친 고뇌의 빛을 보고 당황하여 더듬거리며 말했다. 「그럼요, 물론이지요……. 편지를 쓰지 않을 이유가 없지 않습니까.」

　그러나 그의 안색을 살피고 있던 그녀는 순간 잡은 손을 놓았다.

그리고 약간 안색이 변했다. 모친이 얼른, 「옌은 반드시 편지를 줄 거예요.」하고 말했을 때도 아무 말 하지 않았다.
 그래서 옌은 편지를 써서 여러 가지 일을 알려 주겠다고 약속했다. 그러나 결코 편지 같은 것을 쓰지 않으리라는 것은 자신도 잘 알고 있었으며, 기차가 움직여 메리의 얼굴을 마주보았을 때, 그녀도 그렇게 생각하고 있다는 것을 알았다. 그는 고국으로 돌아가는 것이고, 그네들은 이방인인 것이다. 편지를 쓸 만한 일은 아무것도 없다. 그는 이미 입지 못하게 된 옷을 버리듯이 머리 속의 지식을 트렁크 속의 노트만 남기고, 그 육 년간 전부를 버리고 만 것이다. 그러나 지금 이렇게 배 위에서 육 년의 세월을 생각해 보니, 거기에는 본의 아니게 사랑하지 않을 수 없는 것들이 있었다. 그것은, 미국에는 그가 구하는 것이 많이 있었고, 또 노교수 가족은 정말 선량한 사람들이었으므로 아무리 해도 미워할 기분이 나지 않았다. 그러나 그 사랑은 모두가 다 본의가 아니었다고 말하지 않을 수 없었다. 그것은 이렇게 고국을 향하고 있으니 지금까지 잊고 있던 고국이 생각나서 이것저것 생각한 끝에 얻은 결론이었다. 그는 아버지를 생각하고, 청결하지도 깨끗하지도 않은 좁고 지저분한 거리며 감옥에서 보낸 그 사흘 동안을 생각했다.
 그러나 그러한 것도 지난 육 년간 혁명이 일어났으니까 필경 모든 것이 변했거니 하고 생각해 보았다. 완전히 변했을 것이 틀림없다. 그가 고국을 떠날 때 맹은 관헌에 쫓겨 지하에 숨지 않으면 안됐는데, 이번에 셍에게 들어 보니 지금 그는 혁명군의 부대장이 되어 어디나 떳떳하게 돌아다닐 수 있다고 한다. 변한 것은 그뿐이 아니었다. 이 배에 타고 있는 중국인은 옌뿐이 아니고, 그와 마찬가지로 고국으로 돌아가는 청년 남녀가 이십 명쯤이나 되었다. 모두 함께 앉아 이야기를 나누고 같은 식탁에서 식사를 하며 고국에서 일어난 일을 얘기했다. 좁은 도로는 헐리고 세계 어느 나라에도 뒤지지 않을 만큼 넓은 거리가 옛 모습이 남은 도시를 종횡으로 뚫고 나가서 외따른 시골길까지 자동차가 왕래하며 지금까지 걷거나 기껏해야 당나귀밖에 못 타던 농민들까지도 자동차를 타고 다닌다는 이야기며, 혁명군은 많은 대포와 폭격기를 가졌고 무장한 병정들이 있다는 이야기며, 오늘날에는 남녀가 평등하다는 것과, 아편을 매매하거나 피우는 것은 새로운 법률로 금지되어 있다는 것, 그러한 옛 악습은 이미 일소되었다는 얘기 등을 옌은 그들한테서 들었다.

그들은 옌이 모르는 것을 너무나 많이 이야기해 주었으므로 그는 자기가 그런 옛 기억에만 집착해 있는 것이 이상할 정도였다. 한시 바삐 새로운 고국이 보고 싶어졌다. 그는 이 새로운 시대의 청년이라는 것이 기뻐서 어느 날 같은 중국인들과 한 식탁에 둘러앉았을 때 가슴을 두근거리며 말했다. 「자유롭고 자기 생각대로 살 수 있는 현대에 태어났으니 이 얼마나 근사한 일인가!」

그러자 정열에 타는 젊은이들은 모두 서로의 얼굴을 바라보며 승리를 자랑하듯 미소지었는데, 그 중에서 한 젊은 여자가 예쁘장한 발을 쑥 내밀면서 소리쳤다.「저를 보셔요. 어머니 시대에 태어났더라면, 이런 훌륭한 두 발로 걸어다닐 수 있을 줄 아세요?」그러자 일동은 어린 아이처럼 웃고 여러 가지 농담을 주고받았다. 그러나, 이 젊은 여성의 웃음에는 재미있다는 것뿐 아니라 그 이상의 뜻이 포함되어 있었다. 한 청년이 말했다.

「우리가 완전히 자유가 된 것은 우리 민족의 역사가 있은 이래 처음 있는 일이야. 공자 이래 이것이 처음이란 말이야!」

한 쾌활한 청년이 또 소리쳤다.「공자 따위는 사라져라!」그러자 다른 사람들도 소리를 합해서,「그렇다, 공자 같은 건 사라져라!」하고 소리쳤다.「공자 따윈 타도하는 거야. 우리가 미워하고 있는 옛 습관과 함께 부숴 버리고 마는 거야. 공자나 공자가 가르치는 효도 따위는 두들겨 부수고 마는 거야!」

그들은 또 좀더 진지한 얘기를 나눌 때도 있었는데 그럴 때는 국가를 위해 무엇을 하면 좋을까 하는 것을 열심히 생각하고 토론하곤 했다. 왜냐하면 이런 사람들 가운데는 국가를 위해 공헌한다는 열정을 품고 있지 않은 사람은 하나도 없었기 때문이다. 그들이 말하는 문구 속에서 반드시〈국가〉라든가〈구국〉이라고 하는 말을 자주 들을 수 있었으며, 그들은 진지하게 자기들의 장점이나 능력을 살피고 그것을 다른 국민들과 비교하곤 했다.「서양인은 발명의 재능에 있어서, 육체가 정력적이라는 점에 있어서, 진취의 기상에 있어서 우리보다 뛰어나다.」그러면 한 사람이 말한다.「우리들이 뛰어난 점은?」모두 얼굴을 쳐다보고 생각하다가 다시 말한다.「우리는 인내력과 이해력이 뛰어나다.」

이 말을 듣자 아까 귀여운 발을 내밀어 보이던 처녀가 잠자코 있지 못하고 소리쳤다.「언제까지나 참고 견딘다는 것은 우리들의 결점이에요. 나는 이제 인내하지 않을 결심이에요. 내가 좋아하지 않는 것은 무슨 일이든 참고 견디지만은 않겠어요. 그리고 우리 나라 여성 모두에게 무슨 일에나 다 인종하지는 말라고 가르치겠어요. 미국 여성 중에서 자기가 싫어하는 것에 인종하는 사람을 본 적이 없어요. 미국이 이만큼 된 까닭은 그거예요!」

그러자 호들갑스러운 친구가 말했다.「그렇다, 미국에서는 남자쪽이 참는다, 우리도 본받아야 하겠네, 제군들!」젊은 사람이란 사사건건이 이유 없이 잘 웃는 법이다. 그들도 소리를 높여 웃었다. 그리고 이 호들갑스러운 청년은 콧대 높은 주장을 대담히 내세운 아름다운 처녀를 살며시 찬미의 눈으로 바라보는 것이었다.

이렇게 하여 이들 젊은 남녀들과 그 속에 섞여 있던 옌은 훌륭한 사기와 열렬한 귀국에의 기대를 가슴에 안고 배 위에서의 나날을 보냈다. 그들은 자기 이외의 것에는 주의를 기울이지 않았다. 왜냐하면, 그들은 모두 자기들의 젊음에 확신을 갖고, 자기들의 지식에 만족하며, 다시 고국의 땅을 밟는 정열에 넘치고, 각자가 시대에 공헌할 힘을 가졌으며, 특수한 가치를 갖고 있다는 자신을 품고 있었기 때문이다. 그러나 그들이 모두 유쾌한 인간들이기는 하지만 옌은 그들이 지껄이는 말이 외국어이며, 자기 나라 말을 할 때도 어떤 관념을 나타내는 데 자국어에는 적당한 말이 없어 외국어로 보충하지 않으면 안된다는 것과, 여성의 복장은 반 양장이고 남자는 전부 양복을 입고 있으므로 뒤에서 보면 어느 인종인지 알 수 없다는 것 등을 인정하지 않을 수 없었다. 더욱이 그들은 밤마다 남자도 여자도 함께 어울려 외국인이 하는 것처럼 댄스를 하고, 때로는 부끄러움도 없이 볼과 볼을 비비대며 손에 손을 잡고 춤추는 일도 있었다. 댄스를 하지 않는 것은 옌뿐이었다. 동포들이 그의 눈에 외국풍으로 비치는 짓을 할 때에는 아무리 사소한 일이라도 그는 그들로부터 떠나오는 것이었다. 그리고 자기도 전에 댄스를 한 것을 잊고 속으로 생각했다.『댄스는 외국 것이다.』그러나 그가 댄스를 하지 않은 것은, 이와 같은 새시대의 여성과 접촉하고 싶지 않은 것도 그 이유 중의 하나였다. 그녀들이 금방 손을 내밀어 남자에게 접촉해 오는 것이 그는 두려웠다. 옌은 매달리듯 여자가 기대어 오는 것을 전부터 무서워했다.

이리하여 하루하루가 지나갔으며, 옌은 지난 몇 년 동안 고국은 어떤 모양으로 변했을까 하고 날이 갈수록 궁금해졌다. 드디어 도착하는 날, 그는 혼자 뱃머리로 가서 고국의 모습이 나타나기를 지켜보았다. 고국은 모습을 나타내기 훨씬 전부터 그 그림자를 비치고 있었다. 옌이 보고 있으려니 맑고 차가운 초록 바다에 누런 줄이 나타났다. 그것은 큰 강이 몇 천 마일이나 흘러오는 동안에 깎아내어 도도히 바다까지 날라온 황토였다. 그 노란 분계선은 마치 손으로 그린 듯이 뚜렷했다. 거기서 바다의 파도는 되밀려나고 하구(河口)가 보이기 시작했다. 불과 조금 전까지 태양 위에 있던 옌이 다음 순간 문득 돌아다보니, 배는 마치 방벽이라도 뛰어넘은 듯이, 눈 아래는 소용돌이치는 누런 파도였다. 그는 고국에 닿은 것을 알았다.

얼마 후, 그날은 한여름의 더운 날이었으므로 그는 목욕을 하러 나갔다. 물이 누런 색깔을 띠고 있었으므로, 이런 물에라도 목욕을 해야 하는 것일까 하고 처음에는 왠지 깨끗하지 않은 듯한 기분이 들어서 망설이다가『이 물로 목욕하는 것이 왜 나쁘단 말인가? 이것은 우리 조상의 대지로 혼탁해진 것이 아닌가.』하고 생각했다. 그리고 목욕을 하니 시원하고 매우 상쾌한 기분이 되었다.

마침내 배는 어느새 하구로 들어갔다. 양쪽 기슭은 둔중하고 누렇고 낮았으며, 조금도 아름답지 않았다. 그리고 그 위에는 같은 빛깔의 조그마하고 낮은 집들이 있었다. 대지는 인간이 아름답다고 생각하거나 말거나 관심 밖이라는 듯, 구태여 아름답게 보이려 하지 않았다. 옛날처럼 지금도 낮고 누런 양쪽 해안이 길게 펼쳐져 있었으며, 흐르는 강이 바다를 밀치고 자기 것이라 주장하는 것 같았다.

옌도 그것이 아름답지 않다는 것을 인정하지 않을 수 없었다. 여러 나라의 선객에게 섞여서 그는 갑판에 서 있었는데, 그 사람들이 이 새로운 나라를 바라보며 주고받는 말이 옌의 귀에도 들려 왔다. 「암만 봐도 그다지 아름답진 않군.」「다른 나라처럼 아름답지 않은데.」 그러나 옌은 이에 반박하려고는 하지 않았다. 그는 긍지를 갖고 속으로 생각했다. 『우리 나라는 그 아름다움을 감추고 있는 거야. 정숙한 여성은 문 밖의 타인에게는 검소한 모습을 보이는 법이다. 자기 집 안에 들어가서야 비로소 색깔 있는 옷을 입고, 반지를 끼고, 귀를 보석으로 장식한다. 우리 나라는 그런 여성과 흡사하다.』

오랜 세월 동안에 처음으로 이 생각이 단시(短詩)의 형태가 되어 떠올랐다. 옌은 오언(五言) 절구로 쓰고 싶은 충동을 느끼고 언제나 주머니에 넣고 다니는 수첩을 꺼내어 단숨에 써내려갔다. 이 얼마 안되는 시간은 그날의 앙양된 기분에 다시 한 점의 기쁨을 보탰다.

이윽고 평탄하고 둔중한 대지에서 난데없이 높은 건물이 불쑥 나타났다. 옌은 고국을 떠날 때는 생의 간호를 받으며 밤배의 선실에서 눈을 떴기 때문에 이 높은 건물을 보지 못했었다. 다른 선객과 같이 신기하게 바라보고 있는 동안에 건물은 평탄한 대지에서 높이 치솟아, 타는 듯한 햇빛을 덮어쓰고 번쩍이고 있었다. 백인 한 사람이,「이렇게 큰 근대 도시인 줄은 미처 몰랐는데.」하고 말하는 소리가 들렸다. 그 목소리에 존경의 뜻이 깃들여 있음을 깨닫고 옌은 속으로 자랑스러움을 느꼈으나, 아무 말도 하지 않고 안색도 바꾸지 않은 채 여전히 난간에 기대어 고국의 모습을 지그시 쳐다보고 있었다.

이와 같은 긍지가 그의 마음에 솟고 있는 동안 배가 부두에 닿자 순식간에 선창가나 주변에서 모여든 쿠리(중국의 하층 노동자—역주)의 한 떼가 배 안으로 밀고 들어왔다. 그리고는 자루나 트렁크를

메는 하찮은 일을 맡으려고 서로 복작대기 시작했다. 항구 안에서는 지저분한 조각배들이 여름의 더운 햇빛 속을 저어서 몰려들었다. 그 조각배에는 거지들이 타고 우는 소리로 구걸을 하면서 끝에 바구니를 댄 긴 장대를 배 위로 쳐들어 올리는데, 그 대부분이 병자들이었다. 쿠리들도 더워서 반나체가 대부분이었으며, 일을 얻으려고 정신들이 없어서 때와 땀투성이의 몸으로 깨끗하게 차려 입은 백인 부인들 사이를 마구 밀치고 드나들었다.

옌의 눈에 백인 여자들이 몸을 피하는 것이 보였다. 쿠리들을 무서워하는 사람들도 있었는데, 모두 그 더러움과 땀과 천함에 진저리를 치고 있었다. 옌은 이 거지들과 쿠리들도 자기의 동포라고 생각하니 속으로 부끄러워졌다. 그리고 이상하게도 그는 쿠리들을 피하는 백인 여자들에게 심한 혐오를 느끼면서도 갑자기 이 쿠리들과 반라의 거지들이 얄미워져서 속으로 거칠게 소리쳤다. 『이런 인간들이 나와서 이렇게 누구 앞에나 모습을 나타내는 것을 당국은 단속해야 한다. 이 나라를 찾아오는 온 세계 사람들에게 제일 먼저 이런 인간들을 보여 준다는 것은 좋지 않다. 개중에는 이런 인간들밖에 보지 않는 사람들도 있을 것이고……』

그는 이 광경을 차마 보고 있을 수가 없었다. 어떻게든 이런 악습을 개혁해야겠다고 결심했다. 다른 사람들에게는 사소한 일로 여겨질지 모르지만 그에게는 사소한 문제가 아니었다.

그러나 그의 이 기분은 곧 풀렸다. 배에서 내려 보니 그가 어머니라 부르는 노부인과 아이란이 마중나와 있었기 때문이다. 두 사람은 많은 사람들 속에 서 있었는데, 옌은 첫눈에 그 많은 사람들 속에서 아이란처럼 아름다운 여성이 없다는 것을 알고 큰 기쁨을 느꼈다. 노부인에게 인사하고 자기 손을 쥔 그녀의 힘센 손의 기쁨이며 눈과 웃는 얼굴에 넘치는 환영을 느끼고 있을 때도, 배에 탄 사람들의 눈이 아이란에게 집중되고 있음을 보지 않을 수 없었다. 그리고 자기와 같은 인종인 그녀를 배에 탄 사람들에게 보여 줄 수 있었다는 데 흡족함을 느꼈다. 그 거지나 쿠리들의 추태도 아이란의 아름다움에 의해서 깨끗이 씻어지는 듯한 기분이 든 것이다.

정말 아이란은 아름다웠다. 옌이 고국을 떠날 때 그는 아직 소년에 지나지 않았으므로 그녀의 아름다움을 충분히 알지 못했다. 그러나 지금은 이런 부두를 걷고 있으니 아이란 같으면 온 세계의 미인들과 겨루더라도 하등 손색이 없다고 그는 생각했다.

아이란이 소녀 때의 고양이 새끼 같은 미태를 보이지 않게 된 것은 매우 좋은 효과를 보여 주고 있었다. 옛날처럼 여전히 눈은 반짝이고 재치가 번득였으며, 목소리도 가볍고 탄력이 있었으나, 거기에는 어딘가 모르게 부드럽고 완성된 기품이 갖추어져 있었으며, 그 명랑한 웃음 소리도 그리 자주 내지 않았다. 따뜻함이 있는 아름다운 얼굴을 감싼 짧은 머리카락은 검고 윤기가 있었다. 다른 여자들처럼 곱슬곱슬하지 않고 흑단처럼 윤택하게 곧장 빗어내려 이마에서 가지런히 갈라 놓았다. 오늘의 그녀는 최신 유행의 길고 날씬한 은빛 옷을 입고 있었으며, 깃은 높으나 소매는 팔꿈치까지밖에 안 되고, 몸에 딱 붙어서 한 가닥의 선도 흐트러진 데가 없었으며, 어깨에서 허리, 허벅지에서 발꿈치에 이르기까지 한 점 나무랄 데 없는 곡선이 부드럽게 흐르고 있었다.

옌은 그녀의 완전한 아름다움에 그만 마음이 흐뭇해져서 자랑스레 그녀의 모습을 바라보았다. 내 나라에도 이런 여성이 있는 것이다!

노부인 뒤에, 이제 어리지는 않으나 그렇다고 아직 여자로서의 완전한 모습을 갖추지는 못한, 훤칠하게 키가 큰 소녀 하나가 서 있었다. 아이란처럼 아름답지는 않지만 깨끗하고 고상한 얼굴을 하고 있어서 아이란만 옆에 없다면 충분히 사람의 눈을 끌 만했다. 키는 크지만 거동은 우아하고 갸름한 얼굴이 희었으며, 검은 눈썹 아래의 검은 눈을 큼직하게 뜨고 있었다. 여러 사람의 이야기며 옌을 환영하는 웃음에 정신이 팔려 아무도 이 소녀가 누구라는 것을 옌에게 말해 주는 사람이 없었다. 그러나 그는 막 물어 보려던 순간 이 소녀가 그날, 감옥의 문 앞에서 제일 먼저 자기를 발견하고 소리친 그 메이링이라는 소녀라는 것을 깨달았다. 그는 그녀를 향해 말없이 고개를 숙였다. 그러자 그녀도 마찬가지로 고개를 숙였는데 옌은 그녀의 얼굴이 금방 잊을 수 없는 얼굴이라는 것을 알게 될 때까지 얼마간의 시간이 걸렸다.
　또 한 사람 마중 나와 있었던 것은, 지금도 옌은 기억하고 있지만, 아이란을 지켜 주도록 노부인에게 부탁을 받았던 바로 그 상대인, 우라는 소설가였다. 그는 말쑥한 양복을 입고, 코 밑에는 조그마한 수염을 길렀으며, 마치 기름을 쏟아 놓은 듯이 번들거리는 머리 모양을 하고 사람들 속에 아주 자신 있다는 듯이 섞여 있었다. 자기는 올 권리가 있는 장소에 와 있다는 듯한 확신이 몸 전체에 나타나 있었다. 그 이유를 옌은 곧 알게 되었다. 첫 인사와 절이 끝나자 노부인은 이 청년의 손을 정답게 잡고 이어 옌의 손을 잡으면서 말했다.「옌, 이쪽은 아이란과 결혼하게 된 분이야. 아이란의 희망으로 네가 돌아올 때까지 결혼식을 연기해 둔 거란다.」
　옌은 노부인이 이 사나이에게 호감을 갖고 있지 않았다는 것을 기억하고 있으므로, 어째서 여태까지 아이란의 결혼에 관해서 알려주지 않았을까 하고 이상하게 생각했으나, 이런 자리에서 예의에 벗어난 말은 할 수 없었으므로 소설가의 고운 손을 잡고 요즘 유행대로 쥐고 흔들면서 미소지었다.「누이의 결혼식에 참석할 수 있다니 참으로 유쾌합니다. 나는 운이 좋았나 보죠.」
　상대편은 가볍게 조금 나른하게 웃고는 여느 때의 버릇인 듯 눈을 내리깔며 옌을 보고 좀 뻐기듯이, 영어로「운이 좋은 것은 나지요.」하고 말하고는, 한쪽 손으로 머리를 쓸어 올렸다. 옌의 눈에 익은 그 이상한 아름다움을 여기서 그는 또다시 보았다.
　이런 인사에 익숙해 있지 않은 옌은 잡고 있던 손을 놓고 개운치 않은 기분으로 그 곁을 떠났다. 그는 문득 이 사나이는 이미 다른 여자와 결혼하고 있었던 것을 생각하고 점점 더 영문을 알 수 없게 되었다. 어떻게 하여 이렇게 되었는지 지금 여기서 물어 볼 수도 없으므로, 나중에 살며시 노부인에게 물어 봐야지 하고 생각했다. 그러나 여럿이서 자동차가 기다리고 있는 거리로 걸어가면서, 그 두 사람이 참으로 잘 어울리는 한 쌍임을 인정하지 않을 수 없었다. 두 사람 다 어디까지나 중국인이면서도 어딘가 그렇지 않은 데가 있었다. 묵직하게 뿌리를 내리고 있는 노목이 그 마디 투성이의 밑둥에서 아름다운 꽃을 피우고 있는 그런 느낌이었다.
 노부인이 다시 옌의 손을 잡고 말했다. 「집에 가자. 여기는 수면에 반사하는 햇빛이 너무 강하고 더운 것 같으니까.」 옌은 노부인에게 손을 잡힌 채 거리까지 나갔다. 거기에는 자동차가 기다리고 있었다. 부인은 자가용 차를 갖고 있어서 여전히 옌의 손을 꼭 쥔 채 자동차까지 안내해 갔다. 메이링은 부인의 반대쪽에 붙어서 걸어갔다.
 아이란은 진홍으로 칠한 이인승 자기 차에 올라탔다. 애인인 소설가도 뒤따라 올라탔다. 이호화스러운 자동차에 탄 두 사람의 아름다움은 마치 남신과 여신으로 여겨질 만했다. 차의 뚜껑이 열려 있어서 햇빛이 두 사람의 검은 머리와 얼룩 하나 없는 매끄러운 황금빛 피부에 가득 퍼부어졌다. 차체의 화려한 진홍빛도 그들의 아름다움을 손상시키지 않고, 오히려 두 사람의 나무랄 데 없이 완전한 모습과 우아함을 한층 더 강조하고 있었다.
 옌은 그들의 아름다움에 또다시 감탄하고 민족의 자랑스러움이 가슴속에 솟구치는 것을 느끼지 않을 수 없었다. 이렇게 깨끗한 아름다움은 미국에서도 본 적이 없지 않은가! 고국에 돌아오는 것을 두려워할 필요는 없었던 것이다.
 그때 걸음을 멈추고 서서 이 부자들이 지나가는 것을 보고 있던 군중 속에서 한 거지가 몸을 비꼬며 걸어나와 그 귀족적인 진분홍 자동차로 달려가더니 문 끝에 손을 걸고 매달려 거지 특유의 콧소리로, 「제발 한푼 적선합쇼. 제발, 적선합쇼!」 하고 애걸했다.
 이것을 보자 차 안에 타고 있던 귀공자 같은 소설가는 「더럽다, 그 손 놓아라!」 하고 거칠게 소리쳤다. 그러나 거지는 점점 더 목소리를 높이고 문을 놓으려 하지 않았다. 마침내 소설가는 몸을 굽혀 딱딱한 서양식 가죽 구두를 벗어들고 그 뒤꿈치로 매달린 거지의 손가락을 후려쳤다. 힘껏 후려쳤으므로 거지는 「악!」 하고 나직이 소리치며 군중 속으로 달아나 상처 입은 손을 입으로 가져갔다.
 이어 소설가는 아름다운 흰 손을 옌에게 흔들어 보이고는 소리 높이 차를 출발시켰다. 진분홍 차체는 햇빛 속을 날 듯이 달려 나갔다.

 귀국 후 며칠 동안 옌은 주변의 일이 정확하게 파악될 때까지 그다지 생각하지 않기로 했다. 처음 그는 『이 나라도 그리 다른 점은 없지 않은가. 요컨대 우리 나라도 현대의 다른 나라와 마찬가지야. 어째서 그렇게 걱정했을까?』하고 생각하면서 안도의 숨을 내쉬었다.

 사실 그에게는 그렇게 여겨졌다. 건물이나 도로나 민중이 가난하고 초라하게 보이지나 않을까 하고 속으로 은근히 걱정하고 있었는데, 그렇지도 않은 것을 알고 만족했다. 그가 유학하고 있는 동안 노부인은 그때까지 살고 있던 조그만 집에서 서양풍의 훌륭하고 큰 집으로 옮겨 살고 있었는데, 그 새집을 보고 그는 더욱 안심했다. 첫날 함께 그 집으로 돌아왔을 때 노부인은 옌에게 말했다.

 「아이란 때문에 이사를 했지. 그전 집에서는 친구들을 초대하기에도 좁고 초라하다고 아이란이 자꾸 그래서 말이다. 그리고 나도 전부터 그렇게 하고 싶어하기도 했었고. 참, 메이링을 집으로 데려왔다. 옌, 나는 그애가 꼭 내 자식 같은 기분이야. 아이란 외조부님처럼 그애도 의사가 된다는 것을 너한테 알렸던가 몰라. 내가 아버지에게서 배운 것을 다 가르쳐 주고, 지금은 외국인이 경영하는 의대에 다니고 있지. 학교가 아직은 이 년 남아 있는데, 졸업한 뒤에도 몇 해가는 더 외국인 병원에서 수련을 하지 않으면 안 된대. 내과 쪽은 우리 의학이 꼭 적합하다는 것을 잊어서는 안 된다고 나는 그애에게 말하고 있단다. 그래도 절개를 하거나 꿰매거나 하는 외과쪽은 외국이 더 발달하고 있다는 걸 부정할 수 없어. 메이링은 내과와 외과를 모두 공부하고 있다. 그 밖에 메이링은 고아들의 뒷바라지도 거들어 주고 있단다. 여전히 거리에는 버려지는 아이들이 있어서 말이다. 혁명 후로 남녀의 행동이 자유로워져서, 요즘에는 더욱 많아졌어.」

 옌은 놀라며 말했다.「메이링은 더 어린 아인 줄 알고 있었습니다. 제가 유학 떠날 때는 아주 어린 아이였다고 기억하고 있어요.」

 「벌써 스무 살인걸.」하고 노부인은 조용하게 대답했다.「그러니까 벌써부터 어린애가 아니지. 머리는 나이보다 더 성숙해서 사실은 아이란 쪽이 훨씬 나이가 많지만 꼭 아이란의 윗사람 같아. 매우 착실하고 좋은 아이야. 언젠가 메이링이 조수가 되어 외과 수술을 하는 것을 보러 갔었지. 부인 환자의 목덜미를 절개하는 수술인데 그애의 손 움직임은 남자처럼 침착하더구나. 선생님도 메이링이 떨지도 않고 피가 솟아나도 겁을 내지 않았다면서 칭찬하시더라. 메이링은 무슨 일에도 놀라지 않지 — 매우 침착하고 얌전한 아이야. 게다가 또 기쁜 것은 아이란과 의가 좋다는 거야. 그애는 아이란이 놀러 갈 때도 함께 가지 않고 아이란 쪽에서도 메이링하고 있는 것을 좋아하지는 않지만.」

그때 거실에는 노부인과 옌 두 사람뿐이었다. 메이링은 곧 물러갔으므로 차와 과자를 나르는 하녀가 드나들 뿐 가까이에는 아무도 없었다. 그래서 옌은 호기심을 못 이겨 물었다. 「그 우라는 사람, 이미 결혼한 줄 알고 있었는데요?」

이 말을 듣자 노부인은 한숨을 쉬고 대답했다. 「네가 이상하게 생각할 줄 알았지. 아이란의 일 때문에 나도 무척 속을 썩였단다. 하지만 아이란도 그 사람과 결혼하겠다고 하고, 저쪽에서도 아이란과 결혼하겠다니 아무것도 할 말이 없지. 그애는 누가 뭐라고 해도 듣지 않거든. 이 큰 집에 이사온 까닭도 그애 때문이고, 두 사람이 꼭 만나지 않고는 못견딘다면, 어차피 둘은 만나고 있는 것이니까, 차라리 우리 집이 낫겠다고 생각한 거야. 그리고 내가 할 수 있는 일이라고는 그 사람이 부인과 이혼해서 자유로운 몸이 될 때까지 너무 깊이 들어가지 않도록 하는 일뿐이었어……. 그 부인이란 사람은 사실 고풍한 여자야. 그 사람의 부모가 골라서 그 사람이 열 다섯 살 때 결혼시켰다지만, 그 사람과 부인, 어느 쪽이 더 딱한지 나는 모르겠어. 두 사람의 슬픔을 나는 알 듯도 해. 나도 비슷한 결혼을 해서 사랑을 받지 못하고 살아왔으니까, 남의 일 같지 않아. 더욱이 사랑을 받지 못한다는 것이 어떤 것인가 나는 잘 알고 있어. 내 딸만은 좋아하는 사람과 결혼시켜 주겠다고 맹세하고 있었지. 두 사람의 고민을 나는 잘 알아. 하지만 그것도 이제 일단락됐다. 옌, 결국은 이렇게 되는 수밖에 도리가 없었던 거야. 요즘 세상에서는 이런 일이 쉽게 처리가 되나봐. 이혼이 성립돼서 가엾은 부인은 태어난 고향인 먼 곳에 있는 도시로 돌아가게 되었지. 막 돌아가게 되었을 때 내가 만나러 가 보았어. 부인은 그 사람과 이 도시에서 함께 살고 있었으니까. 하기야 명목만의 동거 생활이었다고 부인은 말하더라만. 가보니 부인은 두 하녀를 시켜서 시집올 때 가구 집기의 하나로 사온 붉은 가죽 가방에 옷을 챙겨 넣고 있었어. 그리고 나한테 한 말은,『이런 종말이 틀림없이 올 줄 알고 있었지요. 이런 종말이 틀림없이 올줄 알고 있었어요.』라는 말뿐이었어. 아름답지도 않았고 그 사람보다 다섯 살이나 위였으며, 요새는 누구나 하는 외국어도 할 줄 몰랐고, 발에는 전족을 하고 있었던지 큼직한 외국식 신으로 그것을 감추려 하고 있더구나. 그 부인으로 봐서는 정말 그게 종말이었지. 그렇게 되면, 그 사람의 인생에 이제 무엇이 남겠니. 하지만 나는 그런 것을 생각할 여유가 없었어. 아이란의 일을 생각해 주어야 했거든. 우리 같은 늙은이는 새로운 사람들한테 밀려서 떠내려가는 대로 가만히 있을 수밖에. 현대에는 아무것도 할 힘이 없단다 ── 누구도 무엇을 할 힘이 없지. 나라는 엉망이 되고, 우리를 이끌어 갈 것은 아무것도 남아 있지 않다. 법도도 없고 형벌도 없단 말이다.」

부인이 말을 마쳤을 때 옌은 약간 미소를 지었을 뿐이었다. 노부인은 적적하게 여느 때처럼 우수가 깃든 표정을 짓고 있었으며 머리는 하얬다. 어느 노인이라도 함직한 말을 하고 있다고 옌은 생각했다.

그가 그렇게 생각한 것은, 그때 그는 용기와 희망만을 느끼고 있었기 때문이다. 귀국한 그날, 더욱이 몇 시간 안에 이 도시는 왠지 그에게 용기를 주었다. 그 만큼 번화하고 풍부했다. 지나가면서 잠깐 보아도 도처에 큼직한 새 점포가 건축되고 있었다. 기계류를 파는 상점, 세계 각지의 모든 상품을 파는 가게가 도처에 있었다. 소박한 상품을 파는 지붕이 낮은 조그마한 가게가 즐비하게 서 있던 옛날과 같은 초라한 거리는 아무데서도 볼 수 없었다. 이제 이 도시는 세계의 중심의 하나였다. 새로운 건물들이 층층으로 높이를 겨루고 있었다. 옌이 미국에 가 있는 육 년 동안에 스물이 넘는 웅장한 건물이 하늘을 찌르고 서 있었던 것이다.

귀국한 첫날 밤 그는 자기 방 창문 앞에 서서 이 대도시를 내다보고, 『셍이 머물고 있는 그 미국의 도시와 거의 다름없지 않은가.』 하고 생각했다. 그를 에워싼 것은 눈부신 등불, 자동차의 소음, 수백만 인간들의 밑바닥 깊숙이 이는 웅성거림, 쉴 줄 모르고 끊임없이 저어 나가며 용솟음치는 생명의 분류와 고동이었다. 이것이 내 나라이다. 달 없는 구름을 배경으로 벌겋게 드러난 글자는 내 나라 글자이며 나와 마찬가지 국민이 만들고 있는 상품임을 알려 주고 있었다. 이 도시는 내 나라의 것이다. 그리고 세계 어느 도시에도 못지않는 대도시인 것이다. 문득 그는 아이란 때문에 밀려난 여자를 생각했다. 그러나 생각하면서도 억지로 마음을 무정하게 하여, 『이 새로운 시대에 견디어내지 못하는 자는 모두 밀려나지 않으면 안되는 것이다. 그게 옳은 것이다. 아이란도 우도 옳다. 새로운 것을 거부할 수는 없는 것이다.』 하고 생각했다.
　그리고는 비정하고 자유로운 기쁨 비슷한 것을 느끼면서 잠이 들었다.

　그후 며칠 동안 옌은 이러한 고양된 기쁨을 안고 이 도시의 구석구석을 찾아보았다. 감옥 문에서 고국을 떠났으며, 더욱이 이제 다시 참된 고국에 돌아왔다는 것을 생각하니 꿈도 못 꿀 만한 행운이라는 느낌이 들었다. 그리고 모든 감옥의 문이, 그 자신의 감옥뿐 아니라 모든 속박의 문이 열린 듯한 느낌이 들었다. 아버지가 그의 의사에 반대하여 결혼시키겠다고 말했을 때도, 젊은 청년 남녀들이 자유를 희구한 탓으로 잡혀서 총살당한 일도, 잊어버려진 한순간의 악몽에 지나지 않았다. 이 자유, 그 때문에 그들이 목숨을 버린 이 자유는 이제야 이루어지지 않았는가? 이 도시의 거리거리에는 젊은 사람들이, 남자나 여자나 자유롭고 대담하며 하고 싶은 일을 주저하지 않는다는 표정으로 걸어다니고 있어서 어디를 보나 속박 같은 것은 없었다. 이틀 후에 맹에게서 편지가 왔는데 이런 사연이 씌어 있었다.
　〈나도 마중 나가고 싶었으나 너무 바빠서 이 새로운 수도로부터 움직일 수가 없었어. 우리들은 낡은 도시를 새로 만들려 하고 있다.

낡은 집을 부수고 거리를 상쾌한 바람처럼 뚫고 지나가는 크고 새로운 도로를 건설해 놓았다. 아직도 도처에 더 많은 도로를 만들 예정이다. 그리고 불필요한 사당이나 사찰을 부숴 버리고 그 자리에 학교를 세울 계획을 짜고 있다. 이 새로운 시대는 민중이 사당이나 사찰 따위를 필요로 하지 않기 때문이다. 그 대신 과학을 가르치는 것이다. 나는 육군 대위로 장군의 부관을 하고 있는데, 장군은 군관 학교 시절의 형을 알고 있다. 그리고 이곳에는 형이 일할 자리가 있다고 형에게 전하라고 하셨다. 그건 사실이다. 장군이 최고 수뇌부의 세력 있는 사람에게 얘기해 두었으니까 형은 이곳 대학에서 무언가 형이 좋아하는 강의를 해주면 된다. 그러면 형도 이곳에 살면서 이 도시의 건설에 협력할 수 있게 되는 거다.〉

이 힘이 넘치는 편지를 읽으며 옌은,『이것이 그 수배를 받았던 맹의 편지다. 더욱이 그는 이렇듯 훌륭하게 되어 있다!』하고 생각하니 매우 기뻤다. 또 조국이 벌써 자기에게 지위를 제공해 주는 것이 기뻤다. 그는 이 문제를 마음속으로 한두 번 생각해 보았다 ― 나는 정말 젊은 사람들에게 가르치고 싶어하고 있는가? 국민에게 봉사하려면 아마 그것이 제일 빠른 길인지도 모른다. 그러나 이제 막 돌아온 그는 아직도 해야 할 의무가 있으므로 그것을 마친 다음 잘 생각해서 결정하기로 했다.

의무라는 것은, 우선 먼저 백부와 집안 사람들에게 인사를 하러 가지 않으면 안 되는 것이었고, 사흘 후에는 아이란의 결혼식이 있으며, 또 아버지도 뵈러 가지 않으면 안 되었던 것이다. 돌아와 보니 아버지한테서 편지가 두 통 와 있었다. 한두 장의 종이에 쓴, 노인답게 큼직하고 읽기 어려운, 불안해 보이는 필적을 보니 그리운 생각이 왈칵 솟아 일찍이 아버지를 무서워하고 미워했던 것은 모두 잊어버렸다. 이 새로운 시대에 있어서는 왕 후 장군도 또한 잊혀진 무대 위의 늙은 배우처럼 존재가 흐릿해 보이는 것이었다. 그렇다, 꼭 돌아가서 아버지를 뵙지 않으면 안 되겠다고 그는 생각했다.

육 년이라는 세월은 아이란을 더욱 아름답게 만들고, 어린 애였던 메이링을 성숙한 여자로 가꾸어 놓았으며, 동시에 지주 왕 이 부처에게는 묵직한 노령을 보태 주었다. 옌이 어머니라고 부르는 노부인은 그 세월에도 머리가 좀 세어지고 총명한 얼굴이 점점 더 총명하고 참을성 있게 변했으며, 조금 여위었을 뿐 그렇게 변하지는 않았는데, 백부 부처는 완전히 노경에 들어가 있었다. 지금은 자기 집을 팔고 장남과 함께 살고 있었으므로 옌은 그리로 찾아갔다. 그 집은 장남이 세운 집으로 아름다운 정원에 둘러싸인 양옥이었다.

백부는 이 정원의 파초나무 그늘에 앉아 있었는데, 마치 노성자처럼 온화하고 행복해 보였다. 이제 그는 육체적인 쾌락의 추구를 그만두고 기껏해야 이따금 미인화를 사는 정도였다. 그와 같은 그림을 수백 장이나 갖고 있어서 보고 싶어지면 하인더러 가져오게 하여 한 장 한 장 들추며 가만히 들여다보곤 하는 것이었다. 옌이 갔을 때도 파리를 쫓기 위해 옆에 서 있는 하녀가 마치 어린 아이에게 그림책을 보여 주듯 그 그림을 한 장씩 넘겨 주고 있었다.

그런데 그는 백부라고는 거의 알아볼 수 없을 정도로 변해 있었다. 이 노인은 그 왕성한 욕정으로 마지막 순간까지 노령을 접근시키지 않았는데, 이제는 노경에 접어들면 누구나 하듯 이따금 소량의 아편을 피우기 때문인지 아니면 다른 이유가 있어서인지, 마침내 노령이 찾아왔을 때는 돌연 북풍처럼 들이닥쳐 몸을 시들게 하고 지방분을 쫓아 버렸으므로, 지금 그렇게 앉아 있는 것을 보니 피부가 마치 몸에 너무 큰 옷처럼 헐렁해 보여 전에 지방 때문에 팽팽했던 곳은 이제 누런 주름이 축 늘어져 있었다. 변하지 않은 것은 복장뿐으로, 천은 호사스러운 공단이지만 옛날 뚱뚱한 때 지은 그대로의 옷이라 그것도 헐렁해서, 발꿈치에서는 접혀서 구겨지고 소매는 손이 감추어지도록 길었으며, 깃은 축 처져서, 여위어 주름투성이인 목을 드러내 보이고 있었다.

옌이 앞에 가 서자 노인은 뜻을 잘 알 수 없는 인사를 하고 말했다. 「내가 이런 데서 혼자 그림을 보고 있는 것은 말이다, 집사람이 나쁜 그림이라며 빼앗아가기 때문이야.」 그리고 그는 옛 그대로의 호색스러운 웃음 소리를 냈는데, 과도한 음란에 거칠어진 얼굴에 뜨는 그 웃음은 왠지 소름이 쭉 돋을 것만 같았다. 그리고 웃을 때 그는 하녀 쪽을 돌아보았다. 하녀는 옌을 황홀하게 바라보고 있으면서도 노인의 기분을 맞추기 위해 일부러 우스운 듯이 웃었다. 그러나 노인의 목소리도 웃음 소리도 옛날보다 힘이 없어진 것처럼 옌에게는 느껴졌다.

잠시 후 노인은 여전히 그림을 들여다보면서 물었다. 「네가 외국에 간 지 몇 해나 되느냐?」 옌이 대답하자 이번에는, 「네 사촌 형 녀석은 어떻게 하고 있지?」 하고 묻고는 옌이 그 말에 대답하자 노인은 셍을 염두에 둘 때는 언제나 그것을 생각하는 듯 중얼거렸다. 「그애는 외국에서 돈을 너무 써. 셍이 돈을 너무 쓴다고 큰애가 그러는구나.」 그리고는 그대로 답답한 분위기로 빠져들어갔다. 이윽고 옌이 기분을 북돋아 주기 위해서 「내년 여름에는 돌아오겠다고 했습니다.」 하고 말하자 노인은 어린 대나무 아래의 미인 그림을 바라보면서 말했다. 「음, 그렇게 편지해 왔더라.」 그리고는 별안간 생각난 듯이 갑자기 매우 자랑스레 말했다. 「맹이 대위가 된 것을 알고 있을 테지?」 그래서 옌이 미소를 지으며 알고 있다고 대답하자 노인은 자랑스러운 듯이 말했다. 「음, 그애는 이제 아주 훌륭한 대위가 되어서 좋은 급료를 받고 있지. 게다가 이 소란스러운 시대에는 집안에 누군가 군인이 있다는 것은 매우 편리하다. 내 아들 맹도 요즘엔 무척 높아졌지. 나를 만나러 왔는데, 그게 외국식이라더라만, 군복을 입고 허리에는 권총을 차고, 팔꿈치에는 박차를 달고 왔더라. 나는 잘 보아 두었지.」

옌은 잠자코 있었으나 지난 육 년 동안에 맹이 아버지에게 심한 욕을 먹고 있던 사고자의 처지에서 아버지가 자랑스러워하는 대위가 된 것을 생각하니 미소를 금할 수 없었다.

둘이서 얘기하고 있는 동안 백부는 옌과 함께 있는 것이 좀 거북한 듯, 조카에 대한 태도라기보다 손님을 맞이하는 태도를 보이면서, 옆에 있는 조그마한 테이블에서 주전자를 집어 옌에게 차를 따라 주려고까지 했다. 옌이 말리자 이번에는 주머니에서 담뱃대를 꺼내어 담배를 권하는 것이었다. 마침내 옌도 백부가 자기를 진짜 손님 취급을 하고 있다는 것을 깨달았다. 백부는 당황한 듯한 눈으로 그를 바라보고 있더니 마침내 말했다. 「너는 어쩐지 외국인처럼 보이는구나. 옷이라든가 걸음걸이라든가 거동이 내 눈에는 외국인으로밖에 보이지 않는단 말이다.」

옌은 웃었으나 이런 말을 듣는 것이 별로 반갑지 않았다. 그리고 아무튼 이에 대답할 길도 없었으므로 왠지 부자유스러움을 느꼈다. 그래서, 육 년 동안 헤어져 있기는 했으나 자기도 백부에게 할 말이 없었고 백부도 그에게 할 말이 없음을 알았으므로 곧 작별했다. 한 번 뒤돌아보니 백부는 벌써 그를 잊고 있었다. 졸음이 오는 듯 몸을 쭉 펴고 턱을 좀 움직이고 있더니 곧 입을 멍하게 벌리고 눈을 감았다. 옌이 보고 있는 동안에 노인은 잠이 든 모양이었다. 하녀가 옌의 외국풍 풍채에 넋을 잃고 부채질하는 것을 잊었으므로 파리가 한 마리 광대뼈에 앉아 벌어진 입까지 기어내려갔으나 노인은 꼼짝도 하지 않았다.

이렇게 백부와 헤어진 뒤 옌은 백모를 찾았다. 백모에게도 경의를 표하지 않으면 안되었기 때문이다. 응접실에서 기다리고 있는 동안 그는 주위를 둘러보았다. 귀국 이래 그는 눈에 띄는 모든 것을 새로운 관점에서 관찰하고 있는 자기를 깨닫고 있었다. 그리고 그는 의식하지 않았으나 그의 척도는 언제나 미국이었다. 그는 이 방에 극히 만족했다. 어디서 본 무엇보다도 훌륭하게 여겨졌다. 바닥에는 빨강과 노랑과 파랑이 풍부하게 사용된 새와 짐승과 꽃무늬의 양탄자가 깔려 있었으며, 벽에는 금테 액자에 넣은 밝은 산과 푸른 바다의 양화가 걸려 있고, 창에는 묵직한 붉은 빌로도 커튼, 의자도 같은 붉은 색으로 푹신하고 부드러웠으며, 여기저기 훌륭하게 조각한 흑단의 조그만 테이블이 있고, 타구까지 보통 것이 아닌 밝은 색의 파랑새며 황금빛 꽃무늬가 그려져 있었다. 방 저쪽편의 창문 사이에는 네 폭의 족자가 걸려 있었다. 그것은 네 계절을 나타내는 것으로, 봄은 홍매, 여름은 흰 백합, 가을은 황국, 겨울은 눈을 쓴 만년청(萬年靑)의 붉은 열매였다.

옌은 이렇게 밝고 호화로운 방을 처음 보는 듯한 기분이 들었다. 테이블마다 상아나 은을 새겨 만든 조그마한 인형이라든가 장난감이 많이 놓여 있었으므로 혼자 몇 시간을 있어도 지루하지 않을 것 같았다. 그가 때때로 따뜻함과 친밀감이 있다고 생각한 그 미국의 옛스러운 갈색 방과 비교해 보니 하늘과 땅의 차이였다. 백모의 방에 들어갈 수 있는 허락을 하녀가 전해 올 때까지 그는 방안을 걸어다니며 기다리고 있었는데, 그러는 동안에 현관 앞에 자동차가 서고 큰 사촌형 부처가 돌아왔다.

두 사람이 다 옌이 기억하고 있는 당시와 비교하면 생각할 수 없을 만큼 유복한 모습을 하고 있었다. 사촌 형은 이미 중년에 이르러 아버지와 똑같이 살쪄 있었다. 체구를 그대로 보여 주는 양복을 입고 있어서 실제보다 훨씬 더 살이 쪄 보이고 불룩한 배를 유난히 내밀고 있었다. 그리고 그 꼭 끼는 옷 위에 얹혀 있는, 동글동글하고 반들반들한 얼굴이 수염을 깎아서 마치 잘 익은 노란 참외 같았다. 그는 땀을 닦으며 들어왔는데, 밀짚 모자를 하녀에게 줄 때 보니 목덜미에는 세 층으로 겹살이 접혀 있었다.

그러나 형수는 날씬하고 아름다웠다. 이젠 나이도 많고 아이를 다섯이나 낳았는데도 그렇게 보이지 않았다. 아이를 낳으면 이 도시의 상류 사회 부인들이 그렇게 하듯이 아이를 가난한 여자에게 기르게 하고 유방이나 몸을 꽁꽁 묶어서 그전대로의 가느다란 몸집으로 만들기 때문이었다. 옌이 보니 형수는 처녀처럼 몸이 가늘고, 나이가 벌써 사십인데도 얼굴은 발그스레하고 상아 같았으며, 머리칼은 반드르르하게 검고, 아무데도 고생이나 연령에 의해 상처를 입은 흔적이 없었다. 또 더위도 그녀의 아름다움을 손상시키지는 않았다. 그녀는 천천히 걸어나와 옌에게 상냥하면서도 형식적인 인사를 했다. 그리고 여느 때의 그 신경질은, 땀을 뻘뻘 흘리고 있는 비대한 체구의 남편 쪽으로 흘긋 던진 불쾌한 듯한 시선 속에서만 보였을 뿐이었다. 옌에게는 정중했다. 옌은 이미 조그마한 시골 도시에서 뛰쳐나온 청년이 아니고, 친척의 평범한 아이도 아니었기 때문이다. 해외 유학을 마치고 외국의 학위를 따온 훌륭한 인물이었으므로, 그가 자기를 어떻게 생각하고 있는지에 대해 신경을 쓰고 있음을 그는 알았다.

인사가 끝나고 모두 자리에 앉아 사촌 형이 하녀에게 차를 가져오게 한 다음, 옌은 화제를 열기 위해 물었다.「지금은 무엇을 하고 계십니까? 매우 경기가 좋아 보이는데요.」

이 말을 듣더니 사촌은 크게 웃고 매우 흡족한 모양으로 불룩 튀어나온 배에 늘어뜨린 굵직한 금줄을 만지작거리면서 대답했다.「나는 이번에 새로 연 은행의 부행장이다. 전쟁이 미치지 않는 이런 외국 조계(租界)의 은행은 요즘 대단히 번창하지. 여기저기서 새로 생기고 있어. 옛날에는 모두 토지에 투자했었다. 나도 기억하고 있지만, 우리 할아버지 같은 분은 가진 돈을 모두 토지에 쏟아 넣기 전엔 한시도 안심할 수 없다는 듯이 잇달아 땅을 사곤 했었지. 그런데, 토지도 이제는 옛날처럼 안전하지 않아. 소작인이 폭동을 일으켜서 지주의 토지를 빼앗은 곳이 다 있는 형편이니까.」

「그런 일을 어째서 막지 않을까요?」하고 옌은 놀라면서 물었다.

그러자 형수가 날카롭게 끼어들었다.「그따위 농민들은 모두 죽여 버려야 해요!」

그러자 사촌 형은 거북스럽게 양복을 입은 어깨를 약간 움츠려 보이고 살찐 두 손을 비비면서 말했다.「누가 막느냐? 요새는 무슨 짓을 하더라도 어떻게 막아야 할지 모르게 되어 버렸단 말이야.」그리고 옌이「정부는?」하고 묻자 사촌은 그 말을 받아서 말했다.「정부라! 군벌과 학생이 뒤섞인, 우리가 정부라 부르고 있는 그것 말이냐? 놈들이 무엇을 저지할 수 있을 것 같니? 요즘은 각자가 자기를 지켜야 해. 그렇기 때문에 우리들의 은행에 돈이 흘러들어오는 거야. 외국 군대가 경비하고, 외국의 법률 밑에 있으니까 안전하거든. 나의 지금 지위는 수입이 괜찮지. 친구의 호의로 손에 넣었지만 말이야.」

「내 친구의 힘이에요.」사촌 형수가 곧 끼어들었다.「내가 힘을 썼지 뭐예요. 내가 대은행가의 부인과 친해져서 그 부인을 통해 바깥 양반과 알게 되어 당신 일을 부탁해서……」

「암, 그렇고말고.」하고 사촌은 재빨리 말했다.「잘 알고 있어.」이렇게 말하고 그는 무언가 불쾌한 듯 입을 다물었는데, 거기에는 노골적으로 말하고 싶지 않은 사정, 그 지위를 획득하기 위해서 무언가 비밀 흥정이라도 있었던 것 같은 느낌이었다. 이윽고 형수는 옌에게 말을 걸었는데, 그녀의 말이나 태도에는 먼저 거울 앞에서 말해 보고 행동해 본 것처럼 차갑게 세련된 아름다움이 있었다. 「도련님은 훌륭하게 되셔서 돌아오셨네요. 공부도 많이 하시고!」

옌이 자기 학문을 겸손해하듯 그저 잠자코 미소만 짓고 있으니, 그녀는 의식적으로 웃고 비단 손수건을 입에 댄 채 다시 말했다. 「우리에게는 아직 얘기해 주시지 않지만 도련님은 필경 온갖 것을 알고 계실 거예요. 그토록 오래 외국에서 공부를 하셨으니 가실 때처럼 아무것도 모르실 리는 없을 테니까.」

이에 대해서 옌은 무어라 대답해야 좋을지 몰라 어색함을 느꼈다. 그녀는 표면뿐이고 마음을 줄 수가 없을 것 같았으며, 거짓말에 둘러싸여 있는 듯해서 본심을 알 수 없었기 때문이다. 그때 하녀에게 손을 맡긴 채 노부인이 들어왔으므로 옌은 백모에게 인사하기 위해 자리에서 일어났다.

이 호화로운 양식 방에 노부인은 하녀의 부축을 받으며 들어왔다. 여위고 허리도 굽지 않았으며 머리도 아직 검었으나 얼굴에는 종횡으로 주름이 져 있었다. 그리고 눈은 예나 다름없이 날카로워, 보이는 모든 것을 꿰뚫을 힘이라도 갖고 있는 듯했다. 아들과 며느리는 거들떠보지도 않고 옌의 인사를 받고는 의자에 앉더니 하녀를 불러 말했다. 「타구를 갖다다오.」

하녀가 타구를 가져오자 노부인은 기침을 하고 품위 있게 가래를 뱉고는 옌을 돌아보고 말했다. 「덕분에 몸은 여전히 튼튼하다만, 기침이 나오는구나. 그리고 가래가, 특히 아침에는 많지.」

이 말을 듣고 며느리는 불결한 듯이 시어머니를 보았으며 아들은 달래듯 말했다. 「나이를 먹으면 누구나 그렇답니다, 어머니.」

그러나 노부인은 아들 쪽을 돌아보지도 않았다. 그녀는 옌을 이리 저리 뜯어보며 물었다. 「우리 집 작은 녀석은 외국에서 어떻게 하고 있지?」 그래서 옌이 셍은 몸 성히 잘 있다고 말하자 부인은 강경하게 말했다. 「그애가 돌아오면 곧 결혼시킬 참이야.」

그러자 며느리가 웃음을 터뜨리더니 조심성 없이 말했다. 「셍 도련님은 마음에 안 맞는 결혼 따윈 하지도 않아요, 어머니. 요즘 젊은 사람은 다 그러니까요.」

노부인은 흘긋 며느리를 바라보았다. 그 시선은 며느리에 대한 자기의 기분은 이미 몇 번이나 말했으므로 이제 새삼 더 말해 봐야 아무 소용 없다고 생각하고 있음을 나타내고 있었다. 그리고 노부인은 옌을 보고 말을 계속했다. 「맹은 군인이 되어 있단다. 아마 벌써 들었겠지만, 맹은 새 군대의 대장이 되어서 많은 부하를 거느리고 있지.」

이 말을 들은 것은 두 번째였으며, 옌은 이 노부인이 전에 맹에게 욕설을 퍼붓던 것을 생각하고 몰래 미소지었다. 사촌형이 이 미소를 발견하고 소리내어 마시고 있던 찻잔을 놓으며 말했다. 「그래, 그애는 남방으로부터 승리를 거듭한 군대와 함께 입성해서 말이야, 지금은 새 수도에서 아주 높은 지위에 앉아 있는데, 자기 부하도 갖고 있고 용감하지만 무자비한 얘기도 전해지고 있지. 옛 지배자들은 소멸되어 안전을 찾아 여기저기 외국에 망명해 버렸으니까 그애도 이제는 떳떳하게 우리를 만나보러 올 수 있을 텐데, 워낙 바빠서 여가가 없는 모양이더라.」

그러나 노부인은 자기 일 이외의 이야기는 들으려고 하지 않았다. 노부인은 기침을 하고 큰 소리로 가래를 뱉은 뒤 물었다. 「옌, 이제 외국에서 돌아왔으니 넌 무슨 일을 할 참이냐? 외국에서 유학을 하고 왔으니 너는 얼마든지 높은 급료를 받을 수 있을 게다.」

이에 대해서 옌은 부드럽게 대답했다. 「무엇보다도 먼저 아이란이 사흘 후에는 결혼하게 되어 있으니까 그것을 마친 다음 아버님한테 다녀와야 하겠습니다. 그 뒤에 어떤 일을 할 것인가를 생각해 보려 합니다」

「그 아이란이!」 하고 노부인은 아이란의 이름을 듣자 갑자기 목소리를 높였다. 「나 같으면 딸을 그런 남자와 결혼시키지 않겠다. 그럴려면 차라리 여승방에 넣어 버리지!」

「아이란을 여승방에요?」 하고 며느리는 소리치고 비웃는 듯한 웃음을 보였다.

「내 딸이라면 그렇게 한다.」하고 노부인은 며느리를 쏘아 보면서 단호하게 말하고, 좀더 무슨 말을 하고 싶었던 모양이나 별안간 숨이 차서 기침을 하기 시작했으므로, 하녀가 어깨를 문지르고 등을 두드리며 호흡을 시키는 형편이 되었다.

이윽고 옌은 작별하고 나와, 날씨가 좋았으므로 걸을 생각으로 햇빛이 비치는 거리를 지나 돌아오면서, 저 노부부는 이제 죽은 거나 다름없다고 생각했다. 그렇다, 노인이라는 것은 모두 죽은 거나 마찬가지라고 생각하니 기뻐졌다. 자기는 젊고 시대도 젊다. 이 눈부시게 빛나는 여름의 아침, 이 도시에서 그가 만나는 것은 모두 젊은 사람들뿐이라는 기분이 들었다 — 아름다운 팔을 외국식으로 드러낸 채, 밝은 빛깔의 옷을 입고 웃으며 지껄이며 떠들어 대고 있는 젊은 처녀들, 그들과 함께 어울려 자유로이 웃고 있는 젊은 남자들, 오늘 이 도시에 있는 것은 모두 풍부한 젊은이들뿐이며, 옌은 자기도 그 중의 한 사람임을 느끼고 자기의 인생은 즐거운 것이라고 생각했다.

드디어 아무도 아이란의 결혼식 이외의 일을 생각할 수 없는 날이 왔다. 아이란도 우도 중국인뿐 아니라 외국인들에게도, 이 도시의 젊고 부유한 사람들 사이에 잘 알려져 있었으므로, 결혼식에 초대된 손님은 천 명을 넘었으며, 그 후의 피로연에도 거의 같은 수의 사람들이 초대되었다. 옌은 아이란과 단 둘이서 얘기할 기회도 없었으며, 귀국한 그날 잠시 말을 나누었을 뿐이었다. 그때는 정말 무슨 이야기를 나눌 기분이 아니었다. 그전처럼 놀리는 듯한, 웃기만 하는 태도가 없어지고 아름다운 완숙함과 침착성에 감싸여 있는 그녀의 마음을 옌은 물어 볼 수가 없었던 것이다. 그녀는 그전처럼 솔직함이 남아 있는 표정으로 물었다. 「옌 오빠, 오빠는 돌아오시길 잘했다고 생각하셔요?」그는 대답하면서 그녀의 눈이 자기를 보면서도 전혀 자기를 보고 있는 것이 아니고, 스스로의 마음속 생각을 보고 있는, 어둡게 젖은 듯한 빛을 띤 아름다운 형태에 불과하다는 것을 느꼈다. 이야기하고 있는 동안 줄곧 그러했으므로 마침내 옌은 그녀를 감싼 이 거리감에 당황하여 불안한 듯 질문하고 말았다. 「너는 변했구나……. 행복해 보이지 않는걸. 결혼이 싫어진 게 아냐?」

그래도 그녀는 흉금을 털어놓지 않았다. 아름다운 눈을 크게 뜨고 침착하게 은방울 같은 소리로 웃을 뿐이었다. 「나, 아름답지 않게 됐지, 옌 오빠? 나이를 먹고, 안색도 나빠져서 보기 흉해졌어!」그래서 옌이 얼른 「아니야, 그렇지 않아. 그전보다 더 아름다워졌는걸. 하지만……」 그러자 그녀는 전처럼 약간 놀리듯 말했다. 「하지만 그 다음은 뭐예요? 난 뻔뻔스럽게 그이와 결혼하고 싶다, 결혼하지 않고는 못 살겠다 하고 말하지 않으면 안되나요? 여태까지 내 자신이 바라지 않는 일을 한 적이 있었어요? 나는 옛날부터 형편없는 고집쟁이 계집애였잖아. 적어도 큰어머니가 그렇게 말씀하시는 걸 들은 적이 있고, 어머니는 좋은 분이라서 말씀은 안하셔도 속으로는 그렇게 생각하고 계시는 것을 나는 잘 알고 있어요.」

그러나 그녀가 장난꾸러기 같은 눈짓을 하거나, 그 눈을 활처럼 휘어 예쁜 눈썹을 찌푸리거나 해도 옌은 그 눈이 공허하다는 것을 알 수 있었으므로 그 이상 아무 말도 하지 않았다. 그후 그는 아이란과 단 둘이서 이야기를 나눈 적이 없었다. 그 사흘 동안 그녀는 밤마다 새 옷을 입고 색색가지 비단을 걸친 채 외출을 했기 때문이며, 때때로 옌은 함께 초대를 받았을 때도 자기 일에만 몰두하여 남의 일은 꿈속처럼 보고 있는 듯한 그녀의 아름답고 화려한, 요새는 남 같은 기분이 드는 자태를 다만 멀리서 바라보고 있을 뿐이었다. 아이란은 전과는 달리 곧잘 입을 다물고 있었다. 높은 웃음 소리는 그저 미소하는 것만으로 바뀌고, 반짝이던 눈동자는 부드러워졌으며, 몸집은 둥글둥글한 기미를 띠고, 부드럽고 정숙해졌으며, 거동에도 지난날과 같은 가볍고 튀는 듯한 명랑성이 사라지고 유연함과 침착한 우아함이 깃들어 있었다. 그녀는 화려한 젊음의 매력을 버리고 이 침묵과 우미함의 매력을 새로 지니게 되었던 것이다.

낮에 그녀는 피로해서 잠을 잤다. 옌과 어머니와 메이링만이 얼굴을 맞대고 함께 식사를 했는데, 모두 목소리도 동작도 조용했으므로 날이 저물어 아이란이 일어나 애인을 맞이하고 초대받은 집으로 함께 떠날 때까지는 온 집안이 적막하기만 했다. 아이란이 일찍 일어나는 것은 단골로 드나드는 양장점에 주문한 비단옷이나 공단옷을 몸에 맞추어 볼 때뿐이었으며, 그 가운데 긴 은빛의 외국풍 베일이 달린 연분홍의 공단 웨딩 드레스도 들어 있었다.

결혼식까지 이제 며칠 남지 않았는데 어머니인 노부인이 그다지 말도 하지 않고 자꾸만 우울해 하는 것을 옌은 깨달았다. 메이링 이외는 거의 아무와도 말을 하지 않았으며, 이제 완전히 메이링에게 의지하고 있는 듯이 여겨졌다. 「아이란에게 수프를 갖다 주었니?」라 든가, 「아이란이 오늘밤에 돌아오거든 수프나 그애가 좋아하는 외국 분유를 주도록 해라. 안색이 나쁜 것 같으니까.」라든가, 「아이란이 베일을 꽂는 진주가 두 알 갖고 싶다고 했는데, 그애한테 보이고 싶으니까 보석상더러 좀 가져오라고 일러라.」라든가 하는 이런 일을 노부인은 메이링에게 시키고 있었다.

노부인의 마음은 아이란을 위해서 해주지 않으면 안되는 이런 자질구레한 일로 가득 차 있었다. 그리고 옌도 그것은 어머니로서 당연한 일로 여겨졌으므로 이 젊은 처녀가 있어서 부인을 거들어 주는 것이 고마웠다. 한번은 노부인이 집에 없고 그들 둘이서만 식사 시간을 기다리고 있었는데, 옌은 무슨 말을 해야 좋을지 몰랐으며 그러면서도 무언가 말을 해야 할 것 같았으므로 메이링을 보고 말했 다. 「당신 덕분에 어머니에게는 큰 도움이 되고 있습니다.」

처녀는 유순한 눈으로 그를 바라보며 말했다. 「저는 어릴 때부터 부인께서 길러 주신걸요.」 옌은 「참 그랬군요.」 하고 대답했다. 그는 처녀의 눈이 부끄러움을 — 자기는 버려졌던 아이였다, 양친조차 모른다고 말해야 할 때 느낄 부끄러움을 — 전혀 나타내지 않는 데 놀랐다. 그리고 옌은 어머니에 대한 그 처녀의 기분으로 하여 그녀가 자기 가족의 한 사람인 것같이 느껴져서 말했다. 「누이가 결혼을 하는 것이니까 어머니도 좀더 행복해 하셔도 좋을 텐데. 모친 이란 딸이 결혼할 때는 기뻐하는 것으로 알고 있습니다만.」

그러나 이에 대해 메이링은 아무 말도 하지 않았다. 외면한 그녀는 마침 그때 하녀가 식사를 날라왔으므로 그것을 식탁 위에 차리기 시작했다. 옌은 그녀의 움직임을 지켜 보고 있었다. 그녀는 매우 재치있게 정리해 나갔으며 하녀가 하는 것과는 전혀 달랐다. 그는 넋을 잃고 지켜 보고 있었다. 그는 그녀의 날씬한 몸이 가늘면서도 튼튼해 보이는 것과 헛된 움직임이 하나도 없고 확실한 손을 재빨리 움직이고 있음을 발견했다. 그리고 그녀가 노부인이 시키는 일을 한 번도 게을리한 적이 없음을 생각했다.

이리하여 날짜는 재빨리 흘러가서 아이란의 결혼식 날이 되었다. 성대한 결혼식이었으며, 이 도시에서 가장 큰 고급 호텔에 손님들은 오전 열 한 시에 초대되어 있었다. 아이란의 아버지 왕 후 장군이 출석할 리는 없고 백부는 나이를 먹어서 오래 서 있을 수 없으므로 백부의 장남이 대리 노릇을 했으며, 아이란 곁에는 잠시도 떨어지지 않고 어머니가 붙어 있었다.

이 결혼식은 신식으로 거행되었으며, 조부 왕 룽이 처들을 맞이했을 때의 간소한 식과도 달랐고, 그 아들들이 한 것처럼 조상 때부터 정해진 옛날식의 결혼식과도 달랐다. 요즘 이 도시 사람들은 아들이나 딸을 여러 가지 방식으로 결혼시키고 있으며, 구식도 신식도 있었으나, 아이란과 그 애인은 최신식 결혼식이 아니면 안된다고 우겼다. 그래서 그날을 위해 고용한 외국 악단에게 음악을 연주시키고 식장을 꽃으로 채웠으므로 이것만으로도 엄청난 돈이 들었으며, 하객들은 각국 고유의 예복을 입고 참석했다. 아이란과 그 애인이 여러 외국 사람들을 친구로 사귀고 있었기 때문이다. 이러한 사람들이 호텔의 넓은 홀에 모여 들었다. 호텔 밖의 거리는 손님들의 차와 건달들과 가난한 사람들로 가득 차고, 건달들과 가난뱅이들은 경비원을 채용해서 제지시키고는 있었지만 이날의 소동 속에서 한 재미 보려고, 구걸을 하거나 모여든 사람들의 호주머니에 살며시 손을 넣어 소지품을 훔치거나 하면서 서로 엎치락뒤치락하고 있었다. 이 대단한 군중 속으로 옌과 어머니와 아이란을 태운 자동차가 들어갔다. 운전수는 사람을 다치지 않으려고 연거푸 경적을 울려 댔다. 수위가 그 자동차에 신부가 타고 있는 것을 발견하고 달려나와,「비켜라! 비켜!」하고 군중들에게 소리쳤다.

이 소란 속을 아이란은 두 알의 진주와 향기 높은 조그만 오렌지

화환으로 장식된 긴 베일 아래서 고개를 약간 숙이고 묵묵히 의젓하게 걸어 지나갔다. 두 손에는 흰 백합의 큼직한 꽃다발과 향기로운 조그마한 백장미 다발을 안고 있었다.

이토록 아름다운 여자는 일찌기 없었던 것 같았다. 옌조차도 그 아름다움에 감동했다. 겉으로 나타내려고 하지 않았으나 그녀의 입매에는 새침하고 딱딱한 미소가 떠돌았고, 내리깐 눈까풀 아래서 눈이 새까맣고 하얗게 반짝이고 있었다. 그것은 그녀도 자신의 아름다움을 알고 있다는 것을 말해 주고 있었다. 그녀는 자신의 아름다움을 한 조각도 빼놓지 않고 구석구석 알고 있었으며, 그리하여 그 아름다움을 할 수 있는 껏 가꾸어 놓고 있었던 것이다. 그녀 앞에서는 군중도 침묵하고, 차에서 내려섰을 때 그 수많은 시선들은 탐욕스레 그녀에게 집중되어 그 아름다움을 완전히 삼켜 버렸다. 그리고 처음에는 말도 하지 못했으나 이윽고 이런 말들이 들리기 시작했다. 「이봐, 좀 보게나!」「아, 저렇게 아름다울 수가 있을까, 어쩌면 저렇게 아름다울까!」「아, 저렇게 아름다운 신부는 본 적이 없다!」 아이란도 이 말을 죄다 들었을 테지만 그녀는 못 들은 체하고 있었다.

그녀가 큰 홀에 들어서는 동시에 악단의 연주가 시작되었다. 모여든 하객들은 일제히 그녀 쪽을 돌아보았다. 그리고 바깥 군중들과 마찬가지로 그녀의 아름다움에 감동되어 침묵이 그들을 감쌌다. 한 걸음 앞서 들어가 있는 신랑 옆에 서 있던 옌은, 아이란이 장미꽃을 뿌리며 다가오는 흰 옷을 입은 어린 아이 둘을 앞세우고 색색가지 비단옷을 입은 처녀들을 뒤에 거느린 채 하객들 사이를 엄숙히 걸어 들어오는 것을 보고 사람들과 더불어 그 아름다움에 감동하지 않을 수 없었다. 그리고 그 순간에도 나중까지도 자기도 알지 못했지만, 아이란을 따라 들어오고 있는 메이링의 모습이 뇌리에 새겨지고 있었다.

결혼식은 무사히 끝나고 두 사람 사이에 서약서가 교환되었으며, 신랑 신부가 예법대로 양가의 친척들과 하객들에게 인사를 한 다음 이어 성대한 축하연과 축제 같은 소란이 계속되었으나, 이윽고 신혼부부가 밀월 여행을 떠나고 모든 것이 아무 탈 없이 끝난 후 집으로 돌아오면서 이런 일들을 생각하고 있던 옌은 문득 메이링이 생각나서 자기도 뜻밖이라는 느낌이 들었다. 그녀는 아이란 앞에 서서 걸어 들어왔었는데, 아이란의 아름다움과 비교해도 하등 손색이 없을 것 같았다. 그녀는 소매가 아주 짧고 깃이 높은 연초록의 부드럽고 긴 옷을 입고 있었는데 그 얼굴이 옷 색깔 이상으로 맑게, 어딘지 파르스름하고 의연해 보였던 것을 옌은 잘 기억하고 있었다. 아이란과 전혀 다르다는 바로 그 점으로 하여 그녀는 그와 같은 아름다움에 대해 자기가 갖고 있는 것을 단단히 지키고 있는 것 같았다. 메이링의 얼굴은 아이란처럼 얼굴빛이나, 표정의 변화나, 빛나는 눈동자나, 미소 따위의 도움을 받을 필요가 전혀 없었다. 메이링의 기품 있는 얼굴은 탄력 있고 청순한 살 속의, 어디 하나 나무랄 데 없는 골격의 선에서 오는 것이며, 그것은 젊음을 잃고 난 훨씬 뒤까지도 그 힘과 품위를 간직하는 선이라고 옌에게는 생각되었다. 지금의 그녀는 나이에 비해 성숙해 보였다. 그러나 나이를 먹어도 그 쪽 곧은 코, 그 잘 생긴 볼과 턱, 또렷한 입매, 머리에 착 붙여서 빗어내린 수수하고 짧은 검은 머리 등이 그녀에게 젊음을 줄 것으로 생각되었다. 이 뜬세상의 고생도 그녀를 심하게 변화시키지는 않을 것이다. 그녀의 거동은 지금도 어딘가 무게가 있었으며 나이를 먹어도 여전히 젊음을 간직하고 있을 것으로 생각되었다.

옌은 이 침착한 태도를 기억하고 있었다. 결혼식에 참석한 사람들 중에서 그러한 침착한 태도를 하고 있었던 것은 어머니와 메이링 두 사람뿐이었다. 축하연 차례가 되어 세계 각국의 술이 부어지고, 하객들이 줄지어 서 있는 어느 테이블에서나 여태까지 입에 오르내린 일 없는 기지에 찬 말들이 교환되고, 건배가 계속되고, 신랑 신부가 손님들 사이를 누비며 사람들과 소리를 합해 웃고 있는 그런 때에도, 옌은 자기와 한 테이블에 있는 어머니의 얼굴이 맑지 않고 메이링의 얼굴도 그렇다는 것을 깨달았다. 두 사람은 이따금 나직한 소리로 소곤거리기도 하고, 이것저것 하녀들에게 지시를 하기도 하고, 호텔 지배인과 의논을 하기도 했다. 그래서 저렇듯 마음을 쓰지 않으면 안되어서 두 사람은 밝은 얼굴을 하지 못하고 있는가 보다

하고 옌은 생각하면서 그다지 깊이 개의치 않고 눈부실 만큼 소란스러운 홀을 바라보았다.

그러나 그날 밤 모든 일이 다 정리되어 그들만 남고, 하녀들이 의자 커버를 고치거나 이것저것 정돈하기 위해 왔다갔다하고 있을 뿐 온 집안이 조용해지자 노부인은 아무 말도 하지 않고 늘어지듯 의자에 몸을 기대었다. 옌은 기분을 돋우기 위해 무언가 말을 하지 않으면 안되겠다는 생각이 들어서 부드럽게 말했다. 「아이란은 정말 예뻤어요. 그렇게 아름다운 신부를 본 적이 없습니다. 정말 아름다웠습니다.」

노부인은 울적한 어조로 대답했다. 「그애는 아름다운 애야. 지난 삼 년 동안 이 도시 상류 사회에 있는 젊은 여자 중에서 제일 아름답다는 소리를 들어 왔지. 아름답기로 유명했어.」 노부인은 잠시 잠자코 있다가 이윽고 묘하게 쓸쓸한 어조로 말했다. 「그랬어. 그러나 나는 그렇지 않았더라면 좋았을걸 하고 생각했지. 그애가 그토록 아름답다는 것은 내게 있어서나 그애에게 있어서나 한평생의 저주일 거야. 그 때문에 그애는 아무것도 하지 않고도 실컷 이 세상을 재미있게 살 수 있었던 거야. 머리도 손도 그 밖에 아무것도 쓸 필요가 없었단 말이야. 다만 사람들에게 자기를 보여 주고 있기만 하면, 찬양이라든가, 바라는 것이라든가, 그 밖에 다른 사람들 같으면 애써서 간신히 얻어야 할 것을 그애는 저절로 손에 넣을 수 있었던 거야. 그러한 아름다움에 지지 않기 위해서는 매우 위대한 정신이 필요해. 그런데 아이란은 거기에 대항할 수 있을 만한 위대한 정신을 갖고 있지 않았어.」

부인이 여기까지 말하자 메이링이 손에 들고 있던 바느질 감에서 눈을 들고 조용히 호소하는 듯한 어조로 말했다.

「어머니!」

그러나 노부인은 오늘밤에는 이제 고통을 견디어낼 수 없다는 듯이 말을 이었다. 「나는 사실을 그대로 말하겠다. 그 아름다움에 대해서 나는 일생을 걸고 싸운 거야. 그리고 마침내 지고 말았지. 옌, 너는 내 아들이야. 너한테는 말할 수 있어. 너는 내가 아이란을 그 사람과 결혼시킨 것을 이상하게 생각하고 있지? 그게 당연하지. 나도 그 사람을 좋아하지도 않고 믿지도 않으니까. 하지만 어쩔 수가 없었단다. 아이란은 그 사람의…… 임신을 했거든.」

이 무서운 말을 노부인은 매우 담담하게 말했다. 옌은 이 말을 듣고 심장의 고동이 멎는 것을 느꼈다. 그에게는 이러한 사실의 무서움을 느낄 만한 젊음이 아직 남아 있었다. 자기 친누이가……. 그는 매우 부끄러운 기분으로 메이링을 건너다보았다. 그녀는 고개를 숙이고 바느질을 계속하면서 아무 말도 하지 않았다. 안색도 변하지 않았고 다만 한층 더 무겁고 조용한 표정이 되었을 뿐이었다.

그러나 노부인은 옌의 시선을 포착하여 그 뜻을 깨닫고 말했다. 「걱정할 것 없어. 메이링은 죄다 알고 있으니까. 메이링이 없었던들 나는 살아갈 수 없었을 거야. 꼭 해야 할 일을 생각하거나 계획하거나 모든 일에 의논 상대가 되어 준 것은 메이링이니까. 나한테는 누구 하나 의논 상대가 되어 줄 만한 사람이 없었단다. 메이링은 그 아름답고 어리석은 아이를 친언니처럼 섬겨 주었고, 그애도 메이링에게 완전히 의지하고 있었지. 내가 너를 귀국하도록 부르려 했을 때도 메이링이 말렸단다. 의논 상대가 되어 줄 아들이 있어야겠다고 생각했었지. 새로운 이혼 방법 같은 것을 내가 알 까닭이 없었고, 그렇다고 부끄러워 네 사촌들에게 의논할 기분은 나지 않고 해서. 하지만, 모처럼의 네 유학을 헛되이해서는 안된다고 메이링이 말리잖겠니.」

그래도 옌은 한 마디도 할 수 없었다. 피가 얼굴로 올라와서 부끄럽기도 하고 화가 나기도 하여 혼란한 기분이었다. 노부인은 그의 혼란을 잘 이해하고 슬픈 듯이 미소하며 다시 말을 이었다. 「나는 아버지와 의논할 기분도 나지 않았어. 아버지의 유일한 해결법이란 죽이는 것밖에 없거든. 설혹 그렇지 않더라도 아버지에게는 말할 수 없지. 이것은 아이란을 위해서 내가 해준 것, 즉 이런 자유의 공기 속에서 딸을 학교에 보내어 교육을 시킨 슬픈 결과야. 하지만 이것이 새로운 시대라는 것이겠지. 옛날 같았더라면 그런 짓을 하면 두 사람 다 죽고 만다. 그러나 지금은 아무렇지도 않아. 두 사람은 신혼 여행에서 돌아와 즐겁게 살고, 그리고 이윽고 아이란의 아이가 보통보다 빨리 태어나겠지. 그래도 세상 사람들은 뒤에서 쑥덕쑥덕하는 정도일 거야. 요즘 세상에는 빨리 태어나는 아기가 많으니까. 이것이 새시대라는 거지.」

노부인은 우수에 찬 미소를 띠웠는데 눈에는 눈물이 반짝이고 있었다. 이윽고 메이링은 꿰매고 있던 비단 천을 접어 거기에 바늘을 꽂고, 노부인 곁에 다가앉아 달래듯이 말했다. 「어머님은 피로하셔서 마음에도 없는 말씀을 하고 계시는 거예요. 어머님은 아이란을 위해서 하실 수 있는 일을 다 하셨어요. 그것은 아이란도 잘 알고 있고, 저희들도 모두 알고 있어요. 자, 주무셔요. 제가 가서 수프를 갖고 올 테니까요.」

노부인은 메이링의 말을 듣고 순순히 일어났다. 이것으로 미루어 이러한 일이 지금까지 자주 있었던 것을 알 수 있었다. 노부인은 기쁜 듯이 메이링의 어깨에 기대어 방을 나갔는데, 옌은 방금 들은 일로 하여 마음이 혼란해져서 두 사람이 나가는 뒷모습만 지켜 보고 있을 뿐이었다.

혈육을 나눈 누이 아이란이 그런 무궤도한 짓을 했던가! 그녀는 자유를 그런 식으로 사용했던가. 두 번 다 위기를 벗어나기는 했으나, 그와 같은 무궤도한 정열이 그의 생활에도 두 번 스며든 적이 있었다. 그는 헝클어진 마음을 안고 천천히 자기 방으로 돌아갔다. 그에게는 사랑도 괴로움도 그것만 단순히 찾아온 적은 없었다. 언제나 마음이 둘로 나뉘어 서로 다투었다. 지금도 그의 마음의 절반은, 한 점의 티도 없는 여자로서 자랑스럽게 생각하고 있는 누이에게 그러한 일이 일어나서는 안된다고 생각하기 때문에 아이란의 사려없음을 부끄럽게 생각하고 있었으나, 한편 마음의 나머지 절반은, 그 무궤도 속에 남모르는 감미로움을 느끼고 자신도 경험해 보고 싶은 생각이 드는 것이었다. 그래서 그는 번민하지 않을 수 없었다. 귀국 후 이것이 처음으로 그에게 찾아온 의혹이었다.

결혼식이 끝나자 아들로서 이 이상 아버지에게 돌아가는 일을 연기하는 것은 좋지 않다고 옌은 생각했다. 게다가 본래 그 자신도 가고 싶었고 또 이 집에 있는 것이 이제는 슬프게 생각되었으므로 더욱 빨리 가고 싶었다. 노부인은 전보다 더 조용해졌고, 메이링은 조그마한 여가도 아껴 정신없이 공부에 몰두하고 있었다. 옌은 고향으로 돌아가는 채비를 하는 이틀 동안 거의 그녀와 얼굴을 맞대지 않았다. 한번은 그녀가 자기를 피하고 있는 것은 아닌가 하고 생각했으나 곧 『그것은 노부인이 아이란에 관한 얘기를 했기 때문이야. 얌전한 처녀라면 그것을 개의하여 나에게 가까이하지 않으려고 하는 것이 당연하겠지.』하고 생각하면서, 그 정숙함에 호감을 느꼈다. 그는 마침내 북으로 향하는 기차로 출발하게 되었을 때, 메이링에게 작별 인사를 하고 떠나고 싶다, 이대로 만나지 않고 한 달이나 두 달 동안 헤어져 있고 싶지 않다고 생각했다. 그래서 밤차로 떠나기로 했다. 그렇게 하면 학교에서 돌아오는 메이링을 만날 수도 있고, 노부인과 셋이서 식사를 하며 잠시 조용히 이야기를 나눌 수도 있다고 생각했기 때문이다.

그리하여 이야기를 나누고 있을 때도 그는 메이링의 말하는 태도에 저도 모르게 어느새 황홀히 귀를 기울이고 있는 것이었다. 그 얘기하는 태도는 언제나 부드럽고 분명하고 유쾌했으며, 공연히 부끄러워하는 일도 없고, 흔히 젊은 처녀들이 웃을 때 그러듯 킥킥거리는 일도 없었다. 줄곧 바쁘게 바느질을 하고 있었는데, 한두 번 하녀가 내일의 식사에 관한 일 같은 것을 물으러 올 때도 노부인에게 묻지 않고 메이링에게 물어 보는 것이었다. 또 메이링도 익숙한 태도로 지시를 했다. 게다가 그녀는 그리 말이 없는 편도 아니었다. 그날 밤은 노부인이 평소보다 더 조용했고 옌도 조용히 입을 다물고 있는 일이 많았으므로, 메이링이 학교에 관한 일이며 의사가 되고 싶다고 그전부터 생각하고 있었던 일 등을 이야기했다.

「처음 저에게 의사가 되고 싶다는 생각을 갖게 하신 것은 어머님이세요.」하고 그녀는 말하고 조용히 맑은 시선을 노부인에게 돌렸다. 「지금은 저도 굉장히 좋아하게 됐어요. 다만, 그렇게 되려면 오랫동안 공부하지 않으면 안되고 또 학비도 많이 들어요. 그것을 어머님이 대주시니까, 저는 그저 은혜를 갚기 위해 뒷바라지를 해드리고 있을 뿐이에요. 언제까지나 함께 모시고 있었으면 하는 생각뿐입니다. 저는 언젠가는 어느 도시에선가 제 병원을 갖고 싶어요. 어린 아이와 여자들을 위한 병원을 말이에요. 한가운데 뜰이 있고, 그 주위에 침대와 치료실 같은 것이 있는 건물이 둘러서 있는, 너무 크지도 않고 저 혼자서 돌볼 수 있을 만한 그런 것, 하지만 모두가 청결하고 깨끗한 그런 병원을 경영해 보고 싶어요.」

이렇게 이 젊은 처녀는 자기 희망을 얘기했으며 이야기하는 것에 열중되어 바느질감을 옆으로 밀쳐 버렸다. 눈이 반짝이기 시작하고 입매에 미소가 떠 있었다. 담배를 손가락 사이에 끼운 채 그녀를 바라보고 있던 옌은 은근히 놀라면서 『이 처녀도 무척 아름답다.』고 생각하고, 그녀의 얼굴을 보고 있는 동안에는 이야기 듣는 것을 잊고 있었다. 갑자기 그는 자기가 불만을 느끼고 있는 것을 깨닫고, 무슨 까닭일까 하고 마음속을 들여다보았다. 그리고 이 처녀가 자기 혼자만의 인생을 계획하여 그것으로 충분하다고 생각하고 아무도 그 속에 들여 놓지 않으려 하고 있는 데 불쾌해 하고 있다는 것을 알았다. 여성이 결혼을 생각하지 않고 인생의 계획을 세운다는 것은 좋지 않은 일이라고 그때 그는 생각했다. 그런 것을 생각하는 그의 눈에 노부인의 얼굴이 보였다. 결혼식이 있은 후 처음으로 부인은 흥미 있는 듯이 눈을 반짝이면서 메이링의 말에 귀를 기울이고 있었다. 이윽고 부인은 열의를 보이며 말했다. 「나도 이토록 나이를 먹지 않았더라면, 그 병원에서 무슨 일이라도 도와 주고 싶구나. 우리들 시대보다 좋은 시대가 되었다. 여자가 억지로 결혼을 강요당하지 않는 것만 해도 좋은 시대야.」

노부인의 말을 듣고 옌은 그것을 옳은 말이라고 생각하고 그렇게 생각한다는 것을 말하려 했으나 아직도 자기 기분에 꼭 맞지는 않는 것을 느꼈다. 남자 하나가 여자 둘을 상대로 이야기할 수 있는 문제가 아니었으나, 여자가 꼭 결혼해야 한다는 것이 왠지 반대할 이유도 의문도 없는 문제라고 그에게는 생각되었다. 자유를 구하는 그녀들의 열렬함이 그의 마음에 약간 차가운 것을 남겨 놓았으므로 드디어 작별을 고했을 때 그는 생각한 만큼 섭섭함을 느끼지 않았다. 자기 마음의 어딘가가 상처를 입은 모양이나, 어디를 어떻게 상처를 입었는지 모르겠다는 그런 얼떨떨함을 느꼈다.

 기차의 좁은 침대에 몸을 뉘고 줄곧 오랫동안 그는 이 일을, 그리고 이 나라의 새로운 여성에 관해서 생각했다. 아이란은 자유로이 행동했기 때문에 어머니를 슬프게 만들었다. 그런데 그 어머니가 메이링의 일생의 자유로운 계획을 기뻐하고 있는 것이다. 이윽고 옌은 좀 새침해져서 생각했다.『메이링도 그렇게 자유로이 될지 어떨지 의심스러운 일이야. 계획을 실현하는 일이 곤란하다는 것을 머잖아 알게 될 거야. 그리고 언젠가는 다른 여자와 마찬가지로 남편이나 아이가 갖고 싶을 때가 올 거야, 틀림없이.』

 그리고 그는 지금까지 사귄 여자들을 생각하고, 어느 나라에서나 그녀들이 내색은 하지 않지만 적어도 마음속으로는 남자에게 마음이 끌리고 있었음을 생각했다. 그러나 아무리 기억 속에서 메이링의 표정과 말투를 찾아 보아도 그 표정이나 혹은 목소리에 남자로 말미암아 마음이 움직이고 있는 듯한 기미는 발견할 수 없었다. 어쩌면 그녀가 마음을 주고 있는 청년이 있는 것은 아닐까 하고 생각하고, 그녀가 다니는 학교에 남학생이 있음을 상기했다. 그러자, 마치 고요한 여름밤에 느닷없이 불어 일어나는 일진의 바람처럼, 갑자기 보지도 못한 그 학생들에 대해 질투심이 솟아올랐다. 그것이 너무나 격렬해서 그는 그런 것을 생각하는 자신을 우습다고 생각할 여유도 없었고, 메이링이 누구에게 마음을 주든 자기가 알 바 아니잖느냐고 반성해 볼 여유도 없었다. 메이링에게 꼭 주의시켜 주어야 한다, 메이링을 좀더 엄중히 지켜야 한다고 노부인에게 충고해 주자고 진심으로 생각했다. 그는 여태까지 아무에게도 품어 본 적이 없는 강한 관심을 메이링에게 품고 있었다. 그러나 그는 왜 자기가 그렇게 관심을 갖는지에 대해서는 한 번도 생각해 보지 않았다.

 기차가 동요하고 삐걱거리며 나아가고 있는 동안 이런 것을 생각하면서 이윽고 그는 어느새 괴로움 없는 잠에 곯아 떨어졌다.

옌의 마음에서 잠시 이러한 생각을 모두 쫓아 버릴 만한 일들이 연거푸 일어났다. 귀국 이래 그는 그 해안의 대도시에서의 생활밖에 몰랐다. 밤에도 낮에도 모든 종류의 차 — 자동차와 전차, 따뜻하고 화려한 옷을 입고 저마다 바빠 보이는 사람들로 묻힌 넓은 길 이외는 아무것도 보고 있지 않았기 때문이다. 땀을 흘리며 달리는 인력거꾼과 행상인 같은 가난한 사람들도 있었으나, 그래도 여름에는 그들도 그다지 가련해 보이지 않았고, 홍수나 기근을 피해 도시의 거리거리에서 그날의 양식을 얻어 먹으려는 겨울 거지의 모습 같은 건 눈에 띄지 않았다. 오히려 이 도시는 그가 본 어느 도시보다도 훌륭하고 유쾌한 곳처럼 옌에겐 느껴졌다. 여기는, 사촌의 신축한 집이라든가, 결혼 피로연이라든가, 빛나는 결혼 축하 선물이라든가 하는 그러한 아름다움과 부에 차 있었다. 그가 출발할 때 노부인은 당장 돈이라고 알 수 있는 두꺼운 종이 뭉치를 주었는데 자기를 위해 아버지가 부쳐 준 돈으로만 알고 그는 아무렇지도 않게 그것을 받았다. 그는 이 세계에 가난한 사람이 있다는 것을 거의 잊고 자기 집안은 부자라 먹고 사는 데 곤란을 느끼지 않는다고 믿고 있었던 것이다.

그러나 다음날 기찻간에서 눈을 뜨고 창 밖을 내다보니 그의 눈에 비친 것은 그가 생각하고 있던 풍경이 아니었다. 기차는 큰 강가에서 정거하고, 승객은 모두 내려 조그마한 배로 강을 건너 저쪽 기슭에서 다시 기차를 타지 않으면 안되었다. 그래서 옌도 다른 사람들과 함께 지붕이 없고 바닥이 넓은 나룻배에 올랐는데, 배는 넓다고는 해도 승객 전체를 태울 만큼 넓지 않았으며, 마지막에 탄 옌은 물이 곧 넘칠 듯한 뱃전에 서 있는 수밖에 없었다.

옌은 전에 남방에 갔을 때 이 강을 건넌 것을 잘 기억하고 있지만, 그때는 지금 보는 광경은 보이지 않았다. 오랫동안 남의 것을 보는 데 익숙해진 그의 눈은, 이제 이렇듯 모든 것을 새로운 관점에서 보게끔 되었던 것이다. 강에는 조각배가 밀집하여 마치 수상 도시 같은 양상이 되었으며, 거기서 악취가 솟아올라 속이 메스꺼워졌다. 때는 팔월, 겨우 날이 샜는데도 벌써 찌는 듯한 더위였다. 햇빛은 그리 강하지 않았다. 하늘은 검고 낮았으며, 수면과 대지를 휘덮은 듯한 구름 속에 갇혀 아무데도 바람 한 점 없었다. 이 흐릿한 빛 속에서 사람들은 나룻배를 통과시키기 위해 각자의 조각배를 밀어냈는데, 조그마한 배 안에서 기어나오는 남자들은 거의 발가벗었고 더위에 잠을 자지 못하여 울적하고 멍청한 얼굴을 하고 있었다. 여자들은 울부짖는 아이에게 호통을 치고, 쑥대머리를 쓱쓱 긁어 댔으며, 발가숭이 어린 아이들은 허기져서 때투성이가 된 채 울고 있었다. 그 조그마한 배에는 부부와 어린 아이들이 콩나물처럼 살고 있었으며, 그들이 그 위에서 살고 마시고 하는 물에서는 그들이 버리는 오물 때문에 속이 메스꺼워지는 악취가 코를 찔렀다.

그날 아침 옌의 눈앞에 돌연 나타난 것은 이러한 광경이었다. 그러나 이 광경은 한순간도 계속되지 않고 사라졌다. 왜냐하면 나룻배는 기슭에 모여 있던 조각배 떼에서 벗어나 넓은 강 중류로 나와 있었기 때문이다. 불결한 사나이들의 얼굴에서 떨어진 옌의 눈은, 다음 순간 도도히 흐르는 누런 강물을 바라보고 있었다. 그리하여 그 변화를 깨달을까말까하는 사이에 나룻배는 상류를 향해 진로를 바꾸어 회색 하늘을 배경으로 눈봉우리처럼 뚜렷하게 서 있는, 하얗게 칠한 큰 기선 옆을 지나갔다. 옌도 다른 사람들과 마찬가지로 선미를 바라보았다. 거기에는 붉고 푸른 외국 깃발이 휘날리고 있었다. 나룻배가 옆을 지나갈 때 대포의 포구가 꺼멓게 보였다. 외국의 대포였다.

그것을 보자 옌은 가난한 사람들의 악취도, 그들이 콩나물 시루처럼 타고 있던 조각배도 잊었다. 그는 강의 아래 위를 바라보았다. 누렇게 흐르는 중류에서는 이렇게 큰 외국 군함을 일곱 척이나 볼 수 있었다. 자기 나라 중심부에서 외국 군함이 경비를 하고 있는 것이다. 이것을 보는 순간 그는 다른 모든 것을 잊었다. 군함에 대해서 맹렬한 노여움이 타올랐다. 해안에 상륙했을 때도 그 군함들이 대체 무엇 때문에 와 있을까 하는 증오와 의문을 품고 뒤돌아보지 않을 수 없었다. 군함들은 희고 아름다운 모습으로 도사리고 있었다. 항상 해안을 향하고 있는 그 검은 대포는 여러 차례 지상에다 불과 죽음의 세례를 퍼부었다. 옌은 그 일을 잘 기억하고 있었다.

군함을 바라보고 있는 동안 옌은 저 대포에서 언제 어느 때 우리 국민의 머리 위에 불의 비가 퍼부어질지 모른다는 것 이외는 죄다 잊어버리고,「저 군함은 여기 있을 권리가 없다. 우리는 우리 나라의 수면에서 그들을 쫓아 버리지 않으면 안된다.」하고, 어떻게 통분을 달랠 길 없는 기분으로 중얼거리고는, 이것을 명심하고 그 통분을 품은 채 다시 기차를 타고 아버지 곁으로 가기 위해 여행을 계속했다.

그런데 옌은 자기 마음속에 알 수 없는 일이 일어난 것을 발견했다. 그 흰 군함에 대해서 노여움을 느끼고 국민에게 포화를 퍼부은 것을 회상하고 있는 동안은, 그리고 국민이 외국인에게 의해 압박당한 사실을 생각하고 있는 동안은 ── 그러한 사실은 무수히 있었다. 제정시대 여러 외국이 군대를 파견하여 파괴 행위와 약탈을 자행하면서 황제에게 대들어 불평등 조약을 맺게 한 것은 학교에서도 배웠고, 그가 철든 후에도 그런 일은 자주 있었다. 그가 유학중에, 이 대도시에서도 조국의 대의 명분을 부르짖었다고 하여 백인 경비대에 의해 많은 청년들이 사살되었던 것이다 ── 그와 같은 사실을 회상하고 있는 동안에는 그도 열정 비슷한 것으로 가득 차서 식사를 하는 동안에도, 스쳐 지나가는 창 밖의 밭이나 마을을 바라보고 있는 동안에도, 무엇을 하는 동안에도 그는 그 생각을 하고 있었다.『조국을 위해서 무언가 하지 않으면 안 된다. 맹이 옳다. 그애가 나보다 훌륭하다. 맹은 기질이 외곬이니까 나보다 진리에 철저할 수 있다. 나는 너무 약하다. 한 사람의 선량한 노교수가 있기 때문이라든가 현명한 말을 하는 한 여자가 있다는 이유만으로, 그 국민 전체가 선량하다고 믿어 버리는 것이다. 맹처럼 외국인을 진심으로 미워하고 그 강한 증오로서 조국 동포들을 돕지 않으면 안 된다. 왜냐하면, 지금 우리들을 분기시킬 힘은 증오뿐이기 때문이다.』그 외국 군함을 눈에 그리면서 그는 이런 것을 마음에 생각했던 것이다.

그런데 이와 같은 희망에 매달리고 싶어하면서도 옌은 차츰 열이 식어 가는 것을 느끼지 않을 수 없었다. 그리고 이 냉각 작용은 아주 하찮은, 설명하기 어려운 형태로 일어났다. 한 사람의 뚱뚱한 남자가 그의 맞은편 자리에 앉아 있었다. 바로 가까이에 있으므로 그 큼직한 몸집에서 늘 눈을 떼고 있을 수는 없었다. 시간이 흐름에 따라 찻간은 차츰 더워지고, 바람기 없는 구름 사이를 뚫고 태양이 기차의 금속 지붕을 불사르듯 내리쬐어 차 안 공기가 타는 듯이 더워 오자 그 사나이는 옷을 완전히 벗어 버리고 속 팬티 하나만으로 유연히 앉아 있었다. 가슴도, 두껍고 누런 지방질이 더덕더덕 붙어 살이 늘어진 배도, 어깨까지 처진 목의 군살도 모두 드러내 놓은 발가숭이다. 더욱이 그것만으로는 모자라는 듯이 여름인데도 줄곧 기침을 해댔다. 심한 기침이었으며, 되도록 큰 소리를 내고 쉴새없이 가래를 뱉았다. 옌이 있는 곳까지 침이 튈 지경이었다. 이렇게 하여, 조국을 위한 의분의 감정 속에 동족인 이 사나이에 대한 불쾌감이 스며들기 시작한 것이다. 그리고 마침내 옌은 우울해졌다. 이 동요하는 기찻간은 더워서 거의 숨도 쉴 수 없을 정도였다. 그런 속에서 그만 보고 싶지 않은 광경이 눈에 들어왔다. 이 더위와 피로 때문에 승객들은 이제 목적지까지 도착하는 것 이외에는 아무것도 생각하지 않게 되었다. 아이들이 울부짖으면서 어머니의 젖가슴에 매달린다. 정거장에 닿을 때마다 창문으로 파리떼가 날아 들어와 땀에 젖은 피부며 바닥에 뱉은 침이며 음식물과 아이들의 얼굴에 앉는다. 파리는 도처에 있었으며 신경을 쓸 이유도 없었으므로 전에는 파리 따위를 주의하지도 않았던 옌도, 외국 생활을 하고 파리가 죽음을 날라온다는 것을 배웠으므로 요즘은 몹시 결벽해져서 찻잔이나 역 구내 판매원들에게 산 빵이나 낮에 열차 보이에게 산 달걀밥 등에 파리가 한 마리라도 앉으면 도저히 참을 수가 없었다. 그래도 보이의 시커먼 손이라든가 밥을 풀 때 쟁반을 닦는 천이 끈적끈적하게 기름이 묻어 번들거리는 것을 보면, 아무리 파리를 불쾌하게 생각해 봐야 아무 소용도 없지 않느냐고 생각지 않을 수 없었다. 그래도 불쾌감은 더할 뿐이어서 마침내 옌은 보이에게 소리쳤다. 「그런 불결한 천으로 닦으려거든 차라리 쟁반을 닦지 말아라!」

 이 말을 듣고 보이는 깜짝 놀라 눈을 둥그렇게 뜨고 애교를 부리며 웃었는데, 마침 그때 오늘의 더위가 얼마나 심한가 생각나기라도 한 듯이 땀투성이 얼굴을 그 천으로 문지르고 목에 걸쳤다. 이제 옌은 음식물에 손을 댈 기분이 나지 않았다. 그는 수저를 놓고 나서 보이를 욕하고 파리를 욕하고 바닥 위의 오물을 욕했다. 그러자 보이는 그러한 태도가 얼마나 부당한가 하고 분개하여, 하늘도 굽어보십사 하는 듯이 무서운 기세로 대들었다.「나는 말입니다요, 내 혼잡니다요. 내 혼자만의 일만 마치면 그만입니다요. 바닥도 내가 할 일이 아니고, 파리도 내가 할 일이 아닙니다요. 여름에 파리를 죽이는 데 시간을 낭비하는 자가 어디 있어요. 이 나라에 사는 모든 인간들이 평생 파리를 죽여도 다 죽일 수는 없습니다요. 파리는 자연히 끓는 것이니까요!」이렇게 말하여 분풀이를 하고 난 보이는 배를 움켜 쥐고 웃었다. 화는 냈어도 본래 마음이 좋은 사나이다. 그래서 웃으면서 가버렸다.

그러나 승객들은 무료하고 지리해 하고 있었으므로 무슨 사건이기나 일어났으면 하고 기다리고 있던 판이다. 두 사람의 말을 듣고 있더니 모두 옌에게 반감을 품고 보이 편을 들었다. 한 사람이 말했다.「정말 파리가 어떻게 없어지나? 어디서 솟아나는지 모르지만, 파리도 살아 있으니 말야.」그러자 한 노파가 말했다.「그래요. 파리도 살고 싶어하는 건 무리도 아니지요. 나는 파리라도 목숨을 끊는 건 싫습니다.」그러자 또 한 사람이 경멸하듯 말했다.「저 녀석은 외국서 돌아온 학생인데, 터무니없는 외국의 생각을 우리들에게 떠맡기려 하고 있는 거야.」

이 말을 듣더니, 밥과 고기를 실컷 먹어치우고 이젠 큰 하품을 하면서 점잖게 차를 마시고 있던, 옌의 맞은편의 그 뚱뚱한 사나이가 갑자기 말했다.「그래, 외국서 돌아온 사람이군. 난 온종일 이렇게 바라보면서 대체 뭘 하는 사람일까 하고 생각해 보았으나 암만해도 알 수 있어야지.」그리고는 옌의 정체가 밝혀졌으므로 만족해하며 그 후에도 신기한 듯 자꾸만 그를 쳐다보았으며, 쳐다보는 동안도 차를 마시고 하품을 하고 했으므로 옌은 더 참을 수 없어져서 창 밖으로 탄탄하게 펼쳐진 푸른 평야에 가만히 시선을 던졌다.

그는 긍지를 갖고 있었으므로 그런 사나이를 상대로 말을 할 기분이 나지 않았다. 게다가 먹을 생각도 없었다. 몇 시간이나 계속해서 그는 창 밖을 바라보고 있었다. 무더워진 하늘 아래의 땅은 점점 빈약해져서, 기차가 북으로 나아감에 따라 늪과 못이 많아졌으나 그것마저도 평범함을 더 보탤 뿐이었다. 정거장에 닿을 때마다 올라 오는 사람들의 모습은 점점 더 빈궁기가 많아지고, 종기가 났거나 눈병에 걸린 자도 많았다. 도처에 강이 있는데도 몸을 씻은 일도 없는 것 같았고, 여자들의 대부분은 아직도 옌이 이제는 없어졌다고 생각한 옛 악습의 전족을 하고 있었다. 그는 이들을 바라보고 참을 수가 없었다. 『이것이 우리 국민이다!』 마침내 그는 뱉듯이 속으로 소리치고는 그 흰 외국 군함을 잊어버리고 말았다.

그러나 그가 참지 않으면 안되는 고통은 이것뿐만이 아니었다. 옌은 그때까지 깨닫지 못했는데 찻간 저쪽 끝에 한 백인이 타고 있었다. 흙벽담을 둘러친 조그마한 시골 도시에 살고 있는 모양으로, 기차가 거기에 도착하자 내리려고 옌 옆을 지나갔다. 지나갈 때 옌의 구슬픈 듯한 젊은 얼굴을 내려다보고, 또 옌이 파리 때문에 욕설을 퍼부은 것을 기억하고 있었으므로 옌이 어떤 인물인가 짐작한 후, 위로할 작정인지 영어로 말했다.「친구여, 실망하면 안됩니다. 나는 파리를 상대로 싸우고 있습니다. 그리고 앞으로도 그 싸움을 계속할 참입니다.」

옌은 외국인의 목소리와 말을 듣고 얼굴을 들었다. 거기에 서 있는 것은 조그마한 몸집에 지나치게 여윈 백인이었으며 회색 무명옷을 입었는데 파르스름한 눈이 부드러워 보였다. 한참 동안 면도를 하지 않은 채, 평범한 얼굴에 헬멧을 쓰고 있었다. 옌은 외국 선교사라는 것을 깨달았다. 그는 대답할 수 없었다. 그가 이미 보아 온 것을 보고, 그가 이미 알고 있는 것을 아는 백인이 있다는 것은 도저히 참기 어려운 고통이었다. 그는 외면하고 대답도 하지 않았다. 그러나 그의 자리에서는 그 백인이 기차에서 내려 군중 속을 거쳐 흙담에 둘러싸인 마을 쪽으로 걸어가는 모습이 보였다. 그러자 옌은 유학하고 있을 때 다른 선교사가 〈당신도 내가 보낸 것과 같은 생활을 한다면……〉 하고 말한 것이 생각났다.

옌은 자기 스스로를 책망하며 생각했다.『어째서 나는 여태까지 이것을 깨닫지 못했을까? 오늘날까지 나는 아무것도 모르고 있었던 것이다!』

그러나 이런 것은 옌이 보지 않으면 안되는 사물의 불과 일부분에 지나지 않았다. 마침내 아버지 왕 장군 앞에 섰을 때 그가 발견한 것은 일찍이 본 적이 없는 아버지의 모습이었다. 방 입구의 기둥에 매달려 돌아오는 아들을 기다리고 있던 왕 장군은, 간신히 서 있을 수는 있었으나 지난날의 기력은 다 사라지고, 그 성급한 울화통도 터뜨리지 않았으며, 기다란 흰 수염이 듬성듬성 턱에 드리워지고 눈은 노령에다 과도한 술 때문에 벌겋게 흐렸으며, 그 때문에 가까이 갈 때까지 옌의 모습을 알아보지 못하고 그의 목소리를 듣고서야 겨우 알아차리는 시들어진 늙은이가 되어 있었다.

옌이 지나온 안마당에는 잡초가 무성하고 그 주변에 서 있는 병사들의 수도 얼마 되지 않았다. 불과 몇 사람이 누더기를 입고 빈둥거리고 있을 뿐, 문간의 위병은 총도 없이 누구냐고 물어 보지도 않고 그를 들여보냈으며, 장군의 아들에 대한 당연한 경례도 하지 않는 것을 보고 그는 아연해졌다. 그러나 아버지가 이렇게 여위고 수척해졌을 줄은 꿈에도 생각지 못했다. 노장군은 해묵은 회색 천의 두루마기를 입고 있었는데, 의자의 팔걸이에 스쳐서 떨어졌는지 소매에는 헝겊을 댔고, 발에는 베로 지은 덧신을 신었으나 뒤꿈치가 해졌고, 손에는 긴 칼조차 들고 있지 않았다.

옌이「아버님!」하고 소리치자 노인은 떨리는 목소리로「정말 너냐?」하고 물었다. 그리고 두 사람은 손을 잡았다. 코도 입도 흐린 눈도 옛날보다 더 커 보였다. 시들은 얼굴에는 너무 큰 것이다. 그와 같은 아버지의 늙은 얼굴을 보자 옌은 저도 모르게 눈에 눈물이 넘치는 것을 느꼈다. 그 얼굴을 보고 있으면, 이것이 바로 그 왕 장군일까, 이것이 자기가 무서워하던 아버지, 그 당당한 얼굴이며, 시커먼 눈썹이 그토록 무섭던 아버지, 잘 때조차 장검을 떼놓지 않던 아버지일까 하고 생각될 정도였다. 그러나 그것은 왕 후 장군이 틀림없었다. 그는 아들을 확인하자 곧 「술 가져오너라.」하고 큰 소리로 명령했다.

느릿하게 사람이 움직이는 기미가 보이더니 나타난 것은 그 언청이였다. 그도 나이를 먹었지만 아직도 장군을 섬기고 있었다. 그는 보기 흉한 얼굴을 웃음으로 얼버무려 놓으면서 장군의 아들을 맞이하고 왕 후가 옌의 손을 잡고 방안으로 들어가자 술잔에 술을 따랐다.

거기에 또 한 사람 나타나고 이어 또 하나 따라 들어왔다. 옌이 만난 적이 없는, 적어도 만난 적이 없다고 생각되는 사람으로 한쪽은 노인, 한쪽은 젊었으나 다 성실해 보이는 얼굴에 유복해 보이는 남자들이었다. 노인은 조그마하고 짙은 회색의 조그마한 무늬가 있는 구식 비단 두루마기를 단정하게 입고, 상반신에는 흐릿하게 검은 비단 소매가 달린 웃옷을 걸쳤으며, 머리에는 조그마하고 둥근 비단 모자를 쓰고 있었다. 모자에는 친상을 입었음을 나타내는 흰 끈의 단추를 달았고, 검은 빌로도 신을 신은 다리에도 발꿈치 위쯤 바지에 흰 무명 천을 두르고 있었다. 이것도 상을 입고 있다는 표시다. 이와 같이 수수한 복장 위에다 조그마한 얼굴을 내밀고 있었다. 그 얼굴은 수염도 제대로 나지 않을 만큼 윤이 나면서도 주름투성이며 눈은 족제비처럼 날카롭게 빛나고 있었다.

젊은 남자는 노인과 아주 흡사했으나 다만 우중충한 쪽빛 옷만 달랐다. 어머니를 여읜 것을 나타내는 상복을 입고 있었다. 눈은 날카롭지 않았으나 원숭이가 인간을 — 비슷하게 생기기는 했으나 서로 이해할 수는 없는 — 볼 때의 그 조그마한 텅 빈 눈처럼 걱정스러워 보였다. 이 사람은 노인의 아들이 틀림없었다.

옌이 궁금한 듯 두 사람을 바라보고 있으니 노인이 메마르고 높은 소리로 말했다. 「나는 네 둘째 백부다. 네가 아직 어릴 때 만났을 뿐이지. 얘는 내 장남, 네 사촌 형이다.」

옌은 놀라면서 두 사람에게 인사했다. 두 사람의 모습도 태도도 침착하고 옛스러웠으나, 그는 그다지 친밀감을 느낄 수가 없었다. 그는 상냥하지는 않았으나 그래도 정중하게 인사했다. 적어도 왕 후 장군보다는 정중했다. 장군은 두 사람에게는 주의도 기울이지 않고 다만 기쁜 듯이 옌을 보고 있을 뿐이었다.

옌은 자기가 돌아온 것을 아버지가 이토록 어린 아이처럼 좋아하는 것을 보고 깊이 감동했다. 노장군은 옌에게서 눈을 뗄 수 없는 모양으로 한참 동안 지그시 바라보고 있더니, 이윽고 소리 없이 웃으며 의자에서 일어나 옌 곁으로 다가가서, 아들의 팔이며 그 굳건한 어깨를 손으로 쓰다듬으면서 다시 웃으며 말했다. 「내가 네 나이 때와 똑같이 굳건하구나. 잘 기억하고 있지만, 나는 팔 힘이 세서 여덟 자짜리 철창을 던질 수도 있었고, 큰 돌의 추를 휘두를 수도 있었지. 남방군의 노장군 부하였을 무렵, 저녁때가 되면 자주 그런 짓을 해서 동료들을 깜짝 놀라게 했었다. 일어서서 허벅지를 좀 보여다오.」

옌은 하라는 대로 온순하게 일어섰다. 그러자 노장군은 형을 돌아보면서 소리내어 웃고, 옛날을 생각케 하는 힘찬 소리로 말했다. 「형님, 보십시오. 형님의 네 아들 중에도 얘와 겨룰 만할 애는 없을 걸요!」

왕 얼 노인은 억누르듯한 엷은 웃음을 띄웠을 뿐 여기에는 아무 대답도 하지 않았다. 그러나 사촌 형이 천천히 말에 조심하면서 입을 열었다. 「나는 장남이지만 형제 중에서 제일 작다. 밑의 동생 둘은 나만 하고, 다음 동생은 나보다 크지.」 그리고 그는 슬픈 듯한 눈을 그들에게 돌렸다.

이 말을 듣고 옌은 호기심을 일으키며 말했다. 「다른 사촌들은 다 잘 있습니까? 그리고 지금은 뭘 하고 있습니까?」

사촌 형은 자기 아버지 쪽을 보았으나 노인은 잠자코 여전히 엷은 웃음을 띠고 있을 뿐이었으므로 용기를 내어 옌에게 말했다. 「토지의 관리라든가 곡물점에서 아버지를 도와드리고 있는 건 나뿐이다. 전에는 형제가 모두 하고 있었는데, 요새는 이 지방이 아주 심한 불경기거든. 소작인은 빼기고 소작료도 잘 안 내지. 그리고 수확도 줄고 말야. 우리 형님은 아버지가 작은 아버님에게 ― 네 아버님 말이다만, 작은 아버님에게 드렸으니까 이제는 작은 아버님 아들이야. 바로 다음 동생은 널리 세상을 구경하고 오겠다면서 화남에 있는 큰 상점에서 회계를 보고 있지. 주판을 잘 놓거든. 큰 돈을 만지고 있어서 경기가 좋은 모양이더라. 그리고 그 다음 동생은 결혼해서 집에 있다. 제일 끝 동생은 학교에 다니고 있는데, 우리 도시에도 지금은 신식 학교가 생겼지. 어머니가 이삼 개월 전에 돌아가셔서 이 동생도 상을 벗는 대로 곧 결혼시킬 작정이다.」

옌은 옛날 아버지를 따라 이 백부 집에 갔을 때 몸집이 크고 기운이 좋아 보이는 시골 여자가 언제나 명랑하게 웃고 떠들던 것을 생각하고, 이 약한 백부는 여전히 건강하게 살아 있는데 그 백모가 죽은 것이 이상해서 견딜 수 없었다. 「어떻게 돌아가셨나요?」

그러나 아들은 아버지 쪽을 바라보고 둘 다 잠자코 말이 없었다. 그러자 왕 장군이 마치 자기에게 관계가 있기라도 하는 듯이 대답했다. 「어째서 돌아가셨느냐고? 우리 집안의 적이 있어서 말이다, 그놈이 고향의 마을 근처 산에서 하찮은 비적 두목이 되어 있다. 옛날 나는 정정 당당하게 전쟁을 해서 그놈이 점거하고 있던 도시를 포위하고 함락시킨 일이 있는데, 거기 대해 그놈은 아직도 원한을 품고 있는 모양이다. 그 때문에 일부러 우리 땅 가까이를 근거지로 삼고서 우리 집안을 노리고 있었던 거다. 여기 계시는 형님도 그 비적이 우리들에게 원한을 품고 있다는 것을 알고 계시며 조심성이 있는 분이니까 수확의 분배나 소작료 징수 때는 직접 가시지 않고, 여자니까 괜찮겠지 하고 네 백모를 보낸 거다. 그런데 비적들은 돌아오는 길에 백모 일행을 붙잡고 돈을 탈취하고는 목을 쳐서 길바닥에 굴려 놓는, 그런 무참한 짓을 했단 말이다. 나는 형님에게도 말하고 있지. 「내가 병정을 모을 때까지 두서너 달만 기다리십시오. 틀림없이 그 비적을 찾아내서 반드시 내가…… 반드시 내가……」 왕 장군의 목소리가 노여움 때문에 힘이 부쳐 도중에서 꺼졌다. 그가 무언가 찾듯이 손으로 더듬자 옆에 서 있던 언청이 노부하가 그 손에 술잔을 쥐어 주었다. 전부터 습관이 되어 있는 모양이었다. 그리고 졸리는 듯한 소리로 말했다. 「고정하십시오, 장군님. 화를 내시면 또 건강에 좋지 않으십니다.」 그리고 언청이는 피로한 다리를 움직여 잠깐 하품을 하고는 옌을 찬탄의 눈으로 기쁜 듯이 바라보았다.

이 이야기 중에 상인인 왕 얼 노인은 아무 말도 하지 않았으나, 정중히 애도의 말을 하려고 옌이 고개를 돌려 보니 놀랍게도 백부의 조그마하고 날카로운 두 눈이 눈물에 젖고, 여전히 입을 다문 채 잇따라 소매 끝을 바꾸며 알뜰히 두 눈을 닦더니, 다시 무엇을 아끼는 듯, 사람 눈을 두려워하는 듯, 메마른 손으로 코를 문질렀다. 옌은 이 차가운 노인이 눈물을 흘리는 것을 보고 너무나 놀라워 말도 못할 정도였다.

아들도 그것을 보고 조그만 눈을 걱정스러운 듯 아버지에게 돌린 채 슬픈 듯이 옌에게 말했다.「함께 따라간 하녀의 말을 들어 보면, 어머님이 좀더 온순하게 잠자코만 계셨더라도 그렇게 곧 살해당하지는 않았을 거라는 얘기다. 그런데 어머님은 말을 잘하시지만 체면을 차려서 말하시는 성격이 아니었으며, 옛날부터 금방 화를 버럭 내는 성질이라 그만 다짜고짜,『이만한 돈을 공연히 너희들한테 넘겨 줄줄 아느냐, 이 애비 없는 자식들 같으니!』하고 호통을 치셨다는 거야. 하녀는 어머님이 그렇게 호통을 치시는 것을 보고 죽자사자 달아났다는데, 잠시 후 되돌아가 보니 그때 벌써 어머님의 목은 땅에 떨어지고 없더란다. 비적들은 모든 것을 깡그리 빼앗아가서, 어머님이 갖고 계시던 소작료도 다 탈취되고 말았지.」

아들은 억양이 없는, 좀 요란스러운 소리로 이와 같이 말했다. 말이 계속 억양도 없이 흘러나오는 점은 아버지에게 물려받은 몸에다 어머니에게 물려받은 요설의 혀를 갖다붙인 듯한 느낌이었다. 그러나 효성스러운 아들로 어머니를 사랑했으므로, 목소리가 잠겨들더니 안마당으로 나가서 기침을 하고 기분을 가라앉히며 눈물을 닦고 잠시 슬픔에 잠겨 있었다.

옌은 이런 경우 어떻게 하면 좋을지 몰랐으므로 일어서서 백부의 찻잔에 차를 따랐다. 그는 피가 이어진 이 사람들이 마치 전혀 모르는 남 같은 기분이 들어서 그들과 함께 이 방에 있는 것이 견딜 수 없어졌다. 그렇다, 이제부터 나는 그들이 상상도 못할 생활을 하는 거다. 거기에 비하면 그들의 생활은 송장처럼 보잘것없는 생활이다. 어찌

된 일인지 문득 그는 오래도록 생각한 일이 없는 메리를 생각했다. 바람이 세게 부는 봄날 같은 때 흔히 그런 일이 있었는데, 아름답고 어두운 빛깔의 머리를 얼굴에 나부끼면서 흰 살결에 발그스레 홍조를 띤 채 침착한 회색 눈을 한 메리가 지금 이 방의 문을 열고 들어오는 듯이 뚜렷하게 마음에 떠오르는 것은 웬일일까? 그러나 그녀가 와도 아무런 소용도 없지 않은가. 여기는 그녀가 이해하지 못하는 장소다. 흔히 그녀가 말한 중국에 대한 화면, 그것은 그녀가 자기 손으로 만들어내는 화면에 지나지 않는 것이다. 오래간만에 재회한 최초의 긴장도 사라지고 이제 축 늘어져 있는 아버지나 백부를 보고 있으니 메리를 사랑하지 않은 것은 잘했다는 생각이 들었다. 메리를 사랑하지 않은 것은 정말 잘한 일이었다! 그는 고색이 깃든 큰 방을 둘러보았다. 몇 사람인가의 부주의한 늙은 하인들이 오랫동안 소제하다 남겨 둔 쓰레기가 여기저기 쌓여 있었다. 바닥에 깐 타일 사이에는 푸른 곰팡이가 피어 있고, 그 바닥에는 흘린 술이며 침이며 재며 음식물과 기름기 등이 스며 있었다. 조개 껍질을 끼운 격자창의 부서진 자리에는 종이를 발랐는데 그 종이도 지금은 다 떨어졌고 대낮인데도 머리 위 대들보에는 쥐가 기어다니고 있었다. 노장군은 술기운이 돌자 입을 크게 벌리고 커다란 몸집을 크게 늘어뜨린 채 꾸벅꾸벅 졸기 시작했다. 머리 위의 못에는 칼집에 넣은 장검이 걸려 있었다. 아버지를 만나는 즉시 그 장검이 아버지 곁에 있지 않은 것을 섭섭하게 생각했었는데, 이제야 그것을 발견한 것이다. 칼집에 꽂혀 있었으나 그래도 아름다웠다. 아름다운 조각 위에 먼지가 쌓이고, 붉은 비단 술은 색이 바래졌으며, 쥐가 갉아먹은 자국이 있었으나 그래도 광채를 내고 있었다.

정말 외국 여자를 사랑하지 않아서 다행이었다고 옌은 생각했다. 옌의 나라가 어떤 나라인가 그녀에게는 꿈으로서만 보여 주고 마는 편이 좋다. 참된 모습은 알리지 않고 두는 것이 좋다!

뜨거운 덩어리가 목구멍에 치솟아 왔다. 낡은 것은 영원히 나한테서 사라져 버린 것일까? 그는 노장군과 촌스럽고 천한 얼굴을 한 백부와 그 아들을 생각했다. 이 사람들은 여전히 자기와 연결되어 있다. 혈관에 흐르고 있는 피에 의해 연결되어 있는 것이며, 아무리 그들에게서 해방되고 싶어도 살아 있는 한 그의 혈관 속에는 그들의 피가 흐르고 있는 것이다.

　자기의 청년 시대는 이미 끝났다, 이제 한 사람의 어른이 되지 않으면 안 된다. 자기만의 힘에 의지하지 않으면 안 된다는 것을 안 것은 옌에게는 매우 다행한 일이었다. 그것을 알게 된 것은, 그날 밤 유년 시대와 소년 시대에 호위병의 경호를 받으며 잠을 자고 군관 학교에서 달아나왔을 때 혼자 앉아 울면서 잠든 그 옛방에 혼자 누워 있는데, 아버지의 노부하가 살며시 들어왔기 때문이었다. 그것은 옌이 막 자려고 드러누운 때였다. 아버지는 그날 밤 그를 위해 소연을 베풀고 부하 중에서 대장을 둘 불러 옌을 환영하는 뜻에서 모두 함께 마시고 먹고 했다. 소연이 끝나자 옌은 아버지를 어깨로 부축하여 침실로 모셔다 놓고 자기도 침상에 들었던 것이다.
　잠시 동안 잠들기 전의 자리에 누워 옌은 귀에 익지 않은 소리에 귀를 기울였다. 그것은 아버지가 오랜 세월 본거를 두고 살아 온 이 조그만 도시의 소리였다. 만일 누가 묻는다면, 이 조그마한 도시는 밤이 되면 소리가 나지 않는다고 대답할 것이라고 그는 생각했다. 그래도 거리에서는 개짖는 소리, 아이들의 울음 소리, 자면서도 가라앉지 않는 중얼거리는 듯한 소리, 어느 절에서 이따금 들려 오는 종소리, 가깝지는 않으나 그러한 소리 전부보다 똑똑하게, 어디선가 여자가 죽어 가는 자식의 방황하는 영혼을 다시 부르려고 울부짖는 소리 따위가 들려 왔다. 그와 문 사이에는 아무 소리 없는 안마당이 있으므로 어느 소리도 그다지 높지는 않았다. 그러면서도, 전에는 이곳에 익숙해 있었는데 지금은 지나가다 들른 나그네 같은 기분이 들어서, 왠지 모든 것에 과민해진 옌의 귀는 하나하나의 소리를 뚜렷이 분간할 수 있었다.
　돌연 나무 경첩을 단 문이 삐걱 하고 열리더니 촛불이 쑥 들어왔다. 문이 열리고 언청이 노인이 서 있었다. 언청이 노인이 들어와서 몸을 굽히고 촛불을 조심스럽게 바닥에 세웠는데 등이 단단히 굳어 조금 식식거리면서 다시 일어나 문을 잠그고 빗장을 걸었다. 이 노인이 무슨 말을 하러 왔을까 하고 옌은 놀라면서도 궁금한 생각이 들어 그가 가까이 오기를 기다렸다. 그는 불안정한 발걸음으로 옌의 침대에 다가와 옌이 아직 커튼을 치고 있지 않은 것을 보고 말했다. 「아직 안 주무셨군요, 장군 도련님, 말씀드릴 일이 있어서요.」

옌은 이 노인의 몸이 무릎까지 굽어 있는 것을 보고 정답게 말했다. 「그럼 앉아서 얘기해 봐요.」 그러나 노인은 자기 신분을 생각하고 잠시 주저하다가 이윽고 옌의 친절을 받아들여 침대 옆에 있는 발판에 걸터앉아 찢어진 입술에서 쉭쉭 숨을 흘리며 입을 열었다. 눈은 순하고 정직해 보였으나 너무 추한 얼굴을 하고 있었으므로, 비록 선량한 노인이라고는 하나 옌은 똑바로 바라볼 기분이 나지 않았다.

그래도 옌은 노인의 말에 놀라 곧 그 추함 따위를 잊어버렸다. 노인의 길게 비유해서 말하는 토막진 이야기에서 옌은 차츰 뚜렷한 윤곽을 파악할 수가 있었다. 마지막으로 노인은 두 손을 수척한 두 무릎에 올려 놓고 약간 소리를 높여서 말했다. 「그런 까닭이라서요, 장군 도련님, 아버님이 해마다 백부님한테서 빌리는 돈은 자꾸 늘어갈 뿐이외다. 도련님을 감옥에서 꺼내기 위해 돈을 빌리기 시작한 것이 시초인데, 그때부터 도련님이 외국에서 고생하시지 않도록 해마다 돈을 빌리셨습니다요. 그래서 많은 병사를 기를 수도 없게 되고 이제는 전쟁을 한대도 백 명도 되지 않을 거외다. 이래서야 전쟁도 할 수 없지요. 병사들은 장군님을 떠나 다른 장군을 찾아가 버렸지요. 돈이 목적인 병사들이니까 급료가 안 나오게 되면 붙어 있지 않은 것이 당연합니다요. 게다가 몇 사람 남아 있는 것도 병사들이 아니랍니다. 그전 병사들 중에서 놈팡이 도적들이나 떠도는 부랑자들만이 그저 먹여 주니까 남아 있을 뿐입니다요. 집집마다 행패를 하고 돌아다녀서 이 도시 사람들은 무척 싫어합니다만 워낙 총을 가졌으니까 모두 울며 겨자 먹기로 잠자코 있을 뿐이지요. 말하자면, 무장한 거지라고나 할까요. 노장군님은 옛날부터 올바른 분이라서 부하들에게도 전리품으로 당연한 것 이상은 갖지 못하게 하셨고 평화시에는 백성들한테서 약탈을 하는 것을 허락하시지 않으셨지요. 그래서 저는 한 번 병사들의 나쁜 소행을 말씀드린 일이 있었습니다요. 그러자 장군님은 이맛살을 찌푸리고 수염을 쥐어당기시며 큰 소리로 호통을 치셨습니다만, 그것이 무슨 소용이 있습니까요. 놈들은 장군님이 호통을 치시는 동안에도 나이를 잡수셔서 몸이 떨리고 있는 걸 알고, 두려운 표정은 지으면서도 장군님의 모습이 보이지 않게 되면 웃음을 터뜨리고는 곧 또 구걸을 하러 나가서 제멋대로 온갖 짓을 하고 있습니다요. 그 이상 장군님에게 말씀드려야 무슨 소용이 있겠습니까요. 그보다는 걱정을 하시지 않게 하는 편이 낫다고 생각하고 저는 잠자코 있습지요. 그런 형편이라 장군님께서 매달 돈을 빌리시는 게 분명하십니다요. 왜냐하면 요새는 백부님이 자주 나오시니까요. 백부님은 돈에 관한 일이라도 없으면 찾아오실 분이 아닙니다요. 아버님은 어떻게 적당히 하고는 계십니다만, 요즘에는 그다지 세금도 모이지 않고 그 세금도 모두 병사들을 기르는 데 다 들어가므로, 백부님한테 빌리지 않으면 그것도 모자라는 형편이 돼버렸습니다요.」

그러자 옌은 곧 믿어지지 않아 놀라며 말했다. 「방금 영감이 말했듯이, 아버지가 병사들을 대부분 내보내고 지금 소수의 병사들만 먹여 살리고 계신다면 그렇게 많은 돈이 필요 없지 않은가? 조부님한테서 물려받은 토지도 있을 것이고……」

그러자 노인은 옌의 귀에 입을 대고 소리를 낮추어 날카롭게 말했다. 「그 토지도 지금은 모두 백부님 것이 되어 버렸습니다요. 그렇지 않더라도 결국은 마찬가지지만서두요. 그 수밖에 백부님한테서 빌린 돈을 갚을 도리가 없지 않습니까요. 게다가 장군 도련님, 도련님을 외국에 유학시킨 비용이 작은 액수로 족했다고 보십니까? 장군님은 도련님의 친어머님에게는 조금밖에 안 보내시고, 또 도련님의 누이 두 분은 이조그만 도시의 상인한테 출가를 시켰습니다만, 매월 장군님은 도련님의 유학 비용을 해안 도시에 계시는 마님에게 부치고 계셨던 것입니다요.」

그 순간 옌은 지난 오랜 세월 동안 자기가 얼마나 철부지였나 하는 것을 깨달았다. 해마다 자기가 필요로 하는 것을 아버지가 지불하는 것은 당연하다고 생각하고 그 돈을 받아 오고 있었던 것이다. 그는 낭비는 하지 않았고, 도박이라든가 사치스러운 옷이라든가, 그 밖에 청년들이 부모한테서 보내오는 돈을 낭비하는 짓은 하지 않았다. 그러나 해마다 그에게는 최소한의 필요액이었지만 아버지에게는 대단한 부담이었던 것이다. 그리고 그는 아이란의 비단옷이며, 결혼식이며, 노부인의 당당한 양옥이며 고아원 같은 것을 생각했다. 노부인이 아버지한테서 유산을 상속받은 것은 알고 있었고, 외딸이었으므로 그 유산이 상당한 것인 줄은 알았으나, 그것으로 그만한 것을 충당할 수 있을 것인가 하고 옌은 생각했었다.

지난 세월 동안 한 마디의 불평도 없이, 빌리거나 억지로 마련해서 아들에게 돈 걱정을 시키지 않았던 아버지에게 옌은 감사의 마음이 솟는 것을 느꼈다. 옌은 이제 비로소 한 어른이 된 침착성을 보이면서 말했다. 「잘 얘기해 주었어. 고마워. 내일 큰아버지와 사촌 형을 만나서 사정을 들어 보고, 부채가 얼마나 되는가 알아보도록 하지.」 그리고 새로운 생각이 갑자기 마음에 떠오른 듯이 이렇게 덧붙였다. 「그것은 내 부채거든.」

밤새도록 옌은 이 일을 잊을 수가 없었다. 몇 번이나 눈을 뜨고, 어차피 모두 피가 통하는 사이니까, 빚이라고 해야 진짜 빚과는 다르겠거니 하고 생각하면서 스스로를 위로하려 했지만, 그 백부와 사촌 형을 생각하니 마음이 무거워졌다. 마치 인종이라도 다르듯이, 자기는 그 두 사람과 남 같은 느낌이 들었지만, 그래도 그들은 자기와는 혈육을 나눈 사이이다. 어둠 속에서 혼자 이런 일을 생각하고 있으니, 이렇게 어릴 때의 침대에 누워 아버지의 집안에 있는데도 외국에 있을 때와 같은 고독을 느끼고 있음을 깨달았다. 『어디로 가나 안주할 집이 없다는 것은 어찌 된 일일까?』 하는 생각이 느닷없이 삭막한 기분으로 머리에 떠올랐다. 그리고 그 기차를 타고 온 여행의 일이며, 목격한 일들이 또다시 생각되어져서, 불쾌해지고 기분이 나빠졌다. 갑자기 그는 나직하게 소리쳤다. 「나에게는 안주할 집이 없다!」

그의 심장은 부르짖음에 크게 뛰었다. 왜냐하면 그것은 그에게는 너무나 무서운 일이어서 그 뜻을 이해한다는 것이 견딜 수 없었기 때문이다.

그리하여 다음날 그는, 백부와 사촌은 아무튼 나와 피가 이어진 사이이며 나는 정말 그들과 남이 아니므로, 피가 섞인 자기에게 심한 짓을 할 까닭이 없다고 몇 번이나 자기에게 타일렀다. 또 아버지를 책망할 생각도 없었다. 아버지가 노령과 자식을 생각하는 마음에서 돈을 빌리지 않을 수 없었던 기분은 쉽게 이해할 수 있었고, 돈을 빌린다면 형제보다 더 나은 상대는 없지 않은가 하고 자기에게 말했다. 이런 식으로 마침내 옌은 스스로를 위로했다. 그리고, 매우 날씨가 좋아서 가까이 오는 가을의 산들바람 때문에 시원한 것을 고맙게 생각했다. 햇빛이 앞마당에 비치고 바람으로 방안 더위가 씻겨지면 마음이 쉬 편해질 것 같았기 때문이었다.

아침 식사가 끝나자 왕 후 장군은 부하들을 검열하고 오겠다면서 밖으로 나갔다. 지금도 부하들 때문에 무척 바쁘다는 것을 옌에게 보여 주고 싶었던 것이다. 그래서 장검을 벽에서 내려 언청이 노인을 불러서 깨끗이 닦도록 명령하고는, 왜 이렇게 먼지투성이로 만들어 놓았느냐고 호통을 쳤다. 옌은 저도 모르게 미소를 지으면서 또 사실을 알고 있으므로 좀 슬퍼졌다.

그러나 아버지를 전송하고 나자, 백부와 사촌과 은밀히 이야기하기에 좋은 기회라 생각하고 인사를 한 다음 솔직하게 말을 꺼냈다.
「큰아버님, 아버지가 큰아버님한테서 돈을 빌리신 것을 저도 알고 있습니다. 아버님도 연로하시니까 부채가 얼마나 되는지 저도 알아두고 싶고, 또 책임을 지고 싶습니다.」

옌도 상당한 금액인 줄은 알았으나 이토록 많을 줄은 예상하지 못했다. 두 상인은 서로 얼굴을 쳐다보더니 아들이 일어나서 장부를 들고 왔다. 어느 가게에서나 사용하고 있는 큼직하게 부드러운 종이로 표지를 댄 금전 출납부였는데, 이것을 아들이 두 손으로 아버지에게 내밀자 아버지가 받아서 펼치고, 윤기 없는 목소리로 왕 장군이 돈을 빌린 연월일을 불러 나갔다. 들어 보니 옌이 남방의 학교에 들어간 해부터 시작되어 오늘날까지 계속되고 있었으며, 금액은 그때마다 늘어나고 상당한 이자가 붙어 왕 얼 상인이 마지막에 부른 총액은 일만 일천 오백 십 육 원(銀元)에 달하고 있었다.
 이것을 듣고 옌은 돌로 한 대 얻어맞은 듯이 가만히 앉아 있을 뿐이었다. 백부는 장부를 닫아 아들에게 주었다. 아들은 그것을 탁자 위에 놓았다. 두 사람은 옌이 무슨 말을 하는가 기다렸다. 옌은 평소 때의 목소리를 내려고 애를 썼으나 나오지 않아 나직하게 말했다.
「아버지는 뭘 담보로 내 놓고 계셨지요?」
 백부는 언제나 그러하듯 거의 입술을 움직이지 않고 윤기 없는 목소리로 한 마디 한 마디 신중하게 대답했다. 「나는 형제라는 것을 잊지 않으니까 남한테 하듯이 담보를 요구하지는 않았다. 그리고 그때에는 아버지의 지위와 군대가 나를 지켜 주기도 했었지. 하지만 지금은 그렇게는 되지 않더란 말이야. 네 백모가 그렇게 비명에 죽었으니 나도 한걸음 성 밖으로 나가면 안전하지 않을 듯한 기분이 드는구나. 모두 아버지의 세력이 옛날 같지 않다는 것을 알고 있어 이젠 아무도 나를 무서워하지 않는다. 또 사실상 화남에서 혁명이 일어나서 이 화북까지 그 위협이 미쳐 왔으니까 어느 군벌의 세력도 옛날의 모습은 다 없어졌다. 세태가 나쁜 게지. 도처에 반란이 일어나고, 토지에 관해서는 소작인들이 전에 없이 태도가 강경해졌다. 그래도 나는 너의 아버지를 아우로 생각하니까 토지를 담보로 잡지도 않은 게야. 하기야, 잡아 봐야 너를 위해서 아버지한테 빌려준 돈에는 어림도 없는 액수란다.」
 이 〈너를 위해서〉란 말을 듣고 옌은 저도 모르게 백부의 얼굴을 쳐다보았으나 아무 말도 하지 않았다. 그는 백부가 말을 계속하기를 기다렸다. 그러자 노인은 말했다. 「나는 너를 위해서 돈을 내놓은 거야. 너의 장래를 담보로 잡은 거지. 나를 위해서 네가 할 수 있는 일은 얼마든지 있다. 그리고 내 자식들을 위해서도 말이지. 뭐니뭐니 해도 피가 이어져 있으니 말이다.」
 이렇게 백부는 말했는데, 그것은 한 집안의 연장자가 손아랫사람에게 말하는 보통의 말투였으며, 결코 냉혹하지도 않고 또 이치에도 맞았다. 그 윤기 없는 낮은 목소리를 들으며 그 조그마한 메마른 얼굴을 보고 있다가 옌은 당황해서 물었다. 「아직 일정한 직업도 없는 저에게 큰아버님께서는 무엇을 할 수 있다고 그러는 겁니까?」

「그럼, 먼저 직장을 찾아야 되겠지.」 하고 백부는 대답했다. 「누구나 다 알고 있는 일이지만, 요즘에는 외국 유학을 하고 온 청년은, 옛날엔 지사나 되어야 탈까 말까 하는 훌륭한 월급을 받고 있다. 나는 너를 위해서 그만한 돈을 빌려 주기 전에 화남에서 회계를 보고 있는 둘째 아들놈한테 이에 관해서 잘 들어 두었지. 그애가 하는 말을 들어 보면, 외국의 학문은 오늘날 어떤 사업보다도 '좋은 장사가 된다는구나. 제일 좋은 자리론 정부의 돈을 출납하는 지위에 오르는 거란다. 듣기로는 신정부가 새 사업을 하기 위해서 전에 없을 만큼 많은 세금을 긁어낸다고 하며, 큰 도로라든가, 혁명 영웅의 대분묘라든가, 서양식의 큰 건축이라든가 하는 여러 가지 계획을 세우고 있단다. 네가 금전 출납을 맡는 높은 지위에 오르면 우리들의 힘이 되어 주는 것쯤 쉬운 일일 게다.」

노인은 이런 말을 했으나 옌은 무어라고 대답할 수도 없었다. 그는 백부가 자기를 위해서 계획한 생활이 이 순간 뚜렷하게 눈앞에 보이는 듯했다. 그러나 그는 아무 말도 하지 않고 다만 백부를 지그시 보고 있을 뿐이었으나, 눈에 보이는 것은 백부의 모습이 아니라 그러한 계획을 세운 째째하고 천한 구시대의 정신뿐이었다. 옛 법률에 의하면 백부가 그런 계획을 세워 옌의 생애를 담보로 요구할 수 있다는 것을 그는 알고 있었으나, 생각이 여기에 이르자, 젊은 사람들의 다리에 통나무를 묶어 빨리 달리지 못하게 하는 이같은 구시대의 비참한 벌률에 대해서 옌의 마음은 심한 반발을 느꼈다. 그래도 그는 이것을 입 밖에 내지는 않았다. 이것을 생각했을 때 곧 아버지를 생각했기 때문이다. 옌이 필요한 돈을 입수하는 수단이 달리 없었기 때문에 왕 장군은 앞뒤 생각도 없이 이와 같이 아들을 속박했는지도 모른다는 생각이 들었기 때문이다. 그래서 옌은 이것도 저것도 아닌 기분으로 묵묵히 앉아 속으로 백부를 증오했다.

그러나 노인은 이 청년의 혐오를 깨닫지 못했다. 그는 여전히 억양이 없는 조그마한 소리로 계속 말했다. 「너한테 부탁하고 싶은 일이 달리 또 있어. 내 아들 중에 두 아들이 지금 일이 없어서 곤란을 느끼고 있지. 세상이 좋지 않아 내 장사도 옛날 같지 않아져서 말이야. 그런데 내 형님의 장남이 은행에 들어가서 잘 하고 있다는 얘길 들었는데, 그렇다면 내 아들도 못할 까닭이 없다고 생각한다만, 어떨까? 그래서 네가 좋은 자리에 올랐을 때 내 자식 두 놈에게도 네 밑에 어디 자리를 마련해 주지 않겠느냐? 그러면 아들들의 월급액수에 따라 그만큼 네가 갚은 것으로 인정해 주겠다만.」

여기까지 듣자 옌은 마음의 쓸쓸함을 누르지 못하고 뱉듯이 말했다. 「그럼 저는 저당에 잡혀 있는 셈이군요. 제 생애는 큰아버지 것이군요!」

그러나 노인은 이 말을 듣고 눈을 움직였을 뿐 매우 온화하게 대답했다. 「네 말뜻을 잘 알아듣지 못하겠구나. 되도록이면 친척에게 힘이 되어 주는 것이 의무가 아니냐. 나는 두 형제를 위해서 일해 왔는데, 그 형제의 하나는 바로 네 아버지다. 나는 오랜 세월 형제들의 대리인이 되어서, 아버지가 남겨 주신 큰 저택을 유지하고, 세금을 내고, 아버지한테서 물려받은 토지를 위해 모든 일을 다했다. 나는 그것을 내 의무라 여기고 거절하지 못했는데, 내 뒤를 이 큰애가 이어가지 않으면 안된다. 하지만 그 토지도 전과는 달라졌어. 너희 조부께서는 토지라든가 소작료 같은 것을 충분히 남겨 주셔서 우리도 부자로 인정되어 왔지만, 애들은 벌써 부자가 아니란 말이야. 살기 어려운 세상이 된 게지. 세금은 비싸고, 소작인들은 낼 것을 내지 않는 주제에 기세만 억세어지고 그래서 내 끝의 아들 두 놈도 둘째 아들과 같이 취직을 하지 않으면 안되는데, 이런 사촌들을 도와 주는 것이 이제는 너의 의무란 말야. 옛날부터 한 집안에서 가장 능력 있는 사람이 다른 사람을 도와 왔다.」

이와 같이 하여 옛 속박이 옌 위에 내리덮친 것이다. 그는 대답할 말이 없었다. 그와 같은 입장에 있는 청년으로, 이와 같은 속박을 거부하여 집을 뛰쳐나가 마음에 맞는 곳에 가 살면서, 이것이 새시대라고 하여 혈연 관계를 버리고 거들떠보지도 않는 사람이 있다는 것을 그는 잘 알고 있었다. 그리고 자기도 그 사람처럼 자유롭게 된다면 얼마나 좋을까, 하고 갈망했다. 이와 같이 어둡고 옛스러운 먼지투성이 방에 앉아 피가 이어진 두 사람을 바라보고 있던 그는 벌떡 일어서서, 「그것은 내 부채가 아닙니다. 나는 나 자신 이외는 아무에게도 부채가 없습니다.」 하고 큰 소리로 외치고 싶었다.

그러나 그런 말을 자기가 부르짖지 못한다는 것을 옌은 알고 있었다. 맹 같으면 주의를 위해서 부르짖을 수도 있었을는지 모른다. 셍이라면 웃고 그 속박을 받아들이는 듯이 보이고는 그대로 잊어버리고 그런 데 구애받음이 없이 제멋대로 생활할지도 모른다. 그러나 옌은 천성이 그렇지 못했다. 맹목적인 사랑으로 아버지가 자기에게 강요한 속박을 그는 거부할 수 없었다. 그렇다고 아버지를 책망할 수도 없었다. 아무리 생각해도 아버지로선 이 이외의 수단이 있을 것 같지 않았다.

그는 열어젖힌 창문으로 들어오는 사각형의 햇빛을 바라보았다. 고요 속에 안마당의 대숲에서 참새가 재잘거리며 서로 다투고 있는 소리가 들렸다. 이윽고 그는 우울한 말투로 대답했다. 「그럼 저는 사실상 큰아버님의 투자 대상이었군요? 큰아버님께서는 저를 큰아버님의 노후를 안락하게 해드리고, 사촌들을 출세시키는 방편으로 삼아 오셨군요?」

노인은 이 말을 듣더니 잠시 생각하다가 찻잔에 차를 조금 부어 천천히 마신 다음 시들은 손으로 입을 닦고 말했다. 「그것은 몇 대나 내려온 옛부터의 관습이라 모두 해야 하는 일이다. 너도 아이가 태어나면 그렇게 하게 돼.」

「아니, 저는 하지 않습니다.」 하고 옌은 반발하듯이 말했다. 이 순간까지 그는 자신의 아이라는 것을 생각해 본 적이 없었다. 그러나 방금 노인이 한 말은 미래에 생명을 불어넣은 듯한 기분이 들었다. 그렇다, 언젠가는 나도 아이를 가질 때가 온다. 아내가 될 여자가 있고 두 사람 사이에 아이가 태어난다. 그런데 그 아이는 자유롭지 않으면 안 된다! 아버지인 나의 의무로부터도 자유로워야 한다! 군인이 되어야 한다든가, 무엇이 되어야 한다든가, 혹은 집안의 주의를 위해서 속박된다든가 하는 그런 일이 있어서는 안되는 것이다.
 갑자기 그는 혈육들이 모두 지긋지긋해졌다. 백부들도, 사촌들도, 그렇다, 아버지조차 지긋지긋해졌다. 왜냐하면 마침 그때 왕 장군이 부하의 검열로 피로해져서, 한시 바삐 자리에 앉아 차라도 마시며, 잠시 옌의 얼굴도 보고 이야기도 하고 싶어서 찾아왔기 때문이었다. 그러나 옌은 그것조차 참을 수가 없었다. 그는 얼른 일어나서 혼자가 되려고 말없이 밖으로 나왔다.

 옛날부터 자기가 쓰던 방의 침대에 몸을 던진 옌은 어릴 때처럼 몸을 떨며 울었다. 그러나 그것도 오래 계속되지는 못했다. 뒤에 남은 왕 장군이 두 사람한테서 곧 사정을 듣고 옌의 뒤를 쫓아 문을 열고, 늙은 발걸음이 답답한 듯 옌의 침대에 다가왔기 때문이다. 그러나 옌은 얼굴을 두 팔에 묻은 채 아버지를 거들떠보지도 않았다. 노장군은 아들 곁에 걸터앉아 손으로 어깨를 쓰다듬기도 하고 가볍게 두들기기도 하면서, 열심히 요령도 없는 약속을 하고 타이르곤 하였다.
 「알겠느냐, 애야. 너는 네가 하고 싶은 일만 하고 있으면 되는 게야. 나는 아직 늙지 않았다. 너무 게으름을 피운 모양이다. 다시 한번 병사들을 모아, 다시 한번 전장으로 쳐 나아가서, 다시 한번 영토를 회복하고 그 비적의 두목놈한테서 내가 빼앗긴 세금을 다시 되찾아 보여 주마. 그전에도 그놈에게 이긴 적이 있으니까 이번에도 이긴다. 그렇게만 되면 너에게도 고생을 시키지 않으마. 나와 함께 살거라. 뭐든지 네가 하고 싶은 대로 시켜 줄 테니까. 그래라, 좋아하는 여자와 결혼도 해라. 여태까진 내가 잘못이었다. 이제 나는 그렇게 구식이 아니다. 요새 젊은 사람들의 생각도 알게 되었단 말이야…….」
 자신이 서글퍼져서 흐느껴 울고 있는 옌의 기분을 북돋아 주기 위해 가장 필요한 것을 노장군은 말한 것이다. 옌은 아버지를 쳐다보고 거센 어조로 소리쳤다. 「아버님, 이젠 아버님에게 전쟁을 하시게 하지 않겠습니다. 저는……」

옌은 하마터면 「저는 결혼하지 않겠습니다.」 하고 소리칠 뻔했다. 아주 오래 전부터 아버지를 향해 몇 번이나 되풀이 한 말이었으므로 저절로 입가까지 나올 뻔한 것이다. 그러나 이토록 비참한 기분에 잠겨 있으면서 도그는 마음을 고쳐 먹었다. 문득 의문이 솟았기 때문이다. 나는 정말로 결혼을 원치 않는 것일까? 한 시간도 안 되는 조금 전에, 내 아들 내 자식만은 자유로이 해주겠다고 결심하지 않았던가? 물론 언젠가는 결혼할 날이 온다. 그는 나오려던 말을 꾹 삼키고 전보다 천천히 말했다. 「그렇습니다, 언젠가는 저도 제가 원하는 여자와 결혼하겠습니다.」

노장군은 옌이 울음을 그치고 자기 쪽으로 얼굴을 돌린 것이 무척 기쁜 듯 힘있게 대답했다. 「암, 그래라, 그래야지. 누구와 결혼하고 싶으냐, 그 사람의 이름을 대거라, 당장 중매인을 세워서 혼담을 진행시킬 테니까. 네 어머니한테도 알리자. 헌데, 그건 그렇고, 내 아들에게 부끄럽지 않을 만한 규수가 이런 시골에 있단 말이냐?」

옌은 아버지가 이야기하고 있는 동안 그 얼굴을 바라보면서 여태까지 깨닫지 못한 것이 자기 마음속에 있는 것을 깨닫기 시작했다. 「중매는 필요 없습니다.」 하고 그는 천천히 말했으나 마음은 그 말에 있지 않았다. 하나의 얼굴이, 젊은 여자의 얼굴이 떠올랐다. 「제가 직접 말하겠습니다. 요즘 우리 젊은 사람들은 자기가 직접 청혼을 하지요.」

이번에는 왕 장군이 눈을 크게 뜰 차례였다. 그는 엄한 어조로 말했다. 「남자가 마음대로 말을 건넬 만한 여자에게 제대로 된 사람이 있을까? 그런 종류의 여자에게는 마음을 주지 말라고 옛날부터 내가 훈계한 일을 잊지는 않았겠지? 네가 고른 것은 훌륭한 여자냐?」

그러나 옌은 미소지을 뿐이었다. 그는 부채와 전쟁을, 그 밖에 요즘 여러 가지 불쾌했던 일을 잊었다. 흐트러졌던 그의 마음이 여태까지 몰랐던 한 가닥의 뚜렷한 길과 갑자기 연결된 것이다. 모든 것을 이야기할 수 있는 사람이 여기 있다. 그리고 그 사람에 대해서 어떻게 해야 하는가를 알게 된 것이다. 이 노인들은 나라는 것과 내가 필요한 것을 이해하지 못한다. 내가 이미 그들 시대의 것이 아니라는 것을 모르고 있는 것이다. 그 점 외국인과 다를 바 없다. 그러나 나는 나의 시대에 속한 여자를 알고 있다. 나는 낡은 시대에 뿌리를 박고 있다. 그러므로 그 뿌리를 뽑아 거기서 살아 가지 않으면 안된다. 새롭고 필요한 시대에 이식하려 하여도 좀처럼 되지 않아 그것으로 마음이 분열되어 괴로워하고 있었던 것인데, 그녀는 낡은 시대에 아무런 뿌리도 갖고 있지 않는 것이다. 그 여자의 얼굴이 여태까지 만났던 어떤 사람의 얼굴보다도 뚜렷하게 마음에 떠올라 왔다. 너무나 뚜렷하게 보였으므로 다른 사람의 얼굴이 흐릿해지고 눈 앞에 있는 아버지의 얼굴마저 희미해졌다. 나를 나한테서 해방시켜 주는 것은 그녀뿐이다. 나를 해방시켜 주고 할 일을 가르쳐 주는 것은 메이링뿐이다. 손에 닿는 모든 것에 정연한 질서를 주는 그녀다. 내가 무엇을 해야 하는가 가르쳐 주겠지. 이렇게 생각하니 그의 마음이 뛰고 그전의 명랑함을 되찾았다. 그녀에게로 돌아가자. 그는 얼른 일어나 방바닥에 다리를 내려 놓았다. 그때 아버지의 질문이 생각나서 정신이 아찔해지는 새로운 기쁨에 넘치며 대답했다. 「훌륭한 여자냐고 말씀하셨지요? 그렇습니다, 아버님. 저는 훌륭한 여자를 찾아냈습니다!」

그는 전에 없이 기다리기가 지리함을 느꼈다. 이제는 의심도 없고 주저도 없었다. 당장 그녀에게로 돌아가자.

그러나 이와 같은 새로운 초조감에 쫓기면서도 그는 아버지 곁에서 한 달은 더 있어야 하지 않으면 안되었다. 무언가 여기를 떠나갈 구실은 없을까 하고 생각한 끝에 해안 도시에 볼일이 있어서 돌아가야 한다고 말을 꺼내자 왕 장군은 크게 낙심하여 기분이 상해 버렸다. 옌은 그만 마음이 약해져서 돌아가는 것을 연기하지 않을 수 없었다. 게다가, 이대로 어머니를 만나지 않고 돌아가는 것도 좋지 않은 일이라는 것을 알았다. 요새 어머니는 태어난 고향인 시골에 가서 살고 있었다. 어머니는 옌을 찾으러 그 흙벽집에 간 이래 어린 시절을 보낸 시골 생활이 그리워져서, 요새는 딸 둘도 출가했고 해서 친정이 있는 촌으로 자주 나갔다. 친정에는 제일 큰 오라버니가 있었는데, 그녀가 돈도 잘 쓰고 군벌 장군의 아내로서 상당히 화려하게 거동하므로 오라버니도 좋아하고, 올케는 마을 여자들 앞에서 코가 높아져 기꺼이 맞이해 주었다. 언청이 노인이 사람을 보내어 옌이 돌아왔다는 것을 알렸으나 어머니는 태평스럽게 주저앉아 하루 이틀 돌아오는 것을 늦추고 있었다.

옌은 어머니에게, 자기 아내는 자기가 고른다는 것을 분명히 말해 두고 싶었으므로 스스로 찾아가서라도 만나고 싶었는데 이미 메이링을 아내로 정한 이상 남은 것은 다만 그것을 어머니에게 말하는 것뿐이었다. 이런 까닭으로 그는 참으면서 그 달 한 달을 거기서 살았으며, 백부 부자가 곧 그 커다란 옛 저택으로 돌아가서 아버지와 단 둘이 남게 되었으므로 여기서 사는 것도 그다지 갑갑하지 않았다.

그런데, 메이링을 생각하고 마음이 즐거워졌으므로 옌은 백부에 대해서도 정중한 태도를 취할 수 있었고, 또 마음속으로『그녀라면 이 부채를 정리하는 방법을 함께 생각해 주겠지. 그녀와 의논하기 전에는 백부에게도 화를 내는 말을 입밖에 내지 말아야지.』하고 생각하면서 깊은 안도를 느꼈다. 이렇게 생각했으므로 헤어질 때도 백부에게 똑똑히 말할 수가 있었다.「부채는 잊어버리지 않을 테니까 안심하십시오. 내달에는 저도 곧 직장을 찾게 될 것입니다. 이제는 돈으로 폐를 끼치지 않겠습니다. 사촌 형제들에 대해서도 할 수 있는 데까지 노력하도록 하겠습니다.」

이 말을 듣고 왕 장군도 힘있게 말했다.「안심하세요, 형님. 빌린 돈은 돌려 드릴 수 있을 테니까. 내가 전쟁을 못하더라도 이번에는 애가 정부로부터 돈을 탈 수 있을 겁니다. 그만한 학문이 있으니까, 좋은 관직에 앉을 것은 틀림없습니다.」

「그렇고말고, 옌만 그런 생각을 갖는다면야……」하고 백부가 받아서 말했다. 그러나 드디어 출발하게 되었을 때 백부는「네가 써둔 것을 옌에게 주어라.」하고 장남에게 말했다. 그러자 장남은 소매 끝에서 접은 종이를 꺼내어 옌에게 주며 번거로운 어조로 말했다.「이것은, 그 금액의 명세서다. 우리는 —— 아버지나 나, 네가 똑똑한 금액을 알아 두고 싶어할 줄 알고 있었지.」
　그때에도 옌은 이 두 사람에게 화를 낼 기분이 나지 않았다. 그는 속으로 웃으면서도 진지한 얼굴로 그 서류를 받고 겉으로는 정중하게 그들을 전송했다.
　옌에게는 전처럼 혼란된 것은 아무것도 없었다. 백부들에게 대해서도 정중한 태도를 가질 수 있었고, 그들이 돌아간 후에는 밤마다 아버지가 지리하게 늘어놓는 전쟁이며 수훈을 세운 이야기를 참을성 있게 듣고 있을 수도 있었다. 아들에게 들려 주기 위해 왕 장군은 지난날의 두루마리 그림 같은 과거사를 펼쳐 놓고 전쟁의 자랑을 하곤 했는데, 이야기하는 동안에도 눈썹을 치켜뜨고 더부룩한 구레나룻을 잡아당기며 눈을 번쩍이면서, 아무튼, 아들에게 들려 주고 있으려니 자기가 참으로 빛나는 생애를 보내 온 듯한 기분이 드는 것이었다. 옌은 얌전하게 앉아 아버지가 빠오 장군을 찔러 죽일 때의 광경을 묘사하기 위해 손을 앞으로 내저으면서 눈썹을 치켜뜨고 고함 소리를 지르고 하는 것을 미소를 머금은 채 듣고 있었는데, 이러한 아버지가 전에는 어쩌면 그렇게 무서웠을까 하고 이상하게 여겨지는 것이었다.
　그러는 동안에 날이 가는 것이 그리 지리하게 느껴지지 않게 되었다. 왜냐하면, 메이링에 대한 사모가 너무나 갑작스레 찾아왔으므로 당분간 그것만을 생각하며 살아갈 필요가 있었기 때문이다. 그래서 여기 묶여 있는 일이라든가 가만히 앉아서 아버지의 얘기를 듣고 있는 체하는 시간이 오히려 기쁘고 즐겁게 생각될 때조차 있었다. 자기 감정에 둔감해서 여태까지 그것을 깨닫지 못한 것이 그는 속으로 이상했다. 아이란이 결혼하는 날 결혼 행렬을 바라보며 아이란의 아름다움을 인정하는 한편 메이링의 모습을 발견하고 아이란보다 아름답다고 생각했을 때 이미 깨달았어야 했다. 그후에도 집안에서 메이링의 모습을 보고, 모든 일을 말끔히 정리하는 그녀의 손을 발견했을 때, 하녀에게 지시하는 그녀의 목소리를 들었을 때 몇십 번이나 그것을 깨달았어야 했던 것이다. 그런 것을 외로워 혼자 울 때까지 그는 깨닫지 못했던 것이다.

이와 같은 메이링에 대한 공상을 깨뜨리고 왕 장군의 행복한 듯한 말소리가 들려 왔다. 옌은 얌전히 그 이야기를 듣고 있었다. 이 새로운 사랑이 마음속에 싹트지 않았던들 도저히 그렇게 할 수 없었을 것인데, 그는 꿈속처럼 아버지의 얘기를 흘려 들으면서, 그것이 옛 전쟁에 관한 이야기인지 아니면 아버지가 지금부터 시작하려고 계획 중인 전쟁이야기인지 그것조차 분간할 수 없을 정도였다. 아버지는 끊임없이 이야기를 계속했다. 「나한테 아직 형님에게서 얻은 양자가 보내 주는 수입이 조금은 있다. 그런데, 그놈은 장군은 못 돼, 참된 장군은 말이다. 나는 그다지 신뢰하지 않지. 까불기를 좋아하고 게으름만 피운단 말이야. 타고난 어릿광대니까 아마 죽을 때까지 광대 노릇을 하겠지. 저는 날 대머리라고 말한다더라만, 세금은 조금밖엔 나한테 안 보낸단 말이야. 나도 안 가본 지가 육 년이나 되지. 내년 봄에는 가봐야지. 그래, 내년 봄에는 무슨 일이 있어도 전쟁을 시작해야지. 그 조카 녀석, 나는 잘 알고 있지만, 적이 오면 당장에 항복할 놈이야. 내 적과도 손을 잡을 놈이지.」

아버지의 이야기를 절반밖에 듣고 있지 않은 옌은, 그런 사촌 따위는 마음에도 두지 않았다. 얼마 전에 백모가 「내 아들은 북방에서 장군이 되어 있어.」하고 즐겨 말하던 것을 막연히 기억하고 있을 정도이며, 거의 생각하는 일이 없었기 때문이다.

이따금 아버지의 말벗이 되어 주면서 이제는 자기가 사랑하고 있는 메이링을 생각하는 것이 즐거웠다. 그녀만을 생각하고 있으면서 여러 가지로 마음이 가라앉았다. 메이링에게라면 이 장군 공저를 보여 주더라도 부끄러운 생각을 갖지 않을 수 있을 것이다. 왜냐하면, 자기가 그렇게 생각하는 기분을 이해해 줄 것이기 때문이라고 그는 자기에게 말했다. 두 사람은 같은 인종이다, 아무리 수치스러운 일이 많은 나라라도 이것은 두 사람의 나라인 것이다. 그녀에게라면, 〈아버지는 늙고 어리석은 군벌의 장군입니다. 자기 스스로도 거짓말인지 참말인지 모르게 된 이야기만 하고 계시지요. 별것도 없었는데 자신을 위대한 인물로 생각하고 계시답니다.〉라고 말할 수도 있을 것 같았다. 그렇다, 그녀라면 이해해 줄 것이 분명하니 무슨 말이고 다 할 수 있다. 그녀의 그 솔직함을 생각하니 표면상의 부끄러움 따위가 사라져 버리는 것을 느꼈다. 아아, 한시 바삐 그녀에게로 돌아가서 지금과 같은 지리 멸렬한 자기가 아니고, 그 대지 위에서 보낸 며칠처럼, 조부의 흙벽집에서 기거한 며칠 동안처럼 고독하고 자유로웠던 내 자신을 회복하고 싶다. 그녀와 함께 있으면 고독하고 자유로우며 다시 단순한 자기로 돌아갈 수 있을 것이다.

마침내 그는 그녀 앞에서 마음속을 털어 놓자는 생각 이외에는 아무것도 생각할 수 없게 되었다. 그녀가 힘이 되어 줄 것을 확신하고 있으므로 겨우 어머니가 돌아왔을 때도 아무런 동요 없이 아들로서 당연한 인사를 할 수 있었다. 자기 어머니이면서도 정신적인 연결은 거의 없으며 서로 얘기할 일도 없다는 생각으로 괴로워할 것도 없었다. 혈색이 좋고 건강한 얼굴을 하고 있었으나, 지금 보는 어머니는 온통 주름투성이며 극히 평범한 시골의 한 노파에 지나지 않았다. 요즈음 걸어다닐 때 언제나 사용하는 지팡이에 의지하여 그를 바라보았는데, 그 눈은 수상쩍다는 듯이,『이것이 내 자식이라 하더라도 나와 무슨 관계가 있지?』라고 말하고 있는 듯이 보였다.

양복을 입고 키가 큰 옌은 검은 무명의 구식 외출복을 입은 노파를 내려다보면서 속으로 생각했다.『나는 정말 이 할머니의 뱃속에서 태어난 것일까? 왠지 서로 피가 통해 있는 것 같지도 않다.』

그러나 이런 어머니가 있다는 것도 이제는 고통스럽지도 않았고 부끄럽지도 않았다. 만일 그 백인 여자를 사랑하고 있었다면 그녀에게「우리 어머닙니다.」하고 말하기가 무척 어려웠을 것이다. 그러나 메이링에게라면 예사로「이분이 바로 우리 어머니요.」하고 말할 수 있을 것이고, 그쪽에서도 이와 같은 어머니에게서 그와 같은 남자가 수없이 태어난 것을 알고 있으므로 조금도 이상하게 생각지 않을 것이다. 그녀로 보아서도 이상할 것이 하나도 없기 때문이다. 그녀에게는 그것이 사실이라는 것만으로 충분한 것이다. 아이란에게 이 어머니를 소개하게 된다면 다소는 기분이 안 내키겠지만, 메이링에게라면 가벼운 기분으로 말할 수 있다. 마음속을 다 드러내 보여도 부끄럽다는 생각이 들지 않을 것 같았다. 이와 같이 마음이 정해지니

조마조마할 때도 마음이 가라앉았다. 어느 날 그는 어머니에게 솔직하게 말했다.

「저는 약혼했습니다. 아니 약혼한 거나 마찬가집니다. 제 자신이 골랐지요.」

그러자 어머니는 부드럽게 대답했다. 「아버지한테 그 얘길 들었다. 나는 아는 집 처녀 아이를 두세 사람 얘기한 적이 있지만, 아버지는 언제나 네가 좋아하는 대로 시키겠다고 말씀하셨어. 옛날부터 너는 아버지 아들이지 내 아들이라고는 할 수 없을 정도였다. 아버지는 저렇게 옛날부터 기질이 강하셔서 나는 아무것도 하지 못했지. 아이란 어머니는 아버지 성질에서 잘 달아났지만, 나는 남아서 아버지의 성질을 상대해 온 셈이야. 하지만 그 규수가 똑똑한 사람이고, 옷도 지을 줄 알고, 생선도 훌륭하게 구울 줄 알고, 나한테도 이따금 와주기만 한다면 고맙겠다만. 하기야 요즈음 새 시대는 엉터리라 젊은 사람들은 제멋대로 하고, 옛날에는 그렇지 않았는데, 며느리라고 해야 시어머니 만나 보러 오기조차 좋아하지 않는다는 걸 나도 잘 알고는 있다만.」

그러나 어머니는 며느리를 보러 자기가 돌아다닐 필요가 없어진 것을 기뻐하는 듯했으며, 가만히 여느 때처럼 멍청하게 눈앞을 바라보고 있다가 이윽고 눈과 턱을 조금 움직이는가 했더니 눈앞에 아들이 앉아 있다는 것도 잊고 조용히 잠들어 버렸다. 아니면 잠든 체하고 있었다. 이 어머니와 아들이 사는 세계는 달랐다. 자기가 이 어머니의 아들이라는 것이 그에게는 무의미하게 여겨졌다. 사실 지금의 그에게는 메이링을 다시 만나는 것 이외엔 모두가 무의미하게 여겨졌다.

드디어 부모와 헤어질 때가 오자 옌은 이별이 쓰라리기라도 한 듯이 애써 공손하게 인사하고, 다시 남방으로 가는 기차에 올랐다. 이상하게도 이번에는 다른 승객들의 일이 조금도 신경이 쓰이지 않았다. 그들이 예의에 벗어난 행동을 하거나 말거나 그에게는 마찬가지였다.

그는 메이링밖에 생각할 수 없었기 때문이다. 그는 그녀에 관한 모든 것을 되새겨 보았다. 그녀의 손이 조그마한 것을 생각했다. 강해 보이기는 하나 손바닥이 좁고 손가락도 가늘어서, 저런 손으로 어떻게 그토록 재빨리 단호하게 인간의 육체 속에 있는 환부를 도려 낼 수 있을까 하고 생각했다. 그녀의 몸 전체에 탄력 있는 힘이 넘쳐 있었다. 그것은 희고 결이 고운 살결 속에 짜여 있는 훌륭한 골격의 힘이었다. 그녀가 모든 점에서 뛰어나다는 것, 하녀들이 그녀에 의지하고 있다는 것, 아이란조차도 웃도리의 깃이 잘 맞는지 안 맞는지 메이링이 한번 보아 주지 않으면 마음이 놓이지 않는다는 것, 노부인의 마음에 꼭 들도록 할 수 있는 것은 오직 메이링뿐이었다는 것 등을 그는 몇 번이나 되풀이해서 생각했다. 그리고 그는 이렇게 생각하고 기뻐했다. 『그녀는 이제 스무 살이지만 열 살이나 나이가 많은 여자보다 뭐든지 할 수 있단 말야.』

그것은 생각해 보니, 옌에게서 메이링이 이중의 매력을 갖고 있었기 때문이다. 그녀에게는 어머니라고 부르는 노부인이라든가, 백모라든가, 그 밖에 옛풍으로 길러진 나이 많은 부인들과 같은 침착성과 품격이 있었다. 그러면서도 남자 앞에서 수줍어만 하지 않고 입을 다물고만 있지 않는 새로운 것을 갖고 있었다. 어떤 경우에라도 솔직하게 똑똑히 말하고, 아이란과는 또 달랐지만 아이란과 마찬가지로 서슴지 않고 말했다. 그러므로, 혼잡한 기찻간에 있으면서도, 창 밖으로 평야와 도시가 스쳐 지나갔지만 그의 눈에는 아무것도 비치지 않았다. 다만 가만히 앉아서 메이링의 꿈만 그리고, 그녀의 간단한 말투나 사소한 표정을 모아 마음속에서 귀중한 한 장의 그림을 완성하고 있었다. 회상할 수 있는 모든 것을 회상하면서 그의 마음은 단숨에 껑충 뛰어 그녀와 만나는 순간을 생각하고, 뭐라고 말할까, 어떻게 사랑을 고백할까 하고 궁리했다. 마치 그때가 된 것처럼, 자기가 이야기하고 있는 동안 지그시 자기를 지켜 보고 있는 그녀의 성실하고 아름다운 얼굴이 눈에 보이는 듯했다. 그리고 그 다음 순간에, 아니 그녀는 아직 젊고 남자에 익숙한 대담한 여자가 아니라, 정숙하고 말없는 처녀라는 것을 생각하지 않을 수 없었다. 하지만 그 조그마한 손을 잡는 일쯤은 할 수 있지 않을까? 그 차분하고 보드라운 조그마한 손을 잡아 볼 수 있는 일이 있을 거라고 생각했다.

그러나 사랑이라는 것은 자기의 뜻대로 되지 않는 법이고, 어떤 연인도 그때가 왔을 때 자기가 어떤 행동을 할 것인가 미리 알지는 못하는 법이다. 기찻간에서 그토록 술술 말을 할 수 있었던 옌의 입이 드디어 그때가 되자 생각한 말이 나오지 않는 것이다. 현관에 들어섰을 때 집안에선 아무 소리도 들리지 않고 정적에 잠겨 있었으며, 하녀가 서 있을 뿐이었다. 그 고요가 오한처럼 그를 전율시켰다.

「메이링은 어디 있지?」하고 그는 하녀에게 물었으나 곧 다시 생각하고 약간 조용하게 물었다.「마님은 어디 계시지, 어머님은?」

하녀가 대답했다.「두 분 다 고아원에 계십니다. 또 버린 아이가 있는데 그 아이가 아프답니다. 아마 늦게 돌아오실 것 같다는 말씀이셨어요.」

그렇다면 기다리면서 마음을 가라앉히는 수밖에 없다. 그는 그녀들이 돌아오기를 기다리면서 이것저것 다른 것을 생각하려 했으나 머리가 자유로이 돌아가지 않았다. 그리고 어느 사이엔가 그 커다란 희망으로 돌아가는 것이었다. 밤이 되어도 두 사람은 돌아오지 않고, 하녀가 식사 시간을 알려 왔으므로 옌은 식당에서 혼자 식사를 했는데, 음식은 모래를 씹는 듯이 맛이 없었다. 오랫동안 기다리던 순간을 이와 같이 늦추게 하는 그녀가 얄미워졌을 정도였다.

음식이 목구멍을 내려가지 않으므로 식탁에서 막 일어서려 하는데 문이 열리며, 부인이 무척 피로하고 낙심한 듯한 얼굴로 들어왔다. 메이링도 그 뒤를 따라 들어왔으나 그녀도 여태까지 본 적이 없을 만큼 말이 없고 슬퍼 보였다. 그녀는 옌을 보았으나 마치 그의 모습이 눈에 들어오지 않는 것처럼 한 달이나 헤어져 있던 사람을 맞이하는 표정은 아무데도 없었다. 그녀는 나직한 소리로 그에게 말했다.「아기가 죽었어요. 할 수 있는 데까지 모든 수단을 다했지만, 죽어 버리고 말았어요.」

노부인은 한숨을 쉬면서 자리에 앉았다. 그리고 역시 슬픈 듯이 말했다. 「잘 다녀왔니? 그렇게 귀여운 아기는 처음 보았어. 한 사흘 전에 현관 앞에 버려져 있던 아기야. 어쨌든 가난한 사람의 아기는 아니었어. 입혀 놓은 옷이 비단이었거든. 처음에는 튼튼한 아이라고 생각했는데, 오늘 아침에 갑자기 경기를 일으키잖아. 아기가 걸리면 열흘도 안되어 목숨을 잃는 옛날부터 있던 바로 그 병이었어. 귀엽고 튼튼한 아기가 마치 독기라도 덮어쓴 듯이 죽어 가는 것을 나는 몇 번 보았는지 몰라. 그 병만은 어떻게 할 도리가 없구나.」

 메이링은 가만히 듣고 있었다. 음식물에 손을 댈 기분도 나지 않는 모양이었다. 그녀는 가느다란 손을 식탁 위에서 꼭 쥐고 노기찬 목소리로 소리쳤다. 「원인은 알고 있어요. 피할 수 있는 일이에요.」

 그녀의 노여움에 떠는 얼굴을 보고 전에 없이 감동한 옌은 그녀의 눈에 눈물이 넘치는 것을 보았다. 이 노여움과 이 눈물은 그의 열띤 마음에 얼음을 던져 놓은 것과 같았다. 그것들로 하여 메이링의 마음이 그에게 닫혀 있다는 것을 알았기 때문이다. 그는 그녀만을 생각하고 있었지만 이 순간의 그녀 마음에는 그에 관한 것은 전혀 없었던 것이다. 오랫동안 만나지 않았는데도 그녀는 그를 생각하고 있지 않았던 것이다. 그래서 그는 노부인이 아버지의 집 사정을 물어 보는 것을 잠자코 듣고 있다가 조용히 대답했다. 그러나 메이링이 노부인의 질문도 그의 대답도 아예 듣고 있지 않다는 것을 그는 깨닫지 않을 수 없었다. 그녀는 두 손을 무릎에 얹고 번갈아 두 사람의 얼굴을 바라보았지만 한 마디도 입을 열지 않고 묘하게 멍청한 표정으로 앉아 있었다. 다만 이따금 눈에서 눈물이 흘러내릴 뿐이었다. 그녀의 마음이 자기에게서 멀리 떨어져 있다는 것을 알았으므로 그날 밤 옌은 아무 말도 할 수 없었다.

 그러나 그 일을 입 밖에 내지 않고 마음이 편해질 까닭이 없었다. 밤새도록 그는 토막토막 잘라진 꿈을 꾸었다. 이상한 사랑의 꿈이었는데 도무지 분명찮은 사랑이었다. 이튿날 아침 그는 꿈에 시달려 눈을 떴다. 여름에서 가을로 옮겨 가는 계절의 흐린 날씨였다. 일어나서 창 밖을 내다보니 도처가 잿빛 일색이었으며, 흐릿한 회색 하늘이 따분한 회색 거리를 덮고, 회색 거리에는 지상의 조그마한 회색 인간들이 느릿느릿 움직이고 있었다. 이 생기 없음을 보고 그의 정염은 사라져 버렸으며 메이링에 관한 꿈 따위를 꾸고 있던 자신이 이상하게 여겨질 정도였다.

이런 기분으로 그는 아침 식탁에 앉아 오늘은 음식조차 간도 향기도 없는 듯한 기분이 들어 멍청하게 입만 움직이고 있는데 노부인이 들어왔다. 부인은 식사를 시작하기 전에, 제대로 아침 인사도 나누기 전에 어딘가 옌이 평소와 다르다는 것을 깨달았다. 그래서 이전처럼 상냥하게 물어 보기 시작했다. 옌은 메이링에 관한 사랑을 고백할 수는 도저히 없으므로 그 대신 아버지가 백부에게 엄청난 빚을 지고 있다는 이야기를 했다. 그러자 부인은 몹시 놀라면서 말했다.

「아버지는 그렇게 돈에 곤란을 겪고 계시다는 말씀을 어째서 나한테 하시지 않았을까? 나는 좀더 절약할 수도 있었고, 메이링의 학비는 내 돈을 써도 되었을 텐데. 나는 아버지의 돈을 쓰는 걸 자랑으로 여기고 그렇게 했었지. 내 아버님은 돌아가실 때 아들이 없었으므로 충분한·재산을 나한테 남겨 주시면서 안전한 외국 은행에 전부 예금을 해주셨지. 그후 줄곧 그 은행에 맡겨져 있어. 아버님은 나를 무척 귀여워하셔서 조상에게 물려받은 묘지까지 팔아 가지고 나를 위해 현금으로 바꾸어 두셨어. 그런 사정을 알았더라면 내가 어떻게 변통을 할 수 있었을 텐데.」

그러나 옌은 힘없는 소리로 말했다. 「어째서 어머님이 그러실 필요가 있습니까? 저는 제 학문이 도움이 되는 직장을 찾아서 될 수 있는 데까지 급료 중에서 저금을 해두었다가 큰 아버지에게 돌려 드리겠습니다.」

이렇게 말한 다음 순간에 그는, 그렇게 하면 이제 결혼을 하거나 집을 갖거나 그 밖에 젊은 사람이면 누구나 희망하는 일을 할 비용이 나오지 않게 되지나 않을까 하는 생각이 들었다. 옛 풍습은 아버지와 한집에서 살고 며느리도 손자도 같은 솥의 밥을 먹었다. 그러나 새로운 시대에 태어난 옌은 그렇게 할 생각은 없었다. 왕 장군이 살고 있는 장군 공저나 메이링의 시어머니가 될 노모를 생각하니 그런 데서 메이링과 함께 살고 싶지 않았다. 어디에나 자기들만의 집을 갖고 싶었다. 벽에는 그림이 걸려 있고, 앉으면 기분이 좋은 의자가 있으며, 구석구석 청결한, 벌써부터 마음속에 구하고 있던 그런 집이 갖고 싶었다. 그리고 단 둘이 살며 하고 싶은 일을 하는 것이다. 이런 것을 생각하고 있는 동안 그는 노부인 앞이라는 것도 잊고 황홀해져 버렸으므로 노부인은 매우 상냥하게 말했다. 「너는 아직 나한테 얘기하지 않은 것이 있지?」

그러자 별안간 옌의 마음이 폭발했다. 얼굴은 새빨개지고 눈은 눈까풀 아래서 타오를 듯이 뜨거워졌다. 그는 소리쳤다. 「더 말씀드릴 일이 있습니다. 더 있습니다. 어떻게 된 일인지 저는 그 사람을 사랑하게 되었습니다. 그 사람이 내것이 되지 않으면 저는 죽습니다.」

「그 사람이라니?」 하고 부인은 이상한 듯이 물었다. 「그 사람이라니, 누구를 말이냐?」 이렇게 말하고 부인은 마음속으로 생각해 보았다. 그러자 옌이 소리쳤다. 「메이링 이외에 누가 있습니까?」

이 말을 듣고 노부인은 당황했다. 메이링은 부인의 눈으로 보면 어린애에 지나지 않았으며, 그 추운 날 거리에서 주워 자기 집으로 데려온 아이인 그녀에게 이런 일이 일어날 줄은 꿈에도 생각하지 못했던 것이다. 부인은 옌을 가만히 바라보면서 잠시 입을 다물고 있더니 이윽고 사려 깊게 말했다. 「그애는 아직 어리고 또 여러 가지 제 할 일을 계획하고 있단다.」 그리고 부인은 다시 말을 이었다. 「그리고 그애는 부모가 누군지도 몰라. 만일 길에서 주운 아이라는 것을 알면 아버지가 뭐라고 말씀하실까?」

그러자 옌은 이제 더 참을 수 없게 되어 소리쳤다. 「아버지도 이 문제에 대해서는 아무 말씀 못하실 것이 아닙니까. 이제 저는 아버지의 옛 관습에 묶여 있지 않습니다. 제 아내는 제가 고르겠습니다.」

노부인은 조용하게 이 말을 듣고 있었다. 아이란이 입버릇처럼 지껄이던 말이라 이제는 이런 말에 익숙해져 있었고, 세상 여러 부모들의 말을 들어 보아도 요즘의 청년 남녀들은 모두 같은 말을 한다고 하므로 늙은이는 되도록 참는 수밖에 없다고 체념하고 있었기 때문이다. 그래서 부인은 다만 「그래, 그애한테는 벌써 얘기했니?」하고 물었을 뿐이었다.

그러자 옌은 금방 그때까지의 대담함을 잊고 옛 시대의 연인처럼 수줍어하면서 말했다.

「아뇨, 어떻게 말하면 좋을지 저는 알 수가 없습니다.」 그리고 잠깐 생각하다가 말했다. 「언제나 메이링은 자기 일만 생각하고 있는 것 같아요. 다른 여자들은 어딘지 모르게 눈이라든가 손을 만진다든가 해서 계기를 만들어 줍니다. 적어도 그렇다는 얘기를 듣고 있습니다. 메이링은 결코 그렇게 하질 않습니다.」

「그렇고말고.」 하고 노부인은 자랑스레 대답했다. 「메이링은 절대로 그런 짓을 하지 않아요.」

맥이 탁 풀려서 앉아 있는 동안 문득 옌의 마음에 이런 생각이 떠올랐다. 자기 대신 부인에게 얘기해 달라고 부탁하면 어떨까? 그편이 확실히 낫다, 하고 곧 그의 마음은 말했다. 메이링도 그녀가 사랑하고 존경하는 노부인의 말이라면 귀를 기울일 것이고, 그렇다면 자기에게도 나쁠 까닭이 없다고 생각한 것이다.

그런 식으로, 새로운 시대이기는 하나 이것은 자기 입으로 말하지 않는 편이 좋다는 생각이 갑자기 들었다. 이것은 새시대와 구시대를 절충한 방법이니까 아직 젊은 메이링에게는 이편이 나을지도 모른다, 이렇게 생각하고 옌은 진지한 어조로 말했다. 「저 대신, 어머님이 말씀해 주시지 않겠습니까? 제가 말하면 메이링이 깜짝 놀라서……」

노부인은 잠깐 웃는 얼굴을 보이고 옌을 정답게 바라보면서 대답했다. 「메이링이 너와의 결혼을 승낙하고 아버님이 허락하신다면 결혼해도 좋아. 하지만 난 그애에게 강요하지는 않을 테다. 그것만은 절대로 강요하지 않을 테다. 상대가 어떤 사람이든, 딸에게 결혼을 강요하는 것만은 나는 안 할 참이야. 새로운 시대가 여성에게 가져다 준 유일하고 위대한 선(善)은 이것뿐이거든. 여성이 강제로 결혼해야 하는 일이 없어졌다는 거야.」

「그렇습니다, 그렇습니다.」 하고 옌은 소리쳤다.

그러나 여자가 결혼한다는 것은 자연스러운 일이므로 강요할 필요가 있다고는 옌은 꿈에도 생각지 않았다. 둘이서 이야기를 나누며 식사를 마쳤을 때 메이링이 들어왔다. 학교에 갈 때 입는 감색 비단옷을 입고 짧고 검은 머리를 귀 뒤쪽으로 걷어올려 붙이고 있었다. 언제나 보석을 달고 있지 않으면 발가벗은 듯한 기분이 드는 아이란과는 달리, 귀에도 손에도 보석을 달고 있지 않은 그녀는 보기에도 싱싱하고 청순했다. 표정은 조용했으며, 눈은 냉정하고 침착한 데다가, 입은 아이란처럼 그렇게 빨갛지 않고 볼은 희고 결이 곱다. 메이링의 얼굴은 결코 혈색은 좋은 편이 아니나 건강하고 터질 듯이 투명한 금빛 살결이라 참으로 아름답고 매끄러워 보였다. 그녀는 공손하게 인사했는데, 옌이 보니, 하룻밤의 수면으로 어젯밤의 비탄은 깨끗이 씻겨지고 다시 온화함을 되찾아 오늘은 벌써 힘이 있어 보였다.

  그녀가 식탁에 앉아 밥공기를 집어드는 것을 지켜 보고 있던 노부인은 입매와 눈에 가냘픈 미소를 띠우면서 얘기하기 시작했다. 갑자기 옌은 될 수 있으면 만류하고 싶어졌다. 하다못해 다른 때 해주었으면 싶었다. 어떻게든 이 순간을 연기하고 싶었으나 갑자기 부끄러움이 앞서 눈을 내리깔고, 안절부절 못하는 기분으로 온몸이 뜨거워지면서 그냥 앉아 있었다. 노부인은 이야기를 꺼내기는 했으나 옌의 태도를 눈치채고 눈에 은밀한 웃음을 띠웠다. 「메이링, 너한테 물어 볼 일이 있다. 옌은 무척 새로운 것을 좋아해서 자기 아내는 자기가 고른다고 말하면서도, 막상 마지막 순간이 되니까 기가 죽어 옛 관습으로 되돌아가서, 결국 중매인이 필요하게 되었단다. 내가 그 중매인이야. 청혼을 받은 사람은 바로 너란다. 이 청혼을 받아들이겠니?」

  이런 식으로, 전혀 말에 수식도 없이 윤택 없는 단판조로 말했으므로 옌은 이 이상 나쁜 방법은 없는 것 같은 기분이 들었다. 이래서야 어떤 여자라도 질려 버리고 말 것이라고 생각했다. 옌은 부인이 원망스러워졌을 정도였다.

  사실 메이링은 놀라고 있었다. 밥공기와 젓가락을 살며시 내려놓고 어떻게 대답을 해야 좋을지 몰라 가만히 바라보고 있었다. 그러나 곧 나직이, 모기가 우는 듯한 자그마한 목소리로「저 꼭 승낙을 해야 하는 것일까요?」하고 물었다.「아니, 그렇지는 않아.」하고 부인은 진지한 얼굴이 되어 대답했다.「싫으면 승낙할 필요가 없다.」

「그럼 거절하겠습니다.」하고 메이링은 안심한 듯 얼굴을 빛내면서 기쁜 듯 대답했다. 그리고 말을 이었다.「동급생 중에도 억지로 결혼을 하게 된 사람들이 있는데 모두 학교를 그만두고 싶지 않다면서 울고 있었어요. 그래서 저도 깜짝 놀랐던 거예요. 고맙습니다, 어머님.」이렇게 말하고 평소에 늘 조용하고 조심성이 많던 메이링은 얼른 일어나더니 감사를 나타내기 위해 옛 풍습대로 부인 앞에 몸을 던지고 절을 했다. 그러나 부인은 그녀를 끌어 일으켜 한쪽 팔을 몸에 둘러안았다.

그리고 부인이 옌을 바라보니 그는 얼굴에서 핏기가 가시고 창백해져서 울지 않으려고 악문 입술마저 창백했다. 부인은 그가 딱해져서 딸을 돌아보고 부드럽게 말했다.「이런 일이 있었다고 해서 너는 옌이 싫어지지는 않겠지?」

그러자 그녀는 얼른 대답했다.「그러믄요, 어머님. 옌은 제 오빠신걸요. 좋아하지만 결혼만 하지 않을 뿐이에요. 저는 누구와도 결혼하고 싶지 않아요. 학교를 졸업하고 의사가 되고 싶어요. 마음껏 공부하고 싶어요. 여자는 모두 결혼합니다. 하지만, 저는 살림이나 하고 아이들의 뒷바라지만 하는 그런 결혼은 하고 싶지 않아요. 저는 의사가 될 결심을 하고 있어요.」

메이링이 이렇게 말했을 때 부인은 승리한 듯한 표정으로 옌을 바라보았다. 옌도 두 여자를 보면서 그녀들이 동맹하여 자기에게 대항하고 있는 듯한 느낌이 들었다. 두 여자가 짜고 한 남자에게 대항하고 있다는 기분이 들어 참을 수 없었다. 그래서 결국 옛 풍습에도 좋은 점이 있다고 생각했다. 여자가 결혼해서 아이를 낳는 것은 자연스럽고 올바른 일이며, 메이링도 마땅히 결혼을 희망해야 옳은데 그것이 싫다는 것은 어딘가 변태적인 데가 있는 것은 아닐까? 그는 남성으로서 이러한 여자에게 분노를 느껴 속으로 생각했다.『요즘 여자가 모두 이렇다면 그야말로 상궤를 벗어나 있다. 적령이 되고도 결혼하지 않는 여자란 들은 적도 없다. 젊은 여자가 결혼을 원치 않고 있다니, 괴상 야릇한 얘기다. 국가로 봐서도, 다음 세대를 위해서도 슬픈 일이다!』 결국 제아무리 현명하더라도 여자란 어리석은 것이다, 하고 그는 생각하고 눈을 들자 메이링의 온화한 시선과 마주쳤다. 그래서, 저토록 온화하고 침착해질 수 있다는 것은 냉혹하기 때문이라고 생각하고 노기를 띄운 채 그녀를 쏘아보았다. 그러자 노부인이 메이링을 대신하여 똑똑하게 말했다. 「자기가 원하게 될 때까지 메이링은 결혼할 필요가 없어. 자기가 제일 좋다고 생각하는 생활을 하는 거야. 그러니 옌도 참지 않으면 안돼.」

두 여자는 그들이 입수한 새로운 자유 속에 들어박혀서 적의마저 품고 그를 바라보았다. 젊은 메이링은 늙은 부인의 두 팔에 안긴 채. 그렇다, 참는 도리밖에 없는 것이다!

그 우울한 날, 잠시 후 옌은 침대에 누워 있다가 이윽고 방에서 나와 다시 혼란스러워진 마음을 안고 거리를 헤매고 있었다. 그는 괴로움에 울었다. 심장이 뜨거워지는가 하면 곧 차가워지고 고동조차 치지 않게 되어 현실에 아픔을 느꼈다.

이제 어떻게 하면 좋은가? 옌은 쓸쓸한 기분으로 생각했다. 이리저리 사람들에게 밀리고 밀고 하면서 사람들의 모습은 눈에 들어오지 않는 채, 이 거리에서 저 거리로 헤매어 돌아다녔다. 그러나 기쁨은 사라져도 아직 의무는 남아 있었다. 그에게는 부채가 남아 있었다. 무슨 수를 써서라도 갚아야 하는 부채가 있었고 돌보아 드리지 않으면 안되는 늙은 아버지가 있었다. 그러나 과연 자기가 무엇을 할 수 있을 것인가? 일하고, 생각하고, 급료를 저축하여 빚을 갚을 만한 직장이 어디 있을까? 반드시 의무는 다하겠다고 그는 결심했다. 그리고 자기가 참으로 가혹한 취급을 받고 있다고 느꼈다.

그리하여 해거름이 가까워졌으나 그는 시내 곳곳을 돌아다녔고 차츰 이 도시가 싫어졌다. 거리에서 만나는 외국인의 얼굴, 동포들이 입고 있는 외국 옷, 심지어 자기가 입고 있는 옷 등, 이 도시의 모든 외국 냄새가 지긋지긋해졌다. 적어도 이때만은 옛 풍습 쪽이 더 뛰어난 듯한 기분이 들었다. 그는 자기의 차가워지고 고동이 멎은 듯한 심장을 향해 분연히 소리쳤다. 『우리 나라의 여성을 저토록 완고하게 만들고, 자유 따위를 부르짖게 하며, 자연 법칙을 젖혀 두고 창부가 아니면 여승 같은 극단적인 생활을 하게 하는 것은 모두 저 외국의 풍습 때문이 아닌가!』 그리고 특히 혐오를 느끼면서 미국 유학중에 본 하숙집 딸의 음란함이라든가 곧 입술을 허락한 메리를 생각하고 그녀들을 증오했다. 그리고 마침내는 길에서 만나는 외국 여자를 보면 죄다 증오가 느껴지므로 도무지 참을 수 없어져서 중얼거렸다. 『어떻게든 이 도시에서 떠나자. 외국의 것도 새로운 것도 눈에 띄지 않는 지방으로 가서 우리 나라의 참된 생활을 하자. 외국 따위엔 가지 않았으면 좋았을 것을!』

그러자 별안간 지난날 알게 되어 괭이 사용법을 가르쳐 준 그 늙은 농부가 생각났다. 그는 가서 늙은 농부를 만나 외국인이나 그 풍습에 더러워지지 않은 자기와 같은 민족의 피를 느끼고 싶어졌다.

당장 그렇게 정하고 빨리 가기 위해 전차를 타고 종점에서 내려 걸어가기 시작했다. 이날 그는 지난날 그가 씨를 뿌리던 농장과 그 농부의 집을 찾아 멀리까지 걸어갔다. 그러나 길은 바뀌고 집들이 들어서서 변화해져 있었으므로 저녁때가 가까워지도록 찾아낼 수가 없었다. 간신히 낯익은 장소에 이르렀으나 그곳은 이미 밭이 아니었다. 불과 몇 해 전까지만 하더라도 작물이 힘차게 자라고, 그 농부가 조상 대대로 몇 백 년이나 살아 오던 곳이라고 자랑하던 그 대지에는 지금 견직물 공장이 들어서 있었다. 그것은 새로운 건물로서 옛날의 한 마을만큼 컸으며, 벽돌은 새것으로 붉고, 지붕에는 많은 창문이 달렸으며 굴뚝에서는 시커먼 연기가 뭉클뭉클 솟아오르고 있었다. 엔이 바라보고 있으려니 요란한 고동 소리가 울리고 철문이 활짝 열리더니 그 커다란 입에서 하루의 노동에 지쳐 내일도 그리고 그 다음 날도 다시 그 다음 날도 오늘처럼 살지 않으면 안된다는 것을 아는 무거운 마음을 안은 남자와 여자들과 어린 아이의 일단이 천천히 흘러 나왔다. 입고 있는 옷은 땀에 젖어 누에 속에서 죽은 번데기의 악취가 그들 언저리에 감돌고 있었다.
 옌은 그들의 얼굴을 바라보면서 저 속에 그 농부도 섞여 있을 것이 틀림없다고 생각했다. 그의 토지가 삼켜져 버렸듯이 그도 이 새로운 괴물에게 삼켜지고 말았을 것이 틀림없다고 반 꿈속처럼 생각했다. 그러나 농부의 모습은 거기에 없었다. 그것은 아침이 되면 오두막집에서 기어나와 밤이 되면 그곳으로 돌아가는, 창백한 얼굴의 도시 사람들뿐이었다. 농부는 어디론가 가버린 것이다. 그도 아내도 소도 다른 토지도 가버리고 만 것이다. 물론 틀림없이 그럴 것이라고 옌은 자기에게 말했다. 어디선가 그들은 옛날처럼 힘차게 자기들의 생활을 영위하고 있을 것이다. 그들을 생각하고 옌은 잠시 미소를 지었으며 그 동안은 자기의 괴로움을 잊고 생각에 잠기면서 집으로 돌아왔다. 나도 어떻게든지 나 자신의 생활을 발견하지 않으면 안된다.

4

 이튿날, 옌의 생활을 결정짓는 두 가지 사건이 일어났다. 아침 일찍 노부인이 그에게 말했다. 「당분간 너는 이 집에 있지 않는 것이 좋지 않을까? 메이링이 네 마음을 알고 있으면서 매일 얼굴을 맞대야 한다는 것이 얼마나 괴로운 일인가 생각해 주어야지.」
 이에 대해 어제의 노여움이 아직 남아 있었으므로 옌은 화가 나서 대답했다. 「잘 알고 있습니다. 저도 그러니까요. 저도 날마다 메이링과 얼굴을 맞대지 않는 곳으로 가고 싶어하고 있습니다. 메이링의 모습을 보고, 목소리를 들을 때마다 결혼을 거절당한 일을 생각하지 않아도 되는 곳으로 가고 싶습니다.」
 옌은 이런 말을 처음에는 사납게 노여움을 깃들여서 말했으나 끝에 가서는 목소리가 떨리기 시작하였다. 어떻게든 끝까지 노여움을 지탱하면서 메이링의 얼굴이 보이지 않는 곳에 가고 싶다고 말하려 했지만, 사실은 무엇보다도 그녀의 모습이 보이고, 그녀의 목소리를 들을 수 있는 곳에 있고 싶어 한다는 것을 스스로 알고 있어서 비참한 기분이 들었다. 그러나 오늘 아침의 노부인은 다시 평소의 온화한 부인으로 돌아가 있었으며, 이제는 더 메이링을 감쌀 필요도 없고 남성에 대한 여성의 대의 명분을 지킬 필요도 없으므로 상냥하고 관대한 기분이 되어 있었다. 그래서 옌의 목소리가 떨리고 있는 것도 알았고, 그가 갑자기 말을 얼버무리며 얼른 밥공기 쪽으로 눈을 돌리는 것도 눈치채고 있었다. 두 사람이 얼굴을 맞댄 것은 식탁에서였으며, 메이링은 그 자리에 없었다. 그래서 노부인은 그를 달래며 말했다.「이것은 너로서는 첫 경험이니까 아마 쓰라릴 거야. 네 성격은 잘 알고 있는데, 꼭 아버지를 닮았구나. 아버지는 또 그 할머니를 닮았다고 모두들 말하고 있더라. 할머니라는 분은 성실하고 얌전한 분이었지만, 사랑하는 사람에게는 매우 강하게 집착하셨다고 듣고 있어. 아이란은 할아버지 쪽을 닮아서; 늘 웃고 있는 눈이 할아버지를 쏙 뺐다고 큰아버지께서 늘 말씀하셨지. 그런데, 너는 아직 젊으니까 한 가지 일에 그리 집착할 수는 없을 게다. 이 집을 나가 마음에 드는 곳으로 가서 마음에 드는 직장을 찾아 큰아버지의 부채를 갚기도 하고 젊은 사람들과 교제해 보는 것도 좋을 줄 안다. 그리고, 일 년이 지나거든……」부인은 여기서 말을 끊고 옌을 바라보았다. 옌도 부인의 얼굴을 보면서 나머지 말을 기다렸다.「일 년이 지나면 메이링도 변할 거야. 이것은 앞으로의 일이지만.」

그러나 옌은 희망을 가질 수 없었다. 그는 완강하게 말했다.「아네요, 메이링은 변하지 않습니다. 어머니, 메이링은 저를 싫어하고 있습니다. 저는 메이링이야말로 내가 찾고 있던 여자라고 어느 날 문득 깨달았지요. 저는 외국풍의 여자를 바라지 않습니다. 싫은걸요. 하지만 메이링은 제겐 이상적인 여성입니다. 제가 좋아하는 형입니다. 어딘가 새롭고, 그러면서도 옛스러운 데가 있어서……」

여기까지 말하고 옌은 다시 갑자기 말을 끊고는 밥을 한입 가득히 쑤셔넣었으나 슬픔 때문에 목구멍이 굳어 삼킬 수가 없었다. 사랑 때문에 울다니, 어린 아이 같은 기분이 들어서 태연스러운 체해 보이고 싶었으므로 눈물을 흘리는 것이 부끄러웠던 것이다.

노부인은 그의 기분을 죄다 알고 있었으므로 잠시 그대로 두었다가 이윽고 부드럽게 말했다. 「지금은 이대로 가만히 두어 두자. 그리고 기다리기로 하자. 너는 아직 젊으니까 기다리지 못할 까닭도 없고, 또 부채도 있지 않느냐. 너도 자식으로서의 의무가 있다는 것을 잊어서는 안된다. 무슨 일이 있더라도 의무는 의무니까 말이다.」
　노부인이 이런 말을 한 것은 의기가 소침해진 옌의 기운을 북돋아 주기 위해서였는데, 그 효과는 즉각 나타났다. 왜냐하면, 그는 간신히 입 안의 것을 삼키더니 별안간 소리쳤기 때문이다. 그것은 이미 어제 결심한 일이었는데 이런 말을 듣고 보니 도저히 참을 수 없었다. 「그렇습니다. 모두 그렇게 말하고 있습니다만, 저는 이제 하도 들어서 신물이 납니다. 저는 언제나 아버지에 대한 의무를 다해 왔다고 자부합니다. 그것에 대해서 아버지는 무엇으로 보답해 주셨던가요. 저를 교육 없는 시골 여자에게 장가들여서 영원히 속박하려 하셨습니다. 더욱이 그것이 저에게 어떤 일인가도 모르시는 것입니다. 그러더니 이번에는 백부에게 결부시키셨습니다. 이렇게 되면, 저는 옛날로 돌아가겠습니다. 맹의 운동에 참가해서 구시대 사람들이 의무라고 부르짖는 것을 두들겨 부수기 위해 신명을 바치겠습니다. 저는 다시 그 운동을 시작하렵니다. 아버지에게 나쁜 마음이 없었다고 해서 그건 변명이 되지 않습니다. 이토록 제게 상처를 입혀 놓고 모르겠다는 그 자체가 죄악인 것입니다.」
　옌도 자기가 도리에 맞지 않는 말을 하고 있다는 것을 알고 있었다. 왕 장군은 그를 속박하려 하기는 했으나, 한편 긁어모을 수 있는 돈을 다 긁어모아 그를 감옥에서 석방시켜 주지 않았던가? 그러나 그는 노여움에 기름을 쳐서 노부인이 이 말을 꺼내더라도 정면에서 대들 각오였다. 그런데 부인은 뜻밖에도 조용히 말했다. 「새로운 수도에 가서 맹과 함께 생활하는 것도 괜찮을지 모르지.」 부인 쪽에서 반론을 펴지 않았으므로 옌은 슬며시 할 말이 없어져서 이 문제는 그대로 남았으며 두 사람은 그후 아무 말도 하지 않았다.
　마침 바로 그날 옌 앞으로 다시 맹의 편지가 왔다. 뜯어 보니 먼저 회답을 주지 않는다는 것은 부당한 일이라고 꾸짖고는, 성급한 필치로 이렇게 써놓고 있었다. 〈형을 위해서 간신히 이 지위를 확보해 놓고 형이 오기를 기다리고 있는 중이야. 요새는 이만한 지위면 후보자가 백 명이나 있어. 오늘 당장 출발해 줘. 오늘부터 사흘째 되는 날 그 대학이 열리므로 이런 식으로 편지를 주고받을 겨를이 없어.〉 그리고 맹은 열의에 찬 어조로 이렇게 맺고 있었다. 〈아무에게나 이 새로운 수도에서 일하는 기회가 주어지는 것은 아니야. 요즘에는 이 일을 갈망하는 자가 많다. 온 도시가 면목을 일신하고 있다. 대도시에 필요한 것은 모두 새로이 만들어지고 있다. 낡고 꾸불꾸불한 길은 파괴되고, 모든 것이 새로 건설되고 있단 말이다. 형도 와서 자기의 역할을 다하라!〉

이 힘찬 말을 읽은 옌은 심장이 뛰는 것을 느끼며 편지를 테이블 위에 집어던지고 큰 소리로 「좋아, 나는 간다.」하고 소리쳤다. 그리고 즉시 책과 의복과 노트와 그 밖에 필요한 것을 정리하여 그의 인생의 다음 단계로 옮겨갈 준비를 시작했다.

점심때 그는 부인에게 맹의 편지를 얘기했다. 「저로서는 수도에 가는 것이 제일 좋다고 생각합니다. 만사가 그렇게 하지 않으면 안되게끔 되어 버렸으니까요.」 노부인은 조용히 이를 찬성했으며 그 이상 어느 쪽도 더 말하지 않았다. 다만 부인은 평소의 태도이기는 했지만 눈앞에서 일어나는 일을 어느 정도 거리를 두고 바라보는 듯했다.

그날 밤 옌이 여느 때처럼 부인과 함께 식사를 하고 있을 때 부인이 여러 가지 세상 이야기를 했다. 아이란은 남편과 한 달 예정으로 북경에 놀러갔는데 이제 반달이 지났으니 앞으로 보름만 있으면 돌아오게 될 것이라든가, 고아원에 감기가 번져 잇따라 아이들이 걸려서 오늘까지 여덟 명이 누워 있다든가 하는 이야기를 했다. 그리고 조용히 말했다. 「메이링은 온종일 고아원에 머물면서 외국인들이 하듯이 바늘로 피 속에 약품을 넣는 예방 접종을 하고 있지. 하지만 네가 오늘 밤이라도 출발할지 모르니까, 하다못해 오늘 밤만이라도 모두 함께 있는 것이 좋을 것 같아서 오늘 밤엔 집에 돌아오라고 전해 놓았다.」

오늘은 온종일 생각할 다른 일과 계획이 산더미처럼 있었으나 옌은 몇 번이나 다시 한번 메이링을 만나볼 수 있게 될까 하고 생각했었다. 만나지 않는 편이 좋겠다고 생각한 적도 있으나, 다시 그녀가 깨닫지 못할 때 한 번만 그 모습을 보고 싶다, 목소리는 들리지 않더라도 표정이나 동작을 바라보고 싶다고 분출하는 듯한 정열로 생각했다. 그러나 만나 달라고 부탁할 수는 없었다. 우연히라도 만나면 그 이상 좋은 일은 없으나 돌아오는 것이 늦어서 만나지 못한다면 참는 수밖에 없다고 생각하고 있었다.

이렇게 눈을 뜬 옌의 애정은 그의 속에서 효소 같은 작용을 했다. 방안에서 그는 하루에도 몇 번이나 짐을 꾸리던 손을 멈추고 침대에 몸을 던지고는 메이링이 자기를 거부한 일을 생각하며 우울해지기도 하고 아무도 보는 사람이 없으므로 혼자 울기도 하곤 했다. 때로는 비틀비틀 창가로 걸어가서 몸을 기댄 채, 명랑한 여자처럼 그의 존재 따위를 개의치도 않는 이 도시의 모습을 바라보기도 하고, 뜨거운 햇살의 광채를 바라보기도 하면서, 자기는 사랑하고 있는데도 사랑을 받지 못하는 것을 속으로 분해 하기도 했다. 자기가 너무 심한 대접을 받고 있다는 기분이 들었는데 이런 때 문득 그때까지 잊고 있던 일이 마음에 떠올랐다. 그것은 여태까지 두 번이나 여자에게 사랑을 받으면서 한 번도 그 사랑에 보답하지 않은 일이었다. 그 일을 생각하니 심한 공포를 느끼며 속으로 절규했다. 『내가 그 여자들을 사랑하지 않은 것처럼 메이링도 나를 사랑할 수 없는 것이 아닐까? 내가 그녀들의 육체를 싫어한 것처럼 그녀도 나의 육체를 싫어하고 있으며, 아무리해도 나를 싫어하지 않을 수 없는 것이 아닐까?』 그러나 이 공포는 너무나 크고 도저히 견딜 수 없어서 그는 얼른 생각을 고쳤다. 『그것은 경우가 달라. 그 여자들은 나를 진정으로 사랑한 것이 아니다. 지금 내가 이 여자를 사랑하고 있는 것처럼 사랑한 것이 아니다. 나처럼 사랑한 자가 여태까지 어디 있었을까?』 그리고 다시 자랑스레 생각했다. 『나는 더없이 순수하고 고귀한 마음으로 사랑하고 있는 거다. 이 여자의 손을 만져 볼 생각조차 한 적이 없다. 아니, 어쩌다 약간 그런 생각을 한 적도 있기는 하나, 그것은 이 여자가 만일 나를 사랑해 준다면 하는 그런 때에 한해서였다.』 그리고 그녀에 대한 자기의 사랑이 얼마나 크고 순수한 가를 그녀는 꼭 이해해야 한다고 생각하고, 다시 한번 그녀를 만나 비록 거절을 당했더라도 여전히 이토록 태연하다는 것을 보여 주지 않으면 안 되겠다고 생각했다.

더욱이 금방 부인이 한 말을 들으니 그는 얼굴에서 핏기가 사라지는 것을 느끼고 한순간 그 여자가 돌아오지 않았으면 좋겠다, 출발하기 전에 만나 보고 싶지 않다, 하고 열에 들뜬 듯이 생각했다.

그러나 방에서 빠져나갈 구실을 채 생각하기도 전에 메이링이 평소와 다름없이 조용히 들어왔다. 처음 그는 그녀를 똑바로 바라볼 수가 없었다. 그녀가 앉을 때까지 우두커니 서 있었는데, 그녀의 암록색 비단옷과, 그녀가 살색 같은 상아 젓가락을 가느다란 손으로 집어드는 것이 보였다. 그는 입이 열리지 않았다. 그것을 본 부인은 평상시와 조금도 다름없는 어조로 메이링에게 말했다. 「일은 다 끝났니?」

메이링도 마찬가지로 평소와 다름없는 어조로 대답했다. 「네, 한 사람도 남김 없이 다 끝났어요. 벌써 기침을 하고 있는 아이도 있으니까 예방으로서는 좀 늦은 애도 있을지 모르지만 치료를 한 효과는 있을 거예요.」 그리고 잠깐 나직이 웃고 말했다. 「어머님, 모두가 거위라는 별명으로 부르고 있는 여섯 살 먹은 애를 아시지요? 제가 주사기를 들고 가까이 갔더니 그애는 큰 소리로 울면서 말하지 않겠어요. 『아줌마, 난 기침을 시켜 줘. 난 기침 쪽이 좋아. 이봐, 이렇게 기침이 나오잖아요!』 그러고는 나오지도 않는데 일부러 큰 기침을 해보이지 않겠어요.」

부인과 메이링은 그 아이 일을 재미있어하며 웃었으며, 옌도 조금 웃었다. 그리고 웃고 있는 동안 옌은 어느새 메이링의 얼굴을 바라보고 있었다. 부끄러운 일이지만 한 번 그녀를 바라보니 눈이 떨어지지 않았다. 입은 열지 않았지만 눈은 그녀에게 고정되어 숨을 죽인 채 눈으로 그녀에게 호소하고 있었다. 그녀의 희고 투명한 볼이 붉어졌다. 그래도 그녀는 그의 시선을 당황해 하지 않고 그대로 받아들이면서 전에 없이 다급한 어조로 말을 이어갔다. 옌은 아무 말도 하지 않았는데 그녀는 그의 질문에 대답하듯 말했다.「하지만, 전 편지를 드리겠어요, 옌 오빠, 제게도 편지 주시겠지요?」이 말을 하고 나서 더이상 그의 시선을 견딜 수 없는 듯이 갑자기 수줍어하면서 부인을 보았다. 그 얼굴은 아직 타는 듯이 붉었으나 떳떳이 쳐들고 있었다.「용서해 주시겠어요, 어머님?」하고 그녀는 물었다.

이에 대해서 노부인은 마치 예사로운 일이라도 말하듯 조용한 소리로 대답했다.「아무 상관도 없지. 오누이의 편지인걸. 또 설혹 그렇지 않더라도 이런 시대가 아니냐? 말릴 수 없는 일이지.」

「그러네요.」하고 메이링은 행복한 듯이 말하고 빛나는 눈을 옌에게 돌렸다. 옌도 그녀의 눈을 보고 미소지었는데, 하루 종일 슬픔에 잠겨 있던 그의 마음에 돌연 기쁨의 문이 열리는 것을 느꼈다.『메이링에게라면 무슨 일이든 털어 놓고 말할 수 있다.』하고 그는 생각했다. 여태까지 무슨 일이든 다 털어 놓을 수 있을 만한 상대는 한 사람도 없었으므로 그것은 바로 환희에 가까왔다. 그리고 그녀에 대한 애정이 전보다 더 고조되었다.

그날 밤 기찻간에서 그는 혼자 생각했다.『메이링을 무엇이든 다 털어 놓을 수 있는 벗으로 만들 수만 있다면, 나는 한평생 연애 따위는 하지 않아도 될 것 같다.』좁은 침대에 누워 그는, 전에 그녀의 몇 마디 안되는 말로써 의기 소침했듯이 지금은 그녀의 한 마디 말로 높고 순수한 기분에 넘치고, 사랑에 의해 정화되어 강한 용기에 차서, 하늘에라도 오를 듯한 기분이 되어 있었던 것이다.

이튿날 아침 일찍, 기차는 갓 떠오른 햇빛에 선명하게 빛나는 초록빛 구릉 사이를 질주하고 있었다. 이윽고 커다란 옛 도시의 성벽 밑을 일이 마일쯤 커다란 차바퀴 소리도 우렁차게 메아리치면서 달려가더니 갑자기 회색 시멘트로 지은 커다란 외국식 새 건물 앞에서 정거했다. 창가에 앉아 있던 옌은 그 회색 벽을 등지고 서 있는 남자의 모습을 발견하고 곧 그것이 맹이라는 것을 알았다. 햇빛이 그의 긴 칼과 허리에 찬 권총과 청동 단추와 흰 장갑과 광대뼈가 솟아난 여윈 얼굴에 가득히 비치고 있었다. 그 뒤에는 일대의 호위병이 저마다 권총 케이스에 손을 얹고 단정하게 정렬해 있었다.
 이때까지 옌은 보통 여객에 지나지 않았으나, 한 걸음 기차에서 내려 이 씩씩한 사관의 영접을 받는 것을 보자 군중들은 금방 그를 위해 길을 비켜 주었으며, 다른 여객들의 짐을 질 목적으로 서로 손님을 빼앗으려고 다투고 있던 너절한 누더기를 입은 쿠리들은 일제히 다른 손님들을 버리고는 옌 앞으로 몰려들어 애원하기 시작했다. 그러자 소동을 보고 맹은 큰 소리로 「저리 가라, 이 개들아!」 하고 호통을 치고, 부하들을 돌아보고 날카롭게 명령했다. 「내 사촌 형의 짐을 들고 오라!」 이렇게 한 마디 하고는 옌의 팔을 잡고 군중을 헤치고 걸어 나가면서 옛날과 다름없는 성급한 어조로 말했다. 「어쩌면 안 올지 모른다고 생각했지. 왜 내 편지에 답장을 안 했어? 하지만, 좋아. 어차피 왔으니까. 나는 굉장히 바빠. 그렇지 않았더라면 형이 귀국했을 때 배까지 마중나가는 건데……. 형, 참으로 알맞은 때 돌아왔어. 형 같은 인물이 매우 필요한 때거든. 국내 도처에서 인물이 필요해. 국민은 양처럼 무지해서……」
 이때 그는 한 관리 앞에서 걸음을 멈추고 소리쳤다. 「내 부하가 사촌 형의 짐을 가지고 올 테니까 그대로 통과시켜 주게.」
 그러자 겁이 많고 소심하며 최근에 이 직을 새로 얻은 듯한 관리가 말했다. 「아편과 무기, 반혁명 문서의 반입을 막기 위해서 짐은 모두 끌러 보고 검사하라는 명령을 받고 있습니다만.」
 그러자 맹은 화를 버럭 내면서 눈을 부릅뜨고 검은 눈썹을 찌푸리더니 무서운 목소리로 호통쳤다. 「나를 모르나. 우리 장군은 당의 최고 간부시고, 나는 그 제일 부대장이다. 그리고 이분은 내 사촌 형님이란 말야. 보통 여객에 대한 사소한 규칙을 내세워서 우리를 모욕할 참인가?」 이렇게 말하면서 맹이 흰 장갑을 낀 손을 권총에 갔다댔으므로 하급 관리는 당황하여 말했다. 「용서해 주십시오. 뉘신지 몰라서 그만.」 마침 그때 병사들이 왔으므로 하급 관리는 짐에다가 검사필의 표지를 하고 조사도 않은 채 통과시켰다. 군중은 순순히 길을 비켜 주며 멍하니 그들 일행이 지나가는 것을 지켜 보고 있었다. 거지들마저 입을 다물고 슬금슬금 한쪽으로 물러서서 그가 지나가 버릴 때까지 구걸도 하지 않았다.
 이렇게 하여 군중 속을 지나 맹은 대기시켜 두었던 차로 옌을 데리고 갔다. 병사 하나가 문을 열자 맹은 옌을 먼저 태우고 자기도 올라탔다. 곧 문이 닫히고 병사들이 포도에 뛰어오르자 자동차는 맹렬한 속도로 달리기 시작했다.
 이른 아침이었으므로 거리는 매우 번잡했다. 많은 농부들이 채소를 바구니에 담아 막대로 어깨에 메고 나와 있었고, 큼직한 쌀 부대를 등에 진 당나귀들이 있는가 하면, 가까운 강에서 길어 성안에 운반해 와서 시민들에게 팔기 위해 물을 가득 실은 손수레도 있었고, 일하러 가는 남녀들, 아침 식사를 하기 위해 찻집으로 가는 남자들과 그 밖에 부지런히 저마다의 일을 하고 있는 모든 종류의 사람들이 있었다. 자동차를 운전하고 있는 병사는 매우 솜씨가 좋은데다가 대담해서, 요란한 소리로 줄곧 경적을 울려 대며 마구 사정없이 군중 속을 질주하므로, 사람들은 마치 폭풍에 날리듯 길 양쪽으로 갈라져 흩어졌으며, 당나귀가 치지 않도록 이리저리 끌고 다니는 사람이 있는가 하면, 여자들은 아이를 끌어안고 달아나곤 했다. 옌은 무서워져서 겁에 질린 시민들 사이를 갈 때는 좀더 천천히 몰도록 명령할 것을 바라며 맹을 돌아보았다.
 그러나 맹은 빨리 달리는 데 익숙해 있는 듯했다. 그는 가슴을 쭉 펴고 똑바로 정면을 바라보면서, 무척 자랑스러운 듯이 여러 가지를 가리키며 설명했다.
 「이 도로를 좀 봐, 일 년 전만 하더라도 길 폭이 넉 자도 안 되었고 자동차도 지나갈 수 없었지. 지나갈 수 있는 것은 인력거와 가마뿐이었지. 제일 넓은 도로도 달리 탈 것이라고는 말 한 필이 끄는 조그만 마차뿐이었거든. 그런데 어때, 이 도로를 좀 봐.」
 「보고 있어.」 하고 옌은 대답하고 병사들 몸 사이로 내다보니 넓고 탄탄한 도로였으며, 양쪽에는 이 길을 만들기 위해서 파괴한 집과 점포의 잔해가 그대로 남아 있었다. 그래도 그 잔해 끝에서는 벌써 폐허 속에 새로운 점포며 새로운 집들이 서기 시작하고 있었고, 황급히 세운 속성 건물이기는 했으나 보기에는 서양식이었으며, 밝게 칠해져 큼직한 유리창이 끼어 있었는데 꽤 경기가 좋아 보였다.
 그런데 이 넓은 새 길을 가로질러 별안간 그림자가 비쳤다. 그것은 옛 그대로의 높은 성벽이었다. 성벽이 그대로 있었고 성벽 아래, 특히 우묵한 곳에는 거적을 덮은 조그마한 집들이 몰려 있었다. 그 안에는 유난히 극심하게 가난한 사람들이 살고 있었는데, 이미 아침이라 다 일어나 있었다. 여자들은 벽돌을 넉 장쯤 모아서 만든 아궁이에 남비를 올려놓고 몇 개비 안 되는 장작불을 지펴 쓰레기통에서 주워온 배추잎 같은 것을 삶아 식사 준비를 하고 있었다. 아이들은 씻어 본 적이 없는 발가숭이 몸뚱이로 달려 나가고, 사내들은 아직도 피로가 다 가시지 않은 표정으로 나타났다. 지금부터 인력거를 끌거나 흙일을 하러 나가는 모양이었다.
 맹은 옌의 시선을 더듬어 보고 조마조마한 듯이 말했다.「내년에는 저런 오두막집을 모두 철거하게 되어 있어. 저런 인간들을 이런 곳에 우글거리게 내버려둔다는 것은 우리들의 수치거든. 새 수도니까 외국의 높은 사람들이 찾아오는 것은 당연한 일인데. 왕족들도 찾아올 거야. 저런 것을 보여 준다는 것은 부끄러운 일이거든.」
 옌도 그것을 잘 알고 있었으며 이런 오두막집이 이런 자리에 있어서는 안 되겠다고 말하는 맹의 의견에 찬성이었다. 사실 이런 남녀들은 보기에도 너무나 남루해서 어떻게든 남의 눈에 띄지 않는 곳으로 쫓아 버려야 한다고 생각했다. 옌은 잠시 이런 생각을 하고 있다가 말했다. 「저런 사람들을 어떻게 해서든 일을 시키는 방법은 어떨까?」 그러자 맹은 폭발하듯 말했다.「물론 고향의 밭에 돌려 보내서 일을 시킬 수도 있을 것이지만, 그렇게 하면 그들은……」
 여기까지 말하더니 옛날의 불쾌한 기억이 되살아났는지 맹의 안색이 변했다. 그리고 매우 격렬한 어조로 계속했다.「우리 나라의 발전을 막고 있는 것은 이런 인간들이야. 나는 국가를 대청소를 해서 젊은 사람들만으로 재건하고 싶다! 이런 도시는 죄다 부숴 버리고 싶어. 활을 가지고 싸우는 것이 아니라 대포로 전쟁을 하는 시대니까 이런 성벽은 정말 무용지물이라고 할 수밖에 없단 말야. 비행기에서 폭탄을 떨어뜨리는 시대에 성벽이 무슨 소용 있나. 그따위 것들은 다 부숴 버리고 그 벽돌로 공장이나 학교나, 그 밖에 젊은 사람들이 일하고 공부하는 시설을 만드는 편이 더 좋단 말이야. 하지만, 이 인간들은 아무것도 이해하지 못하고, 성벽을 못 부수게 한단 말야. 그들을 억지로라도……」

맹이 이런 말을 하는 것을 듣고 옌은 물었다. 「그렇지만 너는 옛날엔 가난한 사람의 동정자라고 알고 있었는데. 가난한 사람들이 압박을 받고, 외국인이나 경관들한테 맞기라도 하면 곧 화를 내던 것을 나는 아직 기억하고 있어.」

「지금도 그렇지.」 하고 맹이 얼른 말하고 옌을 돌아보았으므로, 옌은 그의 시선이 얼마나 노기에 차고 불처럼 타고 있는지를 알았다. 「설혹 아무리 가난한 거지라도 외국인이 손을 대는 날이면 나는 옛날과 다름없지. 아니, 이제는 외국인이 무섭지 않으니까 그 이상의 화를 낼 거야. 그리고 권총으로 쏘아 죽여 버릴 거야. 하지만 나는 옛날에는 미처 몰랐던 것을 알게 되었어. 우리 사업의 최대 장애는 그들을 위해 우리가 일하고 있는 바로 이 가난한 사람들이라는 것을 알게 되었단 말이야. 그들은 너무 많아. 그들을 가르친다는 것은 아무도 할 수 없는 일이야. 그들에게는 아무런 희망도 가질 수 없어. 그래서 나는 말하는 거야. 기근이든 홍수든 전쟁이든 좋으니까 그들을 쫓아 버렸으면 좋겠다고 말야. 우리는 그들의 아이만을 길러서 혁명에 도움이 되도록 교육하면 되는 거야.」

이런 식으로 맹은 무서운 기세로 지껄여 댔는데 그것을 듣고 여느 때와 같이 천천히 생각하던 옌은 그의 말에도 일리가 있는 듯한 기분이 들었다. 그는 외국의 선교사가 호기심에 찬 사람들 앞에 서서 이와 같은 비참한 광경을 보여 주던 일이 생각났다. 그렇다, 이 새로운 대도시의, 이 넓은 거리의 화려한 점포나 집 사이에도 그 선교사가 보여 준 것과 같은 광경이 있지 않는가. 앞을 못 보는 거지며 병을 앓는 거지들이 우글거리고, 빈민들이 사는 골목은 오물이 집 앞을 흐르고 있어서 이 상쾌한 아침의 대기마저 벌써 그 악취에 물들고 있지 않는가. 그러자 그 외국의 목사에 대한 노여운 굴욕이 다시 옌의 마음속에 솟아났다. 그것은 고통으로 꿰뚫려진 노여움이었다. 그는 맹이 소리를 높여 외쳤으므로 그에 못지않은 사나운 기세로 마음속에서 부르짖었다. 『무슨 일이 있더라도 이 불결함을 추방하지 않으면 안 된다!』 그리고 옌은 맹의 말이 옳다고 뚜렷하게 생각했다. 『이 새로운 시대에 이렇듯 희망을 가질 수 없는 무지한 가난뱅이들이 무슨 소용이 있을까? 나는 언제나 너무 마음이 약하다. 맹처럼 비정해지는 것을 배워 이 소용 없는 가난뱅이들 때문에 감정을 낭비하지 않도록 해야겠다.』

이리하여 그들은 마침내 맹의 군영에 닿았다. 옌은 군인이 아니므로 그곳에 살 수는 없었으나 맹이 벌써 가까운 여관에 방을 빌려 놓고 있었다. 좁고 어둡고 그다지 깨끗하지 않아 옌이 묘한 얼굴을 하는 것을 보고 맹이 변명하듯 말했다. 「이 도시에는 요즈음 사람이 불어서 아무리 돈을 많이 주어도 좀처럼 방을 얻을 수가 없단 말이야. 집은 그렇게 재빨리 서지 않거든. 도시가 도저히 따라갈 수 없을 만큼 무서운 속도로 발전하고 있어.」

이것을 맹은 자랑스러운 듯이 말했는데 다시 더욱 자랑스러운 듯이 말을 이었다. 「이 부자유도 주의를 위해서야, 형. 새 수도를 건설하는 동안은 무슨 일이라도 참고 견딜 수 있어야 해.」 그래서 옌은 힘을 내어 어떤 부자유라도 기꺼이 참을 수 있으며 방은 이만하면 충분하다고 말했다.

그날 밤, 자기가 기거하게 된 방의 하나밖에 없는 창문 아래 조그만 책상 앞에 앉아 옌은 메이링에게 보내는 첫 편지를 쓰기 시작했다. 서두를 뭐로 시작할까 하고 오래 생각하며, 재래식의 그 형식적인 정중한 인사부터 시작해야 옳을 것인가 하고 망설였다. 그러나 오늘 하루를 마친 그의 몸 속에는 무언가 관습에 사로잡히지 않은 기분이 싹트고 있었다. 잔해가 되어 널려져 있는 옛 집들, 조그마하고 화려한 새 점포들, 옛 도시를 사정없이 관통하고 있는 넓은 미완성의 도로, 맹의 뜨겁고 대담한, 노기에 찬 이야기 따위가 그를 그런 기분으로 만든 것이었다.

그는 잠시 생각한 다음 멋있는 외국식 서두로 시작했다. 〈친애하는 메이링 ──〉그리고 이것만을 새까맣게 똑똑히 써놓고는, 다른 말을 더 써 나가기 전에 그 말을 바라보며, 그 말 속에 애정이 깃들어 있다고 생각했다. 〈친애하는〉── 이것은 사랑한다는 말이 아닌가. 그리고 메이링이라는 것은, 그것은 그녀를 뜻한다. 그 여자가 거기 있는 것이다. 그리고, 다시 펜을 들어 빠른 문장으로 오늘 그가 본 것, 새로운 도시와 청년의 도시가 폐허 속에서 건설되고 있다는 것을 적어 나갔다.

이 새로운 도시는 옌을 그 생명 속에 휘감아 넣고 말았다. 이토록 행복했던 때는 일찍이 없었다. 적어도 그는 그렇게 생각했다. 도처에 일이 있고 그 일에는 즐거움이 있었다. 일하고 있는 순간순간이 많은 사람들의 장래에 중대한 의의가 되는 것이다. 맹이 소개해 준 사람들 사이에서도 일과 생활에 대한 거의 같은 격렬한 열의가 느껴졌다. 새로 고동을 시작한 이 나라의 심장에 해당하는 이 도시의 도처에 옌보다 나이가 얼마 더 많지 않은 사람들이, 자기들을 위해서가 아니라 국민을 위해서 계획을 세우고 생활 방법을 세우고 있었다. 새 수도의 도시 계획에 종사하고 있는 사람들도 있었다. 그 책임자는 바쁘게 입을 놀리고, 바쁘게 걸어다니며, 조그마하고 아름다운 어린 아이처럼 손을 놀리며 말하는 정열적인 남방 사람이었다. 그도 맹의 친구였으며, 맹이 옌을「내 사촌 형입니다.」하고 소개하자 그것만으로 나머지는 듣지도 않고 옌을 향해 도시 건설 계획을 도도히 늘어놓으면서, 저 어처구니없는 성벽을 부수고 그 벽돌을 이용하는 일이며, 그 벽돌은 몇 백 년이 지난 지금도 아름답고 돌처럼 단단해서 요새 만드는 벽돌보다 훨씬 질이 좋다는 이야기 등을 했다. 그가 조그마한 눈을 반짝이며 하는 말을 들어 보면, 이 벽돌로 정부의 새 중앙 관청이 되는 훌륭한 서양식 대건물을 짓는다는 것이었다. 그리고 어느 날 그는 옌을 자기 관청으로 데리고 갔는데, 그것은 다 쓰러져 가는 낡은 건물 안에 있었으며, 먼지와 거미줄 투성이었다. 그는 말했다.

「이렇게 낡은 방은 손질을 해봐야 헛일입니다. 새 건물이 완성될 때까지는 여기서 꾹 참고 있다가 새 건물이 완성되면 이 건물을 헐어 버리고 이 대지는 다시 새 건물을 짓는 데 사용되는 것입니다.」

그 먼지투성이의 여러 방에는 많은 책상이 있었고, 그 책상 앞에는 많은 젊은 사람들이 붙어 앉아서 설계도를 그리기도 하고, 종이 위에서 줄을 재기도 하고, 도면의 지붕이나 차양을 밝은 색으로 칠하기도 하고 있었으며, 방은 낡고 험했으나 이런 젊은 사람들의 의기와 설계도의 빛깔로 생기가 넘치고 있었다.

책임자가 큰 소리로 부르자 직원 한 사람이 얼른 뛰어왔다. 책임자는 뻐기는 말투로「새 청사의 설계도를 갖다주게.」하고 말했다. 설계도가 오자 그는 옌 앞에다 펼쳐 놓았다. 거기에는 헌 벽돌로 지은 고상한 고층 건물이 즐비하게 늘어선 그림이 그려져 있었으며, 지붕마다 새로운 혁명기가 나부끼고 있었다. 또 양쪽에 푸른 가로수가 서 있는 도로도 그려져 있었고 보도에는 훌륭한 복장을 한 남녀가 걸어가고 있는가 하면, 차도에는 당나귀의 행렬이라든가, 손수레라든가, 인력거라든가, 그 밖에 지금 볼 수 있는 빈약한 수레는 하나도 보이지 않고, 빨강과 파랑과 초록으로 밝게 칠한 유복해 보이는 사람들이 타고 있는 훌륭한 자동차들뿐이었다. 그리고 거지의 모습 따위는 하나도 그려져 있지 않았다.

옌은 이 도면을 보고 아름답다고 생각하지 않을 수 없었다. 그는 황홀해져서 말했다.「언제 완성되나요?」

젊은 책임자는 확인하듯 대답했다.「오 년 이내에는 됩니다. 지금은 무슨 일이든 굉장히 빠르니까요.」

오 년이라! 그 정도의 세월은 아무것도 아니다. 옌은 자기의 우중충한 방으로 돌아가서 생각에 잠기며 설계도에서 본 것과 같은 건물이 하나도 없는 시가를 둘러보았다. 거기에는 가로수도 없고, 유복해 보이는 사람들도 없었으며, 빈민들이 여전히 와자지껄하게 떠들어 대고 있었다. 그러나, 오 년쯤 아무것도 아니라고 그는 생각했다. 이제 거의 다 된 거나 마찬가지다. 그날 밤 그는 이 설계에 관해서 메이링에게 알려 주었다. 그리고 새 도시가 완성되었을 때의 모습을 상세하게 쓰고 있는 동안, 그에겐 이제 완성된 거나 다름없다는 기분이 들었다. 왜냐하면 모든 것은 확실하게 계획되어 있었고 지붕의 색깔도 밝은 청기와로 정해져 있었으며, 가로수도 잎이 푸르게 무성한 것처럼 칠해져 있었고, 혁명 영웅들의 동상 앞에는 분수까지 있었던 것을 기억하고 있었기 때문이다. 자기도 깨닫지 못하는 동안에 그는 메이링에게 마치 모든 것이 지금 완성되어 있는 것처럼 써보냈다. 〈고상한 건물도 있습니다. 큼직한 문도 있고요. 넓은 거리 양쪽에는 가로수도 있습니다.〉

다른 많은 일에 있어서도 마찬가지였다. 사람의 몸에서 환부를 도려내는 외국의 의술을 배워 조상 때부터 내려오는 전래의 의술을 경멸하고 있는 젊은 의사들은 병원의 건설을 계획하고 있었고, 온 나라 안의 아이들을 교육하여 전국에서 문맹을 없애기 위한 학교 건설을 계획하고 있는 사람도 있었으며, 국민을 다스리기 위한 상세한 법률을 기초하고 있는 사람도 있었고, 이 법률을 위반한 자를 넣는 감옥의 설계를 하고 있는 사람도 있었다. 그리고 자유롭게 새로운 수법으로 도처에 남녀간의 새로운 자유 연애를 그리는 새로운 소설을 쓸 계획을 하고 있는 사람도 있었다.

이러한 계획 속에 새로운 형태의 군벌이 있었다. 그들은 새로운 군대, 새로운 규율, 새로운 전쟁 방법을 계획하며, 언젠가는 새로 대전쟁을 시작해서 바야흐로 자기 나라도 여러 외국에 못지않는 강대국이 되었다는 것을 세계에 과시할 작정으로 있었다. 옌의 옛 군사 교관이며 나중에는 군관 학교에서 그의 대장이 되었고, 지금은 맹의 상관인 장군도 그 군벌의 한 사람이었다. 옌이 배신당하여 감옥에 갇혔을 때 맹이 몰래 도피해 간 곳도 이 장군의 군대였다.

맹의 상관인 장군이 이 사람임을 알았을 때, 옌은 불안을 느끼고 장군이 자기에게 얼마나 반감을 품고 있는가가 분명치 않아 다른 사람이었더라면 좋았을 것을 하고 생각했다. 그러나 맹을 통해서 장군의 초대를 받자 그는 거절할 수 없었다. 그래서 초대받은 날 옌은 맹과 함께 찾아갔다. 태연스럽게 침착한 얼굴을 하고 있었으나 속으로는 불안했다. 그래도 단정하게 의젓한 복장을 하고, 번쩍거리게 닦은 총을 언제라도 쏠 수 있도록 받쳐든 위병이 서 있는 문을 지나고 철저하게 소제가 되어 있는 안마당을 지나서, 방으로 들어가 테이블에 앉아 장군의 모습을 보았을 때 그는 걱정할 필요가 없었다는 것을 알았다. 이 옛날의 군사 교관이 그에 대해서 해묵은 불만을 말할 생각이 아니라는 것을 옌은 금방 알아차렸다. 마지막으로 보았을 때보다 늙었으며, 지금은 혁명군의 이름난 지도자인데 웃는 얼굴도 보이지 않고 금방 친근해질 수 있는 정다운 얼굴은 아니었으나 화를 내고 있는 얼굴도 아니었다. 옌이 방으로 들어갔을 때 그는 자리에서 일어나지 않고 턱으로 의자를 가리켜 보였을 뿐이었다. 옛날에는 이 사람의 학생이었으므로 옌은 의자 끝에 걸터앉았다. 바라보니 잘 기억하고 있는 날카로운 두 눈이 서양식 안경 안에서 그를 바라보며, 귀에 익은 그 꺼칠꺼칠한, 그러면서 불친절하지 않은 무뚝뚝한 목소리로 말했다.「결국 군도 우리에게 돌아온 셈이군.」

옌은 고개를 끄덕이고 어린 아이처럼 솔직하게,「아버지가 저를 혁명주의자로 만들었습니다.」하고 말하고는 사정을 설명하였다.

그러자 장군은 날카롭게 그를 바라보며 다시 물었다.「그러면 군은 아직도 군대를 좋아할 수 없단 말인가? 그만큼 교육을 시켰는데도 군인이 안 되었단 말인가?」

옌은 잠깐 옛날처럼 얼떨떨해하며 주저하고 있다가 곧 대담해져서, 이런 사나이는 무서워하지 말자 하고 강하게 결심하고 말했다.「지금도 전쟁은 싫습니다. 하지만 다른 방면에서 힘을 다할 수 있다고 생각합니다.」

「어떤 방면에서?」하고 장군이 물었다. 그래서 옌은 대답했다.「우선 생활 대책을 세울 필요가 있으니까, 당분간 이곳 새 대학에서 교편을 잡겠습니다. 그리고 어떻게 길이 열리는가를 보아서 제 진로를 정할 생각입니다.」

장군은 초조해하기 시작하더니, 군인이 되지 않을 옌 따위는 흥미가 없다는 듯이 책상 위에 있는 외국제 시계를 바라보았다. 그래서 옌은 일어섰는데, 기다리는 동안 장군은 맹에게 말했다.「새 병사(兵舍)의 설계는 다 되었나? 이번 병역 제도에 의하면, 각 지방에서

징집하여 병력을 증가하게 되어 있고, 신병은 한 달 후에 입영한다.」

장군 앞이므로 줄곧 서 있던 맹은 부동 자세를 취하고 힘차게 경례한 다음 똑똑하고 자랑스러운 목소리로 말했다. 「설계는 되어 있습니다, 각하. 결재를 기다리는 단계에 있으니까, 결재만 해주시면 곧 착수할 수 있습니다.」

이리하여 짧은 회견은 끝났다. 전쟁 연습을 하고 있던 연병장에서 대오를 갖추어 돌아오고 있는 많은 병사들 사이를 지나가자 혐오감이 강하게 마음속에 솟아올랐으나, 그럼에도 불구하고 이들 병사들이, 야무진 데가 없이 히죽히죽 웃고만 있던 아버지의 부하들과는 아주 다르다는 것을 옌은 인정하지 않을 수 없었다. 이곳 병사들은 모두 젊고 건장했으며, 절반은 이십 세 이하였다. 그리고 그들은 웃지 않았다. 왕 장군의 부하들은 언제나 떠들고 웃고 있었고, 훈련이 모두 끝나고 휴식하러 돌아올 때는 서로 밀고 당기고 소리치고 농담을 주고받고 했으므로, 앞마당은 명랑하고 거친 소리로 가득찼었다. 옌이 아버지와 함께 안쪽에 있는 거처에서 살고 있던 소년 시절, 멀리서 소리치고 웃고 하는 그들의 소란으로 매일 식사 시간을 알았을 정도였다. 그런데 이곳 젊은 군인들은 묵묵히 돌아오고 보조가 엄숙하리만큼 맞았으며, 그 발자국 소리는 마치 한 사람의 거인의 그것 같았다. 웃음 소리 하나 들리지 않았다. 옌은 잇따라 그들을 만났는데, 그 군인들은 젊고 단순하고 성실해 보였다. 이것이 새로운 군대인 것이다.

그날 밤 그는 메이링에게 보내는 편지에 썼다. 〈그들은 너무 젊어서 군인으로 여겨지지 않을 정도였습니다. 그리고 그 얼굴들은 시골 소년의 얼굴들이었습니다.〉 그리고 잠깐 생각하고 그 얼굴을 회상하면서 다시 썼다. 〈그러나 그 얼굴에는 군인의 표정이 있습니다. 나와 같은 생활을 한 적이 없으므로 당신은 알 수 없겠지요. 그들은 단순한 얼굴을 하고 있습니다. 너무 단순해서 밥먹듯 사람을 죽일 수 있다는 것을 나는 알 수 있었습니다. ─ 죽음처럼 무서운 단순성입니다.〉

이 새로운 도시에서 옌은 자기의 생활과 일을 발견하였다. 그는 책을 넣어 둔 상자를 열었다. 그리고 책장을 사다가 책을 꽂았다. 또 그가 미국에서 결실시킨 식물의 종자도 몇 종류 갖고 있었다. 종류별로 봉투에 넣어 둔 그 종자를 보면서, 이 검고 묵직한 흙에 뿌려서 과연 자라날까 하고 불안해했다. 그는 한 봉투를 찢어서 종자를 손바닥에 놓고 들여다보았다. 그의 손에 쥐어진 것은 흙에 뿌려지기를 기다리고 있는 큼직한 금빛 밀알이었다. 이 씨를 뿌릴 땅을 먼저 구해야겠다고 그는 생각했다.

어느 사이엔가 날이 가고 달이 바뀌어 시간의 수레바퀴는 쉬지 않고 돌아갔다. 왕 옌은 빠른 시간의 흐름에 휘말려 매일을 학교에서 보내고 있었다. 아침이면 학교에 나갔다. 교사는 새것도 있고 낡은 것도 있었다. 서양식 새 교사는 시멘트와 빈약한 철근으로 갑자기 지은 살풍경한 회색 건물이었으며, 벽은 벌써 구석구석 떨어지고 있었다. 옌의 교실은 헌 교사 쪽에 있었다. 너무 낡아서 학교 당국은 부서진 창을 갈아 끼울 생각조차 하지 않았다. 가을 햇빛이 따뜻하게 황금빛으로 안쪽까지 비쳐 들어왔다. 문도 낡고 부서져 쓸 수 없게 되어 있었다. 처음 한동안은 옌도 잔소리를 하지 않았다. 그러나 가을이 지나고 추위가 차츰 심해지는 시월이 되자 서북의 사막에서 불어오는 강풍이 불기 시작하고 겨울이 찾아와 미세한 금빛 모래 먼지를 틈마다 스며들게 했다. 옌은 외투를 덮어쓰고 떨고 있는 학생 앞에 서서 온통 틀린 데 투성이인 영작문을 고쳐 주기도 하고, 먼지 섞인 바람에 머리카락을 휘날리면서 칠판에 작시법(作詩法)을 적기도 했다. 그러나 아무리 가르쳐도 거의 효과가 없었다. 학생들의 마음은 오직 옷 속에서 몸을 웅크리는 데만 있었기 때문이다. 더욱이 많은 학생들은 옷이 얇아 아무리 몸을 웅크려도 추위를 막을 수가 없었다.

처음 옌은 이 일을 학장에게 서면으로 보고했다. 학장은 칠 주 중 오 주일은 해안의 대도시에 가 있었고, 그런 편지는 거들떠보지도 않았다. 왜냐하면 그는 많은 관직을 갖고 있었고, 그의 주된 일은 월급 받아 모으는 일이었기 때문이다. 그래서 옌은 분개하여 직접 교육의 최고 수뇌를 만나 유리창이 깨져 있다는 것과, 마룻바닥에 틈이 생겨 다리 사이로 거센 바람이 불어 들어온다는 것과, 문이 닫히지 않는다는 등 학생들의 애로 사항을 호소했다.
그러나 교육 관계뿐 아니라 다른 곳에도 많은 직무를 갖고 있는 그 요인은 귀찮은 듯이 말했다. 「조금만 더 참으면 돼. 조금만 더 참으란 말이야. 있는 돈은 죄다 긁어서 교사 신축에 돌리지 않으면 안 돼. 낡고 소용 없는 곳의 수선에 쓸 수는 없단 말야!」 이것은 이 새 도시의 도처에서 듣는 말이었다.
옌은 그 말도 일리가 있다고 생각했다. 그리고 새 교사와 추위가 스며들 틈이 없는 난방장치가 된 교실을 가까운 장래에 상상할 수는 있었으나, 바로 눈앞의 사실로서 겨울이 짙어짐에 따라 추위는 하루 하루 더 심해지고 있었다. 할 수만 있다면 옌은 자기 급료를 쪼개서라도 목수를 채용하여, 한 군데라도 한풍이 들어오지 않는 교실을 만들고 싶었다. 왜냐하면 얼마 되지 않아 그는 현재의 일이 마음에 들고, 가르치는 청년들에게 애정을 느끼기 시작했기 때문이다. 이곳 학생들은 그리 부잣집 자제는 아니었다. 부자들은 외국인 교사들이 많이 있고, 교실에 난방 장치가 되어 있으며, 식사도 호화로운 외국인 경영의 사립 학교에 자제들을 보내고 있었기 때문이다. 새 정부에 의해서 문을 연 이 국립학교는 모두가 관비였으므로, 영세 상인의 아들이라든가, 가난한 교사의 자식이라든가, 땅에 매달려 있는 아버지보다 좀더 출세해 보자고 입학하는 시골 출신의 수재들이 많았다. 모두 복장도 가난했으며 영양도 좋지 않았으나, 옌은 자기가 가르치는 것을 이해하려고 열심히 공부하는 그들이 귀여웠다. 하기야 열심히 공부한다고는 하나 대개의 경우 그들은 좀처럼 이해할 수 없는 모양이었다. 지능에 다소는 차이가 있었으나 요컨대 모두 정도가 낮았기 때문이다. 그들의 창백한 얼굴이며, 열심히 지켜 보는 눈을 바라보고 있으면, 교실을 수리할 만한 돈이 자기에게 없는 것이 안타까웠다.
그러나 그에게는 여유가 없었다. 급료마저도 제날에 정확하게 받지 못했다. 그보다 위의 상사들이 먼저 자기의 급료를 가져가기 때문이었다. 군사비라든가, 요인의 관사 신축비라든가, 혹은 남몰래 자기 호주머니를 채우는 자도 있고 해서 그달 예산이 부족해지면 옌을 비롯하여 신임 교사들은 가만히 참고 기다리는 수밖에 없었다. 옌은 백부에 대한 부채에서 해방되고 싶었으므로 참고 있지 않았다. 적어도 한쪽 부채로부터라도 해방되고 싶다고 생각했다. 옌은 백부에게 편지를 썼다. 〈사촌들에 대해서는 저로서는 어떻게 할 도리가 없습니다. 저는 여기서는 힘이 없습니다. 간신히 제 자신의 지위를 확보하고 있는 것이 고작입니다. 그러나 아버지가 빌리신 돈을 모두 갚을 때까지 매달 급료의 절반을 보내 드리겠습니다. 사촌들에 대한 책임만은 질 수가 없습니다.〉 이리하여 새 시대의 덕분으로 적어도 혈연의 속박으로부터는 해방이 되었던 것이었다.

　이런 까닭으로 그는 학생들을 위해 교실을 수리해 줄 만한 여유가 없었다. 그는 메이링에게 편지를 써서 교실을 수리하고 싶다는 이야기며, 겨울이 몹시 추워지기 시작했는데 어찌할 방법이 없다는 이야기 등을 썼다. 그녀로부터 그때만은 즉각 회답이 왔다. 〈그런 낡고 소용 없는 교실에서 학생들을 따뜻한 옥외로 데리고 나가서 가르치시면 어떠세요? 비가 오거나 눈이 오는 날이 아니라면 양지바른 곳에서 가르치실 수 있다고 생각합니다만.〉

　그녀의 편지를 손에 든 채 옌은, 여태까지 자기 생각이 미치지 못한 것이 이상했다. 겨울은 건조해서 맑은 날이 많기 때문이다. 그후부터 그는 두 건물을 둘러싸고 있는 벽돌담 귀퉁이에 햇빛이 따스하게 비치는 장소를 발견하고, 거기서 수업하기로 했다. 지나가는 사람들이 웃어도 그는 개의치 않았다. 아무튼 햇빛은 따뜻했기 때문이다. 메이링이 새 교사가 완성될 때까지의 임시 방편으로 이렇게 간단한 착안을 그렇게 금방 생각해낸 것으로 하여 그는 더더욱 그녀를 사랑하지 않을 수 없었다. 이렇게 즉각 회답이 온 것이 그에게 한 가지를 깨닫게 했다. 자기로서는 어떻게 하면 좋을지 모르는 일을 물어 보면 언제나 그녀한테서 즉각 회답이 왔다. 그리하여 그도 약아져서 곤란한 일만 생기면 모두 그녀에게 털어 놓았다. 연애 비슷한 일로는 결코 회답을 보내지 않았으나, 처리하기 곤란한 일 같은 것을 의논하면 열심히 의견을 써 보냈다. 그래서 이윽고 두 사람 사이에는 가을 바람에 휘날리는 나뭇잎처럼 자주 편지가 오가게 되었다.

　초겨울 무렵의 추위에 대항하여 피부를 따뜻하게 하는 방법을 그는 달리 발견했다. 그것은 학생들로 하여금 밭에서 노동을 시켜 외국종의 밀을 뿌리는 일이었다. 학교에서는 학생의 수에 비해 교수가 적으므로 옌은 여러 가지를 가르치지 않으면 안되었다. 도처에 여태까지 가르치지 않았던 외국의 온갖 학문을 가르치기 위해 커다란 새 학교가 개설되고 청년들은 앞을 다투어 입학했으나, 새 시대의 지식을 동경하는 학생을 모두 가르치려면 교수의 수가 모자랐다. 그래서 외국에 유학했다는 이유로 옌은 꽤 명예 있는 대우를 받았으며, 알고 있는 것은 무엇이든 가르치라는 말을 듣고 담당한 학과의 하나가 농업 기술의 지도였던 것이다. 성 밖의 조그마한 마을 근처에 부속 농장을 얻어 놓고, 그곳으로 그는 학생들을 군대처럼 사열 종대로 줄을 지어 데리고 갔다. 그가 선두에 서서 시내를 행진했는데, 그들은 모두 소총 대신에 그가 구입한 괭이를 어깨에 메고 있었다. 시민들은 그들을 보고 눈이 둥그래졌으며, 일손을 멈추고 구경하는 사람도 있었다. 「저건 대체 무슨 공부인가요?」하고 이상해서 소리치는 사람도 있었다. 인력거를 끄는 정직해 보이는 사나이가 이렇게 말하는 것을 옌은 들었다. 「호, 요새는 날마다 새로운 것을 볼 수 있는데, 괭이를 둘러메고 싸우러 나가는 건 좀 보기 드문 일인걸!」
　이 말을 듣고 옌은 빙그레 웃으면서 대답했다. 「이것이 혁명의 최신식 군대라는 거요.」
　이 착안이 마음에 든 까닭도 있었지만, 그는 겨울 빛 속을 힘차게 걸어갔다. 확실히 이것은 일종의 군대다. 내가 지도하고 싶은 유일한 군대, 대지에 씨를 뿌리기 위해 출동하는 젊은이의 군대. 걸어가면서 그는 자기도 깨닫지 못한 채 아버지의 군대 속에서 어릴 때 익힌 군대식 보조로 걸음을 옮겨 놓았다. 그러자 그의 발자국 소리가 높고 뚜렷하게 울리므로 슬슬 따라오던 학생들도 자연히 그와 보조를 맞추게 되어 발소리가 고르게 되었다. 이윽고 이 행군의 보조가 그의 혈액 순환에도 리듬을 주어, 거뭇거뭇한 성문의 이끼 낀 벽돌 아치에 발자국 소리를 울리면서 교외로 빠져나가니, 이 리듬은 옌의 정신에도 맥박치기 시작하여 짧고 강경한 시구를 낳기 시작했다. 참으로 오랫동안 이런 일이 그에게는 일어나지 않았었다. 어쩌면 긴 혼란을 간신히 뚫고 나와, 일로 말미암아 겨우 평정을 되찾고, 영혼이 맑아져서 시가 되어 열매맺었는지도 모른다. 숨을 죽이고 그는 시상이 떠오르기를 기다렸다가, 떠오르자 그 흙벽집에서 보낸 며칠 동안의 잊을 수 없는 기쁨과도 같은 기분 속에서 그것을 포착했다. 시구는 곧 삼행까지 정리되었으나 사 행째가 나오지 않았다. 문득 머리를 들어 보니 행군은 거의 다 끝나 저만큼 농장이 보이기 시작했으므로 갑자기 초조해져서 억지로 시를 정리하려 했으나 아무리 해도 머리에 떠오르지 않았다.

그러는 동안에 그는 시 같은 것을 생각하고 있을 여유가 없어졌다. 따라오는 학생들 속에서 불평과 불만이 일어나기 시작했기 때문이다. 모두 숨을 헐떡거리면서, 선생님 걸음걸이가 너무 빨라 도저히 따라갈 수 없다느니, 괭이가 너무 무겁다느니, 자기들은 이런 노동에 익숙해 있지 않다느니 하고 투덜거리기 시작한 것이다.

그래서 옌은 더이상 시를 생각하고 있을 수가 없었다. 그는 학생들을 달래기 위해 큰 소리로 외쳤다.

「자, 다 왔다. 여기가 농장이다! 조금 쉬었다가 일을 시작하자.」

학생들은 저마다 밭가 두렁에 지쳐서 주저앉고 말았다. 그들의 창백한 얼굴에서는 땀이 철철 흘러내리고, 숨가쁘게 온몸이 크게 파도치고 있었다. 농촌에서 온 젊은 사람 두서너 명만이 별로 괴롭지 않은 듯한 표정을 짓고 있을 뿐이었다.

그들이 쉬고 있는 동안 옌은 자기가 외국에서 가져온 종자주머니를 끌렀다. 학생들에게 두 손을 모아 벌리게 하여 그 손 안에 황금빛 밀 종자를 가득 부어 주었다. 이 종자는 지금의 그에게는 매우 귀중한 것으로 여겨졌다. 일만 마일의 바다 저편 이국 땅에서 자기가 기른 곡물이다. 그 무렵의 일을 생각하니 그 백발의 은사가 눈에 선하다. 이어 그에게 입술을 갖다댄 미국의 처녀를 생각하지 않을 수 없었다. 한 사람 한 사람에게 종자를 나누어 주면서 그 순간이 다시 그의 마음에 되살아났다. 그런 일이 없었으면 좋았을 것을, 하고 그는 생각했다. 그러나 그 순간이 결국 나를 구해 준 것이며 메이링을 발견할 때까지 나는 외톨박이의 고독을 견딜 수 있었던 것이다. 그는 재빨리 괭이를 집어 높이 쳐들었다가 대지를 내리쩍었다. 「알겠는가.」 그를 보고 있는 학생들에게 소리쳤다. 「괭이는 이렇게 내리치는 거야! 잘못 쥐고 하면 힘이 더 들게 된다.」

그 늙은 농부가 가르쳐 준 대로 그는 괭이를 쳐들었다가 내리쳤다. 괭이 끝이 햇빛에 반짝였다. 한 사람 또 한 사람 청년들은 일어나서 그가 한 것처럼 괭이를 내리쩍었다. 그런데 마지막으로 느릿하게 일어서 나온 것은 두 사람의 농촌 청년이었으며, 괭이 사용법을 잘 알고 있으면서 무척 마음이 내키지 않는 듯이 손을 움직였다. 옌은 그것을 보고 날카롭게 말했다. 「너희들은 왜 똑바로 하지 않는가?」

처음에 젊은이들은 대답하려고 하지 않았으나 마침내 토라진 어조로 중얼거렸다. 「저는 태어나서부터 줄곧 고향에서 한 일을 배우자고 대학에 온 것이 아닙니다. 좀더 그럴 듯한 생활 방법을 공부하기 위해서 왔습니다.」

이 말을 듣자 옌은 화가 나서 노골적으로 소리쳤다. 「그렇다, 너희들이 어떻게 하면 더 잘 재배할 수 있는가를 공부했더라면 더 수입을 늘리기 위해 고향을 떠나지 않아도 좋았을 것이다. 우수한 종자를 합리적으로 재배하면 수확도 많이 나고 생활도 향상되는 거야.」

그런데 조금 전부터 몇 사람의 마을 농부들이 옌과 학생들 가까이에 몰려와서, 대체 젊은 학생들이 괭이와 종자를 가지고 어떻게 할 참일까 하고 이상한 듯이 구경하고 있었다. 처음 그들은 체면을 차려서 잠자코 있었으나, 곧 학생들이 제대로 괭이를 내려치지 못하는 것을 보고 웃기 시작했다. 옌이 방금 한 말을 듣자 그들은 좀 만만한 기분이 들었던지 한 사람이 큰 소리로 말했다. 「그건 다릅니다요, 선생님! 제아무리 열심히 일을 해도, 제아무리 좋은 씨를 뿌려도 농사는 날씨가 좌우합니다요.」

그러나 옌은 학생들 앞에서 자기 말에 반발을 받는 것이 언짢아졌으므로 이 무지한 사나이에게 대답할 기분이 나지 않았다. 들은 체만 체하고 그는 학생들에게 씨를 뿌리는 방법과 씨에 얼마나 두껍게 흙을 덮으면 좋은가를 가르쳐 주고, 저마다 고랑 끝에 씨의 종류와 뿌린 날짜, 뿌린 자의 이름 등을 적은 팻말을 세우게 했다.

이러한 광경을 농부들은 놀란 표정으로 입을 벌리고 바라보고 있었다. 일이 너무 복잡하고 꼼꼼하다는 것을 놀려 대고 버릇 없이 킬킬 웃으면서「당신네들은 씨를 한 알씩 세나요?」「씨 한 알 한 알에 일일이 이름을 적었나요? 씨 빛깔도 적어 넣는 게 좋을 거요.」「이렇게 뜸뜸해서야 십 년에 한 번밖에 거둬들이지 못하겠는걸!」이런 말을 저마다 한 마디씩 지껄여 댔다.

그러나 학생들은 이와 같은 천한 농담을 경멸하여 상대를 하지 않았다. 그러나 그 중에서 가장 분개한 것은 그 농촌 출신의 학생이었다. 그는,「이건 모두 외국산 종자다. 너희들이 밭에서 뿌리는 그런 보잘것없는 것과는 다르단 말이야!」하고 소리쳤다. 그런데, 농부들의 조롱을 받자 오히려 학생들은 선생에게 격려받는 이상으로 일에 열을 냈다.

한참 있으니 구경하고 있던 농부들도 흥미를 잃고 모두 재미 없다는 듯이 입을 다물고 말았다. 그리고 한 사람씩 약속이나 한 듯이 저마다 침을 탁탁 뱉고는 마을 쪽으로 돌아가 버렸다.

그러나 옌은 행복했다. 다시 씨를 뿌리고 두 손에 대지의 촉감을 맛보게 된 것이 너무나 기뻤다. 흙은 차지고 풍요하게 기름져 있어 노란 이국의 씨앗과 대조적으로 검은 색이었다……. 이렇게 하여 그날의 일은 끝났다. 옌은 기분 좋은 피로로 상쾌한 기분이 되어 학생들을 둘러보았다. 혈색이 나쁜 사람까지 모두 싱싱하고 건강한 표정이 되어 있었으며, 추운 바람이 서쪽에서 휘몰아치는데도 따뜻하게 보였다.

「이것이 몸을 덥히는 가장 좋은 방법이야.」미소를 지으면서 옌은 말했다.「불을 쬐는 것보다 훨씬 낫지.」청년들은 옌을 존경하고 있었으므로 그의 마음에 들도록 함께 웃었다. 그리고 농촌 출신의 두 사람만은, 원기에 찬 붉은 얼굴을 하고 있었으나 표정은 아직 시무룩했다.

 그날 밤 자기 방에 혼자 돌아왔을 때 옌은 오늘의 자초지종을 메이링에게 써 보냈다. 끼니처럼 요즘은 하루가 다 끝날 때, 그녀에게 그날 일어난 일을 써 보내는 것이 뺄 수 없는 일과가 되어 있었다. 다 쓰고 나자 그는 일어서서 창가로 가 시가를 바라보았다. 거뭇거뭇한 기와 지붕의 고옥들이 달빛 아래 거멓게 이어져 있었다. 고옥들 속에 섞여 도처에 새롭고 붉은 지붕의 네모난 양식 건물이 높다랗게 치솟고 있었다 — 그 무수한 창들에는 등불이 반짝이고 있었다. 넓은 신작로가 시가를 꿰뚫고 널찍한 빛의 띠를 만들고 달빛을 빨아들이고 있었다.

 이 변모해 가는 시가를 바라보면서도 옌은 거의 그 풍경을 보고 있지 않았다. 그가 무엇보다도 뚜렷하게 바라본 것은 메이링의 얼굴이었다. 참으로 뚜렷하게 젊음에 찬 그녀의 얼굴이 거기에 있었으며, 시가는 그 얼굴의 배경에 지나지 않았다. 그때 갑자기 미완성의 시 네째 줄이 마치 인쇄된 활자처럼 떠올라 시가 완성됐다. 그는 얼른 책상으로 가서 방금 봉을 한 편지를 뜯어 다음 말을 덧붙였다. 〈이 사 행시는 방금 완성된 것입니다. 첫 삼 행은 밭에서 지었는데 마지막 글귀가 떠오르지 않은 채 집으로 돌아와서 당신을 생각했습니다. 그러자 마치 당신이 나에게 읽어 주기라도 하듯이 시상이 떠올라서 금방 완성한 것입니다.〉

 이렇게 옌은 이 수도에 살면서, 낮에는 교직으로 바쁘고, 밤에는 메이링에게 편지를 쓰느라 바빴다. 그녀는 그리 많이 편지를 보내 오지는 않았다. 그녀의 편지는 정숙하고 말수도 적었으며, 헛말이 없었다. 그러나 말이 적으므로 뜻은 더 풍부하고, 그래서 조금도 따분하지 않았다. 그녀는 아이란의 한 달 여행 예정이 몇 배나 늘어나서 요새야 겨우 내외가 돌아왔다고 알려 왔다. 〈아이란은 점점 더 아름다워집니다만, 어딘가 따뜻함이 덜해진 것 같습니다. 아마 아기가 태어나면 다시 옛날로 돌아가겠지요. 이제 한 달 이내에 해산이 있을 예정입니다. 전에 자던 침대가 더 잠이 잘 온다면서 요새는 자주 이쪽에 와서 자곤 합니다.〉 또 〈오늘 저는 처음으로 진짜 수술을 했습니다. 어릴 때부터 전족을 한 여자의 발이 썩어 들어가서 발목을 절단했지요. 무섭지는 않았습니다.〉〈저는 고아원에 가서 고아들과 노는 것이 즐겁습니다. 저도 그 중의 하나였으니까요. 모두가 제 동생이랍니다.〉 그리고 그녀는 고아들이 지껄이는 앳되고 유쾌한 말들을 잘 써 보냈다.

어느 때의 편지에는,〈백부님 댁에서는 유학중인 셍 씨에게 귀국하도록 일러 보냈다고 합니다. 요새는 별로 소작료도 들어오지 않는데 셍 씨가 너무 돈을 낭비하기 때문이랍니다. 셍 씨의 형님이 받는 급료 중에서 학비를 보내는데, 부인이 그것을 싫어한답니다. 그렇다고 달리 그 많은 돈이 나올 데는 없고 이 이상 학비는 안 보낸다니까, 셍 씨도 결국 돌아오실 수밖에 도리가 없겠지요.〉

옌은 이것을 읽고 생각했다. 마지막으로 셍과 만났을 때, 새로 맞춘 고급 양복을 입고 짤막한 지팡이를 흔들며, 그 이국의 대도시에서 한여름의 거리를 활보하고 있던 모습이 생각났다. 분명히 그 미모를 소중히 하는 만큼 많은 돈을 썼을 것이다. 그러나 이번에는 결국 돌아오지 않을 수 없겠지 — 그를 귀국시키려면 이런 방법밖에 없다는 것도 확실하다.『돌아오는 것이 셍을 위해서는 좋을 것이다. 드디어 그 여자와 헤어지게 된 것이 나로서는 기쁘다.』

옌이 편지로 질문을 하면 메이링은 알뜰히 빼지 않고 해답을 보내 왔다. 한겨울이 되자 그녀는 옷을 두텁게 입고, 음식을 충분히 먹고, 잘 자야 하며, 너무 무리해서는 안 된다고 걱정을 했다. 낡은 교사의 틈새에서 들어오는 바람을 조심해야 한다고도 몇 번이나 써 보내 왔다. 그런데 그의 편지에 그녀가 절대로 대답하지 않는 것이 하나 있었다. 그는 편지를 쓸 때마다 꼭꼭 썼다.〈내 마음은 변치 않습니다. 당신을 사랑하고 있습니다. 나는 기다리고 있습니다.〉 이에 대해서 그녀는 아무 말도 하지 않았다.

그래도 옌은 그녀의 편지에 만족하고 있었다. 한 달에 네 번은 틀림없이 그녀에게서 편지가 왔다. 그날이 되면 밤에 집으로 돌아오는 옌은, 길쭉한 봉투에 약간 가느다란 해서체로 주소와 이름을 적은 편지가 책상 위에 놓여 있다는 것을 알고 있었다. 한 달 중에서 이

나흘이 그에게는 축일이 되었다. 그것을 확인하는 즐거움만을 위해서 그는 조그마한 달력을 사다 놓고 그녀의 편지가 오게 되어 있는 날에 미리 표를 해놓았다. 빨간 표를 해놓은 날이 새해까지 모두 십 이일이 있었으며, 명절에는 휴가가 있으므로 집에 돌아가서 그녀의 얼굴을 볼 수 있게 되었다. 그 앞의 달에 표를 하지 않은 것은 그에게 은밀한 희망이 있었기 때문이었다.

  이렇게 옌은 한 주일 또 한 주일 수업 이외에는 아무데도 갈 생각을 하지 않았으며, 쓸쓸하지 않았으므로 친구도 갖고 싶어하지 않고 생활해 나갔다.

  그래도 맹이 이따금 찾아와서 밖으로 데리고 나갔으므로, 어느 찻집에서 맹이나 그 동지들이 성급하게 늘어놓는 불평을 듣는 때도 있었다. 가만히 보면, 맹은 처음처럼 득의 양양하지 않았다. 들어 보니 맹은 여전히 분개하고 있었으며, 모처럼 새 시대가 되었는데도 변함없이 이 시대에 대해서 심한 불만에 차 있었다. 그러한 어느 날 밤, 새 시가의 새로 개업한 찻집에서 옌은 맹과 그 동료인 네 사람의 청년 대위들과 식사를 했는데, 이들은 모든 일에 대해서 불만인 듯했다. 식탁 위의 전등이 너무 밝다고 화를 내는가 하면 다음에는 덜 밝다고 잔소리를 하고, 음식이 늦게 나온다고 호통을 치는가 하면 일부러 이 집에서 팔지 않는 양주를 가져오라고 떼를 썼다. 맹과 그 친구들 사이에서 급사는 땀을 뻘뻘 흘렸으며, 허리띠에 번쩍이는 무기를 찬 청년 장교들의 기분을 상하게 할까봐, 연거푸 땀을 닦아 가며 갈팡질팡했다. 기생들이 나와서 새로 유행한 서양풍의 춤을 추었으나 그래도 청년 장교들은 만족하지 않았으며, 이년의 눈은 돼지처럼 작다느니 저년의 코는 파처럼 납작하다느니 저것은 너무 뚱뚱하고 이것은 너무 늙었다고 트집을 잡았으므로, 나중에는 여자들도 분해서 눈물을 흘리는 지경이었다. 옌은 그녀들을 아름답다고 생각하지는 않았으나 측은해져서 참다 못해 끼어들었다. 「그만 하게나, 이 사람들도 밥을 먹기 위해 나와 있잖나.」

  그러자 한 젊은 대위가 소리쳤다. 「뭐, 이런 인간들은 굶어죽어 버리는 편이 낫다.」 그리고는 짧고 난폭한 폭소를 남겨 놓고 허리에 찬 칼을 덜그덕거리면서 간신히 일어나 헤어져 왔다.
 그날 밤은 맹이 옌을 숙소까지 배웅해 주겠다고 하여 두 사람은 나란히 거리를 걸어갔다. 걸으면서 맹은 불평을 털어놓았다. 「사실 우리들은 상관들이 우리를 정당하게 취급해 주지 않아서 모두 분개하고 있어. 혁명 원리로 말한다면 우리는 모두 평등하며 기회가 주어져야 한단 말이야. 그런데 지금도 상관들은 우리들을 억압하고 있거든. 우리 부대의 사령관…… 형도 알지? 그자를 만났잖아. 그 자식은 마치 옛날의 군벌들처럼 뻐기고 있잖아. 그자는 이 지역 사령관으로서 매달 막대한 봉급을 타고 있지만, 우리들 젊은 놈들은 언제까지나 승진의 기회가 없단 말이야. 나는 대위까지는 곧 승진했지. 그래서 희망에 불타서 혁명의 성공을 위해서는 목숨을 바칠 생각이었단 말이야. 더 승진할 수 있을 줄 알았지. 그런데 아무리 일을 하고 몸을 가루로 만들어도 여전히 대위야. 우리는 대위 이상으로는 승진하지 못해. 왠지 알아? 그것은 상관들이 우리를 무서워하고 있기 때문이야. 우리들이 장차 자기들 이상의 지위에 오르는 것이 무서운 거야. 우리들은 젊고 그들보다 유능하거든. 그래서 눌러 두는 거야. 이것이 혁명 정신이라는 걸까?」 그리고 맹은 가로등 아래 걸음을 멈추고 옌에게 심한 질문을 퍼부었다. 옌은 맹의 얼굴이 언제나 뿌루퉁하던 소년 시대의 그와 똑같음을 보았다. 그때는 벌써 지나가던 사람들 두서너 명이 수상쩍은 듯이 그들의 거동을 살피고 있었다. 맹은 그들을 깨닫자 목소리를 낮추어 다시 말을 계속하다가 마지막으로 몹시 불쾌한 듯 뇌까렸다.
 「형, 이건 진짜 혁명이 아니야. 다시 한번 해야 돼. 지금의 상관들은 우리들의 참된 지도자가 못 돼. 놈들은 옛날의 군벌과 마찬가지로 이기적이야. 형, 우리들 청년들은 다시 한번 처음부터 새로 시작하는 거야. 민중은 지금까지와 마찬가지로 억압당하고 있어. 민중을 위해서 우리들은 다시 한번 거부하지 않으면 안돼. 현재의 상관들은 민중의 복지를 완전히 잊어버리고……」
 그러나 역시 맹도 여기서 말을 끊고 저쪽을 바라보았다. 그곳에 있는 유명한 댄스 홀 입구에서 싸움이 일어나고 있었다. 댄스 홀

불빛이 피처럼 붉게 빛나고 있었는데, 그 빛 아래 드러난 것은 차마 바라볼 수 없는 광경이었다. 이 새 수도의 옆을 흐르고 있는 양자강에 정박중인 외국 군함의 수병이 만취하여, 자기를 이 댄스 홀까지 태워다 준 인력거꾼을 난폭하게 주먹으로 후려갈기고 있는 것이다. 수병은 만취하여 고성을 지르면서 보기 흉하게 비틀거리고 있었다. 맹은 백인이 동족을 구타하고 있는 것을 보자 느닷없이 달리기 시작했다. 옌도 뒤를 따랐다. 가까이 가닌 수병이 인력거꾼에게 욕설을 퍼붓고 있는 소리가 들렸다. 수병이 주기로 한 돈보다 더 많은 돈을 요구했다는 것이다. 수병이 체구가 더 크고 강해서 인력거꾼은 두들겨 맞으면서도 겁약하게 팔을 쳐들고 몸을 피하고 있었다. 술취한 기운으로 후려치는 주먹은 차마 보지 못할 만큼 잔인했다.

맹은 그 자리로 달려가 외국 수병을 향해 소리쳤다. 「무슨 짓을 하는 거냐, 이 새끼야!」 그리고 달려들어 수병의 팔을 잡고 뒤로 꺾었다. 그러나 수병은 쉽게 진정하지 않았다. 그에게는 맹이 대위거나 무엇이거나 그런 것은 조금도 문제가 아니었다. 그에게는 자기와 인종이 다른 인간은 모두 같았으며 마찬가지로 경멸해야 할 인간이었다. 그래서 맹렬하게 맹에게 욕설을 퍼부었다. 그리하여 두 사람이 각기 민족적 증오에 쫓겨 막 격투를 벌리려 하는 것을 옌과 인력거꾼이 뚫고 들어가 간신히 떼어 놓았다. 옌은 열심히, 「주정뱅이야, 이놈은. 야비한 수병이야. 쓸데 없는 짓 하지 말아라.」 하고 맹을 달래 놓고 수병을 댄스 홀 입구로 밀어 넣어 버렸다. 수병은 싸운 것도 잊고 안으로 들어갔다.

옌은 주머니에 손을 넣어 동전 몇 푼을 꺼내어 인력거꾼에게 주고 싸움의 결말을 지었다. 인력거꾼은 몸집이 작고 제대로 먹지도 못한 듯 시들어진 노인이었는데, 이렇게 사건을 수습해 준 것이 흡족해서 아첨의 웃음을 보이며 말했다. 「나리는 사리를 잘 아는 분입네다! 옛날부터 말이 있지요, 어린애와 여자와 주정뱅이는 상대하지 말라고.」

아까부터 불꽃처럼 화가 나서 여전히 씩씩거리며 그 자리에 서 있던 맹은 분노를 수병에게 실컷 쏟아 놓지 못해서 아직도 불이

다 꺼지지 않고 있었으므로 그 대문에 자제심을 잃었다. 그래서 두들겨 맞은 인력거꾼이 얼마 안되는 동전 몇 푼으로 속절없이 온순해진 것을 보자, 그리고 그의 비굴한 웃음과 케케묵은 속담을 늘어놓는 것을 듣자 맹은 더이상 참지 못하게 되었다. 자기 동족에 대한 외국인의 모욕에 쏟아놓으려던 깨끗하고 올바른 분노가 무언가 기묘하게 오염된 기분이 들어서, 확 타오르는 눈초리로 인력거꾼을 쏘아보더니 느닷없이 그 얼굴의 입언저리를 후려갈겼다. 그것을 보고 옌이 「맹, 무슨 짓을 하나!」하고 소리쳤다. 그리고 얼른 동전을 꺼내어 이 폭행의 보상을 하려고 했다.

그러나 인력거꾼은 돈을 받지 않았다. 그는 얼떨떨해져서 멍청하게 서 있었다. 너무나 갑자기 두들겨 맞았고 또 너무나 뜻밖이었으므로 그는 입을 벌린 채 넋을 잃고 서 있었다. 입가에서 피가 조금 흘러내렸다. 그는 몸을 굽히고 인력거의 채를 잡더니 옌을 돌아보고 말했다. 「이 주먹은 외국인 것보다 더 아픈데.」 그리고 그는 가버렸다.

맹은 후려갈긴 후 성큼성큼 걸어가기 시작했다. 옌은 그 뒤를 따라갔다. 따라가서, 왜 때렸느냐고 물어 보려다가 맹의 얼굴을 보자 입을 뗄 수 없게 되었다. 밝은 거리의 불빛으로 맹의 얼굴에 눈물이 흘러내리고 있는 것을 보았기 때문이다. 눈물을 흘리면서 맹은 지그시 앞을 노려 보고 있었다. 이윽고 그는 심한 노여움을 입 밖에 내어 중얼거렸다. 「이런 민중을 위해서 아무리 이상을 품고 싸워 봐야 대체 무슨 소용이 있단 말야? 압제자를 미워할 수조차 없는 비굴한 민중이야. 불과 얼마 안되는 돈으로, 그렇게 모욕을 당하고도 선뜻 참아 버리고 만단 말이야.」그리고 그는 그 말을 남기고 옌과 헤어져서 인사도 없이 어두운 골목으로 사라져 버렸다.

옌은 잠시 망설이며 서 있었다. 맹이 이상 더 홧김에 난폭한 짓을 하지 않도록 뒤를 따라가지 않아도 좋을 것인가? 그러나 그는 빨리 자기 방으로 돌아가고 싶었다. 마침 토요일 밤이라 책상 위에서 기다리고 있을 그 길쭉한 봉투를 생각하고 맹이 혼자서 마음대로 화를 내고 돌아다니는 것을 말리지 않기로 했다.

마침내 연말이 가까워졌다. 사오 일 안으로 휴가가 나면 메이링을 다시 만나게 되겠지. 그 무렵의 나날은 무엇을 하더라도 오직 자유의 날을 기다리는 한 방편에 지나지 않는 듯한 느낌이 들었다. 수업은 되도록 잘했지만 학생들마저 그에게는 아무런 생명의 의의도 없게 되고, 그들이 잘하든 못하든, 또 그들이 무엇을 하든 별로 관심을 쓰고 싶지 않았다. 밤이 빨리 지나기를 바라는 마음에서 빨리 잠자리에 들었다. 하루가 빨리 지나도록 아침은 일찍 일어났다. 그래도 시간은 마치 시계가 멎은 것처럼 진행이 늦었다.

한번 그는 맹을 찾아가서 같은 기차로 고향에 돌아가자는 의논을 했다. 이번에는 맹도 휴가를 얻기로 되어 있었기 때문이다. 맹은 언제나 입버릇처럼, 자기는 혁명가이므로 두번 다시 고향을 볼 수 없게 되어도 상관 없다고 말하고 있었는데 요즘의 그는 매우 불평 불만이 많고 하고 싶은 일도 못하니 고향에나 가보고 싶은 생각이 났던 것이다. 그는 그 인력거꾼을 구타한 밤의 일은 두번 다시 꺼내지 않았다. 지금 그는 또 하나 새로운 화를 낼 계기가 생겼으므로 그 사건은 잊은 듯했다. 그것은 민중이 건방지게도 정부가 정한 날에 과세하는 것을 싫어한다는 것이었다. 태음력이 몸에 배어 있는 민중은 신정부의 젊은 지도자들이 서양 여러 나라와 같이 태양력으로 고친 모처럼의 신년에 흥미를 느낄 수 없었던 것이다. 마침 거리에는 양력으로 새해를 맞이하라는 명령이 고시되어 있었는데, 사람들은 그 주위에 모여, 읽을 줄 모르는 사람은 군중 속의 학문 있는 자들에게 읽어 달래서 듣고 있었다. 사람들은 도처에서 불평을 토했다.

「어째서 이런 식으로 일 년을 결정하지? 만일 부엌 신령에게 한 달이나 빨리 제수를 바친다면 대체 그 신령이 뭐라고 생각할까? 신령이 외국의 태양으로 계산하실 까닭이 없잖아.」 이와 같이 민중은 완고하게 따르려 하지 않고, 여자들은 떡을 만들지 않았으며 남자들은 문간에 행운을 부르기 위해서 바르는 문구를 쓴 붉은 종이를 사려 하지 않았다.

그래서 젊은 지도자들은 민중의 고집에 크게 화가 나서 그들 자신이 문구를 만들었다. 옛날 식의 터무니없는 신의 말이 아니라 혁명의 문구였다. 이것을 일꾼을 사서 집집마다 강제로 붙여 놓게 했다.

옌이 찾아간 날 맹은 이 문제에 열중하여 우쭐대며 이야기했다.
「그러니 내 말은, 그들이 좋아하든 싫어하든 상관 없이 민중은 교육을 받아야 하며, 고루한 미신은 추방되어야 한다는 거야!」

그러나 옌은 아무 대답도 하지 않았다. 그는 양쪽의 입장을 이해할 수 있었으므로 뭐라고 해야 좋을지 몰랐기 때문이었다.

그리고 이틀 동안 옌이 보고 있으니 과연 집집마다 새로운 문구가 나붙어 있었다. 그에 대해서 민중은 아무 말도 하지 않았다. 남자도 여자도 자기 집 문간에 붙어 있는 문구를 바라보고 말이 없었다. 개중에는 웃는 자도 있었고, 땅바닥에 침을 뱉는 사람도 있었다. 입 밖에 내어 하고 싶은 많은 말이 뱃속에 가득 차 있는 듯한 태도로 걸어가는 사람도 있었다. 그러나 남자도 여자도 어디서나 평소와 변함없이 일하고 있어서, 금년은 일 년 내내 아무데도 축일이 없는 것 같았다. 집집마다 문간에만은 화려하게 붉은 종이가 붙어 있었지만, 민중은 아무것도 보이지 않는 듯한 표정으로 짐짓 평상시와 같이 늘 하는 일에 열을 내고 있었다. 옌은 맹이 화를 내는 것도 이유가 있다고 인정했으며, 또 사람들이 묻는다면 민중은 정부의 명령을 따라야 한다고 시인했을 것이지만, 뱃속에서는 혼자 고소하지 않을 수 없었다.

그러나 요즘엔 옌이 아무리 사소한 일이라도 곧 미소를 짓는 것은 메이링의 마음에 틀림없이 전과 다른 애정이 싹터 있을 것이라고 생각하고 있었기 때문이다. 그녀는 옌이 써 보낸 사랑의 말에는 한 마디도 대답을 하지 않았지만, 적어도 그것을 읽고 있는 것만은 틀림없었고, 그것을 하나도 남김없이 깡그리 잊어버리리라고는 믿어지지 않았다. 그에게 있어서는 적어도 금년은 태어나서 가장 행복하고 가장 명랑한 해였다. 왜냐하면 그는 새해에 큰 희망을 걸고 있었기 때문이다.

이와 같은 기대 속에서 휴가가 시작되었으므로 옌에게는 맹의 분노조차 아무런 암영을 던질 수 없었다. 하기야 해안의 대도시로 가는 기찻간에서 맹과 옌은 하마터면 싸움을 할 뻔했다. 맹은 내심으로 맹렬한 불만을 품고 있었으므로 무엇을 보아도 시들해했다. 그래서 기찻간에서도 돈깨나 있어 보이는 친구가 모피 깔개를 좌석의 두 사람 분 넓이로 깔고 앉아 있어서 그 때문에 한 가난해 보이는 사나이가 서 있지 않을 수 없는 것을 보고 그만 화를 냈다. 또한 그 가난한 사람이 아무 말도 못하고 참고 있는 데 대해서도 화를 냈다. 마침내 옌은 미소를 누르지 못하고 맹을 슬쩍 쿡쿡 찌르면서 농담삼아 말했다.「너는 무엇을 보아도 마음에 안 드는 모양이구나. 부자는 부자라서 마음에 안 들고, 가난뱅이는 가난해서 마음에 안 드는 모양이지?」
　그러나 맹은 불만이 너무 심해서 자기가 농조로 취급되는 것을 잠자코 듣고 있지 못했다. 그는 사나운 기세로 옌을 돌아보고 나직한 소리지만 격한 어조로 말했다.「그렇다, 형에 대해서도 마찬가지야. 형은 뭐든지 참지. 형처럼 흐리멍텅한 사나이는 처음 본다. 형은 절대로 참된 혁명가는 될 수 없을 거다!」
　맹의 공격이 너무 심해 옌도 모르는 사이에 표정이 굳어졌다. 그러나 주위의 승객들이 모두 맹을 힐끔힐끔 쳐다보고 있었으므로 아무 대답도 하지 않았다. 맹은 목소리를 낮추고 있었으므로 무슨 말을 하는지 다른 승객들은 알아듣지 못했으나, 노기에 찬 얼굴에 눈이 번들번들 빛나고, 허리에는 권총을 찼으므로 모두 기가 질려 있었다. 그래서 옌은 입을 다물고 만 것이다. 그러나 그 말없는 속에서 맹의 말의 진실을 인정하지 않을 수 없었으므로 약간 기분이 상했다. 하기야 맹은 달리 기분이 상하는 일이 있어서 화가 난 것이지 옌이 미워서가 아니라는 것을 알고 있었다. 이리하여 옌은 기차가 골짜기며 언덕이며 밭을 누비고 나아가는 동안 잠시 기가 죽은 듯 앉아 있었으나, 이윽고 깊은 생각에 잠겨서 자기는 대체 어떤 자이며 무엇을 가장 원하고 있는가 하고 반성하기 시작했다. 그야 분명히 나는 위대한 혁명가가 아니다. 또 장래에도 대혁명가는 될 수 없을 것이다. 그것은 맹처럼 증오를 오래 간직하지 못하기 때문이다. 그렇다, 나는 한때는 화를 낼 수도 있다. 순간적으로는 미워하는 일도 있다. 그러나 오래 계속되지 않는다. 정말로 내가 갖고 싶은 것은 평화 속에 일을 하는 것이다. 그리고 내가 가장 좋아하는 일은 지금 내가 하고 있는 일이다. 내가 보낼 수 있었던 가장 훌륭한 시간은 학생들에게 수업을 하는 시간이다. 연인에게 편지를 쓰는 시간을 제외하면…….

이 명상을 깨뜨리고 맹의 냉소적인 말소리가 들렸다.「뭘 생각하고 있어? 마치 바보 어린애가 입 안에 누가 과자라도 쑤셔 넣어 준 것처럼, 말도 않고 빙글빙글 웃고만 있잖아.」

이럴 때는 옌도 부끄러워 웃을 수밖에 없었다. 맹은 지금 자기가 생각하고 있는 것을 얘기할 수 있는 상대가 되지 못했으므로 얼굴이 붉어지는 것을 옌은 속으로 저주했다.

그런데 어떤 재회고 꿈꾸던 만큼 감미로운 것일 수는 없는 것이다. 그날 저녁때 집에 도착하자 옌은 입구의 층계를 뛰어 올라가서 집안에 들어섰다. 그러나 이번에도 역시 집안은 조용했다. 이윽고 하녀가 나와서 공손히 인사를 한 다음 말했다.「마님 말씀이, 둘째 도련님이 외국에서 돌아오셨으므로 백부님 댁에서 친척 분들의 연회가 있으니, 도련님에게도 곧장 그리로 오시랍니다. 마님께서는 그쪽에서 기다리고 계십니다.」

셍이 돌아왔다는 소식보다 옌에게는 메이링도 노부인과 함께 가 있을까 하는 것이 훨씬 더 궁금했다.

그러나 아무리 그것이 알고 싶더라도 하녀에게 물어 본다는 것은 서투른 짓이다. 하녀들의 머리처럼 남녀 관계를 잘 눈치채는 것도 없기 때문이다. 그러므로 아무튼 백부 댁으로 가서 자기 눈으로 확인할 때까지는 두근거리는 마음을 눌러 두는 수밖에 없었.

지난 몇 달 동안 옌은 메이링과 다시 만나는 장면을 꿈꾸어 왔는데, 그것은 그녀와 단 둘이서 만나는 장면뿐이었다. 두 사람은 기적처럼 단 둘이서만 그가 집안에 발을 들여 놓는 순간 바로 문 안쪽에서 만나게 되어 있었다. 어쩐 이유인지는 몰라도 아무튼 그녀는 거기 있어야 했다. 그런데 그녀는 있지 않았다. 백부 댁에서 만난다 하더라도 두 사람끼리만 만난다는 것은 바랄 수 없었다. 집안 사람들이 있는 앞에서는 시치미를 떼고 얌전하게 있는 수밖에 자기로서는 어쩔 도리가 없을 것이다.

사실 그러했다. 백부 댁에 가서 호화로운 서양식 장식품과 의자 등이 치장되어 있는 큰 방으로 들어가 보니 친척들이 모두 모여 앉아 있었다. 맹은 옌보다 먼저 와 있어서 옌이 갔을 때는 사람들이 맹과 환영 인사를 막 나눈 뒤였다. 거기에 옌이 나타났으므로 다시 새로 인사들을 나누지 않으면 안되었다. 그는 먼저 백부 앞으로 가서 인사했다.

백부는 목을 매고 자살한 아들과 중이 된 곱사등이 아들을 제외하고는 자식들이 모두 모였으므로 마치 다시 소생한 듯이 기분 좋아했다. 하기야 백부도 백모도 그 두 아들들을 자식으로 생각하고 있지 않았다. 노부부는 정장을 하고 나란히 앉아 있었다. 노부인은 당당한 관록을 보이면서 묵직한 태도로 담배를 피우고 있었다. 곁에 서 있는 하녀가 한두 모금 빨 때마다 새로 담배를 채워 주고 있었다. 부인은 손에 염주를 걸고 손가락 사이로 줄곧 갈색 염주알을 만지작거리면서, 여전히 백부가 무슨 농담을 할 때마다 그 복창으로 무슨 도덕적인 말을 하려고 애를 쓰곤 했다. 옌의 인사를 받은 다음 백부는 주름 투성이인 축 처진 얼굴을 온통 웃음으로 구기면서 큰 소리로 말했다. 「그런데 옌, 외국에 가 있던 우리 둘째 아들놈도 마치 계집애처럼 예뻐져서 돌아왔다. 서양 사람을 아내로 데리고 오잖나 하고 걱정을 했었지만, 그 걱정은 쓸데없는 기우였어. 혼자 돌아왔으니까!」

그러자 노부인이 매우 침착한 어조로 나무라는 듯 말했다.

「여보, 솅은 영리한 아이니까 그런 나쁜 생각은 하지 않아요. 연세에도 어울리지 않는 그런 허튼 말씀은 하지 말아요.」

그러나 오늘만은 노인도 노처의 혀를 무서워하지 않았다. 그는 이 가문의 연장자이며 이 호화로운 저택에 모여 있는 훌륭한 젊은 남녀가 모두 자기의 슬하라고 생각하니 무언가 우스꽝스러운 말을 하고 싶어 견딜 수가 없었다. 여러 사람들의 앞이었으므로 그는 대담해져서 소리쳤다. 「뭐라고? 자식 결혼 얘기를 하는 게 뭐가 잘못인가? 솅도 어차피 색시를 맞이해야 할 게 아닌가.」 부인은 이 말에 대해 의연히 대답했다. 「요새 같은 새로운 세상에서는 어떻게 하는 것이 가장 좋은가 나는 환히 알고 있어요. 부모에게 억지로 강요되어서 마음에도 없는 아내를 갖게 되었느니 어떠니 하고 아들한테 군소리를 들을 짓을 나는 결코 하지 않을래요.」

옌은 이 노부부의 말다툼을 웃으면서 듣고 있었는데 그때 이상한 일에 부딪쳤다. 셩이 차갑고 슬픈 듯한 미소를 띠우면서 이렇게 말한 것이다. 「아녜요. 저는 결코 그토록 새롭지 않습니다. 어머니가 마음에 드시는 신부면 좋습니다. 상관 없어요. 어떤 여자든지 저한테는 모두 똑같습니다.」

그러나 아이란이 웃으면서 말했다. 「셩 오빠, 그런 말을 하는 건 오빠가 아직 젊기 때문이야.」 그래서 다른 사람들도 그와 함께 웃었으므로 그 자리는 그대로 끝났으나, 옌만은 셩의 표정을 잊지 않았다. 다른 사람들의 웃음 소리 속에서 빙그레 웃음짓고 있는 그 눈빛을. 그것은 무슨 일에 있어서나 아무래도 좋다고 생각하고 있는 인간, 자기 결혼의 상대마저 누구라도 별 차이가 없다고 생각하는 인간의 표정이었다.

그러나 이날 밤의 옌이 어떻게 셩의 일을 깊이 걱정할 수 있었겠는가? 백부 부처에 대한 인사를 하기 전에 그의 눈은 벌써 메이링을 찾고 있었다. 제일 먼저 그는 자기가 어머니라고 부르는 부인 곁에 얌전히 서 있는 그녀의 모습을 보았다. 불과 한순간이기는 하나 두 사람의 눈이 마주쳤으나 미소를 교환할 겨를은 없었다. 그러나 아무튼 그녀는 있었다. 그가 꿈에 그리던 대로는 아니더라도 완전히 실망할 것은 없었다. 이 방에 그녀가 있어 주는 것만으로 충분하다. 한 마디도 말을 건넬 수조차 없더라도. 지금은 그런 기분이었다. 참된 재회는 뒤로 미루자, 어디 다른 장소에서 하기로 하자.

그런데 옌은 몇 번이나 그녀를 보았으나 그 최초의 시선 뒤에는 한 번도 그녀의 시선을 붙잡을 수 없었다. 그러나 그가 어머니라 부르는 부인은 진심으로 즐거운 듯이 그에게 인사했다. 그리고 그가 옆에 가자 부인은 그의 손을 잡고 가볍게 두들긴 다음 손을 놓았다. 옌이 부인 곁에 있으니 메이링은 무언가 잊은 것을 가져오겠다는 구실로 그 자리를 떠나 버렸다. 그는 잠시 부인의 상대를 했다. 옌은 다른 사람들과 담소하면서 메이링이 거기 있다는 생각만으로도 마음이 훈훈해졌다. 그리고 기회만 있으면 메이링이 차를 따르기도 하고 아이들에게 과자를 나누어주기도 하는 모습을 눈으로 쫓아다녔다.

오늘 밤의 화제와 인사의 중심은 대부분이 셍이었으므로 맹과 옌은 곧 많은 친척 중의 한 사람에 지나지 않게 되었다. 셍은 전보다 더욱 더 아름다워졌으며, 미모에다가 만사가 세련되어 있어서 말하는 것도 하는 행동도 재치가 있어, 옌은 옛날부터 그러했듯이 그의 앞에 나가면 부끄러운 생각이 들었다. 그리고 셍이 이처럼 숙성한 것을 생각하면 역시 자기는 어리다고 느껴졌다. 그러나 셍은 결코 옌에게 그런 열등감을 느끼게 해두지 않았다. 그는 그리운 듯이 옌의 손을 잡고 좀처럼 놓아 주지 않았다. 마치 여자처럼 매끄럽고 우아한 손가락의 감촉이 기분은 좋았으나 왠지 천한 느낌이 들었다. 보기에는 제법 감추는 것이 없고 상태가 좋아 보였지만, 지금 셍의 얼굴이나 거동에는 너무나 요염하게 활짝 핀 꽃의 지나치게 짙은 향기와 같은 악마적인 데가 있었다. 그러나 그것이 무엇인지는 옌도 알 수 없었다. 대강 상상이 갈 듯도 했으나 역시 잘 알 수 없었다. 왜냐하면, 셍은 잘 웃고 잘 지껄였으며, 명랑하면서도 언제나 지나치지 않고 궤도에서 벗어나는 일이 없었으며, 또 그의 목소리는 높지도 낮지도 않은 요령 소리 같다고나 할까, 참으로 부드러운 음조였으며, 친척들끼리의 어떤 잡담에도 금방 끼어들어 유쾌하게 상대가 되어 주는 듯이 느껴졌기 때문이다. 그러나 그런 상태이면서도 옌의 느낌으로는 셍 자신이 마치 이 자리에 있지 않고 아주 먼 곳에 있는 것 같았다. 셍은 혹시 돌아오고 싶지 않았던 것이 아닐까—— 옌은 이런 의문을 품지 않을 수 없었다. 그래서 그는 셍이 가까이 온 기회를 잡아 살며시 물어 보았다.

「형, 형은 미국을 떠나기가 고통스러웠던 게 아냐?」

그는 대답을 기다리며 셍의 얼굴을 바라보았다. 그 얼굴에는 아무런 그림자도 거북살스러움도 없었다. 빛나는 듯한 미소를 띠고 눈은 검은 경옥처럼 맑았으며, 고민의 그림자조차 보이지 않았다. 셍은 일부러 짓는 듯한 아름다운 미소를 옌에게 보이면서 대답했다. 「아니 그런 건 없었다. 나도 이제는 돌아올 기분이 되어 있었거든 어디 있으나 나는 마찬가지야.」

계속해서 옌은 물었다. 「그후에도 시를 썼어?」 셍은 아무렇지도 않은 듯이 대답했다. 「응, 시집을 한 권 냈지. 너한테 보여 준 것도 조금은 들어 있지만 대부분은 네가 떠난 후에 지은 거야. 뭣하면 오늘 밤 돌아가기 전에 한 권 주지.」 옌이 꼭 한 권 갖고 싶다고 말하자 미소를 지어 보였을 뿐 아무 말도 하지 않았다. 다시 한번 옌은 질문했다. 「형은 여기서 살 참이야? 아니면 새 수도로 오겠어?」

그러자 셍은 즉각, 그리고 그것만은 그에게도 얼마간의 관심이 있다는 말투로 대답했다. 「물론 여기서 살 참이다. 너무 오래 저쪽에 있었으니까 근대적인 생활은 이제 지긋지긋해. 물론 나는 새 수도 같은 거친 도시에서는 살아갈 수 있을 것 같지 않아. 맹한테서 조금 얘기는 들었지만 말이야. 새 도로니 건축이니 하고 큰소리치길래 물어 보았더니, 현대식 목욕탕 시설도 없고, 이렇다 할 유흥장도, 우수한 극장도 없잖아. 요컨대, 교양 있는 사람이 향락할 수 있을 만한 것은 아무것도 없다는 걸 마지못해 인정하더군. 나는 말해 주었지. 『너는 무척 자랑스러운 모양이다만 그렇다면, 대체 새 수도에는 뭐가 있단 말이냐?』하고 말이야. 그랬더니 그 녀석, 언제나 그렇듯이 시무룩해져서 입을 다물고 말더군! 맹은 조금도 변하지 않았어.」 이러한 것들을 그는 영어로 말했다. 영어를 매우 수월하고 유창하게 지껄일 수 있었으므로 자기 나라 말보다 그쪽이 먼저 나오는 것이다.

셍의 형수는 그가 참으로 훌륭하게 되었다고 말했으며, 아이란과 그의 남편도 그렇게 말했다. 이 세 사람은 셍을 언제까지 바라보고 있어도 진력이 나지 않는 모양이었다. 그리고 아이란은 마침 임신중이었으나 근래의 그녀로서는 보기 드물게 그전처럼 명랑하게 웃고, 셍과 거리낌없이 장난을 치는 것이 퍽 즐거워 보였다. 셍도 그녀의 해학이나 기지에 빈틈없이 응수했으며, 그녀가 칭찬하면 저도 칭찬하기를 잊지 않았고 아이란 또한 그것을 기꺼이 받아들였다. 그리고 사실 임신한 몸이기는 했으나 그녀는 여전히 아름다웠다. 확실히 다른 여자라면 얼굴이 붓거나 거무스레해지거나 혈액 순환이 둔해지거나 하는데, 아이란은 그저 양지쪽에 활짝 핀 장미처럼 요염했다. 옌에게는 오빠로서 기분 좋게 인사했으나, 셍에게는 미소와 기지를 풍성하게 주었다. 그녀의 남편은 태평스럽게 별로 관심도 없이 바라보고 있을 뿐 질투하는 눈치도 보이지 않았다. 이 사나이는 셍이 아무리 미남이라도 자기가 더 미남이고 어떤 여자한테서나 호감을 사며 자기가 택한 여자에게서는 더더욱 그렇다고 믿고 있는 모양이었다. 질투를 하기에는 너무나 자기 자신을 사랑하고 있는 것이다.

이리하여 떠들썩한 담소 속에서 주연이 베풀어져서 그들 일족은 옛날처럼 노인과 젊은 사람이 따로따로 자리를 차지하지 않고 모두 한 테이블에 둘러앉았다. 요즘 세상에서는 이미 그런 차별이 없어졌기 때문이다. 백부 부처는 윗자리에 앉았는데, 아이란과 맹을 비롯해서 모두들 서로 주고받는 농담과 웃음의 소용돌이 속에서 노부부의 목소리는 들리지 않았다. 실로 화기 애애한 한때의 모임이었으며, 옌은 이들이 모두 자기의 혈육이라고 생각하니 자랑스러움으로 가슴이 뿌듯해졌다. 모두 부유하고 훌륭한 복장을 하고 있었다. 여자들은 한 사람도 빠짐 없이 최근에 유행하는 디자인의 화려한 공단 두루마기를 입고 있었고 남자들은 노주인을 제외하고는 모두 양복 차림이었으며, 맹만이 대위의 군복을 입고 몸을 뒤로 젖히고 앉아 있었다. 아이들까지 비단옷을 입고 서양식 리본을 달고 있었다. 식탁에는 모든 종류의 서양 요리며 서양 과자에다 양주가 차려져 있었다.

그때 문득 옌은 한 가지 일이 생각났다. 집안 사람들은 여기 있는 사람들만이 전부가 아니다. 그렇다. 해안에서 멀리 떨어진 곳에 옛 그대로 자기 아버지 왕 후 장군이 있고, 둘째 백부인 호상 왕 얼과 그 아들딸들이 있다. 그들은 외국어를 지껄이지 않는다. 그들은 서양 요리를 먹지 않는다. 그리고 조상과 마찬가지 생활을 하고 있다. 만일 그들이 이 방에 안내되어 온다면 얼떨떨해져서 필경 편한 마음으로 있지 못할 것이다. 왕 장군은 집에서 늘 하는 버릇대로 침을 방바닥에 마음대로 뱉지 못해 곧 기분이 상하고 말 것이다. 이 넓은 방에는 꽃무늬의 비단 깔개가 깔려 있는데, 왕 장군은 가난한 사람은 아니더라도 기껏해야 벽돌이나 타일 바닥의 집에 사는 버릇이 몸에 배어 있는 것이다. 상인인 백부를 보더라도 이 방의 그림이나 공단 의자나 서양식 정물(靜物), 나아가서는 부인들의 몸에 달고 있는 외국풍의 반지며 보석 따위에 쓴 막대한 돈을 생각하고 한탄할 것이다. 거꾸로 여기 있는 왕 룽 가문의 사람들은 왕 후 같은 생활, 혹은 왕 얼이 살고 있는 집, 즉 왕 룽이 아들들을 위해서 지은 옛 도시의 집에서의 생활에는 견디지 못할 것이다. 이들 손자들은 그런 천한 집에서는 살 수 없다고 말할 것이다. 겨울에는 남쪽의 햇빛이 드는 곳 이외에는 춥고, 천장도 없으며 근대식 설비도 없으니 자기들의 주거로서는 적당하지 않다고 말할 것이다. 그 흙벽집에 이르러서는 돼지 우리와 같으며 그런 집이 있다는 것조차 잊어버리고 말 것이다.

그러나 옌은 잊지 않았다. 서양식으로 흰 천이 덮인 테이블을 바라보면서, 한창 흥이 도도해진 주연 속에서 생각지도 않던 추억이 되살아나고 그 흙벽집이 머리에 떠올라 그는 그 집에서의 며칠간을 생각했다. 누가 뭐라고 해도 나는 그 집이 좋다. 나는 여기 있는 이 사람들의 한패가 될 수 없는 것이다. 나는 아이란과도 셍과도 다르다. 그들의 서양식 태도나 거동을 보고 있으면 그 자신이 그런 이상으로 자기가 비서구적이고 싶어졌다. 그 집이 어딘지 모르게 좋기는 해도 지금의 그는 옛날 조부 왕 룽이 그 집에 살면서 만족해하고, 그 집을 내집으로 생각하던 것처럼 그곳에 살 수는 없는 것이다. 그는 허공에 떠 있었다. 이 외국식 집과 흙벽집 사이의 중간에서 헤매고 있었다. 그는 쓸쓸했다.『안주할 장소가 없는 것이다. 여기서 살 수도 없고, 거기서 살 수도 없는 나는 고독한 영혼이다.』

그의 시선은 한동안 셍 위에서 머물렀다. 그 황금빛 살결, 그 새까맣고 치켜뜬 듯한 눈을 제외하면 셍은 완전히 서양 사람이었다. 거동 하나하나가 이제는 서양식이었고, 말하는 투도 서양인과 다를 바 없었다. 아이란이 감탄해 하는 점은 바로 그점이다. 셍의 형수도 그것이 좋은 것이다. 셍의 형까지, 셍이 매우 새롭고 시대의 첨단을 가고 있다고 생각하면서, 스스로 열등감을 느껴 말수가 적었으나 왠지 아름다운 기분도 들어서 그런 마음을 달래기 위해 묵묵히 음식만 먹어 대고 있었다.
 그때 재빨리 아무도 몰래 옌은 메이링 쪽을 보았다. 아이란의 눈에서 셍에 대한 찬미를 읽었을 때 메이링은 어떨까 하고 생각하고 질투를 느낀 것이다. 다른 많은 젊은 여자들처럼 메이링도 셍만 바라보고 셍이 그녀들을 웃기려고 무슨 말을 할 때마다 찬미의 빛을 눈동자에 띠우고 있을까? 그는 메이링이 냉정하게 셍을 바라보고 아무런 흥분의 빛도 없이 다시 시선을 돌리는 것을 보고 마음이 놓였다. 그렇다면, 메이링은 나와 닮은 것이 아닐까? 메이링도 구시대와 떠나 있으면서도 완전히 새 시대가 될 수 없는 중간의 존재인 것이다. 불현듯 가슴이 뜨거워지면서 그는 다시 그녀를 보았다. 밀려왔다가 다시 밀려가는 담소의 파도를 머리에 덮어쓰면서 한순간 그는 그녀의 모든 것을 만끽했다. 그녀는 노부인 곁에 자리를 차지하고 앉아 조금 앞으로 몸을 내밀듯이 하여, 한가운데 놓인 큰 쟁반에서 한 조각의 흰 고기를 젓가락으로 품위 있게 집어 노부인의 접시에 놓고는 방긋이 웃는 얼굴로 노부인을 쳐다보았다. 아아, 그녀와 아이란은 대밭 밑의 들백합과 정원에 기른 동백꽃만큼 다르다. 옌은 격렬한 열정에 마음을 고조시키면서 속으로 중얼거렸다. 『그렇다, 그녀도 중간의 존재이다. 그러고 보면, 나는 혼자가 아니다!』
 갑자기 옌의 애정은 외곬으로 타올라 이제는 메이링이 자기와 같은 기분이 될 수 없다는 것을 믿을 수 없었다. 그의 마음은 오직 하나의 애정이 되어 흐르고, 온갖 애정은 오직 한 가닥 외곬으로 그 흐름에 휘말려 흘러갔다.
 그날 밤 그는 침대에 들어가서도 좀처럼 잠이 오지 않아 내일은 어떻게 메이링과 단 둘이서 이야기를 할까 하고 궁리했다. 그녀의 마음은 이제 확실히 자기를 향하고 있음이 틀림없다고 생각했다. 그토록 많은 편지를 썼으니 필경 그것이 그녀의 기분에 열정을 불러일으켰음이 틀림없다고 생각했다. 어떤 식으로 단 둘이서 이야기를 나눌까? 차라리 밖으로 데리고 나가서 함께 거니는 편이 좋을지도 모른다. 요즘에는 처녀들이 믿을 만한 젊은 남자와 단둘이서 바깥을 거니는 것이 예삿일이 되어 있다. 만일 그녀가 주저한다면, 나는 요컨대 당신 오빠나 다름없지 않느냐고 말해야지 하고 생각했으나, 곧 생각을 고쳐 먹고 그런 구실은 쓰지 않기로 했다. 단호히 그는 자기에게 말했다.『아니, 나는 그녀의 오빠가 아니다. 무슨 일이 있더라도 오빠만은 아니다.』그는 간신히 잠이 들었는데 꿈은 모두 토막진 것들이었다.

그러나 그날 밤 아이란의 아이가 태어날 줄이야 누가 예측할 수 있었을까? 그러나 그것은 사실이었다. 아침에 옌이 눈을 뜨니 집안이 온통 수선스러웠으며 하녀들이 이리저리 바쁘게 뛰어다니고 있었다. 그가 일어나 세수를 하고 옷을 갈아 입고 식탁에 나가니 식사 준비는 아직 절반밖에 되어 있지 않았다. 한 하녀가 졸리운 눈으로 나른하게 움직이고 있었다. 그리고 식탁에 나와 있는 것은 아이란의 남편뿐이었으며 그는 간밤의 복장 그대로 식탁에 앉아 있었다.

옌이 들어가자 그는 쾌활한 목소리로 이렇게 말했다.

「옌, 아내가 신식 여성일 때는 아버지는 안되는 게 좋겠군. 나는 마치 내가 아이를 낳는 듯이 쓰라린 변을 당했다네. 고되더군. 철야했거든. 아이란이 큰 소리를 치면서 괴로워하기 때문에 나는 꼭 죽는 줄 알았지. 의사와 메이링이 순산이라고 말해 주어서 안심했지만 말이야. 새 시대의 여성에게 해산이란 꽤 괴로운 일인 모양이야. 다행히 사내 아이였어. 지금도 아이란이 나를 베개맡에 불러 놓고, 이제 두번 다시 아이는 낳지 않도록 하자고 약속하고 나오는 참이야.」그는 약간 씁쓸한 얼굴로 다시 웃었다. 그리고는 끔찍한 식욕을 발휘하여 하녀가 놓고 간 쟁반의 음식을 모조리 먹어 치웠다. 그는 이미 몇 번이나 아버지가 된 경험이 있었으므로 그렇게 대단한 일로는 생각지 않고 있는 것이다.

이리하여 아이란은 이 집에서 해산을 하고 몸을 풀어 온 집안이 그 때문에 정신없이 분주했으므로 옌은 여기저기서 그 모습을 잠깐 보는 이외에는 메이링을 볼 수도 없는 형편이었다. 하루에 세 번 의사가 왕진했는데, 무엇이든 서양 것이 아니면 안 된다는 아이란 때문에 의사도 키가 큰 붉은 머리의 영국인이었으며, 진찰을 마치면 메이링과 노부인에게 산모의 식사며 안정 일수 등을 자세히 지시하고 돌아갔다. 아기의 뒷바라지도 손이 들었는데 아이란은 그 일을 메이링더러 남에게 맡기지 말고 손수 해달라고 부탁했으므로 메이링은 그렇게 했다. 처음 채용한 유모의 젖이 충분하지 못해서 아이는 잘 울었다. 그래서 유모를 찾아 바꾸지 않으면 안 되었다.

그것은 요즈음의 그녀 같은 형의 여성들에게 흔히 있듯이, 자기 젖으로 아이를 기르면 유방이 너무 커져서 몸매를 상하게 되므로 아이란은 모유를 먹이기를 싫어했기 때문이다. 메이링은 이 일로 해서 처음 아이란과 한바탕 싸웠다. 그녀는 아이란을 책망하며 말했다.「언니는 이렇게 귀여운 아기를 가질 자격이 없어요! 튼튼한 아기니까 배가 고파서 젖을 먹고 싶어하는 거예요. 그것을 자기 젖이 그렇게 있는데도 먹여 주지 않다니! 수치로 아세요, 언니!」

그러자 아이란은 화를 내며 울음을 터뜨리고 동시에 자기 자신을 비참하게 생각하면서 반발했다.「넌 아무것도 몰라요. 아이를 낳아 본 적이 없는 네가 뭘 알아. 몇 달이나 아이를 뱃속에 가지고, 이상한 모양을 하고 있는 것이 얼마나 괴로운가 너는 모를 거야. 그렇게 고통을 겪고 난 뒤에 또 일 년이고 이 년이고 보기 흉한 꼴을 하고 있을 수 있어? 그런 천한 짓은 유모가 하면 돼요! 나는 싫어. 싫단 말이야!」

아이란이 아무리 울어도, 그 아름다운 얼굴을 새빨갛게 해 가지고 쏘아보아도 메이링은 좀처럼 물러서지 않았다. 옌이 이 말다툼을 들은 것은 그 때문에 메이링이 아이란의 남편에게 이야기를 하러 왔을 때 옌도 그 자리에 있었기 때문이었다. 그녀가 아기 아버지에게 호소하는 것을 옌은 황홀한 눈으로 보고 있었다. 그토록 메이링이 성의가 있고 아름다운 기질을 가진 것을 그는 미처 몰랐기 때문이다. 그녀는 성큼성큼 들어오더니 화난 얼굴로 옌 쪽은 돌아보지도 않고 기를 쓰고 아기 아버지에게 호소했다.「이래도 괜찮다고 생각하셔요? 아이란이 자기 젖을 아기에게 주지 않아도 상관 없으세요? 아기가 배가 고파 울고 있는데도 아이란 언니는 젖을 주려고 하지 않아요!」

그러나 아이란의 남편은 아무렇지도 않은 듯이 웃고 어깨를 움츠려 보이면서 대답했다.「아이란이 싫다는 것을 지금까지 누가 강요할 수 있었을까요? 적어도 나는 한 적이 없습니다. 그런 용기는 내게는 없어, 절대로 없어요. 아이란은 현대 여성이니까요.」

그는 웃고 옌을 흘긋 쳐다보았다. 그러나 옌은 메이링만 지켜 보고 있었다. 상대방의 엷게 웃는 얼굴을 바라보는 메이링의 회색 눈이 점점 커져서 투명하리만큼 창백한 얼굴이 더더욱 창백해지더니 약간 억누른 목소리로 재빨리,「도리에 어긋나는 일이에요. 도리에 어긋납니다.」하고 말하고는 방에서 나가 버렸다. 메이링이 가버리자 아이란의 남편은 사나이들끼리 이야기할 때의 무관한 말투로 옌에게 말했다.「요컨대 나는 아이란을 책망할 수가 없어. 아기에게 젖을 준다는 것은 큰 속박이거든. 한 시간이나 두 시간마다 언제나 집에 있도록 강요하는 셈인데, 그런 식으로 쾌락을 희생해 달라고 나로서는 말할 수도 없고, 또 나도 아이란이 미인으로 있어 주기를 바라거든. 아이는 유모의 젖으로도 자란단 말이야.」

그러나 이 말을 듣는 옌은 맹렬히 메이링을 변호하고 싶어졌다. 그녀의 말도 행동도 모두 올바른 것이다! 본래 웬일인지 그다지 마음에 들지 않는 이 사나이의 곁을 떠나고 싶어서 그는 벌떡 일어났다.「날더러 말하라고 한다면,」하고 그는 차갑게 뱉았다.「때로는 여자란 너무 현대적이 되는 것도 좀 생각해 볼 문제 같아. 방금 그 문제에 있어서는 아이란이 잘못이라고 생각해.」그리고 그는 자기 방으로 가는 도중 메이링과 만날 수 있을지 모른다고 생각하고 일부러 천천히 걸어갔으나 만나지 못했다.

이리하여 하루하루 그의 휴가는 지나갔으나 하루도 메이링과 충분히 같이 있을 수 있는 날이 없었고 단둘이 있을 수 있는 기회는 전혀 없었다. 메이링과 노부인은 온종일 아기만 들여다보고 있었다. 부인에게 있어서는 고대하던 손자를 얻었으니 너무 기뻐서 마음이 들뜨는 것도 무리는 아니었다. 부인도 새 시대의 방식에 익숙해 있기는 했으나 두세 가지 점에 있어서는 구식 관습에 따르는 것을 반은 부끄러워하면서도 달콤한 기쁨을 발견하고 있었다. 그녀는 달걀을 빨갛게 물들이기도 하고, 은으로 만든 조그마한 장식품을 사기도 하고, 아직 한 달이 되려면 멀었는데도 생후 삼십 일의 축하 준비를 시작하기도 하곤 했다. 그리고 어떤 계획을 세우더라도 메이링과 의논하지 않을 수 없으므로 마치 아이란이 아기 어머니라는 것을 잊은 듯 하나에서 열까지 양녀에게 의지했다.

그러나 이 축하일이 오기 훨씬 전에 옌은 새 수도에서 일하기 위해 돌아가지 않으면 안되었다. 날이 갈수록 매일매일이 헛되게 지나고 있으므로 곧 그는 우울해졌다. 메이링이 그렇게까지 자기 혼자서만 바빠해하지 않고, 그럴 생각만 있으면 자기와 이야기하러 와줄 시간쯤은 있을 법하다고 생각했다. 그래서 돌아가는 날이 다가오자 점점 이러한 기분이 정당하게 여겨져서, 필경 메이링은 자기와 단 둘이 남는 일이 없도록 일부러 저러는 것이라고 생각하게끔 되었다. 노부인까지 첫 외손을 얻은 기쁨에 빠져 옌이 메이링을 사랑하고 있다는 것을 아주 잊어버린 듯했다.

드디어 돌아가지 않으면 안되는 날이 올 때까지 이런 상황이 계속되어 갔다. 그날 셍이 매우 명랑한 듯이 찾아와서 옌과 아이란의 남편에게 말했다. 「나는 오늘 매우 유쾌한 모임에 초대받았는데 한두 사람 남자가 모자라누만. 미안하지만 자네들도 나이를 잊고 다시 한번 젊어진 기분으로 예쁜 아가씨들의 상대를 해주지 않겠나?」

아이란의 남편은 기꺼이 가겠다고 웃으면서 대답하고는 지난 이 주일 동안 아이란에게만 매여서 즐거움이 대체 무엇인지 잊어버린 기분이라고 덧붙였다. 그러나 옌은 그다지 마음이 내키지 않았다. 그런 야회에는 아이란과 함께 돌아다닌 무렵 이래 벌써 몇 해 동안 나간 적이 없고, 모르는 여자와 놀 것을 생각하니 옛날 그대로 거북함을 느꼈다. 그러나 셍은 꼭 오라면서 둘이서 옌을 설득했다. 옌은 처음에는 우물쭈물했으나 이윽고 무분별한 감정이 일어나서 생각했다. 『왜 가서는 안되는가? 이 집안에 가만히 있으면서 오지도 않는 기회를 기다리다니, 어리석은 얘기다. 내가 놀러 간다고 해서 메이링이 뭘 개의한단 말인가?』 이런 생각에 쫓겨 그는 말했다. 「그럼 좋아, 나도 가지.」
　요즘 너무 바빠서 마치 옌을 상대할 시간 같은 건 전혀 없는 듯이 보이던 메이링은 그날 밤 그가 언제나 야회 때 입은 검은 양복을 입고 방에서 나오는데 우연히 잠들어 있는 예쁘장한 젖먹이를 안고 그의 앞을 지나갔다. 그녀는 궁금한 듯이 물었다.「어디 가세요?」 그는 대답했다.「셍과 아이란 신랑과 함께 무도회에 가려고요.」
　그 순간 그는 메이링의 표정이 약간 변한 것 같은 기분이 들었다. 그러나 확실히 그랬다고 생각할 수는 없으며, 곧 자기가 착각한 것이라고 고쳐 생각했다. 왜냐하면 메이링은 자고 있는 아기를 추스르면서「그러세요? 그럼 재미있게 놀다 오세요.」하고 조용히 말하고는 그대로 가버렸기 때문이다.
　옌은 멋대로 하려무나 하는 듯이 걷기 시작했다.『그래, 재미있게 놀아 주마. 오늘 밤이 마지막이니까 얼마나 재미있게 놀 수 있나 한번 해보자.』
　그리하여 그대로 실행했다. 그날 밤 옌은 그때까지 한 적이 없는 짓을 한 것이다. 얼마든지 건배를 권하는 대로 예사로 술을 들이켰다. 함께 춤추는 여자의 얼굴을 뚜렷하게 알 수 없을 만큼 마신 것이다. 아무튼 누군가가 자기에게 안겨 있다는 것밖에 알 수 없었다. 잘 먹지 않는 양주를 과음해서 온통 꽃으로 장식된 큰 홀의 색채와 빛이 찬란하게 번쩍이는 속을 헤엄치고 있는 듯한 기분이 들었다. 더욱이 그는 그토록 취했으면서도 추태를 겉으로 나타내지 않으려고 애썼으므로, 본인 이외는 아무도 그가 그토록 취해 있다는 것을 몰랐다. 셍까지 감탄해서 소리쳤다.「너는 운이 좋은 녀석이야. 우리같이 술에 약한 자는 빨개지지만 너는 파래지는 편인 모양이구나. 눈을 보지 않고는 아무도 네가 취한 줄 모를 거다. 그러나 눈만은 불처럼 타고 있는걸!」
　이날 밤의 주연에서 그는 어디선가 만난 적이 있는 여자를 만났다. 셍이 그 여자를 데리고 와서 말했다.「이 사람은 나의 새 친구야. 한 번만 너에게 양보할 테니까 춤을 추어 봐. 그리고 이 사람보다 춤을 잘 추는 사람이 있는가 없는가 나중에 보고해 줘.」그래서 옌은 그녀를 껴안고 춤추고 있는 자기를 깨달았다. 새하얗고 빛나는 긴 드레스를 입은 날씬하고 작은 몸집을 가진 여자였다. 문득 그 얼굴을 내려다 보았을 때 옌은 이 사람을 알고 있다고 생각했다. 둥근 얼굴에 피부빛은 가무잡잡하고 입술이 두터운 것이 정력적인 느낌이 들었으며, 미인은 아니나 어딘가 색다른, 한 번 보면 눈이 떨어지지 않는 얼굴이었다. 쉽게 잊을 수 없는 얼굴이다. 그녀 쪽에서도 궁금한 듯이 말했다. 「어머, 선생님이세요? 배를 같이 탔더랬죠. 잊으셨어요?」 그래서 열이 오른 머리를 움직여 생각해 보니 분명히 기억이 났으므로 그는 미소를 지으면서 말했다. 「그래 그래, 나는 언제나 자유롭고 싶다고 소리친 것은 당신이었지.」

그러자 그녀의 커다란 검은 눈이 갑자기 진지해지고 진한 연지를 새빨갛게 칠한 입술을 내밀 듯이 하면서 그녀는 대답했다. 「이 나라에서 자유로운 생활을 하는 것은 쉬운 일이 아니에요. 저는 자유는 자유이지만 무섭게 고독하답니다.」 갑자기 그녀는 춤을 멈추고 옌의 소매를 당기면서 말했다. 「어디 가서 앉아서 얘기해요. 선생님은 저처럼 비참하지는 않으셨죠? 저는 막내고 어머님은 돌아가셨어요. 아버지는 지금 이 시에서 두 번째 높은 관리직을 맡고 있죠. 첩이 넷이나 있고 모두 기생 출신예요. 선생님은 제가 어떤 생활을 하고 있나 상상하실 수 있어요? 저는 선생님의 누이를 알고 있어요. 아름다운 분이에요. 하지만 다른 사람과 마찬가지죠. 낮에는 노름이나 하고, 밤에는 잡담과 댄스, 그것뿐이에요. 이래서야 저는 살아 있는 기분이 나지 않아요. 무언가 하고 싶어요. 선생님은 무얼 하고 계시지요?」

이런 진지한 말을 그 채색된 입술로부터 들을 줄은 너무나 뜻밖이었으므로 옌은 감동했다. 옌은 새 수도에 관한 이야기를 했다. 또 자기가 거기서 조그마한 지위를 얻어서 꽤 보람 있는 일을 — 이렇게 그는 생각하고 있었다 — 하게 된 경위도 얘기했다. 여자는 숨을 죽이고 들었다. 이윽고 셍이 와서 그녀의 손을 잡고 춤추자고 권하자 그녀는 셍의 손을 뿌리치고 입을 삐죽이며 대들 듯이 말했다. 「방해하지 말아요! 나는 이분과 진지한 얘기를 하고 있으니까.」

셍은 웃으면서 놀리듯이 말했다. 「옌, 이 아가씨가 만일 좀 진지해질 수 있는 사람이라면 나도 질투를 하겠는데.」
 그러나 그녀는 이미 옌 쪽으로 돌아앉아 정신없이 속에 가득 찼던 불평을 털어 놓기 시작하고 있었다. 둥근 어깨를 옴츠리기도 하고, 예쁘게 살이 붙은 손을 줄곧 만지작거리면서 열심히 온몸으로 그에게 호소했다. 「저는 정말 지루해서 죽겠어요. 선생님은 만족하세요? 이젠 다시 외국에도 못 가요. 아버지가 학비를 안 대주거든요. 너 때문에 낭비할 돈은 이제 한 푼도 없다고 아버지는 그러는 거예요. 그런데 첩들은 아침부터 밤까지 노름만 하고 있거든요! 이젠 이런데 살고 싶지 않아요! 내가 남자들과 놀러 다닌다면서 첩들은 모두 내 욕을 하고 있답니다!」
 옌은 이 젊은 여자가 조금도 좋아지지 않았다. 그녀의 드러낸 가슴, 서양식의 의상, 너무 붉은 입술 등 모든 게 그의 시선엔 거슬렸다. 그러나, 그러면서도 그녀의 진지함은 이해할 수 있었다. 딱한 사정이라고 생각했다. 「어째서 무슨 일을 찾지 않나요?」
 「제가 무얼 할 수 있을까요?」 그녀는 반문했다. 「선생님은 제가 대학에서 무얼 전공했는지 아세요? 구미식 가옥의 실내 장식이에요! 내 방은 벌써 다 했어요. 동무들 방을 몇 군데 장식했지만 그건 모두 무료였어요. 여기서도 제 기술을 필요로 하는 사람이 있을까요? 저는 이 나라의 사람이 되고 싶어요. 내 나라인걸요. 하지만 저는 너무 오랫동안 외국에 나가 있었나 봐요. 이젠 아무데도 제 살 곳이 없습니다. 내 나라가 없어져 버린 거예요!」
 그때 옌은 이미 오늘 밤 여기 놀러 와 있다는 것을 잊고 있었다. 그토록 이 가련한 여자의 처지에 동정이 간 것이다. 그의 연민의 눈 앞에서 처녀는 요염한 야회복 차림으로 화장한 눈에 눈물을 가득 머금은 채 앉아 있었다.
 그러나 무언가 위로의 말을 하려고 생각하고 있는데 셍이 다시 돌아왔다. 이번에는 거절을 당해도 물러서지 않았다. 그녀의 눈물은 셍의 눈에는 띄지 않는 모양이었다. 그녀의 허리에 팔을 두르고 무언가 웃어 보이면서 춤추는 사람들 속으로 모습을 감추어 버렸다. 옌은 혼자 남았다.
 이젠 춤을 줄 기분도 없었고 시끄러운 홀에 앉아 있어도 명랑한 기분이 깡그리 가셔져 버렸다. 한 번 그 처녀가 셍에게 안긴 채 되돌아왔으나, 그녀의 얼굴은 셍을 쳐다보고 있었으며, 옌에게 한 그런 실토는 한 번도 한 일이 없는 것 같고 맑고 공허한 표정을 짓고 있었다. 그는 꽤 오랫동안 혼자 앉아 생각에 잠겨 있었다. 그동안 보이를 시켜 몇 번이나 잔에 술을 채우게 했다.
 그 환락의 밤도 다 가고 집으로 돌아갈 무렵에는 마신 술이 열병처럼 몸 안에서 타고 있었는데, 그래도 옌은 아직 정신이 말짱했다. 이제 혼자서 걸어가지 못할 만큼 취해 버린 아이란의 남편은 시뻘건 얼굴로 바보 아이처럼 침을 흘리고 있었다.
 옌이 집안으로 들어가려고 문을 두들기자 갑자기 문이 안에서 확 열렸다. 문을 연 하인 뒤에 메이링 그 사람이 서 있었다. 아이란의 남편은 그녀를 보는 순간 문득 옌과 메이링과의 사이가 생각난 듯 갑자기 소리쳤다.
 「메이링 씨. 당신도 갔으면 좋았을걸. 당신의 경쟁 상대인 미인이 있었어. 그게 옌을 좀처럼 놓아 주어야지. 큰일날 일이지. 그렇잖아요?」 이렇게 말하고 싱겁게 웃으면서 벌렁 자빠져 버렸다.
 메이링은 대답하지 않았다. 두 사람의 모습을 보고 그녀는 냉정히 하인에게 지시했다. 「아가씨의 서방님을 침실로 모시고 가요. 무척 취하신 모양이니까.」
 하인이 가버리자 그녀는 갑자기 타는 듯한 시선으로 옌을 그 자리에 묶어 놓고 말았다. 이리하여 마침내 두 사람은 단 둘이 되었다. 옌은 메이링의 커다란 눈이 자기를 쏘아보고 있는 것을 느끼자 갑자기 차가운 북풍을 맞은 듯이 취기가 싹 가서 버렸다. 온몸의 열기가 순식간에 식어 가는 것을 느꼈으며, 한순간 그는 메이링이 무섭기까지 했다. 그토록 그녀는 몸을 똑바로 세우고 정면에서 화를 내고 있었던 것이다. 옌은 말을 하지 못했다.
 그러나 그녀는 잠자코 있지 않았다. 요즘 며칠 동안 거의 그에게 말을 건네지 않던 그녀가 이제야 비로소 입을 연 것이다. 말은 춤추듯 튀어나왔다. 「옌 씨도 역시 다른 사람들과 다름없었군요. 어리석고 게으른 왕 씨네 집안 사람들과 말이에요! 저는 바보였어요. 옌 씨만은 다르다, 그분은 서양풍에 물든 건달이 아니다, 술을 마시고 춤을 추면서 귀중한 청춘을 헛되이 보낼 분이 아니다, 저는 이렇게 생각하고 있었어요! 하지만, 역시 마찬가지였군요. 마찬가지였어요! 보세요, 그 모습을! 그보기 흉한 양복을. 술냄새가 진동해요. 옌 씨도 취하셨지요?」.

옌은 이 비난에 슬그머니 화가 나서 소년처럼 기분이 상하여 투덜거렸다. 「당신은 나한테 아무것도 주지 않았잖아. 내가 얼마나 당신을 기다리고 있었는지 잘 알면서 줄곧 구실만 둘러대고선……」

「아무 구실도 둘러대지 않았어요!」 그녀는 이렇게 소리치더니 자세를 허물어뜨리고 앞으로 나와서 마치 말을 안 듣는 어린 아이에게라도 하듯이 옌의 뺨을 때렸다. 「제가 바빴던 것을 아시지 않아요. 아까 말이 난 여자는, 대체 누구예요? 오늘 밤은 당신의 마지막 밤이었는데. 저도 생각하고 있던 일이 있었는데. 아아, 저는 당신이 미워요!」

그리고 그녀는 울음을 터뜨리고 달려가 버렸다. 옌은 밉다는 한마디 외에 메이링이 무슨 말을 했는지 아무것도 알 수 없었으며, 그저 가슴이 조여드는 기분으로 우두커니 서 있었다. 이렇게 그의 가엾은 휴가는 끝났다.

이튿날 옌은 직장으로 돌아갔다. 맹은 옌보다 휴가 기간이 짧았으므로 먼저 돌아가서 그는 혼자였다. 늦겨울의 우기가 시작되고 있었으므로 기찻간은 어둠 침침하고 빗줄기가 유리창에 흘러서 축축히 젖은 평야의 풍경이 승객들의 눈에는 거의 보이지 않았다. 도시마다 거리에는 흙탕물이 넘치고 있었다. 정거장에는 무슨 급한 볼일이나 부득이한 공무로 여행하는 사람들의 수는 늘었지만 일반 여객은 거의 없었다. 아침 일찍 집을 나온 데다가 메이링이 작별 인사를 하러 나오지 않았으므로 끝내 그녀의 얼굴을 보지 못하고 떠나 온 것을 생각하면서 옌은 이것이 내 생애의 가장 쓸쓸한 시간이다, 하고 중얼거리며 기차를 탔던 것이다.

마침내 비만 바라보고 있는 것도 싫증이 나고 쓸쓸함은 더해지기만 해서, 옌은 가방에서 첫날 셍에게 받은 채 아직 읽어 보지 않은 시집을 꺼내어, 그다지 읽을 기분도 없이 천천히 두꺼운 상아지 책장을 넘기기 시작했다. 각 페이지마다 선명하고 검은 활자로 행수가 짤막한 매우 전아해 보이는 일련의 시구가 인쇄되어 있어서, 이윽고 흥미를 느끼기 시작한 옌은 고민도 얼마간 씻겨진 마음으로·열심히 읽기 시작했다. 그런데 셍의 작품집의 단시는 모두 단순한 형식 뿐임을 깨달았다. 그것은 모두 유려한 가락으로 씌어 있어서 자칫하면 내용의 공허를 잊어버리기 쉬웠으나, 있는 것은 텅 빈 형태뿐이고 거기에는 아무 내용도 없었다. 하나도 빠짐없이 전아하기는 하나 공허하고 귀엽고 조그마한 글자들에 지나지 않았다.

그는 아름답게 은빛으로 장정한 책을 닫고 옆에다 놓았다. 어둑어둑한 밖에서는 빗줄기 속에 웅크린 촌락들이 미끄러져 지나갔다. 집집마다 문간에는 머리 위 초가 지붕에 스며드는 비를 말없이 쳐다보고 있는 남자들이 있었다. 갠 날 같으면 이들 농민들은 짐승처럼 집 밖에서 생활을 하며 그럭저럭 즐겁게 번식되어 나갈 수가 있었지만, 비오는 날은 돼지 우리 같은 집안에 갇혀 있어야 했고, 장마라도 지는 날이면 추위와 궁핍과 말다툼으로 지새면서 반미치광이의 상태에 빠지고 만다. 그래서 지금 그들은 이 장마를 보내온 하늘을 원망하면서 밖을 내다보고 있는 것이었다……

셍의 시는 아름답고 달콤하고 섬세한 것만 노래하고 있었다. 죽은 여자의 금발에 비치는 달빛, 공원에 얼어붙은 분수, 거울처럼 푸른 바다에 떠 있는 요정이 사는 조그마한 섬의 흰 모래밭 — 이것이 그의 시세계였다.

야수와 같은 얼굴로 비를 원망하고 있는 농부를 보았을 때 그의 가슴은 아팠다. 『나는 어떤가? 나는 아무것도 쓰지 못한다. 그러나 만일 내가 여기 있는 셍의 시와 같은 것을 쓴다고 한다면…… 그것은 전아하고 아름다운 것이기는 하지만 다음 순간 나는 저러한 어두운 얼굴과 돼지 우리와 그 밖에 셍이 아무것도 알지 못하고 또 알려고도 하지 않는 하층 계급의 온갖 생활의 양상을 생각하게 될 것이다. 그런데도 나는 그런 하층 생활조차 쓰지 못한다. 나는 왜 이렇게 아무것도 표현하지 못하고 고민만을 하고 있는 것일까?』

그리고 그는 명상에 빠져 들어갔다. 아마 어느 곳에서든 충실히 생활의 자리를 갖지 않은 인간은 아무것도 창조하지 못할 것이라고 생각했다. 옛것과 새것과의 중간에 있는 자기에 대해서, 그 연회 석상에서 생각한 일에 대해서 그는 회상했다. 그리고 그는 슬픈 미소를 지으면서, 나는 고독하지 않다고 생각했다. 나는 어쩌면 이렇게 바보일까 하고 생각하기도 했다. 그러나 나는 고독하다 ——.

여행이 끝날 때까지 비는 계속 내렸으며, 해거름의 빛 속에서 기차를 내리니 비오는 고도의 성벽은 음산하고 검게 높이 치솟아 있었다. 그는 인력거를 불러 기어들어가서 미끄러운 거리를 달려가는 수레 안에서 쓸쓸하게 추위를 느끼며 몸을 움츠렸다. 한 번, 인력거꾼이 발이 걸려 넘어져서 숨을 헐떡이며 일어나 흠뻑 젖은 얼굴을 닦고 있는 동안 밖을 내다보고, 그 오두막집들이 아직도 성벽 밑 둘레에 다닥다닥 붙어 있는 것을 보았다. 빗물이 오두막집 안에 넘쳐, 비참하고 구제받을 수 없는 사람들이 물 속에 앉아 묵묵히 날씨가 바뀌기를 기다리고 있었다.

그에게 있어서 가장 좋고 가장 행복한 해가 될 것이라고 생각한 새해는 이렇게 우울한 사건으로 시작되었다. 가장 좋기는커녕 별의별 흉사가 꼬리를 물고 일어났다.

비는 봄까지 모든 인내의 한도를 넘어서 줄기차게 내렸다. 각 사찰의 승려들은 비가 그치기를 비는 기도를 올렸으나, 그 모든 기도도 희생도 새로운 흉사 이외에 아무것도 불러오지 못했다. 그러한 미신은 혁명의 영웅 이외에 그 어떤 신도 믿지 않는 젊은 지도자들을 격분시켰다. 그들은 자기들의 지배 아래 있는 지역의 모든 사찰의 폐쇄를 명령하고, 무자비하게도 군인들을 그 안에 주둔시켜 승려들은 제일 나쁜 조그마한 방에 가두어 버렸다. 그러자 이번에는 이것이 농민들을 격분시키는 계기가 되었다. 농민들은 그 같은 승려들이 여러 가지 이유를 들어 회사를 요구한다고 화를 냈으면서도, 그런 짓을 하여 신불이 노하면 큰일이라고 걱정하며 이토록 장마가 계속되는 것도 새 정부가 나쁘기 때문이라고 떠들어 대면서, 이번만은 농민과 승려들이 합세하여 정부를 공격했다.

한 달 동안 비는 계속됐는데도 아직 개지 않았다. 양자강의 물은 불어 지류와 운하로 흘러 들어갔으며, 사람들은 도처에서 아득한 옛날부터 변함 없는 대홍수가 닥친다고 내다보기 시작했다. 큰물이 나면 기근이 온다. 사람들은 왠지 새 시대가 오면 그와 함께 천지도 새로워진다고만 믿고 있었는데, 하늘은 예나 다름 없이 변덕스러운 짓만 하고, 땅도 또한 옛날과 같이 홍수나 한발로 작물의 결실을 방해한다는 것을 알았다. 그래서 사람들은 신정부가 틀렸다, 그전 지배자와 비교해서 조금도 나을 것이 없다고 떠들기 시작했으며, 새로운 시대가 온다는 새로운 희망으로 잠시 조용해졌던 해묵은 불평 불만이 또다시 높아지기 시작했다.

옌 또한 다시 자기 분열을 느꼈다. 맹은 요즘 줄곧 좁은 영내에 갇혀서 여느 때처럼 훈련도 할 수 없어 젊은 정력을 발산하지 못하고 답답해하면서 자주 옌의 방에 놀러 왔다. 그리고 옌이 무슨 말만 하면 대번에 대들었다. 비를 저주하고, 나날이 이기적이 되어 인민의 복지를 무시하는 사령관을 저주하고, 이루 말할 수 없이 교만해졌다고 신정부의 지도자들을 저주했다. 맹이 너무나 터무니없는 욕설을 퍼부으므로 옌도 참지 못하고 어느 날 되도록 부드럽게 말해 보았다. 「비가 많이 온다고 해서 정부를 공격한다는 것은 우습잖아. 또 지금부터 홍수가 난다고 하더라도 그것은 지도자들의 책임이 아닌 줄 아는데.」

그러나 맹은 난폭하게 소리쳤다. 「어떤 이유가 있든 나는 그들을 공격한다. 그들은 참된 혁명가가 아니기 때문이다.」 그리고 그는 목소리를 죽여 불안한 듯이 말했다. 「옌, 아무도 모르는 일을 형한테만 얘기해 주지. 이걸 얘기하는 것은, 형은 정말 무기력하고 도무지 맺고 끊는 데가 없는 사나이지만, 그래도 역시 좋은 점이 있고 성실해서, 언제나 태도가 변하지 않기 때문이야. 잘 들어 봐. 언젠가 내가 모습을 감추더라도 놀라지 말아 줘! 그리고 우리 부모님에겐 걱정하시지 말라고 전해 줘. 지금, 이 혁명 속에 또 하나의 새로운 혁명이 무르익어 가고 있어. 보다 올바르고 보다 참된 혁명이야! 그래서 나는 네 사람의 동지와 함께 거기에 참가하기로 결심했단 말야. 믿을 수 있는 동지를 이끌고 지금 그 혁명의 기운이 고조되어 가고 있는 서쪽으로 갈 참야. 이미 수천 명의 열렬한 청년 동지들이 비밀히 참가하고 있지. 그렇게 되면, 나도 나를 깔아 뭉개고 있는 사령관 늙은이와 싸울 기회가 생기는 셈이야!」 그리고 맹은 잠시 하늘을 쏘아보고 있더니 이윽고 그의 어두운 얼굴이 갑자기 밝아졌다. 하기야 본래부터 무뚝뚝한 얼굴이라 그 정도에서 밝아졌을 뿐이지만, 이번에는 무언가 생각한 끝에 약간 부드럽게 말했다. 「참된 혁명이란 것은 국민의 행복을 목표로 하는 것이 아니면 안돼. 국가 권력을 쥐면 우리들은 민중의 행복을 위해서 그것을 유지할 참야. 거기에는 이제 부자도 없고, 가난한 자도 없어.」

  이와 같이 맹은 지껄여 대고, 옌은 반 슬픈 기분으로 잠자코 그가 지껄이는 대로 내버려두었다. 나는 그런 말을 옛날부터 어디선가 들어 왔다. 그러나 여전히 가난한 사람은 없어지지 않았고 그런 말도 없어지지 않는다, 하고 옌은 어두운 마음으로 생각했다. 그 부유한 미국에조차 빈민이 있는 것을 그는 상기했다. 그렇다, 빈민은 없어지지 않는 것이다. 그는 맹으로 하여금 지껄이고 싶은 대로 지껄이게 한다음 맹이 가버리자 창문가로 가서 사람의 그림자도 드문 비 내리는 거리를 한참 동안 바라보고 있었다. 맹이 빗속에서도 의연하게 고개를 쳐들고 성큼성큼 걸어가는 모습이 보였다. 고개를 쳐들고 있는 것은 맹 한 사람뿐이었다. 나머지는 돌을 깐 미끄러운 길을 고된 듯 달려가는 비에 젖은 인력거꾼들이었다. 그는 또다시 아무리 해도 잊어버릴 수 없는 한 가지 일이 머리에 떠올랐다. 메이링이 한 번도 편지를 주지 않는 것이다. 그도 편지를 내지 않고 있었다. 그것은 —— 다만 그와 같이 자기에게 솔직히 타이른 데 지나지 않는지도 모르지만 —— 그녀가 그토록 내가 싫다면 편지를 써봐야 헛일이라고 생각했기 때문이었다. 그리고 이것이 그날의 슬픔을 완전한 것으로 만들었다.

그러므로 일에 열중하는 도리밖에 없었다. 그래서 일에만 전력을 쏟아 넣으려 했으나 여기서도 이 해는 그에게 나쁜 일만 안겨 주었다. 불만의 풍조는 학원에까지 번져 학생들은 교칙에 반항했다. 청년의 혈기만 믿고 권리만 주장했으며, 학교 당국이나 교수들과 싸우고 수업을 거부하며 스트라이크를 일으켰다. 옌이 바람이 스며드는 교실에 나가 보니 교실은 텅 비어 있을 뿐 가르칠 상대가 한 사람도 없었다. 하는 수 없이 방으로 돌아가서 그전에 읽었던 헌책을 다시 읽어 보곤 했다. 급료의 절반은 빚을 갚기 위해 꼬박꼬박 백부에게 부쳐 주고 있었으므로 새 책을 살 수 없었던 것이다. 비 내리는 기나긴 밤마다 그 부채가 언제 가야 없어질까 하고 언젠가 본 메이링의 꿈처럼 절망적으로 되새기는 것이었다.
 어느 날, 일 주일 동안 빠짐 없이 출석자 없는 텅 빈 교실에 나갔던 그는 너무 무료해서 비와 진흙 속을 걸어 언젠가 외국종의 밀을 뿌려 둔 농장에 가보았다. 그러나 거기서도 실망이 기다리고 있었다. 수확의 가망이 없는 것이다. 외국종의 밀은 이 장마에는 견딜 수가 없었던지, 아니면 검고 무거운 점토질의 토양이 너무 물기가 많아 뿌리를 썩여 버렸는지, 아무튼 어딘가 결함이 있었는지 물에 잠긴 흙 위에서 썩어 있었다. 발아 상태도 좋았고 급속히 자라 튼튼하게 커 가고 있었는데 지질과 기후가 달라 깊이 뿌리를 내리지 못하고 쓰러져 썩어 버린 모양이다.
 옌이 그 자리에 서서 이 희망마저 사라져 버린 것을 슬퍼하며 바라보고 있는데, 한 농부가 달려와서 짓궂은 표정을 숨기려고도 하지 않고 말을 걸어 왔다. 「역시 다른 나라의 밀은 안된다는 것을 이젠 알겠지요. 자라는 건 빠르지만 끝내 살아갈 힘이 없단 말입니다요. 그때 내가 말했듯이 이렇게 크고 허여멀건한 종자는 이 땅에는 맞지 않아요. 내 보리를 보라구요.. 저렇게 물에 잠겨 있지만 죽지 않잖아요!」
 잠자코 옌은 보았다. 정말 그랬다. 옆 밭에서는 키가 작고 억센 밀이 발육 상태는 나빠도 흙탕물에 덮인 채 꿋꿋이 서 있었다. 죽지는 않았다. 그는 대답할 말이 없었다. 그 농부의 야비한 얼굴, 빈정거리는 웃음 소리를 더 참을 수 없었다. 한순간, 맹이 그 인력거꾼을 두들겨 주던 기분을 이해할 수 있었다. 그러나 옌은 사람을 때릴 수는 없었다. 그는 그저 잠자코 발길을 돌려 먼저 온 길을 되돌아왔다.

이 우울하기만 한 봄에 옌이 느끼는 실망이 과연 어디서 그칠 것인지 그 자신도 알 수 없었다. 그날 밤 자리에 누워 너무나 쓸쓸해서 침대 속에서 눈물을 흘렸다. 여러 가지 일이 겹쳐 와서 견딜 수가 없었던 것이다. 울고 있는 동안에 자기가 슬픈 이유는 시대가 너무나 희망이 없기 때문이라고 생각했다. 가난한 자는 여전히 가난하고 새 수도는 미완성인 채 빗속에서 진흙투성이가 되어 있었으며, 밀은 썩고 혁명 정부는 약체화하여 새로운 전쟁의 위협은 늘어나고, 학생들의 동맹 휴학으로 수업을 할 수 없었으니 옌에게는 고민의 씨가 아닌 것이 없었다. 그 중에서도 가장 큰 고민은 사십 일 동안 메이링한테서 한 통의 편지도 오지 않는 일이었다. 그녀의 마지막 말이, 그것을 부르짖던 순간과 마찬가지로 선명하게 지금도 귀에 생생했다 ──「저는 당신이 미워요.」이 말을 들은 후 아직 한 번도 그녀를 만나지 못하고 있는 것이다.

한 번 어머니라 부르는 부인한테서 편지가 왔다. 옌은 뚫어지게 메이링의 이름이 나올까 하고 읽어 보았으나 나오지 않았다. 부인은 아이란의 아기에 관해서만 써 보내 왔다. 아이란은 남편 집으로 돌아갔으나 기르기가 귀찮다면서 아기를 부인 곁에 두고 갔으므로 부인은 그것이 좋아서 매우 기쁜 듯이 적어 놓았다.

〈아이란이 자유롭게 뛰어다니며 노는 것을 좋아하는 덕분에 손자가 내 곁에 있게 된 것을 생각하니 딸의 응석이 기뻐질 만큼 나는 지금 손자 때문에 정신이 없다. 아이란의 태도가 옳지 않다는 것을 알고 있지만, 그러나 나는 아침부터 밤까지 손자만 안고 있단다.〉

어둡고 쓸쓸한 방에 혼자 누워서 이 편지 사연을 생각하고 있으니 또 하나의 조그마한 슬픔이 덧붙여졌다. 새로 태어난 아이가 노부인의 사랑을 모조리 빼앗아가서 이제는 부인마저 자기를 필요로 하지 않게 된 것이다. 자기가 갑자기 가없어졌다. 그는 생각했다. 「나는 끝내 이렇게 필요 없는 인간일까!」 그리고 그는 눈물을 흘리다가 잠들어 버렸다.

　얼마 안 가서 불평 불만의 풍조는 전국에 퍼져 새 수도에서 고독한 생활에 묶여 있는 옌이 상상도 못할 만큼 확대되어 갔다. 그는 한 달에 한 번씩 꼬박꼬박 아버지에게 충실하게 편지를 썼으며, 왕후도 두 달에 한 통쯤은 반드시 답을 보내왔다. 그러나 옌은 그후 아버지를 찾아가지 않았다. 그 이유의 하나는 충실하게 일에 열중하고 싶어서였다. 이와 같이 변천이 심한 시대였으므로 직무에 충실한 사람은 그리 많지 않았다. 그럴수록 옌은 되도록 직무에 충실하려 한 것이다. 그리고 연말의 짧은 휴가 때는 누구보다도 메이링이 보고 싶어 고향으로 돌아가지 않았던 것이다.
　아버지의 편지로는 그 지방의 실정을 조금도 알 수 없었다. 노인은 자기도 깨닫지 못하고 같은 말만 몇 번이나 적어 보냈기 때문이다. 편지마다 봄만 되면 대공세를 벌여서 그 지방의 비적 두목을 무찔러 버리겠다, 비적이 참을 수 없을 만큼 횡행하고 있으므로 자기는 선량한 민중을 위해 충실한 부하들을 이끌고 그들을 반드시 평정해 버리고 말 테다, 하는 용맹스러운 말만 나열해 보냈다.
　이와 같은 장담을 옌은 이제 거의 귀담아듣지 않았다. 늙은 아버지의 이와 같은 말을 들어도 그는 이제 화가 나지 않았다. 다소의 반응이 있었다면, 전에는 그와 같은 허풍에 놀랐으나 지금은 가련한 공염불에 지나지 않는다는 것을 잘 알고 있었으므로 쓸쓸한 미소를 지을 뿐이었다. 이따금 그는 생각했다. 『아버지도 이젠 늙으셨구나. 여름 휴가 때는 문안 드리러 가야지.』 또 어떤 때는 마음이 울적해져서, 『지금 와서 생각하면 전번 휴가 때 갔다왔어도 좋았을 것을.』 하고 생각하기도 했다. 또 그는 지금 계산으로 한다면 얼마나 빚을 갚을 수 있을까 생각해 보고 한숨을 쉬었다. 이런 혼란한 시대에는 급료가 밀리거나 지불이 정지되거나 하는 일이 흔한데 그런 일이 일어나지 말아야 할 텐데 하고 생각하지 않을 수 없었다.

그런 까닭으로 왕 후의 편지는 돌발 사건에 대해서 아들로 하여금 아무런 마음의 준비도 시켜 주지 않았던 것이다.

어느 날 옌이 일어나서 언제나 아침의 차갑고 습한 공기를 덥히기 위해 손수 불을 피우는 조그마한 난로 옆에서 막 얼굴을 씻으려 하는데 문을 두드리는 소리가 들렸다, 조심스럽게, 그러나 연거푸 두들겨 댔다.「들어요세요!」하고 그가 소리쳤다. 들어온 것은, 이런 곳에 나타나리라고는 그 누구도 예상할 수 없는 인물, 시골에 사는 그의 백부인 상인 왕 얼의 장남이었다.

옌은 즉각 무슨 불길한 일이 이 고생에 시든 사촌 형의 신상에 일어났구나 하고 직감했다. 그 여위고 누런 목에는 퍼렇게 멍이 들었고, 조그마하게 찌든 얼굴에는 깊이 할퀸 자국에 피가 번져 있었다. 오른손은 손가락이 하나 잘라지고, 그 자리엔 피가 스며 더럽혀진 붕대가 감겨 있었다.

이 무참한 몰골을 보고 옌은 너무나 놀라서 할 말도 잊고 생각할 힘도 잃은 채 우두커니 서 있었다. 몸집이 작은 사촌은 옌의 얼굴을 보자 숨을 죽이고 소리 없이 울기 시작했다. 옌은 무언가 무서운 사건이 일어났다는 것을 짐작했다. 그래서 얼른 옷을 주워 입고 사촌을 자리에 앉힌 다음 옹기 주전자에 차를 넣어 난로 위의 큰 주전자의 뜨거운 물을 부었다. 그리고 겨우 말했다.「말을 할 수 있게 되거든 무슨 일이 일어났는지 설명해 주십시오. 필경 무슨 무서운 일이 일어난 것 같은데.」그리고 그는 기다렸다.

이윽고 사촌은 숨을 죽이고 이따금 문 쪽을 돌아보며 혹시 누가 오지 않나 살피면서 나직한 소리로 말했다.「아흐레 전 밤의 일이야. 비적들이 쳐들어왔어. 그건 작은 아버지의 잘못이었단 말야. 작은 아버지는 우리 집에 오셔서 음력 설 동안 머물러 계셨는데 노인답게 말씀을 삼가 주셨으면 좋았을걸. 나는 늘 말씀을 조심해 주십시오, 하고 부탁드렸었는데, 작은 아버지께서는 어디를 가시든지, 봄만 되면 즉각 비적의 두목을 토벌하러 갈 참이다, 그리고 전과 같이 이번에도 무찔러 줄 테다, 하고 늘 큰소리만 치시면서 떠들어 대셨단 말야. 소작인들은 애들까지 우리를 원망하고 있으니까 그 땅에는 우리의 적이 많아. 그래서 필경 비적들에게 일러바쳐서 선동한 모양이야. 마침내 비적 두목이 화가 나서, 우리는 다 늙어빠져서 이빨도 없는 호랑이 따위는 무서워하지 않는다, 봄까지 기다릴 것 없이 지금 당장 전쟁을 시작해서 왕 후와 그 일족 놈들을 다 죽이고 말 테다, 하고 떠들어 대기 시작했더란 말이야. 그래도 아직은 그놈을 온순하게 해둘 수는 있었던 거야. 그런 소문을 듣고 아버지와 나는 얼른 막대한 은을 갖다 바치고, 그 밖에 소 스무 마리, 양 오십 마리까지 제발 하고 갖다 바쳤다. 작은 아버지 대신 사과를 하고 노인이 하시는 말이니까 신경을 쓰지 말아 달라고 두목에게 빌었거든. 그래서 거리에 소동만 일어나지 않았다면 그럭저럭 무사히 지낼 수 있었던 거야.」

여기서 말을 그친 사촌은 갑자기 부들부들 떨기 시작했다. 옌은 그를 꼭 잡아 주면서 말했다. 「서둘지 마시고 뜨끈뜨끈한 차를 드시면서 차분히 말씀해 주세요. 걱정하실 건 없습니다. 무슨 일이라도 할 테니까. 말을 할 수 있게 되거든 다시 얘기해 주십시오.」

그래서 사촌은 간신히 떠는 것을 멈추고 이야기를 계속할 수 있게 되었다. 아직도 겁에 질려 속삭이듯 조그마한 소리로 계속했다. 「정말 새로운 시대의 문제란 우리는 모르는 일뿐이야. 요새는 우리 있는 곳에도 혁명당의 학교가 생겨서 청년들이 모두 다니고 있는데, 노래를 부르고 벽에 걸린 새 지도자의 초상 앞에서 절을 하곤 하더군. 옛날의 신은 모두 싫어하는 모양이야. 아무튼, 그것뿐이라면 대단치도 않겠는데, 그러는 동안에 그 사람들은 출가해서 중이 된 우리 사촌 동생, 그곱사등이를 한패로 끌어 넣었던 말이야. 너는 물론 그 곱사등이 사촌 동생을 모를 테지.」 거기서 사촌이 말을 끊었으므로 옌은 침통하게 대답했다. 「오래 전에 한번 만난 적이 있습니다.」 그리고 그 곱사등이 소년의 모습을 회상하면서 동시에 아버지가 그 소년은 군인 정신을 갖고 있다고 자기에게 말한 일이 생각났다. 한번은 왕 장군이 그 흙벽집에 들렀을 때 곱사등이가 장군의 외국제 권총을 만져 보고 싶어 했으므로 쥐어 주자 마치 자기 것인 양 기쁜 듯이 이리저리 살펴보았다. 그래서 왕 후는, 「저게 곱사등이만 아니라면 형에게 부탁해서 양자로 맞이하겠다만.」하고 말했었다. 그렇다, 확실히 기억하고 있다. 그래서「그리고 어떻게 되었습니까?」하고 옌이 재촉했다.

몸집이 작은 사촌은 다시 입을 열었다.「중이 된 그애까지 광기 어린 혁명의 소동 속에 끌려 들어갔단 말이야. 가까운 여승방에 있던 양모가 이 년인가 전에 기침을 하는 고질병으로 죽은 후부터는 그애가 몹시 성질이 사나워졌다는 말은 우리도 듣고 있었지. 양모가 살아 있을 때는 옷을 지어 주기도 하고 때로는 돼지 기름을 넣은 떡을 갖다주기도 하고 해서 그애도 조용히 살고 있었는데, 양모가 죽고 나니 절에서도 감당을 못하게 되어 결국 어느 날 도망을 쳐서, 나는 뭐가 뭔지 도무지 모르지만, 소작인들을 부추겨서 토지를 약탈하려고 하는 어느 새로운 단체에 들어가고 말았대. 그리고 이 단체와 비적들이 합세하고 말았으니 큰일이지. 성 안도 성 밖도 전에 없이 큰 소동이 일어났는데 그놈들은 아주 심한 소리를 하면서 싸다니더란 말이야. 도저히 입에 담을 수 없는 말뿐인데,「양친을 미워해라, 형제를 미워해라, 누구를 꼭 죽여야 할 때는 먼저 가족부터 죽여라!」아 글쎄 이런 소리를 외치고 다니더란 말이야. 게다가 금년에는 전에 없이 엄청난 많은 비가 와서, 농부들은 모두 큰물이 나고 그 다음에는 큰 기근이 온다는 것을 알고 있는데 다 이렇듯 관리들의 힘이 약하니 세상 인심은 점점 더 사나워져서 의리고 인정이고 다잊어버리고 있단 말이야……」

이야기가 너무 길어져서 피로한 모양으로 떨기 시작했으나 옌은 초조해져서 더 기다릴 수 없어 이야기를 계속하라고 재촉했다.「알고 있습니다. 여기도 마찬가지 상태로 비가 많이 왔어요. 그리고는 어떻게 되었습니까?」

사촌 형은 침통한 어조로 대답했다.「그것이…… 기어이 비적과 혁명당과 농민들이 합세해서 우리 도시를 습격해 가지고 죄다 약탈해 갔단 말이야. 아버님이나 형제들이나 처자들은 다만 손에 들 수 있는 것만 들고 달아났지. 제일 큰형 집으로 피난했었어. 이 형은 작은 아버지의 세력 밑에 있는 도시를 지배하고 있지. 그런데 작은 아버님만은 도망치시지 않았단 말이야. 여전히 터무니없는 큰소리만 치시고 성 밖 밭 한가운데 있는 옛날 할아버지가 사시던 흙벽집, 너도 알겠지만 거기까지밖에 피나하시지 않았어.」
 여기서 한숨을 돌린 다음 전보다 더 심하게 떨면서 숨도 제대로 못쉬며 그는 말을 이었다. 「폭도들이 곧 그 집에까지 밀어닥쳤지. 두목이 인솔하는 비적의 일단이야. 그리고는 작은 아버지를 붙잡고 두 팔을 꽁꽁 묶어 가운뎃방에 있는 대들보에다 매달아 놓고 깡그리 약탈해가 버렸어. 작은 아버지의 병사는 모두 달아나 버리고 그 언청이 노인만이 우물 속에 숨어 있다가 살아났는데, 소식을 듣고 내가 살며시 가봤더니 다시 어느새 그놈들이 돌아와서 나를 붙잡아 묶고 그만 손가락을 잘라 버리지 않겠니. 나는 신분을 밝히지 않았기 때문에 살아났는데, 아마 그렇지 않았더라면 죽었을 게다. 놈들은 나를 하인이라고 생각했던 모양이지.『가서 왕 후의 아들에게 애비가 여기 매달려 있다고 알려라.』하고 말하더라. 그래서 여기 온 거야.」
 그리고 사촌은 심하게 흐느끼기 시작하더니, 얼른 피투성이가 되어 있는 붕대를 끌러 허옇게 드러나 있는 뼈와 톱니처럼 된 살을 옌에게 보였다. 들여다보자 상처에서 다시 피가 나오기 시작했다.
 옌은 마음이 뒤집혀서 그 자리에 두 손으로 머리를 감싸고 주저앉아 버렸다. 앞으로 어떻게 해야 할 것인지 되도록 빠르게 생각하려고 했다. 먼저 아버지에게 달려가지 않으면 안 된다. 그러나 만일 아버지가 이미 세상을 떠나셨다면, 아니, 그 언청이 노인이 곁에 있는 이상 일단 희망은 가질 수 있다. 「비적들은 이제 없습니까?」 갑자기 고개를 들고 그는 물었다.
 「없어. 깡그리 약탈하고는 어디론가 가버렸다.」하고 사촌은 대답하고 다시 울기 시작했다. 「하지만, 우리 큰집은…… 불에 타서 아무것도 남은 게 없어. 소작인들 짓이야. 놈들은 우리를 도와줘야 하는데 비적 편을 들고는 우리들한테서 죄다 약탈해가 버렸어. 할아버지가 남겨 주신 집까지 태워 버렸단 말이야. 놈들은 토지를 다시 빼앗아서 모두 나누어 갖는다고 떠들어 대고 있지. 나는 바로 내 귀로 들었단 말이야. 하지만 그후 어떻게 되었는지 도지히 보러 갈 수가 있어야지.」
　이 말을 듣자 옌은 아버지가 박해당한 이상으로 고통을 느꼈다. 만일 토지도 남아 있지 않는다면 자기와 자기의 일족들은 그야말로 모든 것을 빼앗기고 만 것이 되는 것이다.
　이 무서운 사실 앞에 망연히 그는 힘없이 일어섰다.
　「나는 곧 아버지한테 가겠습니다.」 하고 그는 말했다. 그리고 곧 그후의 일을 생각하고 다시 말했다. 「형님은 해안 도시로 가셔서 저희 집을 찾아 주십시오. 주소는 지금 써 드리겠습니다. 그리고 어머니를 만나서 저는 아버지한테 갔다고 알려 주십시오. 그리고 만일 어머니도 오시겠다거든 좀 모시고 와주십시오.」
　옌은 이와 같은 결단을 내린 다음 사촌이 식사를 마치고 떠나자 자기도 그날중으로 아버지에게로 향했다.
　이틀 낮 이틀 밤의 기차 여행 동안, 이번 사건이 마치 옛날 소설에 나오는 잔혹한 이야기 같은 기분이 들었다. 지금의 이 새로운 시대에 어떻게 옛날에 행해졌던 잔악한 행위가 자행될 수 있을까 하고 생각했다. 치안이 철저하게 되어 있는 평화로운 해안 도시를 생각했다. 거기서는 셍이 게으르고 즐거운 나날을 보내고 있고, 아이란은 안일하고 분방하게 미소를 뿌리면서 나날을 보내고 있다. 이러한 소설 이야기 같은 사건이 있었다는 것을, 아이란은…… 그렇다, 일만 마일 떨어진 외국에 살고 있는 그 백인 아가씨 메리와 마찬가지로 아무것도 모르고 있는 것이다. 그는 깊이 한숨을 쉬고 차창 밖을 내다보았다.
　새 수도를 출발하기 전, 그는 맹을 어느 찻집의 한 구석으로 끌어내어 이 이야기를 했다. 맹이 집안을 위해서 분개하고 함께 가주겠다고 말할지도 모른다는 가냘픈 희망이 있었기 때문이다.
　그러나 맹은 같이 가겠다고 말하지 않았다. 그는 이야기를 듣더니 검은 눈썹을 치켜들고 말했다. 「사실을 말하자면, 작은 아버지들은 민중의 억압자야. 그러니까 그분들이 괴로워하는 것도 도리 없는 일이야. 나는 작은 아버지들의 죄악에 책임이 없으니까 관계하고 싶지 않아.」 그는 말을 이었다. 「내 생각으로는 형이 하는 짓은 어리석어. 왜 생명의 위험을 무릅쓰고까지 이미 죽었을지 모르는 노인 때문에 거기까지 가야 한단 말이야? 작은 아버지는 형한테 무엇을 해줬어? 나는 노인들이 어떻게 되든 조금도 개의치 않아.」 그리고 이 새로운 재난에 낙담하여 풀이 죽어 있는 옌을 잠시 바라보고 있더니 맹도 무정한 인간은 아니었으므로 몸을 앞으로 내밀고 테이블 위의 옌의 손을 잡으며 목소리를 낮추어 말했다. 「그보다는 형, 나와 함께 안 가겠어? 형은 혁명에 참가해 주었지만 진심이 아니었거든. 이번에야말로 우리들의 새로운 주의에 진심으로 참가하지 않을래? 이거야말로 진짜 혁명이야!」

그러나 옌은 손은 그대로 가만히 두어 두고 설레설레 고개를 저으며 거절의 뜻을 나타냈다. 그러자 맹은 돌연 손을 놓고 일어섰다. 「그럼 작별하자. 형이 돌아올 무렵에는 아마 나는 없을 거야. 이제 다신 만나지 못할지도 몰라.」 기찻간에서 옌은 맹의 모습을, 키가 크고 군복을 입은 늠름하고 다부져 보이는 풍모를, 작별 인사를 남겨 놓고 사라진 그의 모습을 생각하고 있었다.

그날 오후도 줄곧 기차는 흔들거리며 달려갔다. 옌은 한숨을 쉬고 주위를 살펴보았다. 언제 보아도 기차의 승객들은 비슷비슷하다는 느낌이 들었다. 비단과 모피를 둘둘 말은 뚱뚱한 상인, 군인, 학생, 울부짖는 아이를 안은 어머니. 그런데 통로를 사이에 둔 저쪽 자리에 형제처럼 보이는 두 사람의 청년이 타고 있었다. 외국에서 돌아온 사람들이라는 것을 금방 알았다. 옷은 새로 맞춘 최신식 스타일, 헐렁하고 짧은 골프 바지에 화려하고 긴 스타킹이며 노란 가죽 구두, 그리고 털실로 짠 두터운 스웨터의 가슴에는 서양 글씨가 수놓여 있었으며, 가죽 가방도 새것으로 번쩍번쩍 빛나고 있었다. 두 사람은 명랑하게 유창한 외국어로 지껄였다. 한 사람은 바이얼린을 들고 있었다. 그것을 켜며 둘이서 외국 노래를 합창하곤 했다. 그 소리에 승객들은 모두 눈이 둥그래져 있었다. 그들이 지껄이고 있는 말을 옌은 잘 알아들을 수 있었으나 모르는 체했다. 피로하기도 했고 또 울적했으므로 말을 건넬 기분이 나지 않았던 것이다. 한번은 기차가 멈추었을 때 한 사람이 하는 말을 들었다. 「공장을 건설하는 것은 빠르면 빠를수록 좋아. 그러면 이런 비참한 인간들에게 모두 일을 시킬 수 있거든.」 또 한번은 다른 한 사람이 보이가 어깨에 걸치고 식기를 닦는 천이 시커멓게 되어 있어서 불결하다며 꾸짖는 것을 들었고, 옌 옆에 앉아 있는 상인이 기침을 하고 바닥에 침을 뱉을 때는 둘이 다 매우 불쾌한 눈초리로 그를 쏘아보곤 했다.

그러한 태도도 그러나 옌은 이해할 수 있었다. 모두 그가 일찍이 말하고 느낀 일뿐이다. 그러나 현재의 그는 뚱뚱한 사나이가 자꾸만 기침을 한 끝에 바닥에 가래를 마구 뱉는 것을 보고도 내버려두었다. 그것을 보고도 부끄러움도 화도 느끼지 않고 모르는 체하고 있을 수 있었다. 자기는 그렇게는 하지 못했으나 남이 그렇게 하는 것을 보아도 요새는 예사로 생각되었다. 보이의 그릇 닦는 천이 새까만 것을 보아도 호통을 칠 기분이 나지 않았다. 역마다 불결한 물건을 파는 사람들의 불결함도 적어도 잠자코 참을 수 있었다. 신경이 마비되고 말았는지도 모르지만, 이토록 많은 인간을 개조할 가망은 없다고 단념하고 있는 것도 하나의 이유였다. 그래서 그는 셍처럼 자기의 쾌락만을 위해서 살 수도 없었고 맹처럼 아버지에 대한 의무를 버릴 수도 없었다. 그 두 사람처럼 완전히 새로워져서 분방하게 자기 길을 걸으면서 보고 싶지 않은 것은 안 보고 불쾌한 속박을 느끼지 않게 된다면…… 그렇게 된다면 무척 즐겁겠구나, 하고 생각했다. 그러나 나는 역시 그들과는 다르며 아버지 역시 나의 아버지인 것이다. 옛 시대는 나의 과거이기도 하고 나의 일부이기도 하므로 아무리 해도 옛 시대의 전통을 버릴 수는 없었다. 이리하여 그는 긴 여행이 끝날 때까지 가만히 참고 있었다.

마침내 기차는 흙벽집 가까이에서 정거했다. 옌은 기차에서 내려 총총히 도시를 빠져나갔다. 걸음을 멈추거나 주위를 두리번거리거나 하지 않았지만, 극히 최근까지 비적에게 점거되어 있던 흔적은 뚜렷했다. 주민들은 겁에 질려 아무 소리도 못하고 있었다. 여기저기 타버린 집들이 있었다. 이제야 주민들은 겨우 용기를 내고 돌아와서 슬픈 듯이 타고 난 자리를 살펴보고 있었다. 그러나 옌은 백부의 타버린 집자리조차 보려고 하지 않고 한길을 곧장 지나 성문을 빠져나가서 기억에 남아 있는 마을 쪽으로 걸어가 그 밭 한가운데의 흙벽집에 이르렀다.
 다시 그는 몸을 굽혀 가운뎃방으로 들어갔다. 그 벽에는 아직도 자기가 써 놓은 시가 남아 있었다. 그러나 지금은 그것을 들여다보고 과거를 되새길 여유가 없었다. 소리를 지르자 두 사람의 노인이 나왔다. 한 사람은 그 소작인이었는데, 지금은 볼품 없이 노쇠하여 이도 빠졌고, 늙은 마누라는 이미 세상을 떠나 혼자서 죽음을 기다리는 형편이었다. 또 한 사람은 언청이 노인이었다. 두 사람은 옌을 보더니 경악의 소리를 질렀다. 언청이 노인은 몹시 초조한 듯 인사도 하지 않고 옌의 손을 잡아 옌이 전에 침실로 쓰던 안방으로 들어갔다. 그곳 침대에 왕 후 장군이 누워 있었다.
 왕 후는 굳은 몸을 길게 뻗은 채 꼼짝도 않고 누워 있었다. 그러나 아직 죽지는 않았다. 눈을 한 점에 고정시킨채 쉴 새 없이 무언가 중얼거리고 있었다. 옌을 보고도 하등 놀란 기색을 보이지 않았다. 가엾게도 어린 아이처럼 수척한 두 손을 들어 「이 손 좀 보아라.」하고 말했다. 온통 상처투성이인 그 손을 보고 옌은 너무나 안타까와 소리질렀다. 「아버님!」 그때 노인은 처음으로 고통을 느낀 듯 눈에 눈물이 글썽해져서 흐느끼며 신음하듯 말했다. 「놈들이 그랬어……」 옌은 늙은 아버지의 부어오른 엄지손가락을 정답게 만져보며 위안하려고 몇 번이나 되풀이하여 말했다. 「압니다, 저도. 비적이 그랬지요, 알고 있습니다.」
 그리고 그는 말을 삼키고 울었다. 늙은 왕 후도 울고 있었다. 이리하여 아버지와 아들은 함께 울었다.
 옌은 우는 것 이외에 무엇을 할 수 있었을까? 왕 후의 죽음이 가까워지고 있는 것은 뚜렷했다. 끔찍한 황색의 불길한 빛깔이 온 몸에 나타나 있었고, 우는 동안에도 숨이 차 하므로 옌은 깜짝 놀라 고정하도록 달랬다. 그러나 왕 후는 아직 이야기하지 않으면 안 되는 문제가 있었다. 그는 다시 옌을 돌아보고 소리쳤다. 「놈들은 내 명검을 빼앗아가 버렸다……」 그때 입술이 떨리기 시작하고 옛부터의 버릇대로 손을 들어 그것을 누르려 했으나 손이 아파 움직이지 못하고 그대로 옌의 얼굴을 쳐다보았다.

생전 처음으로 옌은 이때처럼 아버지에 대해 상냥한 기분이 된 적은 없었다. 그는 과거의 모든 것을 잊었으며 아버지가 언제나 지금의 이 단순한 어린 아이 같은 마음으로 있었던 듯한 느낌이 들었다. 몇 번이나 되풀이해서 그는 아버지를 위로했다. 「어떻게 해서든지 되찾아오겠습니다, 아버님. 돈을 주어서 다시 사오도록 하든지요.」

그것이 할 수 없는 일이라는 것을 옌도 알고 있었으나, 내일까지 이 노인이 살아서 칼을 생각할 수 있을지조차 모른다는 생각이 들어서 아버지의 마음을 가라앉히기 위해서는 무슨 약속이라도 할 수 있었던 것이다.

그러나 위로한들 무슨 소용이 있을까? 노인은 얼마간 안심한 듯 겨우 잠이 들었다. 옌이 옆에 앉아 있으니 언청이 노인이 발자국 소리를 죽이고 옌에게 식사를 날라다주었다. 그리고 앓는 주인의 얕은 잠이 깰까봐 말없이 살며시 나가 버렸다. 옌은 숙연히 앉아 있었으나, 노인의 잠자는 얼굴을 지켜 보면서 가만히 앉아 있다가 옆에 있는 테이블에 머리를 얹고 자기도 모르는 사이에 졸고 말았다.

밤이 가까워졌을 때 옌은 눈을 떴다. 온몸의 관절이 아파왔으므로 일어서서 사지를 쭉 폈다. 그리고 소리가 나지 않도록 옆방에 가보니, 언청이 노인이 있다가 옌이 다 들어 알고 있는 경위를 울면서 되풀이했다. 노인은 덧붙였다. 「어떻게 해서든 이 흙벽집을 떠나야 합니다요. 이 근처에 사는 농민들은 모두 장군을 원망하고 있고, 장군이 쇠약해지셨다는 것을 알고 있으니까, 언제 어느 때 습격해 올는지 모릅니다요. 장군 도련님, 도련님이 오셨고, 게다가 젊고 강해 보이니까 잠시 조심해서 형편을 염탐하고 있는 모양입니다요……」

그러자 늙은 소작인이 끼어들어 근심스러운 듯 옌을 바라보고 말했다. 「장군 도련님, 서양 옷은 안 입으시는게 좋으실 것 같습니다요. 농부들은 양복을 입은 젊은 신식 사람들을 무척 미워하니까요. 그 사람들은, 이제부터는 좋은 세상이 된다고 약속했는데 이렇게 비가 많이 내리고 홍수가 져서 그래서 미워하고 있는 것입니다요. 그런 사람들과 같은 서양 옷을 입고 계시다가는……」 그리고 노인은 밖으로 나가서 자기의 한 벌밖에 없는 푸른 무명 옷을 들고 나왔다. 기운 곳은 한두 군데밖에 없었다. 늙은 소작인은 달래는 듯한 어조로 말했다. 「우리들을 도와 주시는 셈치고 이것을 입으십시오. 신도 있습네다. 그러면 농부들이 보더라도……」

그래서 옌은 그 농민의 옷으로 갈아 입었다. 중태에 빠진 아버지를 움직일 수 없으므로 여기서 운명하도록 하는 수밖에 없다 싶어 얼마 동안이라도 이걸로 안전해질 수 있다면 하고 입은 것이다. 그러나 그는 이것을 입 밖에 내지는 않았다. 언청이 노인이 죽음이라는 말에 몹시 신경을 쓰고 있었기 때문이었다.

옌은 이틀 동안 아버지 옆에 앉아 간호했다. 왕 후는 죽지 않았다. 그러고 있으면서 옌은 자기가 어머니라고 부르는 부인이 과연 올까 하고 몇 번이나 생각했다. 그토록 귀여워하는 손자의 뒷바라지를 하고 있으니까 아마 오지 않겠지 하고 생각했다.

그러나 노부인은 왔다. 이틀째 저녁때가 다 되어서 이제는 음식물을 먹일 때라든가 움직일 때 깨우는 이외에는 줄곧 혼수 상태에 빠져 있는 아버지 곁에 옌은 앉아 있었다. 피부의 빛깔은 점점 검어지고, 곪은 환부에서 썩은 냄새가 나서 고약한 악취가 방안에 떠돌고 있었다. 집 밖에는 이른 봄이 찾아와 있었으나 옌은 밖에 나가서 하늘도 땅도 보지 않았다. 그는 늙은 소작인의 말을 기억하고 있었다. 자기가 마을 사람들에게 미움을 받고 있는 이상, 그 미움을 부채질하는 일이 있어서는 안되겠다고 생각했기 때문이다. 그것은 이 옛 흙벽집에서 평화로이 운명을 기다리는 아버지를 위해서였다.

이렇게 그는 침대 곁에 앉아 온갖 것을 생각하였다. 무엇보다도 머리 속에 오락가락하는 것은 자기의 생애가 얼마나 기괴하고 얼마나 혼란에 차 있으며 게다가 확고한 희망이 없다는 점이었다. 이들 노인들은 모두 돈과 전쟁, 그리고 향락 ── 그것들이 온 생애를 걸 만한 그러한 값어치가 있는 것이었다. 또 어떤 사람은 그의 백모처럼, 또 태평양 저편의 노교수 부부처럼 신에게 모든 것을 바쳤다. 어디서나 노인은 마찬가지다. 어린 아이처럼 단순하고 아무것도 모른다. 그러나 젊은 세대는, 자기와 같은 청년은 모두들 이 얼마나 심한 혼란 속에 있는가. 옛 신들에게도, 물질적인 이득에도 거의 만족할 수 없는 것이다! 한순간 그는 메이링을 회상하고, 그녀는 지금 어떤 생활을 하고 있을까 생각했다. 아마도 자기 생활과 별 차이 없겠지. 그 어떤 뚜렷한 큰 목표를 갖지 못하고 있겠지. 내가 아는 한 메이링 혼자만은 예외 같았다. 확고하게 자각하여 자기가 원하는 것을 움켜쥐고 나아가고 있는 것 같았다. 만일 메이링과 결혼할 수만 있다면…….

그때 이와 같은 헛된 공상을 깨뜨리는 하나의 목소리를 들었다. 그것은 어머니라 부르는 부인의 목소리였다. 부인이 온 것이다. 그 목소리의 힘으로 그는 재빨리 일어나 밖으로 뛰어나갔다. 자기도 깨닫지 못할 만큼 그는 부인이 오기를 고대하고 있었던 것이다. 그리고 거기에 노부인이 있었다. 그리고 노부인 곁에 있는 것은 메이링이었다!

옌은 한 번도 메이링이 오리라는 생각은 하지 않았으며 바라지도 않고 있었다. 너무나 놀라운 일이라 메이링을 쳐다만 볼 뿐 아무 말도 나오지 않았다. 「나, 나는…… 아기는 어떻게 하셨습니까?」

메이링은 평소와 다름 없는 침착하고 똑똑한 목소리로 대답했다. 「제가 아이란에게 이번만은 와서 아기를 돌보지 않으면 안된다고 말했지요. 그랬더니 이번에는 아이란이 바깥 양반이 어느 여성과 너무 자주 만난다고 한바탕 싸움을 벌인 끝이므로 사오 일 동안 친정에 와 있는 것이 형편이 더 나았던 거예요. 아버님은 어디 계시죠?」

「곧 뵙도록 하자.」 하고 노부인이 말했다. 「메이링은 용태를 알 수 있을 것 같아 데리고 왔지.」 옌은 서슴지 않고 두 사람을 안내해 들어갔다. 세 사람은 왕 후의 머리맡에 섰다.

말소리가 높았던 탓인지, 아니면 귀에 낯선 여자의 목소리가 났기 때문인지 왕 후는 문득 혼수 상태에서 깼다. 그의 무거운 눈꺼풀이 열리는 것을 보고 노부인이 부드럽게 말했다.

「저를 아시겠어요?」 그러자 왕후 장군은 대답했다. 「응, 알지.」

그리고는 그대로 다시 잠에 빠져들고 말았으므로, 그가 정말로 알았
는지 그것은 아무도 알 수 없었다. 그러나 곧 그는 다시 한번 눈을
뜨고 이번에는 메이링을 쳐다보며 꿈꾸듯이 「내 딸이구나……」
하고 말했다.
 옌이 딸이 아니라고 설명하려 하자 메이링이 말리며 딱한 듯이
말했다.「저를 따님으로 아시도록 그냥 뒤 두세요. 이제 임종이 가까
우시니 마음이 흔들리지 않도록…….」
 아버지의 시선이 다시 자기 쪽으로 움직여 왔으나 옌은 잠자코
있었다. 왕 후가 지금 말한 것을 똑똑하게 의식하고 있을 까닭이
없다고 하더라도, 메이링을 딸이라고 불러 준 것이 기뻤다. 이리하여
세 사람은 이상하게 한마음으로 연결된 채 최후의 시간을 기다리고
서 있었다. 그러나 왕 후는 다만 의식 없이 깊고 깊은 잠 속으로
가라앉아 들어갈 뿐이었다.

 그날 밤, 옌과 노부인과 메이링, 세 사람은 어떻게 하면 좋은가
의논했다. 메이링은 무겁게 말했다.「제가 틀리지 않는다면, 오늘
밤을 못 넘기실 것 같아요. 지난 사흘 동안 살아 계신 것이 기적이에
요. 심장이 무척 강하신가 봐요. 하지만, 아무리 튼튼하시더라도 자기
가 패배하신 것을 안 타격을 견디내실 만큼 강하시지는 못하셔요.
그리고 손의 상처가 화농해서 독이 피 안에 들어가서 열이 높으셔
요. 상처를 씻고 붕대를 감았을 때 그걸 알았지요.」
 왕 후가 거의 다 죽어 가는 혼수 속에 있을 때 메이링은 익숙한
기술로 노인의 환부를 씻고 치료를 한 것이다. 몸을 움츠리고 옆에서
보고 있던 옌은 이 얌전한 처녀가 화를 내어 자기를 밉다고 욕한
여성과 같은 사람일까 하고 의심하지 않을 수 없었다. 소박한 시골
집안을 그녀는 마치 오래 전부터 그곳에서 살아온 것처럼 자연스럽
게 돌아다니면서 부족한 가운데 치료에 필요한 것을 어떻게든 찾아
내 왔다. 왕후가 침대의 판자 위에 누워 있는 것을 보고 짚을 쌓아
매트를 만들어서 몸 밑에 깔기도 하고, 연못가에서 주워 온 조그마한
벽돌을 아궁이의 뜨거운 재 속에 넣어 두었다가 환자의 차가워진

발을 데우기도 하였으며, 좁쌀 죽을 맛있게 쑤어 환자에게 먹이기도 하고, 옌은 꿈에도 그런 식으로 사용할 줄 몰랐던 물건들을 잘 이용하곤 하는 것이었다. 환자는 아무 말도 하지 않았으나 이제 전처럼 괴로운 신음 소리를 내지 않았다. 옌은 자기가 그러한 것들을 무엇 하나 하지 못한 것을 스스로 책망하면서, 실은 하고 싶어도 할 줄 몰랐다고 소심하게 인정했다. 그녀의 가늘고 힘찬 손은 참으로 부드럽게 잘 움직여, 뼈만 남은 노인의 큼직한 몸을 건드리지 않은 것 같았는데, 그런데도 병자의 고통을 덜어 주고 있었던 것이다.

지금은 그녀가 뭐라고 말하면 옌은 그 모든 것을 믿고 따랐다. 두 사람은 계획을 세웠다. 노부인은 마을 사람들의 악감정이 나날이 심해지고 있으므로 임종을 보는 대로 곧 철수하는 것이 좋겠다는 언청이 노인의 말에 귀를 기울였다. 거기에 늙은 소작인도 한 마디 거들었다.

「바로 그렇습니다요. 지금도 제가 나가 보았더니 어디를 가나 떠들썩하게 지껄이고 있습니다요. 도련님이 여기 오신 것은 토지를 되찾으려고 오셨다는 거지요. 잠시 이곳을 떠나 계시면서 이 고약한 세상이 조용해지는 것을 기다리는 편이 좋을 것 같습니다요. 저와 이 언청이 늙은이가 이 마을에 남아서 마을 친구들과 의좋게 하는 것처럼 보이면서, 몰래 도련님을 위해 여러 가지 궁리를 하겠습니다요. 토지의 법도를 깬다는 것은 좋지 않은 일입죠. 만일 법도를 어기는 날이면 신령이 액운을 가져다 줍니다요. 밭의 신령은 진짜 땅 주인이 누군가 잘 알고 계시거든요.」

이리하여 결론이 모아졌다. 늙은 소작인은 시내로 들어가서 소박한 관을 찾아내어 마을 사람들이 자고 있는 밤중에 그것을 운반시켰다. 지체가 얕은 사람들이 사용하는 조잡한 관을 보고 언청이 노인은 그 속에 장군을 뉘어야 하는 불운을 한탄하며 눈물을 흘렸다. 그는 옌을 붙잡고 호소했다.「장군 도련님, 제발 요 다음에 오시거든 장군님의 뼈를 다시 파서 훌륭한 두 겹 관에 넣어 장군님다운 장례식을 치러 주십쇼. 꼭 그렇게 하겠다고 이 늙은이에게 약속해 주십쇼. 그렇게 용감한 장군님은 달리 안 계십니다. 게다가 언제나 친절하게 해주셨습니다요!」
 옌은 그런 일을 할 수 있을까 하고 의심쩍어하면서도 약속했다. 내일이 어떻게 될지 아무도 모르는 세상이 아닌가? —— 지금 세상에서 확실한 것은 이제 아무것도 없다 —— 왕후가 곧 그의 부친 곁에 잠들게 될 그 땅조차 확실치 않은 것이다.
 이때 고함 소리가 들려왔다. 왕 후의 목소리였다. 옌이 달려 들어가고 메이링도 뒤따랐다. 왕 후는 눈을 뜨고 미친 듯이 두 사람을 쳐다보았다. 그리고 또렷한 소리로 말했다. 「내 칼은 어디 있느냐?」
 그러나 그는 대답을 기다리지 않았다. 옌이 꼭 되찾아 오겠습니다, 하는 약속을 다 끝내기도 전에 아버지는 두 눈을 감고 다시 잠들었으며 두번 다시 말을 하지 않았다.

 밤이 깊어지고, 아버지를 지켜 보고 있던 의자에서 옌은 일어났다. 침착하게 앉아 있을 수가 없었다. 그는 아버지에게 다가가서 잠시 목을 만져 보았다. 아직도 가냘프게 숨이 통하고 있었다. 정말 심장이 튼튼한 것이다. 영혼은 사라졌으나 심장은 아직 고동치고 있는 것이다. 아직도 몇 시간은 더 고동칠 것이다.
 너무나 마음이 가라앉지 않아 잠깐 밖에 나가 보고 싶어졌다. 오늘로 꼬박 사흘째 이 흙벽집에 들어박혀 있었던 것이다. 살며시 앞마당으로 나가서 맑은 공기를 들이키고 오자.
 밖으로 나가니 무거운 마음의 짐에도 불구하고 밤의 공기가 상쾌하게 느껴졌다. 그는 밖을 휘둘러보았다. 아버지가 죽으면 이 주변의 밭은 법률상 그의 것이 되고 이 집도 그의 것이 된다. 그의 조부가 별세한 오랜 옛날에 그렇게 할당되어 있는 것이다. 그리고 그는 농민들의 토지에 대한 요구가 얼마나 심해졌는가 이야기해 준 늙은 소작인의 말을 생각했다. 오래 전에도 그들은 자기에게 적의를 품고 있었다. 그를 이방인으로 보고 있었던 것이다. 이런 시대에는 확실한 것이라고는 아무것도 없다. 그는 무서웠다. 이런 새로운 시대에 누가 무엇을 자기 것이라고 할 수 있겠는가? 확실히 자기 것이라고 말할 수 있는 것은 자기의 두 손, 자기의 두뇌, 사랑하는 마음 이외는 없다 — 그리고 자기가 사랑하는 사람을 나는 내것이라고 부를 수 없는 것이다. 이렇게 생각하고 있는데, 문득 그는 나직하게 자기 이름을 부르는 소리를 들었다. 돌아보니 거기 입구에 메이링이 서 있었다. 얼른 다가가자 그녀는 말했다.

「아버님 용태가 더 나빠지신 줄 알았어요.」

「목으로 하는 호흡이 손을 갖다댈 때마다 약해지시고 있습니다. 새벽녘이 걱정입니다.」하고 옌은 대답했다.

「그럼, 저도 자지 않고 있겠어요.」하고 그녀는 말했다.「함께 기다리기로 해요.」

이 말을 들었을 때 옌의 심장이 한두 번 크게 고동쳤다.〈함께〉라는 말이 이토록 기분 좋고 기쁘게 사용되는 것을 들은 적이 없었기 때문이다. 그러나 그는 뭐라고 말해야 좋을지 몰랐다. 말없이 그는 흙벽에 기대 섰다. 그리고 문간에 서 있는 메이링과 둘이서 무거운 마음으로 달빛 아래 드러나는 밭을 바라보았다. 마침 보름달이라 달빛이 교교했다. 바라보고 있는 동안 두 사람 사이의 침묵이 차츰 견딜 수 없게 되었다. 옌은 가슴에 불이 붙어 자꾸만 그녀 곁으로 끌려갈 듯했으므로 무슨 평범한 말이라도 하여 그녀의 대답이 듣고 싶어졌다. 그렇게 하지 않고 있다가는 저도 모르게 손을 뻗어 자기를 미워하고 있는 이 여자의 손을 잡을지도 모른다. 그래서 약간 더듬거리며 그는 말했다.

「참 잘 와주셨습니다. 덕분에 아버지도 훨씬 편해지셨습니다.」

그러자 그녀는 조용하게 대답했다.「도와 드릴 수 있어서 기뻐요. 저도 오고 싶었어요.」

그리고 그녀는 아까와 변함없이 침착했다. 그래서 옌은 다시 어떻게든 이야기를 계속하지 않으면 안되었으므로 밤에 알맞게 목소리를 낮추어 말했다.

「메이링 씨는…… 당신은, 이런 쓸쓸한 곳에서 사는 것이 무섭겠지요? 나는 이런 곳에 살고 싶다고 어릴 때는 생각하고 있었지요. 하지만, 지금은 모르겠습니다.」

그녀는 은빛으로 빛나는 밭 표면과 조그마한 부락의 초가 지붕을 둘러보면서 무언가 생각하는 어조로 말했다. 「저는 어디서나 살 수 있을 것 같아요. 하지만, 우리 같은 사람은 새로운 수도에 사는 것이 낫지 않을까요? 저는 언제나 새 수도를 생각하고 있어요. 거기서 일하고 싶어요. 언젠가는, 거기도 병원이 서겠지요. 새 수도의 새 생활에 저도 참가하고 싶은 거예요. 우리들, 우리 젊은 사람들은, 그곳에 속하는 것이 아닐까요?」

그녀는 말이 헝클어져서 입을 다물었다. 그리고 갑자기 가냘프게 웃었으므로 그 웃음 소리를 듣고 옌은 그녀를 보았다. 두 사람의 눈이 마주쳤을 때, 두 사람은 지금의 자기들을 잊었다. 죽어 가는 노인을 잊고, 토지가 확실치 않다는 것을 잊었다. 얽혀서 떨어지지 않는 시선 이외의 것은 잊었다. 이윽고 옌이 여전히 그녀의 시선을 잡은 채 소곤거렸다. 「당신은, 제가 밉다고 하셨지요?」

그러자 그녀는 숨을 죽이고 말했다. 「네 미워했어요. 그 순간만은⋯⋯.」

옌을 바라보는 그녀의 입술이 조금 벌어졌다. 아직도 두 사람의 눈은 더 깊숙이 서로의 눈 속을 들여다보고 있었다. 옌은 이제 눈을 움직일 수 없게 되어 있었으며, 그녀가 가늘게 벌린 입술을 조그마한 혀로 핥는 것을 보고 그는 정신없이 그 입술을 응시했다. 갑자기 그는 자기 입술이 타는 것을 느꼈다. 한 번은 한 여자의 입술이 자기 입술에 닿아 자기를 불쾌하게 만든 적이 있었다. 그러나, 나는 이 여성의 입술에 닿고 싶다! 여태까지 무엇을 뜨겁게 요구한 일이 없는 그는 이때 별안간 이 한 가지를 요구했다. 이제는 이 한 가지 일을 하지 않으면 안 된다는 것 이외에 아무것도 생각하지 않았다.

그는 재빨리 몸을 굽혀 입술을 그녀의 입술에 갖다댔다.

그녀는 꼼짝도 않고 똑바로 서서 입술을 그에게 맡겼다. 이 육체는 내것이다, 나와 마찬가지의 종족이다 ─ 그는 겨우 입술을 떼고 여자를 보았다. 그녀는 방긋이 웃으며 그를 보았다. 달빛 아래서도 볼이 발갛게 물들고, 눈이 반짝이는 것을 그는 알았다. 이윽고 그녀는 평소의 상태로 돌아가려고 애쓰면서 말했다. 「그 긴 무명 옷을 입고 계시니…… 다른 분같아요. 저는 첨 보기 때문에……」

　잠시 그는 대답을 하지 못했다. 이러한 상황에서, 이렇게도 이 사람은 자기를 잃지 않고 이야기를 할 수 있는 것일까 하고 여간 이상하지 않았다. 그렇게도 침착하게 두 손을 뒷짐지고 서 있을 수 있다니. 그는 당황한 어조로 말했다.「마음에 안 드십니까? 이 옷, 농부 같지요?」

　「제 마음에 들어요.」하고 가볍게 대답한 그녀는 천천히 그의 모습을 살펴보면서 말했다.「잘 어울려요. 양복보다 더 자연스럽네요.」

　「당신이 좋아하신다면 언제라도 이것만 입고 있겠습니다.」그는 열의에 찬 목소리로 말했다.

　그녀는 다시 미소를 지으면서 고개를 저었다. 그리고 대답했다. 「언제라도가 아니고…… 때로는 이것, 때로는 저것, 그때그때 경우에 따르시는 편이…… 사람은 언제나 똑같을 수는 없는걸요.」

　다시 두 사람은 어느새 말없이 얼굴을 마주보고 있었다. 두 사람은 완전히 죽어 가는 사람을 잊었다. 그들에게는 이제 죽음이 존재하지 않았다. 그러나 옌은 다시 무언가 말하지 않을 수 없었다. 아무 말도 하지 않고 있다니, 그것을 어떻게 견딜 수 있을까?

　「저…… 저, 방금 내가 한 것은…… 그건 서양의 습관입니다. 만일, 당신이 싫어하신다면……」계속 그녀를 지켜 보면서 그는 말했다. 만일 그녀가 싫어한다면 무릎을 꿇고라도 용서를 빌 참이었다. 그런데, 그녀는 입맞춤의 뜻을 알고 있을까? 그러나 차마 그 말을 할 수는 없었으므로 여자의 얼굴을 바라보며 우물우물 입을 다물었다.

　그러자 조용히 그녀가 말했다.「서양의 습관이 모두 나쁘다고 할 순 없잖아요!」그리고 갑자기 그녀는 그를 보지 않았다. 고개를 숙이고 땅바닥을 내려다보았다. 이때의 그녀는 어느 고풍한 처녀 못지않게 수줍어하고 있었다. 그녀의 눈까풀이 한두 번 바르르 떠는 것이 보였다. 그를 뒤에 남겨 놓고 이 자리를 뜨려고 주저하고 있는 듯이 보였다.

　그러나 그녀는 가지 않았다. 힘을 내어 몸을 똑바로 세우고 꼿꼿이

서서 얼굴을 쳐들더니 가만히 그를 바라보았다. 미소를 띄운 채 기다리고 있었다. 그것을 옌은 알았다.
　그의 심장은 고동이 높아졌다. 몸 전체가 다급히 고동치는 하나의 심장이 되어 버린 듯한 느낌이었다. 그는 밤공기를 흔들면서 소리 높이 웃었다. 아까 나는 무엇을 걱정하고 있었던가?
　「우리들은,」 하고 그는 말했다. 「우리 두 사람은…… 아무것도 두려워할 필요가 없습니다.」

■ **감상과 해설**

편집부

　《대지》는 부지런하고 땅을 사랑하는 가난한 농부의 아들 왕 룽을 첫 대(代)로 하여 그 아들과 손자의 대로 이어져 엮어진 이야기이다.
　이 작품은 19세기 말과 20세기 초의 중국 사회를 묘사하고 표현하는 데 그치지 않고, 그러한 사회 변화가 몰고 온 도전과 갈등에 대처하는 인간의 고민을 형상화 시키는 데 성공하고 있다.

　《대지》의 작가 펄 벅은 1914년, 미국에서 대학을 마치고 부모의 슬하로 돌아가 몇 년 뒤에 중국의 농업 경제를 전공하는 로싱 벅과 결혼하였다.
　1925년, 남편과 함께 미국으로 가서 코넬대학과 예일대학에서 영문학을 연구하여 M · A학위를 수여 받은 후에 다시 중국으로 돌아왔다.
　그때 중국에서는 국민당과 공산당이 손을 잡고 북벌에 나서는 때였다.
　얼마 후 장개석이 쿠데타를 일으켜 공산당을 탄압했으며, 남경에서는 일곱 명의 미국인이 살해되기도 했다.
　이런 와중에 펄 벅이 집필중인 원고가 들어 있는 집이 불에 타고 말았다.
　이렇듯 신변에 많은 위험이 있었는데도 불구하고 펄 벅은 좀더 깊이 중국인들을 이해하려고 노력했고 진심으로 중국 민중들을 사랑했다.
　이것이 곧 《대지》를 쓰게 된 계기가 되었던 것이다.
　1935년 《대지》의 제3부 《분열된 일가》를 발표한 이 해에 로싱 벅과 이혼하고 출판사 사장인 리차드 윌쉬와 결혼했다.
　그녀가 뒷날 술회한 바에 의하면 남편이 무척 전제적이라 마음대로 펜을 잡을 수가 없었으며, 이십 년 동안이나 그것을 참고 견뎌왔다는 것이었다.
　그러한 가정 생활에서의 저항은 《분열된 일가》에서 옌이 메이링에게 청혼을 했을 때 메이링이 거절하는 것에서 엿볼 수 있다.

『……저는 누구와도 결혼하고 싶지 않아요. 여자는 모두 결혼합니다. 하지만 저는 살림이나 하고 아이들의 뒷바라지만 하는 그런 결혼은 하고 싶지 않아요. 저는 의사가 될 결심을 하고 싶어요.』

《분열된 일가》는 왕씨 집안 손자들의 생활을 가장 큰 규모로 포착하고 있다.

특히 왕 옌과 그의 사촌인 맹, 셍 이 세 젊은이들의 모습을 통해 갈등의 시대에 직면해 있는 중국인의 참모습을 여실이 보여주기 때문이다.

군벌의 아들이 되기를 거부하고 가장 근대적인 중국인이면서, 중국의 전통적인 미덕을 갈망하는 전환기의 불안을 한 몸에 지닌 지식인 옌을, 혁명 동란기의 전형적인 인물들인 셍과 맹의 곁에 배치함으로써 그들보다도 훨씬 더 인간적인 모습을 그려 내고 있다.

《대지》는 중국을 무대로 한 만큼 동양문학의 독자들에게 큰 호소력을 가짐과 동시에 애호를 받고 있다는 작품이다.

여기서 '대지'란 동양인이 갖는 땅의 원천이자 인간 생명의 바탕이며, 민중들이 땅에서 어떻게 살아가고 사랑하며 싸워나가는가에 대한 진지한 모습을 간파한 인간과 땅의 관계이다.

이 작품이 나올 무렵에는 세계의 강대국들이 중국에서 이권을 쟁취하고자 다투었으며, 농민들은 압정에 시달리고 있을 때였다. 하지만 농민들은 이러한 악조건에 굴복하지 않고 꿋꿋이 대지를 믿고 살아갔으며, 국경과 시대를 초월해서 운명을 토지에 깊게 밀착시키는 것이다.

바로 이런 내·외적 상황이 노벨 문학상을 주어 지게 한 주된 이유 중의 하나라 하겠다.

펄 벅 자신의 체험에서 우러난 작품《대지》는 격변기의 중국을 무대로 하여 인간 본연의 삶을 진솔하게 바라 본 것이며, 소란스럽고 고난에 찬 시기에 우왕좌왕하는 민중의 모습을 깊은 이해와 공감을 가지고 정확하게 파악하고 있다.

대지Ⅲ(분열된 일가)

■ 저 자 / 펄   벅
■ 역 자 / 허 문 순
■ 발행자 / 남   용
■ 발행소 / 一信書籍出版社

주소 : ①②①-①①⓪ 서울 마포구 신수동 177-3
등록 : 1969. 9. 12. NO. 10-70
전화 : 영업부 703-3001~6
　　　편집부 703-3007~8
　　　FAX 703-3009

ⓒ ILSIN PUBLISHING Co. 1990.　　❶ 값 12,000원